大石實 編著

福岡県の文学碑

近・現代編

海鳥社

歌碑

3　堺利彦歌碑（京都郡豊津町）

4　久保猪之吉歌碑（福岡市・九州大学）

5　松尾光淑歌碑（筑紫野市・天拝山登山道）

1　阪正臣の昭和大嘗会歌碑（久留米市・高良山）

2　石橋忍月歌碑（左）と森澄雄句碑
（八女郡黒木町・素盞嗚神社）

9　長塚節歌碑（太宰府市・観世音寺）

6　白仁秋津歌碑（大牟田市）

10　花田比露思歌碑（甘木市・古処山）

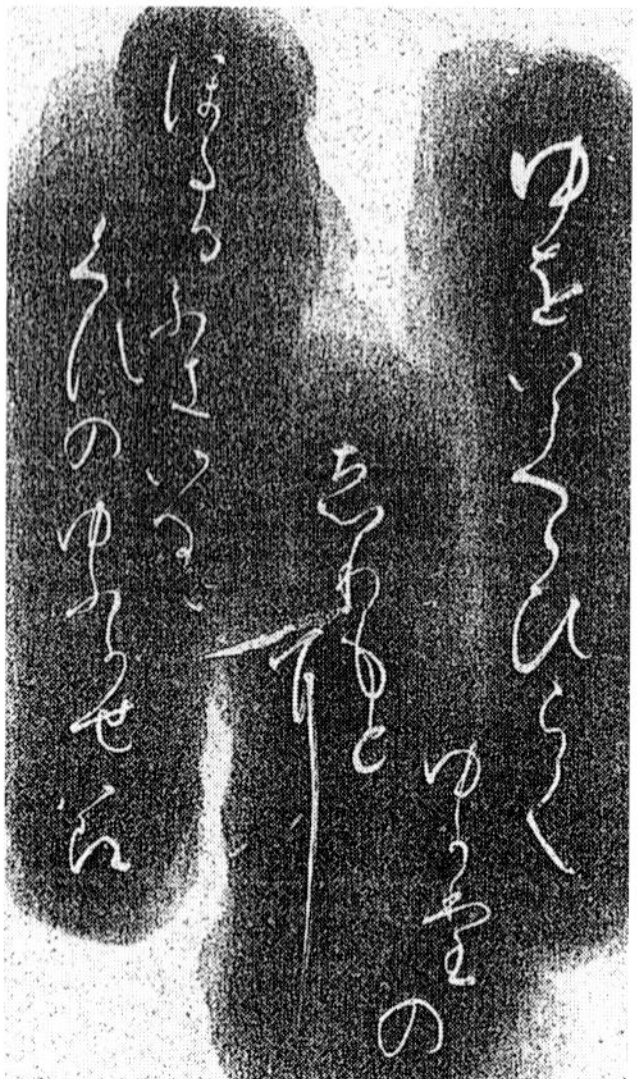

7　尾上柴舟歌碑拓影
（筑後市・船小屋）

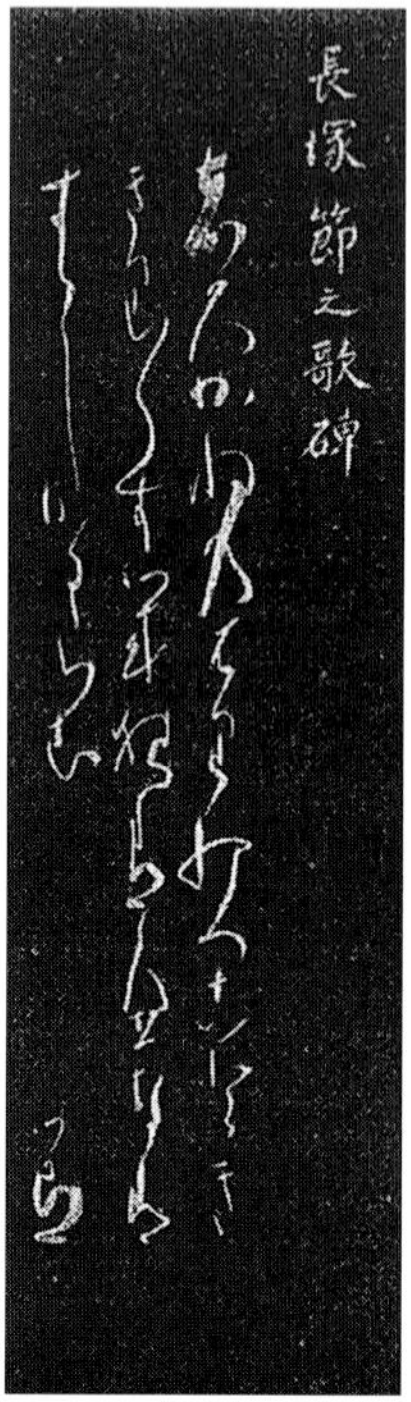

8　長塚節歌碑拓影（福岡市・九州大学）▶

11　青木繁歌碑（八女市・岡山公園）

12　青木繁之碑（久留米市・兜山）

13　中島哀浪歌碑（田川市・成道寺公園）▶

14　北原白秋歌碑（山門郡瀬高町・清水寺）

15　北原白秋歌碑（柳川市・殿の倉）

18　若山牧水歌碑（北九州市八幡東区・芳賀邸）

19　若山牧水歌碑（北九州市戸畑区・戸畑図書館横）

20　豊田実歌碑（うきは市吉井町・豊田小児科医院）

16　北原白秋歌碑（柳川市・掘割の中）

17　若山牧水歌碑（大川市・志岐邸）

24　手島一路歌碑（福岡市博多区・藤田公園）

21　吉井勇歌碑（福岡市博多区・川丈旅館）

25　『四人の死刑囚』歌碑
（糟屋郡篠栗町・篠栗霊園）

22　釈迢空歌碑（直方市・多賀神社）

26　菊池剣歌碑（八女郡黒木町・築山公園入口）

23　倉田百三歌碑（福岡市中央区・金龍寺）▶

30　登倉登歌碑（久留米市・久留米大学医学部）

27　赤星端歌碑（久留米市・篠山城跡）

31　鹿児島寿蔵歌碑（福岡市博多区・櫛田神社）

28　岩本宗二郎歌碑（大牟田市・甘木公園）

29　松田常憲歌碑拓影（甘木市・秋月城址）

32　仰木実歌碑（北九州市小倉北区・八坂神社）

33　大脇月甫歌碑（飯塚市・旌忠公園）

34　金丸与志郎歌碑（嘉穂郡稲築町・鴨生憶良苑）

35　木俣修歌碑（柳川市三橋町・松月文人館）

36　野田宇太郎歌碑（小郡市三沢・小野邸）

40　有野正博歌碑（豊前市才尾・夕田池畔）

37　池田富三歌碑（築上郡椎田町・綱敷天満宮）

38　宮柊二歌碑（北九州市門司区和布刈公園・古城山）

41　桑原廉靖歌碑（福岡市博多区・那珂八幡宮）

39　佐野とき江歌碑（うきは市浮羽町・本仏寺）

句碑

45　秋城庵都川句碑（田川郡赤村・俵邸）

42　福山喜徳・深野幸代歌碑
（福岡市中央区・菅原神社）

46　萩本梅丘句碑（田川郡香春町・開田邸）

43　江頭慶典歌碑（筑紫野市・大観荘）

44　山本詞歌碑（鞍手郡小竹町新多本町）

◀47　二蕉庵直峰句碑（直方市・随専寺）

48　文藻庵春芳句碑（北九州市小倉北区・安国寺）

49　仙路軒竹村句碑（行橋市・大橋神社）

50　松瀬青々句碑（山門郡瀬高町・清水寺本坊子授観音前）

51　松尾竹後句碑拓影
（山門郡瀬高町・清水寺本坊庭園奥）

52　高浜虚子句碑（太宰府市・都府楼址前）

55　高浜虚子句碑（太宰府市・仏心寺）

53　高浜虚子・星野立子句碑（飯塚市・北代邸）

56　大谷句仏句碑（久留米市田主丸町・雲遊寺）

57　清原枴童句碑（北九州市八幡東区・河内貯水池畔）

54　高浜虚子句碑（甘木市・秋月城址）

58　原三猿郎句碑（うきは市吉井町・百年公園）

59　原三猿子句碑（うきは市浮羽町・清水寺）

60　酒井黙禅句碑（筑後市・水田天満宮）

61　今長谷蘭山句碑（福岡市博多区・幻住庵）

62　岸秋渓子句碑（嘉穂郡稲築町・須賀神社の丘）

66　小野蕪子句碑
（遠賀郡芦屋町・岡湊神社　昭和45年撮影）

63　川端京子句碑
（北九州市門司区・小森江配水池　昭和53年撮影）

67　竹下しづの女句碑（行橋市・八社神社北側）

64　高千穂峰女句碑（田川郡添田町・英彦山野営場）

68　竹下しづの女句碑（行橋市・中京中学校）

65　富安風生句碑（太宰府市・太宰府天満宮）

71　河野静雲句碑（太宰府市・仏心寺）

72　山鹿桃郊句碑（北九州市八幡東区・阿弥陀院）

69　河野静雲句碑（飯塚市・納祖八幡宮）

73　小原菁々子句碑（うきは市吉井町・若宮八幡宮）

70　河野静雲句碑（飯塚市・飯塚市歴史資料館）

77　杉田久女句碑（北九州市小倉北区・円通寺）

74　小原菁々子句碑（糟屋郡宇美町・宇美八幡宮）

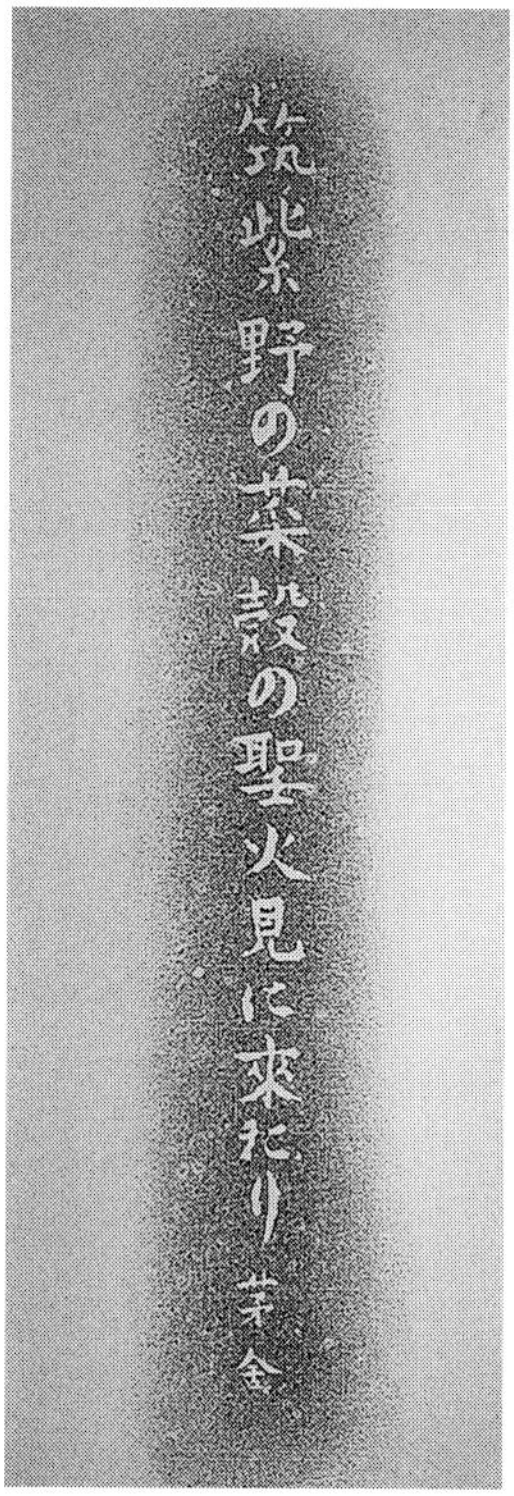

78　川端茅舎句碑拓影
（朝倉郡杷木町・宝満宮）

75　杉田久女句碑（田川郡添田町・英彦山神宮奉幣殿下）

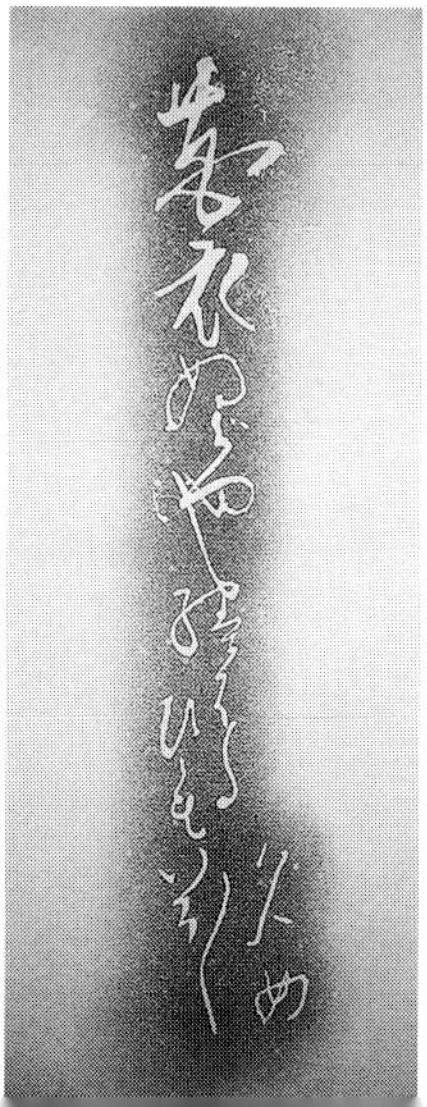

76　杉田久女句碑拓影
（北九州市小倉北区・堺町公園）▶

79　小野房子句碑（朝倉郡杷木町・宝満宮）

80　伊藤白蝶句碑（朝倉郡杷木町・伊藤邸　右は小野房子句碑）

81　阿波野青畝句碑（福岡市西区・愛宕神社）

82　阿波野青畝句碑（福岡市東区・香椎宮）

83　渡辺満峰句碑
（飯塚市・麻生医療福祉専門学校）

84　草野駝王句碑
（嘉穂郡稲築町・稲築公園）

85　江口竹亭句碑（糟屋郡篠栗町・明石寺）

86　井尾望東句碑（糟屋郡篠栗町・明石寺）

87　中村汀女句碑（北九州市門司区・めかり山荘北方）

88　高浜年尾句碑（うきは市吉井町・清光寺）

92　皆吉爽雨句碑（北九州市八幡東区・龍潜寺）

89　高浜年尾句碑（うきは市吉井町・百年公園）

93　城谷文城句碑（糟屋郡篠栗町・南蔵院）

90　高浜年尾句碑（太宰府市・太宰府天満宮）

91　稲畑汀子句碑（三井郡大刀洗町・聖母園）▶

97　高木晴子句碑（太宰府市・仏心寺）

94　向野楠葉句碑（北九州市八幡西区・岡田神社）

98　野見山朱鳥句碑
（大牟田市・国立療養所大牟田病院）

95　上原朝城句碑（北九州市若松区・高塔山）

99　野見山朱鳥句碑（98）・碑面

96　星野立子句碑（飯塚市・納祖八幡宮）▶

103　加藤其峰句碑（久留米市・玉垂神社）

100　野見山朱鳥句碑（直方市・多賀公園）

104　木下三丘子句碑（太宰府市・仏心寺）

101　野見山朱鳥句碑（飯塚市・立岩遺跡収蔵庫横）

◀105　上野嘉太櫨句碑（甘木市・上野邸）

102　田中斐川句碑
（飯塚市・納祖八幡宮　左は高浜年尾句碑）

106　長井伯樹句碑（久留米市・梅林寺外苑）

107　森永杉洞句碑（小郡市・霊鷲寺）

108　吉富無韻句碑（久留米市・円通寺）▶

109　緒方無元句碑（甘木市・安長寺）

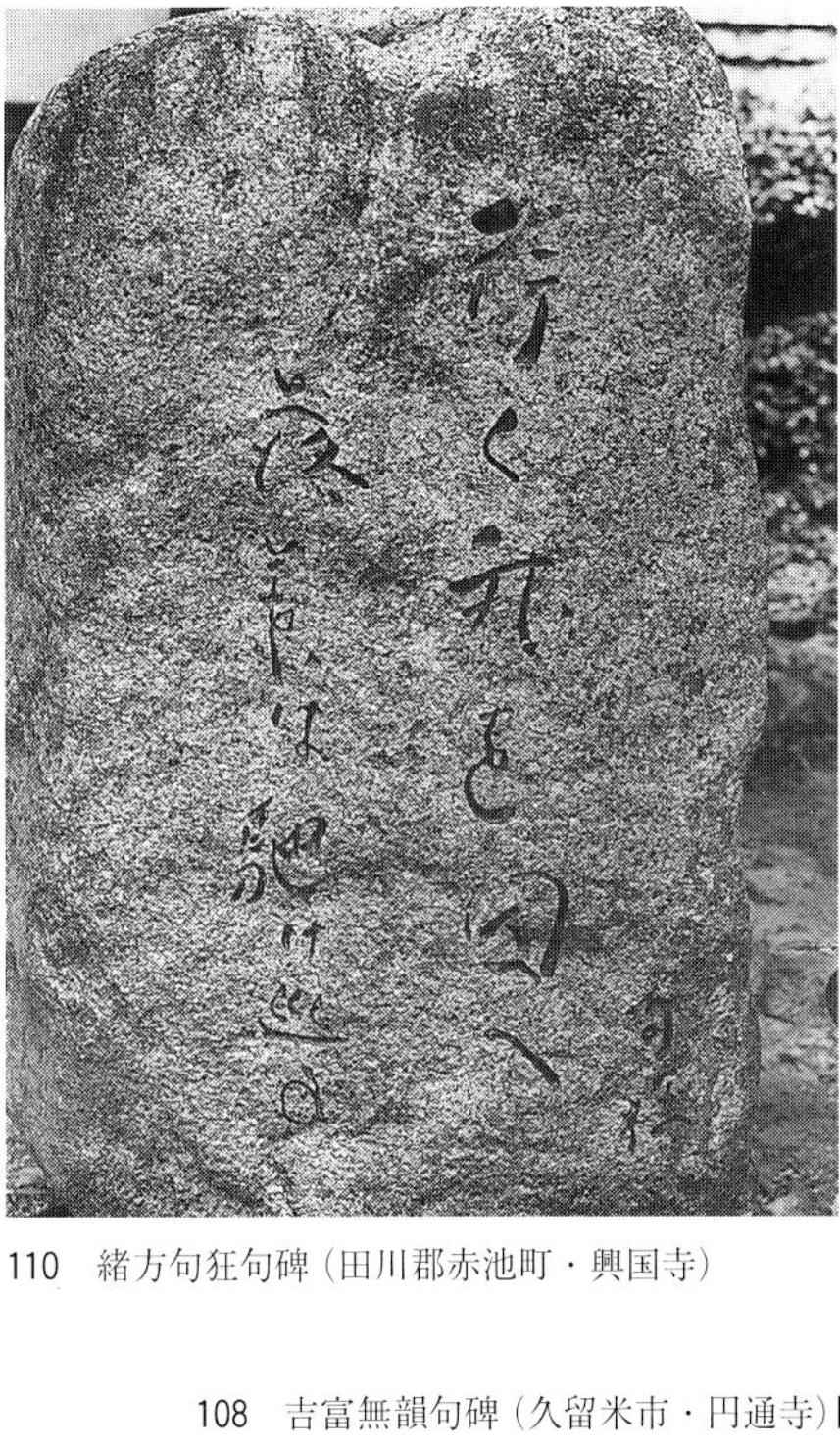

110　緒方句狂句碑（田川郡赤池町・興国寺）

111　大鶴登羅王句碑
（うきは市吉井町・祇園神社）

112　一田牛畝句碑（福岡市博多区・正定寺）

113　奥園克己句碑（飯塚市・麻生塾跡）

114　小坂蛍泉句碑（飯塚市・勝盛公園）

115　丸橋静子句碑（北九州市小倉北区・八坂神社）

116　中嶋紫舟句碑
（うきは市浮羽町・中嶋邸　左は小原菁々子句碑）

117　松根東洋城句碑（柳川市・報恩寺）

118　野村喜舟句碑（北九州市小倉北区・篠崎八幡神社）▶

119　勝本静波句碑（久留米市・永勝寺）

120　青木月斗句碑（田川郡添田町・花見ケ岩公園）

123　阿部王樹句碑（直方市・花の木井堰脇）

121　田中紫江句碑（福岡市城南区・正覚寺油山観音）

124　有馬籌子句碑（久留米市・梅林寺外苑）

125　臼田亜浪句碑（北九州市戸畑区・夜宮公園）

122　斎藤滴萃句碑（福岡市博多区・幻住庵）

126　堀内羊城句碑（中間市・中間市郷土資料館　左端）

127　吉田冬葉・田中鼎子句碑（飯塚市・納祖八幡宮）

128　細木芒角星句碑（飯塚市・金本邸）

129　桜木俊晃・登代子句碑
（飯塚市・納祖八幡宮）

130　田中鼎子句碑（飯塚市・立岩遺跡）

134　種田山頭火句碑（八女市・八女公園）

131　荻原井泉水句碑（太宰府市・太宰府天満宮）

135　木村緑平句碑（柳川市・柳城公園）

132　種田山頭火句碑（宗像市・隣船寺　右の碑）

133　種田山頭火句碑（北九州市八幡東区
・河内貯水池畔観音堂前　中央の碑）▶

139　吉岡禅寺洞句碑（福岡市東区・一光寺）

136　白藤簡子句碑
（うきは市浮羽町・大生寺　昭和43年撮影）

137　瓜生敏一句碑（田川郡赤村・油須原駅前）

140　吉岡禅寺洞句碑（糸島郡志摩町野北
昭和48年撮影・北垣一柿氏提供）

138　吉岡禅寺洞句碑（福岡市中央区・今泉公園）▶

143 矢野祥水他句碑
（三井郡大刀洗町・蓮休寺）

141 吉岡禅寺洞句碑
（140を後方より。昭和60年撮影・矢野清徳氏提供）

144 横山白虹・山口誓子句碑
（北九州市八幡東区・高炉台公園）

145 横山白虹句碑（北九州市八幡西区・畑観音釈王寺）

142 片山花御史句碑
（遠賀郡遠賀町・木守公民館）

149　大塚石刀句碑（飯塚市・大塚邸）

146　穴井太句碑（北九州市戸畑区・夜宮公園西側）

150　石橋秀野・山本健吉句碑（八女市・堺屋）

147　橋本多佳子・杉田久女句碑
（北九州市小倉北区・櫓山荘跡）

148　森澄雄句碑
（八女郡黒木町・お茶の里記念館）▶

154　夏目漱石句碑（筑後市・鉱泉場北側）

151　森鷗外句碑
（田川郡香春町・香春町役場裏）

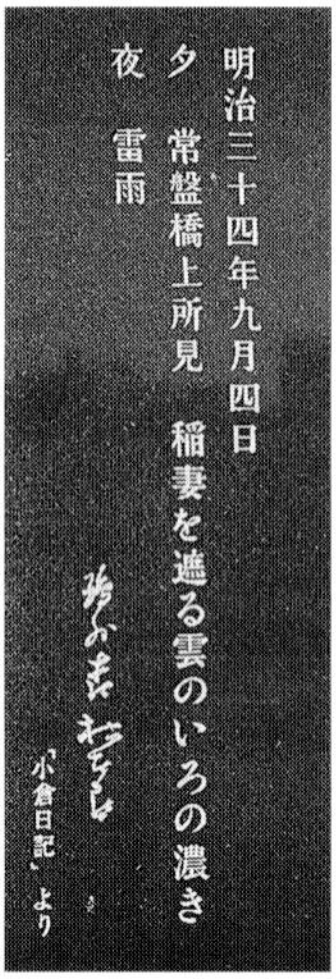

明治三十四年九月四日
夕　常盤橋上所見　稲妻を遮る雲のいろの濃き
夜　雷雨
「小倉日記」より

152　森鷗外文学碑・部分
（北九州市小倉北区・
鷗外橋西詰）

155　夏目漱石句碑（久留米市・つつじ公園東方）

156　夏目漱石句碑（久留米市・発心城址西方）

153　石橋忍月句碑（八女市・今村邸）▶

160　小宮豊隆句碑（京都郡豊津町・豊津高校）

157　夏目漱石句碑（うきは市吉井町・中央公民館）

161　村上元三句碑（北九州市小倉北区・手向山公園）

158　夏目漱石句碑（久留米市山川町追分）

162　檀一雄句碑（福岡市西区・能古島思索の森入口）

159　巌谷小波句碑（久留米市田主丸町・まるか旅館）▶

163　西原柳雨川柳碑（久留米市・三本松公園）

164　上野十七八川柳碑（北九州市八幡東区・高炉台公園）

165　安武仙涙川柳碑（福岡市東区・筥崎浜宮西側）

166　安武九馬川柳碑（太宰府市・観世音寺天智院）

167　堤八郎川柳碑（八女郡広川町・久留米工業技術専門学校　昭和50年撮影）

詩　碑

171　宮崎湖処子詩碑（甘木市・札の辻公民館前）

168　近江砂人川柳碑（飯塚市・勝盛公園）

172　北原白秋詩碑（柳川市・白秋詩碑苑）

169　藤田きよし川柳碑（太宰府市・太宰府天満宮）

173　北原白秋詩碑
（柳川市三橋町・松月川下り乗船場入口）

170　石橋陸朗川柳碑（北九州市八幡東区・高炉台公園）

177　火野葦平詩碑
（北九州市若松区・高塔山万葉植物園下）

174　原田種夫詩碑（福岡市博多区・那珂川畔）

175　林芙美子詩碑（北九州市門司区・小森江公園西側）

178　火野葦平詩碑
（北九州市門司区・甲宗八幡神社）

176　与田準一詩碑（山門郡瀬高町・清水寺三重塔前）

179　月光菩薩像（久留米市田主丸町片ノ瀬
台座の前に火野葦平詩を刻む）

180　今村恒夫詩碑（嘉穂郡碓井町上臼井）

181　志摩海夫詩碑（北九州市八幡東区・大蔵小学校前）

182　坂村真民詩碑（小郡市・如意輪寺）

183　野田宇太郎詩碑（小郡市・松崎保育園東側）

184　檀一雄墓碑（柳川市・福厳寺）

188　椎窓猛詩碑（八女市・公立八女総合病院）

185　丸山豊詩碑（久留米市・百年公園）

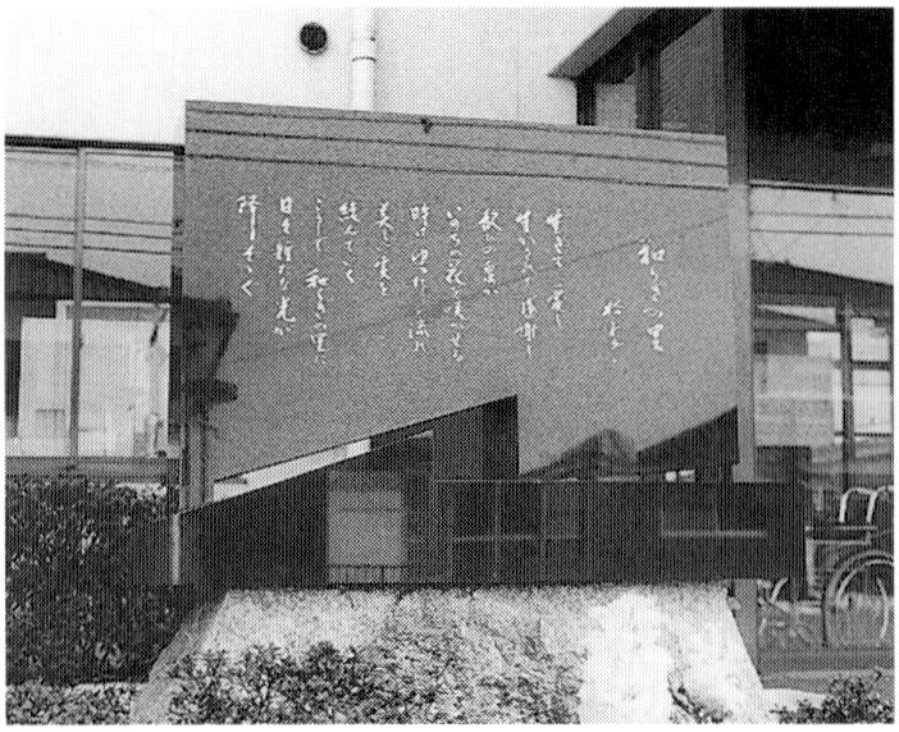
189　松永伍一詩碑（筑後市・総合福祉センター）

186　安西均詩碑
（筑紫野市・市民図書館　左の碑は副碑）

190　みずかみかずよ詩碑
（北九州市八幡東区・小伊藤山公園）

187　北川晃二詩碑（太宰府市・太宰府メモリアルパーク）▶

193　徳富蘇峰漢詩碑
（太宰府市・太宰府天満宮）

191　村上仏山漢詩碑（行橋市・中京中学校　左の碑）

194　松口月城漢詩碑（田川郡添田町・豊前坊）

192　乃木希典漢詩碑（柳川市・八剣神社）

◀195　郭沫若漢詩碑（福岡市東区・金印公園）

199　橋本英吉散文碑（田川市・石炭記念公園）

196　森鷗外文学碑（北九州市小倉北区・鷗外橋西詰）

200　鶴田知也散文碑
（京都郡豊津町・八景山自然公園）

197　北原白秋散文碑（柳川市・白秋詩碑苑入口）

201　林芙美子散文碑（直方市・須崎町公園）

198　葉山嘉樹散文碑
（京都郡豊津町・八景山自然公園）

◀205　火野葦平散文碑（北九州市若松区・安養寺）

202　劉寒吉散文碑（北九州市小倉北区・中央図書館前庭）

206　火野葦平散文碑拓影・部分
（北九州市若松区・安養寺）

203　岩下俊作散文碑（北九州市八幡東区・高炉台公園）

207　松本清張散文碑（北九州市門司区・和布刈神社）

204　無法松の碑
（北九州市小倉北区・天神島駐車場南側）

211　団伊玖磨散文碑（八女郡黒木町・素盞鳴神社）

208　田中稲城散文碑（八女郡矢部村・善正寺）

209　三木一雄散文碑（久留米市・篠山神社）

210　中薗英助散文碑（八女市・横町町屋交流館）

顕彰碑

212「五足の靴」ゆかりの碑
（柳川市三橋町・旧料亭「松月」）

◀213　長谷健文学碑（柳川市・柳城公園）

凡例

1 とりあげる対象は「文学碑」としたが、文芸作品とその作者に限定し、国文学や漢文学の学者顕彰碑などは除外した。ただし学者や他ジャンルの人でも、文芸作品であれば対象とした。

2 墓碑や記念碑の裏面・側面に作品が刻まれていても、その作品の紹介を主目的とする碑でない場合は、採り上げなかった。墓碑ではあるが、作品が前面に出ているものは紹介した。

3 配列は、歌碑、句碑、川柳碑、詩碑、漢詩碑、散文碑、顕彰碑の順とした。句碑については系譜別に記述したが、他の分野は作家の生年順に記述した。右の他に「歌詞碑」という項目を設定して記述していたが、楽譜の採録が困難であるなど、音楽との一体感を損なう記録になるので断念し、地域別一覧に歌詞を掲載するに止めた。校歌碑、社歌碑の類は集録しなかった。

4 碑文は枠で囲み、下部に写真番号を記入した。

5 短歌や俳句には散らし書きで刻まれているものもあるが、記録としては通常の書き方をした。従って、改行は原則として、碑面のとおりではない。

6 碑文内の欠字や判読不能の文字は、その字数分だけ□で示した。

7 引用文の冒頭に一字分の余白があるものは段落の頭から、余白がないものは段落途中からの引用である。

8 碑文や引用文中に仮名遣いや用字法の誤りがある場合は、その文字の右側に〔ママ〕と記し、誤植ではなく「原文のまま」であることを示した。また、碑文に濁点が打たれていない場合は、右側に〔 〕を付して濁音を示した。

9 碑文の用字は出来るだけ忠実に記録したが、「徳」や「社」など、ワープロで変換できない文字は「徳」や「社」と表記した（但し、「鷗外」などの固有名詞は正字を使った）。

10 句読点や濁点が打たれていない引用文は、そのままの引用に意味がある場合を除いて、編著者がそれらを付した。また、読み仮名についても編著者の判断で付けたり削除したりした。

11 編著者の判断で注記する場合は、〔注〕と表記し、原注と区別がつくようにした。

12 【その他】の項に碑の寸法を書いたが、碑本体の高さは「碑高」や「高さ」とし、台座部分も含めた高さは「全高」とした。「幅」は碑本体の最大部分の寸法である。

13 参考文献の著者名や発行所名は、本文中にその都度記した。従って、参考文献一覧は省略した。

14 いわゆる「平成の大合併」で新しい市町村が誕生しているが、平成十七年（二〇〇五）三月末日までに合併した分については、新市町村名で表示した。

福岡県の文学碑　近・現代編

目次

凡例 —— 1

I 歌碑 —— 1

V 漢詩碑 485

VI 散文碑 503

Ⅶ　顕彰碑

I

歌碑

はじめに

福岡県には百六十基以上（編著者未確認の碑も含む）の、明治以降の歌を刻んだ碑がある。このすべてを詳述するのは編著者の取材能力を超えるし、紙数の面からも困難である。文学史や文学辞典に採り上げられている人の歌碑を重視するという傾向は否めないものの、出来るだけ幅広く採り上げるように配慮はした。しかし、結局は編著者の好みで選択して、詳述する歌碑と地域別一覧に入れるだけの歌碑に分けざるを得なかった。配列は作者の生年順である。

阪（ばん）　正臣（まさおみ）

安政二年（一八五五）─昭和六年（一九三一）。名古屋生まれ。本姓は坂。和歌は高崎正風（まさかぜ）に学ぶ。東京女学館や華族女学校の教授等を勤めた。明治二十年（一八八七）、御歌所（おうたどころ）に入り、同三十年には寄人（よりゅうど）となる。大正五年（一九一六）より同八年まで、入江為守らと『明治天皇御製』の編集に当たった。昭和三年、大嘗祭主基（だいじょうさいすき）歌を詠進、宮廷歌人として多くのすぐれた歌を残した。歌集に『三拙集』、『樅屋全集』がある。

昭和大嘗會　主基方風俗舞歌

ちはやふ〔ぶ〕るかうらの山のかうこ〔ご〕いしかけじくつ〔づ〕れじ御代にならひて

写真１

御歌所寄人従四位　大江朝臣正臣

【所在地】 久留米市御井町　高良山旧登山道

高良山へは現在は車道が通じているが、碑は高良大社の旧参道にある。御井町バス停のすぐ東側に大鳥居がある。それをくぐり、高速道路の下を過ぎると三つに道が分かれる。左へ進み、家並みが途切れたあたりに「高樹神社前」バス停があり、その先で車道がヘアピン状に右へカーブしている。カーブの直前に「高良玉垂宮」の額のかかった大鳥居がある。それをくぐると、旧参道が爪先上がりにのぼっている。二、三分も登ると登山道の左上手に碑がある。

【裏面】 御大禮奉祝紀念　　筑後史談会之を建つ

昭和四年紀元節　　主基地方長官　齋藤守圀誌

〔注――「紀元節」は神武天皇が即位した日だとして、二月十一日を記念した祝日。昭和二十三年に廃止された。「斎藤守圀」は当時の福岡県知事〕

【その他】 詞書(ことばがき)の解説をまずしておきたい。「大嘗会(だいじょうえ)」は大嘗祭ともいわれ、天皇が即位後最初に収穫した新穀で御飯を炊き餅をつき、酒を醸造して神に捧げ、天皇自らもこれを召し上がるという皇位継承の儀式である。神に供える新穀を作る斎田(さいでん)は、亀卜(きぼく)法（亀の甲を焼いて、その割れ方で地域を特定する）で、京都以東・以南の地域（これを悠紀(ゆき)国という）と京都以西・以北の地域（これを主基(すき)国という）がそれぞれ選定される。

昭和大嘗祭がどのような日程で行われたかを調べてみた。大正天皇が亡くなられたのが大正十五年十二月二十五日。一年後に喪が明けてから即位の準備が始まったが、その一環として昭和三年二月に、悠紀国は滋賀県、主基国は福岡県と決定された。即位の大礼は昭和三年十一月十日。そして大嘗祭は十四日から十五日にかけて行われた。

二月五日に主基国決定の知らせを受けた福岡県では、九十四カ所の候補地からしぼっていき、最終的には三月十五日に、斎田は早良郡脇山村（現・福岡市早良区脇山）と決定し、石津新一郎氏の所有田が選ばれた。現在、斎田跡には「大嘗祭主基斎田址」の石柱が建てられているという（以上は高橋絃・所功共著『皇位継承』〈文藝春秋〉一二四頁、福岡県史普及版『福岡県の歴史』〈福岡県刊〉一九二頁、および柳猛直著『福岡歴史探訪 早良区編』〈海鳥社〉一〇八頁を参考にして記述した）。

詞書の末尾に「風俗舞歌」とあるが、『国語大辞典』（小学館）で「風俗舞」を調べると「大嘗祭のとき、辰の日に悠紀、巳の日に主基の国の風俗歌をうたって、歌女の舞を奏すること。また、その舞」とあった。これだけでは具体性に欠けるのでさらに文献を渉猟（しょうりょう）していたところ、新人物往来社の『別冊歴史読本』（『図説 天皇の即位礼と大嘗祭』昭和63。以下『図説』と略称）に、昭和大嘗祭の詳しい記録や解説があった。

それによると、大嘗会和歌は、悠紀方・主基方それぞれに、風俗和歌（稲春歌（いなつきうた）一首、風俗歌一首、風俗舞歌四首）および御屏風和歌（春夏秋冬各一首）が詠進された。作者は悠紀方入江為守（御歌所長官）、主基方阪正臣（御歌所寄人）であった。それ以上の詳しいことは省略するが、碑文の風俗舞歌は大嘗祭後の「大饗（たいきょう）第一日の儀」（十一月十六日に行われた祝宴）の中で、主基地方の風俗舞歌として奏され、舞が発表されたのである。

さて、阪正臣作の主基方風俗舞歌を『図説』一九〇頁で見ると、「伊岐松原（いきのまつばら）」、「高良山」、「企救浜（きくのはま）」、「和布刈（めかり）神社」の名勝を詠んだ四首である。

曲・舞・振付について具体的に理解しようとする人にとって貴重な文献があるが、その存在を、高良大社（久留米）社務所の古賀氏に教えていただいた。それは主基地方風俗舞保存会（宗像大社内）刊行の『主基地方風俗舞――昭和のあゆみ』（昭和59）である。福岡県立図書館に架蔵されている。

さて、碑の歌は濁点を付けずに彫られているが、「かけじ」と「くつれじ」の「じ」はどちらも「自」の草書体になっているので、「じ」と濁点を付けて記録した。

意味が分かりやすいように、漢字を混ぜて表記してみよう。

千早振る高良の山の神籠石欠けじ崩れじ御代に倣ひて

「ちはやぶる」は「神」や神の住む「斎宮」にかかる枕詞。高良山の山腹には高良玉垂命を祭る高良大社がある。「神籠石」については、歌碑に対面するように案内板があるので、その文面を紹介しよう。

史跡　高良山神籠石

筑後国一の宮高良大社が鎮座する高良山の山腹を広くとりめぐらした列石で、わが国の古代遺跡として、最も規模雄大なものである。古くは「八葉の石畳」と呼び、高良大社の縁起の中で、結界の表示として語られているが、古代の山城の一種とするのが通説である。明治以降学界で問題となった同類の遺構は、最初に紹介された高良山の例にならい、神籠石と総称されるようになった。

列石は一メートル内外の長方形の切石を一列に並べたもので、高良大社社殿背後の尾根（海抜二五一メートル）を最高所とし、南側の尾根にそって下り、西裾の二つの谷を渡り、一三〇〇余個、延々一六〇〇メートルに及ぶ。ここ南谷には、水門の基底部の石組みが遺っている。

これに対して、北側の列石は確認されていないが、天武天皇七年（六七八）の「筑紫国大地震」によって崩壊したのではないかとの説がある。

築造の目的、年代、築造者などについても諸説があり、正史に記載を欠くことと相まって、この列石をめぐる謎は深い。

昭和二十八年十一月十四日、国の史跡に指定された。

阪正臣が、高良山神籠石が崩落することなく幾久しく伝わることと、新天皇の御代の弥栄を重ねて、主基国の風俗舞歌の一つとして詠進したのである。

碑は全高二・二メートル、幅〇・九メートル。

もう一基、昭和大嘗祭に阪正臣が詠進した御屏風和歌（春夏秋冬各一首）中の、冬「彦山（暮雪）」を詠んだ歌を刻んだ碑が、田川郡添田町の英彦山神社奉幣殿上手に建立されている。地域別一覧を参照されたい。

石橋忍月（にんげつ）

慶応元年（一八六五）－大正十五年（一九二六）。筑後国上妻（こうづま）郡湯辺田（ゆべた）村（現・八女郡黒木町大字湯辺田）生まれ。本名友吉。生まれた翌年に、叔父養元（医家）の養嗣子となる。十五歳で上京。帝国大学法科大学法律学科で、法律とともにドイツ文学を研究。学生時代に評論を発表したが、森鷗外の『舞姫』を論じ、鷗外との間で「舞姫論争」をまき起こしたことにより、文芸評論家として文壇に注目された（明治二十三年〈一八九〇〉）。評論のほか戯曲や小説も発表している。大学卒業後は内務省官吏、明治二十六年からは北国新聞編集顧問などの職に従事した。同三十年に帰京して法律事務所に勤務（翌年開業）、かたわら幸田露伴に代わって文芸雑誌「新小説」の編集主任も勤めた。同三十二年、長崎地方裁判所判事。さらに長崎市会議員から県会議員になり、晩年は長崎に定住した。子息石橋貞吉（山本健吉）編の『石橋忍月評論集』がある。黒木町今一〇五三の「学びの館」には、石橋忍月文学資料館がある。この建物は忍月の生家で、同町湯辺田（ゆべた）から移築復元したものである。

八雲（くも）たつ神（かみ）のみむろも浮（うか）ぶかとみゆるばかりに匂（にほ）ふ藤（ふぢ）なみ　　忍月

写真２

【所在地】八女郡黒木町黒木　素盞嗚（すさのお）神社

国道四四二号線で黒木町の中心地区を東進すると、道路の上にも藤棚が張り出した所がある。そこが国指定天然記念物の大藤のある素盞嗚神社である。碑は拝殿に向かって右手前方に森澄雄句碑と並んでいる。

【裏面】 石橋忍月　一八六五～一九二六

黒木町湯辺田出身　名は友吉　明治初期の文芸評論家

明治三十六年五月二日帰郷しての歌「祇園社の藤は余が幼年時代の知己なり」の題詞がある。

平成十三年四月二十三日　黒木町文化連盟

【その他】「八雲たつ」は「幾重にも雲が立ちのぼる」という意から、本来は「出雲（いずも）」にかかる枕詞であるが、素盞嗚神社を取り巻くように枝を張った藤の開花の様を、御室（みむろ）（社殿）が盛んにわき出る雲に浮いているようだと連想したのであろう。

この歌は追想録「久留米の二日」に出ている。その部分を八木書店刊『石橋忍月全集』第二巻一二八頁から転載しておく（原文には読点のみで、句点が使われていない。編著者の判断で句点に替えた部分があるし、漢字に振り仮名を付けたものもある）。

予は数年以来幾たびとなく帰省するも、未だ一回も黒木町を訪ふたることあらず。黒木町は実に廿数年以前予が学びたる校舎の所在地にして、其（その）祇園神社〔注――素盞嗚神社の別称〕の藤は実に予が幼年時代の知己なりとす。

時は正に首夏（しゅか）にして、紫深く咲ける様、思ひやられて遊意禁する能はず、乃ち（すなはち）墓所より帰り、昼餐（ちゅうさん）を終るや否や、又々双輪〔注――自転車〕を御（ぎょ）して行く。

若葉かげさす川沿の道を走り、田本の里のはずれに至れば道の左方に向日（むかひ）が丘あり。予の母方の一族の永眠所なり。しばしハンドルを停めて遥拝す。本分（ほんぶん）を抜け、馬場を過ぎ、津江神社の大楠樹を横に見つゝ、間なく黒木町に達し、祇園神社に詣づ。見来れば音に名高き一本の藤波、神殿の周囲を一回して、猶其余波、惹ひて境外に出づる様、になうめでたし。藤棚の延長凡そ五十間、盛りには少し早けれど、千とせをかけて夕日に匂へる様、いとうるはしく、神殿はさながら紫の雲に浮べるに似たり。

八雲たつ神のみむろも浮ぶかとみゆるばかりに匂ふ藤なみ

この紀行文は、『石橋忍月全集』第二巻一一九頁に「初出未詳」と注記されているが、最初は新聞に発表されたようである。その新聞の紙面のまま、碑に刻まれている。つまり、歌の部分は振り仮名付きの活字体である。その新聞は、石橋家より黒木町に寄贈された遺品で、忍月による新聞の「切りぬき帖」にあったもので、新聞名や日付の記入はないということを、「八女を記録する会」の杉山洋氏に教えていただいた。署名部分は本人自筆の短冊を拡大して刻まれたようである。

碑は全高一・五三メートル、幅〇・三メートル。

石橋忍月歌碑が八女郡黒木町にもう一基ある。地域別一覧を参照されたい。

堺　利彦

母と共に花しほらしの薬草の千振つみし故郷の野よ　　とし彦

写真3

【所在地】 京都郡豊津町豊津五二一—一　堺利彦顕彰記念館隣

豊津町を南北に貫く国道四九六号線と、平成筑豊鉄道豊津駅から椎田へ抜ける道路が交差する地点は甲塚というが、その交差点から南へ国道を進むと錦町バス停（JR行橋駅発、京築交通伊良原線）がある。そこから三分ほど南進すると東側に堺利彦顕彰記念館（入館は事前に豊津町役場企画課に予約が必要）があり、隣接地に歌碑が建立されている。

【副碑】 堺利彦先生ハ明治三年旧十一月二十五日、豊前国豊津ニ生マレタ。夙ニ操觚界ニ入ツテ枯川ノ文名を謳ワレ、後ニ社会主義者トナツタ。日露開戦ノ危機ニ際シ敢然トシテ非戦論ヲ唱エ、幸徳秋水ト共ニ平民新聞ヲ創刊シタ。社会主義運動ガ実践期ニ入ツタノハ、実ニコノ時ニ始マル。

先生ハ明治、大正、昭和ノ三代ニワタリ、政府ノ弾圧ニ抗シ数次ノ入獄ニ屈セズ、社会党ノ組織、機関紙ノ発行、無産階級勢力ノ発展、民主主義精神ノ興隆ノタメニ、心血ヲソソイデ努力シタ。昭和六年ノ秋、満州事変オコルヤ、先生ハ寝食ヲ廃シテ反戦運動ニ盡瘁シ、ツイニ疾ヲ獲テ倒レ、八年一月二十三日東京ニ逝ク、享年六十四。

先生ノ生涯ハワガ国社会主義運動ノ歴史ヲ代表シ、就中、マルクス主義ノ確立ハ先生ヲ以テ第一人者トスル。昭和三十五年十一月二十五日、先生ノ生地ヲ選ンデ記念ノ碑ヲ建テ、郷党ナラビニ後輩ガ追慕ノ意ヲ表ス。

荒畑寒村記

昭和三十五年十一月　堺利彦先生顕彰会

〔注――読み仮名は編著者で付けた。「操觚」とは文章を作ること。堺利彦の出生地を「豊前国豊津」としているが、小正路淑泰氏の論文「堺利彦、真の出生地とその原風景」（西日本文化協会会誌「西日本文化」三二六号所収）によると、出生地は現在の福岡県京都郡犀川町大字大坂字松坂一六五五番地有高米松氏宅である。米松氏の四代前の甚市時代に、堺一家は三年前後有高家に間借りしていたという。その後、旧小笠原藩士の豊津集結で堺一家も豊津に移住している。その経緯についても論文には詳述されている〕

【その他】 堺利彦については、どうしても社会主義者としての側面を中心とした紹介になりがちである。しかし堺利彦の文学活動に相当なスペースを裂いている文献もある。ここには、學燈社の『日本文学全史 5 近代』（三二三頁。紅野敏郎執筆「社会主義と文学」）から堺利彦に関する部分を転載したい。

堺利彦の場合はその出発が政治青年というより文学青年的色彩が強かった、という点に一つの特色があった。兄の本吉欠伸の影響を受けて小説を書いたり、『大阪朝日新聞』関係の人々が中心であった浪華文学会に加わったり、『なにわがた』『浪花文学』、あるいは『しからみ草紙』『福岡日日新聞』『読売新聞』などに作品を掲載、やがて『万朝報』に入社、「よろづ文学欄」を担当、しかし日露開戦に対する反対姿勢を打ち出したことがもとで、内村鑑三・幸徳秋水とともに万朝報を退社し、平民社を興し、週刊『平民新聞』（明治三六創刊）を発行、という経歴のなかに、文学青年・ジャーナリスト・社会主義、この三つが含み込まれていて、それが逐次展開し、重なり、さらに三位一体のかたちにこねあわされていく、そういう存在が堺利彦であった。

（略）きわめて散文的で日常的に醒めた人、それが堺利彦である。オーバーな身ぶり手ぶりを好まず、むしろ文は平明にして率直、平坦にして清新、という構えをよしとした。『言文一致普通文』（明治三四）の刊行、『家庭の新風味』（明治三四―三五）、『家庭雑誌』の創刊（明治三六）、というような事実のなかにも、日常生活の改良と趣味の普及への意欲がうかがえる。高らかに憧れ、謳歌し、唱え、鼓舞する、というやり方でなく、あくまでも散文的な改良、啓蒙で、そのなかに趣味性がおのずと含み込まれる。そういう点では新しいタイプの社会主義者であり、ジャーナリストであり、文学者であった。形式に走り、実質を忘れる、つまり非平民的あり方を堺はことのほか排斥する。

さて、ほぼ四角形（高さ一・六メートル、幅一・七メートル）に加工された碑面を見ると、右上方には堺利彦の肖像のレリーフ（ブロンズ）がはめこまれている。美夜古郷土史学校発行『京築の文学碑』によると、「設計は豊津出身の画家・福田新生、彫刻は〝わだつみ像〟の作者・本郷新という超一流コンビ」による碑だという。

碑の中央には自筆の歌が三行に分けて書かれ、左下方に署名が彫られている。第四句の「千振（せんぶり）」は薬草である。

利彦は少年の頃の、母と千振にまつわる思い出を次のように述べている（川口武彦編・法律文化社発行『堺利彦全集』第六巻二五頁所収の「堺利彦伝」第一期の七「わたしの母」）。

母はめったに外出しなかったので、たまに前の山にせんぶり摘みなどに行く時、わたしらはそれを大変珍しいことのようにして、そのあとについて行った。母はせんぶりを摘んでは陰干しにして置いて、毎朝それを茶の中に振り出して飲むのであった。（略）わたしもいつかそのまねをして、あの苦い味わいを、何か少し尊い物のように思っていた。後にわたしが人生のある事件を批評する時、「苦底の甘味」という言葉を用いたことがあるが、それはせんぶりの味に思い寄せたのであった。またせんぶりという草のツイツイと立っている姿、あのささやかな白い花の形などが、何とも言われぬしおらしさを私に感じさせた。そして、それも恐らく、母から開かせられた目の働きであったろうと思う。

歌の第五句「故郷（ふるさと）の野よ」には望郷の思いが強く感じられるが、この歌は獄中での作だという。利彦に『楽天囚人』という著作がある。明治四十四年、丙午出版社から刊行された古い本（編著者は福岡県立図書館で閲覧した）である。その序にこの書物の内容が紹介されている（編著者で漢字は現代の表記に替えた）。

此の書は予が入獄の記念である。

予は社会主義者として、前後三回、監獄に入った。（略）三度目は四十一年の夏より四十三年の秋まで、罪名は官吏抗拒（いわゆる赤旗事件）と再び新聞紙条例違犯、刑期は二年と二カ月、所は千葉。

此の書の中、『貝塚より』は、予が千葉監獄より予の妻に宛てて送りたる手紙に多少の彩色を施したるもの。但し、彩色を施したと云っても、別に無い事を附加へた訳では無い。只当時、書きたいと思ひながら、用紙の大いさに制限されて、十分に書き得ざりしものを、後で少し書き足しただけの事である。

『貝塚より』の「其三（十二月九日）」〔注――明治四十一年〕の末尾に次のようにある。

夜中に眼が覚めたりすると、故郷の事をシミジミと思ひ出す。歌の様なものが幾つも出来た。人に見せたッて仕様は無いし、御身〔注——妻を指す〕にも興味はあるまいが、二ッ三ッ書いて置くから、序でもあッたら本吉のお民〔注——本吉家の養子となった兄欠伸の忘れ形見〕に見せてくれ。

今も猶蕨生ふるや茸出づや我が故郷の痩松原に

母と共に花しほらしの薬草の千振つみし故郷の野よ

我父の誇の水瓜井に浸し氷なすまで冷して喰ひし

この碑は堺利彦の生誕九十周年を記念して、堺利彦顕彰会によって建てられた。昭和三十五年（一九六〇）十二月十七日に除幕式が行われたが、『豊津町史』（平成10）によると遺児（長女）の近藤真柄を始め、荒畑寒村、鈴木茂三郎、向坂逸郎、高津正道、平林たい子等約三百名の参加者で賑わったという。

なお、碑が建てられているのは堺利彦農民労働学校の跡地だということである。この労働学校についても『豊津町史』に詳述されているので、参照されたい。

「朝日新聞」夕刊（昭和57・2・17）の水曜コラム「昭和の文学」にこの農民労働学校が採り上げられているが、その記事によると、堺利彦顕彰記念館で昭和五十七年一月十七日に、堺利彦農民労働学校が半世紀ぶりに再開されたということである。

久保猪之吉

明治七年（一八七四）―昭和十四年（一九三九）。福島県生まれ。医師。短歌に興味を抱いたのは、第一高等学校在学中からで、落合直文の「あさ香社」結成と同時にこれに参加。明治三十一年には、服部躬治、尾上柴舟らとともに「いかづち会」を結成して新派和歌のために気勢をあげたが、同三十四年頃には実質的な活動は終息したという。同三十六年にはドイツに留学し、同四十年に帰国して福岡医科大学（現・九大医学部）教授となる。耳鼻咽喉科の権威者であり、歌人、俳人としても有名。喉頭結核を宣告された長塚節（二一頁）が、診察・治療を受けたことはよく知られている。同四十五年頃から歌作を復活。大正二年（一九一三）二月に「エニグマ」を創刊し、約三年間発行を続けたが、やがて歌から全く遠ざかった。晩年には句集『春潮集』を出している。夫人より江は俳人である。

霧ふかき南独〔ママ〕逸の朝の窓おぼろにうつれ故郷の山　ゐの吉

写真4

【所在地】福岡市東区馬出（まいだし）三丁目　九州大学医学部構内

九大病院正門の守衛詰所から左へ塀に沿って駐車場内を四〇メートルほど進むと、塀を背にして碑がある。その先には久保猪之吉博士の胸像および久保記念館がある。

【右側面】久保猪之吉先生歌碑　一九六〇年五月建立

【その他】高さ一メートル、横二・八メートル、厚さ〇・二メートルに切石を積んだ壁を背にして、前方が少し低くなった見台形（けんだい）（六面体で奥の高さ〇・四メートル、横一・三六メートル、奥行き〇・七八メートル）黒御影石の碑本体が、一一センチの台上に座っている。本体上部に、歌が活字体で「霧ふかき／南独逸（ドイツ）の／朝の窓／おぼろに／うつれ／故郷の山」と六行に分けて彫られ、七行目下方に署名が自筆で刻まれている。明治時代の歌であるから、「独逸」の「逸」や「故郷」の「郷」が旧字体で表記されているのは当然のことであるが、「独」だけはなぜか「獨」ではなく当用漢字で書かれている。作者の揮毫をチェックしたわけではないので編著者の推測であるが、「独」は「獨」の俗字として旧字体の時代にも使われていたのではないだろうか。俗字として広く使われていたから、昭和二十一年に当用漢字が制定される際に「独」という字体が採用されたのだと考えている。『博多　くらしとガイド』（西日本新聞社出版部編・刊）の「文学碑をたずねて」（執筆者・持田勝穂。一三五頁）によると、「歌碑はそのドイツ留学中フライブルクで詠んだ歌を選んで、昭和三十五年五月十五日、久保博士門人による四三会の河田政一氏らによって建てられた」という。原田種夫著『博多文学案内』（積文館書店刊）三四頁によると、除幕式が行われた五月十五日は、九大医学部耳鼻咽喉科教室開講記念日だという。

「西日本新聞」夕刊（昭和44・5・8）の連載「石の声」から、次の一節を転記しよう。

　フライブルクの地形は、博士の郷里福島とよく似ているという。朝の目ざめに、窓から遠い山脈（やまなみ）をながめているうちに、ふと博士の胸を、望郷の念がよぎったものであろう。「霧深き南独逸の朝の窓」も、写生に立脚したうまい表現だが、フライブルクと故郷の山をダブらせた「おぼろにうつれ故郷の山」は、望郷の気持ちを歌いながら感傷に流れず、博士の歌の力量をうかがわせるすぐれた表現である。

松尾光淑（みつよし）

明治八年（一八七五）－大正六年（一九一七）。二日市生まれ。幼名富太郎。父与十郎光孚（みつたね）は最後の福岡藩温泉奉行。明治三十一年、筑紫郡書記。同三十七年、福岡県知事室官房。同三十九年五月に依願退職し、筑紫郡二日市町の助役となる。和歌は、九州学院（熊本）在学中に、同校の小山多乎理（たをり）に師事。著書に『武蔵温泉誌』（明治31）、『太宰府名所誌』（大正6）がある。また、原本未発見の『紫陽百人一首』の唯一の写本は光淑の手になるもので、福岡女学院短大の前田淑教授が昭和六十三年（一九八八）二月刊の同短大紀要に「近世地方文芸資料『紫陽百人一首』――解題と翻刻」を発表され、また同年五月二十六日の「西日本新聞」夕刊に「よみがえる幕末歌壇」の見出しで紹介され、注目された。

此山に登りし君がいにしへを思へば悲し見れば尊し　光淑

写真5

【所在地】 筑紫野市武蔵　天拝山登山道

武蔵寺（ぶぞうじ）前の天拝山歴史自然公園から登山道をたどると、ほどなく大きな鳥居がある。その左側に碑がある。

【はめこみの説明文】 天拝山は、二日市温泉の西南にあります。古い時代は天判山と呼ばれていました。延喜元年（九〇一年）京都から太宰府に流された菅原道真公が、この山に登って無実を訴えられたということで、この山の名があります。山頂の社は、太宰府天満宮で祭りが催されています。

此山に登りし君がいにしへを思へば悲し見れば尊し　光淑

【その他】 光淑の孫、松尾和彦氏の教示によって次の点が明らかになった。

・揮毫者は太宰府天満宮権宮司であった故御田（みた）義清氏。
・建立は平成四年三月二十三日。
・松尾光淑著『武蔵温泉誌』（私家版、明治31）の中にこの歌は出ている。二十四歳での出版であるから、この歌はそれ以前の作ということになる。松尾家所蔵の短冊には、この歌は無いそうで、『武蔵温泉誌』を原典として碑に刻まれたようである。

編著者は、昭和四年十一月二日の再版本で『武蔵温泉誌』（福岡県立図書館架蔵）を確認したが、巻末附録「散歩の栞（しおり）」中の「天拝山」の項に碑に刻まれているのと同じ表記で、この歌は収録されていた。

碑は全高二・六五メートル、幅一・九メートル。

白仁秋津

明治九年（一八七六）―昭和二十三年（一九四八）。三池郡上内村（現・大牟田市岩本）生まれ。本名勝衛。明治三十六年頃、北原白秋、川口露骨、中嶋白雨、大石秋華と回覧雑誌「常盤木」を発行（第三集と第五集が白仁家に現存）。同年、与謝野鉄幹主宰の東京新詩社に加わり、与謝野夫妻に師事した。「明星」、「スバル」、「冬柏」と時代を追い、明星派歌人として白秋、吉井勇、石川啄木、高村光太郎、木下杢太郎らと名をつらねた。日露戦争が勃発すると入営して作歌活動は休息するが、戦争が終わって帰郷すると、中央の新聞「万朝報」歌壇（選者・与謝野晶子）にその歌が掲載されるようになる。そして、「寛への傾倒を次第に深めてき、寛の側でも秋津に自分の中にある傾向と通じるものを認めてそれを引きたてようとしている」（明石利代著『「明星」の地方歌人考』二二一頁）。しかし、歌壇的な野心は無かった。大正十二年（一九二三）から昭和十一年まで、三池郡銀水村村長を務めた。著書に歌集『日露戦役回顧の歌』（昭和17）がある。平成十六年十一月に、「白仁秋津を顕彰する会」が発足した。

上床の山の秋風すゝきだにそむくと見えて身のさむきかな　　秋津

写真6

【所在地】大牟田市岩本一〇〇二　白仁邸

国道二〇八号線を南下すると、明光学園の少し先で国道は鹿児島本線を跨いで東側に出る。一キロほど進むと白銀橋を渡る。渡ってすぐ左折し、白銀川と誠修高校（旧・不知火女子高校）の間の道路を川沿いに二キロ強東進すると「下内」というバス停がある。そこから右折し、直ぐに左折して二〇〇メートルも行くと左手にどっしりとした家がある。そこが白仁邸で、碑は隣接する果樹園内にある。

【裏面】 上床の山の秋風す、きだにそむくと見えて身のさむきかな　　秋津

白仁秋津先生は、明治九年大牟田市岩本に生れ、本名を勝衛と言い、短歌を与謝野鉄幹・晶子夫妻に学び、大正十二年より十五年間、銀水村長として村政に貢献された。

昭和四十四年十二月七日　　白仁秋津先生歌碑建設会

〔注──銀水村は昭和十六年に大牟田市に編入された〕

【その他】「朝日新聞」（昭和44・12・11）によると、「大牟田市甘木の僧職竹林末人さん（七〇）、同市不知火町無職森新一さん（六〇）ら地元の歌人七人がことし春ごろから計画、地元民や歌人ら約四百人から五十万円の寄付金が集まった」ということである。

長男白仁欣一氏に、この歌の背景について次のように教えていただいた（欣一氏は平成十五年四月他界）。

明治三十五、六年頃、回覧雑誌「常盤木」の北原白秋（柳河）、大石秋華（八女郡辺春村）と白仁秋津の三人（「筑後の三秋」と称していた）は時折、上徳山（うわとこ）（福岡・熊本の県境近くにあり、標高は二五八・一メートルだが、天気さえよければ阿蘇・雲仙・脊振の山々が遠望できた。頂には松の大木やお宮があった）に登り、お宮にあがりこんで社会の問題や短歌について談論していたということを、欣一氏は父秋津から聞いていたそうである。ちなみに、その山までは秋津宅からは東へ歩いて一時間、白秋がよく訪れていた母の実家（南関）からは西へ三十分という距離だそうで、寄りやすかったのであろう。その後明治三十七年（一九〇四）には、白秋は上京し秋津は軍隊に入り、それぞれの道を歩きはじめた。そして二人の交流は年賀状のやりとりだけという状態になっていく。そういう時期に、上徳の山での青春の熱い日々が、もはや遙か彼方に過ぎ去ったことを思って詠んだのが碑の歌である。

編著者は、平成十三年（二〇〇一）三月に欣一氏と面談し、貴重な資料を見せていただいた。それによると、秋津が与謝野鉄幹に送ったこの歌稿は、白仁家に保存されている秋津自筆の控えによると、

上徳の山の秋風芒だに叛くと見えて身の寒きかな

である。それが鉄幹の手を経て「冬柏」（第二期「明星」消滅後、昭和五年に創刊された新詩社機関誌）第九巻（昭和十三年）第一〇号に発表されたのであるが、

上徳の山の秋風芒だに叛くと見えて身に寒きかな

となっている。「身の」が「身に」と変わっている。そして、秋津自筆の短冊をもとに刻まれた碑の歌は、

上床の山の秋風す、きだにそむくと見えて身のさむきかな

となっている。「上徳」から「上床」へと字面は大きく変わったが、発音は同じ「ウワトコ」である。

秋津はなぜ「上徳」を「上床」にかえたのだろうか。秋津宅の所在地である岩本の東、熊本県に接する所に「川床（かわとこ）」という地区があり、上徳山の管理もこの地区がしているそうであるが、「川床」からの連想で「上床」と表記した可能性があることを、欣一氏は語られた。熊本県側に「上床」という地名があることも無関係ではないように、編著者には思われる。

碑は全高二メートル、幅一・八メートル。熊本県金峰山産の安山岩である。

尾上柴舟（おのえさいしゅう）

明治九年（一八七六）―昭和三十二年（一九五七）。岡山県生まれ。本名北郷（きたごう）八郎。尾上は養家の姓。大学を出て、東京女高師・学習院その他の教職にあった。歌は、津山時代は神職直頼（じく）高の指導を受け、上京後は大口鯛二

に師事。そして、落合直文の「あさ香社」結成に加わった。明治三十八年には車前草(しゃぜんそう)社を結成。大正三年（一九一四）からは『水甕(みずがめ)』を主宰。旧派（宮内省派）と急進派（与謝野鉄幹の率いる新詩社「明星」）の接点的存在であった。大正十二年、「平安朝時代の草仮名の研究」で学位をとり、芸術院会員の書道代表であった。

ゆをいて〔で〕、ひらくゆかたのえりもとにほたるふきいる、くすのゆふかせ〔ぜ〕　八郎

写真７

【所在地】 筑後市尾島　船小屋　水天宮境内

国道二〇九号線を久留米の方から船小屋温泉まで南下すると、国道は矢部川にかかる船小屋温泉大橋を渡る。碑へは橋の手前から左へ下り、橋の下を潜って西進する。橋から二五〇メートルほど進むと、堤防の右手に水天宮（祠(ほこら)）があり、その右側に碑はある。水天宮のすぐ先には、福岡保健福祉センター「ヘルシーパル船小屋」がある。

【裏面】 耕地整理記念歌碑文

緑堤の桜花旭日に映え、矢部の清流銀鱗躍り、珠ヶ瀬の蛍光樟林に明滅し、治病の霊泉滾々として湧き、大自然の恵澤豊なる船小屋鉱泉郷は屢ゝ水禍に襲はれ、殊に大正十年六月大水害を蒙り、惨禍甚しく沃田忽ち不毛の砂漠と化す。茲に水田村・古川村・瀬高町の禍害地域九十七町七反四畝歩を四工区に頒ち、各委員を設けて復舊改良を企劃し、同年九月組合を設立工事に着手し、縣の指導と補助及國庫の助成とを受け、鋭意心を注ぎ工事に努力する内、幾多の困難に遭遇せるも屈せず、総工費三十七万三千餘圓を費し、昭和五年八月遂に工事を竣工。尓来残務を整理し、起工後二十ヶ年の星霜を閲して右事業を完了したる結果、井堰の改築、道路及水路の改修、耕地の区劃更生、林野の開墾等の改良工事を施したる為、耕耘の利便加り食糧の増産に寄与せし事尠からず。多年の水害全く免れ、楽土建設を見るに至る。茲に工事を記念する為、我國歌界の泰斗、書道の最高権威柴舟尾上八

郎博士に歌の石ぶみを委嘱す。先生此の地の風光に親炙し、自詠自書して此の歌碑成る。即ちこの地の鎮として常久に万衆仰讃の資となす。

皇紀二千六百年仲秋十月吉日　　船小屋水害耕地整理組合　組合長　樋口直俊
中野紫葉撰　　助弘桂雪書　　松下藤作刀

〔注──「耕地整理記念歌碑文」は裏面上段に、四字と五字の二段組みで、右から左へ横書きされている。建立年の「皇紀二千六百年」は昭和十五年である〕

【その他】 この作者の碑には、「八郎」と本名で署名されているものが多い。この碑もそうである。この碑が建立された背景は、裏面の文を読むとよく解る。歌は作者の自筆を刻んだものである。

歌に詠まれている蛍は当地の名物で、船小屋源氏蛍の発生地として昭和十六年に国の指定を受けている。同じく歌に詠まれているクスも、船小屋にとっては不可欠の風物である。船小屋温泉の対岸に新船小屋温泉（山門郡瀬高町）がある。堤防には護岸のために植栽されたクスノキ林があり、国の天然記念物に指定されている。クスの林から川面を吹き渡ってくる風に蛍が流されて飛ぶ風情が、見事に歌に詠まれている。

福岡県教職員互助会機関紙「ふれあい」（第二号、昭和62・11）に、筑後市の右田乙次郎氏がこの碑の紹介記事を書いておられるが、それによると尾上八郎は「さる昭和十六年盛夏の候、とら子夫人と共に舟小屋樋口軒に宿泊された」という。また同氏によると、碑は芥屋石だという。全高二・三五メートル、幅〇・八メートル。

長塚　節（たかし）

明治十二年（一八七九）─大正四年（一九一五）。茨城県生まれ。明治三十三年、正岡子規に師事。子規没後は、

雑誌「馬酔木（あしび）」、「アカネ」、「アララギ」の同人となり指導的立場に立った。豪農の長男として生まれ、農人タイプの文学者であった。子規が唱えていた写生文の実践から小説を書くようになり、明治四十三年に『土』を「東京朝日新聞」に連載した。小説に熱中して短歌に空白期が生じたが、やがて自在感のある歌を生み出すようになり、主観の表明を恐れない、独自の歌境に到達した。「気品」と「冴え」を重視した。同四十四年、黒田てる子と婚約したが喉頭結核となり、一生独身であった。喉頭結核の診断が出てからは根岸養生院で治療を受けていたが、同四十五年、大正二年、同三年と三回、九州帝国大学医科大学付属病院で治療を受けた。九大病院で他界した。

a　九大医学部の碑

長塚節之歌碑
しろか〔が〕ねのはり打つこ〔ご〕ときり〱〔ぎり〕す幾夜はへなは〔ば〕すゝ〔ず〕しかるらむ　節

写真8

【所在地】福岡市東区馬出（まいだし）三丁目　九州大学医学部構内

九大東門から、構内を直進すると交差点に出る。そこを右折して進むと、道路の右側の駐車場入口に碑がある。以前は眼科教室を背にして碑が建っていたが、老朽化したため建物は取り壊された。

【裏面】長塚節は茨城縣の人である。病を得てはるばる當大學病院を訪れ大正四年二月ここに歿した。入院中數數の秀れた歌を作られた。われわれは氏を敬慕してここに歌碑をたてる。表にきざんだ歌は氏の筆蹟である。

しろがねの鍼打つごときぎりぎりす幾夜はへなばすずしかるらむ　節

昭和三十三年二月八日　歌碑建設委員會

〔注――裏面は、歌人で書家の山田幸男氏の揮毫である。氏は、除幕式でこの歌の朗詠も披露〕

【その他】 碑表面一行目の「長塚節之歌碑」は澤田藤一郎教授（医学部長）の書。歌および署名は長塚節の自筆で、柾紙に毛筆で書いたものを写真拡大して刻まれている。原本は北九州市小倉の曾田企救太氏（節の主治医であった曾田共助氏の長男）が所蔵されている（伊藤昌治著、昭和54、日月書店刊『長塚節　謎めく九州の旅・追跡記』一〇六頁）。

歌は変体仮名（草書体）で書かれているし濁点も打たれていないので、歌を知らなければ判読できない。碑の裏面に楷書体で書かれているので助かるが、それと見比べても容易には読解できない。そこで、変体仮名も楷書に直し、行分けも碑面のとおりに記録しておこう。

志ろかね乃者里打つ古登き
き里く〵す幾夜盤邊な者
す丶しかるらむ　　節

さて、茨城の長塚節がなぜ九大病院で治療を受けたのかということについては、藤沢周平の『白き瓶――小説・長塚節』（文藝春秋）の一節（同書三二〇―一頁）を引用したい。この作品は小説と銘打ってあるが、長塚節に関する文献六十余冊を参考にして書かれているので、事実の推移については信憑性が高い作品である。

節はそのころ順次郎〔注――節の弟。小布施姓〕から、九州帝大医科大学病院の久保猪之吉博士が、節の病む喉頭結核の治療の権威であることを聞きこんでいた。その久保博士は、節がさきに診察をうけた小此木医師の甥だという。（略）久保博士とは、かつて落合直文に師事して、服部躬治、尾上柴舟〔本書一九頁〕らといかづち会を結成した歌人の久保猪之吉〔本書一三頁〕のことだった。その上久保夫人より江は高浜虚子の俳句の弟子で、俳句に興味を持ったのは、生地の松山で子規や漱石に出会ったからだという。未見のひとではあったが、節は久保博士夫妻に浅からぬ縁を感じ、根岸養生院の治療を終ったあとは、九州の久保博士に見てもらおうかと思いはじめていた。

節、漱石、猪之吉の関係について原田種夫著『博多文学案内』（積文館書店、一二一—一二頁）に次の記述がある。

漱石と久保博士とのつながりを調べてみると、漱石は、正岡子規の友人であり、節は子規の弟子であったことからはじまる。節の小説「土」が朝日新聞にのったのは、明治四十三年で節三十二才の時だ。その発表を世話したのは、夏目漱石であった。又、漱石は俳句もかくので、ホトトギス派の俳人として知られる久保よりえ夫人とも親しかった。こういうことで、面識はないが漱石が久保博士への紹介状をかいたわけである。

節が久保博士の初診を受けたのは明治四十五年（一九一二）四月二十四日（七月四日まで滞在し診察と治療を受けた）、次に九大病院を訪れたのは大正二年（一九一三）三月二十日で、四回ほど診察を受け、完治しているとの診断を得て四月四日に福岡を離れている。ところが夏頃から身体の不調が続き、十二月になると熱に悩まされるようになる。そして十二月末、喉頭結核の再発が確認され東京で治療。同三年四月、上京中の久保博士の診察を受け、九大での治療を勧められ、六月二十日入院。カルテには「喉頭結核及び右側肺結核」と記入されているという。六月二十九日手術。「経過良好」ということで八月十四日に退院。宮崎方面へ旅立つ。そして三十七日間の旅を終えて福岡に帰ると、大学前通りの定宿平野旅館に滞在して、九月二十三日から久保博士の診察を受けたが、十月三日から高熱が出、咳も出だした。十二月十五日からは三十九度前後の高熱と不眠症に悩まされたが、ベッドの空きがなく、旅館に往診してもらう状態だった。病院では大正四年一月四日、隔離病棟南六号室に緊急入院をさせた。身体は衰弱し、二月八日午前五時に昏睡状態に陥り、同日午前十時他界した。

以上の経過は『白き瓶』の記述を整理したものだが、巻末の「主な参考文献」にあげてある「長塚節の病床日誌」（石田俊介、「日本医学新報」掲載）がその典拠だと考えられる。

節が九大病院に通院するために宿泊していた旅館を、大変な時間と労力を傾注して探索した労作（前出の伊藤昌治著『長塚節　謎めく九州の旅・追跡記』）があることを付言しておく。

さて、碑に刻まれている歌の出典は『鍼の如く』（其の四）である。この連作は、大正三年六月から翌年一月までの二三一首を、五回に分けて歌誌「アララギ」に発表したもので、「其の四」は大正三年九月一日付の七巻八号所収の三五首である。詞書に日付を多く入れて、歌日記とも言える構成である。それによると、この歌は大正三年七月二十四日の作のようである。この時期は、喉頭結核の再発で三度目の来福をし、六月二十日から九大病院に入院中である。

この歌についての鑑賞文は、一々採り上げていては限が無い。一、二の紹介に留めたい。

斎藤茂吉が、「その鋭さと澄徹さとはその病のために到りついたともいえる絶唱で、上句の如きは普通の意味での写生ではもはやなく、実に『深刻写生の境』にあるもの」と言ったということを、「アララギ」同人の藤原哲夫が『西日本 文学碑の旅』（西日本新聞社）で紹介している。

『研究資料現代日本文学 5 短歌』（明治書院）の【代表歌鑑賞・評価】にもこの歌が採り上げられているので、抜粋して引用させていただく（一三六頁、執筆者・岡井隆）。

（略）作者が明治四十五年に書いた小説「白瓜と青瓜」に〈恰も上手な鍼医が銀の鍼を打つやうに耳の底に浸み透る馬追虫の声が云々〉という表現がある。節が自分の発見した言葉をいかに大切にしていたか、そしてそれをいかにたくみに短歌的変形をほどこして応用したか、を知ることができる例であろう。（略）ところで〈きりぎりす〉は馬追虫ではないし、両者の啼き声はかなり違っている。きりぎりすは濁っているし馬追虫は澄んでいる。ただ両方とも人間の心にくいこむように――つまり鍼でも打ちこまれる時のように響くことはたしかである。さて、この歌の手柄は、なんといっても、第三句から下の句への転換のあざやかさであろう。上の句は夏の叙景であるが、病歌人節には、きりぎりすの声は病身をいたぶる夏の声ともきこえ、また病む身をしばらくたのしませてくれる自然の声ともきこえたろう。そのことを言うために、一たん〈……きりぐ〵す〉と切ったあと、〈幾夜はへなば涼しかるらむ〉と涼気の秋を待つ感慨へとつづけている。

「幾夜を。」でもいいのを「は」と言っているのは、音韻上の工夫であって、ア母音をここへ配分することによって「ヘナバ」「カルラム」と呼応させている。

「幾夜を」ではなく「幾夜は」であることについては、歌誌「牙」三〇五号（平成11・5、発行所・豊前市）の岩熊寛論文「長塚節の歌（2）」が興味深い。

「幾夜を」とした場合の一首の解釈は「白銀の鍼を打つように、細く冴えわたった音できりぎりすが鳴く。私はあと幾つの夜を経たら涼しい秋を迎えるのだろうか」となるのに対して、次のように対比している。

私見によれば、「幾夜を」ではなく「幾夜は」とすれば「幾夜」が突出、強調される。さらに「ふるに」ではなく「へなば」と完了の助動詞の「な」を使用したことによって、「幾つかの夜を過ぎたら」という一般的な気分よりも強く、「秋までのこの暑く耐え難い幾つかの夜よ早く過ぎてしまってくれ」という、貴重で辛い日一日の時間に対する祈りの如き期待感が実感的に打ち出された表現となる。そして結句の「涼しかるらむ」で病身の己の切ない願望をまとめた。

〔注――引用文中の傍線や波線は、原文のとおりである〕

歌碑建立に至る経緯や除幕式のことを、伊藤昌治著『長塚節　謎めく九州の旅・追跡記』一〇四―五頁から拾い、まとめてみた。

不朽の名作『鍼の如く』の多くが、九大で治療を受けている頃の作品であることから、九大内の短歌愛好家の間で、節の歌碑を終焉の地に建てようとの動きがあった。たまたま、昭和三十年十一月の九大耳鼻科開設五十周年記念会での挨拶の中で、当時の澤田藤一郎医学部長が建碑の提案をされた。第一回建設委員会は昭和三十二年三月十六日に開かれ、建立場所（終焉の病棟は既に無く、その近くの人目につきやすい場所ということで、眼科教室玄関前と決定）やデザイン（金関丈夫解剖学教授に一任）、選歌（前述のように曾田氏所有の自筆を拡大）、費用、完成予定等のことが話しあわれた。十一月からは、九大関係者の他、九州文学社の原田種夫氏も加わって趣意書が作られ、募金も始まった（四百八十三人から十一万八千七百九十五円の寄付が集まった）。除幕式は昭和三十三年の命日（二月八日）に、母亡き後の長塚家を守ってきた末弟・整四郎の操未亡人と、茨城県民新聞社の栗田正義氏が郷里から参列されて行われ、除幕は操未亡人の手で行われた。

碑はみがきあげた花崗岩（かこうがん）（岡山県北木島産）で、全高一・三五メートル、幅〇・三三メートル。

b　観世音寺の碑

> 長塚節の歌
>
> 手を當て、鐘はたふとき冷たさに爪叩き聴くそのかそけきを
>
> 中島哀浪書く

写真９

【所在地】 太宰府市観世音寺五－六　観世音寺天智院

西鉄太宰府駅と国道三号線を結ぶ道路沿いに東から観世音寺、戒壇院、大宰府政庁跡が並んでいる。道路に面して建つ「観世音寺」の標柱（高さ二・六メートル）を見て、クスノキに挟まれた参道を進む。左側の最初の建物が天智院で、その前庭入口付近の右手にこの碑はある。

【裏面】 昭和三十四年五月十日建之

【その他】 この歌は、晩年の傑作『鍼の如く』の「其の五」に収録されている。同日の作三首を春陽堂刊『長塚節全集』第三巻三八七－八頁から抜き出してみよう。

　二十二日、観世音寺にまうでんと宰府より間道をつたふ

稲扱（こ）くとすてたる藁（わら）に霜ふりて梢の柿は赤くなりにけり

　　彼の蒼然たる古鐘をあふぐ、ことしはまだはじめてなり
手を當て、鐘はたふとき冷たさに爪叩き聴く其のかそけきを
　　住持は知れる人なり、かりのすまひにひとしき庫裏なれども猶ほ且かの縁のひろきを憾む
朱欒植ゑて庭暖き冬の日の障子に足らずいまは傾きぬ

詞書にある「二十二日」とは、大正三年十一月二十二日であるが、伊藤昌治著『長塚節　文学碑への道』（昭57、銀河書房刊）によると、二十三日が正しい。同書一一三頁によると、「二十二日は寒くて午後三時すぎまで宿でねていたし、夕方中島哀浪がきて遅くまで話しこみ、夕食を共にして外出はしていない。節の思い違いか誤記か、あるいは旧全集刊行のときの誤記か誤植である」。藤沢の『白き瓶』も二十三日のこととしている。

　これらの歌を詠んだ二カ月半後に作者は他界するのであるが、そんな病人がなぜ観世音寺に行ったのかという疑問を抱く人は多いと思われる。前に引用した藤沢周平の小説『白き瓶』を読むと実感できるが、病身でありながら節は異常なほどエネルギッシュに旅に出ている。節自身は、自分の旅好きを、友人への手紙に「煙霞の癖」と書いているが、そんな風流なものではなく、藤沢周平は「まさに幽鬼のようにさまよい歩く」（『白き瓶』四六八頁）とさえ表現している。

　結核が再発して九大病院で喉の手術を受け、大正三年八月十四日に退院した後、節は八月十六日から九月二十二日まで宮崎方面をさすらっている。福岡に帰り、九月二十三日から久保博士の診察を受けたが、十月三日から高熱が出、咳も出だした。そういう容態である十一月二十三日、節は急に観世音寺を訪れることにした。伊藤昌治によると、節はこれまでに七回も観世音寺を訪れている。観世音寺の二十余体の巨大な仏像群と、菅原道真公も聴いたという梵鐘（日本最古の鐘で国宝）の音が、無性に節を引き付けるのである。『白き瓶』から、この歌が出来る場面を引用しよう（四九二－三頁）。こういう場面は小説の特性を生かして、感動的に描かれている。

　二日市駅で汽車を降りた節は、自分が予想以上の疲れに襲われているのに気づいた。多少の疲労は覚悟し

ていたのだが、身体中がだるくて立っていられないほどである。長く外出しなかったせいで、歩いているうちに身体が馴れるだろうと思ったが、これまでのように駅から観世音寺まで歩き通すのは無理だと思われた。節はそこから太宰府まで、さらに私電の切符を買った。

太宰府駅から近道を歩いて、観世音寺に着いたのは午後二時ごろだった。樟の巨木の間から日射しが流れこんでいる境内は、節のほかには人影も見えずひっそりとしていた。節は金堂から講堂に回り、例の丈六の仏像群を満足するまで眺めたあと、庫裡（くり）に回った。

折よく顔なじみになってしまった住職が在宅していたので、そこで少し話しこんでから、もう一度講堂前の広場にもどり、鐘楼にのぼった。

——帰郷したら……。

はたしてもう一度ここへ来られるだろうか、と思いながら、節は手をのばして鐘にさわった。耳を近づけて、爪で鐘を叩いてみた。鐘は、かすかな金属音を節の耳に伝えた。

（略）節はその音色を記憶に刻みつけるように、もう一度小さく爪で鐘を鳴らした。

観世音寺と太宰府をむすぶ帰りの道は、小さな村を通りすぎるとつぎの集落までは田圃しかない野を横切る。節は疲れて、時どき道ばたの枯草の上に腰をおろした。日の光が赤らみ、野の四方から寒気が押し寄せて来るのを感じて振りむくと、短い冬の日ははやくも、観世音寺、都府楼跡の背後につらなる丘の端に落ちるところだった。

心ぼそくなって、節は腰を上げた。そのとき、さっきから胸のなかで練っていた歌が、ふっとまとまった。

手を当て、鐘はたふとき冷たさに爪叩き聴く其のかそけきを

「彼（か）の、蒼然たる古鐘をあふぐ、か」

節は前書きを案じながら、ひとりごとを言った。疲れてはいたが、歌が出来た気持ちのはずみが節を鼓舞

していた。

なお、太宰府市刊『わがまち散策』第二巻でこの歌碑を採り上げた森弘子氏は、第四句を「爪叩き聴く」と振り仮名を付けて紹介している。歌碑には勿論、『鍼の如く』にも振り仮名は付けられていない。森氏の文の初出は「市政だより」であるから、一般市民にも分かりやすいようにという配慮から振り仮名を付けられたのであろう。「つまびく」や「つまはじき」の例があるから「つまたたく」でよいと思う。「ツメ叩き聴く」と読むと、「爪で叩いて」ではなく、「爪を叩いて」と曲解する人が出ないともかぎらない。

「西日本新聞」夕刊の連載「石の声」（昭和43・12・19）にこの碑は採り上げられたが、「これを建てたのは福岡市在住の歌人、片山百代さん（八四）」だと紹介されている。

伊藤昌治によると、片山氏は久留米市出身で歌誌「コスモス」の同人。同人の勧めで歌集出版の準備をしていたが、以前から心をひかれていた長塚節の歌碑を建てるほうが有意義と考え、歌の師である中島哀浪に揮毫を依頼したのだという。哀浪（四一頁）は歌誌「ひのくに」主宰で、晩年の節に二度ほど会っているという。なお、片山氏は十七歳のときに関節炎のため右腕切断。左手で裏面の建立日を揮毫したということである。

碑は全高一・二メートル、幅一・二五メートル。おむすび形の自然石（若杉山産蛇紋岩）で、歌を刻む部分が縦四〇センチ、横五三センチほど窪ませて平らに加工され、磨かれている。

花田比露思

明治十五年（一八八二）–昭和四十二年（一九六七）。朝倉郡安川村（現・甘木市大字持丸）生まれ。本名大五郎。明治四十一年、大阪朝日新聞社入社。大正七年（一九一八）の「白虹筆禍事件」で長谷川如是閑、大山郁夫

等とともに退社。その後も新聞界で活躍した後、教育界に転じた。京都帝大、大阪市立商大の学生監の後、和歌山高商、和歌山経専、福岡経専の校長を経て福岡商大、大分大学、別府大学の学長を歴任した。初め漢詩を作っていたが、京大在学中に正岡子規に傾倒して作歌に志し、「アカネ」に投稿、明治四十三年には関西同人根岸短歌会を結成。大正三年、歌誌「しほさゐ」創刊、同十年には歌誌「あけび」創刊。終生これを主宰。

歌集に『さんげ』（春陽社、大正10）、『古處山百首』（昭和33）、『一人静（ひとりしずか）』（昭和46）、『雑草路（あらくさみち）』（平成8）、『茅野（かやの）』（平成8）、『夕凪』（平成10）、『かりごも』（平成10）があり、歌論集『歌に就いての考察』や『万葉集私解』、『明治天皇御製謹抄』等がある。

> ひとの世の栄枯盛衰を見放けつゝ古處の峯はやおのれ寂けし　花田比露思
>
> 昭和三十二年十一月　あけび歌会これを刻む　石工　森　次雄

写真10

【所在地】 甘木市野鳥（のとり）　古処山（こしょ）九合目

秋月の町並みを通り抜けて、秋月キャンプ場経由で正面登山道を登る。登山道右手に「水舟」と呼ばれている水場があり、ベンチが置いてある所が八合目である。そこから二〇〇メートルほど登ると、道がほぼ直角に左へ曲がる場所がある。曲がる直前の地点には、道の右側に高さ七〇センチほどの大きな石があり、それを挟んで右にアオダモの木、左にチドリノキ（ともに樹名のプレート付き）がある。その間を通って、登山道から右へ入りこむと、左手に、三メートルほどの岩上に赤い布の胸当てをつけた石仏が安置されているから目印になる。その先ははっきりした道はなく、疎林の下を踏み跡をたよって左へ巻くようにして傾斜地を登ると、正面に高さ六メートルほどの巨岩が立ちはだかる。その岩に歌が刻まれている。入口から約二〇メートル入りこんだ位置である。「水舟」から約一〇〇メートルの地点にも右後方へ分かれている道があるが、これは違うので要注意。また、石仏のある小広場があったら、入口は通過しているので、これも注意。

【その他】 第三句の「見放く」は「みさく」と読み、「遠くをはるかに見やる」の意。第四句の「はや」は、深い感動・詠嘆の意を表している。第五句の「寂けし」は「しづけし」と読む。読み方については、「あけび歌会」の篠田政夫氏に御教示を頂いた。

この歌についての作者の感懐が、田尻八郎著『筑前 秋月のこころ』（創言社、一六一頁）に「原文のまま」として紹介されている。田尻氏は花田比露思先生歌碑建設会の中心メンバーであったから、作者から建設会に寄せられた文を示したものと思われる。孫引きになるが、ここに転載させていただく。

> 人間の歴史には、また人間の社会には盛んなる時代あり、又衰ふる時代あり、栄ゆる者もあれば亡びゆく者もあるが、そのような人の世の栄枯盛衰をじっと遠くながめつつ（この秀でて高い）古処の峰はなあ……おのれ自身は寂然としてしづまりかへっている。……そしてこのやうな歌を詠んだ心の中には、古処山城のことは勿論、遠く羽白熊鷲が神功皇后の誅に伏した昔より、秋月氏の盛衰、大友との戦、秀吉に降伏、黒田氏入城、島原出陣、秋月騒動に至る人の世の栄枯盛衰を思ひ浮かべたのである。

歌を刻んだ岩は、登山道からは見えない。作者本人が、あまり目立つ場所は避けたいとの意向であったようである。それにしても入口を示す案内板でもないと、碑の存在は忘れられてしまいそうである。

さて、この歌がいつ詠まれたかということを詮索しているが、まだ明らかになっていない。花田比露思の『さんげ』（春陽社、明治四十年から大正九年九月までの歌）、『雑草路』（短歌新聞社、大正十年から昭和六年までの歌）、『茅野』（短歌新聞社、昭和七年から十二年までの歌）、『古處山百首』（秋月あけび会、昭和二十七年十一月二日登山の歌）、『一人静』（短歌研究社、昭和三十三年から四十一年までの歌）という五歌集を瞥見（べっけん）したが、いずれにも歌碑の歌は含まれていない。ただ、『古處山百首』の中に、歌碑の歌によく似た歌が含まれていることに注目している。

人の世の栄枯盛衰に拘らず古処の高峰（たかね）はいよよけだかし

篠田政夫氏からは、編著者が知らなかった花田比露思歌集『夕凪』（短歌新聞社、平成10）の昭和二十七年の項（八五頁）に、『古處山百首』収録のこの歌は再録されていることを教えていただいた。

この昭和二十七年の登山の五年後に歌碑が建立されているので、この登山での歌から歌碑に刻む歌が選定されるのは自然の成り行きと思われる。しかし、歌碑に刻まれた歌と同じ表現の歌は含まれていないから、短歌の門外漢の不遜な詮索であるが、『古處山百首』の歌を推敲して碑に刻まれたのではないだろうかと編著者は考えている。篠田氏も「山頂に、一首掲げるにふさわしい風格をもつように、建立のときに詠み直されたと考えられます」という判断を示された。

この『古處山百首』と時を同じくして、秋月・福岡「あけび」会員の合同歌集『歌碑を仰ぎて』（昭和33）は発刊されているが、これによると、昭和三十二年十二月十五日に、満七十五歳の作者、来賓、会員ともども古処山九合目の現地に登って除幕式を行い、下山後、麓の秋月公民館で除幕記念式が行われたということである。なお、『古處山百首』には碑の歌の、作者自身の揮毫の写真が載っていることを付け加えておく。

花田比露思歌碑は、他に甘木市に二基、福岡市南区に一基ある。地域別一覧を参照されたい。

青木　繁

明治十五年（一八八二）－同四十四年。久留米市荘島町生まれ。中学明善校在学中に森三美（みよし）画塾に通う（坂本繁二郎も同門）。明善校を中退し、明治三十二年に上京。翌年、東京美術学校西洋画科選科に入学。同校在学中に第一回白馬会賞受賞。同三十七年七月、美術学校卒業後、愛人福田たね・親友坂本繁二郎・森田恒友を伴って房州布良（現・千葉県安房郡白浜町）に写生旅行に行き、代表作となる「海の幸」（国指定重要文化財）を描いた。繁二十二歳の夏である。同四十年には「わだつみのいろこの宮」（国指定重要文化財）を東京府勧業博覧会展覧会に出品。世の喝采を浴びたが三等賞十人の末席に終わった。その後も何回か展覧会に出品したが、落選が続いた。父の死もあり久留米に帰郷していた繁は、家族と衝突することもあって放浪状態となる。同四十三年十一月、結核のため福岡市東中洲の松浦病院入院。

青木繁は、画才に劣らぬ文才詩才の持ち主であった。中でも短歌については、『うたかた集』、『村雨集』という二つの歌集を遺しているほどである。

> わがくにはつくしのくにやしらひわけは、いますくにはじおほきくに

写真11

【所在地】 八女市室岡　岡山公園

国道四四二号線の九州自動車道下東方五〇〇メートルの地点に、「鵜の池」交差点がある。その信号から北に四〇〇メートルほど県道七一三号線（唐尾・広川線）を進むと、右側に岡山保育所がある。保育所沿いに県道から逸れて入って行くと天満宮の駐車場がある。そこから岡山公園に登る。展望台に歌碑がある。

【裏面】 平成十四年十一月十二日　八女・本町筋を愛する会

【副碑1】 青木繁歌碑

〔裏面〕碑文　坂本繁二郎書

【副碑2】 青木繁歌碑

本会（初代会長　川島啓嗣）は、八女の櫨紅葉の景観再現のために多くの市民の方の協力を得て、九州縦貫道

法面（のり）に櫨の植栽を続けて十年の記念の年を迎えた。また、ことしは、少年時ここ岡山山頂で『画壇のアレキサンダー大王になる』と誓った浪漫の鬼才青木繁と、哲人画家坂本繁二郎の生誕百二十周年の年でもある。
青木繁はこの地の櫨を偲び、つぎの望郷歌をこの室岡に住む母に捧げて、明治四十四年（一九一一）二十九歳で生涯を終えた。

わが国は　筑紫の国や　白日別　母います国　櫨多き国

終生、青木繁のよき理解者であった坂本繁二郎は、夭折の画友を悼み、この櫨を詠った絶唱を碑文として書き残した。
両巨匠ともに八女路を彩る櫨紅葉をこよなく愛していたのである。

平成十四年十一月十二日　　八女・本町筋を愛する会

碑文　坂本繁二郎書

わがくには　つくしのくにや　しらひわけ　はゝいますくに　はじおほきくに
（「はじ」は「はぜ」の古名）

〔注——この副碑2は陶板で、青木繁の自画像も焼き付けられている〕

【その他】この歌は青木繁の第二歌集『村雨集』（明治四十二年、佐賀居住時代の編）末尾の歌である。この歌が初めて活字化されて公になったのは、青木の没後二年目の大正二年に刊行された『青木繁畫集（がしゅう）』（小谷保太郎編、政教社）所収の『村雨集』と思われるが、それによると、次に示すように旧漢字平仮名交じりの表記で、振り仮名は付けられていない。

わが國は筑紫の國や白日別母います國櫨多き國

副碑に、碑文の揮毫者は坂本繁二郎であると示されているが、坂本はどうして平仮名書きにしたのだろうか。その事情に触れた文献は寡聞（かぶん）にして知らない。坂本の後半生の居住地八女市で、昭和五十七年（一九八二）十月に「坂本繁二郎資料展」（於八女市町村会館）が開かれた。展示物の中に、この揮毫（目録によると「青木繁記念碑書稿」。石橋美術館蔵）が展示されていた。それは墨書したものというより、文字の輪郭を太い線で縁取りし、縁取りの内側を塗りつぶしたとしか思われないようなもので、異様に思った記憶がある。

坂本は昭和四十四年に他界している。この碑の建立年（平成十四年）との隔たりを不思議に思う人もあるかもしれない。実は、坂本の揮毫は、後でも触れるが兜山（久留米市）山頂に昭和二十三年三月に建立された「青木繁之碑」裏面に歌を刻むための揮毫だったのである。それが、この碑でも使われたというわけである。

ところで、坂本繁二郎が揮毫してから十八年後の昭和四十一年に、中央公論美術出版から刊行された『假象の創造』（青木の短歌や文章等を編集したもので、河北倫明の編集か）には、この歌は『青木繁畫集』と同じ表記で収録されている。ただ、「櫨」に「はぜ」という振り仮名が付けられている点が異なっている。坂本は「はじ」と読み取り、河北倫明が「はぜ」と振り仮名をつけたのはなぜだろうか。谷口治達氏は「櫨は筑後では『はじ』と発音される」（西日本新聞社刊『青木繁　坂本繁二郎』二二三頁）と、方言説である。しかし、方言辞典の類にも明確にこれを方言だとしているものはあまりない。『国語大辞典』（小学館）によると、「はじ」は「やまうるし（山漆）」の古名だという。「異名」としている古語辞典もある。そして、用例として『万葉集』四四六五番の歌や『金葉集』二四三番の歌などが挙げてある。古名が方言として残った可能性はあるだろう。

次に解説が必要なのは「白日別（しらひわけ）」である。

「白日別」とは、『古事記』上巻の初めの方に出ている語である。日本古典文学大系（岩波書店）本の小見出では「伊邪那岐命（いざなきのみこと）と伊邪那美命（いざなみのみこと）」の「3　大八島国の生成」に出ている。伊邪那岐命（男神）と伊邪那美命（女神）の二神が協力して次々に島や国を生んでいく。筑紫島〔注——九州〕もその一つである。この島は四つの顔を持っている。筑紫国〔注——福岡県〕は白日別、豊国（とよのくに）〔注——大分県〕は豊日別（とよひわけ）、肥国（ひのくに）〔注——肥前・肥後〕は建日向日豊久士比泥別（たけひむかひとよくじひねわけ）〔注——意味未詳〕、熊曾国（くまそのくに）〔注——熊本県南部・鹿児島県〕は建日別（たけひわけ）、という具合である。

それにしても、なぜ「白日」と「筑紫」が結びつくのだろうか。古代文学専攻であった田中幸夫氏は、その著『久留米路の旅情』（菊竹金文堂刊、二一八頁）で、両者を結びつけて「『しらひ』は『しらほ』の転音で、白いすきかえしの紙を云い、『筑紫』が『竹紙』に通ずる着想からの物語でしょう」と述べている。念のため『国語大辞典』で「竹紙」を調べると、「竹の幹の中にある薄い皮」とある。確かに竹を割ると、筒の内側には薄い紙状の膜がある。これを『古事記』時代も「ちくし」と言ったとすれば、「筑紫＝（同音）＝竹紙＝（同意）＝しらほ＝（転音）＝白日」という図式が成り立って、理解しやすい。

古代史が専門の田中正日子（まさひこ）氏に「白日別」についてお尋ねしたところ、福岡県小郡市の上岩田遺跡から「白日椋（しらひのくら）」と書かれている七世紀後半の木簡が出土していることを、左記の論文を示して教えていただいた。小郡市文化財調査報告書第一四二集『上岩田遺跡調査概報』付編（平成12）の田中正日子氏論文「評（こおり）制下の上岩田遺跡と筑紫大宰の支配をめぐって」である。

専門的で難解な内容であるが、要するに、白日椋と呼ばれる出挙利稲（すいこりとう）（地方財源を支えた租税の穀物）を収納する倉庫があったということである。その位置として田中氏は、現・小郡市井上を推測しておられる。そこから北北西約八キロの所に、白日別命（しらひわけのみこと）（筑紫神）を祭神とする延喜式内社の筑紫神社がある。

つまり、白日別は筑紫の古称だったのである。青木繁はよほど『古事記』に造詣（ぞうけい）が深かったのであろう。『古事記』に題材をとった絵も多い。

この歌が、放浪時代の『村雨集』（明治42）所収の歌であることは先述のとおりであるが、青木が放浪状態になる経緯について触れておきたい。谷口治達著『青木繁　坂本繁二郎』一四一頁に引用されている繁の弟一義の文章（繁の「自伝草稿」への補足）に、端的にまとめられている。

明治四十年八月、父の喪に帰郷し、悲嘆の中に四十九日の法会もすんで、ようやく気の進まぬ筆をとって肖像画等を描いていた。四十一年十月まではどうにか家にいたものの、母その他骨肉と意見が合わず、行動は往々奇矯に失し酒色の邪道に溺れるに及び、家族はついにおる所がなく、兄の反省を促す手段として一家をあげて八女の母の実家に移った……

母は時々、繁の様子を見に帰ったようだが、幽鬼のような息子に愛想をつかし、二度と息子に会うことは無かったという。母のいた岡山村室岡は、当時、櫨の実の収穫量は日本一であったという。そのことを踏まえてこの歌を読むと、「母います国櫨多き国」という表現に、繁の望郷の思いが込められているのが伝わる。

碑は全高一・四三メートル、幅一・三二メートルの黒御影石である。

青木繁のこの歌を刻んだ碑は、本碑の他に次の三カ所にある。

久留米市山本町兜山（昭和二十三年三月建立）

久留米市篠山町篠山城址（昭和四十三年七月建立）

久留米市山本町柳坂（昭和四十七年九月建立）

青木繁歌碑といえば、最も早い建立期、坂本繁二郎による建立、青木繁が骨を埋めてほしいと遺言した場所、という第一級の条件を満たした兜山の碑が、従来喧伝されてきた。しかし、残念ながらこの碑は編著者の考える歌碑の範疇には入らないのである。その理由を説明しよう。

この碑（写真12）の正面には、「青木繁之碑」と刻まれていて、碑の両脇には花を指す竹筒も設置されている。建立者の坂本繁二郎は「私の絵　私のこころ」の中で、この碑を「慰魂碑」と位置付けている。坂本揮毫の歌は、碑の裏面に刻まれている。本書では、裏面に文学作品が刻まれている碑は、純粋な文学碑としては扱っていない。つまり副次的な取り扱いということになるのである。ただ、歌とは直接つながらないが、「慰魂碑」だからこそ、兜山は重要な場所なのである。それは、青木繁の遺書めいた手紙に兜山（通称・けしけし山）が出てくるからである。

繁が、東京画壇への復帰を夢見ながら佐賀方面で仮寝を続けていて喀血し、福岡医科大学（現・九州大学医学部）で診察を受け、東中洲の福岡松浦病院（「当時中洲の北部は一面松原でその中に伝染性の病人のための病院があった」〈谷口治達著『青木繁　坂本繁二郎』一四八頁〉）に入院する羽目になったのは、明治四十三年であった。病院の治療で小康を得た彼は、母の実家にいる姉つる代、妹たよに遺書めいた手紙を出した（十一月二十二日付け）。『青木繁畫集』一六〇頁より抜粋、引用する（読みやすいように、編著者で漢字を平仮名に変えたり、送り仮名や読み仮名、句読点を付けたりした）。

（略）小生も今度はとても生きて此の病院の門を出る事は期し居らず、深く覚悟致し居り候に付き、今の中に皆様へ是れ迄の不幸不梯の罪を謝し併せて小生死後のなきがらの始末につき一言お願ひ申し上げ置き候。

（略）小生が苦しみ抜きたる十数年の生涯も技能も光輝なく水の泡と消え候も、是れ不幸なる小生が宿世のため、劫にてや候ふべき。されば是れ等の事に就きて最早言ふ可き事も候はず。唯残るは死骸にて候。是れは御身達にて引き取りくれずば致し方なく、小生は死に逝く身ゆえ後の事は知らず候ゆえよろしく頼み上げ候。火葬料位は必ず枕の下に入れて置き候につき、それにて当地にて焼き、残りたる骨灰はついでの節高良山の奥のケシケシ山の松樹の根に埋めて下されたし。小生はかの山のさみしき頂より思い出多き筑紫平野を眺めて、此の世の怨恨と憤懣と呪咀とを捨て、静かに永遠の平安なる眠りに就く可く候。是れのみは因縁あるそなた達の不遇とあきらめ、此の不遇なりし繁が一生に対する同情として、是非是非取り計らひ下され候よう幾重にもお願ひ申し上げ候。（略）

この手紙の四カ月後の明治四十四年三月二十五日に、青木繁は他界した。臨終の場には、妹たよ、弟義雄が居合わせたようである。病院で火葬の手続きをして荼毘に付したという（枕の下には火葬料は置いてなかった）。葬儀は岡山村（現・八女市）室岡の吉田謙太郎氏（母の兄）宅で営み、久留米市日吉町の順光寺に納骨された。

ところで、「残りたる骨灰はついでの節高良山の奥のケシケシ山の松樹の根に埋めて下されたし」という繁の遺言は、かなえられたのだろうか。この点は従来曖昧にされてきたが、坂本繁二郎に師事した八女市の画家杉山洋氏が、青木繁をしのぶ「けしけし祭」（平成六年次）のスピーチや新聞のエッセー（「朝日新聞」平成11・6・27）で、繁の指骨が埋められていることを披露しておられる。その要点を整理すると次の二点である。

①筑後郷土研究会機関誌「郷土研究 筑後」第八号（昭和8・7）所収の「青木繁畫年譜」（執筆者・梅野満雄）の明治四十四年の項に、次のように書かれている。

弟（亡）一義氏、遺言によりて指骨を高良山、ケシケシ山の松樹下に埋む。

青木死後数回、一義氏に青木の悲痛なる遺言が実行せられたるか否かを尋ねたりしが「指骨を持ち行きて松樹下に埋めたり」と語られたり。仍（よ）りて其の当時より此の事は事実なりと信じ居る次第なり。

②兜山の碑の除幕式で坂本繁二郎は「青木繁之碑建設の辞」を読んだが、その中で「其の御遺言は故人の御令弟一義氏によりまして成就されました」（石井鶴三他編、中央公論社刊『坂本繁二郎文集』二七二頁）と述べている。

具体的に、指の骨がどの松樹の下に埋められたかという点までは特定されていないが、埋められたという事実によって、兜山の「慰魂碑」は名実ともに「永遠にその画業を讃へ、且つ霊を弔ふ」（建立発起文より）モニュメントに昇華したのである。

なお、慰魂碑建立の発起者は次の五名である。

坂本繁二郎（画家。青木繁と同年に同じ久留米で生まれ、高等小学校で同級。ある意味で生涯のライバル）

正宗得三郎（画家。東京美術学校西洋画科の同級生。作家正宗白鳥の弟）

熊谷守一（画家。東京美術学校西洋画科の同級生）

河北倫明（昭和十九年より三十六年まで京都国立近代美術館長。青木繁研究の第一人者。福岡県浮羽町出身）

久我五千男（坂本繁二郎の専属画商。福岡県若松出身。コレクションは糟屋郡須恵町の久我記念館に収蔵）
除幕式は昭和二十三年四月二十五日に、兜山の現地で挙行された。五百余名の参列者があった。青木の末弟義雄・かつての愛人福田たね（結婚して野尻姓）・遺児福田蘭童が招待されて参列。邦楽家である蘭童は、父に手向ける尺八の演奏をした。曲は「荒城の月」であったという（谷口治達著『青木繁　坂本繁二郎』一二三頁）。碑は全高一・二メートル、幅一・四メートル。

青木繁をしのぶ「けしけし祭」は、昭和二十八年三月二十五日を第一回として、久留米連合文化会主催で命日に近い日曜日に碑前で行われている。当日は順光寺で墓参をし、その後碑前に移動して碑にかっぽ酒を注ぎ、花や茶、俳句や短歌を献じ、山本町柳坂子供会が「母います国」（碑の歌。福田蘭童作曲）を合唱して、青木を偲んでいる。

青木繁の別の歌を刻んだ碑が、筑後市にある。この歌を刻んだ久留米市の二碑と併せて、地域別一覧を参照されたい。

中島哀浪（あいろう）

明治十六年（一八八三）—昭和四十一年（一九六六）。佐賀県佐賀郡久保泉村（現・佐賀市久保泉町）川久保生まれ。本名秀連。中学生の頃から、文芸雑誌「新声」に短歌を投稿。軍隊生活を経験した後、地元の高等小学校の代用教員を経て、川久保郵便局長となる。明治四十一年頃から、「明星」に詩や短歌を、「福岡日日新聞」に短歌を発表した。大正二年（一九一三）、前田夕暮主宰白日社（「詩歌」）の同人となる。同十一年、歌誌「ひのくに」創刊。同十三年、北原白秋等が創刊した「日光」の同人となる。昭和四年、家庭の事情で故郷を離れ、佐賀市内で借家生活。郵便局長もこのとき辞職し、教職に就く。同二十二年創立の九州歌人協会の中心メンバーとして活躍。同二十七年、西日本文化賞（西日本新聞社）受賞。歌集に『勝烏（かちがらす）』（昭和16）、『背振』（昭和17）、『堤防』（昭和27）、『老人と車輪』（昭和35）、『雪の言葉』（昭和37）等がある。他に『中島哀浪全集』全二巻（昭和33）がある。没後、『有名になりたがる世の反歌』（昭和57。十七回忌）や『中島哀浪全歌集』（平成3）が出版された。

香春岳空にまろらに見てあればひぐれの霧の沈みつゝあり　哀浪

写真13

【所在地】 田川市白鳥町　成道寺公園

田川伊田駅（JR日田彦山線、平成筑豊鉄道）の、直線距離で南東方向約七〇〇メートルの位置に公園がある。成道寺前の公園入口から寺の北側を進むと道は池を挟んで分岐する。右側の道を進み、池とは反対の斜面を道路から逸れて上ると、左手に北原泰宣歌碑、右手に中島哀浪歌碑がある。

【右面】 昭和三十五年三月起　泰宣

【その他】 この歌は『中島哀浪全歌集』（草市潤編、短歌新聞社）の「堤防以後」の中の「香春岳」六首の四首目である。昭和二十五年の作。他の五首は次のとおりである。

つかれよる車窓に香春岳見えて会ひにきたりしおもひをぞする
セメントになる石なれば香春岳愛しけれどもきりくづしとる
丘町のきみの家よりわれひとり香春の山をいくたびか見し
さるどもが香春の山のたけのこを食ひ荒らすとふみんな生きたし

萬葉の香春の歌をその岩に刻みて残せセメントは盛んにつくれ

『全歌集』の歌の配列をみると、「香春岳」の前には「四月」や「さくら」という題があり、後には「五月の風」という題がある。つまり、四月から五月にかけての頃の香春訪問であったのだろう。その年六月に、朝鮮半島で戦争が勃発した。この戦争は日本の経済が息を吹き返す好機となったが、その直前の時世をこれらの歌に垣間見ることができる。五首目の「みんな生きたし」には戦後の食糧難が尾を引いている感じであるし、六首目の「セメントは盛んにつくれ」は戦後の復興に寄せる期待の表現であろう。「萬葉の香春の歌をその岩に刻みて残せ」という哀浪の望みは、それが契機かどうかは分からないが、今日では八基の万葉歌碑が香春町に建てられている。

碑の右面に建立者名が刻まれているが、北島泰宣である。同公園内に、その歌碑が香春短歌会によって昭和四十五年に建立されているから、当地方の指導者であろう。歌は地域別一覧を参照されたい。哀浪の碑は全高一・五メートル、幅〇・六メートル。

北原白秋

明治十八年（一八八五）—昭和十七年（一九四二）。山門郡沖端村（おきのはた）（現・柳川市沖端町）生まれ。本名隆吉（りゅうきち）。満十六歳のとき沖端の大火で自宅が類焼。家運の挽回を白秋に期待する父と対立し、中学伝習館を卒業直前に退学。早稲田大学英文科予科に入学。「早稲田学報」の懸賞に応募した詩が一等に入選し、文芸雑誌「文庫」にも掲載された。学校にはあまり出ず。明治三十八年、一戸を借り老女を雇っての生活を始めた。次第に生活基盤も文学的地歩も整う。同三十九年になると、新詩社の「明星」に作品を発表。そして翌年、九州旅行（いわゆる

「五足の靴」の旅）に出ている。その後、新詩社を脱退し、「パンの会」創設、雑誌「スバル」創刊。浪漫主義の旗手として重きをなした。詩集に『邪宗門』、『思ひ出』、『東京景物詩及其他』等があり、歌集には『桐の花』、『雲母集（きらら）』などがある。松下俊子や江口章子（あやこ）との問題で苦労したが、大正十年（一九二一）に佐藤キク（菊子）と結婚し、初めて家庭的な安定した生活に入る。昭和十二年、眼底出血で入院。療養を続けたが視力は回復しなかった。

白秋の歌碑は十四基あるが、その中の三基について採り上げ、歌の発表順ではなく着想した順に配列した。

a　雉子車の碑

清水一首

ち、こいし（ママ）は、こいし（ママ）てふ子のきし（じ）は赤とあをもて染められにけり

白秋

写真14

【所在地】山門郡瀬高町本吉（もとよし）　清水寺本坊前庭

ＪＲ鹿児島本線瀬高駅東方約四キロ、清水山中腹に観音堂・三重塔・楼門など県指定建造物が配置されているが、国指定名勝の庭園を持つ本坊は山麓に静寂なたたずまいを見せている。堀川バスの清水バス停より徒歩十五分。

【その他】岩波書店の『白秋全集』八巻二三四頁によると、この歌の初出は芸術雑誌「詩と音楽」（山田耕筰・白秋が主幹）大正十二年八月号である。「信濃高原の歌」の見出しで新作二百六十七首が掲載されている。四編構成で、第三編「七久里の蕗」八十六首中の一首である。「七久里の蕗」には、次のような説明がついている。

四月中旬、妻子を率て、信州別所温泉、古名七久里の湯に遊ぶ。滞在数日。宿所たる柏屋本店は北向観音堂に隣接す。楼上より築地見え、境内見ゆ。遠くまた一望の平野みゆ。幽寂にしてよし。

冒頭に「観音の暁色」五首があり、碑の歌はその五首目で「ふるさとは清水観音の雉子車を思ひて一首」と詞書きがある。

父恋し母恋してふ子の雉子は赤と青もて染められにけり

その後、昭和三年改造社刊の自家選集『花樫』に第三歌集『雀の卵』が収録される際に、初版には入っていないこの歌が新作追補として入れられた（同全集七巻三四六頁）。「詩と音楽」に既に発表されているのに、なぜ「新作」と白秋は言っているのか疑問であるが、第四句が「赤と青とに」となっている。西日本新聞社刊『白秋の風景』（文・久保節男、写真・熊谷龍雄）五九頁によると「この字〔注――碑に使われた揮毫〕は昭和四年五月、再度の柳河訪問の際、歓待してくれた親友川野薬館主のために揮毫したもの」という。

『白秋全集』別巻の索引でこの歌を拾うと、全集に三回（引用は除く）出ている。それに、昭和四年の揮毫（久保説）を加えて第四句の異同を発表順に整理すると、次のようになる。

大正十二年八月号　雑誌「詩と音楽」　赤と青もて
昭和三年十月　自家選集『花樫』　赤と青とに
昭和四年五月　揮毫（歌碑）　赤と青もて
昭和二十四年六月　歌集『海阪』　赤と青もて

白秋は、年月を経ても表現が気になると、訂正したり元に戻したりということを頻繁にしているが、このように整理すると、「赤と青もて」を成案と考えてよいだろう。

なお、一句と二句の「こいし」は古文の標準的な表記は「こひし」であるが、「こいし」と書いたのには何か理由があるのだろうか。先に見たように、歌誌や歌集に発表する際は「恋し」と漢字で表記しているので問題は生じない。

『白秋の文学碑』（北原白秋生家保存会刊）は、この歌碑について次のように解説している（四八頁）。

昭和三十一年三月四日、柳川市在住の渡辺喜一郎氏が、白秋自筆の「清水一首」と題する「きじ車」（瀬高町清水寺ゆかりの郷土玩具）の歌の額を清水寺に奉納された。

この碑は、それを機会に、当時の白秋会会長大城有樹氏をはじめ、立花和雄氏、文人火野葦平、長谷健、原田種夫の各氏を中心として、山門郡内有志など「清水クラブ」により、白秋ゆかりの地清水寺本坊前庭に建立、昭和三十三年三月二十一日除幕されたもので、書体は白秋自筆を写真拡大し模写したものである。

『白秋の風景』と『白秋の文学碑』の記述を照合すると、白秋の揮毫したものが川野薬館主（三郎氏）から（直接か幾人かの手を経てか）渡辺喜一郎氏に渡り、清水寺に奉納されたようにも思われる。

雉子車については、『白秋の風景』に次のような解説がある（五八頁）。

伝習館の蔵書『柳河藩政資料』五、八六七冊の中に「耽奇漫録（たんきまんろく）」十二冊があります。その中に大隅産鯛車、日向産鶉（うずら）車とともに筑後産雉子車が載っていて、長さ二十六センチの写実図に赤、茶、黒の三色で彩色された百四十年ほど前の雉子車の古形を見ることができます。

雉子車は筑後地方の幼い子供たちにとって、なつかしい最も身近な玩具でした。清水寺開基の大師を案内したという縁起の玩具〔注——角田嘉久著『柳川と筑後路』（一三五頁）によると「清水寺は、大同元年（八〇六）に伝教大師（最澄のおくり名・七六七—八二二）によって創建された。最澄は、唐（中国）からの帰途（八〇五）有明海を航行中に霊木を発見して上陸したというが、その折に道案内をしたという雉子に因んだ玩具」〕でしたが、主として松材を使い、大きいのは一メートル余に及ぶものもあり、素人のお爺（じい）が孫たちのため作ってやった素朴なものもあります。

碑は全高二・三メートル、幅一・七メートル。

b　水影の碑

我つひに還り來にけり倉下や揺るる水照の影はありつつ　白秋

写真15

【所在地】　柳川市新外町一番地　「殿の倉」倉下

柳河城主立花家の別邸が現在「御花」という料亭旅館兼資料館になっている。その屋敷の西端の掘割沿いの長いナマコ壁を背にして碑がある。

【裏面】　昭和五十一年五月二日　柳川ロータリークラブ　創立十五周年記念事業

設計　谷口吉郎　施工　戸田建設　石工　熊取谷石材

【副碑】　水影の碑

若くして柳川を去った北原白秋先生は、やがてその豊かな詩魂によって天馬空を翔けるがごとく詩、短歌、童謡、民謡などに後世にのこる多くの名作をあらわした。

ふるさとの人情と風光を限りなく愛した先生は、東京に移ったのちも望郷の思い切なるものがあったが、ついに昭和三年、二十年ぶりに帰郷して郷土の盛大な歓迎をうけた。この「水影の碑」の歌は、そのときの美しい感動をうたったものである。　撰文　劉　寒吉

碑石　スエーデン産　赤御影石

台石　稲田石　碑前の函形黒御影石の下に柳川版詩集「思ひ出」一巻を納める

設計　日本芸術院会員　谷口吉郎

昭和五十一年五月二日建設　柳川ロータリークラブ

〔注――副碑の除幕式は昭和五十七年六月十六日に行われた〕

【その他】歌は活字体で、署名部分のみが自筆（北原白秋生家保存会刊『白秋の文学碑』によると、長歌集『篁（たかむら）』より写したものだという）である。柳川市内最初の白秋歌碑である。

高さ二二センチの白い礎石の上に、赤の磨き御影石の本体（高さ一・四メートル、幅〇・七八メートル）が据わっている。そして、本体の前に、高さ一〇センチ、横二四・八センチ、奥行き三〇センチの函形の黒御影石が置かれ、上面に活字体で「思ひ出」と彫られている。色彩的にも鮮やかな碑が、黒地に白の漆喰を菱形の連続模様に入れたナマコ壁を背にして建てられていて、その影が手前の掘割に逆さに映って揺れているのは印象的である。

この歌は、歌誌「多磨」（昭和十四年七月号）と歌集『夢殿』の「郷土飛翔吟」に発表された。昭和三年七月の感動的な帰郷を十一年間も醸成した作品群の一つ「水路舟行」の冒頭にある歌である。なお、帰郷から一年七カ月ほど後に、白秋は同趣の歌を香蘭詩社の「香蘭」（昭和五年三月号）に発表している。これも含めて推敲の過程を見ておこう。

「香蘭」（昭和五年三月号）　航空路の下

二十年ぶりに郷里に帰りて

我つひに還り来にけりこの家の水陽炎の揺れの安けさ

「多磨」（昭和十四年七月号）　水路舟行

人々と共に沖の端より柳河まで小舟に棹す。同舟、恩地画伯、我が妻子。

我つひに還り来にけり倉下や揺るる水照（みでり）の影はありつつ

註・倉下とは倉の庇の内らの壁

『夢殿』（昭和十四年十一月刊）　水路舟行

二十日、再び沖ノ端に帰りて、人々と共に楽しむと柳河まで小舟に棹さしのぼる。恩地画伯も同舟なり。

我つひに還り来にけり倉下（くらした）や揺るる水照（みでり）の影はありつつ

註、倉下とは倉の庇の内らの壁。

「恩地画伯」とは、「芸術飛行」に同行した恩地（おんち）孝四郎である。白秋とは親しく、後に帰去来詩碑（四一七頁）の碑文を明朝体で書いている。

「水照」という語は国語辞典には載っていない。田島清司氏は『帰去来』第二連の『火照（ほでり）』の連想による白秋の造語であろうか」（近代文藝社刊『北原白秋　文学逍遥』一三〇頁）と言っている。『国語大辞典』（小学館）の「水影」の意味の②に「水面が光を反射して、他の物にうつっているもの。水面の照り返し」とあるが、これが「水照」であり、「水かげろう」である。また、田島氏は『水照』のことを柳川方言では『昼鼠（ひるねずみ）』と言う。ともに柳川の風物詩である」として、『読本　旧柳川』（柳川山門三池教育会館編、昭和四十一年二月発行）に掲載されている懐旧談を抜粋して紹介しているが、その中に「日の照るとき壁や大樹の下蔭の葉裏にちらりちらりと反射光を走らせる水照」という的確な説明がなされている。

ところで『白秋の文学碑』に「碑文の歌は、白秋最後の帰郷（昭和十六年）のときの作である」という誤った記述があることを、田島清司氏が『北原白秋　文学逍遥』（一二三頁）で指摘している。昭和十四年発行の「多磨」や『夢殿』にこの歌は収録されているから、昭和十六年の作とするのが誤りであることは論をまたない。

歌誌「多磨」（昭和十四年七月号）と歌集『夢殿』所収の「郷土飛翔吟」について整理しておこう。

まず、「郷土飛翔吟」冒頭の「小序」を転載しよう（歌誌「多磨」発表時）。

我弱冠、郷関を出で処女詩集「邪宗門」を公にして以来、絶えて故国に帰ることなし。その間、歳月空しく流れて既に二十の星霜を経たり。時に望郷の念禁じ難く、徒に雲に鳥影を羨むのみ。偶々昭和三年夏七月、大阪朝日新聞社の求むるところにより、その旅客輸送機ドルニエ・メルクールに乗じて北九州太刀洗（ママ）より大阪へ飛翔せんとす。これ日本に於ける最初の芸術飛行なり。

事前、乃ち妻子を伴ひて郷国に下る。山河草木、旧のごとくにして人また変転。哀楽また新にして恩愛一のごとし。南関柳河行これなり。つづいて二十四日、本飛行を決行するに先立つて幸ひに試乗して、その太刀洗〔ママ〕より郷土訪問飛行の本懐を達するを得たり。恩地画伯、長子隆太郎と共なり。その短歌を録す。

昭和十四年十一月二十八日に刊行された第七歌集『夢殿』に、「郷土飛翔吟」は推敲を経て再録された。歌数も、前記「多磨」の他に「短歌研究」に発表したものも合わせたので大幅に増えている。

「小序」は「多磨」掲載のものに、表記や句読点の訂正を何カ所か加えた他に、「つづいて二十四日、本飛行を決行する」を「二十三日、本飛行を決行する」と訂正している（『白秋全集』別巻の年譜によると、郷土訪問飛行七月二十三日、本飛行二十四日。田島説は郷土訪問飛行二十二日、本飛行二十四日）。昭和三年の体験を、十一年間もあたため、練り上げて歌にしているために、日付の思い違いが生じたのであろうか。

大阪朝日新聞社主催「芸術飛行」による帰省のスケジュールを、田島清司氏が整理された「経過」で見てみよう（『北原白秋　文学逍遥』一二二頁）。

昭和三年（一九二八）七月十七日　東京出発。

十八日　熊本県玉名郡南関外目村（なんかんほかめ）（現・南関町外目）の石井邸（母の里）泊。

十九日　瀬高の江崎邸（姉の嫁ぎ先）訪問。伝習館・柳河女学校・矢留小学校で挨拶。
　夜、皿屋で歓迎会。川野三郎氏宅二泊。

二十日　三柱神社参詣。木屋酒店訪問。沖ノ端で遊ぶ。料亭「山田屋」で歓迎会（この日か）。

二十二日　郷土訪問飛行（太刀洗飛行場→柳川方面→南関→瀬高）。

二十三日　雑餉隈「環水荘」泊。

二十四日　本飛行（芸術飛行。太刀洗飛行場→瀬高→南関→大阪）。

c　水中碑

ついかがむ乙の女童影揺れてまだ寝起きらし朝の汲水場に　白秋

写真16

【所在地】柳川市新町　掘割の中

この碑の建立を紹介した「朝日新聞」（昭和60・5・21）には、「建立場所は柳川市椿原（つばはら）町の無職石橋軍治さん（七六）の庭の中を流れる掘割。道路に面していないので、目にすることができるのは川下りの客と石橋家の人だけ」とある。石橋家は掘割の北側で、掘割を挟んだ南側にも飛び地のように石橋家の庭があり、水際より一メートルほどの水中に碑はある。掘割が町の境界となっているので、碑は新町側である。陸上の目印で言えば、新町の「ニュー白柳荘」の前の駐車場に乗船場があるが、そのすぐ下流の水中に碑はある。

【裏面】〔川下りの舟から確認したので裏面までは分からなかったが、柳川ロータリークラブが昭和六十年に建立した一連の歌碑の裏面と同じ文言（「北原白秋生誕百年記念　昭和六十年一月二十五日　柳川ロータリークラブ」）が刻まれているものと推測される〕

【その他】碑の歌は、歌集『夢殿』の「郷土と雲海」の「帰省篇」にあり、題は「水郷の朝」である。「郷土と雲海」には、次のような前書きが付いている。

昭和五年五月、かの郷土飛翔の事ありて翌々年、われ再び、北九州に所用ありて下る。この間一カ月余、郷里柳河、沖ノ端、母の里南関、外目にも帰省するを得たり。その折の新唱之なり。なほ、この帰途、再び太刀洗より大阪へ、大阪より羽田へ一気に飛翔し、感懐また新なるを覚ゆ。此篇またおのづからにして郷土飛翔吟の続篇を成す。録長歌四首、短歌九十五首。

『白秋全集』十巻の後記（五四七頁）によると、「一九三〇（昭和五）年五月一日、八幡製鉄所所歌制作の用事もあり、白秋は再び九州に出発。ひと月余り、故郷柳河、唐津、呼子、南関などを転々とし、六月一一日に飛行機で立川に帰着した」ということである。

ところで、昭和五年七月号の「香蘭」（香蘭詩社）に、碑の歌によく似た歌が発表されている。

ついかがむちさき女童二人ゐてこなた見るなり水際の草

これは現地で得た着想をそのまま歌にしたものであろう。素材としては同じだと思われるが、九年間醸成した碑の歌には早朝の柳川の掘割の風情と寝起きの少女の気だるげな情趣が漂っていて、別の歌として味わうべきであろう。

『夢殿』では「乙（おと）の女童（めわらは）」、「汲水場（くみづ）」に振り仮名が付けられている。碑では「寝起き」と送り仮名が付けられているが、『夢殿』では送り仮名は付いていない。古語辞典で「乙」を調べると「美しい、年若い、かわいい」などの意味がある。「くみづ」は白秋独自の読みではないだろうか。地元では「くんば」と発音しているようである。

歌が詠まれた場所に碑は建てられたのだろうかという疑問を、建立団体の歌碑建設委員長をされた中島健介氏に投げかけたところ、「汲水場がよく残っていて、この歌の雰囲気をよく留めている場所は此処しかない。白秋はこの辺りで詠んだと判断した」ということであった。

碑の石材は赤御影石で、木々の緑や水の色と好対照をなしている。歌は活字体で、署名部分のみが自筆である。寸法は実測していないが、ロータリークラブが建立した一連の歌碑と同寸法の高さ一・四メートル、幅〇・四メートルであろう。

他に北原白秋歌碑が、柳川市（十基）、山門郡瀬高町にある。地域別一覧参照。

若山牧水

明治十八年（一八八五）－昭和三年（一九二八）。宮崎県生まれ。本名繁。延岡中学時代から短歌を作り始める。明治三十七年に上京。同四十一年に早稲田大学を卒業して、二度新聞社に入社しているが、ともに半年とは続かなかった。同四十三年、「創作」を創刊し、編集に携わる。同四十五年、太田喜志子と結婚。妻も歌人で、牧水没後「創作」を主宰した。大正九年（一九二〇）からは、静岡県沼津町に住む。同十五年、「詩歌時代」を創刊。歌集に『海の声』（明治41）、『独り歌へる』（明治41）、『別離』（明治43）、『路上』（明治44）、『死か芸術か』（大正1）、『みなかみ』（大正2）、『秋風の歌』（大正3）、『渓谷集』（大正7）、『くろ土』（大正10）等がある。また、『みなかみ紀行』（大正13）等のすぐれた紀行文集も多い。全集も、改造社や雄鶏社、増進會出版社から出版されている。

a　大川市小保（こぼ）の碑

大川にわれは来にけりおほかはの流るるごとく酒わける里に　牧水 昭和三十九年仲秋建之

写真17

【所在地】大川市小保一〇二二一　志岐（しき）邸

旧国鉄佐賀線の大川駅跡（現ハローワーク。「新町入口」バス停がある）から東方向に通じている大通り（通称駅前通り）を、二〇〇メートルほど行くと小保橋がある。その手前、坂口整骨院から左へ、川沿いの道を行くと三軒目が志岐邸である。

【その他】『若山牧水全集』第十一巻（増進會出版社、平成5）に「こんどの旅」という紀行文が収録されている。冒頭に旅の目的が示されている（二〇三頁。編著者で若干の注を付け、旧漢字を常用漢字に替えた）。

今度の旅は三月十六日〔注――大正十三年〕に長崎で中村三郎君の三周忌を行ひ、終つて郷里日向で父の十三回忌を営むといふのが重（ママ）な目的であつた。と共にその往復沿線の同志たちに逢ひ度いといふのも願ひであつた。（略）

三月八日午前六時、沼津駅を立つた。長男旅人（たびと）〔注――十二歳〕を伴うての旅立であつた。祖父の墓に参らせ、久し振の祖母に逢はせ、まだ見ぬ父の故郷を見せておき度いからの思ひたちであつた。

沼津を出発した父子は第一目的地の長崎に大正十三年三月十五日到着。中村三郎の三周忌を済ませて大村、そして大牟田の従兄（いとこ）宅へ。十九日は船小屋温泉泊。二十日、創作社の大川支社を代表して宮部貴一が迎えに来て（長崎から大川に寄る予定であったが通過していたので「追跡して来た」という）「一議なく彼に従はねばならなく」なって、羽犬塚を経由して昼過ぎに大川に着いた。

同行の従兄と長男を風浪宮前の宿屋に残して、牧水は筑後川の河口見物に出かけている。

牧水は、河口から門人の志岐春吉宅に行く。宿に残した二人も合流。創作社の支社社友も集まり、志岐宅の前の「料理屋魚林（春吉氏の兄伝太郎氏の経営）で歌談会を兼ねた懇親会が開かれた。閉会午前二時。全部志岐君方に引上げて枕を並べた」（同書二一五頁）という。料亭「魚林」は現在も営業されている（榎津六三八―一。経営者は伝太郎息の弘氏）。牧水は二十一日の朝、喜志子夫人への手紙（寄せ書き）を書き、羽犬塚経由で八女へと向かった。

大川で詠んだ歌は五首である。

庭の松乏しかれどもそよ風にさゆらぐ見れば春は来にけり
十六夜はよべなりしかな今宵この月待ちがてに酒すすりをり

この二首は宿泊した志岐春吉氏宅での作で、遺歌集『黒松』（昭和13）に収録されている。他の三首は歌集には入っていず、増進會出版社版『若山牧水全集』第十一巻、大正十三年の「補遺」（一九九頁）に次の表記で収録されている。

筑後川河口ひろみ大汐の干潟はるけき春の夕ぐれ
大川にわれは来にけりおほかはの流るるごとく酒わける里に
大川のそのみなかみときくからに飲までをられぬこの草鞋酒

「筑後川河口ひろみ……」の歌は、大川市向島に歌碑として平成九年（一九九七）に建立されている。「西日本新聞」（平成7・12・5）の「筑後フォト紀行」（旧大川鉄道沿線）という欄に、写真入りでこの志岐邸の歌碑が紹介されている。それによると、「門下生の家に泊まった牧水は翌朝、また酒を飲み始める。そして、庭先に立ち詠んだ」のがこの歌だという。翌朝（三月二十一日）の作と特定した根拠は示されていない。先にも引用した「こんどの旅」では、「二十一日。朝、雨が降つてゐた。暫く話してやがて、袂を分つ」と書かれているだけで、歌に関する記述はない。また、この歌が収録されている『若山牧水全集』第十一巻にも「大川町にて」と詞書がついているだけで、日付は書かれていない。

志岐春吉氏は「牧水来遊」（大川市役所刊『大川の昔と今』所収）の冒頭で、大川で詠んだ歌の一つ「庭の松……」を牧水自身は忘れていたことを披露しているが、そのことに関して、歌誌「創作」大正十五年二月号に牧水が「いかにも一昨々年（大正十三年）の春、筑後大川なる同君〔注――志岐春吉氏〕方に一泊し翌朝たち出づるとて、袴の紐を結びつつ詠み出でしものなりき」と牧水が書いているという。碑の歌もそのとき一緒に詠んだのかもしれないが、歌の内容や半切の揮毫が遺っていることを考えると、酒宴で興にのって筆を執ったように編著者には思われる。

「こんどの旅」や「牧水来遊」によると、牧水を迎えての懇親会に参集した門弟の中には、志岐姓が二人いる。春吉氏と信次氏である。前者は「西筑新報」主宰で元大川文化協会会長、後者は志岐蒲鉾本店社長だった人である。

それにしても志岐春吉氏宅で詠まれた歌の碑が、志岐信次氏の別宅（現在は甥の篤男氏宅）に建てられたのはなぜだろうか。志岐蒲鉾本店現社長（信次氏は平成七年没。現社長は甥の博通氏。篤男氏の実兄）に照会したところ、「建設に携わった関係者のほとんどが亡くなっており、詳しい事情は分からない」が、大宮市在住の春吉氏長男孝之氏に尋ねてみてはどうかと紹介していただいた。孝之氏からは、碑建設の経緯について証言を得たが、要点は次の二点である。

①二人は「春吉（はるきち）チャン」、「信（のぶ）シャン」と呼びあっていた。

②当初、門人たちは、牧水が河口見物でたたずんでいた筑後川の土手に歌碑を建てようと計画したが、当時の行政の許可が得られなかった。仲間の落胆はひどかったが、信次氏が建立の土地を提供することを申し出られた。そして春吉氏所有の牧水自筆の掛軸（現在は孝之氏蔵）を複写し、それをもとに碑に刻まれた。

大悟法（だいごぼう）利雄著『牧水歌碑めぐり』（短歌新聞社）に、この碑について次のような一節が書かれている。

昭和三十九年の忌日九月十七日に除幕式が行なわれた。建てられたのは大川市大字小保字矩手（かぎのて）の志岐信次別宅庭内で、この志岐も古くからの牧水門下である。

碑石は八女郡の日向神ダム附近産の高さ約二メートル、幅約五メートル〔注――庭に据える前の寸法であろう。編著者の採寸では高さ一・三メートル、幅一・二メートル〕、重さ約三・五トンの自然石で、その中央に大きく三行に刻まれた歌は、酔余の奔放な筆蹟で、牧水の面目躍如たるものがある。

先に引用した「西日本新聞」は、次のように記事を結んでいる。

牧水自筆の半紙を志岐〔注——信次〕さんの妹・故シヅエさんが、絵画蒲鉾（かいがかまぼこ）制作の技術を生かし、拡大模写した。志岐邸（大川市小保）の庭先にたたずむ歌碑の前ではその後、門下生が幾多の宴で故人をしのんだ。

b　八幡の碑

> 荒生田のさくらのもみぢひとよさの時雨にぬれてちりいそぐかも　　牧水
>
> 若山牧水は、大正十四年十一月、この荒生田の地に招かれ、歌を詠んだ。『九州めぐりの追憶』には荒生田の思い出が綴られている。その縁に因み、この丘を「牧水の丘」と名付け、碑を建立する。
>
> 撰文　轟良子

写真18

【所在地】 北九州市八幡東区東鉄（ひがしてつ）町五－五　芳賀（はが）邸

県道二九六号線（旧電車通り）のバス停「荒生田公園下」から東へ進むと間もなく荒生田交番がある。その辺りから右前方へカーブした上り坂がある。坂を上がると少し広い道路に出る。正面には「ふくま呉服店」があり、右手は荒生田一丁目公園である。ふくま呉服店右手の大きい岩に、「牧水の丘」と牧水の字を刻んだ表札状の黒御影石がはめこまれている。そこから、車一台が通れる程度の坂道を登って行く。別れ道があるが、「芳賀晟寿（はがあきとし）宅」を示す矢印に従って登る（バス停から十分ほど）と、左への道が分かれ、両側にレンガづくりの柱が立つ邸宅がある。そこが芳賀邸で、碑は門から邸宅へのアプローチにある。

【裏面】 二〇〇〇年一一月吉日　建立者　芳賀晟寿　倭文子

〔注——裏面は横書き。除幕式は十二月十日に行われている〕

【その他】『若山牧水全集』第十二巻（増進會出版社）所載の「九州めぐりの追憶」には、大正十四年十一月四日から五泊した「荒生田の岡の上の宿」のことが次のように書かれている。

八幡では折柄降り始めた時雨の中を、荒生田山といふ岡の上の宿に案内せられた。宿のことに就いては戸畑八幡の支社の人たちがひどく心配して、静かで気持よくて廉くて、といふのであれかこれかの末、この宿が選まれたのださうだ。荒生田山は山といふより岡であるが、もと小笠原侯松茸狩のために備へられたものだとかで、今は開かれて遊園地となり、櫻や楓の若木が一面に植ゑ込んである。が、岡の一部に昔を忍ばせる自然林が殘つてをり、松は少なくなつて居るが椎その他名も知らぬ二抱へ三抱への老樹大木があつてみつちりと茂つて居る。八幡といへば例の製鐵所の物凄い火焔と煤煙とのみが聯想せらるゝ、がまるでそれ等と縁故のないほど靜かな場所であつた。

その宿は尾野旅館といったが、建物は最近まであった。そして、そこで詠んだ歌が遺歌集『黒松』に三首収録されている（次項参照）が、この碑の歌は入っていない。

「西日本新聞」に「文学のある風景」を連載していた轟良子氏が、大悟法利雄著『若山牧水の書』にこの碑の歌の色紙が掲載されていて、大悟法氏の「歌は大正十四年の作だが歌集には載っていない。当時の即興である」というコメントを読んで、連載の〈65〉（平成12・3・18）で「荒生田の牧水の丘に歌碑はまだない」と書かれた。それに対応して歌碑が建てられたのであるが、建立者芳賀晟寿（はがあきとし）氏が北九州都市協会発行の「ひろば北九州」（二〇〇一年四月号）に建立のいきさつを書いている。轟氏の文章を目にした芳賀夫人倭文子（しずこ）氏が、尾野旅館だった建物の所有者である夫の晟寿氏にその記事を伝えたことが、事の発端だという。その記事を読んで「何故か私は、妻と轟さんに責められ、牧水先生にも叱られたような気持ちに」なり、建碑の取り組みがスタートしたということである。ただ、その建物は平成十年頃、芳賀氏の年とった母親用のバリアフリー住宅に建て替えるために、取り壊されたという。

この場所で詠んだ歌が、色紙の牧水自筆をもとに碑に刻まれたのである。平成十二年十二月十日の除幕式には、牧水の孫、若山聚一氏夫妻も出席されたという。

碑は高さ一・一メートル、幅一・七メートル。

c 戸畑の碑

新墾のこの坂道のすそとほし友のすがたの其処ゆ登り来　　牧水

写真19

【所在地】 北九州市戸畑区浅生二―二―一　戸畑図書館横
西鉄バス「浅生公園前」停留所から徒歩二分。JR戸畑駅の南東方向約八〇〇メートルの距離にある。

【裏面】 若山牧水が戸畑を訪れたのは前後三回であるがこの碑の歌は大正十四年十一月七日牧水夫妻が八幡から鞘ケ谷を越えて戸畑に来たときのものである
昭和三十六年三月十二日
戸畑市教育委員会　戸畑短歌会　戸畑郷土研究会　北九州創作支社

【副碑】 〔表〕（何か刻まれているようにも見えるが、摩滅し苔に覆われて読めない）
〔裏〕石材寄贈　戸畑川筋会

【案内板説明文〔抜粋〕】 若山牧水は、地元の「創作」支社の招きで北九州を三度（大正一三年三月、大正一四年一一月、昭和二年五月）訪れています。〔略〕この歌は大正一四年一一月、牧水が半折揮毫（はんせつきごう）の会のために宿泊した八幡東区荒生田の宿から、貴志子（きしこ）夫人とともに鞘ケ谷（さやがたに）の峠を越えて、戸畑の毛利雨一樓（もうりういちろう）〔略〕を訪れたときに

詠んだものです。〔略〕

【その他】この歌は遺歌集『黒松』（増進會出版社版『若山牧水全集』第十三巻所収）に、次の題詞で収録されている三首中の一首である。

八幡市荒生田の岡の上の宿にて、同十日前後

よべ一夜泊れる宿の裏庭に出でて拾ひぬこの落栗を

人いまだ行かぬこの路うつくしう櫻もみぢの散れるこの朝

新墾（にひはり）のこの坂路のすそとほし友のすがたの其處ゆ登り來（く）

題詞の「八幡市」は、現在の北九州市八幡（東・西）区。昭和三十八年に合併するまでは単独の市であった。「同十日」は、五首前の題詞「十一月三日」を受けているから、大正十四年十一月十日である。ところで、碑の歌の「新墾のこの坂道」は具体的にどの道路を指すのか、最近まで分からなかった。

「西日本新聞」夕刊（昭和44・3・20）の連載「石の声」には「戸畑の歌人たちが、当時赤土の道であった鞘ケ谷の坂を上って、迎えに出てくる様子を歌ったもの」とあり、漠然としている。

大悟法利雄著『牧水歌碑めぐり』一五七頁には「牧水は十一月四日八幡に行き、荒生田遊園地の尾野旅館に投宿したが、附近の門下が集って来たことはもちろんで、岡の上の窓からその姿を眺めながら」この歌を詠んだとあり、更に「撰文には『この碑の歌は大正十四年十一月七日牧水夫妻が八幡から鞘ケ谷を越えて戸畑に来たときのものである』となっているが、荒生田の宿での作だったと思われる」と、題詞に沿った受け止め方がなされている。

轟良子氏は平成九年、西日本新聞社刊の『北九州文学散歩』一八〇頁で、「西鉄バス『荒生田公園下』バス停から曲がりくねった急坂を五分ほど登ると、大正末に荒生田遊園地と呼ばれていた所に着く。だが樹木に囲まれたその場所から、人が登ってくるのを見つけられるだろうか」。更に「製鉄所の高見社宅の並ぶ街を『新墾』と

歌うだろうか」と疑問視し、牧水門弟の毛利雨一楼御息女毛利昭子さんに尋ねたという。昭子さんから「新墾の歌は、荒生田の方から若山先生ご夫妻が来られて、今の美術館口にあたる鞘ケ谷の峠から見ると、天籟寺〔注——戸畑区内で、荒生田の北方約一・二キロの地点にある〕の方から来ている父の姿が見えたので歌ったものですよ」とのコメントを得た。そこで轟氏は荒生田から鞘ケ谷へと踏査し、次のように報告している（同書一八一頁）。

> 七条の坂を登った所に八幡と戸畑の境界が表示されている。美術館口バス停を過ぎた所から見ると戸畑の街を遠景にして、なだらかな坂道が続き、人や車の往来が一望できる。道路横の岡の上では今でも畑を耕す人がいる。ここから天籟寺までは歩いて約三十分かかり、坂道のすそは遠い。私は歩きながら「新墾」の情景はこの道だろうと思った。牧水と夫人はこの野山に囲まれた谷を巡りながら何を語り合ったのだろうか。
> 「岡と田圃(たんぼ)の間を長閑(のどか)な小春日に照らされながら、煤(すす)の町から煤(すす)の町へと辿(たど)った。忘れられない一日である。」（原文のまま）

牧水は紀行文「九州めぐりの追憶」にこう記し、喜志子夫人は次のように詠んでいる。

《煤まう戸畑の町を見下ろして秋日かがよう山路を下る》

先に引用した「西日本新聞」夕刊連載の「石の声」は、次のように結ばれている。

> 郷土会長佐藤大友氏が思いたち、創作同人の伊岐須ゆうき（故人）さんをはじめ戸畑短歌会同人の努力と、当時の市長、市議会議長、文教委員など、市側の積極的な協力によってできあがった。石は北九州特産の玄武岩で、台石からの高さ約一二六センチ、幅九八センチ。文字は、地元の書家中村天籟氏が牧水の筆跡を参考に揮ごうしたもの。

末尾の揮毫者問題であるが、大悟法利雄氏（『牧水歌碑めぐり』一五九頁）をはじめとして自筆説が多い中、他人の揮毫だとする説に出会って戸惑っている。中村天籟氏は戸畑区天籟寺に住み、八幡製鉄所の技術研究所に勤めた方と聞いたが、既に他界されているようで、今となっては確認することもできない。ただ一つ気になっていることは、この歌碑の第二句の「坂道」は全集（雄鶏社版、増進會出版社版ともに）では「坂路」と表記されていることである。はたして本人の揮毫だろうかという疑問が生じる表記ではある。

除幕のことは『牧水歌碑めぐり』一五八頁に記述がある。この歌碑と、毛利雨一楼宅址の歌碑（戸畑区南鳥旗町）は同時期に並行して建てられたという。

アクシデントのため遅れた「新墾の」の歌碑の竣工を待って共通の除幕式はその碑の建った中央公園市立図書館の前庭で五月七日〔注――昭和三十六年〕に行われた。

碑は全高二・五メートル、幅一・一メートル。

若山牧水の歌碑が、北九州市戸畑区と中間市、大川市にもある。地域別一覧を参照されたい。

豊田　実

明治十八年（一八八五）－昭和四十七年（一九七二）。現・うきは市吉井町生まれ。中学時代から矯々会雑誌に作品を投稿。東京帝国大学では芥川龍之介と親交を結ぶ。クラスで一、二を争う成績であったという（岩波新書〈新赤版〉一四一の関口安義著『芥川龍之介』八二頁参照）。卒業後は大学院に進む。そして第一高等学校や東京大学、東京女子高等師範学校で教鞭をとる。大正十二年（一九二三）から二年間、文部省海外留学生として英・仏・米に学ぶ。同十四年に九州帝国大学教授となり、図書館長や法文学部長を歴任し、昭和二十年九月に定年で退官。以後は母校青山学院の戦災復興と大学昇格に尽力し、同二十一年から同三十年まで同学院院長、同二十四年には専門部を新制大学に昇格させて初代青山学院大学学長を兼任した。日本基督教団讃美歌委員を務め、『讃美歌集』にその作詞が採用されている（三九四番・四〇六番）。日本詩人クラブの「詩界」が「豊田實追悼号」を出した（一二〇号、昭和48・6）。著書に『日本英学史の研究』、『語学畑の副産物』、シェイクスピア作『あらし』の訳、『ワーズワース詩抄』などがある。

［A碑］

A Self-Portrait

Born in a land
Where Fuji towers,
On Avon's banks
I've gathered flowers.
Minoru Toyoda

写真20

［B碑］

富士ヶ嶺のそびゆる国に生ひたちてアボンの園の花をつみにき

豊田實

写真20

【所在地】 うきは市吉井町吉井一二二七　豊田小児科医院

国道二一〇号線の「上町」信号の東側に、国道を挟んで北側に福岡銀行吉井支店、南側に浄満寺がある。浄満寺の東隣のカットサロン「うすい」と「河童茸庵あけぼの」の間の道を南に入ると、豊田小児科がある。碑は病院玄関の前にある。

【裏面】

［A碑］豊田實先生は、一八八五・九・一六　医家豊田貫一・琴の長男として、こゝに生まれ、

一九七二・一一・二二　東京に没す。

基督教信徒、英文学者、文学博士、英国英文学会終身会員、

日本英文学会会長、日本詩人クラブ会長、

九州大学名誉教授、青山学院大学名誉教授、青山学院院長、

吉井町名誉町民第一号、正三位勲二等瑞宝章、銀盃拝受、

一九八五・一一・二三　　生誕一〇〇年を期し建之。

豊田實先生顕彰会長　吉井町長　西見啓

［B碑］英詩　豊田實書　　和歌　冷秋書

構成　佐賀大学名誉教授　彫刻家　緒方敏雄

福岡市　山野石材株式会社

〔注――短歌の揮毫者は吉井町清光寺の四世和尚江藤義道氏で、「冷秋」はその俳号。構成の緒方氏は豊田潤一氏（豊田小児科院長）の母方の親族。大刀洗公園の菊池武光像は代表作の一つ〕

【その他】 英詩と短歌で構成されている珍しい碑である。「アボン」とはイングランド中部地方にある地名で、シェークスピアの生家や王立シェークスピア劇場がある。地図を見ると、ストラトフォード＝オン＝エイボンとある。当地に三回行かれたという篠原一英氏（編著者の小郡高校教師時代の同僚）によると、近くにエイボン川が流れていて、河畔に花が咲き乱れた公園がある、ということである。篠原氏に英詩を訳してもらった。

自画像
富士山がそびえる国に生まれて
エイボン河畔で私は花をたくさん摘みました

豊田潤一氏によると、英詩を先に作り、それを作者が自ら短歌に直したもので、「アボンの園に花をつみにき」という表現に、「英文学の精華を身につけた」という意味が込められている、という。

A・B両碑とも全高一・九メートル、幅〇・四メートルの黒御影石で、ハの字型に構成されている。右がA碑（英詩）である。

吉井　勇

明治十九年（一八八六）―昭和三十五年（一九六〇）。中学卒業後の病気療養中に文学に親しむ。明治三十八年に新詩社に入って与謝野寛の指導を受けた。当時の新詩社は既に最盛期を過ぎていたが、ここで北原白秋や石川啄木らと文学を競い、また森鷗外の観潮楼歌会に出席して、伊藤左千夫・斎藤茂吉らとも交わった。同四十年に、北原白秋らと新詩社を脱退。その後は特定の師を持たなかった。同四十二年、「スバル」創刊に参加し、「パンの会」にもかかわった。その活動の中で、歌集『酒ほがひ』が生まれた。昭和九年、歌集『人間経』刊行。同二十三年、日本芸術院会員となる。歌風は大きく変化した。当初は海洋趣味の作をものしたが、まもなく恋愛相聞の歌に転じ、耽美派文学の一翼を担った。しかし頽唐享楽の歌風は時代の進展に即しえず、次第に歌壇の本流から離れた。昭和八年の生活上の転機を背景とした『人間経』から歌風も一転し、独自の心境詠から枯淡な詠み口へと変化していった。

旅籠屋の名を川丈といひしことふとおもひ出てむかし恋しむ　勇

「五足の靴」文学碑

新詩社の与謝野鉄幹を初め北原白秋・木下杢太郎・吉井勇・平野万里の九州路の旅は、紀行文「五足の靴」に綴られている。その第一夜を博多のこの旅館で過ごしたのは明治四十年七月三十一日。わが文壇に南蛮文学の花が繚乱と開いたのはそれからである。

写真21

【所在地】 福岡市博多区中洲三－一－一八　川丈（かわじょう）旅館

旧福岡玉屋の東側を博多川沿いに歩くと、約三分で川丈旅館に着く。碑は玄関の右手にある。

【右面】 吉井勇先生を偲ぶ會

【左面】 昭和四十一年七月三十一日

【裏面】 世話人　小島與一　原田種夫　持田勝穂　森部善七　長尾勝也　佐々木滋寛

【その他】 碑面上部に吉井勇の歌が自筆で刻まれ、下部に「五足の靴」の説明文（原田種夫撰文）が活字体で彫られている。

この碑については、『西日本 文学碑の旅』（西日本新聞社刊）に作家原田種夫が詳述している（八五頁）ので参考にしたい。まず「五足の靴」の旅について、原田が除幕式（昭和四十一年七月三十一日）の来賓に配布したという解説文が示されているので、そのまま転載させていただく。

明治四十年七月二十八日、東京を発って九州旅行に出発した五人の一行があった。五人は、「明星」主幹の与謝野寛（鉄幹）を初め、「明星」の新精神を代表する青年詩人・北原白秋、吉井勇、平野万里、太田正雄（木下杢太郎）の五人であった。寛が三十五歳。正雄と白秋と万里が二十三歳、勇が二十二歳、正雄は東京帝大の医科、万里は同大学工科、白秋と勇は、早大文科の学生で、四人は、いずれも金釦（きんぼたん）の学生であった。

厳島、赤間ケ関を経て、福岡市に着いたのは、明治四十年七月三十一日だった。この夕べ、西公園の「吉原亭」という料亭で「明星」の読者による福岡県文学同好会主催の歓迎会が催され、午後十時に解散、西公園下から舟に乗って博多へ着き、この川丈旅館の二階に一泊した。翌日は、千代の松原や、東公園から、名島、博多湾方面を見物して、白秋の郷土柳川に向い、それから佐賀、唐津、平戸、天草、島原、阿蘇を経て柳川に二泊して九州を去った。

この旅行記を五人が代わる代わる東京二六新聞に、イニシアル、K（寛）、H（白秋）、B（万里）、I（勇）、M（正雄）を用いて、「厳島」を第一回とし、明治四十年八月七日〜九月三日の第二十三回「柳川」で九州篇は終り、その帰路の徳山、京都、そして、第二十九回「彗星」が九月十日に出てこれで終っている。「五足の靴—五人連れ」と題した連載だった。

「五足の靴」の福岡入りは、明治四十年だから、今から六十年も前のことだ。しかし、この旅行こそ、日本近代文学に異国文学—南蛮文学の華ひらく導火線となった。白秋は、旅の後に処女詩集『邪宗門』（明治四十二年三月）を発表、杢太郎も、長崎、平戸、島原、天草に遺る南蛮遺跡の探訪によって、「長崎ぶり」「黒船」「桟留縞」などのエキゾチックな詩を発表し、後に日本切支丹研究家として色々と貢献し、劇詩『天草四郎』を完成した。勇は、南国情緒に目ざめて、詩や歌を書いたが、処女歌集『酒ほがひ』は、酒と愛欲に耽溺した青春の歌として絶賛され、豪宕（ごうとう）な歌調は遠く万葉の域に迫るとまで評された。

この「五足の靴」の九州入りから今年はちょうど六十年に当たるので、その時の紀行文の題をとって、「五足の靴」文学碑とし、一行が九州での第一夜を過ごした、この博多東中洲の川丈旅館の玄関に建てた。

中でも、吉井勇先生は、博多と長崎を大変に愛され、多くのすぐれた歌を残されている。いま長崎には先生の歌碑が数基もあるのに、博多には一つもないのである。そこで、碑面に、先生が西下五十年のとき、往時を回想されて作られた歌を刻んで先生の歌碑をも兼ねたいと思い、先生ゆかりの人々の手で建設したものである。

さて、この歌の詠まれた時期であるが、原田種夫の文中に「先生が西下五十年のとき、往時を回想されて作られた歌」とある。旅が明治四十年（一九〇七）のことだから、五十年後ということは一九五七年（昭和三十二年）の作ということになる（川丈旅館主人の長尾トリ氏は、野田宇太郎文学資料館ブックレット2『五足の靴』（小郡市立図書館刊）所載「聞き語り」で、「昭和三十一年か三十二年に吉井先生が博多へ来られ」、そのときこの歌を書いてくださったと証言している）。番町書房刊『定本 吉井勇全集』第三巻には、最後の歌集『形影抄』（昭和31）以後の歌も収録されているが、その中にこの歌は入っていない。第一歌集『酒ほがひ』（明治43）から『形影抄』までの全歌集（三十二冊）を点検したが、いずれにも収録されていなかった。

「建立は、『吉井勇先生を偲ぶ会』が主体となり、世話人は小島與一（元人形作家）、森部善七（元朝日新聞記者）、長尾勝也（元川丈旅館主人）、佐々木滋寛（元住職で郷土史家）＝以上故人＝歌人持田勝穂と原田種夫など」（『西日本 文学碑の旅』八五頁）であったという。

碑は全高一・七メートル、幅〇・四メートル。

他に吉井勇歌碑が北九州市門司区と太宰府市にある。地域別一覧を参照されたい。

釈 迢空（しゃくちょうくう）

明治二十年（一八八七）―昭和二十八年（一九五三）。大阪生まれ。民俗学者・国文学者としては本名の折口信夫（しのぶ）、歌人・詩人としての名が釈迢空。大正三年（一九一四）に上京し、「アララギ」に接近。同五年、名著『口訳万葉集』完成。同六年、私立中学校の教員となる。「アララギ」同人となって選歌を担当。中国・九州に講演のため、一カ月無断欠勤をし、中学校を免職される。同八年、母校の国学院大学臨時代理講師となる。この頃より民俗採訪と講演のため各地への旅行頻繁となる。同十年、「アララギ」を去り、同十三年には反「アララギ」的色彩濃厚な雑誌「日光」創刊に参加。同十一年に国学院大学教授になり、昭和三年からは慶応義塾大学教授。『海やまのあひだ』、『春のことぶれ』、『天地に宣る』、『水の上』、『遠やまひこ』、『倭（やまと）をぐな』などの歌集がある。詩集『古代感愛集』（昭和23）により芸術院賞受賞。

多賀の宮みこしすぎゆくおひかぜにわれはかしこまる神わたりたまふ　迢空

写真22

【所在地】 直方市直方　多賀神社

北から拝殿に向かう参道の、手水舎（ちょうずや）手前の左手に碑はある。

【裏面】 青山かむぬしによす

つくしの日わかをとり（ど）をみにゆかむことをおもへり三とせの後も　釋迢空

昭和四十九年十月吉日　宮司　青山大麓

【その他】 裏面詞書の「かむぬし」は神主で、青山大麓氏（明治33・12・14―昭和56・6・7）のこと。青山氏は国学院大学を大正十五年に卒業し、九州大学法学部で学んだが昭和二年に退学した。国学院時代に釈迢空（折口信夫）先生の薫陶を受けた。

この歌は、「昭和二十四年、迢空が、弟子の伊馬春部〔注――福岡県八幡西区木屋瀬出身の放送作家で、国学院大学卒業。青山大麓の七歳年下〕とともに西下、来直の折に、『空ふかくけむりただよふ野を見むと来し直方の夕さゆるいろ』などとともに詠んだ歌の中から選ばれたもの」（舌間信夫著、直方市刊『直方碑物語』第三十九話）だという。

「西日本新聞」（平成12・11・23）の「雪月花」という文芸作品紹介のコラムに、歌人の山埜井喜美枝氏が『釈迢空短歌綜集』（未刊）から「霜月の二十六日　暮る、空。嘉穂の郡に　汽車はいりたり」という歌を紹介し、次のように解説している。

「昭和二十四年、二十五首九州旅行」の一首である。十一月九州大学における学術会議の折、九州めぐりをする。供をした伊馬春部は「泊り重ねたあと、わが生まれ故郷の遠賀河畔にまで足をのばしてもらったので……」とその日の感激を記している。

裏面の歌に詠まれている「日若踊り」は、「多賀神社に伝わる日若謡、日若舞の流れを汲んで伝承された、ひなびた素朴な思案橋踊りと優美な本手との二様の踊りで構成されている」。「福岡県の文化財に指定されている」（松本廣編、筑豊千人会刊『筑豊原色図鑑』一五二頁）。折口信夫は民俗学者として関心を抱き、実際に見て心を打たれたのであろう。だから、もう一度見たいという思いを後々まで抱いていたのである。

裏面の歌末尾を、昭和五十二年刊『直方市史』（下巻九七五頁）や『直方碑物語』は「三とせの後に」と読み取っているが、「三とせの後も」が正しいこと、また、具体的に三年後という意味ではなく「後々まで」という意味で味わったがよいということを、現宮司青山泰麓氏に御教示いただいた。更に、歌は、全紙大の画仙紙に作者が揮毫したものが刻まれていること、碑の設計は多賀神社の改築を担当した建築家の弟子の方がされたということ、この碑に触れている文献としては「早稲田大学文学碑と拓本の会」編の『折口信夫の文学碑』（瑠璃書房刊）があることも併せて教えていただいた。

なお、この碑の歌は刊行されている歌集には収録されていない。

碑は全高二・五メートル、幅一メートル。

倉田百三（ひゃくぞう）

明治二十四年（一八九一）―昭和十八年（一九四三）。広島県生まれ。第一高等学校在学中に西田幾多郎（きたろう）の『善の研究』を耽読（たんどく）。その頃、論文やエッセーを一高の「校友会雑誌」に発表。結核を病み、大正三年（一九一四）に帰郷し、町外の一軒家で独居。通いの看護婦に恋をしたが、霊肉二元の対立に悩んで離別。同四年、西田天香に共鳴し「一燈園」に入る。同五年、千家元麿・高橋元吉等と「生命の川」を創刊し、戯曲『出家とその弟子』を連載。既にカリエスで病臥の身で、広島ついで福岡で入院生活を送る。同七年、初めて「白樺」に戯曲『俊寛』を掲載。宗教的で内省的な評論家として独特の地位を確立した。満州事変の進展とともに次第に超国家主義の色調を濃くし、ファシズムを支持。昭和四年から同十五年二月までは、健康な生活を送った。晩年は、倉田を慕う若い人達によって結成された「生きんとての会」（昭和十四年創立）の主宰をした。本格的に短歌を作り始めたのは、大正十二年六月から島木赤彦に指導を乞い、作品が「アララギ」に掲載されるようになってからである。

写真23

このころのわれのこころのさやけさやくるあさあさをたゝにむかふる　百三

倉田百三福岡寓居の記

「出家とその弟子」を大正六年に出版した倉田百三は、翌年病気療養のため久保猪之吉博士を頼って、妻晴子・長男地三と福岡へ来て、一二転居の後、今川金龍寺境内の貝原益軒記念堂（後の金龍幼稚園）に、同八年十一月明石に移るまで一年餘仮寓した。「愛と認識との出発」はその前後の論文集で、戯曲「俊寛」はここで構想を練り執筆を続けた。

福岡佛教文化の会

【所在地】 福岡市中央区今川二―三―二三　金龍寺

中央区の西端で、国道二〇二号線の今川橋バス停の南側である。バス停東側の信号から南へ入ると、まもなく境内への入口がある。碑は寺の南側にある山門を入った左手にある。近くには文机に向かって座った貝原益軒の銅像もある。

【裏面】 昭和四十五年八月廿一日建之

正定寺・一田善寿　円照寺・蒲池　繁　長円寺・甘蔗良淳　大通寺・永野見龍　東林寺・梅田信隆

承天寺・前川大道　勝立寺・坂本円成　松源寺・佐々木滋寛　金龍寺・三好龍光　明光寺・水島劔城

博多　十代国松幹平

【その他】 碑の上部に自筆の歌が五行に刻まれ、下部に「倉田百三福岡寓居の記」が活字体で彫られている。歌は平仮名だけで濁点を付けずに書かれているので、意味が分かりやすいように書いておこう。

この頃の我の心のさやけさや来る朝々をたゞに迎ふる

この頃の心境を語るエピソードとして、次のような記述が『西日本 文学碑の旅』（西日本新聞社刊）に出ている（二六頁。執筆者・白石一郎）。

当時、宮崎県児湯（こゆ）郡に「新しき村」を興した武者小路実篤が、しばしば倉田を訪ねて福岡へ立ち寄ったそうだ。倉田百三は「新しき村」の良き理解者、協力者であり、金龍寺境内の自宅を「新しき村」の福岡支部としていたようである。

倉田百三を訪問した人たちのことについても、同書（二六頁）に書かれている。

『出家とその弟子』で一躍世に知られた倉田百三のもとに、福博の文化人たちが名を慕って集まり、ちょっとした文化サロンのおもむきを呈していたといわれる。歌人の柳原白蓮も倉田のもとへ出入りし、倉田の紹介によって宮崎竜介と知り合い、世間をさわがせる恋愛事件をおこしたというような話もあったらしい。

なお、碑文中に、倉田百三が久保猪之吉博士を頼って福岡に来たことが述べてあるが、久保博士は中央でも知られている歌人（一三頁）であり、九州帝大医科大学病院で長塚節の治療にもあたった耳鼻咽喉科の権威者でもあったからである。

この碑の除幕式の模様を報じた「朝日新聞」（昭和45・8・22）によると、倉田百三の長男で東京芸術座の座員倉田地三氏（五三）や、当時二歳だった地三さんの子守りをしていた近くの坂本ロクさん（六八）も顔を見せて、懐かしそうに話していたという。

碑は全高二・二二メートル、幅〇・五五メートル。

手島一路(いちろ)

明治二十五年(一八九二)－昭和五十四年(一九七九)。現在の朝倉郡朝倉町生まれ。本名勇次郎。蔵前高等工業学校付設教員養成所を卒業し、熊本市立工業学校教諭を手初めに、昭和二十一年に福岡市立第二工業学校長を退職するまで、実業教育に貢献した。短歌では、大正五年(一九一六)より金子薫園系の安部東里について学んだ。昭和十三年には釈迢空系由利貞三主宰の「短歌公論」同人として中央誌で活躍した。昭和二十二年、ゆり短歌会を創立し、主宰となった。著書に編著歌集『四人の死刑囚』(昭和32)、歌集『跫音(あしおと)』(昭和41)、選歌集『博多百首』(昭和43)、訳歌集『菅相丞』(昭和47)、歌集『全人的』(昭和51)等がある。昭和二年に福岡刑務所講師の嘱託を受けて以来、法務省矯正施設への訪問奉仕を熱心に続けるなど、ヒューマニズムの姿勢でその一生を貫いた。昭和五十二年、福岡市文化賞受賞。

a　藤田公園の碑

滅(ほろ)ぶもの生まる、もの、証とも淡々として行く雲ひとつ　　一路

写真24

【所在地】福岡市博多区博多駅前二丁目　藤田公園

ＪＲ博多駅を博多口に出ると、大通りの西側に福岡朝日ビルがある。その西側の一画が駅前二丁目である。藤田公園は博多警察署の裏手にあり、碑は公園の北の隅にある。

【裏面】抄史

手島一路〈勇次郎〉先生は前半生を福岡の実業教育に、後半生を「歌は人を作る」の信条に生き、短歌の道に尽くされた。ここに我ら相はかり、不滅の一首を彫りて歌碑とする。

昭和四十三年十一月三日　文化の日

ゆり短歌会　福岡実専同窓会有志　福岡市立第二工業学校有志　郷土福岡及び一般有志

〔注――読み易いように、編著者で句読点および鉤括弧をつけた。「抄史」の揮毫は「ゆり」会員で書道師範の藤沢万沙子氏。「実専同窓会」は手島氏の教え子の会、「福岡市立第二工業学校」は、博多工業高校の創立時の校名〕

【その他】昭和四十二年十一月三日の「ゆり」創刊二十周年記念全国大会の席上で、歌碑建設の議が可決され実現した碑である。出典は第一歌集『跫音』（ゆり短歌会、昭和41）である。ただし、『跫音』には次の表記（振り仮名も含む）で出ている。

滅ぶもの生まるるものの証(あわ)しともあわあわとして逝く雲一つ

「証し」の読みは誤植であろう。「ゆり」の五十周年記念特集（平成十年一月号）の「手島一路作品百五十首抄」には、「あか」と振り仮名を付けて収録されている。

『跫音』は三部構成である。

第一部　我無き道（戦時中の作）　第二部　渾沌（終戦前後の作）　第三部　草原を行く（現在の作）

この歌は第三部の終わりから五首目にあるから、出版直前の昭和四十年頃の作と考えてよいのではないだろうか。

作者自筆の歌を刻む。碑の設計は西日本短大教授中村善一氏、施工は国松幹平氏。除幕式は昭和四十三年十月二十七日に行われた。碑は高さ一・一八メートル、幅二・七メートル。

b 『四人の死刑囚』歌碑

悠遠の時のなかなるひとつ星光のこして雲にかくる、　一路
ち、は、の恋し慕わし罪の身を許せゆるせと壁にものいう　良祐
白菊の花びらかぞえて想念はいつかあの日の二人におよぶ　義人
爪たて、母母母と書いてみきひとやに母を恋いてやまねば　当八
木の葉ちる頃に召さる、この身かとせめては芽ぶく春を待たしめ　新生

写真25

【所在地】糟屋郡篠栗町津波黒一一一　太宰府安楽寺篠栗霊園

JR篠栗駅の北方に国道二〇一号線の篠栗北交差点（津波黒陸橋）がある。そこから県道五四七号線（猪野・篠栗線）を五〇〇メートルほど北上すると、右折する広い道がある。この道路は篠栗霊園の上段にある極楽霊園行きの道路で、安楽寺へは行けない。安楽寺へは、その広い道路と民家の間の少し狭い道を東進する。本堂前を通って奥にある民家風の宗教会館に行くと、玄関前に碑は建てられている。

【裏面】戦後混乱のうちに過って罪を犯し、処刑迄の人間本然の慟哭です。茲に歌集「四人の死刑囚」を編みて世に呈り、ふたたびこのようなあやまちのないことをいのります。

昭和三十二年秋

建立者　一路手島勇次郎　與　倉利　荒牧博之

区画整理のため昭和四十四年三月、福岡市住吉般若院より當山天興寺に移す。　石峯刻

〔注――読み易いように、編著者で句読点および鉤括弧をつけた。建立者の一人「與倉利」氏は歌集『四人の死刑囚』（手島一路編、蘇鉄書房、昭和32）の発行者〕

【その他】まず、この碑の移転に触れておきたい。編著者が最初にこの碑を見たのは、昭和四十六年頃であった。場所は太宰府天満宮裏手の北神苑を奥の方へ進むと「お石茶屋」があるが、その手前から左へ急な石段を上ったところにあった寺である。その時には裏面の追刻が既になされていた。そこで、整理をすると、碑の所在地は次のように移転したことになる。

般若院（福岡市住吉松月町）　昭和三十二年から
天興寺（太宰府天満宮北神苑）　昭和四十四年から
安楽寺（太宰府天満宮北神苑）　寺名変更だろうか？
太宰府安楽寺篠栗霊園（篠栗町）　昭和五十八年から

移転を知らずに平成七年（一九九五）に太宰府の寺を再訪したところ、寺そのものが無くなっていた。太宰府天満宮文化研究所で、篠栗霊園に移転していることを教えていただいた。安楽寺によると、歌碑も霊園内に移転しているという。そこで、平成十二年十一月に現地に出かけて確認をした次第である。碑裏面の追刻はそのままで再追刻はないので、年経れば、再移転のことは一般には分からなくなっていくだろう。

さて、碑の最上部には円の中に仏様の胸像が浮き彫りにされている。作者は、碑裏面末尾の石峯（石仏師として有名な国広石峯）である。胸像の下に、手島一路の歌と署名が八行に刻まれ、碑の下半分に死刑囚四人の歌と名が並刻されている。書体は手島一路のものではない。揮毫者がだれであるかは、ゆり短歌会にも記録がないので分からないということで、石仏師国広氏に照会した。その回答として、石峯は既に他界し、息子の秀峯が後を継ぎ、その長男が祖父の名を継いで二代目石峯となっているということ、そして「四人の死刑囚」歌碑の実際の作業は二十歳だった秀峯が行ったということ、仏様のレリーフ胸像だけでなく短歌も秀峯が彫ったということ等を教示いただいた。

次に手島一路と四人の死刑囚の関係について触れておきたい。手島一路の作者紹介で「昭和二年に福岡刑務所講師の嘱託を受けて以来、法務省矯正施設への訪問奉仕を熱心に続ける」と書いたが、歌集『四人の死刑囚』の「後記」によると、昭和二十四年秋から、この四人に短歌の指導をしてきたようである。もう少し詳しく知りたいと思いながら、手島一路年譜（ゆり短歌会刊遺歌集『白き繭』所収）や歌誌「ゆり」昭和五十五年二月号所収の手島一路追悼文を読んでいて、次の事項が目に留まった。

昭和二十二年（一九四七）十一月　福岡刑務所の援助で「ゆり」創刊。創刊号には二十七名の服役者の短歌が載る。

その補足説明のような文章が、「別冊ゆり創刊三十五周年記念号」（昭和57・11・10、ゆり短歌会本部発行）に載っている。中村法翠氏執筆の「一期一会」である。中村氏は、ゆり創刊当時は福岡刑務所勤務で、後に「ゆり」の編集主幹（昭和五十五年七月号まで）を務めた人である。

師とのはじめての出会いは、昭和二十二年の夏である。

そのころ、前述の令弟収造氏〔注――手島一路の実弟〕が福岡刑務所の作業課長をしておられた関係もあって、戦後間もない物資欠乏の時代に、紙の在庫が豊富で大きな印刷工場を持っている同所に、歌誌ゆり創刊号の印刷を師は依頼に来られた。当時私が所内で指導をしていた受刑者短歌会「ももぢ」〔注――当時、福岡刑務所は福岡市の百道にあった〕のことを話すように、と所長から呼ばれたのが、師との最初の出会いであったのである。その席で、所長の指示もあって編集の協力をすることになり、宮崎へ転任するまでの約二年間、ゆり誌の編集に携わったが、この時師の好意で、受刑者の作品を毎月ゆり誌上に「ももぢ集」として載せていただくことになった。

ちなみに、福岡刑務所が昭和四十年に糟屋郡宇美町に移転した後も、「ゆり」の印刷は引き継がれていたが、昭和五十八年十二月号を最後に印刷所が代わったようである。

歌集『四人の死刑囚』には、四人の略歴なども紹介されているので抄出しよう。

長光良祐　昭和二十一年三月、旧制中学卒業。「昭和二十四年一月三日より二十日までの間に犯した」事件で死刑判決（昭和二十六年確定）を受ける。その後の独居房での呻吟で、「自分自身との対決以外になにもないと覚って、必然的要求として内燃してきたのが、短歌に倚るということであった」。

山村義人　殆ど無学な彼が短歌を始めて（昭和二十七年）から大きく成長したのは、自分自身が真剣に短歌に打ち込んだこともあるが、長光良祐の手引きが大きかった。昭和二十八年九月二十四日処刑された。

神園当八　大正六年（一九一七）十月十九日、鹿児島県の片田舎に生まれた。幼くして母を亡くし、小学校高等科卒業後、姉の家に寄寓し、北九州で某官庁の給仕をしながら夜間中学で学んだ。この間に父と死別し、中学を退学して工員となる。昭和十四年、軍に召集され北支を転戦。戦後、「やくざ」となり過ちを犯す。昭和二十一年に検挙され、同二十五年八月十日に死刑となる。

平岡新生　昭和二十四年より歌道に志し、処刑の同二十八年三月七日まで歌を作る。

この歌集が編まれたのは、長光良祐の刑が執行される前で、手島一路の歌は序歌として詠まれたものである。ゆり短歌会にお尋ねしたところ、出版費用の問題があって昭和三十二年の出版まで原稿が眠っていた時期があるそうだが、序歌が詠まれたのは昭和三十年前後だろうということである。ただし、この歌は歌集『跫音』第一部中の「死囚と語る」に収録されているが、同歌集の説明によると第一部は戦前の作だという。

碑は全高二メートル、幅〇・六メートル。

手島一路歌碑が、他に福岡市南区、太宰府市、朝倉郡朝倉町にある。また、編著者未確認の碑が、福岡市東区、同市南区および城南区にもあるようである。地域別一覧参照。

菊池　剣（けん）

明治二十六年（一八九三）－昭和五十二年（一九七七）。山門郡瀬高町生まれ。旧姓池田。本名謙三。大正八年（一九一九）、叔父の家を継ぎ、松尾姓となる。職業軍人。短歌には中学伝習館在学時代から親しんだが、大正五年、佐佐木信綱の「竹柏会」に入会。同七年、「国民文学」（窪田空穂（くぼたうつぼ）を中心とする短歌雑誌）に入り、半田良平に師事して異色の軍人詠を発表。昭和四年、長崎県の猶興館中学配属将校時代に生徒前田博を知る。同十年に前田が歌誌「やまなみ」を長崎県早岐（はいき）で発行するにあたり、顧問となる。長崎師範学校の配属将校として転出後、「やまなみ」の主宰となる。終戦後は、妻の郷里の黒木町に住み、農耕に従事しながら主宰誌の編集発行を続けた（復刊第一号は昭和二十一年十一月）。歌集に『道芝』（昭和3）、『白芙蓉』（昭和5）、『芥火』（昭和37）、遺歌集『黒木』（昭和55）がある。

> 冬山にさへぎられたる朝日影いま街並の一角にさす　　剣

写真26

【所在地】　八女郡黒木町今九三〇－一一　築山公園入口

黒木町の名所である大藤の所の交差点（信号機あり）から北へ進むと、道は大通りを横切り黒木稲荷神社の赤い大鳥居をくぐるが、鳥居の左前方に小高い丘があり、頂上には築山神社がある。その丘の麓が築山公園への入口である。その入口の藤棚横に碑がある。

【裏面】　菊池剣略歴

本名松尾謙三　明治二十六年福岡県瀬高町に生れ、昭和二十年末以降、黒木町に居住。歌誌国民文学同人。昭和十年、歌誌やまなみ創刊主宰。著書に「道芝」、「白芙蓉」、「芥火」等がある。

昭和四十三年十一月　やまなみ短歌会　康堂書

〔注——句読点は編著者が補った。裏面の揮毫者は洗心書道会会長倉富康堂〕

【その他】この歌は、短歌新聞社刊『菊池剣全歌集』を見ると、第三歌集『芥火』に収録されている。題は「帰郷」で詞書に「昭和二十年十二月　福岡県八女郡黒木町に帰還す」とある。平易な表現で、「街並(まちなみ)」、「一角(いつかく)」さえ読みを誤らねば、全体の意味は理解しやすい。「西日本新聞」(平成7・9・13)の菊池剣をしのぶ冬山忌の記事に、黒木町文化連盟吉村誠会長の談話が紹介されているが、作者は生前「戦争中、暗い世相に明るい平和の日差しがさしこめたという意味も込めた」と、この歌について語っていたという。

冬山忌は黒木町文化連盟主催で、毎年作者の命日前後に碑前で行われている。

碑は高さ一メートル、幅一・三メートル。除幕式は昭和四十三年十一月二十三日に行われた。

赤星　端(ただし)

明治二十七年(一八九四)—昭和五十八年(一九八三)。三井郡味坂村(現・小郡市)下西鯵坂(しもにしあじさか)生まれ。旧姓秋山。外祖母赤星エイの養嗣子となる。早稲田大学高師部国漢科で学び、県立長野中学校教諭を皮切りに、昭和二十二年に五十三歳で依願退職するまで教職にあった。同二十四年からは県立明善高校の講師となる。本格的に短歌と向き合ったのは、県立第一鹿児島中学校勤務の時代である。同校に創作社同人の安田尚義がいて、その誘いで創作社社友となる。大正十二年(一九二三)頃から新興歌(自由型短歌)に関心を示し、全国新短歌協会会員に推挙された。昭和二十五年には原田種夫・長井盛之等と同人誌「日本短歌」を発行。同三十一年、岡部進を顧問として歌誌「かささぎ」を創刊した。講師をしていた明善高校定時制の生徒や教師で発足した短歌会が母体である。同三十八年、窪田章一郎主宰の「まひる野」の同人となる。歌集に『柚子霜』（久留米連合文化会文学賞受賞。昭和36）、『星滴』（昭和47）がある。また『赤星端詩歌文集』（かささぎ短歌会、昭和55）がある。

> 起伏なき廣野をわけて筑後川抒情ゆたかに城址をめぐる　　久留米茢原住　端

写真27

【所在地】 久留米市篠山町　篠山城跡

城跡の北側は樹木や笹の茂みに覆われているが、その外側に城壁上を巡る細道がある。碑はその細道の西端にある。

【裏面】 題詠　赤星端書

赤星端先生歌碑建設期成会

かささぎ短歌会会員一同　教へ子の会会員一同　本会賛同会員一同

昭和四十三年正月建之　施工者　翠庄園　庄籠正記

【副碑】 歌碑銘

赤星端先生、号止観又仰星舎。明治二十七年一月五日、小郡市秋山家に生る。菊池十一代隆泰の子、赤星有隆の末葉、旧久留米藩士恵以の養嗣子。早大高師部国漢科卒。県立旧制中等学校長の職歴等数十年。叙正五位勲五等、賜瑞宝章。人となり敬譲温和、文学を好み、夙に和歌を柴舟・空穂に学び、傍ら新短歌協会・芸術と自由・まひる野会同人、斯道暢達独自の域に入る。

昭和三十一年、かささぎ短歌会創設、同誌主宰。同四十年、久留米短歌大会唱導、実施。市連合文化会は、文学賞並びに文化功労賞を贈る。目下、連文理事兼賛助会員、白秋会賛助会員、菊池至誠会寄合衆会員。同四十三年、永年の功報いられ、同人知友に依り、篠山城址に歌碑の建設を見る。

歌集に青空・柚子霜・星滴。家集に詩歌文集、昭和歌人名鑑等、全国歌集十数巻の作者の一人として知られる。

昭和五十年十月吉日　赤星端先生歌碑建設期成会一同　小城史風謹書

〔注――句読点は編著者で付けた〕

【その他】 歌に詠まれている「城」は、もちろん碑がある篠山城である。この城は、戦国時代の土豪の砦として出発したようであるが、本格的な城郭として改修に取り組んだのは、元和七年（一六二一）に丹波国福知山から入城した有馬氏である。丘を利用して築かれた平山城で、天守閣を持たず、周囲に櫓を配した多聞造りの城であった。筑後川は東から流れてきて、城の北側で南に転じてゆったりと流れている。それが「城址をめぐる」と表現されているのである。

碑は全高一・七メートル、幅二・二メートル。除幕式は昭和四十三年三月三日に行われた。

岩本宗二郎

明治二十八年（一八九五）―昭和五十八年（一九八三）。熊本市生まれ。本名惣次郎。大正五年（一九一六）に熊本商業学校を卒業し、三井鉱山三池精錬所に入社。その頃「水甕」に入社して尾上柴舟・岩谷莫哀に師事し、石井直三郎の指導をも受けた。昭和初年以降、「くろだいや新聞」、「熊本日日新聞」、「有明新報」の歌壇選者を務めたし、「大牟田行進曲」、「福岡行進曲」、「北九州音頭」、「三池精錬所社歌」などの作詞をてがけた。昭和二十年、下関市の彦島精錬所に転勤。同二十一年八月、定年退職。同三十八年、大牟田歌話会会長に就任。また、

「水甕」九州誌友会会長にもなる。同三十九年には「水甕」の詠草欄選者となる。同四十二年、大牟田市文化功労者として表彰された。歌集に『貝群（かひむら）』（昭和38）、『夕茜』（昭和59）がある。

波形をきさ（ざ）める干潟夕映えてみちしほの泡めくり（ぐ）はし（じ）めぬ　宗二郎

写真28

【所在地】 大牟田市甘木　甘木公園

国道二〇八号線沿いに明光学園中・高等学校があるが、その前の「甘木山入口」信号から西の方へ西鉄天神大牟田線踏み切り（倉永駅のすぐ北側）を渡って一本道を進んで行くと、車では三分程度で大牟田ハイツに着く。そこを通過して東方向にさらに進んで行くと、左手に小高い遊園地がある。大牟田ハイツから来た道路は緩い上り勾配であるが、割に急な下り坂になる直前の、遊園地側斜面に碑はある。

所在地を「甘木山公園」としている文献もあるが、これは通称で、正式名称は「甘木公園」だということを、大牟田歌話会事務局長の宮原陽光氏に教えていただいた。公園のある甘木山は、大牟田市北部の低山（九一・三メートル）で、広域である。公園内の具体的な碑の位置も宮原氏の教示を得て、確認できた。

【副碑】〔表面〕碑文

歌人岩本宗二郎は明治二十八年熊本市出生、熊本商業卒業、三井金属株式会社に奉職、大牟田市に住む。詩歌を愛して多年、歌誌水甕の同人選者として後進をみちびき、熊本日日新聞の有明歌壇選者をかねる。歌集貝群のほか大牟田行進曲、北九州音頭等の作詞者として知られ、大牟田市文化功労者として表彰をうけた。

こゝに知友相はかり郷土にちなむ一首を刻してその業績をたたえる。

昭和四十三年中秋　宗二郎歌碑建設委員会　代表　加藤将之

〔裏面〕波形をきざめる干潟夕映えてみちしほの泡めぐりはじめぬ　宗二郎

昭和四十三年十月二十日　岩本宗二郎歌碑建設委員会　松井翠嵐書

【その他】この歌は昭和二十二年の作で、歌集『貝群』に収録されているという。『貝群』を繙く機会に恵まれなかったが、講談社刊の『昭和万葉集』第七巻に次の表記（振り仮名および注付き）で収録されていることを知った。

波形を刻める干潟夕映えて満ち潮の泡めぐりはじめぬ

（注）干潟＝潮の引いた遠浅の海辺。

また、「大牟田歌会会報」第六二号（岩本宗二郎追悼特集）の「貝群抄」には次の表記で抄出されている。

波形を刻める干潟夕映えて満ち潮の泡繞りはじめぬ

碑のある場所からは視界がきかないが、夕映えの干潟に潮が満ち始めた様を高所から俯瞰しての詠である。

高さ六〇センチの石組みの土台上に、高さ一・六メートル、幅一・七メートルの球磨川産自然石が据えられている。

松田常憲

明治二十八年（一八九五）―昭和三十三年（一九五八）。朝倉郡秋月町野鳥（現・甘木市大字野鳥）生まれ。朝倉中学校（現・朝倉高校）五年時に、落合直文門の青木徳之助教諭に短歌の添削を受けた。国学院高等師範部国漢科在学中に、歌人金子元臣や尾上柴舟（一九頁）の教えも受けた。大正七年（一九一八）から教師生活に入り、「水甕」に歌を出すようになる。同十三年、「水甕」同人に推される（この頃は岩谷莫哀に師事）。昭和二年から「水甕」選者になり、編集も担当。二年後には、社務も引き継ぐ（三代目主幹）。同二十二年に教職を退き、その後は著述に専念した。歌集には『ひこばえ』、『好日』、『三径集』、『秋風抄』、『春雷』、『凍天』などがあり、長歌集に『長歌自叙伝』、『続長歌自叙伝』がある。歌集のほか『現代歌壇系統図』も著している。

ありし日に父か〔が〕ひきつる大ゆみのむらさきの房は色あせにけり　常憲

写真29

【所在地】 甘木市野鳥　秋月城址

秋月城址の黒門を入ると、左前に花田比露思歌碑と垂裕神社の鳥居がある。その左側の道を五〇メートルほど進むと、道路の左側にこの碑はある。

【裏面】〔刻字の痕跡があるが、判読不能〕

【副碑】〔表面〕常憲歌碑　ありし日に父がひきつる大弓のむらさきの房は色あせにけり

〔左面〕歌人松田常憲は明治二十八年秋月の産。水甕社主幹。大正十二年、秋月党戦没者五十年祭にこの歌をよむ。昭和四十三年、碑面改修に当たりこれをたてる。　水甕社中

【その他】 副碑に書かれている「秋月党戦没者」と碑歌の関係を理解するために、『大日本百科事典』（小学館）の「秋月の乱」の項を見てみよう。

一八七六年（明治九）筑前国夜須郡（現・福岡県甘木市）秋月でおきた明治政府に対する士族反対派の反乱。明治政府のとった秩禄処分・廃刀令など封建的特権剝奪の政策は、不平士族の憤懣に火をつけた。福岡藩の支藩である旧秋月藩士磯淳・宮崎車之助・今村百八郎〔注――宮崎車之助の弟〕ら四〇〇名は磯を指導者とし、七六年一〇月二七日、神風連の乱〔注――旧肥後藩の急進的な攘夷主義集団の敬神党が、明治九年の廃刀令を契機に、熊本県令や熊本鎮台を襲撃した〕に呼応して秋月で挙兵した。彼らは福岡県庁を襲い、さらに前原一誠の率いる萩の乱に合流しようと試みたが、県令渡辺清による小倉の鎮台兵の反撃にあって失

敗に終わった。（略）

この旧秋月藩士の決起に、常憲の父（当時十六歳で一行中最年少）は祖父とともに出陣したのである。そのとき祖父や父が手挟（たばさ）んでいた大弓の弓袋の房の紫色が、事件から五十年を経て色あせたというのだが、「松田家は代々、弓道家で紫の房は、紀州・竹林派の印可を受けた証拠の品」（常憲の長女春日真木子氏の父三十三回忌記念講演要旨より。「西日本新聞」夕刊〈平成2・3・27〉）だというから、「色あせにけり」という表現には作者の特別の感慨がこめられている。単に五十年が経過したというだけではなく、その間に挙兵の意義も見直され、戦没者の法要が行われる時代になったことへの感慨でもある。

この歌は作者の第一歌集『ひこばえ』（紅玉堂書店、大正15）の大正十四年の項に、「秋月の乱」の題で、次の表記で収録されている。

ありし日に父がひきたる大弓の紫の房は色あせにけり

なお、「明治九年秋月の乱の戦死者五十年祭の通知をえて」という詞書が添えられている。当時、常憲は二十九歳で、鹿児島県立第一中学校教諭であったが、八月に郷里の秋月町役場から通知を受けたのである。

この歌は更に、第四歌集『秋風抄』（水甕社、昭和12）中の昭和十一年の項に、「秋風抄」という題で秋月の乱を追懐する七十一首の連作があるが、その中に旧作再録として収録されている。初出から十一年経過しているが、表記は「色」が仮名書きに変えられている。そして更に、十二年を経た昭和二十三年に歌碑が建立されたが、その際は、

ありし日に父がひきたる大ゆみのむらさきの房は色あせにけり

と彫られていた（傍点は編著者）。現在、碑面の歌は、

ありし日に父がひきつる大ゆみのむらさきの房は色あせにけり

である（傍点は編著者）。田尻八郎氏（歌碑建設会代表）が「歌よみの鬼と云われた常憲が、その完成のために

かくのごとく追究していった執念の現れ」（田尻八郎著、創言社刊『筑前　秋月のこころ』一六四頁）と敬服しているように、推敲を重ねるタイプの歌人であったが、「ひきたる」が「ひきつる」に替えられたのには、次のような事情があった。熊本の同人で歌碑建設を推進した内田守人の著『松田常憲の歌魂と秋月の乱』（文林堂刊）の「松田常憲十七回忌追悼記念　第三回九州水甕大会の記録の思い出」（三二頁）中に、次の記述がある。

> 昭和二十三年四月、秋月城跡に田尻八郎その他郷党有志の発議により、その歌碑が建てられた。石材が九州めかげ〔ママ〕〔注——御影石のことか〕で目があらく、また先生の字が繊細であったために〝彫り〟が浅く、意外に早く碑面のさびが目立つようになった。
>
> 未亡人と加藤主幹〔注——加藤将之〕より筆者に相談があったので、熊本の懇意な石工屋に相談したら、ノルウエー産の黒大理石ならば風雨のさびに強いことを聞き、社中の浄財を得て厚さ四センチ余の鏡盤を用い、電気ドリルで深ぼりしたものを、はめ込んだ。時は四十三年十月であり、五年を経過した今日、碑の輝きも変らず、字のさびの様子などは全くない。その工事責任者としてお断り申上げたいことは、元の碑面の字を写し取ることは不可能であり、松田家に遺っていた、下書の立派なものがあったので、それを送って頂いた。いよいよ写真拡大をやっている時、大弓を「ひきつる」が「ひきたる」となっていた事に気付き、筆者も狼狽して加藤主幹と、地元の上田先生に相談したところ、上田先生は「つる」の方がむしろ良くはないかといって下さったりして、筆者も胸をなで降ろした次第であった。この時、加藤主幹の撰文の副碑をも建てた。

この文章から察すると、作者は碑文用に「ひきたる」と「ひきつる」と二通りの揮毫をしたが、「ひきたる」の方が選ばれて碑に彫られた。改修のときは、残っていた「ひきつる」と揮毫したものが使われたということのようである。なお、作業の手順については、同書七九頁に、「以前の歌碑の前面が角形に二センチ位凹ませてあったので、恰度その厚さの舶来の黒ミカゲを嵌め込み、それに字を刻したので、見事に出来上った」と記されている。

次に裏面について、〔判読不能〕と書いたが、改修時に副碑を建てた関係で削られたのではないだろうか。裏面の文が、田尻八郎著、郷土文学社刊『秋月黨遺聞』九〇頁に記録されているので転載させていただく。

松田常憲父は民衛母はサダ明治二十八年十二月一日秋月町野鳥四百八十番地に生る。賀来寛一郎の庇護により、国学院大学を卒業す。尾上柴舟の門下なり。妻そのと水甕社の指導経営に当ること茲に二十年、郷土青年有志の提唱あり、水甕社の協賛を得てこの碑を建つ。歌は秋月党戦歿者五十年祭に詠めるところなり。時に昭和二十三年四月。

「西日本新聞」夕刊（昭和44・1・23）の「石の声」には、この歌碑の写真も掲載されていて、「筆跡は現『水甕』主幹加藤将之氏」となっているが、誤りである。副碑の撰文が加藤氏であるから、取材の段階でそれを混同したものと思われる。

ちなみに、第一歌集も第四歌集も『松田常憲短歌全集』（松田常憲短歌全集刊行会、昭和46）に収録されていることを付言しておく。

碑は全高二・五メートル、幅二メートル。

登倉（とくら） 登（のぼる）

明治三十年（一八九七）―昭和四十二年（一九六七）。千葉県生まれ。九州大学医学部を卒業し、大正十一年（一九二二）、九州大学細菌学教室講師となる。同十三年には九州医学専門学校（現・久留米大学医学部）細菌学教室担当初代教授に就任。サルモネラ・マラリア原虫の研究に専念した。昭和十七年二月に辞任し、台北帝国大学熱帯医学研究所教授となる。終戦後は長崎大学風土病研究所所長。同三十八年に定年退職。短歌は、大正十二年に窪田空穂門の対馬完治に師事して「地上」に入り、精進した。歌集に『踏青』がある。

たまゆらに我が眼とらへしトリコモナス微塵の蔭に行方知らずも　　登

写真30

【所在地】 久留米市旭町　久留米大学医学部　筑水会館

久留米大学医学部は、小森野橋と久留米市役所を結ぶ道路で東西に二分されているが、筑水会館は道路の西側で、その北庭に碑はある。

【裏面】 登倉　登　医学博士

九州高等専門学校教授（細菌学講座）　台北帝国大学教授（附置熱帯医学研究所）

長崎大学医学部教授（附属風土病研究所）

地上社同人

生年　明治三十年五月九日　　没年　昭和四十二年四月三日

昭和四十五年四月三日　渋柿会建之（九高医十四回生）

〔注——銅板に陽刻したものがはめ込まれている〕

【その他】 四〇センチほど嵩上げして造成された庭園に、高さ一・二五メートル、幅二・五メートルの青みがかった石が据えられている。前面を縦六〇センチ、横九七センチに平らに加工し、活字体で歌が刻まれ、署名部分だけが自筆である。

「たまゆらに」は「かすかに」とか「ちらりと」の意。トリコモナスは体長〇・〇一ミリから〇・〇四ミリくらいの原生動物。鞭毛で動くから、顕微鏡で捕らえていても他の細かな塵などに紛れて見失ったという、研究生活の一端を詠んだものであろう。

裏面に「渋柿会建之（九高医十四回生）」とあるが、歌誌「高嶺（たかね）」の編集兼発行者井上生二氏に教えていただいたところによると、登倉登先生は昭和十七年まで井上氏の級担任で、クラス会の名称を「十四回」をもじって「渋柿会（じゅうしかい）」と命名されたのも登倉登先生であったという。歌碑建立に際して、歌集『踏青』からこの歌を選んだのは井上氏だということである。

鹿児島寿蔵（じゅぞう）

明治三十一年（一八九八）－昭和五十七年（一九八二）。福岡市上川端生まれ。十五歳で博多人形師有岡米次郎に弟子入り。二十歳で彫刻の勉強を志して上京し、デッサンを学ぶ。三十四歳で紙塑（しそ）人形の技法（和紙を幾重にも貼り重ねて製作）を完成。この技法の創始者として昭和三十六年に重要無形文化財保持者（人間国宝）となった。十五歳頃から牧水や勇、啄木等の歌集を読んで作歌を始め、十八歳から歌誌「アララギ」を購読。大正九年（一九二〇）、「アララギ」に入会して島木赤彦に師事。同十一年、「アララギ」同人。昭和十九年から選者となる。翌年十一月、「アララギ」系の短歌雑誌「潮汐（ちょうせき）」を創刊。歌集は昭和十六年刊行の『新冬』、『潮汐』をはじめ、昭和五十五年刊の『やまぼうし』や『臼と杵』まで二十二冊を数える。

荒縄を下げてゐるさらひ露はなる山笠びとの瑞々しさよ
庚申九月　寿蔵

写真31

【所在地】福岡市博多区上川端町一－四一　櫛田神社

正面の楼門を入ると左手、境内南東隅にギンナンの大樹があり、その下に碑はある。

【副碑】 荒縄を下げてゐさらひ露はなる山笠びとの瑞々しさよ
（ゐさらひ――臀の古語）
鹿児島寿蔵歌碑建設会

鹿児島寿蔵先生　明治三十一年、博多櫛田宮と同じ町の上川端町に生まる。博多人形を学んだのち上京、独自の紙塑人形を創始し、その至芸により、昭和三十六年「人間国宝」となる。また、アララギ派の歌人であり、昭和三十一年より、宮中歌会始の選者となる。

昭和五十五年十月三十日建立

〔注――「昭和三十一年より、宮中歌会始の選者となる」とあるが、朝日新聞社刊『人間国宝　鹿児島寿蔵のすべて』所載年譜には昭和三十八年の項に、「宮中歌会始選者を拝命、以後四年間従事」とある〕

【その他】 櫛田神社を中心に、七月一日から十五日まで繰り広げられる博多祇園山笠の、舁き手を詠んだ歌である。山笠の舁き手は、お尻丸出しの締め込み姿で、腰に荒縄（舁山を舁くときに、舁き棒に巻く縄）を挟んでいる。祭り最終日の追山に向けて次第に緊張感を高めていく男たちを、瑞々しいと感じているのである。

この歌は第十四歌集『海と花』（昭和45、新星書房刊『鹿児島寿蔵全歌集』第二巻参照）に「博多追山笠」の題で収録されている十首中の第三首である。昭和四十年と四十一年の作が収録されている歌集である。作者六十七、八歳時の歌ということになる。

末尾の「庚申」は昭和五十五年の干支である。建立が同年十月だから、九月は揮毫をした月であろう。なお、「側碑には昭和五十五年十月三十日建立と、当初計画時の年月日を記しているが実際には翌年六月の建設まで延びたのである」と、歌誌「求青」（「潮汐」改題）昭和五十八年八月号（鹿児島寿蔵一周忌特集）所載「鹿児島寿蔵歌碑」（執筆者・那須博）に記されている。

沼口満津男著『鹿児島寿蔵の歌碑をたずねて』（近代文藝社）にもこの歌碑が採り上げられているが、編著者が知らなかったことが二点記されている。
・碑石は宝満山の御影石である〔注――前出「求青」九頁には「山口県の徳山御影石」と紹介されている〕。
・この歌碑が建てられたのは、主として、「潮汐」の福岡支部長正木恩氏の御尽力による（残念ながら除幕式の七日後に他界された）。
碑は高さ二・五メートル、幅一・一メートルである。

仰木実（おおぎ みのる）

明治三十二年（一八九九）―昭和五十二年（一九七七）。遠賀郡岡垣町生まれ。八幡製鉄所技術員教習所本科を卒業して、同製鉄所に勤務。同十一年に、内藤鋠策（しんさく）の知遇を得て詩誌「抒情詩」の同人となる。同誌廃刊後は同系の「短歌巡礼」に加わった。また、大正後期から「街歌」を編集、発行した。昭和六年、岡山巌（いわお）主宰「歌と観照」に創刊時に入った。同十年、「日方」を創刊。同十四年、朝鮮の清津製鉄所に勤務。京城の朝鮮文芸協会短歌部で活躍。敗戦で家族とともに辛酸をなめて帰還。健康と家計の財政を少しずつ回復させ、同二十五年「波動」創刊の一翼を担い、「関門北九州歌話会」発足にもかかわった。同二十七年に「波動」は廃刊となったが、翌年には「波動」を発展させて、浦橋七郎とともに北九州を中心とする超結社集団として「群炎」を創刊。浦橋亡き後これを主宰。同三十八年に北九州歌人協会が設立されると初代会長となる。歌集に『流民のうた』（昭和44）、『風紋の章』（昭和50）がある。北九州歌人協会顧問。日本歌人クラブ福岡県委員を務めた。

風おちてゆふぐもなびく街の空しづかに城はそびえたちたり　實

写真32

【所在地】 北九州市小倉北区城内二―二　八坂神社

八坂神社は小倉城の北側にある。碑は東門からの参道にある。

【裏面】 仰木實先生歌碑

昭和四十一年十一月建立　群炎短歌会会員並に有志一同

【その他】 歌に詠まれている城は、もちろん小倉城である。歌誌「群炎」通巻四四四号（平成2・2・1）の「仰木先生の歌碑」（執筆者・山田八千代）に、次のような一節がある。

歌碑は当時〔注――建立当時〕お城を背にして北向きに建っていて、まわりに程よく大小の石を配し、松、楓、黄楊（つげ）の木などが配置よく植えられ、歌碑のねもとあたりに、同人の故藤谷ゆうさんがいつもこまめに手入れをされていたつつじが三本ばかり植えてあったのを思い出す。（略）

ところが昭和五十六年の台風で先生の歌碑の建っていたお濠の崖が崩れて、歌碑がお濠の中に水没してしまった。（略）

そして又々、群炎の有志の方々の御骨折りで、五十七年一月十一日に、お濠から引上げられたのである。（略）傷の付いた所を丹念に修復して、同年三月七日、奇しくも仰木先生の祥月命日に直会（なおらい）を行った。

こういう経緯で、現在歌碑は東向きに建っている。碑石は輝緑岩で、中央を削って平らに磨きあげて、作者の自筆で歌が刻まれている。全高一・六五メートル、幅二・三三メートル。除幕式は昭和四十一年十二月十一日に行われた。

大脇月甫（げっぽ）

明治三十五年（一九〇二）—昭和五十五年（一九八〇）。岐阜県生まれ。本名鋪郎（しきろう）。高等小学校卒業時に、自選歌集『螢雪の露』を活版で刊行。高等小学校卒業と同時（十六歳）に、母校和知小学校の代用教員となる。大正八年（一九一九）、岐阜師範学校に進学。この年、福井紫水編集「みなと」に加入、同人となる。大正十二年、岐阜師範を卒業して教職に就いたが、二年後には国学院大学予科に入学した。上京後は歌誌「吾妹（わぎも）」の同人となり、編集にも携わった。大学では、武田祐吉・折口信夫（六九頁）から大きな影響を受ける。昭和三年九月、指導してきた郷土誌「彫像」を継承発展させて「青虹（あおにじ）」と改称、編集人となる（二十六歳）。同十九年、戦時下の歌誌統合で四誌が統合して誌名が「直毘」となり、その発行人となる。終戦後は名古屋で教職を継続。同二十一年、誌名を「青虹」に戻す。『大脇月甫全集』の他に、全作品を収めた『大脇月甫短歌綜集』（平成8）が刊行された。

> 冬ながく穢る、こと無し丘木々の真すぐなるは一木もなく　　月甫

写真33

【所在地】 飯塚市鯰田（なまずた）　旌忠（せいちゅう）公園

JR筑豊本線浦田駅の南々西約四〇〇メートルの地点に公園はある。浦田駅から西側に出て大通りを公園の方向へ緩い登坂を登りつめると、「愛宕」バス停がある。そこから左へ団地の中に入り込み、右へ右へと進むと丘に出る。駅から十分余で丘の頂（標高五六・五メートル）に出る。頂には忠霊塔があるが、碑はその少し南側の

平坦地にある。公園の頂は三地区（鯰田、立岩、川島）境界の接点で、この歌碑の所在地は鯰田である。同公園には、南の立岩側にも入口がある。

【裏面】昭和五十六年四月　飯塚文化連合会建之

主管　青虹筑紫路支社

【副碑】冬ながく穢る丶ことなし丘木々の真すぐなるは一木もなく　　月甫

〔裏面〕歌　青虹社主宰　大脇月甫　　筆　直方市　石橋青坡

施工　小石原村　日田屋庭石　　石工　川崎町　東田石材

【その他】『大脇月甫短歌綜集』（水本協一編、青虹社）によると、この歌は昭和五十一年の作で、「早春寒く」五首中の三首目。表記は歌碑と歌集では若干異なっている。歌集の表記は次のとおりである。

冬永く穢ることなし丘木々の真直ぐなるは一木もなく

原作の「穢る」が歌碑には「穢る丶」と刻まれている。このことについて、「青虹」福岡支社筑紫路歌会の池田文雄氏に教えていただいたところによると、揮毫の折に「丶」が加えられたようである。私見であるが、「穢ることなし」は「けがるることなし」と読むのだから、「丶」を入れるほうが自然であるという判断をして揮毫されたのではないだろうか。揮毫者は西日本かな書道連盟理事で、日展にも入選された故石橋青坡である。

「青虹」同人の金丸与志郎遺歌集『慈鐘』の序文（青虹福岡支社筑紫路歌会の池田文雄執筆）に、この歌碑建立のいきさつが述べられているので引用しておく（金丸与志郎については、次項参照）。

昭和五十五年には飯塚文化連合会より先生〔注――金丸与志郎氏〕の歌碑建立の要請がなされましたが、この時も固辞され、青虹社主宰大脇月甫師の御歌を推挙されたのであります。

建立は昭和五十六年四月十一日。碑は高さ二・三メートル、幅二・四メートルの巨石である。

金丸与志郎（よしろう）

明治三十六年（一九〇三）－平成二年（一九九〇）。嘉穂郡稲築町鴨生生まれ。本名與志夫。元私立飯塚商業高校校長。短歌は昭和三年（一九二八）頃から作り始め、「くにはら」を編集発行した。昭和九年に「青虹（あおにじ）」に入社し、同十二年に同人となる。戦時中は中断していたが、同三十五年に「青虹」に復社。翌年、「青虹」福岡支社筑紫路歌会を設立して代表幹事となる。山上憶良が「子等を思ふ歌」を稲築町鴨生で撰定したことを知って、昭和三十二年に憶良顕彰の意思を固め、同四十三年に「憶良まつり短歌会」を発足。同四十八年発足の稲築文化協会会長に就任。翌年、同会事業である山上憶良歌碑建立（稲築公園）に尽力。昭和五十一年、「青虹」五十周年記念功労者表彰を受ける。同五十六年には、飯塚市旌忠（せいちゅう）公園に、「青虹」主宰大脇月甫の歌碑（九五頁）を建立。遺歌集『慈鐘』が平成三年に刊行された。教育功労者として福岡県知事表彰（昭和四十五年）、飯塚文化功労賞（昭和四十六年）を受けた。

> 生きものの地にひそみゆくころなれは〔ば〕山かきり〔ぎ〕なく透明なりき

写真34

【所在地】 嘉穂郡稲築町鴨生五九八　鴨生憶良苑

国道二一一号線から稲築中学校前の宮前橋を渡って一キロ足らず東進すると西野病院がある。その先から左折して四〇〇メートルほど進むと、道の右側の門内に碑群が見える。金丸邸である。この碑は庭に続く裏山の中腹（八合目）に、全山を覆うツツジから顔を出すように建てられている。

【副碑】選　青虹主宰　大脇月甫　　歌　金丸与志郎　　書　石橋青坡　　刻　山下豊
施工　木谷政人　　建立　昭和四十七年八月　筑紫路支社

【その他】この歌は遺歌集『慈鐘』（青虹福岡支社筑紫路歌会刊）の波濤編（昭和三十九―四十九年作品集）の「冬極む」十一首中の第二首である。初出は「青虹」の昭和四十五年一月号だということを、「青虹」福岡支社筑紫路歌会の池田文雄氏より教えていただいた。

この歌碑の下には、「支社皆の魂の據り処としたい」という作者の発案で、支社員一同の歌が一首宛て納められたというエピソードが、歌集『慈鐘』の序（執筆者・池田文雄）に紹介されている。

碑は自然石で、扇形に窪みをつけて平らに削り、歌が刻まれている。全高二・九メートル、幅二・四メートルである。この碑のある鴨生憶良苑に、もう一基金丸与志郎歌碑がある。地域別一覧参照。

木俣　修

明治三十九年（一九〇六）―昭和五十八年（一九八三）。滋賀県生まれ。本名修二。長年教職にあったが、昭和五十六年、実践女子大文学部長を最後に病気のため教壇を去る。少年時代に児童雑誌「赤い鳥」に詩を投じて北原白秋に知られ、昭和二年、二十一歳で上京して歌誌「香蘭」に加わった。同十年「多磨」の創刊に参画し、白秋門の気鋭として活躍した。戦後は短歌雑誌「八雲」の編集顧問となり、当時わきおこった第二芸術論の問題を正面から受けとめ、短歌の肯定に情熱を傾けた。「多磨」解散後の昭和二十八年、「形成」を創刊し主宰となる。歌集は『高志』（昭和17）から遺歌集『昏々明々』（昭和60）まで十五冊に及ぶ。その中で、『冬暦』（昭和23）に至って、白秋の影響を脱した重厚な現実的作風を樹立し、歌壇の第一線に立った。晩年は、生の深淵と立ち向かう作を残した。実作の他に、近代短歌史の研究家としてもおびただしい業績がある。『木俣修歌集』により、芸術選奨文部大臣賞受賞。

> 白秋とともに泊りし松月の思ひ出も遠くなりにけるかも　木俣修
> 昭和五十年神無月四日柳川を訪れたる日に

写真35

【所在地】 柳川市三橋町高畑三三〇　松月文人館

国道二〇八号線下百町交差点の少し西に三柱神社参道入口の太鼓橋がある。渡ってすぐ左が川下りの乗船場（柳川観光開発）で、その待合所の西側に松月文人館の入口がある。碑は入口の左手にある。

【その他】 歌に詠まれている「松月」の旧名は「懐月楼」である。日清戦争直後に建てられた木造三階建ての遊女屋であるが、「明治末期に廃業し、そのあと中島氏〔注――この碑を建立した健介氏〕の先々代が買い取り、新たに料亭松月として出発。三代に亘り、格式ある料亭として営業を続けて来たが、平成六年末を以って店を閉じた。その間、多くの文人達が訪れ、その足跡を残したいということで、この度〔注――平成十一年三月六日オープン〕、松月文人館として再生」（同館のパンフレット「松月文人館」の五頁、高尾稔の文）という曲折を経て、今日に至っている。白秋の詩集『思ひ出』中の「立秋」に詠まれた懐月楼を偲んで、松月時代には多くの文人が訪れ、多数の色紙などが遺されている。これらを無料公開している中島氏私設の文学資料館が松月文人館である。なお、懐月楼については白秋の詩碑「立秋」の項でも述べているので四二三頁を参照されたい。

木俣修が白秋とともに松月に泊まったのは、白秋の最後の帰郷となった昭和十六年三月二十一日ではないだろうか。岩波書店版『白秋全集』別巻の年譜で、木俣修も同道していることが確認できるし、木俣修が改造社発行の「文芸」に、この白秋「最後の帰郷」のことを書いているという。その現物を見ることができなかったので、田島清司著、近代文藝社刊『北原白秋　文学逍遥』（二三三頁）から転載させていただく。

二十一日九州多磨大会（お花）、多磨全国大会祝賀会（高畑、松月大広間一二〇名）

「切ないまでの感激に私どもは一夜そのかみ遊女屋であつたといふ料亭にのぼつて『思ひ出』の詩篇を歌ひ明かした。」（木俣修、「文芸」昭和十七年十二月号）

歌碑の末尾に「昭和五十年神無月四日柳川を訪れたる日に」とあるが、『木俣修全歌集』（明治書院）の「年譜」で昭和五十年の項を見ると、「十月、『文芸広場』の旅で福岡へ赴く」とある。「文芸広場」とは、昭和二十八年に創刊された教職員のための文芸誌で、木俣氏は編集顧問の一人であった。年譜を見ると、「文芸広場」主催の講演会等で全国各地に出かけたという記述が多いから、福岡へも同様の旅であったと考えられる。その折に柳川まで足を延ばしたのであろう。遺歌集『昏々明々』（昭和60）の昭和五十年の項に、「柳川拾遺」という題で六首が収録されているが、この歌はその中に入っていない。

碑は高さ一・三五メートル、幅〇・四メートルの赤御影石である。中島健介氏のお話では、木俣氏の来柳後まもなく歌碑を料亭・松月の玄関脇に建てたが、平成九年に現在地に移したということである。

野田宇太郎

明治四十二年（一九〇九）―昭和五十九年（一九八四）。現・小郡市松崎生まれ。昭和十五年に上京し、出版社で雑誌の編集に従事。同二十年末までは、河出書房の「文芸」編集長を務めた。文芸評論・近代文学評論の分野でも活躍した。ことに「文学散歩」の創始者として近代文学の実証的研究の新分野を開拓した。詩碑の項（四五九頁）でもう少し詳しく紹介したい。

ふるさとに野のありてこそみのりたる三沢葡萄のこの甘き味
同郷　野田宇太郎

写真36

【所在地】 小郡市三沢三八八三　小野邸

西鉄天神・大牟田線の西側を、県道八八号線が並行して走っている。「三沢（みつさわ）」駅の一五〇メートルほど南の、「フジカラー・ツカモト」と「木村屋」の間から北西方向に鋭角に入っている道路がある。その道に入って二〇メートルほど行くと、左へ入り込む道がある。その突き当たりが小野邸である。碑は小野氏私設の「野の民文庫」の西側にある。

【その他】 この碑の建立者小野主基雄（すきお）氏は、かつて小郡・筑紫野ニュータウン計画が推進されようとしていた頃、地元の有志と「ニュータウンを考える会」を結成して活動していた。小野氏上京の際に、小郡出身で当時町田市在住の野田宇太郎に、帰郷の折にでも講演をしてもらうよう依頼。野田の快諾を得て講演会が実現した。そのお礼に小野氏は家業の果樹園で収穫した葡萄を贈った。それに対する野田のお礼のハガキ（昭和五十三年九月二日付）の末尾に、「ふるさとの……」の歌が書き付けられ、小さく「即興」の文字が付け加えられている。

小野氏は折角だから大きく書いてくださいと、白紙のまま仕上げられている掛軸を持参して揮毫を依頼。その掛軸には「ふるさとに／野のありてこそみのり／たる三沢葡萄の／この甘き味」と、四行に分けて書かれていた。その掛軸を見ながら小野氏は、「ふるさとに／野のあり」の部分が肉太く書かれているので、ここに野田先生の歌の主眼があると、かつての「ニュータウンを考える会」の活動家で農民文学会会員らしい感想を、編著者に披瀝された。

この揮毫を基に、平成四年（一九九二）六月の自宅および「農の民文庫」の上棟式に合わせて、歌碑も建立された。碑は全高一・八五メートル、幅一・八メートル。

池田富三

> ふるさとの海鳴りきけば永かりし流離の思ひよみがへりくる　　富三

写真37

【所在地】 築上郡椎田町高塚　綱敷天満宮

ＪＲ日豊本線椎田駅から北東方向へ直線距離で約一キロの地点にお宮がある。お宮の前の海岸付近は県立浜ノ宮自然公園である。参道を通り門内に入ると、神殿に向かって右手に碑がある。

【副碑】 池田富三歌碑

先生は明治四十四年、椎田町高塚に生れ、椎田小学校・築上中学校を経て昭和九年東洋大学文学部国文科を卒業し、小倉商業学校・築上中学校等に奉職の後、福岡第二師範学校・福岡学芸大学・教育大学等の教授に歴任し、国文学研究に専念せらる。昭和三十九年、綱敷天満宮宝物西山宗因自筆「浜宮千句」及び「賦初何連歌百韻」の新資料を学界に紹介し、同四十二年「源俊頼の研究」により文学博士の学位を得。同四十五年より今井祇園社連歌宗匠になられる。

歌人としては昭和五年「ポトナム短歌会」に入会し、同三十年より「標土短歌会」を主宰。同四十九年、豊州歌人会初代会長になり、地方歌壇の育成に尽さる。歌集に「単色の季」及「防風林」等あり。ここに大学退官を記念し、歌碑を建てて永くその業績と詩魂を称える。

昭和五十年六月八日

福岡教育大学有志並卒業生一同、地元有志、東洋大学校友会福岡支部、九州ポトナム短歌会、標土短歌会

辱知　平尾鴻雲書

〔注——冒頭の「池田富三歌碑」は副碑上部に横書き。句読点や若干の送り仮名、「　」の記号を編著者で補った〕

【その他】 池田富三主宰の歌誌「標土」の昭和五十年七月号は「池田富三歌碑建立記念号」で、除幕式での池田の挨拶も収録されているが、その中でこの歌について次のように述べている。

この宮にくれば昔のままの海鳴り、松風の音が聞こえ遠く過ぎ去った少年時代が懐かしく思い出されます。（略）永い流離生活であるだけにふるさとは、なお忘れられません。（略）歌碑の歌「ふるさとの海鳴りきけば……」は決して歌壇的にみて新しい歌でもなければ、むつかしい歌でもありません。私の少年の思い出と退官の心境をそのまま歌にして歌碑に刻み込みました。

氏は、昭和五十年（一九七五）四月一日付けで福岡教育大学を定年退官。同大名誉教授。次いで梅光女学院大学教授となる。その後の消息としては、昭和四十九年に就任した豊州歌人会会長職を高齢ということで辞し、顧問となる。平成三年（一九九一）十二月に、主宰していた標土短歌会を解散（歌誌「標土」は二八一号で終刊）。会員たちで新しく出発した群羊短歌会に池田も所属していたが、平成八年他界。享年八十六歳であった。最後になったが、池田の本名は富蔵である（標土短歌会刊の第二歌集『防風林』の「著者略歴」による）。

碑は全高二・三メートル、幅二・一メートル。大分県産出の自然石に、作者自筆の歌が刻まれた韓国産花崗岩（縦七五センチ、横一〇五センチ）がはめこまれている。

宮　柊二（しゅうじ）

大正元年（一九一二）－昭和六十一年（一九八六）。新潟県生まれ。本名肇（はじめ）。中学時代に相馬御風（そうまぎょふう）の主宰誌に投稿。昭和七年に家業を捨てて上京し、同八年に白秋に師事。同十年、白秋の「多磨」創刊時に同人となり、白秋失明後はその秘書となり、口述筆記にあたった。同十四年六月、日鉄富士製鉄所に入社。同年八月応召。以後同十八年九月まで華北戦線に転戦。同十九年、滝口英子（歌人）と結婚。翌年、再召集されたが、内地で終戦を迎えた。戦後は釈迢空に私淑。同二十八年、「コスモス」を創刊、主宰。同三十五年、富士製鉄を退社。歌集に『群鶏』（昭和21）、『小紺珠（しょうこんしゅ）』（昭和23）、『山西省』（昭和24）、『晩夏』（昭和26）、『日本挽歌』（昭和28）、『定本宮柊二全歌集』（昭和31。毎日出版文化賞受賞）、『多く夜の歌』（昭和36。読売文学賞受賞）、『独石馬』（昭和50。迢空賞）などがある。同五十二年には、その全歌業によって芸術院賞を受賞し、同五十八年には芸術院会員となった。

波の間（ま）に降り込む雪の色呑みて玄海の灘今宵（こよひ）荒れたり　宮　柊二

まどろめば胸（むな）どに熱く迫り来て面影二（ふた）つ父母（ちちはは）よさらば

「山西省」より

写真38

【所在地】北九州市門司区和布刈（めかり）公園　古城山

門司側の、関門海峡に最も近い古城山（一七五・二メートル）の山頂に碑はある。和布刈公園バス停の近くから山に上っている車道を行くと、国民宿舎めかり山荘に着く。そこから古城山へは、整備された道を北へ行く。

【裏面】 昭和十四年十一月二十五日　北支山西省に出征のとき

門司にて　柊二

> 暁の暗い馬関海峡を渡り此處に着きました。ここで一泊、明日は北支へたちます。門司の街は雨が降って朝が夕暮のやうにもの寂しい。人の家に宿ってそのこゝろ厚いもてなしの火鉢によりかかって居ります。あまり豊かではない様子のこの家の、糊が落ちかかった硝子窓に暗い空があります

昭和五十五年十月十日　コスモス短歌会北九州支部建立

【その他】 碑表の署名は自筆、歌と出典は活字体である。歌集『山西省』は昭和十四年八月から同十八年十一月までの歌が収められ、同二十四年に刊行された。なお、碑には振り仮名が付けられている。歌集（立風書房刊『完本　宮柊二全歌集』）にも振り仮名が付けられているが、碑と照合すると、歌集には付けられていて碑には付けられていないのが、二首目の「来（き）」だけである。

裏面の手紙の部分は自筆を拡大し、周囲に線が彫られてハガキの雰囲気を出している。ハガキの文の終わりの方の「あまり豊かではない様子」の部分は、最初「あまり豊かでない様子」と書いて、後で挿入を示す記号を付けて「は」を書き込んでいるが、それもそのとおりに彫られている。

このハガキは、後に妻となる滝口英子に宛てられたもので、『砲火と山鳩――宮柊二・愛の書簡集』（河出書房新社、昭和63）に収録されている。宮柊二は昭和十九年に英子と結婚しているから、五年前のハガキということになる。結婚までの五年間、宮柊二は北支の山岳地帯で戦争をさせられていたのである。二十七歳の暗い青春である。

馬関（ばかん）海峡とは関門海峡のこと（馬関とは下関の、元祿期ころから使われた古称である。なお、歌集には「関釜海峡」という題が付けられている。これは下関と釜山の間の海峡の意）。

なお、ハガキ文面末尾の「糊が落ちかかった硝子窓」について、編著者は「戦争中はガラスが割れても飛び散らないように、ガラスに紙を貼ったりしていたがその糊がはげかけている」という解釈（私見）を示して、矢野京子氏（北九州市在住で「コスモス」所属の歌人）にお尋ねしたところ、英子夫人に直接尋ねていただいたそうである。夫人のお答えは、空襲が始まっていた当時の庶民の生活の知恵で、ガラス全体に貼ったり縦横格子状に貼ったりしていた、とおっしゃっていたそうである。

この碑は、コスモス北九州支部会員が、代表の都甲真紗子氏（現・市丸姓）を中心に建立したものだと、矢野氏に教えていただいた。碑は高さ二・五メートル、幅一・三メートル。

宮柊二歌碑は柳川市にもある。地域別一覧を参照されたい。

佐野とき江

大正二年（一九一三）―。東京南千住の日慶寺住職の長女として生まれた。旧姓和田。昭和五年（一九三〇）、浮羽郡浮羽町（現・うきは市浮羽町）の鎮西身延山本仏寺住職の佐野前光氏と結婚。繁忙な夫を助け、寺門経営と一男七女の薫育に励むとともに、昭和二十四年からは保護司として活動するなど、社会教育活動にも尽力。短歌は日本高等女学校の教師で歌人の長岡とみ子・安藤かおるの指導を受けた。昭和十六年に「草の実」入会。戦時廃刊後継承した「女人短歌」にも入会した。同二十五年には「朱扇」結成に参加。ついで「形成」創刊に参加し、木俣修に師事。木俣没後は、その流れをくむ「波濤」に加入し、同人となる。歌集に『山房集』（昭和18）、『つゆ萩』（同23）、『寂光』（同28）、『海の蝶』（同36）、『時差』（同39）、『絹雲』（同48）、『会者定離』（同53）、『余生閑日』（平成16）の八冊がある。また、『昭和万葉集』（昭和55、講談社）には五首が選ばれた。随筆集に『わたしのクジャク』（昭和42）、『雲のかげ』（昭和59）、『野の花』（平成7）がある。地方歌壇の指導に熱心で、九十二歳の平成十七年（二〇〇五）現在も、浮羽短歌会の選をしている。

しづかなる池に映りてたえまなき雲あり人生の流離にも似る　　とき江

写真39

【所在地】 うきは市浮羽町流川一二九二　本仏寺

筑後川と耳納（みのう）山脈に挟まれて、北から順に国道二一〇号線、JR久大本線、県道一五一号線（浮羽・草野・久留米線）がほぼ並行して走っている。県道一五一号線の本仏寺に近い位置に出るには、二一〇号線の西鉄バス吉井発着所と「清瀬」信号の間の昭和シェル吉井給油所東側から南へ山に向かって入り、久大線を越えて更に南下すると一五一号線に出る。左折して東へすこし進むと見上げる位置に本仏寺があり、道案内の標識も出ている。最近広い正面参拝道路が設置された。寺の前に大駐車場がある。碑は本堂左前にある「有無両縁法界萬霊塔」の後方にある。

【その他】 碑の前に小さな池がある。その池のことを詠んだのであろう。「人生」は「ひとよ」と読む。歌は昭和三十年代の作で、人の生死や別れに哀しさ寂しさ、そして無常などを感じはじめた初老期の感懐を、雲に託して詠んだと、作者から聞いた。
裏面に刻字はないが、建立は昭和四十年頃だという。碑は高さ一メートル、幅一・五メートル。

有野正博

大正三年（一九一四）―。築上郡横武村才尾（現・豊前市才尾）生まれ。県立中津中学校を昭和七年（一九三二）に卒業して、翌年、佐世保海兵団入団。敗戦まで海軍軍人であった。昭和二十年郷里に復員して開墾に従事。同二十五年、九州電力に入社し、同四十四年に定年退職。作歌は、昭和十一年に白秋主宰の「多磨」に入会して始め、同十四年に「多磨」横浜支部の歌会で米川稔を知り、師事。「多磨」には同二十七年の解散まで所属したが、その歌風に疑問（戦場での危機感や、戦後の窮乏生活の感情は、新幽玄体歌論では処理できない）を抱き、作歌を中断した時期があった。その後、木俣修に師事し、その歌論に共鳴して、同二十八年には「形成」創刊に参加。「庶民文学としての短歌」を標榜し、その実践として、同五十三年に歌誌「地脈」を創刊。同五十一年には豊洋歌人協会結成に参加、同五十八年には会長に就任。歌集に『系譜』（昭和39）、『死場より生き場を』（昭和59）、『灯を消す牧舍』（平成1）、『いまは一念』（平成12）などがある。

みづうみにむかひて蠟の灯をひとつ揚げにき住みて半世紀経ぬ　　正博

写真40

【所在地】 豊前市才尾　夕田（ゆうだ）池畔

豊前市才尾四八一の有野正博邸前の池畔。国道一〇号線の消防本部の近くに信号機標識「天地山公園入口」という交差点がある。そこから南へ入り、三キロほど進むと右手に豊前市農協穀類乾燥調整貯蔵施設がある。碑はその少し先の左側にある。

【裏面】 平成九年六月吉日建立　　地脈会員及び有志一同

〔注――裏面揮毫は歌碑建設期成会代表の浦岡薫氏〕

【その他】 碑の歌は、作者の歌集のいずれにも収録されていないので、直接お尋ねして出典を教えていただいた。それによると、初出は、その主宰誌「地脈」の一一四号（平成9・4・15）で、九首連作の第八首である。連作の冒頭には、「平成九年四月九日、大富神社宮司清原直嗣氏によりてわが歌碑の地鎮祭が取り行われる」という題詞が付けられている。この歌自体は平成八年の終わり頃の作だという。なお、第四句の「揚げにき」は「あげにき」と読む。

この歌の背景について、作者は次のように解説している（編著者宛私信）。

「みづうみ」は「夕田池」という農業用の貯水池で、割合に大きい。私の住んでいる家は、その池のすぐほとりで、昔はこの村の二、三人の職員宿舎として建てられた古い小さな家であります。私はこの村の出身で、終戦で海軍からの復員地をここに決め、村から借り受けた次第です。環境のよい丘の中腹に建てられた一軒家でした。今は随分と開発されました。勿論、当時は電灯もなく、まず蠟（ろう）一本のあかりからの出発でした。池の夕暮れは湖（みづうみ）の印象で胸に深く植えつけられ、それ以降作品には多く「みづうみ」として登場して来るのであります。

有野氏が現在の居住地に身を託したのは昭和二十年九月二十日だと言う。そして、昭和二十九年七月八日には、増水したこの池で満二歳の三男が溺死するという悲しみが作者を襲う。作者にとってこの池は、いつまでもその悲しみを湛えているのであろう。

この歌碑の建立は、有野氏の喜寿（平成三年）の祝として計画されたが、市の街路敷設の敷地問題が絡んできて何度か延期され、ようやく平成九年（一九九七）六月一日に除幕式が行われた。碑石は玖珠石安山岩。高さ七五センチの土台の上に、高さ二・七メートル、幅二・一メートルの碑が据わっている。歌は作者の自筆。

桑原廉靖（れんせい）

大正四年（一九一五）－平成十三年（二〇〇一）。筑紫郡那珂村大字那珂（現・福岡市博多区東那珂）生まれ。九州大学医学部を卒業して医師となる。田川郡伊田町の日赤病院が最初の勤務先。終戦時は軍需工場の病院にいた。病院が閉鎖されたので、同二十年十二月に自宅で内科医院を開業。大学入学の昭和十一年（一九三六）から新開竹雨（飯塚出身の実業家で歌人。藤川忠治が創刊した「歌と評論」の福岡支部長）の指導を受けて短歌を作りはじめた。「歌と評論」に加入し、同人となる（後に福岡支部長）。歌誌「かささぎ」の前主幹（平成十年から顧問）。福岡市歌人会前会長。大隈言道研究「ささのや」会世話人。福岡文化連盟会員。日本歌人クラブ会員。福岡県馬術連盟名誉会長。第十二回（昭和五十六年度）福岡市文学賞受賞。第七回（平成十二年度）福岡市民文化活動功労賞を受ける。歌集に『象牙の聴診器』（昭和38）、『黄落』（昭和45）、『川下る蟹』（昭和56）、『御笠川』（平成6）、随筆集に『往診は馬に乗って』（昭和60）がある。西日本人物誌⑩『大隈言道』（平成10）など、大隈言道に関する著作も多い。

武者絵馬に少年の日の名はありて兵には召され発ちてゆきたり　廉靖

写真41

【所在地】 福岡市博多区那珂一－四四　那珂八幡宮

ＪＲ竹下駅から東へ五、六分も歩くと、左側に小高い森がある。その頂きにお宮があり、境内に碑がある。丘は須山古墳である。丘には西側からも登れるが、東から登るのが正面である。

【裏面】 桑原廉靖氏歌碑

那珂公民館短歌会　　かささぎ短歌会　　歌と評論福岡支部

平成六年十一月建立

【その他】 歌碑建立を記念して「那珂八幡宮　桑原廉靖歌碑の記」（桑原廉靖歌碑建設委員会編）なる小冊子が作られているが、西原忠幾氏の「歌碑の歌について」より若干引用させていただく。

この八幡宮の拝殿には天井下に武者絵がずらりと掲げられています。これは氏子の男の子が小学校に上った時から卒業まで毎年、正月に奉納する仕来り（しきたり）になっているものと聞いています。（略）去る第二次世界大戦中に桑原先生は軍医増員のための「軍医予備員」制に応じ、入隊されました。入隊や出征の時、若者は氏子（うじこ）の人たちに送られ、ともにこの鎮守の宮に詣でて武運長久を祈願したそうであります。再び還らぬことになるやもしれず、いかに政府の宣伝する大義名分に洗脳されていても、出征して行く人の心は複雑であったろうと思います。（略）この歌が追憶のペイソスを含みながら、「兵には召され」と受け身の構造をとっている所以（ゆえん）は、若き桑原先生の知的な抑制、ないしは戦争批判にあると思われます。（略）歌の技巧として、二度用いられている「は」の微妙な言い回しに、屈折した陰影が窺（うかが）われ、また末尾の意味的に変化の乏しい「発（た）ちてゆきたり」の部分にかえって強い情緒の鼓動を感じます。蓋（けだ）し、後々に残る名歌であります。

また、「桑原廉靖歌碑の記」には歌碑建設委員長の池田稔氏の「歌碑建設の経緯」も掲載されているが、「絵馬には（略）桑原氏も私も名が記されています。（略）再び戻ることのなかった名があり、遺骨すら還らない名もあります。この悲惨な戦争体験を風化させることなく、平和の尊さを後世に伝えたい、という切々たる思いがこめられている歌だと思います」と述べられている。

碑の歌の収録歌集および制作年代は特定できずにいるが、「西日本新聞」（平成8・6・17）の「いしぶみ散歩」（執筆者・那須博）によると、歌集『川下る蟹』（歌と評論社、昭和56）に「幼くて名を連ねたる絵馬の額に海を渡りて還らざる名が」など絵馬の歌が収録されていることが指摘されている。「幼くて」の歌他四首の絵馬の歌は、昭和五十三年から五十五年までの歌を収録した部分の冒頭にあるので、昭和五十三年の作と判断したし、碑の歌と同趣旨の歌であるから、碑の歌も同時期の作と判断してよいのではないかと考えていた。ところが、平成十三年に刊行された桑原氏の随想『大隈言道と私』（海鳥社刊）の「歌碑建立の顚末」の文中に、歌碑の建立地が決まってから歌を詠まれたことを推測させる文言があった。建立場所の候補地としては観世音寺・戒壇院・太宰府天満宮があがったが、結局作者が子供の頃から慣れ親しんだ那珂八幡宮に決まったという。「兵士となって出征するときは、必ずこの社頭で祈願をして送られ、無事帰還するとお宮に報告した。しかし、とうとう帰ってこない友も多かった。絵馬武者を見ると少年のころの誰彼の顔が浮かんでくる。その思いを歌碑に書くことにした」（六九頁）という文言によれば、場所が決まってから、歌が詠まれたようである。

碑は全高二・三五メートル、幅〇・七メートル。除幕式は平成六年十一月二十日に行われた。

福山喜徳（きとく）・深野幸代（さちよ）

福山喜徳 大正六年（一九一七）―。佐賀県三養基郡三根町生まれ。昭和十四年（一九三九）、九州医学専門学校（久留米大学医学部の前身）卒業。間もなく軍医候補生として入隊。終戦後の同二十一年、帰郷して医業を継ぎ、大学に行き更に研鑽。福山春日クリニック元院長。昭和八年頃から歌を作りはじめ、新聞や歌誌に投稿していた。

同十年に「アララギ」に入会し、斎藤茂吉・土屋文明の選を受けた。ついで同十四年に二宮冬鳥を知り、早川幾忠主宰の「高嶺（たかね）」に入会し、両師の薫陶を受けたが同四十七年に退会。同五十八年から「彩雲歌会」を主宰している。また、同六十二年九月より「風土派」に入会し、寄稿している。『第一歌集 水門』（昭和19）、『歌集 彩雲』（昭和57）、『挽歌集 さるすべりの花』（平成13）がある。『彩雲』で、第十四回福岡市文学賞（昭和五十八年度）を受賞している。

深野幸代 大正十年－平成元年（一九八九）。久留米市生まれ。戦前は、九州医学専門学校で事務員を勤め、戦後は美容師となり、開業。後、福山喜徳と結婚（深野姓は旧姓）。昭和十九年頃より同四十七年まで、歌誌「高嶺」に所属して二宮冬鳥の指導を受けた。第一歌集『深野幸代歌集』（昭和48）はKBCラジオで採り上げられる等、反響が大きかったようである。没後、夫君の手で遺歌集『サビタの鈴』（平成12）が出された。

どの雲も薄き茜（あかね）をかむりつついづべに向かふ寒き夕べを　喜徳
いたはられいよいよ淋しこの日日に天（てん）にひろがる辛夷（こぶし）の白は　幸代

写真42

【所在地】 福岡市中央区警固二－一三　菅原神社（通称「田の中天神」）
警固二丁目六番と警固三丁目一三番の間に警固一号公園がある。その西側に「天満宮」と書かれた額を掲げた鳥居があり、参道が延びている。突き当たりの石段を上ると菅原神社の境内に出る。境内には、この碑の他に進藤一馬歌碑、中牟田喜一郎歌碑がある。お宮は、筑紫女学園中学校からは、北側の見下ろす位置にある。

【裏面】 一九八六年四月吉日
福山喜徳・妻　幸代　建之　　設計・九州大学教授　光吉健治

施工・石匠十代　国松大次郎　陶板・岩尾對山窯

〔注――裏面の銘は銅板に陽刻されて、はめこまれている〕

【その他】 碑は一五センチの台石の上に、高さ一メートル、幅一・一メートルの黒御影石が据えられている。中央部分に縦三五センチ、横六〇センチの白い陶板がはめこまれている。陶板には福山氏の揮毫で二人の歌が染め付けられている。福山喜徳氏は、変体仮名などで書かれていて容易には読めない碑に疑念を抱いており、この碑文は楷書で、振り仮名も添えて書かれている。

喜徳氏の歌は歌集『彩雲』（中央公論事業出版社）のⅣ「流離日日(2)」所収の歌で、昭和四十一年（一九六六）頃の作だという。歌集では「茜」が仮名書きになっている。第四句中の「いづべ」は、本来「何方（いづへ）」や「何処（いづへ）」、「何処辺（いづへ）」などと書いて「イズエ」と発音し、「どこへ」とか「どちらの方へ」の意味を表す語である。時にはこの歌のように、「へ」が濁音化して使われたようである。

幸代氏の歌は、第一歌集『深野幸代歌集』（中央公論事業出版社）の最終章「破門」に収録されている。ただし、この歌集はすべて三行分かち書きになっている。この歌の歌集での表記は、振り仮名も含めて次のとおりである。

労（いた）はられいよいよ淋（さび）し
この日日（ひび）に
天（てん）にひろがる辛夷（こぶし）の白は

第五句中の「辛夷」はモクレン科の落葉高木で、春に白い花をつける。

三行分かち書きについて、深野幸代遺歌集『サビタの鈴』（福山喜徳編、梓書院）の著者紹介の項（一〇九頁）で、編者福山喜徳氏が次のように述べている。

一首三行書きにしたのは、「啄木の真似ではない。私の歌は、破調字餘りが多いから、区切りを自分の意図通りに読んでもらうためにする。」という信念からであった。
歌は昭和四十六年頃の作だという。

江頭慶典（えがしらけいてん）

昭和三年（一九二八）―。佐賀県生まれ。本名慶典（よしのり）。昭和十九年、出撃する特攻隊員の辞世の歌に感銘を受けたのが、短歌との出会いである。同二十年四月、海軍兵学校入校。敗戦により復員。同二十二年の「明星」（復刊）に参加。同二十六年に九州配電佐世保営業所入社。翌年、九電労組結成に参加。木原昭三とともに、同二十八年には「コスモス」の創刊に参加。同三十五年、全国電力労働組合連合会中央委員となる。その後、全日本労働総同盟中央評議員や全国文化運動協会常任理事、日本労働者教育協会常任理事に就任。また、日本生産性本部参与（昭和四十年）、九州生産性本部参与（同四十六年）、九州民間労組協議会事務局長（同四十七年）に就任。労働運動中心の生活で短歌から離れていたが、木原昭三と再会し「コスモス」にもどる。同五十年から平成三年（一九九一）まで福岡県議会議員。歌集『海の序章』（昭和56）、『蒼き海』（平成11。平成十一年度福岡文学賞受賞）の他に、エッセイ『戦いすんで――癌病棟から』（昭和61）などがある。

しろがねに羽光りつつ秋蜻蛉水城を越ゆる風に吹かれて
昭和六十年十二月三日　江頭慶典作　永倉三郎書

写真43

【所在地】 筑紫野市湯町一―一二―一　大観荘駐車場前

県道三一号線（福岡・筑紫野線）が九州自動車道の下をくぐって、わずかに南下した左側（東側）に二日市温泉大観荘がある。県道から構内に入った駐車場に面して碑は建てられている。

【その他】 前述のように、作者は第二歌集『蒼き海』（柊書房刊）で第三十回福岡市文学賞を受賞。その「あとがき」で作者は、「移り変わる世の動きを是非短歌に詠んで子や孫に私の生涯の記録として残したい」と書いている。その姿勢が時事詠・社会詠を多くし、この歌集に限らず作者の歌全体の特徴となっている。福岡市文学賞の「受賞の経過」で、選考委員を代表して山埜井（やまのい）喜美枝が「江頭氏はこの歌集で貪欲なまでに社会現象を捉えて現場報告に終らせず、いかに文学作品となし得るかに格闘している」と述べている。

碑の歌は時事詠・社会詠ではなく自然詠である。作者の場合、時事詠・社会詠の基盤をなす批評眼や人間性が、自然を対象としたときに、より純粋に光を放つように編著者には思われる。

さて、碑の歌の制作は年代的には第一歌集『海の序章』（葦書房刊）時代であるが、歌集には収録されていない。昭和五十九年末に肺ガンの宣告を受け、翌年一月の手術を経て生還した作者に『戦いすんで――癌病棟から』（葦書房刊）というエッセイがあるが、その「あとがき」に歌碑のことが書かれているので引用させていただく。

六十年十二月三日、筑紫野市二日市温泉の大観荘庭園に私の歌碑が建ちました。そして多くの皆さんの出席をいただいて除幕式が行われました。

しろがねに羽光りつつ秋蜻蛉（あきつ）水城（みずき）を越ゆる風に吹かれて

という太宰府の史跡水城を詠った拙歌を刻む歌碑を仰ぎながら私は〝生きている〟という実感を心深く受けとめました。石は宝満山から切り出された巨石です。揮毫は九州電力の永倉三郎会長にいただきました。

愈々手術が確定したとき、筑紫ガスの柿原誠専務やホテル大観荘の江藤友之社長を初め友人の皆さんの間に、私を激励するため記念になるものを贈ろうとの計画が持ち上がりました。その結果、太宰府にゆかりの前掲歌を歌碑にしようということになったのでした。

碑の歌の第一句は「銀色に」の意。第三句の「蜻蛉」は「とんぼ」。水城は、碑所在地から三・五キロほど北西方向にある、七世紀に構築された大宰府防衛の大土塁（国特別史跡）である。建造当時は一四メートルの高さであったと言われている。

鬱蒼と茂っている水城を、秋の陽に光りながら蜻蛉が越えている。自然の営みとして、悠久の時が静かに流れてゆくのが感じられる。

高さ六〇センチほどの石組みを回らし、その上に植栽がなされている。石組みの上に、植栽を背にして碑が据わっているが、高さ一・七五メートル、幅三・五五メートルの堂々たる姿である。中央部分を縦〇・九メートル、横一・三五メートルの長方形に平らにし、歌が刻まれている。

山本　詞（つぐる）

昭和五年（一九三〇）―同三十七年。田川郡糸田村（現・糸田町）生まれ。十六歳で甲種飛行予科練習生を志願し、前原航空隊に入隊したが敗戦で帰郷。県立鞍手中学の復員学級に復校。中学卒業後すぐに古河目尾（しやかのお）炭坑に保坑夫として就職。昭和二十八年に結核を発病し、京都（みやこ）郡豊津の錦ケ丘病院で療養に専念。「毎日歌壇」に熱心に投稿。同二十九年十月、豊前の有野正博（一〇八頁）を知り、「形成北豊支部」に入会。同三十年、「形成」に入会。翌年一月、新設された「毎日歌壇」の第一回年度賞受賞。三月には全快退院し、復職。仲間と文芸サークル誌「萌芽」を創刊。同三十三年には、「月刊炭労」の短歌部門第一席、「短歌研究」の新人賞第二席となる。十月には「サークル村」に参加。同三十七年、石田比呂志らと歌誌「牙」を創刊。入坑作業中に炭車事故により殉職。豊津療養所で知り合い、七年間愛を育んだ手島さかえとは、婚約するところまでこぎつけていたが結ばれなかった。遺稿集『地底の闇を切り開け』（昭和37）、遺歌集『地底の原野』（昭和37）、『定本 山本詞歌集』（昭和60）がある。

硬山の投影長きこの地帯を遂に故里として棲みつきぬ　　詞

写真44

【所在地】 鞍手郡小竹町新多本町

国道二〇〇号線の「小竹局入口」交差点から西へ入り、JR筑豊本線の踏切を渡って更に県道七四号線を西進すると「栄町入口」という信号機のある交差点に出る。そこから五〇〇メートルほど西進すると、道路が左上方へ分かれている所がある。その短い坂を上がって左折すると、新多のバス停があり、バスが方向転換できる広いロータリーがある。その中央に歌碑がある。

【裏面】 山本詞歌碑建立の記

山本詞は、昭和三十七年三月三十日午後八時十分、ここ古河目尾鉱業所の本層一卸左三片において、炭車事故により殉職した。生前、短歌誌〈形成〉の同人でもあった彼は、炭鉱を歌うことによって己れの生き方とした。その遺歌は千三百余首を有する。

この碑は、ヤマの文化に心身をつくして斃れた彼の遺業を永く伝えるために、ゆかりの友垣、多くの賛同者によって建立されたものである。

二十三回桜蕾忌にあたって　　昭和六十年三月三十日建之

山本詞歌碑建立世話人会

勝野和秋　土居正人　野村實智明　原　敬夫　古嶋　哲

松井義弘　山本基志　和田瑞穂　和田眞也

【その他】「目尾」という地名は、飯塚市にあるが、碑裏面の「建立の記」にもあるように、古河目尾鉱業所の本部はこの「新多」にあったことから、この地に歌碑が建てられたようである。亡くなった時の彼の住所は、現在の飯塚市吉北元町で、昭和十三年から住んでいた。したがって歌に詠まれているのは吉北元町付近の景色である。『定本　山本詞歌集』（裏山書房刊）によると、この歌は昭和三十二年の項に、「硬山（ぼた）」と振り仮名付きで収録されている。二十八歳の作で、年譜には「坑夫の生活をバックボーンとして、彼の〈短歌〉への情熱は年とともに飛躍、新しい労働短歌の境地をひらいていった」と書かれている。組合活動においても彼は中核的な存在であった。そういう立場の歌は得てしてスローガンの絶叫になりがちであるが、彼の歌にはため息のような弱々しさを持つものがあり、それが魅力の一つとなっている。

同歌集の「あとがき」によると、碑歌の揮毫は山本秀城（基志）。碑は全高二・一五メートル、幅二・五メートル。

II

句碑

はじめに

近・現代の俳句史を展望すると、正岡子規から発して現代の作家まで、分岐しつつも連綿と広がる大きな潮流がある。福岡県内の句碑という枠内ではあるが、その流れを師系ごとにたどることにした（見出しに「……の門人」と「……の流れ」の二通りがある。前者は直接の門人であり、後者は孫弟子を含む場合である）。師系については、山下一海（かずみ）著『俳句の歴史』（朝日新聞社）、川名大（はじめ）著『現代俳句』上・下（筑摩書房）、雑誌「俳句」（角川書店。平成十二年十月号）を参考にした。

福岡県には多数の句碑がある。このすべてを取材し、詳述することは個人の能力を超えるので、取捨選択して記述せざるを得ない。詳述する句碑の選択は、最終的には編著者の好みによるものである。有名な俳人の作品が刻まれていても、建立者の愛吟であって建立地との関係の薄いもの等は、巻末の地域別一覧に掲載したことを了解されたい。

一　旧派・蕉風相伝（そうでん）の宗匠（そうしょう）

近代の人だが名前だけを見ると、庵号が付いていて近世の俳人のものかと思う句碑が幾つかある。どう処理するかあまり意識していなかったが、俳句史を読んでいて、旧派に分類すべきであることを認識した。拙編著『福岡県の文学碑　古典編』執筆中にはその認識が無くて、近代の人であるが近世の流れにいる人だとして「古典編」で扱った句碑が一基あった（芭蕉堂八世楓城）。改めて「近・現代編」の地域別一覧に掲載した（遠賀郡岡垣町）。配列は生年順とした。

秋城庵都川

美しき夜の明ぶりや草の露
　秋城菴都川翁塚
　明治廿九年八月建之　琴流社中

写真45

【所在地】田川郡赤村下赤五八七　俵秀郎邸

赤村の中心地域に赤中学校がある。その東側の新今川橋を渡って今川の東岸に出て、川沿いの県道四一八号線（英彦山・香春線）を二・五キロほど南下すると、右手に赤小学校上赤分校がある。更に三〇〇メートルほど進むと末光橋がある。その橋を渡って四〇〇メートルほど進むと俵姓の家が四軒固まっている。

【その他】 編著者は昭和五十年（一九七五）頃、俵家を訪問した。以下はそのとき秀郎氏に聞いた話である。

俵都川は本名六郎治。家系図に「祢小兵衛後改六郎治　誹諧堪能　號都川　遂為宗匠被許文台」とある。明治三十三年（一九〇〇）没。秀郎氏の曾祖父にあたる。子供が十一人いたが皆早世した。その苦悩をまぎらすために俳句の道に入ったのではないだろうか。句の揮毫は、箕田轍（みたわだ）（神官。秀郎氏の大叔父）。「秋城菴都川翁塚」の揮毫は興国寺（田川郡赤池町上野）の住職。

〔注――家系図の冒頭の「祢」は漢和辞典によると「父」の意味がある。「誹諧」は「俳諧」に同じ。「文台」は俳諧の場で執筆（しゅひつ）（書記）の前に据える台で、宗匠になると師匠から文台が与えられた〕

「西日本新聞」（昭和59・5・31）の「いしぶみ散歩」（執筆者・那須博）によると、フルネームは俵六郎治秀房。生年は文政七年（一八二四）で没年が明治三十三年（一九〇〇）だから、享年六十六歳。

萩本梅丘（ばいきゅう）

帰る家は夕日の岡や薬ほり　　梅丘

写真46

【所在地】 田川郡香春町中津原一六七〇　開田（ひらきだ）邸

県道五二号線（八女・香春線）の平成筑豊鉄道田川線踏み切りから二〇〇メートルほど南へ行くと、右へ車一台がやっと入れる道がある。その道の右側で県道から二軒目が開田邸である。碑は門を入った正面にある。

【裏面】傳系

はせを　北枝　希因　闌更　蒼虬　芹舎　聴秋　梅丘

【左面】梅丘　開田庄太郎　昭和十九年五月九日歿　八十九才

【右面】昭和四十五年五月建之

男　政一　男　弘　孫　延二

【その他】開田梅丘のこの句碑を取り上げている資料として、郷土史誌「かわら」第一八号（昭和57・12・25）所載「文学碑をたずねて(3)」（辻幸春執筆）が手元にあるので、これを参考にして梅丘について紹介しよう。

梅丘は安政三年（一八五六）に紫竹原で生まれた。開田家は代々の篤農家であるが、特に梅丘は果樹の栽培を研究し、「開田農園」という果樹専門の農場を開設した。郷土史についても造詣が深く、郷土紫竹原と『万葉集』、神功皇后と御馬蹄石などの研究を深め、万葉歌碑の建立を実現させた。

梅丘の俳句活動としては、地元小富士会（勾金（まがりかね）の吟社）の世話は勿論、勝山俳壇月花会の「月花」（小倉・大神六太郎編集発行）への投句、同会の豊前田川東支部新設に伴う支部長就任、香月吟友社の「北九州俳壇　若葉集」や坂井珠鳴庵（伊田町高源寺）編集の「老梅」や黄梅社の「鴨東新誌」（主宰・花の本聴秋）などでの活躍が挙げられるという。

また、辻氏の文中には、開田弘氏所蔵の立机許可状の写真も掲載されているが、次の文面である。

開田梅丘

今度立机をゆるし、花本系の宗匠に列し、萩本を授く。

昭和三年六月二十一日　　花本十一世　不議庵聴秋

別に、碑の裏面に刻まれている伝系の八俳人名を列挙し、「右傳系授与す　花本十一世」と書かれた文書の写真も併せて掲載されている。

辻氏によると、碑に刻まれている句は、前記「小富士会」の昭和十一年（一九三六）十月句会で天賞に入選した句だそうである。

高さ一・二メートルの大きな岩の上に、縦三四センチ、横五六センチの切石（白の御影石）が乗せてある。

二蕉庵直峰

行ほと〔ど〕に月雪花の道ふかし

二蕉庵直峰

写真47

【所在地】 直方市山部五六七　随専寺

JR直方駅南側の、跨線橋（県道四六七号線）で線路の西側に出て、恵比須歩道橋から左折すると直ぐに随専寺である。直方勤労者体育センターの前である（歩行の場合、駅東口側から「自由通路」で西側に出て、南へ行くと歩道橋に至る）。碑は寺入口の弁財天堂横にある。

【裏面】 昭和三十六年拾月吉日建之

玄海吟社々中　国鉄退職者有志

【その他】 送り仮名や濁点を付けて書き直しておく。

行くほどに月雪花（つきゆきはな）の道ふかし

「月雪花」は、「雪月花」という語でなじみ深く、四季の自然美を総称する語である。「雪月花の道」と言えば、「風雅の道」すなわち「俳諧の道」を意味する。俳諧の道は、深く入っていけばいくほど奥が深いという実作者の感慨が詠まれている。

碑の裏面に「国鉄退職者有志」とあるが、作者自身が国鉄職員であった。

舌間信夫著『直方碑ものがたり』（直方市刊）は第三十二話でこの句碑を採り上げている。抜粋して紹介しよう（〔注〕は、編著者の判断でつけたものと、『直方市史』下巻の直峰紹介に書かれていて『直方碑ものがたり』に書かれていないことである。また、和暦年には西暦年を付けた）。

二蕉庵直峰という俳人は、芭蕉の俳諧を受けつぎ守りつづけた旧派の、直方における最後の宗匠（俳句の先生）でした。

直峰の本名は伴博隆〔注――金児農夫雄編『昭和俳人名鑑』（素人社書屋、昭和3）では本名が宗典となっている〕。明治十五年〔注――一八八二年四月二十八日〕粕屋郡仲原村〔注――現・糟屋郡粕屋町仲原〕に生まれ、明治三十年九州鉄道株式会社に入社、以後、昭和七年〔一九三二〕国鉄直方機関区助役で退職するまでの三十五年間鉄道ひとすじに生きた人でした。

直峰は大正元年〔一九一二〕、山部に住んでいた二畳庵峰月という俳人の弟子となり俳諧の道に入りました。大正三年には師の峰月より山畳庵という号をもらい立机を許されました。立机とは、俳句の宗匠になることで、句会などのとき、俳句の優劣を判定する判者、点数をつける点者という仕事をしてもよいというお墨付をもらうのです。

さらに峰月の師匠の紫香の指導を受け、大正十三年には紫香の庵号を継承して、二蕉庵直峰と名乗りました。

俳諧の系図では、芭蕉＝桃妖＝希因＝桃居＝桃序＝標堂＝桃栖＝桃室＝紫香＝直峰とつながっており、直峰は芭蕉から数えて十代目ということになります。

直峰は玄海吟社を興し、俳句の指導に務め、昭和四十六年、九十歳で他界しました。

小竹中央公民館「郷土文化財を守る会」発行の白土きよし著『筑豊路 句碑探歩』（四〇頁）によると、直峰は「退職後は得度し真言宗覚王寺にあり。御堂派管長より中僧正の級を拝命して居られる」という。

碑は石組みの土台の上に、高さ二・一メートル、幅一メートルの棹（さお）石が据えられている。

文藻庵春芳

変る代の風にしたる（だ）、柳かな　　春芳

写真48

【所在地】 北九州市小倉北区竪町一―二―一三　安国寺

JR西小倉駅の西南方向、約五〇〇メートルの地点である。碑はお寺の境内の前庭にある。

【その他】 碑の直ぐ後ろに墓石らしき碑がある。表には「芭蕉庵十一世　文藻庵春芳」とあり、裏面に「昭和三十乙未之歳卯月　瓢舎しるす」とある。春芳は昭和五十年代前半まで生存した人であるから、墓石ではない。安国寺境内には「芭蕉翁柳墳」があり、その回りには芭蕉を慕う「西華坊」（各務支考）や「幾暁庵」（安楽坊春波）などの碑が幾つかある。春芳の碑もそれに類するものであろう。

「北九州市の文化財を守る会会報」（二八号、昭和54・8・1）に、春芳から十二世を継承した徳田吉松（鶴栖庵奇齢）の「豊前の蕉風俳諧伝承と相伝書について」という一文が掲載されている。これを参考にして文藻庵春芳とはいかなる人物であるか紹介したい。

まず豊前蕉風俳諧の相伝者を列挙しよう。

一世・芭蕉庵桃青　二世・麦林舎乙由　三世・幾暁庵春波　四世・文藻舎春渚
五世・老圃堂木父　六世・東圃堂松菊　七世・二柳庵素白　八世・柏廼舎晩翠
九世・佳風園竹舎　十世・二柳庵（二世）素僊　十一世・文藻庵春芳　十二世・鶴栖庵奇齢

八世以降の相伝者は、二柳庵素白（大正十四年没）の門下で、春芳は大正五年（一九一六）に二柳庵に入門、五十歳前に相伝を受け、八十五歳で他界した。晩年には蕉風会を主宰し、月刊蕉風会報を発行した。昭和三十八年（一九六三）にはある雑誌社の企画で奥の細道を巡遊し、芭蕉ゆかりの地の句行脚を行った。

徳田氏は春芳没後、故人の意志だとして遺族から相伝書を伝授されたそうだが、春芳の没年は示されていない。文章の内容から、「豊前の蕉風俳諧伝承と相伝書について」執筆の時期を大幅にさかのぼることはあるまい。

句碑は高さ〇・五五メートル、幅一メートル。春芳生前の建立である（徳田氏の文による）。

仙路軒竹村

光陰の矢に楯はなし桐一葉

五世仙路軒定石竹村

写真49

【所在地】 行橋市大橋二―一　大橋神社

行橋中央公民館の北側で、お宮の東側には中山グラウンドのテニスコートがある。

【裏面】乙卯年初夏　句碑建立　賛同者一同

〔注――「乙卯(きのとう)」は昭和五十年である〕

【その他】美夜古郷土史学校刊『京築の文学碑』から、この碑の「ミニ・ガイド」を転載させていただく。

作者の五世仙路軒定石竹村は、本名を定石生駒松といい、明治三十五年、京都郡泉村竹並（現行橋市）に生まれ、国鉄小倉工場に勤務するかたわら、俳句を学び、第四世柏還舎晩翠宗匠に師事。晩翠から第五世を命名された。昭和三十九年から句誌「枯野」を主宰し、〔略〕昭和五十七年、七十九歳で没。碑は、苅田町等覚寺から運んだ自然石〔略〕。

碑は高さ一・四四メートル、幅二・四メートル。

以上の他に、編著者未見の美濃派宗匠記念の碑が豊前市（二基）、築上郡吉富町、築上郡新吉富村にある。地域別一覧を参照されたい。

二　新派・正岡子規の系譜

近代俳句革新運動は、正岡子規によって成し遂げられた。したがって、福岡県内に子規の句碑があれば、これをまず採り上げるべきである。子規の句碑が一基あることはあるが、建立者の愛吟を刻んだもので、その土地との関連があるわけではないので、巻末の地域別一覧（田川郡大任町）に掲載するに止めた。

1　松瀬青々とその門人

①　松瀬青々

明治二年（一八六九）―昭和十二年（一九三七）。大阪生まれ。本名彌三郎。明治三十年に「ホトトギス」（松山）や新聞「日本」（子規選）に投句するようになり、同三十二年には子規の賞賛を得て、その天明調の作品が俳壇の注目を浴びた。同年、大阪第一銀行を辞して上京、高浜虚子が編集をはじめていた「ホトトギス」の編集事務を手伝ったが、東京の風土になじめず半年後に帰阪。大阪朝日新聞社に入社し、俳壇選を死ぬまで担当した。同三十四年三月、「宝船」を創刊し主宰となる（後に「倦鳥」と改題）。同三十七年から同三十九年にかけて、句集『妻木』全四冊を刊行。大正・昭和と続く「ホトトギス」全盛時代に、「倦鳥」を出し続けた意義は大きい。高浜虚子の客観写生・花鳥諷詠に対して「俳句は自然界の妙に触れるとともに人間生活の浄化をはかるにある」とする自然鑽仰に基づく精神向上主義を唱え、子規を超えて芭蕉に深く傾倒した。

般若読む日暮に花を踏み帰る　　青々

写真50

【所在地】山門郡瀬高町本吉　清水寺本坊　子授観音前

清水山青年の家下で車道と分れて清水寺本坊への通路をたどると、緩い石段左手に生け垣で囲われた一画があり、小さい石の祠（子授観音）が安置されている。その祠の前に句碑がある。

【裏面】松瀬青々先生　吟遊四十周年記念

昭和四十年四月十一日建之　発起人　上羅侍中〔他に六人の名が刻まれているが、省略〕

【その他】碑裏面の刻文によると、青々は大正十五年（一九二六）頃、当地方を訪れたことになる。小原菁々子が「西日本新聞」に連載した「俳句歳時記」（後、「句碑歳時記」と改題）では昭和五十六年五月十七日分でこの句碑を採り上げ、大正十三年に清水寺に吟遊し、この句を詠じたと解説している。

清水寺は天台宗の古刹である。「般若」とは「般若心経」のことだろう。夕べの読経が流れる境内を、散華のように散り敷く桜の花を踏んで静かに歩む旅人のイメージが、句を読むと沸いてくる。

碑は六〇センチほどの台石上に、直径七七センチの丸い石臼が据えられている。穀物を上下の石臼で碾いて外側へ押し出すように、全面に溝が刻まれている。その上部の石臼を扇面状に平らにし、句が刻まれている。

② 松尾竹後

明治十五年（一八八二）—昭和三十五年（一九六〇）。山門郡東山村（現・瀬高町）女山生まれ。本姓由布。本名熊次郎。外戚松尾氏の籍に入る。中学伝習館在学中から、由布白蝶あるいは白影と号して詩歌の創作に励んだが、明治三十六年に退学。翌年、松瀬青々主宰の「宝船」に投句を始めた。十一月、日露戦争に応召。翌年十月、軍隊より帰還。同四十年九月からは「宝船」課題句の選者になった。同四十三年、ある女性と結婚したが、後に離別。その苦悩を連作「海鼠の如く」に詠み、大正八年（一九一九）一月の「倦鳥」（「宝船」改め）に発表。昭和十五年に日本無線電信株式会社を定年退職。翌年帰郷し、実妹の家（佐賀市）に寄寓。同十六年、東京の門弟たちが竹後の個人俳誌「閑地菜園」を編集して発行。同十七年秋から同二十三年春までは瀬高に居住。同二十七年、東京の門弟の支援を得て俳誌「爽」を創刊。句集に『秋風句鈔』（昭和33）、『海鼠の如く』（同36）がある。

> 秋風は姿を雲に吹きにけり　　竹後

写真51

【所在地】 山門郡瀬高町本吉　清水寺本坊庭園奥

車の場合は、清水山青年の家下の駐車場から案内板を頼って歩くとよい。

【裏面】 松尾竹後先生は明治十五年十一月柳川藩家老由布雪下翁三男として邪馬台国女山の産。日露戦役従軍中、故ありて外戚松尾氏の籍に入り更に分家。伝習館在学時代、文学を以て北原白秋等と深く交る中、俳句を識り、後松瀬青々師会下の俊髦として遂に一家を成す。明治四十年上京、昭和十六年病を得て帰臥、「閑地菜園」、「爽」を発刊、後進の指導に専念。こゝ、清水寺庭園を句作の道場として愛惜、屢吟杖を曳かる。今年先生の喜寿に当り門人相謀り茲に之を建つ。

昭和三十三年九月二十三日

因に石材は従兄松尾寿一氏遺愛のものなり。

〔注――編著者で句読点や振り仮名を補った〕

【その他】 流れ行く雲に秋風を見ているのであろう。爽やかな秋の空、秋の空気を見事にとらえた名句だと思う。清水寺本坊庭園（国指定の名勝。雪舟の設計か）とは渓谷を挟んだ車道脇に、この句碑が見えるかのような標柱があるが、道路からは見えない。庭園の東奥に碑はある。作者は能書家で、この句碑もすばらしい揮毫である。作者生存中に建立された唯一の句碑である。

他にも松尾竹後の句碑が、柳川市（二基）、山門郡瀬高町（三基）にある。地域別一覧を参照されたい。

2 「ホトトギス」系の俳人

(1) 高浜虚子

明治七年（一八七四）─昭和三十四年（一九五九）。愛媛県生まれ。旧姓池内（いけのうち）。祖母の家を継ぎ、高浜姓となる。本名清。明治二十四年、郷土の先輩正岡子規を知る。同三十一年、松山市で柳原極堂（きょくどう）が発刊していた俳誌「ほととぎす」の経営を引き受け、東京で刊行（誌名を片仮名書きに変更）。同三十八年、夏目漱石が「吾輩は猫である」を「ホトトギス」に連載しはじめたのに刺激を受け、虚子も小説に志して俳句から遠ざかる。大正初年、碧梧桐に対抗して季題情緒・定型俳句の存続を意図し、俳壇に復帰。大正七年（一九一八）頃は、客観写生を唱導して新傾向俳句と対峙。昭和に入り、俳句の本質は花鳥諷詠にあるとする論を唱えた。昭和二十九年に文化勲章受章。句集に『虚子句集』（昭和3）、『句日記』（昭和11）、『五百句』（昭和12）、『五百五十句』（昭和18）、『贈答句集』（昭和21）、『小諸百句』（昭和21）、『六百句』（昭和30）、『六百五十句』（昭和30）などがある。他に俳論・俳話・小説など多数の著作がある。

福岡県内で高浜虚子の句碑を十七基確認したが、紙幅の都合で四基しか詳述できなかった。毎日新聞社版『定本 高濱虚子全集』（昭和49）の俳句集（第一－四巻）等で各句の初出を調べ、古いものから配列した。

a 都府楼址の碑

夜都府樓址に佇む
天の川の下に天智天皇と臣虚子と　虚子

写真52

【所在地】 太宰府市観世音寺二－一－一　民芸家楽東側

大宰府政庁址正面入口の前は、「政庁前」という信号機付きの交差点である。南西側の角は民芸店で、その東側に東向きに碑が建っている。昭和六十年に、句碑が立ち退きを迫られる事態が発生したが、五メートルほど移動させることで落ち着いたそうである。詳しい経緯は「西日本新聞」（昭和60・3・4および昭和60・8・10）を参照されたい。

【裏面】 昭和二十八年十一月十日建之　福岡県議会議長　田中斐川

【その他】 毎日新聞社版『定本 高濱虚子全集』第一巻四六頁を見ると、この句には三つの形が示されている。碑は、「ホトトギス」大正六年十一月号への出句の形である。後に「下に」が「もとに」と、平仮名で表記された。また、句集『五百句』（昭和12）では「臣」が削られ「天の川のもとに天智天皇と虚子と」で収録されている。詞書にも異同がある。「ホトトギス」大正六年十一月号では「大正六年十月十八日。筑前太宰府に至る。同夜都府楼址に佇む。懐古」であった。碑にある詞書は創元社版『定本 虚子全集』（昭和23－25）の形である。

句誌「冬野」八百五十号記念講演（講演者・谷口治達）の一節を、同誌平成九年（一九九七）九月号から引用させていただく。

　大正六年（一九一七）十月十八日夜、吉岡禅寺洞（ぜんじどう）と清原枴童（かいどう）の二人は高浜虚子先生をこの地に案内しました。二日市駅から人力車でお連れし、ろうそくの灯で足元を照らしながら案内したと禅寺洞は語っています。

その時、

　　天の川のもとに天智天皇と虚子と

の句が生まれました。〔略〕この句の故に禅寺洞は翌年俳誌「天の川」を創刊し、また枴童も大正十二年に「木犀」を起こしてそれが今日の「冬野」八百五十号につながっているのであります。〔略〕

〔注――講演のこの部分の主旨は「この都府楼趾から九州の近代俳句は始まった」ということである〕

「天の川の下に天智天皇と臣虚子と」の「臣」が、句集『五百句』収録に際して削除されたことに関しては、同誌平成九年三月号所載「虚子・普羅など」（執筆者・山下一海）に触れてあることを、谷川氏は講演筆録に注記されているので、「虚子・普羅など」を読んでみた。関係部分は長い（一〇一―一一頁）が引用させていただく。

　ところがこの句、虚子の厳選句集『五百句』（昭和十二年刊）に収められるとき、次のように改められる。

　　天の川のもとに天智天皇と虚子と　　虚子

〈下に〉が〈もとに〉となったのは、シタと読まれたくないためであろうが、〈虚子〉に冠せられた〈臣〉が省かれているところは、初形との重要な相違である。もともと九・八・五、もしくは六・十一・五の、はなはだしい字余りであったが、それでもどうにか下五だけはせっかく五音に決めてあったのに、〈臣〉を省けば九・八・三、もしくは六・十一・三になってしまう。あるいは六・六・八とも読めようか。ともかく、いっそうの破調である。いちがいに破調がいけないというのではないが、ここではわざわざそうしたほうがいいという理由は見いだせない。それに〈臣〉がなくなってしまえば、〈虚子〉がのっぺらぼうになって、句全体のメリハリが弱くなる。つまり〈臣〉の省略は、通常の推敲といったものではない。改悪としか思えない。

それがなされたのは、おそらく初出の大正六年と、『五百句』の昭和十二年の、時勢の違いによることであろう。大正デモクラシー思想たけなわの大正六年には、封建的な用語である〈臣〉が、逆説的な冗談として明るく響いた。理想的な世の中には、君臣関係などあるはずはないから、〈臣〉の語がウイットとして生きた。ところがそれから二十年が経って、昭和十二年といえば、盧溝橋(ろこうきょう)事件の起こった年であり、それを受けて、国民精神総動員令が公布される。軍国主義体制が急速に整えられ、万世一系の天皇制を誇る国体の明徴化が叫ばれ始めた時期である。虚子がこの句の〈臣〉を省いたのは、君臣関係が現実味を帯びてきて、ウイットの役割を果たさなくなり、また、古代の英雄であった天皇と我との宇宙の中の一体感が、〈臣〉の語で表されていたことの憚りであったものと思われる。〈臣〉の用法の新しさが、時代を憚らざるを得なくしていた。

さらに虚子の『五百五十句』（昭和十八年刊）の自序の後に、この〈天の川の〉の句を取り消すとの注記がある。〈臣〉の語がなくても、この句には天皇と作者が一体になるような趣がある。そのことが憚られたのであろう。天皇は現人神(あらひとがみ)であって、虚子がこのように一体感を表明するなど、不敬にわたると非難される虞(おそ)れがあった。前の句集の句を、次の句集のたった一行の注記で取り消すというのも異例であるが、それほどに情勢は逼迫(ひっぱく)していた。古代と現代、天皇と自分の一体感を天の川に託して表すような新しさが、この句の異例の取り消し処置を招いたのである。

自粛されていたこの句が解放されるのは、大戦後のことである。虚子自身の目を経ていると思われる句集の類で、いずれも〈臣虚子と〉の形で復活している。戦時下にこの句が姿を隠したのは、臣といいながらも臣を超えた宇宙的な一体感を表現する新しさによることであった。〔略〕

この碑が「臣虚子と」となっているのは、建立された昭和二十八年には初出の形が復活していたためであろう。

除幕式には急病で虚子は出席できなかったが、建立者の田中斐川（ひせん）が虚子のもとに報告に行ったことが、虚子の小説「古帯」に書かれていることを付け加えておく。碑は全高一・五メートル、幅〇・五五メートル。

b　飯塚の父・娘（星野立子）句碑

新涼の仏に灯し奉る　虚子
惜春や父の故郷に似しときけば　立子

写真53

【所在地】 飯塚市幸袋七九一―一　北代邸
幸袋の本町。国道二〇〇号線沿いにある幸袋派出所から二〇〇メートルほど南に行くと、国道の東側に「にこにこ亭ほかほか弁当」の店がある。その南側に北代家の門があり、庭に碑があるのが鉄格子越しに見える。

【裏面】 昭和三十三年七月　建てられしものを寄贈を受け当処に移す
　昭和四十七年十二月三日　飯塚文化連合会

【副碑】〔正面〕高浜虚子先生句碑　〔左面〕星野立子先生句碑
〔右面〕昭和三十三年四月二十六日　当家に御宿泊記念
〔裏面〕平成九年四月　飯塚文化連盟の承諾を得て旌忠公園より此処に移す

【その他】 親子句碑である。星野立子については一三七頁で触れるが、虚子の次女である。虚子の句は句集『五百句』（昭和12）に収録されているが、初出は「ホトトギス」の昭和三年十一月号で、初五は「新涼や」であった。

森澄雄編『名句鑑賞事典』（三省堂刊）にこの句が採り上げられ、次のように鑑賞されている（執筆者・小田切輝雄)。

初めて秋の涼しさが訪れた。今は亡き人々のことがことさらに思い出され、仏前に蠟燭の灯をあげた。その灯影も涼しく、故人が一層身近に感じられる。昭和三年、子規忌(九月十九日)を前に大龍寺の墓前に参った虚子に、同じ子規門の石井露月の訃が続いた。しんとした心の澄みが伝わって来る。

「子規忌(九月十九日)を前に大龍寺の墓前に参った」とあるが、毎日新聞社版『定本 高濱虚子全集』第一巻七二頁によると、それは九月十六日であり、この句は子規忌句会での作だという。前記『事典』の「参考」欄も転記しておく。

▽季語=新涼。「新涼や」と詠嘆したところが、この句のいのち。暑かった夏の日が去ったという感慨が込められ、新鮮な季節として「新涼」が生きている。ここに、すべてを包む虚子の呼吸の大きさがある。▽仏=本尊などの仏像ではなく、ここでは心に思う故人の意にとりたい。

星野立子の句は、飯塚の納祖八幡宮に句碑がある「ふるさとに似し山河かな遍路来る」と共に、句集『春雷』(東京美術刊)の昭和三十二年の項に収録されている。同年四月二十六日に、虚子と立子は車で福岡から篠栗を経て飯塚に行ったが、新四国霊場の篠栗を通過する際に、お遍路さんの姿を見かけた虚子が「故郷の松山に似ている」とつぶやくのを聞いて、立子はこの句を詠んだという話が伝わっている。その夜の句会に投句された句ではないだろうか。

この句碑は最初の建立地から二回も移設されている。二回目の移転に触れた浦山柳亭および奥園克己の文(「冬野」昭和四十八年一月号所収)や、飯塚市歴史資料館の嶋田光一氏からの情報、句碑の現管理者北代実紀子氏からの情報等、諸情報を年月を追って整理してみよう。

○昭和三十二年夏、飯塚の俳人田中斐川と炭鉱事業家北代角之助氏の二人が上京した際に、鎌倉の虚子邸を訪問した。そのとき斐川が虚子に「北代さんに掛軸に出来る句を書いて戴けませんか。北代さんは仏様を大事にされる人です」と依頼した。それを受けて虚子が揮毫したのが「新涼の……」であった。この情報は、この句碑を彫った飯塚の俳人千代田景石（斐川に師事）から、北代家も代替わりしているからということで、現当主実紀子氏（建立者角之助氏の孫で、除幕をしたという）に渡されているメモによる。

○虚子と立子は昭和三十三年四月二十九日の門司市主催俳句大会（関門国道トンネル開通記念）に出席するため、二十六日に板付飛行場（現・福岡空港）着で九州入りした。少し早めに来たのは甘木市の要請で、二十七日の甘木と秋月の虚子句碑除幕式にも出るためである。飛行場から車で、篠栗・八木山を経由して飯塚へ（虚子の主治医田中憲二郎氏と田中斐川が同道）。納祖八幡宮参詣後、北代角之助邸（新飯塚）に着。その夜の句会には立子だけが出席。

○昭和三十三年七月に、句碑は新飯塚の北代邸〔注——市役所の南にある北代ビルの所にあった〕に建立された。この頃は、編著者はまだこの碑の存在を知らなかったので現地では見ていない。

○昭和三十年代の末頃と考えられるが、角之助氏は飯塚から篠栗へ越える八木山に竜王荘という旅館を建て、新飯塚の本邸から句碑を移設した。

○昭和四十二年、北代角之助氏死去（享年六十四歳）。

○編著者は昭和四十五年に竜王荘で、初めてこの句碑を確認した。裏面には次のように刻まれていた。

昭和三十三年四月二十六日

高浜虚子先生　星野立子先生　当邸御一泊記念　北代角之助建之

この裏面は、新飯塚の北代邸に建立された当時のままの文面と考えられる。「当邸」は、勿論竜王荘ではない。

○角之助氏死去の数年後、竜王荘を浦上朋二氏が購入。

○その後、竜王荘は浦上氏の手を離れ、跡地にドライブインが建設されることになった。

○昭和四十七年十一月五日に、唐津の浦山柳亭が句碑を見に寄って、句碑撤去の相談の場に行き合わせた。暫時の猶予を願い、福岡の小原菁々子に連絡。菁々子から飯塚の奥園克己へ、更に金本冬雲へと句碑保存の動きが急テンポに展開した。

○浦上氏より、飯塚文化連盟に句碑が寄贈される。都市計画課と句碑建立について協議し、旌忠（せいちゅう）公園に設置することが了承された。

○昭和四十七年十二月三日に句碑移転の式と記念句会が開催された。編著者は昭和五十二年に旌忠公園でこの碑を確認した。そして竜王荘で確認したときと、裏面に変更があることに気づいた。次の通りである。

　昭和三十三年四月二十六日　北代角之助氏邸に建てられしものを寄贈を受け当処に移す

　　昭和四十七年十二月三日　飯塚文化連合会

○平成六年（一九九四）十月六日、北代清一氏（角之助氏の娘婿。たまたま角之助氏と同姓）から飯塚文化連盟に句碑返却の要請がなされ、「少しでも市民の目に止まる所に」との条件付きで北代家の要請を受諾することになり、現在地へ移設。

○平成九年二月二十日に、清一氏は移設された句碑を見ることなく死去（享年八十二歳）。

○平成九年九月二十九日に除幕式。

碑本体の寸法は、高さ二・一メートル、幅一・一メートルである。

c　秋月城址の碑

濃紅葉に涙せき来る如何にせん　　虚子

写真54

【所在地】甘木市野鳥（のとり）　秋月城址
秋月城址の黒門を入ると、正面に垂裕（すいよう）神社の参道がある。その左に、広場を左に見下ろす位置にも道路がある。この道を進んでいると、右手に「秋月城之碑」がある。その前を右へ、斜面に沿って進むと河野静雲句碑（ほととぎす故き心をさそひ啼く）があり、その先にこの碑がある。

【裏面】高濱虚子先生昭和廿一年十一月十八日尊父池内庄四郎先生武者修行の跡を追慕し此地を訪はれたる時の御句　上野嘉太櫨　緒方無元
昭和三十三年四月廿七日建之　静雲識

【その他】昭和二十二年二月号の「ホトトギス」に、虚子は「父を恋ふ」という文を載せている。この句の背景が伺えるので、長くなるが、改造社版『父を恋ふ』（昭和22）から転載させていただく（編著者で、旧漢字を常用漢字に変え、促音を小文字に直した。以下の引用についても同様）。

自動車は闇夜の野道を突き進んで行きつゝあった。運転台に座ってゐた嘉太櫨（かたろう）君〔注——上野姓、二五三頁〕は、「お父さんは此道を通りなすったやうです。」と突然私に呼びかけた。私は嘉太櫨君の指さしてゐる方向を見ると、そこには二、三軒の人家が、私の乗ってゐる自動車の光りに照らし出されて、その人家の後ろから此往来に出てゐる道があることが判った。〔略〕

私は福岡の俳句会を済ませて今晩は甘木の嘉太櫨君の家に泊ることになってゐたので、嘉太櫨君に誘導されて自動車で運ばれてゐるところであった。

今から百年程前の話である。私の父が二十五歳の壮年の時であったが、竹刀一本を肩にして此の九州路に修業に来たことがあった。その時秋月藩に行った時に父の泊った伊勢屋といふ宿屋がいまは宿屋ではなくなってゐるが、その井戸や松はその儘残ってゐるから、今度私が福岡に来た序でにそれをも一見してはどうかという話があって、それを見ることになり、先づ秋月近くの甘木に一泊することになったのである。甘木の緒方無元君〔本書二六一頁〕などが其の父の足跡をよく調べてくれて、図にまでしてくれてその図を車中で一見しながら来たのである。〔略〕

自動車自身の明りの外は全く真暗な天地であった。私は自動車の尾灯の光でちらと見た其の三四軒の家の裏から出て来てゐた古道を目に焼きつけて、竹刀や道具を肩にして其処を通ってをる父の姿を描き出して見た。私は父の老後の子であるから父の若い姿を想像して見ることはむつかしかったが、兎に角芝居や艸草紙(くさぞうし)で見る武者修行の姿を描き出して見て独り思ひに耽った。

私は自動車の座席に落ち込むように腰をかけて独り追懐に耽りつゞけるのであったが、なんといふことなしに只父を恋ふ心持で一ぱいであった。十八歳の時に父を亡くしてからは二十代三十代と年をとって来るに従って、いつも親というものは懐かしい悲しい思い出であり、今になっても変るところがない。〔略〕老いた私は、父恋しの情にひたって、自らおのれを憐れむ心持になって涙が眼底に泌み出るのを覚えつゝ、だまりこくって座ってゐるのであった。〔略　その翌日〕

いよいよ秋月の町に入って見ると、其処は山に囲まれた城下町であって、五万石の小藩であったといふことであるが、殊に今は淋れてゐて物さびしいなつかしい処であった。私等は其城址に杖をとめて暫く低徊顧望した。城址も一面畑になってをるが、その城址に近い道場跡といふところも畑になってゐた。〔略〕私は一本の濃紅葉の下に突っ立ってゐた。昨夜の自動車の中での感情がよみがへって来て、此処でも亦涙のにじみ出て来るのを禁ずることが出来なかった。覚えず啜り泣きをしようとした。

　わが懐い落葉の音も乱すなよ
一枚の紅葉唯落つ静かさよ

濃紅葉に涙せき来る如何にせん

この後の部分は省略するが、暫く城址に佇んだ後、稽古場跡、藤田仲師範の屋敷跡、父が泊まった伊勢屋跡を回り、久留米へと向かったのである。「濃紅葉」は「こもみじ」と読むのであろう。

倉橋羊村著『人間虚子』（新潮社刊）三四－六頁から拾うと、虚子の父である松山藩士池内庄四郎（荘四郎とも）政忠（二十五歳）は、嘉永三年（一八五〇）三月九日（旧暦）に同藩の四人の剣士と共に秋月藩に入り、黒田甲斐守の剣術指南藤田仲の道場で二十四人と立ち合った。この武者修行の日記『池内荘四郎四国九州筋剣術試業中日記』は昭和十五年にホトトギス社より出版されているそうである。

なお、虚子の秋月訪問は、昭和二十一年十一月十七日の西日本新聞社講堂における「ホトトギス六百号記念九州俳句大会」の翌日、実現したものである。

碑は全高二・一三メートル、幅〇・六八メートル。

d　仏心寺の碑

帯塚は刻山裾に明易き　　虚子

写真55

【所在地】太宰府市観世音寺四－三－一　仏心寺

都府楼跡の東南端にある太宰府展示館の右上手に仏心寺はある。

【裏面】昭和三十六年三月十日　城谷文城　片岡片々子　一田牛畝

【その他】まず、この碑のある仏心寺について触れておきたい。「虚子堂佛心寺縁起」と銘打った案内板があるので、それを書き写す（平成7・12・10書写）。

昭和二十四年、ホトトギス同人、時宗の僧河野静雲は、此の月山の敷地を柳川の同人木下三丘子の嗣子木下潤氏より、俳句の道場を建立せんものと提供されてこの地に庵を結ぶ。

河野静雲の師高浜虚子は太宰府をこよなく愛し道場建立に尽力、多くの掛軸用の句を揮毫されて、その浄財と全俳人貧者の一燈を捧げて此の寺を建立される。

高浜虚子より寺名を「花鳥山佛心寺」と名付けられ、又、御堂を〝虚子堂〟とされた。松尾芭蕉、正岡子規、高浜虚子との流れを汲む西日本唯一の俳句の道場であり、又、ホトトギス派の本山としてその名を留めている。

高浜虚子愛用の帯をこの地に埋め、帯塚として俳人達の崇敬を集めております。

小原菁々子聞書『俳諧求道』（西日本新聞社刊）一三六頁には、ある事情で「いつやら第三者名義となり、俳諧寺は失われた」と述べられている。

〔注──同書二五四頁には「時代の変遷で別人所有となったが、帯塚、虚子句碑ほか、静雲墓塔等は境内に保存されている」という記述がある〕

敷地内の建物は、東から庫裡・聖霊堂・虚子堂と並んでいて、その前に、妻恋地蔵・子助地蔵・木下三丘子句碑・延命地蔵・河野静雲句碑（病中吟）・稲畑汀子句碑・星野立子句碑・花鳥諷詠 文殊菩薩・河野静雲句碑（あかつきの……）・五重塔・静雲筆塚・高浜年尾句碑・高浜虚子句碑・高木晴子句碑・帯塚と、東から西へ並んでいる。

さて、この句に詠まれている帯塚については、虚子の小説「古帯」（毎日新聞社版『定本 高濱虚子全集』では第七巻所収）を読むとその経緯が分かる。俳人河野静雲（一七八頁）・田中斐川（二四九頁）・小原菁々子（一八五頁）が実名で登場する。初出は、句誌「玉藻」の昭和二十八年十一月号から昭和三十年四月号まで七回、「ホトトギス」誌上に五回掲載されるという変則的な発表であった。梗概を次のようにまとめてみた。

私は使い古したものはある限界まで、そのまま用いることにしている。帯も、二、三十年前に博多の人からもらったものを愛用してきたが、両端がほつれてきた。そこで両端を切り取って使っている。もともとは腰に三回廻して締めていたが、切り取って短くなったので二回しか廻らない。それに慣れて、かえって便利である。しかし、最近は折り山のところが二つに裂けてきたので、そこを縫い合せてくれるよう女中に頼んだ。ところが、妻が新しいものに替えよと言うので、女中も自分の部屋に放置している。それであきらめて、そのまま返してもらってそのまま使っていた。ある日、裁縫の得意な孫が来たので頼んだが、老妻の「およしよ」の一言で話題は変わってしまった。この小説の連載が始まったので、読んだ人から、女中に繕ってあげてくれという手紙や、当方で繕いますという手紙がきたりした。その度に老妻の機嫌が悪くなる始末。あるとき福岡の田中斐川君が来た。都府楼址の句碑の除幕式に病気で行けなかったので、その時のことや同日行われた虚子堂落慶式の報告が主たる用事であった。虚子堂に安置された富永朝堂氏作の虚子木像が彫られるときも、件（くだん）の帯を締めてモデルになったことを思い出し、愛用の古帯を仏心寺の裏の椎の木の根元にでも埋めてもらうよう静雲和尚に頼んでほしいと話し、帯を田中君に託した。帯は直ぐには埋められず、多くの人に語られ、帯塚建立の話や永久に腐食しない処置を講ずる等の話が私の耳にも入った。私は、建立などという大袈裟なことは考えず、漬物の重し石でも置いてもらえば結構だから、一日も早く埋めてほしいと手紙で頼んだ。結局、一年ばかり道草を食ったが、漸く土中に葬ってもらえた。後日、静雲和尚と菁々子君とが来て、古帯を埋める場所が決まらず延引したこと、貝原益軒先生誕生の地にあった石をもらって、それに帯塚の文字を刻したということを話した。

『俳諧求道』に「『古帯』の物語」という一項があり、次のような一節がある。

静雲先生ご長女柴田慎子さんの婚家本宅の庭でかっこうの石が見つかり「帯塚」と彫り、虚子堂裏の月山とも刻山（とき）とも呼ぶ山の椎の木三本の樹下に据えた。

石の下に古帯はビニールに包み、小さなつぼに消し炭とともに入れて埋めた。

帯塚は仏心寺境内の最奥、虚子堂横にある。表に「虚子　帯塚」、裏に「中田みづほ書」と刻まれている。高さ六五センチ、幅一メートルの自然石である。

太宰府市総務部企画課編『わがまち散策』第二巻一六五頁によると、「四月八日の虚子忌には、毎年各地の俳人が集まり虚子を偲び帯塚にまいる」そうである。

この句に詠まれている「刻山」について触れておきたい。石井近義執筆の「浮羽の文学碑」（浮羽古文化財保存会誌「宇枳波（うきは）」第五号）七二頁、静雲の紹介文の一節に次のように書かれている。

　昭和二十四年八月、筑紫郡太宰府町字観世音寺月山に、花鳥山仏心寺を創建してその住職となり今日に至っている〔注――本誌は昭和三十九年刊〕。月山は今から千三百余年の昔、天智天皇がはじめて漏刻台を造られた由緒深い丘で、時山（虚子は刻山（ときやま）の文字を用いた）ともいう。

虚子がこの句をいつ詠んだかということだが、そのことに触れた資料としては日本伝統俳句協会機関誌「花鳥諷詠」一五六号（平成十三年三月号、四〇頁）しか編著者は知らないが、それによると「昭和二十九年虚子は仏心寺に遊吟しこの句を残したとのこと」とあるが、疑問が残る。というのは、「古帯」の最終回は昭和三十年四月号（「玉藻」）であるが、主人公「私」（虚子）が塚を見たと思わせる記述は皆無である。十一回（昭和三十年二月号「ホトトギス」）に「奥園克巳氏から写真を送って呉れた」とあり、末尾に「斐川君が先日上京の序でに宅に見えて、委細の報告があった。其時、何時来るかといふことであったので、来年の五六月頃には行けるかもしれぬ、といふ話をした」とある。だから、最終回の三十年四月号の原稿を書く時点では、まだ帯塚を見ていないと思われる。

その後、虚子は三十年五月に星野立子を伴って二日市の玉泉館に来ているから、その折に仏心寺まで足を延ばした可能性が高いと思う。そして、その可能性を裏書きする句に編著者は出会った。それは、句碑を建立した一人である城谷文城（しろたにぶんじょう）〔本書二三二頁〕の第三句集『麁原（そはら）』（私家版）所収の句である。三十年の項に「虚子先生をお迎えして」との詞書を添えた「虚子堂に端居の如く虚子在す」という句である。

この碑の裏面には三人の俳人名が刻まれているが、この三人が同時に「ホトトギス」同人になったのを記念しての建立である。

碑は全高一・五三メートル、幅〇・三四メートル。

他に十三基の高浜虚子句碑を確認している。地域別一覧で、北九州市門司区（二基）、飯塚市、福岡市西区、筑紫野市、甘木市（四基）、朝倉郡杷木町、久留米市、うきは市、柳川市の項を参照されたい。

(2) 大谷句仏

明治八年（一八七五）―昭和十八年（一九四三）。真宗大谷派（東本願寺）の法主の家に生まれた。本名光演。明治十七年に得度し、同四十一年に第二十三世管長となる。東京遊学中の同三十一年、「ホトトギス」を読み、正岡子規に傾倒。同三十六年、京に帰り、翌々年から京都満月会の機関誌「懸葵」の主宰となり、没年までその育成に努めた。句風は最初、河東碧梧桐の影響を受けたが、彼が新傾向俳句を唱えるようになったので離れ、独自の句風を展開した。その後、宗門の財政基盤確立を目論んで経済界に手を出し、結果的に宗門に大被害をもたらした。そのため、大正十四年（一九二五）に本願寺住職の地位を失い、昭和四年には僧籍剥奪処分を受けた。同十年に復籍をし、自由の身となった。句集に『夢の跡』、『我は我』があり、没後、『句仏上人俳句鈔』（十三回忌記念）、『句仏句集』（十七回忌記念）が刊行された。

潜彰房か辞任して帰國するに
名物の柿喰ひに行くか羨まし　　句佛

写真56

【所在地】久留米市田主丸町地徳一八五九　雲遊寺
県道一五一号線（浮羽・草野・久留米線）「大慶寺」バス停より山手へ二〇〇メートルほど上がると、右手に寺がある。本堂に向かって左手の小高い所に鐘楼があり、その傍らに碑がある。
【裏面】昭和十四年十月廿九日建之　井波潜彰　千枝
【その他】浮羽郡古文化財保存会誌「宇枳波」第五号（浮羽の文学碑）に、この碑の解説を石井近義氏が次のように書いている。

潜彰房は〔略〕長い間東本願寺の役僧を勤め、京城・熊本・越後等の分院に勤務した。最後の越後分院を辞して帰国するにあたり、管長句仏上人に暇乞いに行った時、惜別の情をこめて贈られたのがこの句である。句にある通りこの地方一帯は、古くから柿の名産地として知られている。〔略〕
かつて句仏上人が久留米から大分へ、自動車を駆って下の国道を通過した際、途中でこの寺から元山柿を献じた〔注――今は当地は富有柿の産地だが、当時は元山柿が有名だった〕所、宿舎で賞味して殊の外上機嫌であったという。この記憶が句仏上人の別離の句となったもので、潜彰夫妻にとっては忘れ難い心のこもった贈り物であり、柿の産地である当地方にとっても、光栄ある句である。

この碑をとりあげている「西日本新聞」夕刊（昭和44・3・6）の連載「石の声」によると、「これは雲遊寺十一世の住職・井波潜彰師が、大正十三年九月、東本願寺の滋賀県長浜別院輪番の任を辞して帰国するとき、管長だった句仏上人が潜彰師に贈った句である。（略）『名物の柿喰ひに行くか』に、作者の気持ちの動きが端的にうかがわれ、結句の『羨まし』が句を引きしめ、惜別の情愛を強めている。文字は句仏上人の筆跡」である。裏面に「妻の千枝さんの名をともに記したところに、老僧の師に対する敬慕の姿をうかがうことができる」。

潜彰房は昭和十四年没。七十四歳であった。

碑は花崗岩の切石で、高さ一・四五メートル、幅〇・三メートルである。

他に大谷句仏句碑（併刻碑を含む）が、飯塚市、田川郡方城町、久留米市、うきは市にある。地域別一覧参照。

(3) 清原枴童（かいどう）とその門人

① 清原枴童

明治十五年（一八八二）―昭和二十三年（一九四八）。那珂（なか）郡警固（けご）村（現・福岡市中央区警固）生まれ。本名伊勢雄。俳句は明治三十七年に伊形青楓（九州日報俳壇選者）に手ほどきを受け、「ホトトギス」に投句を始めた。大正二年（一九一三）に上京して高浜虚子に師事。同四年、博多毎日新聞社に入社。同紙に俳句欄を創設し、選を担当。同十四年、俳誌「木犀」を創刊。昭和二年、朝鮮の木浦（モッポ）で創刊された俳誌「かりたご」の雑詠選者となる。木浦俳句会の懇請により、同三年、木浦新報社に入社し、全朝鮮俳壇に活気を吹き込んだ。同五年にホトトギス同人に推された。同十三年、病気により帰郷。同十四年、八幡で句誌「木の實（こ）」を発刊し、雑詠選者となる。同二十年六月の福岡大空襲で自宅焼失。翌年、筑紫郡大野町瓦田（現・大野城市瓦田）に移住し、落ち着いて句作活動に入った。句集に『枴童句集』（昭和9）、『枯蘆』（昭和18）などがあり、昭和五十五年、『清原枴童全句集』一巻にまとめられた。

心太山の緑にすゝりけり　　杩童

写真57

【所在地】北九州市八幡東区河内二丁目　河内貯水池畔

河内貯水池の西岸の南の方に河内小学校前というバス停がある。その先で道路は二つに分かれるが、左へ貯水池沿いの道を進むとすぐに、左側に（貯水池と道路に挟まれて）観音堂がある。境内の左手には種田山頭火句碑（三〇八頁）があり、右手に杩童句碑がある。

【裏面】昭和二十四年五月　　木の實句會建之

【副碑】ところてん（心天）山のみどり（緑）にすすりけり　　清原杩童先生句碑

【その他】この碑は杩童の第一号句碑として、一周忌直前の昭和二十四年五月三日に建立されたものである。本田幸信著『北九州近代俳人評伝』（私家版）一三頁に、この句碑について次の記述がある。

この句は、昭和十四年四月二十九日、杩童が地元の「木の実」句会の人達と河内貯水池に吟行したときに作った句である。この句碑はもともと最初は山水屋の前に建立されたが、道路の拡張で移転遷座となり、現在の新日鉄保養所下の観音堂境内に移されたものである。この河内貯水池は八幡駅の南西五キロメートル、大蔵川渓谷にある人造湖で、昭和二年に八幡製鉄所の工業用水確保のために築堤された。周囲八キロメートル、澄んだ湖水に白鳥の姿が美しい。

心太（ところてん）の句といえば、日野草城の、

ところてん煙の如く沈み居り　　草城（大正11年）

の句を思い出す。ただ「沈み居り」では平凡であるが、「煙の如く」で秀句となっている。如くという比喩

は、この際、なくてはならないこの句の芯である。枴童の句も「山のみどりに」が芯をなしている。水に沈めて乳白色、半透明のところてんほど存在の茫莫〔ママ〕として、哀れでたよりないものはない。それを一気にすりこむ。いかにも夏らしい景物で感受性にあふれた句である。枴童の句には珍らしく清新大胆な句といえよう。花鳥諷詠のきびしい枠の中にあっても、自在であり、抒情豊かな句である。作句に対する積極的な姿勢を感じとって嬉しくなるのである。葉桜の頃の河内貯水池畔の水蔭の茶店でところてんを食べた句会の雰囲気がよみがえってくるのである。「すすりけり」の新鮮な叙法にも驚嘆した。

ただ後で気づいたことだが、この句、昭和十四年四月の作ながら発表は、昭和十八年の「俳諧」「駒牽」誌上であることで、実作から発表までの推敲のきびしさを知らされる思いである。

〔注──『俳文学大辞典』によると、「俳諧」は昭和十三年に「ホトトギス」五〇〇号記念事業の一つとして創刊された句誌で、高浜年尾の編集発行。誌名の表記は「誹諧」。「駒牽」は昭和十年に盛岡市で創刊された俳誌で、選者は枴童。誌名は仮名書きで「こまひき」。この句の初出時は、「心太山のみどりに啜りけり」という表記であったという（俳誌「木の実」通巻四〇〇号の上原朝城執筆「枴童先生追憶」による）〕

句碑の遷座については、枴童門の原三猿子が主宰する俳誌「夏萩」六五号（昭和56・10）にも次のように触れられている。

爾来幾星霜、ダムの周辺も開発され、この句碑の周辺にも茶店などが建ち込み、句碑の地として環境がそこなはれて来て、現在木の実を主宰されてゐる向野楠葉先生又同誌同人吉田一穂先生方の御尽力に依り誌齢四百号記念事業の一つとして、この句碑を南河内の観音堂境内の浄地に遷座されることになり、その遷座の神事と記念俳句大会が九月十三日〔注──昭和五十六年〕に現地で厳粛盛大に行はれた。

碑は全高一・九メートル、幅〇・四五メートルである。

他に清原枴童の句碑が、福岡市中央区、太宰府市、朝倉郡朝倉町、うきは市にある。地域別一覧を参照されたい。

② 原三猿郎（さんえんろう）

明治二十年（一八八七）－昭和五年（一九三〇）。浮羽郡江南（えなみ）村小向（現・うきは市吉井町江南）生まれ。本名丈一郎。浮羽郡内の小学校の教師であったが、大正十三年（一九二四）に朝鮮木浦（モッポ）の小学校に出向。少年時代から文学に親しみ、吉岡禅寺洞や清原枴童の指導を受けて句作に精進。早くから宮原紫川郎と共に句会「朗々会」を起こし、旧浮羽郡地方のホトトギス派俳句振興の推進力となり、後進の指導にも努めた。その作品は「天の川」、「木犀」、「ホトトギス」等に投稿した。「ホトトギス」では虚子選の雑詠に度々入選した。木浦に移って後、句誌「かりたご」を創刊し、後に枴童を招聘して雑詠選を請い、朝鮮の人にも俳句を浸透させた。

> 古里や朱欒の花にほとゝぎす　　三猿郎

写真58

【所在地】 うきは市吉井町富永　百年公園

吉井警察署の西側の道路を南進し、JRの久大本線を越えて進むと、道がY字形に分かれる。どちらを進んでも、耳納山麓を東西に走る県道一五一号線（浮羽・草野・久留米線）に出るが、右へ進んで出る地点と左へ進んで出る地点の中間に、「百年公園入口」の標識がある。そこから山の方へ立派な道路を六〇〇メートルほど進むと公園のゲートがある。野外ステージ西側に芝生の広場があり、北端に三基の碑が飛び飛びに建てられている。西から高浜年尾句碑、原三猿郎句碑、原三猿子句碑である。

【裏面】 三猿郎拾七年忌　　昭和弐拾壱年六月拾八日建之　　すひかづら社　　原三猿子

【その他】 浮羽古文化財保存会誌「宇枳波（うきは）」第五号（浮羽の文学碑）六五頁によると、もともとは三猿郎の出身地である江南村小向に建てられた。除幕式には清原枴童も参列し、にぎやかな追悼句会が催されたという。昭和三十六年に建立者（三猿郎の長男。次項参照）が吉井町扇島に転居する際に、この句碑も同所に移転されていた。そして、平成十年（一九九八）頃、三猿子の八王子市移住にともなって現在地に再度移転された。

「宇枳波」第五号の解説（執筆者・石井近義）を引用させていただく。

　碑面の文字は故人の短尺（たんじゃく）から拡大されたもので、句は木浦での作、ホトトギス雑詠に入選したものである。改造社版『俳諧歳時記』夏の部「朱欒（ざぼん）の花」の例句に載せてあり、又改造社の『俳句三代集』にも入集している。

　朱欒（ざぼん）はじゃぼんともいい、ポルトガル語ザンボアのなまったものである。暖地特有のもので、当地方では別段珍しくもないが、東京以北あたりの人には、非常に珍重される。

　この句には遠く異郷に在って、首夏〔注――「初夏」の意〕の候この南国的季語をとおして、故郷の風物に寄せた追憶が、淡い郷愁となって巧みに表現されている。

碑は全高〇・九五メートル、幅〇・六メートル。

③　原三猿子（さんえんし）

大正三年（一九一四）―。現・うきは市吉井町生まれ。本名徹。父三猿郎と交流のあった杉田久女の指導を受けて俳句の道に入る。その頃、俳誌「やまたろ」の創刊に参画。昭和十年（一九三五）、朝鮮に渡り木浦（モッポ）新報社に入社。それ以来、同社文芸部長清原枴童の指導を受けた。後、同社の編集長となる。同十六年から、軍の報道班員として従軍。終戦で、家族とともに生家に引き揚げる。病気で福岡市に帰っていた師清原枴童のために、木浦引揚げの俳人に呼びかけて同二十一年、俳誌「忍冬（すいかずら）」創刊。師没後、高浜年尾の指導を受けるようになる。同四十四年にホトトギス同人となる。同五十年、夏萩庵ホトトギス句会を主宰。俳誌「夏萩」を出す（平成八年四月号で終刊）。同五十二年に句集『夏萩』を刊行。平成元年（一九八九）には福岡県教育文化功労賞受賞。日本伝統俳句協会評議員、同会九州支部顧問、同会福岡県部会顧問。平成十七年現在、高齢で故郷を離れている（八王子市在住）とはいえ、「西日本新聞」の「読者文芸」欄に「原三猿子選」の句が掲載されている。

名水を頒つ生活や豊の秋　　三猿子

写真59

【所在地】うきは市浮羽町山北一九四一　清水寺

国道二一〇号線の「山北」バス停の二〇〇メートルほど東方の江藤石材作業所東側より右折し、田園風景の中を三〇〇メートルほど進むと寺に着く。碑は境内東部の湧水近くにある。玉井養純漢詩碑も近くにある。

【裏面】平成元年八月吉日建之　浮羽町ホトトギス會

【副碑】〔表〕原三猿子句碑

〔裏〕ホトトギス同人　平成元年福岡県教育文化功労賞受彰

【その他】句碑を建立した「浮羽町ホトトギス会」は、昭和五十二年から三猿子が指導してきた句会である。句の読みは「名水を頒つ生活や豊の秋」である。除幕式は、平成元年（一九八九）九月二十八日に清水寺の碑前で行われた。

当日の秦一路氏（浮羽町ホトトギス会会長）の祝辞（「夏萩」一六一号所収）によると、この句は、昭和六十年に、清水寺の湧水が環境庁の「名水百選」に指定されたときの詠で、傍らの肥後椿と夏萩は、吉井の夏萩庵（三猿子旧居）より移植したものだという。

全高〇・七三メートル、幅〇・八三メートル。碑石は、同町を流れる隈上川産。

他に原三猿子句碑が朝倉郡杷木町、三井郡大刀洗町、うきは市（二基）にある。地域別一覧参照。

(4) 酒井黙禅（さかいもくぜん）

明治十六年（一八八三）―昭和四十七年（一九七二）。現・筑後市下北島生まれ。本名下川和太郎。十七歳のときに大川市の医師酒井家の養子となる。明治四十五年、東京千代田生命保険相互会社審査医長に就任。大正九年（一九二〇）、初代松山赤十字病院長に就任（昭和二十三年まで勤続）。大正八年に長谷川零余子（れいよし）の指導を受けて俳句の道に入り、やがて高浜虚子に師事。同十二年、「ホトトギス」同人に推され課題選者となる。昭和十七年、戦時中の措置として愛媛県の全俳誌が廃刊となる。統合俳誌「茎立（くくたち）」の創刊に係わる。俳誌「柿」（愛媛ホトトギス会機関紙）を昭和二十一年に創刊し、同二十三年三月まで主宰した。同二十四年から同四十六年十二月まで、俳誌「峠」の雑詠選者を務めた。愛媛新聞文化賞受賞（昭和30）、愛媛県教育文化賞受賞（昭和35）。句集に『後の月』（昭和18）、『一日一花』（昭和42、48再刊）、『続後の月』（昭和42）がある。

古里の土暖く稲の花　　黙禅

写真60

【所在地】 筑後市水田（みずた）　水田天満宮

JR鹿児島本線羽犬塚駅南側のループ橋西側から南西に延びる県道七〇三号線（柳川・筑後線）を行くと、信号機標識「水田」の交差点がある。そこから右へ行くと直ぐに天満宮入口がある。碑は本殿左手池の北側にある。

【裏面】 昭和卅四年十月廿五日　　水田天満宮連歌会建之

【副碑】 畧暦

酒井黙禅　本名和太郎　明治十六年三月下北島生　下川儀八次男　後大川市酒井元醫師養嗣　明治四十二年東京帝國大學卒業　青山胤通先生門下　大正七年醫学博士　同九年松山赤十字病院長　同名譽院長　高濱虛子高弟　ホトトギス同人　峠選者

〔副碑裏面〕句碑建立世話人　會長　下川秀樹　〔世話人三十四人の氏名は省略〕　石工　松下藤作

【その他】 この句は酒井黙禅著『一日一花』（黙禅句集刊行会）の、「九月一日　いね」に収録されている。

『一日一花』については、著者の、「この句集は、季節に伴い、年頭から歳末に至るまで、季節順を追うて、草木の花を配列することに力(つと)めて居る」という解説がある。収録句が三百六十六句であるのは、二月二十九日の項も設定されているからである。因に、出版の翌年（昭和43）が閏年(うるうどし)である。

碑は全高二・一五メートル、幅一・四メートル。

他に酒井黙禅句碑が大川市（三基）、柳川市にある。地域別一覧を参照されたい。

(5)　飯田蛇笏(だこつ)・龍太の門人

大岡信編『新 折々のうた 7』の「作者略歴」から、飯田蛇笏と飯田龍太を転載させていただく。

飯田蛇笏（一八八五－一九六二）　俳人。山梨県東八代郡境川村に旧地主の長男として生れる。早稲田大学文科に学ぶが、生家の要請で郷里に戻る。「ホトトギス」の代表的俳人の一人。「雲母(うんも)」を創刊して、姿勢正しい独自の句境を展開。『山廬集』、『山響集』など。
飯田龍太（一九二〇－）俳人。山梨県生れ。蛇笏の四男。第一句集『百戸の谿』で「颯爽たる覇気を蔵する」（秋桜子）と称されて登場。蛇笏没後「雲母」主宰、平成四年終刊。句集『忘音』、『山の木』、『遅速』他。俳論、随筆の著作も多い。

飯田父子の句碑は福岡県内には無いので、その流れを汲む俳人の句碑について記述する。

①　**今長谷蘭山**

明治四十四年（一九一一）－昭和四十六年（一九七一）。糟屋郡篠栗町生まれ。十二歳で糸島郡の臨済宗徳門寺の徒弟となり、出家得度。臨済宗妙心寺僧堂の師家近藤文光老師の弟子。昭和二十六年、福岡市御供所町の幻住庵第十六世住職となる。俳句は昭和二十四年から親友の勧めにより飯田蛇笏の俳誌「雲母」に投句を始め、同三十七年に同誌の同人に推された。幻住庵住山後、雲母福岡支社を復興し、指導にあたる。没後の同四十八年に『蘭山句集』が雲母社から刊行された。その「あとがき」（執筆者・今長谷見沙）によると、句作の他に篆刻、書、茶杓けずり等、広い趣味の持ち主であったようである。『日本画　その伝統と近代の息吹き』展（昭和57。福岡県文化会館主催）図録所収「福岡県近代日本画家総覧」に蘭山は収録されており、「禅機に富む水墨画をよくする」と紹介されている。

地にかへる日々の落葉をあかず掃く　　蘭山

写真61

【所在地】福岡市博多区御供所町七－一　幻住庵

聖福寺の裏通りに幻住庵はある。碑は山門を入って右手へ行く通路沿いに、石像達磨（だるま）立像と並んで建てられている。

【その他】 この句は『蘭山句集』（今長谷見沙編、雲母社刊）所収で、昭和四十年の作。幻住庵の教示によると、昭和四十九年に当時の「雲母」主宰飯田龍太に選句を依頼し、同年十二月に建立された。建立者は蘭山和尚の義弟ということである。

② 岸秋渓子（しゅうけいし）

大正二年（一九一三）―昭和五十三年（一九七八）。現・宗像市野坂の西福寺の長男として生まれた。本名秀一。大学卒業後、小学校に勤務したが、翌年には福岡歩兵隊入隊。満州に派遣されたが、胸膜炎のため陸軍病院で療養。その間に俳句に専心する決意をし、「馬酔木（あしび）」や「雲母」に投句。昭和十五年、召集解除で小学校に復帰。同年八月から県立門司高等女学校教諭となる。同十七年、再度の召集でビルマへ。同二十年、現地で終戦を迎え、捕虜となる。翌年、内地に送還され、門司高女に復職。「雲母」に投句再開。同二十四年に直方高校に転任。昭和二十八年、「雲母」同人となる。同年、雲母筑豊支社を創立（四十二年より北九州支社と改称）。同三十五年より校長職となり、同四十八年に定年退職。同四十九年、雲母九州地区連絡協議会発起人会で幹事長となり、同五十一年から会長。句集に『日輪』（昭和37）、『道』（昭和41）、『花野』（妻美江との共著。昭和47）がある。没後、句集『四温の石』（昭和54）、追悼文集『春落葉』（昭和54）が出版された。

一佛のまろび給へる雪の上　　秋渓子

写真62

【所在地】 嘉穂郡稲築町山野　須賀神社の丘

国道二一一号線の「山野」バス停近くの信号機の所から西向きに入り、南方向へ二六〇メートルほど進むと右手に若八幡宮がある。そこから「稲築町文化ふれあい伝承館」を経て一三〇メートルほど南へ行くと須賀神社がある。その西側の丘に、県指定有形民俗文化財の山野石像群五百羅漢が風化防止の建物の中に保存されている。句碑はその石段下にある。

【裏面】 岸秋溪子　飯田蛇笏門　稲築高等学校長としてこの地に住む

昭和五十三年一月吉日　むつれ句会一同建立

【その他】 秋溪子句集『四温の石』（東京竹頭社刊）の昭和五十一年の項に収録されている。

帆足亀孫子は「ふるさとの句碑を訪ねて 一三三」（『月刊嘉麻の里』平成九年九月号所収）で、この句を次のように鑑賞している。

風雪に耐えかね転倒した羅漢像の一体を「一佛」の具象として捉え、「まろび給へる」の措辞は、作者があたかも寝釈迦に注ぐまなざしのような想念が感ぜられ、「雪」の季語がより一層美的感動を触発する。深い想いのこめられた俳味豊かな作品である。

詠まれている仏様は、当地山野の石仏ではない。この句が出来たときのことを桂秀草（鞍手郡宮田町）が、次のように回想している（岸秋溪子追悼文集『春落葉』六一頁所収）。

五十一年二月甲府の雲母全国大会のあと、先生と大塚石刀〔本書三五〇頁〕さんと三人で、最初の信州旅行をしました。この時の大きな思い出は、

一仏のまろび給へる雪の上　秋溪子

の生まれた修那羅（しゅなら）山の景色である。この日の修那羅山周辺の山々は霞の中につつまれ、山頂附近にはまだ雪が残っておりました。社殿の裏の小径の雪の上に小さな一体の仏が、雪解けのため土がゆるんで径の上に転んでおりました。これを抱きおこしてもとの位置に直したのが石刀さんであり、上記の句をとらえたのが先

生であった。先生の暖かい目が、鋭く目の底にとらえ一句をなした眼力には恐れ入りました。

この一仏の句が後日雲母集の巻頭となり、先生は大変よろこんでおられ、私にとりましても感慨深いものがありました。

〔注――交通公社の新日本ガイド『信州 飛騨 木曽』改訂版（昭和53）五三頁所収の「修那羅峠の石仏群」によると、長野県小県（ちいさがた）郡青木村と東筑摩郡坂井村にまたがる峠で、石仏群は「峠から、尾根を西へ六〇〇メートル登った安宮（やすみや）神社の境内裏にある。小道に並ぶ約八六〇体の石仏は、幕末から明治の初めに村人が奉納したもの」だという〕

碑は高さ一・三四メートル、幅〇・七メートル。

他に、秋溪子句碑を県内で八基確認した（北九州市門司区、遠賀郡岡垣町、鞍手郡小竹町二基、同宮田町二基、嘉穂郡頴田町、大牟田市）。現地での確認未了の二基（遠賀郡岡垣町、嘉穂郡嘉穂町）も含めて地域別一覧を参照されたい。

③ 川端京子

陽の中の茶の花月日惜しみけり　　京子

写真63

【所在地】 北九州市門司区羽山二－一二　北九州市水道局小森江配水池

JR小森江駅から国道三号線に出て、左折してしばらく行くと、右側に市立門司病院の駐車場がある。その手前から斜め右の方向へ一直線に延びている道路がある。その道を進むと旧門司商業高校正門に至る。その裏手に小森江公園があり、林芙美子詩碑（四三二頁）がある。背後の道路の向こう側が北九州市水道局である。

【裏面】川端京子

大正十四年八月十一日、大塚翠城の長女として、企救郡松ケ江村に生る。門司高女在学中、岸秋溪子の指導により俳句を始む。昭和十七年、川端善久と結婚。昭和二十八年創立の雲母筑豊支社の中堅作家として活躍。昭和三十五年、飯田蛇笏の推薦により毎日俳壇賞を受く。この頃度々「雲母」の巻頭を占む。昭和三十七年雲母同人。昭和四十一年、表記の句が飯田龍太の特選一席となる。北九州俳句協会、門司俳句協会の役員として活躍すると共に、門司に新葉句会、青葉台句会を創設して後進の指導にあたる。昭和四十四年十二月二十七日、交通事故のため急逝。享年四十四。

法名　正行院釋妙浄大姉

【左面】昭和四十五年十二月二十七日

雲母北九州支社一同　川端善久　建之

【その他】作者については、裏面の文に概略が示されているので改めて述べることはしないが、本田幸信著『北九州近代俳人評伝』（私家版）によって若干の補足をしておく。

結婚後、門司の小森江の婚家に住んでいたが、そこは風師山西麓で、句碑が最初に建てられたのは川端家の持山（通称椿山）である。

碑に刻まれている句は、昭和四十一年（一九六六）十一月二十日の雲母京都支社創立三十周年記念俳句大会（於京都国際会館）で、飯田龍太特選一席を得た句であるが、下関市長府の笑山寺で作られたものだという。「自分の運命を漠然と予感していたようなさびしさと惜別の情がこれらの句にはただよっているようである」と本田氏は述べている。

松ケ江の生家に母を訪ねた帰途、その家の前で交通事故にあい急逝した。没後の昭和四十五年、遺句集『白衿』（牧羊社「現代女流俳句選集 3」）が出版された。

この碑は二度、移転をしている。最初は北九州市門司区羽山二丁目七番（通称椿山）に建立されていた（編著者は昭和五十三年に確認）。ところが、平成九年発行の轟良子著『北九州文学散歩』（西日本新聞社刊）の「北九州市にある文学碑一覧」で、北九州市門司区南本町一－八 メゾン川端の敷地内に移転していることを知り、平成十二年（二〇〇〇）に現地で確認をした。そして、平成十六年四月十九日の「朝日新聞」に、「句碑がたどった数奇な運命」の見出しで、この句碑の二度目の移転が報じられた。移転の経緯にも触れられているので、抜粋して紹介しよう。


〔略〕その後、建立地〔注――椿山〕が公園用地として買収され、句碑は京子さんの長男が所有するマンションの敷地に移された。しかし4年前、家業の鉄工所が倒産したため、建物と敷地を手放さざるを得なかった。遺族には句碑を移設できる場所もなく、金銭的な余裕もない。どうなるかわからない状態が続いた。

それを聞いた近くに住む材木店経営、吉崎修司さん（64）が遺族に移設を申し入れた。句碑が最初に建てられた場所が吉崎さんの散歩コースで、句碑を見て初めて川端さんを知り、「地元にこんな人がおったのか」と感心したのだという。

〔略〕吉崎さんは市水道局にかけあい、関門海峡を望む高台にある小森江配水池への移設を認めてもらった。以前から立つ林芙美子の文学碑の隣だ。撤去、運搬、台座づくりなど、費用は吉崎さんが全額負担した。

〔略〕

新しい所在地にはまだ確認に行っていないので、新聞の記述を参考にして所在地の欄を書いたが、「小森江配水地」がどこなのか地図上で特定出来ていない。地図には、「小森江浄水場」はあっても新聞に書かれている「小森江配水池」というのは載っていない。「林芙美子文学碑の隣」と書かれているので、これを目標にいずれ行ってみたい。

碑は、幅〇・八メートル。土台も含んだ全高は、第一の場所では一・三メートル、第二の場所では一・七五メートルであった。第三の場所での土台の高さが分からないが、碑本体（竿石）の高さは一・四メートルである。

④　高千穂峰女

明治二十八年（一八九五）―昭和六十二年（一九八七）。田川市生まれ。本名ユキヱ。英彦山神社宮司高千穂俊麿と結婚。昭和四年、英彦山での俳句大会で初めて投句。杉田久女の勧めで俳句への興味を深めた。同八年、吉岡禅寺洞主宰の「天の川」に加入（当時の号は白百合）。同三十年には飯田蛇笏主宰「雲母」に加入。次いで同三十六年には石原八束（やつか）主宰の「秋」（「雲母」系）に同人として参加。還暦句集『日子（ひこ）のかげ』（昭和30）の他、句集に『磐境（いわさか）』（昭和39）、『祀り』（昭和51）がある。また、これら三句集からの選集として『彦のみやしろ』も刊行している。没後、遺族により追悼句集『花散るばかり』（昭和63）が編まれた。

> 鳥翔つや孤もおほ（ぼ）ろなる嶺の涯　　峰女

写真64

【所在地】 田川郡添田町英彦山鷹巣原三一一―一六　英彦山野営場

国道五〇〇号線の、「別所」駐車場から豊前坊へ向かう途中の、右手に広がる鷹巣原スキー場の一画に野営場があり、国道に面した入口近くに碑がある。別所より一・五キロの地点である。左側に児玉南章句碑が、右手奥の管理棟前には種田山頭火句碑がある。「別所」駐車場の分岐点は紛らわしい。右（南）は「神宮下」バス終点へ。正面（東）に二本の道路がある。左は黄色の中央線を持つ県道四一八号線（英彦山・香春線）。真ん中の目立たぬ道路が国道五〇〇号線である。この道を進む。

【裏面】 高千穂峰女の為に
昭和四十一年二月建之　添田町主婦会桜蔭会

【その他】 昭和三十五年の作で、句集『磐境』（英彦山神社講社刊）所収。ただし、『磐境』には、下五が「弥生尽(やよいじん)」の形で収録されている。碑建立までの間に推敲されたのであろう。追悼句集『花散るばかり』（葦書房刊）には、「嶺の涯」で収録されている。なお「弥生尽」とは、山本健吉編『鑑賞俳句歳時記 春』（文藝春秋）によると、「陰暦三月末日は春の尽きる日であるから、惜春の特別の感情があった」と解説されている。

田川高校文芸部では部誌「琅玕」二七号（昭和54）に「英彦山の文学碑を訪ねて」という共同研究を発表している。その一つにこの句碑を採り上げ、作者へのインタビューもおこなって纏めている。その一節を転載させていただく。

句中の「孤をえがく」で字が違ってはいないかと峰女先生にお聞きしたところ、「弧」ではなく「孤」としたのは孤独な一羽の鳥が冴えきる大空に淋しく鳴いて峰の涯(はて)へ飛び去った。その光景を歌ったものであるといわれた。先生の心情はこうである。先生の夫である俊麿は十年間長患をして、ついにお亡くなりになった。そしてその心の淋しさを鳥にたくした。彼方に見える峰のあたりのやわらかくふんわりした所に自分も行ってつつまれたいというお気持ちであられたという。この句は峰女先生の師、石原八束先生が当時の作者の心情がよく現われ、とてもよい句といわれたので、この句を採り碑にしたそうである。

碑は全高二・四メートル、幅二・五メートル。

他に峰女句碑は田川郡添田町の英彦山大権現にもある。地域別一覧を参照されたい。

(6) 富安風生(ふうせい)

明治十八年（一八八五）―昭和五十四年（一九七九）。愛知県生まれ。本名謙次。逓信省に入り、逓信管理局書記より大臣官房文書課長・電気局長・経理局長を歴任。昭和十一年、逓信次官に任ぜられたが翌年五月に退官し、官界と絶縁。戦後、電波監理委員長や日本放送協会理事、逓信協会会長を務めた。大正七年（一九一八）、福岡為替貯金支局長在任中に吉岡禅寺洞を知り、本格的な俳句の道に入る。翌年、来福した高浜虚子に接したのが縁となり、終生「ホトトギス」派に所属。同十一年に結成された東大俳句会に最初から参加。また、逓信部内有志で大正期から発行されていた俳誌「若葉」を、一般にも開いて月刊化し、風生が主宰となった。昭和四年にホトトギス同人となる。同十七年、日本文学報国会俳句部の幹事長に就任。昭和四十六年、芸術院賞受賞。同四十九年には芸術院会員となる。句集には『草の花』（昭和8）から『齢愛し』（昭和53）まで、十五冊がある。その他の著作も多い。

紅梅に彳ちて美し人の老　風生

写真65

【所在地】太宰府市宰府四丁目　太宰府天満宮

碑は、本殿裏の梅林を通ってトンネルへ抜ける道の途中にある。吉井勇のお石茶屋歌碑の少し手前にある。

【裏面】昭和五十四年十一月十七日　富安風生門下生一同建立

【案内板】紅梅に彳ちて美し人の老　風生

この句は、師高浜虚子先生の古稀賀筵にのぞみ師を讃えて詠んだ一句である。風生先生は大正七年に福岡貯金支局長として赴任し、この地で俳句の道に入った。いわば福岡が風生俳句発祥の地である。当神苑にも幾度か足を運んだことがあり、また紅梅にもゆかりがあるところから、これらを記念して句碑を建立した。〔中略〕なお、碑石は福岡県糸島郡志摩町野北の青石である。

く。

【その他】 昭和十八年作。句集『村住』所収。『自選自解 富安風生句集』(白鳳社刊)の解説を転載させていただ

鎌倉でホトトギス同人主催の虚子先生古稀の賀筵が催された。わたしは梅を結んだ四句を得たその一つである。前にも先生の誕生日祝賀に〝畑(はた)の梅白きをもって寿(じゅ)となさむ〟という句を作ったが、こんども〝鎌倉やけふのわれらに畑の梅〟〝一(ひと)もとの老木(おいき)の梅をうち囲み〟〝ふかぶかと杖をかいこみ老の梅〟などと、みな〝梅〟で処理してみた。梅、殊に〝畑〟の梅は、たしかに一つの捉え方とは思うが、もう一歩進んで考えると、先生の場合、どうも白梅よりも紅梅の方が当てはまるような気がする。先生には〝不語(ものいはず)〟や〝紅のかよへる枝〟などの紅梅秀句もあるが、何よりもわたしには先生の紅情が強く印象されるからである。先生には後年喜寿の記念句集に、一生の艶っぽい句ばかり集めて『喜寿艶』と命名されているくらい、老とともに作品にいよいよ艶をまして来ている。皺一つない血色のいい豊頬に老の美を感じて、わたしはまことに羨ましく思っていた。わたし自身、老がだんだん身についても来た。この年には老の句が作品の一割を占めている。漢和辞典を見ると、「彳」には「すこし歩む」という意味があるから、長い時間立ちどまっているのではなく、紅梅を見ながら歩いては止まり、梢を見上げるような瞬間を捉えたものであろうか。

太宰府天満宮社務所発行「飛梅」四四号(昭和55・7・1)所収の「神苑文学散歩⑰」(執筆者・杉谷祥子)によると、「俳誌『若葉』の同人である福岡市在住の江上都さんの呼びかけに応じた全国の門下生の真心で句碑は建った。九州では初めて、全国で六十一番目だということである」。

碑は全高一・九六メートル、幅一・五メートル。

他に富安風生句碑が、福岡市中央区にもある。地域別一覧を参照されたい。

(7) 原石鼎(せきてい)の門人

原石鼎について、大岡信著『新 折々のうた 3』の「作者略歴」を転載させていただく。

原石鼎(一八八六―一九五一) 俳人。島根県生れ。京都医専中退。高浜虚子に師事し、「ホトトギス」で活躍。「鹿火屋(かびや)」主宰。晩年は病弱の日を送った。俳画もよくした。句集に『花影』、『石鼎句集』、『深吉野』など。

原石鼎の句碑は福岡県にはない。彼に傾倒した小野蕪子について見ていきたい。

① 小野蕪子(ぶし)

明治二十一年(一八八八)―昭和十八年(一九四三)。遠賀郡芦屋町生まれ。本名賢一郎。明治三十八年、朝鮮に渡り「朝鮮新報」入社。その後、「朝鮮タイムズ」に移る。同四十一年に帰国し、「毎日電報」入社。この頃から文筆活動を始めた。大正七年(一九一八)、東京日日新聞社会部副部長。同九年には同社地方部副部長兼事業課長。更に同十三年には事業部長。翌年、社会部長と事業部長を兼務。昭和七年に東京日日新聞社を退社。同九年には日本放送協会事業局文芸部長。同十六年、日本放送協会事業局次長兼企画部長。更に同年十二月に放送部司令部員、日本俳句作家協会理事。俳句は十二歳の頃に出会い、「ホトトギス」に投句。特に原石鼎に兄事し、大正十年、自分の俳誌「草汁(くさじる)」の終刊に際してこれを石鼎に譲る。自らは昭和二年、俳誌「虎杖(いたどり)」の雑詠選者となったが、二年後に「鶏頭陣(けいとうじん)」と改題し、主宰となる。句集『松籟集』(昭和10)、『雲煙供養』(昭和16)の他、『陶器大辞典』(全六巻、昭和10)がある。

以上の略歴で落ちていることが一つある。『俳文学大辞典』（角川書店）に「第二次大戦中は日本文学報国会にあり、俳人弾圧事件にかかわったとされる」と記述されている件である。學燈社の『近代文壇事件史』（國文學編集部編）の「新興俳句事件」の項（執筆者・畠中淳）で事件の概要をまとめると、治安維持法違反容疑で、昭和十五年二月十五日に俳誌「京大俳句」の平畑静塔（ひらはたせいとう）他七名が、続いて五月三日に渡辺白泉他五名が、さらに八月三十日に西東三鬼（さいとうさんき）が検挙された。そして三名が起訴、九名は起訴猶予、三名は釈放された。さらに翌十六年には「土上（どじょう）」の三名、「広場」の五名、「俳句生活」の四名、「生活派」の一名が検挙され、六名が起訴された。この事件について、同書は次のように論評している。

この事件には、謎めくことが多いが、当時「鶏頭陣」主宰、日本放送協会の部長、日本俳句協会・日本文学報国会常任理事、文部省戦時国民情操委員会委員であった小野蕪子が、特高〔注——「特別高等警察」の略称で、思想・政治運動を取り締まった〕の手で合法的に新興俳句を弾圧し、ついでに高浜虚子のホトトギス王国を抑え、全俳壇に君臨しようとした意図を根底にして発生した事件だといわれている。〔略〕

ともあれ、この弾圧事件は、俳壇史上例を見ない陰惨な事件で、その黒幕として蕪子が存在していたといわれているが確証がない。彼は、政治家でも高級官僚でもない。ただ職業や携わる仕事から情報を入手し易いので、それをもとに、つまり、虎の威を借りて俳壇を牛耳ろうとしていたのが真実といえよう。

検挙された俳人に取材して書かれた小堺昭三の『密告——昭和俳句弾圧事件』（ダイヤモンド社）を読むと、その全貌が分かる。

浪音より松籟高き二月かな　　蕪子

写真66

【所在地】遠賀郡芦屋町船頭町一二一―四八　岡湊神社
　県道二七号線（直方・芦屋線）を挟んで安長寺が東に、岡湊神社が西にある。
【台座】蕪子小野賢一郎君句碑　　奎堂題
【右面】題額　伯爵東伏見邦英閣下　　題銘　伯爵清浦奎吾閣下
　　　　建設　昭和十年八月吉日　　春海豊道慶中書
【右面】設計製作　近野信次
【その他】藤本春秋子著『芦屋の墓誌と碑誌』上巻（浜木綿発行所）には「この碑は浜崎の常陸丸殉難碑附近に建立されたが戦後この地に三転したものである」（一四頁）と注記されている。最初の「除幕式は昭和十年八月四日の第一日曜であった」（本田幸信編『北九州近代俳人評伝』私家版、三三頁）。
「小野賢一郎（蕪子）生誕一〇〇年記念誌」（野間栄編・刊）という小冊子に、「句碑除幕式にて」という文が「話術覚書」より転載されている。それに、次のような一節がある。
　表面には、私の家の額になつてゐる東伏見伯爵様の「以和爲貴」といふ字にしてもらひたい、と申しますと發起人も賛成されて、東に表面が彫られ西の裏に私の句があるわけです。この外清浦伯爵が私の爲めに銘などお書きくださいましたが、これらは決して私がゑらいのではない、東伏見伯爵様の御徳に依るもので私は此地に生を享けたといふだけで裏面に心ばかりの拙い句を書いたに止ります。
　編著者がこの碑を確認したのは昭和四十六年で、場所は岡湊神社である。あきらかに、銅版に陽刻された句の面を正面とし、円形に何かが剥離した跡だけが残っている方が、神社境内と道路との境界をなす玉垣を向くように建立されていた。
「この句は昭和四年二月、東京にいた蕪子が郷里の芦屋の風情を回想して作った句であった。蕪子は句碑建立を記念して句集『松籟集』を刊行、関係者全員に頒布した」（『北九州近代俳人評伝』六〇頁）という。題名の

「松籟」とは、碑に刻まれている句に因んだもので、「松に吹く風。また、それが立てる音」の意である。『松籟集』序文を蕪子は、次のように結んでいる。
私の郷里筑前芦屋の港は白砂青松三里にわたる――私どもは松籟のなかに育ったのである。

(8) 竹下しづの女

a 「緑蔭や」の句碑

緑蔭や矢を獲ては鳴る白き的　　しづの女

写真67

【所在地】 行橋市中川二七〇　八社神社北側
長峡川の東岸（右岸）に、川と道路に挟まれて碑は建っている。近くに「中川」というバス停がある。

【裏面】 石柱寄贈　大行事　木下椿一
昭和五十四年十一月三日建之　句碑建立期成会

【副碑】 竹下しづの女略年譜
明治二十年（一八八七）三月十九日　福岡県行橋市大字中川一七一に生る。本名は静廼。父は宝吉、母はフジ。
明治三十六年　福岡女子師範学校に入学。末松謙澄の兄房泰（村上仏山の水哉園出身）に小説漢詩の指導を受ける。
明治三十九年　福岡女子師範学校卒業、福岡県京都郡久保小学校訓導となる。

明治四十一年　稗田（ひえだ）小学校に転任。
明治四十四年　小倉師範学校助教諭となり音楽と国語を担当。
大正元年　水口伴蔵と結婚（養子縁組み）
大正八年　句作を始め「天の川」を主宰する吉岡禅寺洞を識り、指導を受ける。
大正九年　「ホトトギス」に投稿を始める。短夜や乳（ち）ぜり泣く児を須可捨焉乎（すてつちまをか）、の句で「ホトトギス」の巻頭位を得る。
大正十年　俳句の主観、季の問題に懐疑、懊悩し句作を中止。
昭和三年　高浜虚子が福岡に来たことから、再び句作を始め、同人に推薦される。
昭和八年　夫伴蔵急逝する。福岡市立〔ママ〕図書館の司書として勤務。
昭和十二年　長男竜骨（吉信）を中心に高等学校俳句連盟を結成、機関紙「成層圏」を創刊。中村草田男氏とともに指導、助言にあたる。
昭和十六年　句集「颯〔ママ〕」を刊行
昭和二十年　農地確保のため行橋市中川に粗末な小屋を建てて住む。五反の田を作り米を福岡の子女に運ぶ。
昭和二十四年　九大俳句会の指導を始める。
昭和二十六年（一九五一）　母フジが逝き、その翌日から病床に臥し、八月三日九大附属病院にて没。六十四才
戒名　静智院釈閑室貞窓大姉

紅塵を吸うて肉とす五月鯉　　子といくは亡き夫といく月真澄
天に牽牛地に女居て糧を負ふ　　米にのみかかはり女です織女よ

〈絶筆〉
ペンが生む字句が悲しと蛾が挑む

など多くの名句を残している。

〔注——読み仮名は編著者で付けた〕

【その他】 数種の竹下しづの女年譜を照合すると、食い違っている点が何カ所かある。いずれ決定版とも言うべき年譜が研究者によって編まれると思うが、とりあえず「副碑」に刻まれている略年譜の、誤っている部分だけでも正したいと思って、しづの女の次男竹下健次郎氏に御教示をお願いし、回答をいただいた。

「副碑」略年譜の誤り　　　　竹下健次郎氏の御教示

・昭和八年　福岡市立図書館の司書として勤務　　昭和九年　福岡県立図書館に勤務

・昭和十六年　句集「颯」を刊行　　昭和十五年　句集『颱（はやて）』を刊行

それからもう一点、副碑の昭和三年の項に、「高浜虚子が福岡に来たことから、再び句作を始め、同人に推薦される」と書かれている。これを読むと、しづの女がホトトギス同人になったのは昭和三年ということになるが、増田連氏は昭和九年六月だと「西日本文化」三七二号所収「女流俳句の一大源流」で述べている。しづの女自身はその句集『颱』の《俳歴》の中に「昭和二（ママ）年、機を得て再び復活。ついでホトトギス同人に推され、現在に及ぶ」と書いているという。多くの文献が昭和三年説を踏襲している。

増田氏が昭和九年六月説を言われる根拠は、「ホトトギス」の昭和九年六月号に同人名簿が掲載されていて、九州の同人七名の中に杉田久女や竹下しづの女の名前があるというのである。それ以前に同人名簿が掲載されたのは昭和七年の十月号で、九州の同人は吉岡禅寺洞と杉田久女の二人だけであるという（「西日本文化」三七〇号）。

編著者も自分の目で確かめたいと考えて、福岡県立図書館で「ホトトギス」の架蔵状況を調べてみた。すると幸いに同期間の「ホトトギス」は架蔵されていた。ただし、昭和八年三月号と同年五月号の二冊だけが欠落しているから完全なチェックにはならなかったが、増田氏の調査通りであった。

結論として、竹下しづの女の名が昭和七年十月号の同人名簿には無くて、九年六月号にはあるということから、しづの女がホトトギス同人になった時期は昭和九年六月ということになるのである。

さて、碑に刻まれている句の季語は「緑蔭」で、季節は夏。句集『颸』所収。「ホトトギス」昭和十年九月号で巻頭を飾った五句中の第一句である。

上野さち子氏は『女性俳句の世界』（岩波新書、平成1）八一頁に「上掲句が、想を得てからこの句形に定まるまでのプロセスは、遺句帳に詳らかに記されていて、そのことはすでに詳述した（拙著『近代の女流俳句』桜楓社）」と書いている。『近代の女流俳句』五九頁に詳述されているが、上野氏がしづの女次男竹下健次郎氏のお宅で見せてもらった句帳の中に、別の素材に関する習作メモの間々に、「緑蔭や……」の句が成熟していくプロセスの各句がちりばめられていたのだという。その各句を羅列すると次のようになる。

緑蔭や的はしきりに矢を獲つつ
緑蔭や矢を獲れば鳴る白き的（「獲れば」を「獲ては」に加筆訂正している）
涼しさや強弓が獲し的の音
矢を獲ては鳴りつつ的の夕づけり
強弓や的を獲て鳴る音涼し

このプロセスをたどって、上野氏は『女性俳句の世界』で次のように評している。

結論からいえば、彼女が執したのは「的が矢を獲る」ことにあった。矢が的をうつのではなく、あくまで「的」を主体にしたところに、射込まれる矢を、はっしと受ける――彼女自身の、人生に立ち向かう姿があった。

緑蔭のなかに置かれた的の白さが印象的であることは勿論、それに鳴る音を加えた雄々しさ。彼女が学生時代、弓道部員であった経験も、この句に迫真力を添えている。

竹下健次郎氏は、この句は県立図書館付設の弓道場での作であると述べている（平成十一年秋に県立図書館で開かれた「短夜 竹下しづの女展」入口に掲示されていた健次郎氏の『しづの女展』に寄せて」による）。

句碑の揮毫について健次郎氏は、「幸いに、この句の母の直筆が母の居間の襖紙にのこされていたのを妹の淑子が保存してくれていたので、それをそのままの字体で句碑に刻み込んでいただきました」と「亡き母の句碑に捧ぐ」（『句碑建立記念 竹下しづの女』竹下しづの女句碑建立期成会編・刊、一八七頁）に紹介している。

碑石は平尾台の千仏鍾乳洞渓谷で産出した自然石で、全高一・九メートル、幅二メートル。

なお、この碑から直線距離で四〇〇メートルほど北東方向の畑地の中にある墓地のなかに、「緑蔭や　しづの女」とだけ刻んだ墓石（昭和五十三年、竹下健次郎建立）があることを付言しておく。

b 「矢筈草」の句碑

ちひさなる花雄々しけれ矢筈草　　　竹下しづの女

写真68

【所在地】 行橋市天生田（あもうだ）五四五　中京中学校

平成筑豊鉄道の「今川河童」駅側の京都橋を西に渡ると、西南方向に直線距離で九〇〇メートルの地点に中学校はある。碑は校門を入ってすぐ右側に、村上仏山碑（四八七頁）と並べて建てられている。

【裏面】 中京中　校舎・講堂・運動場・プール　落成記念
父母教師会　平成三年六月吉日

【その他】 昭和四年の作。平成十年（一九九八）十一月三日に行橋商工会議所ホールで行われた「竹下しづの女句碑建立二十周年記念俳句大会」での歌人阿木津英（行橋出身）の講演記録が、歌誌「牙」三〇七号（平成十一年七月号）と三〇八号（八月号）に分割掲載された（題は「青葦原の女王にて——新しいしづの女解釈のために」）。その末尾部分に、この句を論じた箇所がある。しづの女解釈の問題も含んでいるので、長くなるが転載させていただく。

矢筈草（やはずそう）は、光畑さん〔注——竹下しづの女句碑建立期成会幹事の光畑浩治氏〕の教えて下さったところによりますと、どんな荒れ果てた痩地でも繁殖する、マメ科の丈の低い植物だそうです。ごく小さな楕円形の複葉で、葉先をつまんで引っ張ると矢筈状に切れるところから、矢筈草というそうです。矢筈は、矢羽の形で、昔の女の人の着物の柄によくあったように思います。そんな植物ですから、花なんてごく目立たない、小さなものでしょう。しかし、この雑草の花の何と雄々しいことよ、その矢筈草という名のように。踏まれても踏まれても繁殖していく、この小さな花の雄々しさよ、というのでしょうか。

虚子は、昭和一五年しづの女句集『颱』出版のとき、〈女手のをゝしき名なり矢筈草〉と応えて、序句としました。

女手のをゝしさ——昔から、女丈夫という型がありましたが、女手にも雄々しいものがあるんだよ、と言うのでしょうか。「男勝り」「後家の頑張り」も、女丈夫といった型の通俗化した言い方で、同じ流れをくむのだろうと思います。

虚子が「女手のをゝしき」ということをどのように考えていたのか、この俳句だけでは、確実には受け取りかねます。

ただ、わたしは、しづの女の句を、女丈夫も含めて「男勝り」とか「後家の頑張り」とかいうような、「女手」のなかの特殊な類型として押し込められているところから解き放ちたいのです。動的、積極的で、独立自尊のこころを持った、情の発散の仕方の外へ向かう、このようなものを、女の特殊な変わり者としてではなく、それ以前の万葉の女の歌に見られるような一つのタイプ、つまり古層の女のタイプとして採り出せないか、と考えるのです。
碑は高さ一・八メートル、幅〇・四メートル。
他に竹下しづの女句碑が、福岡市南区にもある。地域別一覧を参照されたい。

(9) 河野静雲とその門人

① 河野静雲

明治二十年(一八八七)―昭和四十九年(一九七四)。現・福岡市博多区中呉服町の一行寺住職の三男。本名定運。明治二十五年、同市片土居町の称名寺住職河野智眼の養子となる(旧姓裏辻)。大正三年(一九一四)より四年間、母校の時宗宗学林で寮監兼教師。同七年より二年間、時宗総本山執事。同九年より三年間、宮城県の専念寺住職を務める。同十二年に養父の急病で帰福。養父没後も称名寺(大正八年に馬出に移転)を継げなかった。昭和二十四年に花鳥山仏心寺を創建。同二十八年に虚子堂を新築。俳句に接したのは大正三年で、「ホトトギス」を購入し投句。同十三年に、末永感来や角菁果等と「木犀会」を創設し、清原枴童を主宰とする俳誌「木犀」を発行。昭和五年に「木犀」を継承。同九年にホトトギス同人となる。同十六年に県下五誌合併の俳誌「冬野」の主宰。同三十九年、西日本文化賞受賞。同四十六年、俳人協会会員。句集に『閻魔』(昭和15)、『閻魔以後』(昭和48)がある。

a 納祖八幡宮の碑

管鮑や花の盃とり交はし　静雲

写真69

【所在地】飯塚市宮町二一―三　納祖八幡宮

西鉄バスセンターの西方向、徒歩三分の地点にお宮はある。曩祖八幡宮と表記されることもある。碑は境内の右手、銀杏の大木の下にある。

【裏面】昭和四十二年四月卅日　飯塚ホトトギス会

【その他】句集『閻魔』（冬野発行所刊）所収。昭和十四年作。この句については飯塚の俳人帆足亀孫子の「ふるさとの句碑を訪ねて 十四」（「月刊嘉麻の里」平成九年二月号所収）の解説を引用させていただく。

この句碑を訪ねてまず目をひく上五音のことば「管鮑や」は、親友の交わりを表わす「管鮑の交わり」ということばから採用されたものであろう。唐の時代の大詩人杜甫の「貧交行」の中の一節「君不見管鮑貧時交、此道今人棄如土」に出典を求めることができる。

中国に造詣の深かった静雲ならではの格調の高い措辞である。〔略〕人名の固有名詞を自在に用いて措辞することにより、俳句の持つ独自の詩趣の奥行きを深め、余情が高められている。花見酒の盃のやりとりを一句の中でこれだけゆたかに、しかも友情の真実をさりげなく語りかけて来る句は稀である。

杜甫の「貧交行」の一節が引用されているが、全文を示し、『旺文社 漢和辞典』（改訂新版）の読みと訳を転載させていただく。

翻手作雲覆手雨　紛紛軽薄何須数　君不見管鮑貧時交　此道今人棄如土

〔読み〕手を翻せば雲と作り手を覆えば雨となる　紛紛たる軽薄何んぞ数うるを須いん
君見ずや管鮑貧時の交わり　此の道今人棄てて土の如し

〔訳〕手のひらを上に向ければ雲となり、下に向ければ雨となるように変わりやすいのが世俗の人情である。そのへんにごろごろしている軽薄な人間など数え立てて問題にする必要はない。諸君もごぞんじでしょう、あの管仲と鮑叔が貧しいときに結んだ交友を。この真の交友の道を今の人々はまるで土くれのように見捨てている。

碑石は四国緑泥片石の自然石で、高さ〇・九五メートル、幅一・四メートル。

b　飯塚・歴史資料館の碑

露の音遠き弥生の種々に　　静雲

写真70

【所在地】 飯塚市柏の森九五九－一　飯塚市歴史資料館

ＪＲ「新飯塚」駅から南へ二〇〇メートルほど行くと、最初の踏み切りがあるので渡って線路の東側に出る。二〇〇メートルほど進んだ左手に「サンアビリティーズいいづか」があり、その東側に歴史資料館がある。九州ミツミ株式会社の南側にあたる。碑は歴史資料館東門の内側にある。

【裏面】 昭和四十三年十月三日　飯塚文化連合会建之

【その他】 昭和四十年の作。「弥生の種々に」は「やよいのくさぐさに」と読む。

『脚注・河野静雲集』（俳人協会刊。脚註者・小原菁々子）の注釈は次のとおり。

福岡県飯塚立岩は縄文紀時代の古墳群地帯である。そこが発掘されて出土した古鏡土器の様々を見つつ師はかく詠じられた。今はその出土品の故を以て中国西安市と姉妹都市を結んでいる。出土品文化館も建設された。その庭前にこの名句が碑として残された。

この注釈は、この句碑が最初に建立された立岩遺跡収蔵庫（旌忠公園南麓）前にあった時期に執筆されている。編著者も昭和五十二年にその場所でこの句碑を確認していた。ところが同五十七年に現在地でこの句碑を見て不審に思い、元の場所に確認に行き、そこには野見山朱鳥句碑（二四六頁）が移設されていたので、この静雲句碑も移設されたことに気づいた次第である。

帆足亀孫子の「ふるさとの句碑を訪ねて　五」（「月刊嘉麻の里」平成8・5）の解説を転載させていただく。

句は前漢鏡、甕棺（かめかん）等の出土や石包丁（ほうちょう）製造所址等で全国的に名高い立岩遺跡の弥生時代を偲ぶ心の一句で、露のこぼるるかすかな音に遠い弥生時代の自然の諸相への想いを致される静雲師の心情をほうふつさせるものがある。

飯塚の俳人奥園克己（かつみ）が、「冬野」の昭和四十四年二月号に執筆している「『露の句碑』について」によると、「碑石は長崎街道筑前六宿の一つ飯塚宿の白水橋に使われていた石材に俳人石工千代田景石氏が鏤骨（ろうこつ）のみを揮（ふる）ったもの」ということである。

碑は高さ一・八五メートル、幅〇・六五メートル。

c　病中吟の碑

病中吟
スーツート〔と〕めく〔ぐ〕みの味や林檎汁
尚生きるよろこび胸に林檎□汁
寒に堪え老妻（ばば）か〔が〕手摺の林檎汁
静雲

写真71

【所在地】 太宰府市観世音寺四―三―一　仏心寺

地理案内は高浜虚子の「仏心寺の碑」（一四五頁）参照。

【裏面】 昭和五十三年一月二十四日　「冬野」四百号記念建之

【その他】 昭和四十九年の作。『脚注・河野静雲集』（俳人協会刊。脚註者・小原菁々子）には、病中吟三句の第一句と第二句が採り上げられ、次のように注釈されている。

〔第一句〕老夫人の手ずりのリンゴ汁を最後まで喜ばれた。師は一度仮死して約三四時間最後の生を楽しむかの如くであったが夜半最後の時が来る。「あと二十数えると死ぬやなあ」といいながら自分自身一、二、三と数を口で称えながら一月二十四日朝三時御遷化。

〔第二句〕師の臨終直前の句。前夜脈も心臓も停止、寿三郎博士〔注――静雲氏の三男〕は臨終を告げらる。二時間後瞳を豁然と開き命の甦（よみがえり）を見る。枕頭の反古（ほご）の中より書きくずし数句が出る。この原句中七の〝喜び感じ〟を「よろこび胸に」に訂正してくれとの書き替えを告げられたので訂正する。

これらの句が辞世の句として書き残されていく経緯について、小原菁々子は太宰府天満宮社務所発行の「飛梅」第二一号（昭和49・3・25）所収の「静雲先生の大死」という一文で、次のように触れている。

一月廿日先生の奥様から少し健康が変だとのお知らせで馳けつけた。廿二日夜リンゲルがなされた。そして小康の状態が廿三日中つづいたのである。病床の先生も食を摂ることが大切だとの医の言葉に従はれ「おにぎり」までとられてその上、お饅頭一つまでも要求されるのである。私は是なら大丈夫病を克服されることは間違ないと信じた。私は先生の枕頭の書屑をまとめそれに目を通してみると、正月以来の病床での先生の句書きであった。状袋の端に、メモ紙の裏に、便箋の横にとペン書きで、或は赤字での書かれた句であった。私はそれをまとめて数葉の原稿紙にまとめてみた。小康の先生にその中の不明の分を正し度いと思ひその稿を先生に見て置いて貰いたく思うてそれを披見した。先生は眼鏡をとられ枕頭のスタンドを点じられて、私が三十句余を書き写した先生の句稿に目を通された。私が読めなかった個処も正された。そして一つのリンゴ汁の句に「尚生きる喜び感じリンゴ汁」は、中七の「喜び感じ」を「喜び胸に」と訂正を乞はれた。〔略〕私が句を正して読み上ぐると、先生はうなづかれながら、「これで句がはっきりした」と私に告げられ、眼鏡をはづして、それはそれは安堵された美しい目であった。

これは一月二十三日、即ち入寂前日の描写である。

小原菁々子聞書『俳諧求道』（西日本新聞社刊）の「静雲先生入寂」の項で、師の「枕頭のくず籠（かご）の中に目についた書きくずしの紙片」には「独特のふるえるような文字」で句が書かれていたと語っているが、病床で紙片に書かれたままを碑には刻んである（「西日本新聞」夕刊〈昭和59・2・24〉所収の小原菁々子執筆「福岡県の俳人」その七）。

『脚注・河野静雲集』によると第一句の上五は「スーッーと」であるが、碑文は「と」も片仮名である。第二句の下五は「リンゴ汁」となっているが、碑文は漢字書きである。しかも「汁」の上に一字、よく読めない字がある。「肉」か「内」に似た字である。第三句は句集にも『脚注・河野静雲集』にも採られていない。碑では「老妻」に「ばば」と振り仮名が付けられているが、下の「ば」はよく読めない。『俳諧求道』二〇八頁の記述を参考にした。碑は高さ〇・九三メートル、幅〇・八七メートル。

以上の他に、編著者は次の各地で静雲句碑（併刻碑を含む）を確認した。地域別一覧を参照されたい。

北九州市門司区、同市小倉北区（二基）、同市小倉南区、同市若松区、同市八幡東区（三基）、飯塚市（四基）、嘉穂郡筑穂町、山田市、田川市、福岡市東区（三基）、同市博多区、同市中央区、糟屋郡宇美町（三基）、同郡粕屋町（三基）、同郡久山町、太宰府市（四基）、甘木市（五基）、朝倉郡朝倉町（八基）、同郡筑前町（五基）、久留米市（十基）、うきは市（六基）、大川市、柳川市（五基）、山門郡瀬高町（五基）、三池郡高田町（十基）、大牟田市。

この他、編著者未見の碑も情報源を添えて、地域別一覧に掲載している。北九州市小倉南区（一基）、同市八幡西区（三基）、京都郡苅田町、直方市（二基）、鞍手郡小竹町、飯塚市（二基）、嘉穂郡嘉穂町、山田市、福岡市博多区、同市南区、同市西区（三基）、前原市、大野城市。

② 山鹿桃郊（とうこう）

明治三十三年（一九〇〇）―昭和四十七年（一九七二）。熊本県生まれ。本名午人次（まとじ）。大正初期、東京川端画学校日本画科に入学。関東大震災（大正十二年）による同校廃校に伴い、推薦されて万朝（よろずちょうほう）報社学芸部に入社。昭和九年、九州に帰り玉屋百貨店に入社。その後、旭硝子北九州工場に入社。文化連盟を創立して教養部主任となり、「牧山タイムズ」編集長および人事相談室長を兼ね、従業員の諸般の世話に当たる。昭和三十年の定年退職後は、地域の世話活動を積極的に行った。また、公民館その他への俳句・俳画の指導、講演にも力を注いだ。俳句入門は十五、六歳頃である。昭和九年頃から「冬野」に所属し、河野静雲の指導を仰いで生涯かわることはなかった。清原枴童から河野静雲に継承されていた俳誌「木（こ）の実」の主宰を、同三十年から山鹿桃郊が継いだ。俳人協会会員で、北九州俳人協会会長を務めた。句文集『孟宗林』（昭和48）がある。河野静雲が序文を書いている。

むらがれる玉繭雲や月今宵　　桃郊

写真72

【所在地】 北九州市八幡東区高見五―一―三二　阿弥陀院

県道五一号線（曽根・鞘ケ谷線）の信号標識「市立美術館入口」交差点より南東方向へ入る。北九州盲学校の西に位置する。堂ケ峰大聖歓喜天尊への石段を挟んで、高浜虚子等身座像と山鹿桃郊座像・同句碑がある（座像は「木の実」同人の桜井莞山製作）。

【裏面】 昭和三十六稔初夏　木の実句会建之

【その他】 句文集『孟宗林』（木の実発行所刊）所収。昭和三十二年作。「西日本新聞」（平成2・9・3）の「いしぶみ散歩」（執筆者・那須博）に、「玉繭（たままゆ）は繭の美称、または中央にくびれのない大きな双子繭のこと。俳人はゆっくりと移ろう繭のような雲の群れからもれる月を仰ぐ」と解説されている。同句碑建立の趣意書には、桃郊還暦を記念しての建立で、「嘗（か）つて阿弥陀院観月句会の際の」一句を刻み、昭和三十六年六月四日に除幕する、とある。

碑は全高一メートル、幅〇・八メートル。

この他に、桃郊句碑を三基（北九州市八幡東区、同市八幡西区、遠賀郡岡垣町）確認した。また、四基の句碑（北九州市八幡東区、同市八幡西区、京都郡苅田町二基）の情報を得ているが、現地での確認ができていない。地域別一覧を参照されたい。

③　小原菁々子（こはらせいせいし）

明治四十一年（一九〇八）－平成十二年（二〇〇〇）。福岡市生まれ。本名宗太郎（そうたろう）。十四歳で足袋の卸問屋に勤めた。昭和二年（一九二七）に退職し、糸物・足袋卸業を自営。その年に、裁縫塾をして家計を支えていた河野静雲夫人のところに絹糸を売りに行き、勧められて静雲師に俳句入門をした。そして俳誌「木犀」や「ホトトギス」に投句を始めるようになった。同二十四年、「ホトトギス」同人となる。吟行を重視し、度々俳諧の旅を企画して引率している。その中で中国の漢俳指導も生まれた。同四十九年、河野静雲死去により俳誌「冬野」の主宰となる。また、この年に福岡刑務所の篤志面接員となり、入所者への俳句指導でも静雲の後継となる。同五十五年に福岡市文化賞、同五十七年に福岡県文化功労賞、同五十九年に西日本文化功労賞を受賞。俳人協会評議員。日本伝統俳句協会評議員。『小原菁々子集』（自註現代俳句シリーズ、俳人協会刊。昭和54）、『河野静雲集』（脚注名句シリーズ、俳人協会。昭和60）、句集『海女』（昭和62）、日本伝統俳句協会叢書『小原菁々子句集』（平成6）がある。

名字（みょうじ）「小原」の読みは「おはら」と「こはら」の両方を耳にするが、この点に触れておきたい。『俳文学大辞典』（角川書店）は「おはら」としているし、俳句年鑑二〇〇一年版（角川書店）の「全国俳人住所録」も「オ」の項に入っている。俳人協会刊『小原菁々子集』（自註現代俳句シリーズ」）の奥付けの振り仮名も「おはら」である。また、福岡文化連盟の「西日本新聞」一面広告（平成12・1・1）の理事中、小原にだけはわざわざ「おはら」と振り仮名が付けてあった。一方、各新聞の菁々子の訃報では、「おはら」は「朝日」だけで、「西日本」、「毎日」、「読売」が「こはら」となっているという事実もある。また、山田市ふれあいハウスの静雲・菁々子併刻句碑の裏面には、「こはらせいせいし」と振り仮名付きで刻まれているという事実もある。編著者は、御遺族に電話をして、「おはら」であることを確認した次第である。

ところが、「おはら」は本名で、俳号としては「こはら」だという説を読んだ。菁々子の三回忌を記念して遺族が出版された遺文集『花鳥佛心』（西日本新聞社刊）所収の「小原菁々子四題」という文章である。筆者は、菁々子と交流の深かった谷口治達（はるみち）氏である。次に引用させていただく。

小原菁々子の小原はオハラかコハラについて触れておきたい。「どちらが本当ですか」と尋ねたことがある。「オハラでございます」と明言され、息子さん達もオハラと名乗っておられるので戸籍上はオハラが本当であろうが、しかし例えばわが家に電話がある時「コハラシェイシェイシでございます」といつも発音されていた声が耳に残っている。コハラと聞き、コハラさんと呼びなれた人は多いと思う。私はオハラ宗太郎が本名でコハラ菁々子を俳号と思っている。

a　若宮八幡宮の碑

古墳の絵貫く月日地虫出づ　　菁々子

写真73

【所在地】 うきは市吉井町若宮　若宮八幡宮

国道二一〇号線の「清瀬」交差点から北へ、県道七四九号線（保木・吉井線）が分かれている。交差点から四〇〇メートルほど県道を進むとお宮がある。碑は本殿後方、境内の北端にある。この境内には芭蕉句碑、高浜虚子句碑、河野静雲句碑もある。

【裏面】 昭和四十八年三月彼岸建之　　やまたろ俳句会

委員　大鶴登羅王、原三猿子、松永金時、林鴛鴦子、大鶴月秋、上田暁生、山口桃舎

【その他】 当神社を挟んで東に日ノ岡古墳、西に月ノ岡古墳があるが、碑に刻まれた句は、昭和四十四年の「やまたろ俳句会」の吟行会で、作者が日ノ岡古墳の壁画を見ての作だという（除幕式での大鶴登羅王の式辞）。『福岡県百科事典』によると、日ノ岡古墳は国指定の史跡で、「壁画は石室の全面に描かれ、同心円文、三角文を主体とする幾何学的文様（もんよう）を羨道（せんどう）、左右壁、奥壁に描き、左右壁には若干の器物と蕨手文（わらびてもん）もみられる。〔略〕赤色を基調としているが一部に黄、青色を使用。石室の構造、埴輪（はにわ）などから六世紀後半の時期が考えられる」と解説されている。これが上五の「古墳の絵」である。

「貫く月日」について、艸地人（そうちじん）は、「日岡は、必ずしも古い古墳ではないが、早々と鎌倉期に発見。『貫く月日』

という措辞には、人々の目と心をとらえてきた時間の長さも読み取れよう」と、『花鳥佛心』所収の「五句鑑賞」で述べている。「地虫出づ」は「啓蟄」と共に春の季語である。「西日本新聞」（平成2・3・5）の「いしぶみ散歩」（執筆者・那須博）には「はい出して来る冬眠からさめた虫と、千数百年を伝えている彩り褪せぬ絵との時間のオーバー・ラップに私は惹かれる」とある。

碑石は花崗岩の自然石で、高さ一・二三メートル、幅〇・八メートルである。

b　宇美八幡宮の碑

青東風や神の里祝ぐ宇美神楽　　菁々子

写真74

【所在地】 糟屋郡宇美町宇美一―一―一　宇美八幡宮
県道六八号線（福岡・太宰府線）沿いにお宮はある。碑は拝殿の東側、樟大樹の下にある。

【裏面】 定本西日本歳時記刊行記念　　建立者　冬野粕屋句会
昭和五十四年五月二十日　　古川静水

【その他】 「東風」は春に東または北東から吹く爽やかな風をいうが、それに「青」を付けるのは主としてイメージによるのであろう。「祝ぐ」は「ことほぐ」で、祝いごとを言うという意味。「宇美神楽」は県指定の無形民俗文化財で、四月十五日および十月十四日に奉納される。ここは「東風」とあるので四月であろう。「古川静水」は宇美町の古川整形外科医院の院長。

この句碑の除幕式の記事（執筆者・重松亀太郎）が「冬野」の昭和五十四年七月号に掲載されている。参考になる部分を転載させていただく。

そもそも建立の発端は、宇美在郷の俳人永江守さんが、一昨年宇美・木川から発掘した珪化木三石のうち、二石は静雲師の記念碑として虚子堂に、他の一石について如何と思案のところを、昨年「定本西日本歳時記」が西日本新聞社から刊行されるに及んで、粕屋句会の代表古川静水さんの発案によって、この機に菁々子先生の功績を永久に讃うべく実現の運びになったものである。刻石は博多の名石匠、国松大次郎さんによるもので、句中の「青東風」は、樹齢千年を越す神樟の若葉青葉がさざめく初夏の風のこと、新緑のこの日の宮にふさわしい新季題であった。

碑は全高一・七八メートル、幅一・一五メートル。

他に、編著者が現地で確認した菁々子句碑が、山田市（河野静雲句との併刻）、福岡市東区、同市中央区、同市早良区、朝倉郡筑前町（五俳人の句の併刻）、うきは市にある。また、編著者未確認の句碑が福岡市東区と糟屋郡宇美町とに一基ずつあるようである。地域別一覧を参照されたい。

⑽　杉田久女

明治二十三年（一八九〇）－昭和二十一年（一九四六）。鹿児島市生まれ。本名ひさ。県立小倉中学校図画教諭の杉田宇内と結婚し、小倉に住む。次兄の勧めで俳句を作るようになり、「ホトトギス」や「天の川」に作品を発表。昭和六年、懸賞募集「日本新名勝俳句」で帝国院賞に選ばれた。同七年三月、俳誌「花衣」を創刊したが、第五号で終刊。同年の「ホトトギス」七月号で、巻頭にはじめて選ばれる。これをめぐる「天の川」の対応で、久女は「天の川」を去る。同七年十月、「ホトトギス」同人となったが、同十一年には理由も知らされずに除名される。以後、作句欲を喪失し、家庭でも癒されず孤立感を深める。同十九年頃からは、実母の死亡や、空襲の激化で久女は追い詰められ、神経衰弱気味となる。手を焼いた夫は、教え子の眼科医に麻酔薬を打たせて、精神病院である県立筑紫保養院に久女を入院させた。三カ月後に同病院で死亡。死因は腎臓病。戦争末期の栄養障害もあったようである。没後、『杉田久女句集』、『久女文集』、『杉田久女遺墨』などが刊行され、『杉田久女全集』全二巻も出た。

久女の経歴をたどると幾つかの謎にぶつかる。①順調で前途洋々だった「花衣」を、なぜ第五号で終刊にしたのか。②久女はなぜ「ホトトギス」の同人を除名されたのか。③虚子は、除名した久女の没後に出される『杉田久女句集』の題簽（だいせん）や序文・悼句を書き、選句までなぜしたのか。また、久女の実家の墓域（松本市）に分骨された「久女の墓」の文字を虚子はなぜ揮毫したのか。そしてまた、なぜ久女の長女石昌子の俳句指導まで引き受けたのだろうか。④没後に発生した謎だが、久女のカルテが一時期行方不明になっていたそうだが、どういう経緯でそういうことになったのか等の疑問である。

編著者は、次の文献を読んで、それらの謎がいくらか解けたことだけを紹介しておく。

『杉田久女』石昌子著（東門書屋、昭和58）
『杉田久女ノート』増田連著（裏山書房、昭和62）
『花衣ぬぐやまつわる……わが愛の杉田久女』田辺聖子著（集英社、昭和62）
『俳人杉田久女の世界』湯本明子著（本阿弥書店、平成13）

杉田久女の句碑三基について、建立順に詳述したい。

a 「山ほととぎす」の句碑

谺して山ほと、ぎすほしいまゝ　　久女

写真75

【所在地】 田川郡添田町英彦山　英彦山神宮奉幣殿下

正面登山道の石段を奉幣殿の下まで登って行くと、石段の左手に碑がある。広瀬淡窓漢詩碑のすぐ上手である。当初は石段の右手に建立されていた。平成三年（一九九一）九月の猛烈な台風で英彦山の被害も大きかったというから、その関係ではないかと思うが、平成九年四月に行ったときに、石段の左側に移されているのを確認した。

【裏面】 昭和四十年四月　昌子　光子　建之

【その他】 昭和五年十月に、東京日日新聞社と大阪毎日新聞社は共催で「日本新名勝俳句」を募集した。選定された百三十三の名勝地を詠んで応募された句を、高浜虚子が選ぶという企画で、各俳誌が競って応募を呼びかけた。応募の締め切りは十一月十日で、十万三千二百七句の応募があった。水原秋桜子や高野素十等が手伝って予選をしたが、選考が終了するまでに半年ほどの期間を要した。選考結果の全貌は、昭和六年四月三十日発行の『日本新名勝俳句』選集（入選句一万句収録）に示されているが、百三十三の名勝地毎に優秀句一句（金牌賞）と佳作五句（銀牌賞）が選ばれ、入選句が季別順に配列されている。そして、全体を通して最も優秀な二十句が帝国風景院賞（賞金百円）に輝いたのであるが、杉田久女のこの句は「英彦山」の部の金牌賞を受け、帝国風景院賞に推薦されたものである。

この応募で久女は英彦山の句ばかりを出したが、他に銀牌賞受賞一句、入選九句という成績であった。その内の、この句を含む六句が「英彦山六句」として『杉田久女句集』（角川書店、昭和27）に収録されている。

この時投句した中の幾つかは「ホトトギス」にも投句したようだが、これは没になったという。選者は同じ高浜虚子なのにという疑問を抱くが、この辺の事情を田辺聖子は次のように推測している（集英社刊『花衣ぬぐやまつわる……』二七四頁）。

久女の句、「山ほと、ぎす」が、「ホトトギス」で落ちたのに、こちら〔注――日本新名勝俳句〕のほうへ入っているのは、あるいはそういう人々〔注――虚子の依頼を受けて予選をした水原秋桜子や高野素十〕の作業によるものかもしれない。

久女が英彦山を訪れたのは、この応募句のための吟行が最初であったかどうかは明らかではないが、主催者が選定した名勝地に、久女の居住地小倉から最も近いし交通の便も比較的よかったこともあって、ホトトギスの鳴き声を聞くために何度か通ったようである。

久女の「日本新名勝俳句入選句」と題した随筆（昭和六年筆）が、『久女文集』（石昌子編、私家版）に出ているので転載しよう。

谺（こだま）して山ほとゝぎすほしいまゝ　久女

昨夏英彦山に滞在中の事でした。

宿の子供達がお山へお詣りするといふので私もついてまゐりました。行者堂の清水をくんで、絶頂近く杉の木立をたどる時、とつぜんに何ともいへぬ美しいひゞきをもった大きな声が、木立のむかふの谷まからきこえて来ました。それは単なる声といふよりも、英彦山そのもの、山の精の声でした。短いながら妙なる抑揚をもって切々と私の魂を深く強くうちゆるがして、いく度もいく度も谺しつゝ声は次第に遠ざかって、ぱったり絶えてしまひました。

時鳥（ほととぎす）！　時鳥！　かう子供らは口々に申します。

私の魂は何ともいへぬ興奮に、耳は今の声にみち、もう一度ぜひその雄大なしかも幽玄な声をきゝたいといふわがねがひでいっぱいでした。けれども下山の時にも時鳥は二度ときく事が出来ないで、その妙音ばかりが久しい間私の耳にこびりついてゐました。私はその印象のまゝを手帳にかきつけておきました。
其後、九月の末頃再登攀（とうはん）の時でした。いつもの様にたったひとりで山頂に佇（たたず）んで、四方の山容を見渡してゐますと、七人ばかりのお若い男の方ばかりが上がってきて私の床几の横にこしをかけて、あれが雲仙だ、阿蘇だとしきりに眺めてゐられます。〔略〕そんな話をし乍（なが）ら六助餅をたべてゐます折から、再び足下の谷でいつかの聞きおぼえある雄大な時鳥の声がさかんにきこえはじめました。
青葉につゝまれた三山の谷の深い傾斜を私はじっと見下ろして、あの特色のある音律に心ゆく迄耳をかたむけつゝ、いつか句帳にしるしてあったほとゝぎすの句を、も一度心の中にくりかえし考へて見ました。ほとゝぎすはおしみなく、ほしいまゝに、谷から谷へとないてゐます。じつに自由に。高らかにこだまして。その声は従来歌や詩によまれた様な悲しみとか、血をはくとかいふ女性的な線のほそいめめしい感傷的な声ではなく、北岳の嶮にこだましてじつになだらかに。じつに悠々と又、切々と、自由に――。
英彦山の絶頂に佇んで全九州の名山をことごとく一望におさめうる喜びと共に、あの足下のほととぎすの音は、いつ迄も私の耳朶（じだ）にのこつてゐます。

以下は、娘の昌子が『久女文集』の解説として書いた「久女追慕」（東門書屋刊『杉田久女』所収）中の六「句作への意欲」の一節である。

もう一度聞いて、山ほととぎすの感じを確かめたいといって、たしか七八度ぐらいは英彦山に通ったと思います。
夜中にふっと流れるように「ほしいまゝ」の五字を感得したと言いました。これなら「ぴったり」あの感じにあてはまる。どうしても出て来なかったけど、「ゆうべネ」と私に話したのをなつかしく思い出します。

この句を鑑賞して、上野さち子は『近代の女流俳句』（桜楓社刊）で次のように述べている。

彼女はこの句をつくるために、七、八度も英彦山に通ったという。上五・中七は先に出来て、最後の「ほしいまま」を得るためのものであった。最初に一声聞いたときの感動を生かすために、幾度もこの山に登りつめる久女の根気というか、執念には、娘昌子も俳句は「容易ならぬもの」という感を深く抱かせられたという。

英彦山は今でも深山幽谷の面影をもつ。それを一人で登る久女の姿には鬼気さえ漂っている。だが、漸くにして得た言葉が「ほしいまま」であったということは、久女の境涯を考えるとき、余りに暗示的であり、余りに象徴的であるように思う。

大正から昭和にかけての日本の主婦にとって、「ほしいまま」なる語はむしろ禁句であった。特殊なブルジョア夫人は別として、つねに己れをおさえて生きて行かねばならなかったのだ。久女は英彦山をひとりで登ってゆくとき〔略〕きいた時鳥の声は、「英彦山そのもの、山の精の声」だったともいっている。

私はむしろ、この声は久女自身の声だったのではないかとさえ思う。たしかに彼女は英彦山で時鳥の声をきいたのであろうが、それを「ほしいまま」の語に摑んだとき、まさしく久女の声としていた。「息づまる人間界の圧迫」を最も敏感に感じとっていた久女にとって、かつて三千八百の宿坊があったという山嶽宗教の霊場は、逆に魂を解き放つことの出来る唯一の場所として彼女を甦らせたのである。

俳文学者山下一海の鑑賞文も紹介しておく（俳誌「冬野」平成十三年三月号所載「山ほととぎす」）。

句の劈頭（へきとう）に〈谺して〉とあって、読者はいきなり大きな残響空間に誘い込まれる。さらに〈山ほととぎす〉との名乗りによって、ほととぎすの鳴き声が響きわたり、重なり合う。英彦山の句だと知って読んでいるから、霊山の霊地が一句に満ちわたるのを感じる。この句のカギは、〈ほしいま、〉であろう。大胆に〈ほしいま、〉と言い放たれたことによって、句は小さな現実を超える。〈ほしいま、〉が、ほととぎすの鳴き声を増幅し、山気を拡大して、ついには目前の世界が、別次元の様相に変容する。山ほととぎすという一（いち）物（もつ）によって仕立てられた句は、一物自体の力によって象徴の高さにまで到達している。

句碑の建立者は久女の長女石昌子と次女竹村光子である。虚子が序文を書いてくれないために句集も生前には出せず、死後も実像が歪められ、特に反久女の立場をとる人の多い北九州で久女の句碑を建ててくれる人などいるはずもなく、自らの手で「母の成仏を祈っての鎮魂の碑」（石昌子著『久女無憂華（むゆうげ）』東門書屋刊）を建てたいと念願していたという。以下は『久女無憂華』一二三頁からの引用である。

或る時私は友人達と英彦山の八幡製鉄山の家に泊り、帰途英彦山神宮に寄り道し参詣した。社務所に高千穂峰女〔本書一六五頁〕さまの「日子（ひこ）のかげ」という俳句パンフレットが売られていたので、蒲池治麿神官にこの俳句作者と英彦山についていきいた次第だった。このめぐり逢いから、久女は生前蒲池さんの宿坊にながく滞在したということを知った。これ等の縁から後に句碑建立の話が生まれたのである。

計画から建立に至る経緯を、石昌子は「〃五月の日記〃より」という文に書いて昭和四十二年の「俳句研究」四月号に発表している。『杉田久女』に転載されているので、それによって整理をしよう。

場所の提供・その他の協力……英彦山神宮（高千穂有英宮司、蒲池治麿神官）
石屋……才田勝（赤村）
設計……加藤退介（九州大学）
除幕式司会……高千穂峰女（宮司母堂。俳誌「雲母」の俳人）
碑面の文字は久女の自筆。石橋犀水について本格的に書を学んでいるから、風格があり、雄渾の気があふれている。

俳誌「万燈」昭和五十六年十月号に、佐野不老の「山ほととぎすほしいまゝ」という文章（不老庵閑話⑶）が掲載されているが、昭和四十年五月三十日の除幕式は大荒れの風雨のために、奉幣殿での句碑建立報告祭という形になったことなどが述べてある。

碑は全高一・八五メートル、幅二メートル。

この句と、橋本多佳子の句を併刻した「櫓山荘跡（ろざんそう）」句碑が、平成十五年十月に建立されたことを付言しておく。詳しくは三四四頁を参照されたい。

b 「花衣」の句碑

花衣ぬぐや纏はるひもいろ〳〵　久女

写真76

【所在地】 北九州市小倉北区堺町一―七　堺町公園

北九州市役所の南側を東西に貫く道路の、モノレールの下から三〇〇メートルほど東進した左手に堺町公園がある。碑は公園の南端に、道路を背にして建てられている。

【裏面】 昭和五十九年十一月十一日　有志一同建之

【その他】 大正八年の「ホトトギス」六月号の雑詠欄に載った句（満二十九歳の時の作）で、『杉田久女句集』（角川書店）にも収録されている。初出の「ホトトギス」における表記がどうであったかは、同誌を見る機会がないので確認していないが、『句集』では「花衣ぬぐやまつはる紐いろ〳〵」の表記である。久女自身が表記を変えて揮毫した短冊の写真が、二つの文献に出ている。増田連著『杉田久女ノート』（裏山書房刊）六五頁のは「花ころもぬくやまつはる紐いろ〳〵」で、田辺聖子著『花衣ぬぐやまつわる……』グラビヤ頁（石昌子編、東門書屋刊『杉田久女遺墨』四頁のも同じ）のは「花衣ぬぐや纏はるひもいろ〳〵」である。後者の短冊の文字と碑の文字は、漢字のくずし方や変体仮名の使い方が同じだから、これが碑に彫る際の原本になったものと判断できる。

「花衣」は花見衣装のことで、春の季語である。「纏はる」とは「からみつく」の意。「いろいろ」は色がさまざまであるということもあるが、主意は「紐の種類が多いこと」であろう。

田辺聖子は『花衣ぬぐやまつわる……』一二三頁で、虚子の評も引用して、次のように述べている。

久女の代表作になった「花衣ぬぐや纏る紐いろ〳〵」は艶冶な句である。習作の域を完全に脱して、久女らしい濃い色彩感と照りがあらわれている。

久女は美しいもの、触感の快いものが好きで、それも好みがきびしく、着物も結婚のときに持ってきた上等のものをいつまでも着た。

この紐も、緊めよい材質の、色美しいものであろう。絹の端ぎれ、モスリン、紅絹、それら色とりどりの紐が足もとにたおやかに落ち重なる。すでに久女はナルシシズムに酔いはじめている。これは女の自己愛の句である。

いろいろの紐を身にまといつかせる美しい女は、自分なのである。

「ホトトギス」大正八年八月号の「俳談会」で虚子はこの句をこう評する。

「この句は説明する迄もなく花見衣を女がぬぐ時の状態で、花見衣をぬぐ場合に腰をしめて居る紐が二本も三本も沢山しまって居る為に、其紐がぬぐ衣にまつはりついて手軽く着物をぬぐ事が出来ない。其の紐の形も色も決して一様ではなくて紅紫いろ〳〵の色をした紐が衣を一枚一枚とぬいで行くに従ってまつはりつく、それがうるさいやうな心持もするのである。うるさいといふよりもその光景が濃艶な心持で、花を見る華やかな心持と一致してまつはりつく色々の紐を興がり喜ぶのである。男の着物であった場合は帯一本で、此句に現はれてゐるやうな紐色々といふことは事実から言って無い。女の衣であればこそ、始めて紐色々といふことが生れて来たのでかういふ事実は女でなければ経験しがたいものでもあるし、観察しがたい所のものでもある。即ち此句の如きは女の句として男子の模倣を許さぬ特別の位置に立ってゐるものとして認める次第である」

虚子は批評も創作活動の一つという持論だったが、さすがにこの句に女の自己愛の濃密な匂いを嗅ぎあて、それを珍重している。

この句碑の建立計画が始動していることを告げる「西日本新聞」（昭和59・1・18）の記事によると、久女の句碑は北九州市には円通寺にはあるが、北九州市を詠んだ句ではない。そこで「豆本の会の版元岡田始さんや俳人増田連さんらが五十六年に『杉田久女顕彰会』をつくり、句碑建立の計画を進めていた」。そして、建立する「場所は久女が住んでいた近くの堺町公園内にしたい」と考えられたという。

久女の堺町居住について、増田氏は①久女の文章「私の畠」からの考察、②石昌子さんよりの証言を基にして、『杉田久女ノート』八四－五頁で次のように述べている。

堺町は、杉田一家が大正七年（一九一八）の夏から昭和六年（一九三一）の春まで、約十三年間を過した場所である。〔略〕当時の番地では百十一番地である。これは、残されている久女の自筆ハガキや手紙によって確認することができる。現在でいうと、小倉北区堺町二丁目三番の区画内であるが、久女の借りた家は堺町（円応寺筋）の通りから、少し南側へ露地を入った場所だったので、今の小文字道路の端あたりになるらしい。現在は新しく小文字通りが出来て、当時の面影はまったく失われてしまっているので、正確な場所を指摘するのは難かしい。一応、日本銀行北九州支店の前の道路の端附近と推定しておく。

この説明によれば、久女の居住地から三〇〇メートルほど西に句碑が建てられたということになる。しかも刻まれた句は堺町に住んでいたときの作品で、しかも自筆であるのだから、文学碑としては第一級に位置付けてよいだろう。

この碑は、久女の没後三十八年目にしてようやく地元に建てられたものである。その他にも、「久女展」や久女を主人公にした演劇など、久女顕彰の行事が相次いで企画され、多くの人を集めるようになった。

こういう動向を、田辺聖子は『花衣ぬぐやまつわる……』の終章で、「小倉における久女鎖国が解けたのであろう」と書いている。歴史上の開国は黒船の来航によってもたらされたが、小倉の久女鎖国は反久女の急先鋒であった横山白虹（はっこう）（俳誌「自鳴鐘」主宰。現代俳句協会会長。三三四頁）の死去（昭和五十八年）がもたらしたというわけである。

こういう時代背景を考えると、この碑の除幕は当然久女の娘である石昌子の手でなされたのだろうと思ったが、そういう状況にはならなかったようである。その事情に深入りするのは、本書の趣旨からずれるので筆を擱（お）くが、石昌子著『久女無憂華』（一三四–四一頁）に石氏側の思いが述べられていることだけを紹介しておく。

前述のように、この碑は杉田久女顕彰会が建立したものだが、現在は市に移管されているそうである。「ひろば北九州」六二一号所載の「北九州の文学碑」によると、「水成岩の自然石で」、「設計施工は（株）酒井石材、上田彩夫氏の石材提供によるもの」だという。

碑は全高二・三八メートル、幅一メートル。

c 「仏生会」の句碑

無憂華の樹かげはいつこ（づ）佛生會　　久女

写真77

【所在地】 北九州市小倉北区妙見町一–三〇　円通寺

森林公園と福聚寺（ふくじゅじ）との中間地点に円通寺はある。境内には杉田久女の句碑が他にも一基ある。

【裏面】 一九八九年一月二十一日　石昌子建之

世話人　三木澤　黄田麻左枝

【その他】小倉の広寿山福聚禅寺での作。昭和七年の「ホトトギス」七月号で、初めて巻頭を獲た五句の中の冒頭の句である。ただし、このときの表記は「樹かげ」ではなく「木蔭」であった。したがって、文献の多くはその表記を使っている。碑に刻まれた揮毫は、『杉田久女遺墨』一四頁や田辺聖子著『花衣ぬぐやまつわる……』グラビヤ頁に掲載されている色紙だと思われるが、明らかに「樹かげ」である。「樹かげ」には濁点が打たれているのに、「いつこ」には濁点が無いのは書のバランスの問題だろうか。

「無憂華（むゆうげ）」とは、インド南部およびセイロン島に自生するマメ科の常緑樹無憂樹の花で、乾期に円錐花序をつくって咲く。芳香があり、始め黄色、次いで橙色（だいだい）、最後に赤色に変わる。摩耶夫人（まやぶにん）が藍毘尼園（らんびにおん）にあったこの木の下で釈迦を生み、安産であったところから無憂樹と命名されたという。仏教徒は神聖な木としている、と百科事典には説明されている。

「仏生会（ぶっしょうえ）」とは、「花祭り」という呼称で知られているが、釈迦の誕生日（四月八日）に花で飾った御堂を作り、その中に釈迦の誕生像を安置し、甘茶を注いで祭る行事。春の季語である。

山下敏克氏は、創作研究会発行「周炎」二三号所収の「谺して山ほとぎす（ママ）」の中で次のように述べている。

　世間から悪女呼ばわりされながらも気丈に句作に没頭している久女ではあるが、唯一の理解者であり師と仰いできた虚子にもうとまれ、その苦悩を誰かに縋り癒（いや）してもらいたかった。それが「無憂華の木陰はいずこ」と、女性なるが故の弱さに涙し、安らぎの場を仏に求めたのである。

　　我につきたるサタン離れぬ曼珠沙華

　久女はこの句を詠んだT10年頃から、たびたび自殺したいほど思い悩み、住職の林隆照禅師〔注――福聚寺の二十五代住職で、円通寺現住職の父〕を訪ねては仏に救いを求めている。

石昌子の「小倉での生活」という文章（立風書房刊『杉田久女全集』栞、平成元年八月）が、『現代女性俳句の先覚者』（東京四季出版）に転載されている。その中に次のような記述がある。

私はまた幾多の誤解や悲運の中に世を去った母の霊を慰め、心からその冥福を祈るため、兼ねて心がけていたことながら、平成元年一月二十一日久女忌当日、小倉地区東郊足立山麓の黄檗禅寺円通寺境内に句碑を建立した。この黄檗禅寺一帯は母久女がしばしば吟行した地であり、先代の住職隆照氏とは昵懇(じっこん)でもあった。この親子二代の重なる縁に現住職も大いに喜び、進んで場所も提供して下さった。

無憂華の木蔭はいづこ仏生会

赤褐色のインドみかげ石円型の句碑も風格があり珍らしく、五月仏生会（月おくれ）の日に正式に除幕式が行なわれる予定になっている。

『久女無憂華』一四二頁にも同趣旨の文章があるが、円通寺は久女句碑が春の句、秋の句（「三山の高嶺つたひや紅葉狩」）と揃うことを喜んでいるそうである。

世話人については、石昌子氏に電話でお聞きした。三木澤氏は光子の小学校時代の先生で両親も昌子も知っている人。黄田(おうた)麻左枝氏は昌子の女学校時代の友人（『久女無憂華』に江上料理教室経営者とある）だということであった。

碑は二段積みの土台（高さ一・三四メートル）の上に、直径九〇センチの円型の石が据えられている。

以上の四碑（橋本多佳子の項で述べる碑も含む）の他に、北九州市小倉北区、田川郡香春町、同郡添田町にも久女句碑がある。地域別一覧を参照されたい。

(11) 川端茅舎とその流れ

① 川端茅舎

明治三十年（一八九七）－昭和十六年（一九四一）。東京生まれ（戸籍では明治三十三年生まれ）。本名信一。一高受験に失敗し、藤島武二の洋画研究所に通う。芸者置屋という家業に罪悪感を抱いていたためか、武者小路実篤に共鳴し「新しき村」の村外会員となる。中学時代に、父や大場白水郎等の句会に出席。大正四年（一九一五）、「ホトトギス」募集俳句に初入選。同九年、岸田劉生に師事して画道を志す。同十三年、「ホトトギス」十一月号で初めて巻頭に選ばれると共に、絵画で春陽会初入選を果たす。昭和五年頃から病気がちとなり、前年の劉生急死もあって画業は断念し、作句に専念。やがて「ホトトギス」の四S以後の代表的な俳人として松本たかしと併称された。昭和九年、ホトトギス同人に推された。同年から、第一生命保険相互会社の社内句会誌「あをきり」の指導を依頼される。結核や脊椎カリエスなど多病に苦しんだ後半生であったが、「花鳥諷詠を信奉し幸福の遍満する独自の句境を創出した」（角川書店『俳文学大辞典』）。句集に『川端茅舎句集』（昭和9）、『華厳』（昭和14）、『白痴』（昭和16）があり、没後に『定本　川端茅舎句集』（昭和21）が編まれている。

筑紫野の菜穀の聖火見に來たり　　茅舎

写真78

【所在地】 朝倉郡杷木町志波　宝満宮

国道三八六号線の「志波」バス停の東方二七〇メートル付近は上り坂になっている。上りつめた地点の南側が宝満宮である。境内の一画に旧宮司邸があり、玄関右手に門人小野房子（元宮司夫人）句碑（二〇九頁）と寄り添うように茅舎句碑がある。

【裏面】 昭和十四年六月　鬼打木　小野房子　熊本晴穂

【その他】 茅舎から門人小野房子宛の手紙（野見山朱鳥著『川端茅舎』菜殻火社刊、七七頁所収）の中に、「先月は修善寺へ和歌子（茅舎の姪）の墓参に行きました。寝てゐても病気はよくなりませんから少し動きました」という文言があるのに力を得て、昭和十三年に朝倉郡志波村〔注――現・杷木町志波〕在住の房子は「おついでに私の所までお出でください」と熱心に要請している。健康状態と相談して、結局、翌年の六月九日に初めての九州訪問が実現したのである。『川端茅舎』所収の「九州の旅」（初出は「現代俳句」昭和二十四年十月号）および小野房子の『弟子日記』（福岡県立図書館復写）を参考にして茅舎の足跡をたどってみよう（房子の主宰誌「鬼打木（おがたま）」所収の文や、茅舎自身の「九州雑記」からの引用分も含む）。

「病身にとってあまり好期ではないはずの梅雨入前」が選ばれたのは、房子の話を聞いて「平野を黄一色に塗りつぶす菜の花が菜種となり、その実を取ったあとの山なす穀（から）を焼いて夜空を焦す壮観が茅舎の想念を深め」、「菜殻焼きの時期が選ばれたのであった」。病弟の保護者に等しかった川端龍子（りゅうし）（日本画家）は、当然、強く反対した。しかし茅舎は「そのような病身であればこそ命ある間に旅をしておのれの求める作品を成したかったのであろう」。

昭和十四年六月八日午後三時、東京駅発。九日午前十一時四十三分博多着。「今一進一退の病気は心臓ロクマク、痔、ゼンソク」という状態での長旅であった。

六月九日、「梅雨らしくない上天気」。「八年前よりずっと肉が落ちてお体はすんなりしてゐられる物の何となく内に元気のあふれてゐる様にも思はれるのであった」と、房子は茅舎の様子を書いている。

房子の他にも迎えに出た俳人もいて、張り切って筥崎宮、西公園、大濠公園と引っ張り回す。

『はかた』を出た車窓に開けた風景は見渡す限り一面に澎湃と菜殻の波濤なのであった。菜殻を乗せた大地は波のやうに起伏し乍ら次々と車窓へ飛込んで来た。〔略〕もう傾きかけた六月の太陽は又ギラギラと度を強めて遠ち近ちに上る白煙をば異様に光り輝かしてゐた。もう筑紫野の菜殻焼は既に初められてゐたのであった」。

今日の名称で言えば、JRで博多から基山まで行き、甘木鉄道に乗り換えて甘木到着。「志波の房子居である宝満宮に着いたのは六時過ぎで、それからすぐ近くの原鶴温泉の小野屋に志波の俳人達と共に行って小宴」、「温泉場は隣座敷が騒々しいからといって宝満宮に戻り大広間に泊って、九州第一夜を迎えている。咳をするので遠慮したとも云っているが、大広間では熊本晴穂が蒲団を並べて寝ることになった。晴穂は按摩を職とする人で、その夜茅舎の疲れた体を揉んでくれたから朝まで快く眠ったようである」。

翌十日は静養。十一日は甘木の丸山公園（現・甘木公園）での歓迎句会。十二日、休養。十三日は秋月へ。高浜虚子の父が若いころ武者修行に来た（一四三頁参照）折の宿屋跡を訪問。句会。秋月城址訪問。十四日は散策。十五日は恵蘇宿 木の丸殿址散策。十六日、太宰府天満宮、榎寺、観世音寺、都府楼址、香椎宮に行く。十七日、久喜宮の日吉神社でオガタマの大樹を見て、原鶴小野屋で昼食。午後は恵蘇宿で句会。十八日は宝満宮で詩想を練る。十九日午後、原鶴小野屋で送別の小宴。二十日、帰途につく。博多で河野静雲を訪ねる。

十一日の丸山公園での句会に茅舎が出したのは、次の五句であった。

筑紫野の菜殻の聖火見に来たり
雨の中菜殻の炎清浄と
雨細し草の葉細し花薊
渡し来る一点の灯と蛍火と
蛍高し筑紫次郎は闇にひそか

この中の第三句を除く四句は、茅舎自身が「鬼打木」七月号に「筑紫遊草」と題して発表した八句に含まれている。そして次の四句が、昭和十四年九月号「ホトトギス」の巻頭を飾ったのである。

燎原の火か筑紫野の菜殻火か
筑紫野の菜殻の聖火見に来たり
菜殻火は観世音寺を焼かざるや
都府楼趾菜殻焼く灰降ることよ

第二句以外は志波滞在中の、各地での句会には出されていない句であるから、野見山朱鳥が云うように、帰京後、「旅吟を長く心の中で見詰めて結晶」させたものであろう。

二年後に茅舎が他界し、小野房子は遺品として日記三冊の他に、枕元の机の引き出しにあったメモ状の紙片を貰って来ているが、そのメモの中に「筑紫遊草」と題して五十三句を列記したものがあったという。そして、この中から、昭和十六年出版の第三句集『白痴』にはかなりの数の句が収録されたが、『定本 川端茅舎句集』には、この碑に刻まれている句を含む八句しか入っていないという。野見山朱鳥が『定本 川端茅舎句集』を茅舎句の心髄として絶対視する所以(ゆえん)である（前出『川端茅舎』一〇四頁より）。

ところで、「ホトトギス」九月号の雑詠第一頁には、茅舎の四句と三席の中村草田男の有名な「万緑(ばんりょく)の中や吾(あ)子(こ)の歯(は)生え初(そ)むる」他二句が出ているが、両者を比較して俳誌「若葉」（主宰・富安風生）の松沢椿山が十月号に句評を書いている（前出『川端茅舎』の「九州の旅」より引用）。その論旨は、草田男の句は「自然に触発された詩情を、真正面から克服しようとしたものであり、又それに成功した作品で」、「力強い」し、「難の打ちどころのない出来栄えを見せている」。一方、茅舎の句は「風流イデオロギイに立脚して作られた作品で」、「迫力が弱い」というのである。もう少し具体的な叙述の部分を引用しよう。

右に挙げた茅舎氏の作品は筑紫野の菜殻火といふものに打興じた作品である。たまたま菜殻火を見て強い詩的衝撃をうけ、それが自然句となって迸(ほとばし)り出たといふよりか、初めから作者に打興じようとする用意があって出来たといふ感じである。吾々はこの句の堂々たる格調や、風格を一応認めざるを得ない。併し翻って考へると、この句の吾々に愬へる力は案外それほどでないことに気がつくのである。これは何故であるか？これはこの句が打興じるといふ一つの成心を持って拵へ上げられた作品であるからである。「打興じる」という気持は既に一つの成心であり、それにはどうしても実感以上の誇張——言葉を換へて云へば嘘があるからではないかと思ふ（一〇七－八頁からの孫引き）。

野見山朱鳥の文の引用にもどる（一〇八－九頁）。

それに対して茅舎は「ホトトギス」十二月号の隔月俳論で「狐は穴にあり」と題してかなり長文の反論を書いている。〔略〕草田男を称揚するために花鳥諷詠を否定する事は全く撞著〔注——矛盾〕した考えであるとし、「風流イデオロギー」の語に対して攻撃の矢を向けている。〔略〕「風流イデオロギー」とは「花鳥を愛する事の出来なくなった甲羅を被って了った公式論者」が日本人の血がぢかに花鳥を愛する心即ち花鳥諷詠する態度を冷眼視しようとした観念的な遺物であると書き綴って来て……〔以下略〕

この大袈裟に云えば「菜殻火論争」に触れた後、野見山朱鳥は「ホトトギス」の巻頭を飾った四句について自らの見解を述べている。ここでは、碑に刻まれている句についての朱鳥の見解の一部を転載させていただく（一一三－四頁）。

おそらく写実派や即物派の人達にとってこの句が最も作品として緩んで見えたことであろう。これは「聖火」の語があるだけで九州までわざわざ行かなくとも作れるし、寝ていても成る句であると云いたかったのであろう。「聖火」の句の先向をなすのは「日光山志」の中の「わが心氷る華厳を慕ひ来ぬ」であるが、旅吟の全体の中で占める位置の比重では問題にならないものがあるのは「わが心」の句は「日光山志」中のそれぞれの一句と同格の作であるのに対し、「聖火」は「菜殻火」四句全体を代表する作であるからだ。私はこのことに関して「茅舎の菜殻火の四句から代表一句を選ぶとしたら何れを選ぶか、今もし最初の聖火の句を消してみたら三句では急に淋しくなると思うし、他の句の一句の重量は四句の頂点的な存在を示さないからである。そうして見ると、聖火の句は平凡な内容のようでありながら全部の句を代表しているようである。これは茅舎の背景によって僕達がこの句から切り離せない印象を持たされている為もあるが、聖火の句は言えば茅舎の菜殻火の看板のようなもので、実質は他の三句にあってもそれらを代表することになるものと考える。つまり聖火の句は代表する句であるがそれは他の句の実質を負うている。」と書いたことがある。

朱鳥は結論的に、次のように述べている。

茅舎の写生は物に釘づけになることを意味してはいなく、物そのものに宇宙を見ようとする時に詩心は飛翔し、物は宇宙の中心となり、風韻を生ずる。〔略〕松沢椿山に向けられた茅舎の怒は西欧リアリズムの尺度しか知らない日本の現状に対する怒ではなかったか。

さて、この句碑は先述のとおり旧宮司邸玄関横にあるが、当初は境内右手奥の金毘羅宮裏手にあった。編著者は平成十一年（一九九九）に再確認に行ったが、句碑のあった辺りが荒れ果てていて、句碑は見当たらなかった（小野房子門伊藤白蝶の教示によると、昭和四十七年に現在地へ移設された）。宮司邸に聞きに行ったが不在で、出直そうと思ったとき、植え込みの中に句碑があるのに気づいた次第である。

碑の旧所在地について触れた記述が、前出『川端茅舎』一一一頁にあるので転載しよう。

博多から志波へ行く列車の中から昼の菜殻焼を見た茅舎の文章を上げたが、夜の菜殻焼を見た小さな文章がある。

菜殻火は筑後川を隔て、見渡す限りの平野に燃え上る炎が或は強く或は弱く様々な為に一度にどっと燃えるよりもかへって激しい印象を与へてゐた。強い炎から弱い炎へ弱い炎から強い炎へ、それは次々に面目の中心を移動して、或は野火のやうに駈廻るやうな感じさへ起きさせるのであった。（茅舎記）

これは房子の居る宝満宮の中にある金毘羅山から見下した大景で、茅舎が菜殻火を見た場所に記念として、後に小さな句碑が房子によって建てられたのであるが、この文章を読んでも菜殻火の壮絶さから受けた茅舎の詩的衝動は充分わかる。

では、この茅舎句碑はいつ建てられたのであろうか。碑の裏面に刻まれている日付は、茅舎の宝満宮滞在を示している。同じ月に句碑まで建てることが絶対ないとは言えないが、普通の場合考えられない。小野房子の遺句集『しのび草』（池田みちゑ編、私家版）六七頁に「句碑たてむ夜々のながら火見へる所」という句が掲載されている。小野房子主宰の「鬼打木（おがたま）」の昭和十七年一月号に発表された句である。「句碑たてむ」（句碑を建てよう）という意志が示されているから、この時点ではまだ建っていなかったと考えてよいと思われる。昭和二十一年十一月には、房子の要請で虚子・年尾・立子の三人が茅舎句碑や茅舎滞在の部屋などを見に宝満宮を訪れている。これらのことから判断すると、昭和十七年から二十一年までの間に建立されたことになる。

建立年月日を特定している文献は、見当たらない。小野房子の愛弟子である伊藤白蝶（二一〇頁）にも尋ねたが、確かな記憶はないという。ただ、石材は前もって準備されていたようにも聞いているので、茅舎帰京後すぐに取り組んで昭和十四年六月中に建立されたのではないかというのが、白蝶の判断である。「自分も句碑開きに招かれたが、父が入院中で欠席。後で当日の写真を戴いた」と言うことであった。編著者はその写真を見せてもらった。写真裏面に撮影日でも書いてあることを期待したが、何の書き込みも無かった。写っている人物は、時局柄内輪での除幕式であったためかわずかに五名で、この写真を掲載している『しのび草』の説明によると、小野房子夫妻、熊本晴穂（せいすい）（甘木）、芳仙、不詳一名となっている。

この碑は九州唯一の茅舎句碑で、全高一・三メートル、幅〇・二三メートル。こぢんまりとした姿に、几帳面な楷書の文字がよくマッチしている。

② 小野房子

明治三十一年（一八九八）―昭和三十四年（一九五九）。現・東京都田無市生まれ。旧姓坂谷。遊学中の朝倉郡志波(しわ)村（現・杷木町志波）の宝満宮宮司小野直世と恋愛し結婚したが、直世の父母が健在の家に入れられず、甘木市蜷城(ひなしろ)の林田神社内藤宮司宅に預けられた。内藤宮司は俳人（号・葦城）で、その指導を受けて、房子は昭和六年、三十三歳頃から句作を始めた。前宮司が他界して、宮司を継いだ夫との生活がようやく実現したが、俳句に専念できたのは姑没後である。同七年に、川端茅舎に師事して「ホトトギス」に投句。同十三年から茅舎の指導協力を得て俳誌「鬼打木(おがたま)」を発行、自ら選者となって初心者を育成。同十六年に茅舎が他界した後も、「鬼打木」の発行は没するまで続けた。著作としては、川端茅舎との交流を綴った『弟子日記』がある。編著者は福岡県立図書館架蔵のコピー版を閲覧したが、俳句雑誌「ばあこうど」第五号（平成15・12・9）に復刻掲載されたので、利用しやすくなった。次女により遺句集『しのび草』（昭和59）が編まれた。

花楓日の行く所はなやかに　　房子

写真79

【所在地】朝倉郡杷木町志波　宝満宮

地理案内は前項の川端茅舎句碑参照。碑は茅舎句碑の左隣にある。

【裏面】小野房子女史は東京に生まれ、當社第二十七代宮司小野直世氏夫人となる。夙に俳句に親しみ、川端茅舎先生に師事し、その愛弟子として句作に出精、ホトトギスの女流作家として広く其の名を知らる。又、俳誌「鬼打木」を主宰し地方俳句の振興に力を盡せしが、病を得て昭和三十四年六月十二日逝去。行年六十二才。その指導を受けし人々相図り、氏の句碑を建つ。嘗て、茅舎庭より移せし楓あり。依てこの花楓の句を刻す。

昭和三十八年七月十七日　　ほととぎす同人　緒方無元

〔注――句読点や括弧は編著者で補った〕

【その他】昭和十五年の作で、「ホトトギス」に発表された。季語は「花楓（はなかえで）」で季節は春。「花楓」について、山本健吉編著『鑑賞俳句歳時記』（文藝春秋刊）は、「楓の花」の項で次のように解説している。

新葉からわずかに先だって、梢に暗紅色の貧しい小さい花をひらく。萼（がく）も花弁も五片で、八本の雄蕊（おしべ）がある。やがて翅（つばさ）のような実となり、風に乗って飛散する。

「貧しい小さい花」であっても、日差しを浴びて辺りをはなやかに彩る花楓。日差しの移ろいにつれて、花楓のささやかな華やぎが、こちらの枝からあちらの枝へと移ろうのを、作者は愛でているのであろう。碑は全高一・四二メートル、幅〇・三四メートルで、自筆が刻まれている。

小野房子の句碑がもう一基、朝倉郡杷木町にある。地域別一覧を参照されたい。

③ 伊藤白蝶（はくちょう）

大正三年（一九一四）―。現・甘木市佐田生まれ。本名テイ。昭和十三年（一九三八）に小野房子が創刊した俳誌「鬼打木（おがたま）」に投句したのがきっかけで、房子の指導を受けるようになった。佐田の自宅から句会のある甘木まで片道一〇キロほどの山道を、一人で歩いて往復するほど熱心な門人であった。昭和十七年に杷木町星丸の伊藤正雄氏と結婚してからも句作を続けた。房子の没後、昭和四十一年からは吉井の原三猿子（俳誌「夏萩」主宰。一五五頁）に師事し、江口竹亭（二一八頁）の俳誌「万燈」にも投句するようになった。また、「ホトトギス」や日本伝統俳句協会の「花鳥諷詠」にも投句している。

杷木の露草俳句会会長で、今も自庭の房子句碑の前で房子忌（六月十二日頃）を営んでいる。師を偲ぶ情は濃やかで、菖蒲を愛した房子の忌日まで花がもつように山水の加減に苦心するという。また、房子が茅舎との別れの朝、笹粽（ささちまき）をつくったエピソードや、茅舎が「笹粽ほどきほどきて相別（あひ）れ」の句を残していることなどを偲んで、今でも房子忌・茅舎忌には粽を供えているという。

蓮の露こほ（ぼ）れて水に還りけり　　白蝶

写真80

【所在地】朝倉郡杷木町星丸一〇七　伊藤邸

杷木から県道五二号線（八女・香春線）で小石原方面へ五キロほど登ると、「松末（ますえ）」という信号機のある交差点がある。そこから右折し、右へ巻くように進む。右手は田圃、左手は用水路を挟んで高い石垣の家がある。そこが伊藤邸で、庭の小野房子句碑の左前にこの碑はある。庭には伊藤白蝶の亡夫伊藤萬翠の歌碑もある。

【裏面】平成四年四月二日　露草俳句会建之

【その他】自庭の蓮を観察しての句で、日本伝統俳句協会の「花鳥諷詠」誌第三号で稲畑汀子選に入選したもの。自筆。

碑は全高一・一メートル、幅〇・八四メートル。

(12) 阿波野青畝（あわのせいほ）とその門人

① 阿波野青畝

明治三十二年（一八九九）－平成四年（一九九二）。奈良県生まれ。旧姓橋本。本名敏雄。中学三年生のときに「ホトトギス」を知り、原田浜人（ひんじん）に師事。その影響もあって主観句を好む。高浜虚子の客観写生に対する不満を抱いていたが、主観と客観の止揚に努めた。大正十一年（一九二二）創刊の野村泊月選「山茶花」に入選したのを契機に、力量を高めた。翌年、結婚して大阪の阿波野家に入ってからは「ホトトギス」の成績も向上し、同十三年に課題句選者となる。昭和三年、「ホトトギス」では四Sの一人と称された。同四年一月創刊の俳誌「かつらぎ」（橿原市）に請われて主宰となる。同二十年の空襲で自宅が焼失、西宮に移住。翌年三月から「かつらぎ」発行所を自宅に移す。平成元年に主宰を森田峠に譲り、名誉主宰となる。新聞や雑誌の選者を務めるとともに、昭和五十年発足の大阪俳人クラブの初代会長に就任。第七回蛇笏賞、第七回詩歌文学館賞受賞。句集に『万両』（昭和6）から『宇宙』（平成5）まで十冊がある。

a　愛宕神社の碑

梅天と長汀とありうまし國　　青畝

写真81

【所在地】 福岡市西区愛宕二―七―一　愛宕神社

地下鉄空港線の「室見」駅から地上に出て、すぐ西の室見川を渡ると「愛宕下」というバス停がある。その辺りから北向きにひたすら登ると、愛宕神社の下に出る。茶店の横から石段を上り、右へ曲がると宇野目稲荷がある。その入口右手には渡辺満峰句碑がある。満峰句碑とは反対に、神社本殿に上る石段の方へ行くと、道の左側に青畝句碑がある。

【裏面】 昭和四十八年五月　九州かつらぎ会　石匠　柴田松陽

【その他】 昭和十六年の作で、句集『国原』（昭和17）所収。「梅天」は「梅雨空」あるいは「梅雨時の天気」をいう。「長汀」は「長く続いているなぎさ」の意である。

『近代俳句大観』（大野林火他編、明治書院刊）に、森田峠（「かつらぎ」主宰）が次のように解説している。

陰鬱な梅雨空と美しく長い海岸線とがあって、その大景が極めて日本的な風景で、まことに美し国（うまし国）であるという意味。長汀が美しいことは常識であってよくわかるが、あのうっとうしい梅雨空までが美し国の特徴としてとらえられているところに意外さがあり、かすかなイロニーを感じさせる。この句は満洲朝鮮の旅から帰った師の虚子を舞子の万亀楼に迎えた歓迎句会で作られた。当時は松の多かった須磨から明石へかけての海岸線を遠く見やって得た句であろう。〔略〕ホトトギス流の客観写生句とは色合いを異にしていて青畝の主情がよく出ている。席上、そのことを危うんだ虚子は、君の主観はこの辺りを限度にしておくべきだと戒めたという。

碑は全高一・七メートル、幅一メートル。

b　香椎宮の碑

爽かに宿禰掬みけむ不老水　　青畝

写真82

【所在地】 福岡市東区香椎四─一六　香椎宮

西鉄宮地岳線「香椎宮前」駅から、JR鹿児島本線の線路を横切り、更にJR香椎線の線路も横切って楠の並木に挟まれた県道二四号線（福岡東環状線）を七〇〇メートルほど行くと香椎宮の入口がある。正面参道を進むと、左手に小原菁々子句碑がある。その傍らの小さい石の反橋（そりばし）を渡ると、右手に青畝句碑がある。

【裏面】 阿波野青畝　　明治三十二年（一八九九）奈良県に生る

大正六年「ホトトギス」に倚り高浜虚子に師事　昭和四年俳誌「かつらぎ」を創刊　六十年間主宰

著書　青畝風土記他

阿波野青畝句碑建設委員会　平成二年四月八日建之

【その他】 句集『西湖』（平成3）所収。学研の「週刊　神社紀行　23」（香椎宮・筥崎宮）の「旅人物語」で青畝句碑が採り上げられ、次のように記述されている。

阿波野青畝の全国津々浦々にわたる吟行は、晩年になっても途切れることはなかった。一九八九年（平成一）十一月二十七日、青畝は九州の句友に招かれ、何度目かの香椎宮参詣に赴いている。

「広い境内をゆっくり巡り、古宮や大本営跡や不老水の井などを写生す」（俳誌『かつらぎ』掲載「青畝日記」）

俳句の世界では、事物の実相をありのままにとらえる態度を写生というが、青畝は、文字どおりその場でスケッチをするのが常だったという。そして三日後、こんな句を詠んでいる。

爽かに宿禰掬みけむ不老水

「宿禰」は『古事記』や『日本書紀』に出てくる伝説的人物の武内宿禰。神功皇后に仕えた宿禰は神饌（神に供える酒食）を作る調理職で、香椎宮近くにその屋敷があったという。お宮の北方七分ほどの所（香椎宮の飛び地）にある湧水を炊飯や酒づくりに使ったら三百余歳まで長生きしたとの言い伝えがあり、不老水と言われている。昭和六十年に、環境庁の名水百選に選ばれている（『福岡県文化百選　水編』より）。

「週刊　神社紀行　23」には、この句の鑑賞文も載っている。

「〝爽かに〟は秋の季語で、不老水にかかっている。その現在の事象に〝武内宿禰が掬んだであろう〟という過去の事跡を挟めて詠む。青畝らしい技巧が光っている作品です」（森田氏）

阿波野青畝がとくにこの不老水に着目したのは、やはり、90の齢を数え、みずからの生と死に向きあう老境であるがゆえであろう。

碑は全高一・二メートル、幅一・九メートル。

他に、阿波野青畝句碑が鞍手郡宮田町にもある。地域別一覧を参照されたい。

② **渡辺満峰**（わたなべまんぽう）

明治二十七年（一八九四）－昭和四十五年（一九七〇）。飯塚生まれ。本名長五郎。福岡商業学校を卒業して麻生鉱業に入社。飯塚病院事務長、吉隈鉱業所長、綱分鉱業所長等を経て常務取締役に昇進し、昭和二十九年に退職。大正元年（一九一二）頃、埼玉県熊谷の俳人牛島半舟に師事。筑豊俳壇草分けの一人である。虚子・年尾・静雲・青畝に師事し、「かつらぎ」同人、「ホトトギス」同人として活躍した。その間、多くの後進を指導。晩年は福岡市に居住し、西日本の「かつらぎ」興隆に尽力した。没後に句集『蜻蛉集』（せいれいしゅう）（昭和46）が刊行された。

芽吹かざる樹をとみかうみ訝しむ　　満峰

写真83

【所在地】飯塚市芳雄町（よしお）三－八三　麻生医療福祉専門学校

ＪＲ新飯塚駅の南西三〇〇メートルの地点に飯塚病院がある。構内の南西隅に専門学校がある。校門は芳雄橋の近くにある。碑は校門を入ってすぐ右手のツツジの植え込みの中に、河野静雲句碑と並べて建てられている。

【裏面】昭和四十八年四月八日　　麻生塾俳句会

【その他】句は昭和三十八年の作で、句集『蜻蛉集』所収。当初は飯塚市柏（かや）の森の麻生塾構内に、塾俳句会発会二十年目を記念して建立されたが、塾閉校（昭和五十七年春）に伴い現在地に移設された。麻生塾俳句会は昭和二十七年頃までは渡辺満峰が指導をしていたが、同年十二月からはその推挙により河野静雲が指導にあたった。

帆足亀孫子は「ふるさとの句碑を訪ねて 十三」（月刊誌「嘉麻の里」平成九年一月号所収）に、次のような鑑賞文を載せている。

碑の句意は春になっても芽を出さない樹を心配し、どうしたのかと気遣う作者自身の姿が「とみこうみ」＝右を見たり左を見たりの意＝のことばで神妙洒脱（しゃだつ）に描写され、いわゆる俳諧の風味が豊かに表現された作品となっている。円熟の域に達して可能な俳句の境地であろう。

碑は高さ一・一メートル、幅〇・四四メートル。

渡辺満峰句碑はもう一基、福岡市西区にある。更に、草野駝王・田中斐川の句も併せて刻んだ碑を飯塚市で確認している。その碑の満峰の句だけを刻んだ碑が福岡市南区の自宅に建立されているという情報も得ているが、編著者は未確認である。これらも含めて地域別一覧に掲載しているので参照されたい。

③ 草野駝王（だおう）

明治三十四年（一九〇一）－昭和五十二年（一九七七）。熊本市生まれ。本名唯雄。大正五年（一九一六）に広瀬楚雨に俳句の手ほどきを受けた。同八年、吉岡禅寺洞の「天の川」に投句。同年、「ホトトギス」に初入選。昭和三年に朝鮮に渡り、同六年には「釜山日報俳壇」の選者となる。同十二年には満州事変に応召。翌十三年から阿波野青畝に師事し、「かつらぎ」創刊に朝鮮から参加。同人となる。同十九年には太平洋戦争に応召。戦時中は文学報国会俳句部員であった。同二十年、敗戦により引揚。その年、「ホトトギス」の同人となる。「水葱（なぎ）」の同人で、選者でもあった。戦後、石炭産業の復興にともなって炭坑俳句が盛んになったが、駝王は麻生系の炭坑や製作所の俳句会の指導にあたったので、結社を問わず筑豊の俳人間で敬慕された。渡辺満峰没後、「かつらぎ」支部指導の中心となった。句集に『春燈（しゅんとう）』（昭和45）がある。昭和四十六年には、久留米連合文化会から句集『春燈』および「筑後川周辺」二十五句を対象として、久留米文学賞が贈られた。

春燈の今暗きとは思はずや　　駝王

写真84

【所在地】 嘉穂郡稲築町岩崎　稲築公園

稲築中学校の南側の丘陵上に公園はある。頂上の忠魂碑の東方、一段下がった所に山上憶良歌碑がある。それに向かって左方六メートルの所にこの句碑はある。

【裏面】 庚子八月　　稲築春灯句会

〔注――「庚子（かのえね）」は昭和三十五年の干支（えと）である〕

【その他】 句集『春燈』（かつらぎ発行所刊）の「熊本」の項に収録されている。句集では「今」は平仮名書きになっている。「春灯（しゅんとう）」は春の季語である。水原秋桜子編『新編 歳時記』（大泉書店刊）には「四季をりをりの燈火はそれぞれの味ひを持ってゐるが、特に春燈の持つ情緒は深い。それは光と影の境もさだかでないやうな朧なところに特色がある」と解説されている。ちなみに、この句は高浜虚子編『季寄せ』（昭和20、三省堂）には「春燈」の例句に採られている。

阿波野青畝は『春燈』の序文で、この句に関して「『春燈』は明るい心地をすぐ目に描くわれらに暗きとは思はずやと問ひかけられてハッとおどろき、やがてその心の鋭さに対して啓発された思ひがする。さういふ点で今でも君の代表句の貫禄がある」と述べている。

帆足亀孫子は「ふるさとの句碑を訪ねて 一四」（月刊誌「嘉麻の里」平成九年十二月号所収）の藤井仙魚句碑の項で、駝王と稲築春灯句会のかかわりについて述べているが、要約すると次のとおりである。

春灯句会は昭和二十四年に草野駝王の指導で発足し、結社流派を問わず、句作を通して人間形成をめざすという方針で活動してきた。その後、炭坑の閉山で会員は減少。駝王没後は、有働木母寺（うどうもつぼじ）選、大庭（おおば）土筆選を受けて今日に至っている。

地元の俳人藤井仙魚の教示によると、文字彫りのみを石工に依頼し、他の工事は句会会員の労力奉仕で建立されたものだという。

碑は全高二・六メートル、幅〇・七メートル。

前項末尾でも触れたが、渡辺満峰・田中斐川・草野駝王それぞれの句を併せて刻んだ碑が、飯塚市にある。地域別一覧を参照されたい。

⒀ 江口竹亭（ちくてい）とその門人

① 江口竹亭

明治三十三年（一九〇〇）－平成五年（一九九三）。佐賀市生まれ。本名文治（ぶんじ）。早稲田大学を中退し、三菱合資古賀山鉱業所に入社。後、大阪において印刷技術を習得し、福岡に帰ってオフセット印刷を手掛けた。最初は青木月斗の門に入り、大正十三年（一九二四）に「ホトトギス」に初投句初入選、以来「ホトトギス」に拠る。度度、虚子や年尾に教えを乞い、福岡では清原枴童や河野静雲等「ホトトギス」の先輩に立ち混って句精進を重ねた。昭和二十四年（一九四九）、「ホトトギス」同人。同四十四年一月、俳誌「万燈」を創刊し、主宰となる。同五十二年に俳人協会に入会し、同五十四年には評議員となる。昭和六十三年度、第十回福岡市文化賞受賞。九州ホトトギス同人会顧問・福岡俳人協会顧問・福岡文化連盟会員・福岡市市民文芸俳句選者。句集に『万燈』（初版は昭和45、再版は昭和57）がある。

篠栗は花の霊場へんろゆく　　竹亭

写真85

【所在地】 糟屋郡篠栗町篠栗三〇九一　明石寺

国道二〇一号線の「篠栗」信号（JR篠栗線「筑前山手」駅の四〇〇メートルほど西方）より北へ入る。鳴淵ダムの下方に大きな不動尊像が見える所が明石寺である。碑は鐘楼の左手前にある。

【裏面】 昭和四十八年三月十一日　秋爽會

【副碑】 江口竹亭句碑

俳誌「万燈」主幹　ホトトギス同人　福岡市南区高宮在住

【その他】 昭和四十二年作。句集『万燈』（私家版）所収。「三月三十日　田中斐川忌へ　二句」の詞書があり、碑の句の次に「斐川忌へ花の八木山峠越す」がある。田中斐川については二四九頁参照。

自註現代俳句シリーズ・Ⅲ期6の『江口竹亭集』（俳人協会刊）には次のような注釈がつけられている。

篠栗新四国霊場は花の名所もあって花の頃は殊に遍路が多い。この句は第四十三番札所、明石寺境内に昭和四十八年三月に建立された。

建立団体が「秋爽會」となっているが、これは竹亭の仲間の集まりで、高浜年尾が命名し指導した会である。

石段を上った所に次のような立札が有る。

当明石寺の本堂内陣に俳聖正岡子規・高浜虚子両先生の〔略〕霊位を安置してあります。俳人の方はご参拝の上、当札所附近の俳句を投句函へ投句して下さい。投句は万燈主宰江口竹亭選の上万燈誌上に発表いたします。

投句二句　投句料百五十円封入備付の封筒に姓俳号記入の上投函して下さい。投句料は明石寺の香華料に志納させていただきます。

施主　江口竹亭

「万燈」平成六年一月号によると、竹亭没後も、主宰を継承した井尾望東が投句箱も引き継いだという。「万燈」昭和四十八年五月号によると、碑石は鹿毛馬石だそうである。碑は高さ一・五五メートル、幅〇・四八メートル。

江口竹亭の句碑は、他に鞍手郡若宮町に一基ある。更に竹亭を含む五俳人の句碑が朝倉郡筑前町にある。また、編著者未見の竹亭句碑が田川郡赤池町に一基あるようである。地域別一覧を参照されたい。

② **井尾望東**（いおぼうとう）

大正二年（一九一三）－平成十年（一九九八）。遠賀郡芦屋町生まれ。本名正隆。長崎医科大学附属薬学専門部を卒業後、福岡県警察に入職。昭和十九年（一九四四）、応召。翌年復員し、同二十四年に福岡県警に復職（鑑識）。同五十一年、退職（福岡県警察本部科学捜査研究所所長）。俳句は、昭和十二年に河野静雲の導きで始めた。応召等で一時中断したが、同二十五年には高浜虚子に師事。同三十九年から江口竹亭主宰の秋爽会に入る。以後、江口竹亭、高浜年尾、稲畑汀子の指導を受けた。同四十四年、「万燈」創刊時より編集長を務めた。同四十八年には「ホトトギス」同人に推された。平成五年、江口竹亭逝去により「万燈」主宰を継承。福岡市文学賞受賞（昭和59）。日本伝統俳句協会福岡県部会会長。同協会九州支部副支部長。同協会幹事。九州ホトトギス同人会副会長。句集に『検證』（けんしょう）（昭和57）、『餅花』（もちばな）（平成9）がある。

宿坊の植ゑそびれたるなすび苗　望東

写真86

【所在地】糟屋郡篠栗町篠栗三〇九一　明石寺
地理案内は、前項江口竹亭句碑参照。碑は境内の宿坊大日屋旅館の前にある。
【副碑】万燈　平成九年十二月吉日建立
【その他】句集『檢證』（私家版）所収。昭和五十三年作。句集には「宿坊の植えそびれたる茄子苗」の表記で収録されている。「植えそびれたる」は「植える機会を失った」の意。
除幕式は平成十年三月二十二日に行われたが、作者はその十五日前の三月七日に他界した。碑は前年の十二月三日に出来上がったが、その日は竹亭の命日で、その時参じた人達と、作者も自らの句碑に献酒する機会があったそうである（「万燈」平成十年五月号）。碑は全高〇・九二メートル、幅〇・八三メートル。

⒁　中村汀女（ていじょ）

明治三十三年（一九〇〇）―昭和六十三年（一九八八）。熊本県生まれ。旧姓斎藤。本名破魔子（はまこ）。十八歳の冬、「九州日日新聞」（「熊本日日新聞」）俳句欄に投句し入選。選者により「ホトトギス」に投句され四句入選、高浜虚子に知られた。大正九年（一九二〇）十二月に結婚、翌年一月に上京。昭和七年、杉田久女創刊の「花衣」に誘われ、結婚で中断していた句作を横浜で再開。同八年、「ホトトギス」十一月号で初巻頭を獲て、翌年には「ホトトギス」同人となる。虚子は、立子と汀女が共に「清新なる香気、明朗なる色彩」を持っていると、女流俳句登場の新風を評した。同二十二年、「風花（かざはな）」を創刊し主宰となる。親しみのある語りかけで一般大衆層にも知られ、平明な作句添削指導により女性俳句の興隆に貢献した。同五十五年には文化功労者に推され、同五十九年には日本芸術院賞受賞。同六十三年八月三十一日には名誉東京都民に選ばれた。平成十二年（二〇〇〇）には、その肖像が文化人切手になっている。句集に『春雪』（昭和15）から『紅白梅』（昭和43）まで七冊がある。

延着といへ春暁の関門に　　汀女

写真87

【所在地】 北九州市門司区門司　国民宿舎めかり山荘北方

めかり公園山頂の国民宿舎の北方に駐車場があるが、その上手の広場に句碑はある。

【裏面】 一九七八年十一月二十一日　　北九州白鳥会之建〔注――一九七八年は昭和五十三年〕

【その他】 昭和十九年三月の作で、句集『花影』（昭和23）所収。「帰省四句」の詞書で、「春潮の心こまかに岩に触り」、「延着といへ春暁の関門に」、「窓を開け幾夜故郷の春の月」、「藁塚の三つが身を寄せ春の霜」の四句が並んでいる。四十四歳時の帰省である。

作者は『自選自解　中村汀女句集』（白鳳社刊）で次のように解説している。

長旅の夜汽車、どこかで事故があって、私の列車はいつのまにか、相当に延着のまま下関に着いた。たとえ、それにしても、またそれゆえにこそ、いっそう今ここまで着き得たことがうれしいのであった。また見る関門の山々、海峡の青い海、煙吐く船々、そしてこの朝のこのすがすがしい空気。これだけでもうなんにも言うことはなかった。

私は自分の句のなかで、この春暁の句を好きな部に入れている。まだ春も朝の、身の引きしまる寒気のなかの景と、心持を忘れられないでいる。なお、その後やはり同じくそこで出来た、「旅衣花火を揚（あ）ぐる門司の空」というのも私にはなつかしく、関門海峡を越えることは、九州生まれの私には、いつもながら特別の感情を持たせるようである。

⒂ 高浜年尾（としお）とその門人

① 高浜年尾

明治三十三年（一九〇〇）―昭和五十四年（一九七九）。東京生まれ。虚子の長男。虚子のもとに集まる文人・俳人と接し、早くから文学に志した。中学時代から父の指導で作句を始め、才能を磨いた。大正十三年（一九二四）に小樽高商を卒業した後、旭シルク株式会社に勤務し、俳句からは遠ざかった。昭和十年、神戸への転勤に伴って芦屋に居住し、これを機に作句を再開。同十三年には、「ホトトギス」五〇〇号記念事業の一つとして、四月に俳誌「誹諧（はいかい）」の編集と発行を担当し、俳諧詩や連句の普及に力を入れた。また同年の「ホトトギス」九月号で初めて巻頭を飾った。翌年から俳句一筋となり、同二十六年「ホトトギス」三月号から、虚子に代わって雑詠選者となる。同三十四年、虚子の死去に伴って「ホトトギス」の主宰となる。句集に『年尾句集』（昭和32）がある。没後に『高浜年尾全句集』（昭和55）が刊行された。

高浜年尾句碑を県内で十四基確認したが、紙幅の制約があるので詳述するのは三基に絞らざるを得なかった。記述は作句順である。なお、原三猿子（一五五頁）が吉井から発行していた俳誌「夏萩」の昭和五十七年一月号から翌年の十二月号まで、「九州に於ける高濱年尾句碑」が連載された。これを文中に引く場合、「夏萩」連載「年尾句碑」（昭57・1）、というように略称した。

a　清光寺の碑

秋風や竹林一幹より動く　　年尾

写真88

【所在地】 うきは市吉井町若宮三九四　清光寺

吉井小学校の東側に清光寺はあり、碑は境内の南西隅の木立の中にある。

【裏面】 為高濱年尾先生菩提　ホトトギス一千号記念

昭和五十五年八月十八日建之　ホトトギス同人　原三猿子　ホトトギス同人　大鶴登羅王

【その他】「ホトトギス」の昭和十三年一月号に掲載された句であるが、梅里書房刊『高濱年尾全集』第一巻所収『年尾句集』の昭和十三年の項収録のこの句には、「『句集』では昭和十二年」という注が付いている。

昭和俳句文学アルバム⑰『高濱年尾の世界』（稲畑汀子編、梅里書房刊）所載の「高濱年尾作品二百抄」（抄出者・桑田青虎）に、次のような解説が付けられている。

当時俳句活動を復活した年尾は作品の上にも詩情深く力のある句を多く遺している。この句には構成の見事さが働き、竹林に波動してゆく秋風のさまをスローモーションのように描いている。「一幹より」という響くような措辞に秋風の起点を捉え、竹林全体に蕭々（しょうしょう）と動く秋風のさやぎの音までが聞こえる一句である。

嵯峨野辺りの竹藪を髣髴（ほうふつ）とさせる。

角川書店の『名句鑑賞辞典』には、「見事な構成によって写生でありながら写生を越えた力を持つ句である」ということも添えられている。

「夏萩」連載「年尾句碑」（昭58・6）には、この句碑建立の由来が述べられている。以下、要点を整理しておく。

年尾火葬の際に、原三猿子は遺灰を戴いて帰り、位牌と共に仏壇に安置して日々お詣りしてきたが、御遺灰の安住の地を求めたいと念願していた。大鶴登羅王の協力を得て、吉井の名刹清光禅寺に句碑を建立し、その下に御遺灰を納めるのが最善と考え、お寺の了承を得た上で年尾夫人や次女稲畑汀子のお許しも得た。石匠は飯塚の「ホトトギス」同人でもある千代田景石に依頼し、句碑の下に切石を埋め、中央をくりぬいて遺灰を安置してもらった。昭和五十五年八月十九日に、喜美子夫人と長女坊城中子の出席を得て除幕式法要と記念句会を開いた。

碑は高さ〇・七八メートル、幅一・一五メートル。

b　吉井・百年公園の碑

九十九峰雨上りつゝ夏に入る　　年尾

写真89

【所在地】 うきは市吉井町富永　百年公園

地理案内は原三猿郎句碑（一五四頁）参照。碑はイベント広場の西端にある。

【裏面】 昭和四十一年九月十八日建立　作句三十五年記念　原三猿子

【その他】「夏萩」連載「年尾句碑」（昭57・4）に、この句が詠まれたときの状況が述べられているので、転載させていただく。

昭和三十三年五月九日、万葉の史蹟「木の丸殿」の恵蘇八幡宮境内に清原枴童先生の御句碑を建立し、その除幕式、記念俳句会に年尾先生の御臨席を戴くことが出来た。私は町役場より差廻して戴いた車でそぼ降る雨の中を久留米までお出迎ひに行った。

久留米駅から二一〇号線を通って会場へ急いだ。南側に連なる耳納連山には雨雲が垂れ込めてゐたが、吉井に近づくにつれ雨雲はドンドン上に這ひ上って連山の全容が現はれて来る。

「三猿子さん、雨は上るよ。あの山は何て言ふの。」

年尾先生の御問ひに、私は、

「耳納連山（みのう）水縄とも又屏峰とも云ひ、峰が九十九あると云ふことで『九十九峰』とも云ひます。」

「みのう。九十九峰、い、ね、九十九峰とは。」

と口の中で仰言ってゐたが、

「三猿子さん、い、句が出来たよ……未だ云へないよ、今日出句出来なくなるもの。」

とお笑ひになり句帖に認められた。

○

木の丸殿に着いた時は、雨はすっかり上って椎の花の匂ふ上天気とはなった。その折の大会で先生の御出句の中に「九十九峰」の御句があった。（その時からこの御句を是非句碑に。）と心秘かに決めてゐた私であった。


この句は『年尾全句集』（新樹社刊）には収録されていない。

この句碑は、当初、吉井町扇島の原三猿子邸に建立されたものであるが、「私自身行末を考えますと、天下の年尾先生の御句碑を私物化することにも心許さぬものがあり、又老先短い身にこれを守って行くことにも不安があり、この際、公的な御句碑とすべき」（「夏萩」平成七年十月号所収、原三猿子執筆「年尾句碑を町に寄贈　永久の安泰を期して」）だと考えて、現在地に移設された。

碑は全高一・八六メートル、幅〇・三九メートルの安山岩。

c　太宰府天満宮の碑

紫は水に映らず花菖蒲　　　　年尾

写真90

【所在地】太宰府市宰府四丁目　太宰府天満宮

天満宮境内を右手に行くと遊園地に至る。その途中に菖蒲池がある。菖蒲池の西北端の池中に、句碑は建てられている。

【その他】『句日記』（新樹社刊）所収。昭和四十一年作。「六月十四日　竹敷より壱岐中継にて板付へ　直ちに太宰府文書館にて俳句大会」という詞書が付いている。

昭和俳句文学アルバム⑰『高濱年尾の世界』所載の「高濱年尾作品二百抄」（抄出者・桑田青虎）に、次のような解説が付けられている。

年尾は壱岐への曽良忌の旅に六月十日伊丹を発った。四日間壱岐滞在の後、帰路太宰府に立ち寄っている。「私はある景を前に三十分以上も眺めようやく一句を得た経験がある」と『俳句ひとすじに』に記しているのがこの句である。菖蒲池のとりどりの色を前にじっと身じろぎもせず花菖蒲と一体化していたのである。「紫は水に映るではないか」と反論する人があると聞く。写生とはそんなものではあるまい。写生とは時刻や空の明暗や辺りの状態に微妙に関わり合う自然のあるがままの姿を作者の眼を通して写しとることである。「この時に、曇った空から雨粒が落ちてきていた」と一文をしめくくっている。

「西日本新聞」（昭和56・5・30）の「いしぶみ散歩」（執筆者・那須博）には、「陽光を反射する水面には、大樹の緑や空の青さが映えて咲き競う花ショウブの紫は目に直接入って来る」という解釈が示されている。

また、『日本名句集成』（學燈社刊）には、鑑賞者深見けん二が明治神宮内苑の花菖蒲を見たときの実感を、次のように述べている。

紫系統が多いが、赤紫もあり、絞りもあり、白もある。それが菖蒲田にくまなく咲き揃うが、田の縁（へり）の水にはそれぞれの花が映っている。それをよく見てみると白や薄紫や絞りはきれいに映るが、紫の濃いものはただ暗い感じの輪郭だけである。

「夏萩」連載「年尾句碑」（昭57・6）によると、碑の水面上の高さ二・〇五メートル、幅〇・三四メートルである。

碑には建立年月日が刻まれていない。太宰府天満宮の雑誌「飛梅」三三号（昭和五十二年五月二十五日発行）所収の「神苑文学散歩(7)」（太宰府天満宮文化研究所員の杉谷祥子執筆）によると、「大祭の三日目、二月十三日、冬とは思えぬ暖かい日、作者の出席の元に除幕式が行われたばかりの真新しい句碑である」と紹介されている。大祭（太宰府天満宮一〇七五年祭）は、昭和五十二年二月十日から三月三十一日まで行われた。

以上の他に、年尾句碑（併刻碑を含む）を、飯塚市、田川郡添田町、福岡市博多区、糸島郡志摩町、太宰府市、筑紫野市、甘木市（三基）、うきは市、山門郡瀬高町で確認している。また、編著者が現地での確認を怠っている句碑が北九州市小倉南区と京都郡苅田町にそれぞれ一基ずつある。併せて地域別一覧に掲載している。

② 稲畑汀子（いなはたていこ）

昭和六年（一九三一）―。横浜生まれ。高浜年尾の次女。昭和十年、父の転勤で芦屋に移る。大学を病気で休学し、療養中に祖父の高浜虚子の指導を受けた。健康は回復したが、俳句や写生文の勉強が面白くなり、大学は中退して本格的に俳句に精進。同三十一年に稲畑順三氏と結婚。その後は主婦として俳句を作り続けた。同四十年、「ホトトギス」同人となる。私立甲南中学校からの要請で行った特別教育活動（俳句）の指導は、家庭俳人から踏み出す原動力となった。父の急病で同五十一年から、「ホトトギス」の雑詠選者となる。そして、同五十四年九月には夫が入院、十月には年尾の他界と激動の日が続き、翌年一月から「ホトトギス」の主宰となった。カトリックの信仰（十五歳で受洗）に裏付けられた謙虚で明るい人間性と統率力で、「ホトトギス」を発展させた。同六十二年には日本伝統俳句協会を設立し、会長に就任した。句集に『汀子句集』（昭和51）、『汀子第二句集』（昭和60）、『汀子第三句集』（平成1）、『障子明り』（平成8）、『さゆらぎ』（平成13）がある。

教會の雙塔麥に立ち上る　汀子

写真91

【所在地】 三井郡大刀洗町今四九一　聖母園

国道三二二号線と県道五三号線（久留米・筑紫野線）が交差する「彼坪（かなつぼ）」信号から更に国道を東に向けて四五〇メートルほど進むと、東方の田圃（たんぼ）の中に赤レンガの教会の双塔や白亜の建物が見える。白亜の建物が聖母園である。碑は中庭にある。

【その他】 句集『さゆらぎ』（朝日新聞社刊）の「一九九〇年～九一年　夏」所収。聖母園は養護・特別養護老人ホームで、平成八年（一九九六）に創立五十周年を迎えた。同園の趣味とリハビリを兼ねたサークルの一つである俳句部は、平成元年に「ホトトギス」同人の原三猿子（一五五頁）を指導者に迎えて発足し、月一回の句会や吟行を行っている。二年後の平成三年五月に、「ホトトギス」主宰の稲畑汀子が聖母園および今村カトリック教会を訪問。碑に刻まれた句は、その折の作ではないだろうか。その揮毫をもとに、同園中庭に平成八年十一月十四日に句碑が建立された。創立五十周年記念事業の一環であり、同時に俳句会の指導者原三猿子の句碑（慶びを一つ心に天高し）も建立された。

句に詠まれている「教會の雙塔」は、聖母園に隣接する今村カトリック教会の天主堂で、大正二年（一九一三）に竣工した。赤レンガ造りの八角形双塔を有するロマネスク様式で、長崎浦上天主堂のモデルとなったものである。麦畑の広がりの彼方に、教会の双塔を初めて目にしたときの印象を「立ち上がる」と表現している。碑は高さ〇・九メートル、幅〇・七メートル。

以上の他に、稲畑汀子句碑は太宰府市、筑紫野市、うきは市、大川市にある。地域別一覧を参照されたい。

⒃ 皆吉爽雨（みなよしそうう）とその門人

① 皆吉爽雨

明治三十五年（一九〇二）－昭和五十八年（一九八三）。福井県生まれ。旧姓山下。伯父皆吉五郎の養子となる。その際、本名の孝四郎を大太郎と改名。県立福井中学校卒業後、大阪の住友電線製造所に入社。上司に大橋英治（「ホトトギス」同人で号は桜坡子（おうはし））がいて、俳句の指導を受け、「ホトトギス」に投句するようになった。そして大正十一年（一九二二）、俳誌「山茶花（さざんか）」の創刊に参画し、以後二十三年間、選者の一人として編集にあたった。昭和七年、「ホトトギス」同人となる。同二十一年に俳誌「雪解（ゆきげ）」を創刊し、同二十六年から主宰となる。その間、同二十四年には住友を退職して句業に専念。同二十五年からは新設の「産業経済新聞」のサンケイ俳壇選者となる。同四十二年、句集『三露』で第一回蛇笏（だこつ）賞受賞。同五十三年、俳人協会副会長に就任。『雪解』（昭和13）から『聲遠』（昭和57）まで十冊を超す句集がある。

花の香につゞく水の香菖蒲見る　　爽雨

写真92

【所在地】北九州市八幡東区祇園原町六―一二　龍潜寺

ＪＲ鹿児島本線八幡駅前の国道三号線を一五〇メートルほど西へ行くと、信号標識「西本町3」の交差点がある。そこから南々西方向へ一直線に延びている道路を、一・五キロほど進むと龍潜寺の近くに行き着く。寺は八幡中央高校の北東に位置している。碑は参道の左側、菖蒲池の下段にある。

【裏面】昭和四十九年六月二十三日

北九州雪解会建之　　石工　山田政光

【案内板】皆吉爽雨先生は美しいものの発見に努められる花鳥諷詠の第一人者として高名である。現在全国に三千の門弟あり。俳誌「雪解」を主宰し最初の蛇笏賞を受けられた方である。　北九州雪解句会

【その他】句集『泉聲』（昭和47）所収。昭和四十二年作。『自選自解　皆吉爽雨句集』（白鳳社刊）に次の一節がある。

太宰府神社に詣でて、その神苑をめぐると、折柄菖蒲の花さかりで、人々に賑っていた。焼餅を食べさせる茶店に休みながら花菖蒲を見わたしていると、池の中を一つの舟が棹さしながら、萎えた花を摘みとっていた。汚れた花がつみとられているあとからは、花の匂いが流れてきた。菖蒲にこうした著しい香のあることは始めて知ったのだが、その上それにつづいて池の水の匂いが漂うてきた。

相ついで二つの匂いを胸いっぱいに吸い込んで、私は恍惚とした思いであった。花の絢爛さを見るより、さらに新しい発見による水の匂いの二重奏が私をよろこばせた。北九州の同志が八幡市龍潜寺に句碑を建てようという話が出た時、この句を選んで刻んでもらい、四十九年六月二十三日除幕式が行われた。

向野楠葉著『若き日の日記より』（和泉書院刊）一九五頁によると、碑石は向野楠葉（二三四頁）と吉田一穂が山口県萩郊外の須佐に出掛けて入手した黒御影石だという。建立は一穂が中心になって推進したようである。

② 城谷文城（しろたにぶんじょう）

明治三十二年（一八九九）―平成七年（一九九五）。長崎県生まれ。本名文四郎。長崎医学専門学校卒業と同時に陸軍軍医となり、東京の軍医学校に在学。関東大震災に遭い、病も得て帰郷し軍籍を離れた。大正十三年（一九二四）から昭和二十五年（一九五〇）までは各地の病院で勤務。その後は福岡市で内科医院開業。俳句を作り始めたのは昭和八年で、俳誌「鴫野（しぎの）」（皆吉爽雨系で主宰は本田一杉（いっさん））に投句。その後、野村泊月（はくげつ）の「山茶花（さざんか）」を経て皆吉爽雨に師事した。同十年より「ホトトギス」に投句しはじめた。爽雨が昭和二十一年に創刊した「雪解（ゆきげ）」でも指導を受けた。同三十六年に「ホトトギス」同人となる。また、同三十八年には「雪解」の同人となった。同四十四年からは、俳誌「万燈」（主宰・江口竹亭）の「四温集」選者となる。俳人協会に所属し、九州ホトトギス同人会顧問、日本伝統俳句協会評議員、同協会福岡県部会顧問などの役職を務めた。福岡俳人協会賞（昭和五十年）、福岡市文学賞（昭和五十年）を受賞している。句集に『遍路』、『防塁』、『旅』（句文集）、『麁原（そはら）』がある。

句集『麁原』の「あとがき」では、皆吉爽雨の他にも江口竹亭、清原枴童、河野静雲、竹末春野人も恩師と表現しているが、同人であったのは「ホトトギス」と「雪解」であるから、本書では「雪解」系・皆吉爽雨門と位置付けることにした。

> 秋遍路立ち上りつ、ひとりごと　　文城

写真93

【所在地】 糟屋郡篠栗町篠栗一〇三五　南蔵院

南蔵院は篠栗四国霊場の総本寺で、第一番札所。JR篠栗線（福北ゆたか線）城戸南蔵院前駅から国道二〇一

号線に出た右手に信号機がある。そこが南蔵院入口である。そこから川に沿って爪先上がりの坂を進むと、左側に荒神茶屋がある。その前から橋を渡ると大師堂に出る。句碑はその橋を渡り終わった右側にある。

【右面】 昭和四十年十月三日　城谷文城長男　堅一建之

【その他】 句集『遍路』（私家版、昭和40）所収。昭和二十一年の作。その年の十一月十七日に、「ホトトギス」六百号記念俳句大会が西日本新聞社講堂で開かれたが、そのとき文城は「秋遍路立ち上りつゝひとりごと」と「お札所の秋日ゆたかに鶏あそび」の二句を投句した。約千人から約二千句の応募があったが、文城の句は二句とも入選し、選者虚子から次のような句評をもらったという（俳誌「万燈」昭和六十二年五月号所載「思い出の句」より）。

これは両方とも遍路の句であります。秋の遍路と申しますのは寂しいもの。大体遍路は春の感じで春に多い。その春に多い遍路が秋にも又旅に出ることがある。これを秋遍路と称える。また逆の遍路とも申します。春の遍路は順路を行くが、秋の遍路は逆の道を辿(たど)るとも聞いております。春の遍路は季題になっておりますが、秋の遍路もないことはない。その秋遍路が起ち上がって独り言を云う。遍路という元来寂しい感じのするものでありますが、石の上に腰をかけて杖をついておりますが、その杖をついて休んでおった。それが起ち上って独り言を云った。この独り言は寂しいことを云ったものである。秋の遍路と云うものは、春の遍路に比べて寂しい感じがするが、この心持なり、景色なりに同感して作ったものです。〔略〕この二句は秋遍路の句として面白いと思います。

このとき以後、「遍路の文城」として全国の俳人にその名はゆきわたったという。

高浜年尾は句集『遍路』に序を寄せて、この句について次のように述べている。

遍路そのものをぢっと見つめてゐる作者の目を感ずる。ひとりごとは経の文句であったかもしれない。併しそれはともかく、遍路の姿をあはれに、侘しく捉へてゐる。殊に秋遍路として描いたことが、この一句を一層強く印象づけるところとなってゐる。
碑は全高一・四五メートル、幅〇・六メートルの自然石である。

③ 向野楠葉（こうのなんよう）

明治四十四年（一九一一）―平成六年（一九九四）。直方市生まれ。本名利夫。眼科医。八幡製鉄所病院に就職したが、昭和十三年（一九三八）には中支派遣兵站（へいたん）病院勤務となる。同十八年に復員し、同二十一年から折尾で開業。昭和九年、鹿児島で勤めていた頃、高橋杜子の誘いによって句作を始めた。八幡製鉄所病院に勤務するようになって、本格的に句作の道に入り「山茶花」を読む機会があり、皆吉爽雨に師事。同十三年、日中戦争に応召。中国大陸の風物を詠むことに努めながら、武漢俳句会を結成し、俳誌「菱花」を創刊した。同十八年、帰国。「雪解」創刊（昭和二十一年）と同時に同人となる。同三十九年に俳人協会会員に推される（同五十五年からは同会評議員）。同四十七年から俳誌「木（こ）の実」の主宰を継承（昭和二十二年八幡で創刊。代表は清原枴童、河野静雲、山鹿桃郊と継承されてきた）。北九州俳人協会会長。俳人協会福岡支部長。句集に『柳絮（りゅうじょ）』（昭和19）、『遠賀野』（昭和39）、『先島』（昭和58）がある。

遠賀野の枯色いそぐ蘆を刈る　　楠葉

写真94

【所在地】 北九州市八幡西区岡田町一－四六　岡田神社

ＪＲ鹿児島本線黒崎駅の南方五〇〇メートルの地点に岡田神社はある。碑は拝殿に向かって左方にある。傍らには「黒崎十二景」の句碑（拙編著『福岡県の文学碑 古典編』所収）がある。

【裏面】 向野楠葉先生の業績を称え御指導に感謝してこれを建立する

昭和五十九年九月二十日　木の実俳句会

【その他】句集『遠賀野』（雪解発行所刊）所収。昭和二十二年の項の冒頭の句。
俳人協会の自註現代俳句シリーズ『向野楠葉集』には、次のように解説されている。

遠賀野の枯色いそぐ蘆を刈る　昭和二十二年作

終戦後、両親の疎開先を毎週のように訪れた。その途上の遠賀川河畔風景で、この句は五十九年九月吉田一穂氏の尽力で黒崎岡田宮に句碑となった。

句集『遠賀野』の「後記」で著者は、遠賀野について次のように述べている。

遠賀は私の半生を育んでくれた鞍手、遠賀の両郡及び旧八幡、若松市を含む遠賀川下流一帯の地名である。遠賀川は英彦山に源を発し、筑豊炭田の硬山の裾を縫い、石炭の濁りに染まりながら芦屋町にて玄海に注いでいる。〔略〕

春を告げる野火が玄海の風にあふられて走り去ると、やがて遠賀野は花菜の黄一色に塗りつぶされる。初夏の黄昏を彩る菜殻火が燃え立つ頃になると、青芦原には葭切の舌打ちがしきりに聞かれる。秋ともなればしろがねの芒野に変り、やがて晩秋の風物詩芦刈が硬山を背にして初まる。

④　上原朝城

大正七年（一九一八）―平成九年（一九九七）。福岡市生まれ。本名有城。九州医学専門学校（現・久留米大学医学部）附属病院眼科教室に入局。昭和十九年（一九四四）、久留米陸軍病院に入隊。同二十一年、母校の眼科の講師となる。後、若松市立病院眼科長を経て若松で開業。昭和十三年から清原枴童、河野静雲に俳句を学ぶ。同二十五年、俳誌「雪解」の主宰皆吉爽雨に師事。同二十七年に「雪解」の同人となる。同四十四年、俳人協会会員となる。同五十五年、西日本新聞婦人文化サークル俳句教室講師就任。同五十八年、雪解賞受賞。「雪解」

全国同人会九州地区委員。北九州俳句協会会長を没年まで三期務めた。爽雨没後は、新主宰井沢正江に師事。句集に『花織』（昭和51）、『彩亭』（平成1）がある。

夕鵙（もず）をとゞめんと立つ一樹あり　　朝城

写真95

【所在地】 北九州市若松区修多羅（すたら）　高塔山万葉植物園

高塔山山頂の売店と、高塔山公園（河童封じの地蔵尊や展望台がある）の間の下り坂を進む。途中から石段を下る。石段が終わった地点（火野葦平文学碑が見下ろせる位置）から右手に平坦地があり、万葉植物が植えられている。中央部分には「石崎敏行記念碑」があるが、句碑はさらに西に建てられている。

【裏面】 昭和四十一年九月建之　上原有城　　施工　旭農園

【その他】 碑面の「鵙」には「もづ」と振り仮名が付けられている（歴史的仮名遣いでも「もず」が正しい）。「西日本新聞」（昭和56・7・17）の「いしぶみ散歩」（執筆者・那須博）に、「モズのけたたましい声に対応する一樹（いちじゅ）の厳しさ、しかも夕暮れという状況下の緊迫感をとらえる」と解説されている。

句集『彩亭』（東京四季出版刊）はチェックしたが、この句は収録されていない。ただし、扉に著者の篆刻の印影が印刷されているが、その文言がこの句である。句集『花織』もチェックしたいが、手にする機会がまだない。

碑は全高一・四六メートル、幅一・〇八メートル。

⒄ 星野立子とその門人

① 星野立子

明治三十六年（一九〇三）－昭和五十九年（一九八四）。東京生まれ。高浜虚子の次女。本名も立子。星野天知の長男吉人と結婚。夫と共に「ホトトギス」発行所に就職。大正十五年（一九二六）から俳句を始めた。最初、「ホトトギス」の「婦人十句集」で学び、次第に頭角を表し、やがて女流俳人の代表的な存在となった。昭和五年、虚子の指導と援助を受けて、女流として初めての主宰誌「玉藻」を創刊。翌六年「ホトトギス」十一月号で、初巻頭に輝く。同九年、「ホトトギス」同人となる。そして昭和十年代、中村汀女（二一一頁）とともに女流の双璧となり、橋本多佳子（三四四頁）・三橋鷹女を加えて四Tと称され、女流俳句の確立に貢献した。その新鮮な句と人柄は、戦後の「ホトトギス」の若い人に強い影響を与えた。虚子没後は朝日俳壇の選者を務めたが、昭和四十五年に病に倒れた。句集に『立子句集』（昭和12）、『再選立子句集』（昭和21）、『鎌倉』（昭和15）、『続立子句集 第一』（昭和21）、『続立子句集 第二』（昭和21）、『笹目』（昭和25）、『実生』（昭和32）、『春雷』（昭和44）がある。

> 古さとに似し山河かな遍路くる　　立子

写真96

【所在地】 飯塚市宮町二一－三　納祖八幡宮

地理案内は河野静雲句碑（一七九頁）参照。この碑は八幡宮拝殿の右手、虚子句碑の近くにある。

【裏面】昭和三十三年九月吉日建之　飯塚玉藻俳句会

【その他】句集『春雷』（東京美術刊）に「ふるさとに似し山河かな遍路来る」の表記で収録されている。昭和三十三年作。

句集には、この句の次に「惜春や父の故郷に似しときけば」が配列されている。この句と虚子の句を併刻した碑については既に述べた（一三九頁参照）。

昭和三十三年四月二十六日に、虚子と立子は福岡空港から車で篠栗・八木山を越えて飯塚入りし、北代角之助邸に虚子を休息させて、立子は歓迎句会に臨んだという。飯塚の俳人奥園克己は、その句会にこの句が投句されたときの思い出を、自らの句集『天地皆春』（玉藻社刊）の序で、次のように述べている。

溢れんばかりに集った俳人に交って立子先生も投句をされ、吾々数人が手分けして句箋を集め清記に取り掛った。夥しい句の清記が漸く終ろうとする頃、立子先生が現れて慌ただしく「ちょっと清記用紙を見せて下さい。私の句の中に訂正しなければならぬ箇所があるので……」と云って急いで御自分の句を探され、傍にいたSさんに訂正方を依頼された。〔略〕

句会が終って先生の御挨拶があり、作句に当っての心得を説かれた中に、次のような一節があって特に一同の感銘を深くした。

「私は今日こちらへ来る自動車の中で、篠栗新四国はその山河のたたずまいが、何とわがふるさと伊予に似ていることであろうと強く感動した。その思いを率直に『ふるさとに似し山河かな……』と陳べたが、投句締切が迫って来たので『春惜しむ』と結んで、あとから何となく落ち付かぬものを感じた。そうしている中に『春惜しむ』ではなく『遍路来る』にすべきだとひらめくものがあって、漸く一句が成ったという安堵が湧いたのである」と作句態度や手順を説かれた。

除幕式は、同所の虚子句碑（春深く稿を起さん心あり）と併せて、高浜年尾の参列を得て、昭和三十四年十一月二十三日に行われた（俳誌「冬野」昭和三十四年十二月号「後記」による）。碑は全高一・六四メートル、幅〇・四三メートルの御影石である。

県内の星野立子句碑は、飯塚市の父娘句碑の他に、太宰府市にもある。地域別一覧を参照されたい。

② 高木晴子

大正四年（一九一五）—平成十二年（二〇〇〇）。鎌倉生まれ。本名も晴子。高浜虚子の五女。若い頃から虚子の指導下で句作。姉の星野立子からも学んだ。昭和九年（一九三四）に高木良一（号・餅花）と結婚し、夫の任地の函館・秋田・青森・金沢に居住した。第二次大戦中は長野県小諸に疎開し、虚子の小諸時代のきっかけをつくった。「ホトトギス」での初巻頭は、昭和二十二年七月号であった。昭和四十五年から同五十八年までは、病気の姉立子に代わって「玉藻」の選者を務めた。同五十九年に、夫の助力を得て鎌倉で俳誌「晴居（はるきよ）」を創刊し主宰となり、虚子の唱える花鳥諷詠の伝達に力を注ぎ、多くの門人を育てた。句集に『晴子句集』（昭和26）、『晴居』（昭和52）、『自註高木晴子集』（昭和53）、『みほとり』（昭和57）、『続晴居』（平成4）がある。

刻惜み刻山裾の椎拾ふ　　晴子

写真97

【所在地】 太宰府市観世音寺四—三—一　仏心寺

地理案内は高浜虚子句碑（一四五頁）参照。この句碑は境内奥に、帯塚と虚子句碑に挟まれて建てられている。

【裏面】 玉藻六百号記念

昭和五十八年一月九日　　福岡玉藻会建立

【その他】「刻山」については、この碑の左にある虚子句碑の項（一四八頁）で詳述している。なお、この句がいつ詠まれたかということについては、俳誌「冬野」昭和五十八年三月号の二二頁に、次のように記されている（執筆者・鮫島春潮子）。

昭和四十八年十一月七日、虚子先生曽遊地巡り、筑紫路の旅で仏心寺にお立寄りの際の御作で、俳人協会発行の、自註現代俳句シリーズ・高木晴子集に〝都府楼近くの佛心寺は、河野静雲師の守られて、虚子堂と帯塚がある。静雲師の病いは重かったが句会場までお顔を見せて下さった。〟と自註されております。

除幕開眼式は、一月九日の晴子先生の御誕生日、御導師には、大本山善導寺法主、一田牛畝上人をお願いし、地元福岡玉藻会員のみにて執り行わさせて頂きました。

⑱ 野見山朱鳥

a 大牟田病院の碑

蝌蚪に打つ小石天変地異となる　　朱鳥

写真98

【所在地】大牟田市橘一〇四四　国立療養所大牟田病院

国道二〇八号線がＪＲ鹿児島本線を高架で越えると直ぐに、「病院入口」という信号機標示のある交差点がある。そこから左折して六〇〇メートルほど東進すると、道路の右側に病院がある。構内西端の散策路を病棟裏手の荒れた池まで行き、池の中央部分にある細道を南へ渡ると、碑がある。池を東へ捲いても行ける。

【副碑】野見山朱鳥

本名正男、大正六年四月三十日、直方市に生る。

はじめ絵を志したが、病に倒れ、第二次世界戦争末期国立療養所銀水園に入院、散策中、この池のお玉杓子を見て句を生み、彗星の如く現れ俳句界に新風を巻きおこした。

のち俳誌「菜殻火」を興したが、昭和四十五年二月二十六日五十二才の生涯を終えた。

俳句開眼の一句である。

平成二年三月二十四日建之　　菜殻火大牟田支部

【その他】第一句集『曼珠沙華』（昭和25）所収。昭和二十年の項の冒頭の作。

山本健吉編著『鑑賞俳句歳時記　春』（文藝春秋刊）にこの句は採り上げられて、次のように鑑賞されている。

むらがる蝌蚪（お玉杓子）も、たしかな春のしるしだ。池になげうつ小石が、蝌蚪の国の天変地異を引きおこす、と大げさに言った面白味。

朱鳥が糟屋郡の国立療養所清光園に入所したのは昭和十七年（一九四二）、二十五歳のときである。主治医長岡研二氏とは昵懇の間柄であったという。それで、長岡氏が大牟田の国立療養所銀水園園長に転出するや、氏を慕って朱鳥は同十九年十一月に同園へと転療したのである。

朱鳥に『俳句への招待』という評論集がある（梅里書房刊『野見山朱鳥全集』第三巻所収）。これは、かつて朱鳥が入院していた大牟田銀水園で、入院患者を対象に院内放送で行われた俳句講話（昭和三十五年－四十一年）を一本にまとめたものである。その中に、「蝌蚪を見る」という一話があり、「蝌蚪に打つ……」の句が出来たときの状況が詳しく語られている。長文であるから部分的に抄出して紹介しよう。昭和二十年の菜の花の盛りの頃のことである。比較的病状が安定していた朱鳥は、散歩が許されていた。

或る日私はいつものように散歩に出て外気小屋の方から池のある道へ出てゆきました。かなり広い池で、ちょっと深そうな感じで、水はいつも濁っているのでしたが、その池を一周するのは丁度よい散歩コースです。水温むという季語があるようにすっかり水も温かくなり、麦藁帽をかぶった私は一方の丘になっている道側の草に腰を下ろしてうららかな春の日射しを浴びて池を眺めはじめました。池に何がいて私の注意をひいたのかおわかりですか。

それはお玉杓子（たまじゃくし）なんです。すっかり元気づいて盛んに尾を振っているお玉杓子なんです。なんだお玉杓子か、大人気ないと思われるかも知れませんけれど、その時の池の中に沢山いるお玉杓子の動く様子はたまらなく私の関心をそそりました。〔略〕

それから暫く経って私は立ち上がるとそばにあった小さな石を取り上げました。私はちょっと悪戯（いたずら）気を起こした、というよりも本当はもっとお玉杓子の世界が見たかったのです。お玉杓子がどのように動き出すか、その習性を見たかったのです。それで私はお玉杓子の国の中に石を投げこみました。さあどういう変動が起こったでしょうか。

水中の黒い大きな塊から、まるで黒い毛糸玉が解けるように紐は伸びはじめ、もう一カ所からも黒い紐がのびはじめ、というように四方へ黒い紐が伸びてゆきます。全くそれは黒い紐が解けてのびてゆくようですね。それもお玉杓子の游（およ）ぐ速さは遅々たるものですから、まことにゆっくりと黒い塊は伸びてゆく。黒い大きな塊、それから伸びてゆく紐と見れば悠長なものですが、その一つ一つをよく見たらそれは大変なことで、紐になっているのはお玉杓子の列であって、それぞれ一生懸命に逃げているところであり、黒い塊のところを見ると、どちらに逃げてよいかわからないものが上を下への大騒ぎで右往左往している。私はまるでガリバーが小人の国を見ているようにお玉杓子の国の大騒動を見ていました。〔略〕

お玉杓子は何がいったい起こったのか、誰がそれを起こしたのかわからない。人間の世界だと突然火山が噴火しはじめたようなものだと私はお玉杓子の動乱の中から感じとり、お玉杓子の国のこれは天変地異だと詠（うた）

ったのでした。

蝌蚪に打つ小石天変地異となる　　朱鳥

この句が出来た時は私はもうじっとしておれないくらい嬉しくてたまらない気持でした。ずい分思い切った表現になったが自分がこの眼で見、このこころで感じたものがそのまま詠い得たと言う感動だったのです。

〔略〕

私はこうしてお玉杓子の俳句を十句くらい作って当時俳壇の第一人者であった高浜虚子先生に送り見て貰いました。私はそれまでに先生には面識もなにもありませんでしたが、返って来た私の句稿の殆ど全部に二重丸がついていました。蝌蚪の作品は高浜虚子先生に私が師事する縁を作ったのと同時に、私はこの作品から俳壇に出たという記念すべきものとなっています。

この俳句開眼の句を碑に刻み、開眼の地に建立することが、菜殻火大牟田支部の長年の夢であったようである。碑は全高一・六メートル、幅一・八メートルであるが、自然石の左寄りに縦三〇センチ、横四二センチに加工された赤みがかった御影石がはめこまれている。上半分に句を六行に分けて刻み（蝌蚪／に打つ／小石／天変／地異／となる）、下半分には仏像五体の絵と署名が彫られている（写真99）。この点について角直指(すみ)は、その主宰誌「銀」平成元年（一九八九）十二月号の「秒針」で次のように述べています。

「蝌蚪の句」が短冊にも色紙にもなかったので、朱鳥先生の版画を使用することにした。版画には仏像も描いてあるので、必ずしも療養所では喜ばないと思い篠田院長と会って話し合った結果諒解を得たので殆んど版画を多少拡大したものとなったのである。

この版画は、野見山朱鳥の第一版画集『曼珠沙華』（菜殻火社刊）の作品4である。句碑としては珍しい碑面である。

碑の施工は佐藤小岱園で、碑石は小岱山産。

b　多賀公園の碑

火を投げし如くに雲や朴の花　　朱鳥

写真100

【所在地】　直方市直方　多賀公園

直方市民球場の東南隅より森の中の坂道を上り、多賀神社の方へ行く朱塗りの橋や吊り橋をそれぞれ左に見て、更に進む。戦没者慰霊のモニュメントがある丘の頂上近くの東側斜面（疎林帯）に、碑はひっそりと建っている。

【裏面】　苦悩や悲哀を／経て来なければ／魂は深くならない　　野見山朱鳥

【台座左面】　昭和四十七年四月三十日　　菜殻火社建之

【副碑】　野見山朱鳥文学碑誌

火を投げし如くに雲や朴の花　　朱鳥

朱鳥（あすか）略譜

大正六年四月三十日　直方市に出生　　本名　野見山正男

昭和十年　福岡県立鞍手中学校卒業後　画家を志すも病弱のため断念し　俳句の道に進み高浜虚子に師事した

碑の俳句は昭和二十一年ホトトギス六百号記念号の巻頭を飾り　一躍その名を全国に知られたものである

昭和二十四年　三十二歳でホトトギス同人となり　昭和二十七年俳誌「菜殻火」を創刊主宰し　全国に幾多の俊英を育成した

昭和四十五年二月二十六日　五十二歳にて病没

句集　曼珠沙華・天馬・荊冠・運命・幻日・愁絶　その他評論集・板画集・小説等多くの著作を遺した

碑裏のことばは評論集『助言抄』の巻頭言である

〔副碑裏面〕平成元年二月二十六日　建立　菜殻火会
文学碑設計　関野準一郎　文学碑施工　山野栄次
〔注――関野準一郎は、若き日に東京で絵画を共に学んだ仲間で、生涯の親友となった人である〕

【その他】 第一句集『曼珠沙華』（書林新甲鳥刊）所収。昭和二十一年作。初出は「ホトトギス」の昭和二十一年十二月号で、雑詠の巻頭に推された句。

この句を朱鳥の代表句とする人は多く、幾つかの文献に鑑賞文や解説文が掲載されている。その中の二編を転載しよう。

《學燈社刊『日本名句集成』》火を投げたように真赤に燃える雲の群れが彼方にあり、朴（ほお）の木は高々と花をかかげている。朴は抽（ぬ）きんでて一本立っている場合が多い。朱鳥の出世作であり代表作である。朱鳥は絵画を勉強した時期もあって、色彩や構図に敏感である。掲句も絵画的な表現の奥に激しい心象を秘めている。「火の如き雲」では誰でも考えつく平凡な比喩にすぎないが、「火を投げし如くに雲」であることによって、言葉がこらえられて弾力性を持ち、時空は広がりと独自性を備えることになる。朱鳥も「如し」の直喩を好んで用いた。成功も不成功もあるが、掲句は成功して気魄のこもった作品となった〔執筆者・飯島晴子〕。

〔注――①「朴の花」は夏の季語。『鑑賞俳句歳時記　夏』に、「山地に生ずる日本特産の落葉喬木で、幹の高さ一四、五メートルあまり、直立してまばらに枝を分かつ。初夏のころ、緑色の大きな鱗片に包まれた蕾をつけ、黄白色の九弁の美しい花を開く」「馥郁（ふくいく）とした芳香が漂う」とある。②「朱鳥も『如し』の直喩を好んで用いた」とあるが、朱鳥が私淑した川端茅舎は直喩の俳人と言われており、その影響は大きいと考えられる〕

《梅里書房刊『野見山朱鳥の世界』九一頁》空遠くまるで投げられた火のように燃えて輝く雲。配するに身ほとりに立つ無心の朴の木。その梢のいただきに咲いた黄白色九弁の花びら。描き出した空間の透明感と色彩の純粋さは、やはり朱鳥が身にそなえた画家の資質によるところが大きいであろう。

空の彼方へ向かって火を投げるというのは神話的と言ってもいい発想である。そしてまた、「火を投げし如く」は客観描写の比喩であると同時に、内部の鬱屈や激情を一擲するような主情の匂いが添うのを見逃せない措辞でもある。この句からはもう宇宙感と生命感が感じとられると言っていいような気がする（執筆者・園本穹子）。

裏面に刻まれている「苦悩や悲哀を……」の文言についても、すこし触れておきたい。これは、副碑に紹介されているように、出典は評論集『助言抄』（菜殻火社、初版は昭和三十六年刊）で、開巻劈頭に据えられている一行である。『助言抄』は「その著書や、主宰した『菜殻火』誌に執筆したもの、同じく『選後評』、『選後感想』などよりの抜粋の集成」（「俳句研究」平成十一年七月号所載、園本穹子執筆「野見山朱鳥」）という解説があるが、それぞれの文言の初出が、いつの、何誌であるかは示されていない。この「苦悩や悲哀を……」は、実は昭和二十九年に初版が出た第二句集『天馬』（書林新甲鳥刊）の扉に、二行組みで印刷されている。そして、この碑の裏面に明朝体で三行に分けて彫られたのは、「門下の同人たち全員の合意によって決められた」という（前記の園本穹子の文より）。

碑は全高一・八メートルで、朱鳥の身長と同じ高さに作られているという。幅は一・一四メートル。

c　飯塚市立岩の碑

生涯は一度落花はしきりなり　　　朱鳥

写真101

【所在地】 飯塚市立岩　飯塚市立立岩遺跡収蔵庫横

旌忠公園の南西端から、公園に上る車道を進むと右手に収蔵庫がある。碑は前庭に、車道を背にして建っている。以前は公園内の緩斜面にあったが、移転されたもの。現在地には、以前は河野静雲句碑があったが、これは飯塚市歴史資料館へ移されている（一八〇頁）。

【裏面】 昭和四十九年二月二十六日　　飯塚文化連合会建之

【副碑】 野見山朱鳥（あすか）句碑銘

生涯は一度落花はしきりなり　　朱鳥

大正六年直方市に生まる　本名野見山正男　昭和二十年俳句を志し高浜虚子に師事　若くして「ホトトギス」同人となり「菜殻火」を主宰す

昭和四十五年二月飯塚病院にて没す　享年五十二才

平成六年九月　菜殻火飯塚支部建之

【その他】 第三句集『荊冠』（昭和34）冒頭の句で、昭和二十八年、交流の深かった橋本鶏二（「年輪」主宰）と長崎を旅したときの作。その鶏二は、『近代俳句大観』（明治書院刊）で次のように鑑賞している。

有明海を渡って小浜に船が着いたあと、そのままの足で近くの神社にもうでたが、その時の落花の深かったこと、手ですくうと手が隠れるほどだった。旅中の作とも思えないほど心情の深いもので朱鳥の内的な芸術の叫びのようなものが、一片一片の落花とともに珊々（さんさん）と鳴りながらほとばしっている感じである。

谷口治達（はるみち）は「赤い炎の俳人朱鳥」（海鳥社刊『野見山朱鳥　愁絶の火』所載）で、この句も引用して、朱鳥の「美しき詩魂の生涯」を締めくくっている。

「生涯は一度落花はしきりなり」、「つひに吾れも枯野のとほき樹となるか」など、全体の句業に一期無常の風が吹き渡る感がある。生死の角を辿（たど）る人生だったのだろう。だが句集で〝愁絶〟や〝幻日〟など鋭く新鮮な言葉に出会う時、その昔の島崎藤村の『若菜集』序文を思い出す。有名な「遂に新しき詩歌の時は来りぬ」の後に続く一文、「生命は力なり、力は声なり、声は言葉なり。新しき言葉はすなはち新しき生涯なり……」。

朱鳥は花鳥諷詠を発展させて生命諷詠を唱えたという。まさに生命は力、力は声、声は言葉である。病苦に耐えてこそ知る生命の輝きである。家族や周辺の人々への愛にも生きた美しき詩魂の生涯。赤い炎の俳人であった。

碑は全高一・三メートル、幅〇・六五メートルの花崗岩自然石。

他に、福岡県内の野見山朱鳥句碑は遠賀郡芦屋町、同郡岡垣町、八女市にある。地域別一覧を参照されたい。

⒆　郷土の「ホトトギス」系俳人

郷土の俳人でも師系が明確な場合は、それぞれの師の後に記述してきた。しかし、「ホトトギス」主宰が虚子・年尾・汀子と継承された今日、三代にわたって指導を受けたという俳人もいる。また、「ホトトギス」主宰に指導を受けたことはあっても、直接的には例えば河野静雲の門下と位置付けるのが妥当な俳人もいるかと思う。そのあたりのことは、俳句の門外漢には分かりづらいので、「ホトトギス」系としてまとめた。なお、「郷土」を福岡県と限定したわけではなく、その周辺県も含めて考えた。

ある俳人を「郷土の俳人」と位置付けると、この人は全国レベルの俳人だという叱責をいただくことがあるかもしれないが、この点も編著者の無知のなせることとして、お許しいただきたい。

配列は生年順とした。

① 田中斐川（ひせん）

明治二十年（一八八七）－昭和三十九年（一九六四）。飯塚生まれ。本名保蔵。明治三十九年、「長崎東洋日の出新聞」記者となる。同四十一年には帰郷して郡役所勤務。同四十三年には福岡日日新聞社（現・西日本新聞社）入社。大正三年（一九一四）、飯塚で「筑陽日日新聞」を創刊し主宰。同六年、政友会入会。同十一年、同会福岡県支部幹事。昭和十年に福岡県議会議員となり、同二十六年には県議会議長となる。その任期満了により、同三十年に政界を引退。昭和十年頃から短歌に親んだが、「福岡日日新聞」記者時代に俳句へと転じた。昭和二十六年頃から高浜虚子、明治三十七年頃から短歌に親んだが、「福岡日日新聞」記者時代に俳句へと転じた。昭和二十六年頃から高浜虚子、高浜年尾に師事し、「ホトトギス」同人として多くの後進を指導した。上京の度に鎌倉の虚子庵を訪れて教えを受け、同二十八年には、都府楼址に虚子句碑を建立したり、虚子の小説『古帯』に実名で登場するなど、虚子との接触は多かったようである。喜寿記念の句集『旅情』（昭和38）がある。虚子の選を経たものと、「ホトトギス」入選句が中心になっているという。

人の行く侭に行きけり恵方道　斐川

写真102

【所在地】 飯塚市宮町二－三　納祖八幡宮

地理案内は河野静雲句碑（一七九頁）参照。この句碑は高浜年尾句碑に向かって右後方にある。

【裏面】 昭和三十二年五月建之　飯塚ホトトギス俳句会　飯塚くくみ句会有志

【その他】 句集『旅情』所収。昭和三十二年作。「人の行く侭（まま）に行きけり恵方道（えほうみち）」と読む。新年の季語に「恵方」、「恵方詣（まいり）」、「恵方道」がある。講談社刊『日本語大辞典』の「恵方」の項に「その年の干支（えと）によりめでたいと決められる方向。歳徳神（さいとくじん）のつかさどる方角とされ、年棚をつったり、その方角の社寺に詣（もう）でたりする」。信心深い人達は、どの方角のお宮やお寺に初詣でに行ったらよいか知っているので、人の流れが自然と恵方へ導いてくれるのである。この碑の左側の少し前方に年尾句碑（土器に浸みゆく神酒や初詣）がある。年尾を師と仰ぐ斐川の思いを、この二句碑の配置は暗示している。

碑は全高一・六五メートル、幅〇・四メートルで、竿石は玄武岩。

他に田中斐川の句を刻んだ碑（併刻碑も含む）を五基確認している。いずれも飯塚市にある。地域別一覧参照。

② 加藤其峰

明治二十七年（一八九四）−昭和六十二年（一九八七）。岐阜市生まれ。本名栄。大正九年（一九二〇）から、三潴郡筑邦町宮本に歯科医院を開業。俳句は戦前から、地元で昔風の月並俳句を作っていた。終戦で、「ホトトギス」同人で学生時代の友人角菁果が満州から引き揚げて来て苦言を呈し、丹念に手を入れた。その後、久留米句会や玉藻会に加入するとともに、各地の句友と交流を深めた。また河野静雲、中央の高浜虚子、年尾、汀子の指導も受けた。昭和四十八年、「ホトトギス」同人となる。同五十八年七月設立の久留米「ホトトギス」会では、初代会長に推された。若い頃の青年団活動や歯科医師会関係の役職、老人クラブの世話、大善寺文化財保存会長、久留米連合文化会理事等々、地元の世話に努め、久留米市功労者として表彰された（昭和四十九年）。句文集『白南風』（昭和56）がある。

なやらいの渦まく裸うず巻く炬　　其峰

写真103

【所在地】 久留米市大善寺町宮本　玉垂神社

西鉄天神大牟田線大善寺駅のすぐ西側を県道二三号線（久留米・柳川線）が通っている。駅前から六〇〇メートルほど北へ行くとお宮がある。

【裏面】奉献　父栄傘寿記念　加藤栄朗　鈴木清之　武田千恵子
昭和四十九年十二月　協賛　大善寺文化財保存会

【その他】句文集『白南風』（私家版）春の部所収。句文集での表記は「なやらいの渦巻く裸渦巻く炬」である。「なやらい」とは「追儺（ついな）」、「鬼やらい」のことで新年に邪気を払う儀式で、厳冬の季語である。「炬」は「ひ」と読み、「松明（たいまつ）」のことである。

当神社の鬼夜（おによ）は、昭和二十九年に福岡県無形文化財、同五十一年には県無形民俗文化財の指定を受けている。西日本新聞社刊『福岡県文化百選　祭り・行事編』の紹介文を転載させていただく。

冬の日がとっぷり暮れた午後七時、白鉢巻、さらしの腹巻、締め込み姿の若者四百数十人が霰（あられ）川で身を清め、松明を手に町内を練ったあと、楼門から拝殿まで三度往復する。その間、玉垂神社本殿では鬼面尊神の神事がおごそかに行われる。

境内鐘楼前には、前日早朝から氏子三百人の手で大松明が六基作られている。孟宗竹を束ね、直径一メートル、長さ一三メートル、重さ一・二トンに及ぶもので、樫棒数十本に支えられ、大ムカデのように出番を待っている。当日午後九時、一番鐘を合図に、若者たちは大松明の前に集まる。鐘の余韻のなかで境内の灯がいっせいに消え、やがて二番鐘が鳴ると、「鉾（ほこ）とった、面とった、そら脱いだ」と掛け声をかけ、火をつける。めらめらと大松明が燃え上がると、若者たちは長さ三メートル余の樫棒で大松明を支えあげ、本堂、本地堂を七回りする。大松明は爆音をはじかせ、火花を散らし、闇を焦がす。

若者たちの裸に光る汗や一万五千人の観衆の顔を赤々と浮き上らせると、鐘が乱打され、火祭りは最高潮に達し、本地堂にこもっていた鬼は赫熊（しゃぐま）姿の棒を持つ子供らの警固方に守られて堂の縁の下を六度回る。そのころには、大松明も燃え尽き、七、五、三の厄鐘が打ち鳴らされて火祭りは終わりを告げる。

荘厳華麗な鬼夜の情景が、句に詠まれているのである。碑は高さ二メートル、幅〇・四八メートル。

加藤其峰の句碑は県内にもう一基（久留米市）ある。地域別一覧を参照されたい。

③ 木下三丘子（さんきゅうし）

明治二十九年（一八九六）―昭和二十三年（一九四八）。山門郡柳河町（現・柳川市）生まれ。幼名榮吉。大正四年（一九一五）、父の死去により家督（呉服商）を相続。初次郎と改名。同七年、隣家の俳人近藤里魚（りぎょ）に俳句を勧められた。同十一年、里魚等の句会が発展した十二萬會句会に参加。同十五年九月、高椋青嶺、原尻不可知、鶴御巣等と柳河櫨の実句会結成。高浜虚子や野村泊月（はくげつ）に師事。昭和十九年、繊維品統制のため家業を廃業し、八女郡下広川で果樹園を経営。同四十七年に、柳川ホトトギス会より句集『春水』が刊行された。

對岸の瀧水ひける筧哉　　三丘子

写真104

【所在地】 太宰府市観世音寺四―三―一　仏心寺

地理案内は高浜虚子句碑（一四五頁）参照。

【裏面】 木下三丘子氏ハ柳川ノホトトギス俳人トシテ夫人ト共ニ名□□晩年俳諧荘ヲ此地ニ成サントシテ果サズ夫妻相次ギテ病没ス　昭和廿四年秋嗣子潤氏ヨリコノ土地ヲ譲リ受ケ俳人諸氏ノ協力ヲ得テ花鳥山佛心寺トス曾テ同遊セシ肥前川上峡ノ句ヲ碑トシ故人夫妻ノ徳ヲ偲ブヨスガトス

句ハ昭和五年毎日新聞社募集日本新名勝俳句川上峡第一席ノ栄ヲ得タルモノ

昭和三十四年五月　　静雲記

〔注――摩滅が進んでいる。寺所蔵の拓本を見て記録した〕

【その他】 碑に刻まれている「対岸の瀧水ひける筧哉」は、裏面にあるように懸賞募集日本新名勝俳句の川上川の部で第一席に輝いた句である。日本新名勝俳句については一九一頁を参照されたい。川上川は、北山ダムを源の一つとして、佐賀市西部を下り有明海に注いでいる。今日の地図には嘉瀬川と書かれている。佐賀市から溯ると川上峡、熊の川温泉、青木繁や斎藤茂吉の逗留で有名な古湯温泉などの名勝がある。京都の嵐山に似ているので九州嵐峡とも云われている。杉森女子高校国語科編『郷土の文學』（四訂版）には、句集『春水』から三十句を抜粋して掲載してあるが、この句には「佐賀県川上峡、熊の川温泉での作」と注記されている。

小原菁々子聞書『俳諧求道』（西日本新聞社刊）の一三五頁に、三丘子から土地が譲られたことが、次のように書かれている。

場所決め〔注――仏心寺創建の場所〕が難航したが、柳川の花むしろ卸商鶴御巣さん〔注――ホトトギス系俳人〕のお世話で太宰府・観世音寺の西方、月山のかたわらに決まった。ここは同じ柳川の呉服百貨店主木下三丘子さんが隠居所を計画中に亡くなられたのでその地を譲ってもらった。

碑の裏面には「昭和三十四年五月」の日付が刻まれているが、河野静雲句集『閻魔以後』（西日本新聞社刊）の三七五頁には、この碑の建立は、昭和三十六年五月と記録されている。編著者は俳誌「冬野」を調べて、昭和三十四年六月号の「後記」に、建立の報告がなされているのを確認した。

三丘子の句碑がもう一基、菩提寺の柳川・福厳寺にもある。地域別一覧を参照されたい。

④ 上野嘉太櫨

明治二十九年（一八九六）－昭和四十五年（一九七〇）。甘木町（現・甘木市）生まれ。本名嘉弥太。家業の木

蠟製造業、質商に従事。大正九年（一九二〇）に作句を始め、翌年、吉岡禅寺洞に師事。後、禅寺洞の「ホトトギス」離脱と共に作句を中絶（父の家業不振も関連）。昭和十三年、小野房子（二〇九頁）主宰「鬼打木」に協力し、同誌の指導者川端茅舎に師事。茅舎没後、虚子・年尾の指導を受ける。同十八年、朝鮮より帰国した清原枴童の指導を受ける。そのほかに、星野立子や河野静雲の指導も受けている。同三十三年、「ホトトギス」同人となる。九州四季会では芳草会に属して高浜年尾の指導を受けた。甘木町議会議員、朝倉高校同窓会長、甘木市遺族連合会長、甘木ロータリークラブ会長、全国製蠟組合理事長等を務めた。病に倒れ療養中であったが、年尾が選をし序文も書き、句友原三猿子が編集をして同四十四年に句集『黄櫨帖』を刊行。その題名は、昭和二十一年に虚子・年尾・立子・つる女の一行が訪れ、嘉太櫨宅に一泊した際に、虚子が嘉太櫨の句帖に命名し染筆していたものである。

蠟さらし今したけなは竹の秋　　嘉太櫨

写真105

【所在地】甘木市水町一〇七　上野邸

国道三八六号線と昭和通りとの交差点の東南隅の辺りで、朝倉東高校の北隣である。高浜虚子句碑や高浜年尾句碑と共に南庭にある。

【裏面】昭和四十九年十一月吉日建之　妻　上野タカ　七十五才

【その他】昭和三十年の作。句集『黄櫨帖』（私家版）所収。ただし、句集には「蠟絞り今したけなは竹の秋」で収録されている。この句集所収の九百余句は、各俳誌で入選したものから、最終的には高浜年尾の選を経たものである。

嘉太櫨の家業は木蠟製造業である。櫨の実を圧搾法あるいは抽出法でとった油脂が木蠟であるが、粗製木蠟は生蠟といって淡黄色。天日にさらして脱色精製したものを晒蠟という。ロウソクや石鹸、ワックス等の製造に使われたが、パラフィン蠟などが輸入されるようになって木蠟業は急速に衰退したという。筑後地方は有数の産地であった。久留米市柳坂の櫨並木の紅葉はその名残である。

冬の寒風に曝されながら、櫨の木にのぼって櫨の実を採る人の姿は、冬の風物詩であった。収穫された櫨の実を製造業者は買い付けし、絞ったり晒したりという作業に明け暮れるのであろう。

「今したけなは」の「し」は強めである。「竹の秋」は晩春の季語である。水原秋桜子編『新編歳時記』（大泉書店刊）に次のような説明がある。

竹は春の内は地下に筍を育ててゐるので、その方に栄養を取られて葉が黄ばんだり落ちたりして来る。それが丁度他の草木の秋の状態に似ているので〈竹の秋〉といふ。これに対して竹の春といへば秋の季語になる。

碑は高さ一・四二メートル、幅〇・三メートル。

嘉太櫨句碑がもう一基、甘木市の上野邸にある。地域別一覧を参照されたい。

⑤ 久保　晴

明治三十一年（一八九八）―昭和五十九年（一九八四）。築上郡三毛門村（現・豊前市）生まれ。本名久恒貞吉。大正十三年（一九二四）以降、門司に居住。東京海上火災保険株式会社に勤務の傍ら、俳句に精進。昭和九年五月に、左部赤城子（門司市助役）や久保晴が中心となり「我等」を創刊。無季定型を唱えて四年くらい続けた。昭和十五年頃、門司市で俳人協会を結成、五月から「新大陸」という俳誌を出したが、八月には、県下の俳誌を統合して「俳句文学」を創刊。それも、当局から廃刊を命じられた。富安風生系俳誌「若葉」の編集長加倉井秋をに傾倒。戦時中は北九州文学報国会の副会長を務め、戦後は昭和二十一年から同二十五年まで、NHK熊本放送局俳句選者を担当。門司俳人協会会長、北九州俳人協会設立委員長など、地元俳句界の世話役として貢献した。句集に『先帝祭句集』（昭和60）がある。同四十五年、俳人協会会員となる。

和布刈火や轉た傾く峡の海　　久保晴

【所在地】 北九州市門司区門司　和布刈（めかり）神社

関門橋の下にある和布刈神社境内の岩上に宗祇の句碑があるが、そのすぐ後方の高さ、幅ともに二メートルの岩に、金属板陽刻の句がはめ込まれている。碑の前に植え込みが繁っていて、写真は撮れなかった。

【その他】 福岡県の無形民俗文化財に指定されている和布刈神事は、奈良時代から続いているという。旧暦の大晦日（おおみそか）の深夜から元旦未明にかけての干潮時に、和布刈神社の三人の神官が衣冠正装をして、松明（たいまつ）、手桶（ておけ）、鎌（かま）を持って拝殿前の海に入り、ワカメを刈り取って神前に供える神事である。境内の大焚き火に照らされて峡（かい）（海峡）の急流が転た（うた）（ますます）傾いて見えるのである。

「西日本文化」第三八七号（平成14・12・1）所収「俳句などに見る小倉の初春（はる）」（執筆者・増田連）に、次のような解説がある。

この句について、晴は《私は寒中の夜半、和布刈神社に籠もり、まっ闇がりで浪の音を聞いた。そして三年目に「転」の一字を得て》この句ができた。この《喜びは天にも昇る心地で、これが俳句の醍醐味である》と書いており、神事俳句への打ちこみようが窺えます。

増田連は、「晴は、神事句の先駆者であり、恩人といっていい人で、その功績はもっともっと評価されてもいい俳人のように思われます」と評価している。

自然石にはめ込まれている金属板は縦五六センチ、横四一センチである。文字の部分が浮き出る陽刻で、句が三行に分けて鋳造されている。これは「八幡製鉄所から寄贈されたもので、昭和二十五年七月二十日、海の記念日に除幕された」（「ひろば北九州」第六九号）そうである。

⑥ 長井伯樹

明治三十二年（一八九九）－昭和六十二年（一九八七）。嘉穂郡頴田村（現・頴田町）生まれ。本名盛利。飯塚の立岩小学校を振り出しに、教師となる。久留米市篠山尋常小学校校長として着任したのは昭和十三年九月で、同十八年十月には久留米市教育課長となる。その後、復興部長を経て収入役に就任（昭和三十五年退職）。俳句を作り始めたのは昭和十八年で、久留米市教育課長時代に田中彦影（俳人。本名政彦。医師）および後藤萍子（俳人。本名多喜蔵。第十代久留米市長）の勧めで、久留米玉藻句会の前身「八十八夜句会」に入会してからである。同四十年に「ホトトギス」同人となる。同四十五年、俳誌「高牟禮」を創刊し、主宰となる。句は「ホトトギス」や「玉藻」、「冬野」、「さわらび」にも発表した。

> 夕野火に染まり流るゝ筑後川　　伯樹

写真106

【所在地】 久留米市京町　梅林寺外苑

JR久留米駅北西側から、長門石橋で筑後川を渡る手前の右手に梅林寺がある。外苑は寺の裏手にある。茶店北側の有馬籌子句碑（二八八頁）の前を梅林中段へと進むと奥まった所に句碑がある。この一画には倉田厚歌碑もある。

【裏面】 長井伯樹先生門下生一同　　昭和四十九年十一月

【その他】句集『筑後路』(私家版)の「新年・春」の部所収。季語は「野火」で、季節は春。梅林から見渡す筑後川の対岸の野焼きの火が、前景の川面を染めているのであろう。除幕式は十一月四日に行われた。
碑は高さ二・一メートル、幅一・一メートル。

⑦ **森永杉洞**(さんどう)

明治三十三年(一九〇〇)—昭和五十年(一九七五)。佐賀県嬉野生まれ。俗名武信。諱(いみな)は宗信。道号は湛堂(たんどう)。森永家に養子として入籍。大正四年(一九一五)、伊万里の臨済宗南禅寺派円通寺で出家。昭和八年、円通寺住職に就任。同十四年、円通寺専門道場師家となる。そして同二十九年四月、大本山南禅寺において、視篆(してん)開堂式(管長資格取得の式)を挙行。その後、再三にわたり大本山管長に推挙されたが固辞。俳句は大正九年より作り始め、「ホトトギス」に拠る。昭和十七年に伊万里ホトトギス会結成。同二十一年、俳誌「土筆」を発行(同二十五年廃刊)。同二十三年の西九州俳句大会を契機に、毎年、西日本俳句大会を主宰。同二十四年、「ホトトギス」同人に推される。同四十一年より佐賀新聞俳壇選者。句集に『寺』(肉筆。昭和39)、『僧堂』(昭和56)がある。二十五回忌記念に杉洞句の解説をした『俳禅一味』が平成十一年(一九九九)に伊万里ホトトギス会から刊行されている。

この門を入れば涼風おのづから　　杉洞

写真107

【所在地】小郡市松崎一一一—一　霊鷲寺(りょうじゅうじ)

国道五〇〇号線の松崎交差点から北へ県道五三号線(久留米・筑紫野線)を五〇〇メートルほど北上すると、左手に霊鷲寺はある。碑は、山門を入って左手の苔の中に建っている。山門の右手には杉洞門の徳永寒灯句碑もある。

【裏面】 昭和四拾六年四月拾八日建立　　発願　杉天

【左面】 立川軍一刻

【その他】 句集『僧堂』所収。『俳禅一味』（伊万里ホトトギス会編・刊）にこの句が採り上げられていて、次の一節がある。

禅門第一の書と云はれる無門関〔注――中国宋代の禅の書で無門慧開（えかい）の著〕の初め〔注――自序〕に、

大道無門、千瑳有レ路、透二得セバ此関一ヲ、乾坤ニ独歩セン。

この頌（じゅ）〔注――仏徳を賛美する詩〕を一句にした如きこの涼風の句はかつて大本山南禅寺に於ける老師〔注――森永杉洞〕開堂の法句であると承っている。

老師は、解脱の門に入れと永遠に説法されてゐます。

年譜によると、開堂式は昭和二十九年四月。この句はその折の作ということであろう。

この頌について、いくらかでも理解したいと思って筑摩書房刊『無門関』（禅の語録18、平田高士著）を繙（ひもと）いた。書き下し文と口語訳を転載させていただく。

〔書き下し文〕大道無門、千瑳（せんしゃ）路有り。此の関を透得（とうとく）せば、乾坤（けんこん）に独歩せん。

〔口語訳〕大いなる道には入る門が無いけれども、その門はまたどの路にも通じている。この（無門の）関を透り得たならば、その人は大手をふって大地乾坤を闊歩（かっぽ）するであろう。

『俳禅一味』（平成十一年刊）によると、この句を刻んだ碑は、京都南禅寺をはじめ全国十六カ所に建立されているようである。因に、杉洞の句碑を数えると全国で七十数基あるそうである（小郡市・野田宇太郎文学資料館の平成十二年特別企画展より）。

建立者「杉天」とは、霊鷲寺の中村良之住職の俳号。杉洞は禅および俳句の師ということである。

碑は高さ一・七メートル、幅〇・五五メートル。

この寺の中庭に、杉洞句碑がもう一基ある。地域別一覧を参照されたい。

⑧ 吉富無韻（むいん）

明治三十三年（一九〇〇）―昭和六十三年（一九八八）。長崎県松浦市生まれ。本名大箴。大正二年（一九一三）、佐賀県伊万里の円通寺で得度。同十二年三月から内本紅蓼について、句作の勉強を始めた。同十三年、日本大学文学部宗教学科に入学。傍ら、虚子や篠原温亭（おんてい）に師事して句作の勉強をした。昭和二年、日大俳句会を興した。翌年、同大卒業。同五年、山口県の徳性寺住職となり、十数年住山。同十二年、臨済宗各派連合布教師として各地を回る。同十七年、久留米市の円通寺住職となる。同四十五年、多年の布教の功績により「再住南禅」を賞叙さる。同じ僧籍にあるために河野静雲に私淑し、「冬野」に投句を続けた。昭和四十六年、「ホトトギス」同人に推された。句集に『法鼓（ほっく）』（昭和47）、『秋韻』（昭和53）がある。久留米市功労者賞受賞（昭和54）。

石蕗咲いて我が行蔵に悔あらず　　無韻

写真108

【所在地】 久留米市宮ノ陣町大杜（おおと）　円通寺

筑後川北岸の道路から、九州自動車道の筑後川大橋の下で宮ノ陣町大杜の方へ下りて高速道路の東側に出ると、すぐにお寺がある。碑は寺の裏庭にある。

【左面】 昭和五十三年十月廿五日

建立者　紫苑句会　御井句会　茶の花句会　小郡句会　右代表　田中泡月

【その他】「石蕗（つわ）」は「つわぶきの花」のことで、冬、鮮やかな黄色の花が咲く。

この句の出典を調べるため、『法鼓』（紫苑会刊）、『秋韻』（私家版）の二句集を繙（ひもと）いたが、収録されていなかった。ただし、『法鼓』の「秋百句」の中に、「秋袷（あわせ）我が行蔵に悔あらず」という句が収録されているのに気づいた。推敲して上五を「石蕗咲いて」とし成案とされたのではないだろうか。

なお、「秋袷……」の句には、「行蔵（こうぞう）とは、行動、行状、素行等をひっくるめた言葉」という注が付けられている。『論語』に出ている語である。

自分の来し方を振り返って、その思想・行動にいささかの悔いるところもなかったという思い。その凛とした思いを象徴するような石蕗の花である。

この句碑の除幕式ならびに記念句会に対するお礼状（吉富無韻自筆コピー）を資料として戴いたが、それには次のように建立の背景が記されている。


此の度愚息不言洞が、私共の金婚を祝って『秋韻』『こぼれ萩』の両句集を出版して呉れました事に就いて、地元の傘下四つの句会が随喜の心から、句碑一基を建立して呉れました。


『秋韻』は前記のとおり無韻の句集。『こぼれ萩』は無韻夫人萩女の句集である。

碑は全高一メートル、幅〇・八メートル。

⑨　緒方無元（むげん）

明治三十四年（一九〇一）―昭和六十三年（一九八八）。甘木市生まれ。本名久一郎。家業の金融業および質屋の仕事に従事。甘木町町会議員をはじめ、町村合併後の甘木市における諸役職（教育委員長、体育協会長、観光協会副会長、商工会議所会頭、信用組合理事長、その他）を歴任。俳句は大正十年（一九二一）頃より吉岡禅寺洞の指導を受けて始めたが、禅寺洞の「ホトトギス」離脱と共に作句を中絶。昭和十三年、小野房子主宰

「鬼打木（おがたま）」に協力し、同誌の指導者川端茅舎に師事した。そのほかに、清原枴童、河野静雲、高浜虚子、高浜年尾、星野立子、深川正一郎の薫陶を得て、「ホトトギス」、「玉藻」、「冬野」等に投句。昭和三十二年、「ホトトギス」同人となる。夫婦句集『花葵』（昭和55）がある。他に、甘木・朝倉に来訪した俳人の文章や俳句を編集して『句文集　あさくら』（昭和35）を出している。多くの文学碑建立に尽力した。その他、豊富なコレクションをもとに、『淡窓遺墨撰集』（昭和41）、『郷土先賢詩書画集』（昭和50）を刊行した。

銀杏ちる屋根さながらに花御堂　　無元

写真109

【所在地】 甘木市甘木七七二　安長寺

国道三八六号線沿いの甘木バス発着所から二〇〇メートルほど東の、信号機標識「七日町」の交差点を右折して一〇〇メートルほど行くと、西の方から続く商店街と交差する。その先の右手が安長寺である。碑は山門を入って左手のイチョウの大木の下にある。

【裏面】 昭和甲寅正月建之

〔注――「昭和甲寅（きのえとら）」は昭和四十九年である〕

【その他】 句集『花葵』（私家版）二四一頁所収。

この碑の所在地の安長寺について、『福岡県吟行歳時記』（葦書房刊）に次のような解説がある。

安長寺では一月十四、十五日に地蔵初市が催され、ばたばた市とも言い、ばたばたを売り出す。ばたばたは和紙を張った団扇（うちわ）太鼓の両側に糸で吊した大豆を付け、柄を廻すとバタバタと音を立てる。誠に素朴な玩具で、本来は疱瘡（ほうそう）よけの呪物だったとか。

この寺の門前町として甘木は開けたそうである。山門を入った左手に、銀杏（ぎんなん）（イチョウ）の大木があり、その下にこの句碑があり、その右にはコンクリート製の小さなお堂がある。晩秋となり、黄葉したイチョウの葉が散る頃は、お堂の屋根にも黄色の葉が積もって、季節は異なるがまるで花祭り（四月八日の釈迦誕生日に、花を飾った御堂を作り、中に釈迦の誕生像を安置し、甘茶を注いで祭る行事）のお堂さながらの情景が境内に展開されるのである。

碑は全高一・七メートル、幅〇・九メートル。

他に、緒方無元単独の句碑が五基（すべて甘木市）、夫婦句碑が二基（いずれも甘木市）ある。更に、緒方無元を含めた五俳人の句を併刻した碑が朝倉郡筑前町にある。地域別一覧を参照されたい。

⑩ 緒方句狂（くきょう）

明治三十六年（一九〇三）―昭和二十三年（一九四八）。田川郡赤池町生まれ。本名稔。父の古物商を手伝いながら、明治鉱業赤池炭鉱坑内夫として働く。昭和九年にダイナマイトの事故で失明し、苦悩していた頃、妹婿の奥本黙星の勧めで句作を始めた。その後、河野静雲、高浜虚子の指導を受けて句境を深める。昭和二十年に「ホトトギス」同人となる。胃ガンに倒れ、「闘病の我をはげます虫時雨」の辞世句を遺して他界。虚子は、同二十六年刊『椿子（つばきこ）物語』という小品に、和田山の安積素顔と赤池の緒方句狂という二人の盲目の俳人のことを書いている。野見山朱鳥は「句狂が身をもって盲人にも俳句の世界が開かれていることを示した功績は偉大であると言わねばならないし、句狂が現れて以来、他の盲俳人の名が見えはじめたことでも、句狂の努力がどれほど失明の人々の力となったかが察せられる」と評価している（朝日選書『忘れ得ぬ俳句』一四一頁）。虚子が序文を書いた句集『由布』（昭和24）が、没後に出版された。

写真110

行く我を囚へ落葉は馳け巡る　　句狂

【所在地】 田川郡赤池町上野（あがの）　興国寺

県道二二号線（田川・直方バイパス）と県道六二号線（北九州・小竹線）とは、「宮馬場」という信号機の所で交差する。六二号線を上野焼窯元の方へ一・八キロほど行くと、公民館がある。そこから右折して山手の方へ行くと寺に至る。碑は山門前の桜の木の根方にある。

【裏面】 昭和二十六年十一月建之

【その他】 郷土田川研究会発行「郷土田川」二十三号（昭和39・10・1）所載「盲俳人緒方句狂」（執筆者・瓜生敏一）の一節を転載させていただく。

この句は、句集『由布』の最後から二番目に出ている句で、昭和二十一年の作となっている。落葉の行く方をき、のがすまいとしている作者の姿が出ていて、俳句に対する執念のようなものが感ぜられる句である。句狂らしい境涯のにじみ出た句であるといってよい。この句碑は、昭和二十六年十一月十八日、生前親交のあった小倉ホトトギス会の音頭とりで建立されたもので、当時若松病院副院長だった安部伏荷氏らの力に負うこと大きいものがあるとのことである。

碑は全高一・二メートル、幅〇・五メートルの自然石。

⑪　**松岡渓蟬郎**（けいせんろう）

明治三十六年（一九〇三）－昭和五十二年（一九七七）。浮羽郡椿子村（現・うきは市浮羽町）生まれ。本名国夫。大正八年（一九一九）から福富尋常高等小学校を振り出しに八つの小学校に勤務。途中で福岡師範学校二部

（大正十二年卒業）と専攻科（昭和七年卒業）に学ぶ。最後は小塩、大石、山春の各小学校校長として、虚飾のない学校運営をした（昭和三十三年退職）。在職中は児童俳句を提唱し、実績を上げた。俳句は、教員生活初期に、宮原紫川郎や同僚であった原三猿郎（一五四頁）の指導で始めた。昭和十年頃から六年ほど、竹下しづの女（一七二頁）の指導を受けた。地方の初心者指導にも熱心で、同二十一年十月から月刊雑誌「わかたけ」を三十号まで出した。同三十五年四月、これを発展的に解消して浮羽町ホトトギス句会を誕生させた。人生の後半期には、草野駝王（だおう）（二一六頁）の指導を受けて「白ゆり俳句会」や「白菊俳句会」を育成した。句文集『犬ふぐり』（昭和49）があるが、句は「ホトトギス」や「芹」（高野素十（すじゅう））や「かつらぎ」（阿波野青畝系）に入選したものを、更に草野駝王に再選を依頼している。

> 麦扱機赤き入日に麥を噴く　　　渓蟬郎

【所在地】 うきは市浮羽町朝田七八〇　松岡邸

西隈上で県道五二号線（八女・香春線）が国道二一〇号線から分かれる地点に「東隈ノ上(1)」という標識の信号があり、更にすぐ東に「東隈ノ上(2)」という信号がある。そこから更に一〇〇メートルほど日田方面へ進むと、飯田鉄工農業機械株式会社がある。その手前から右折して五〇〇メートルほど直進すると、道路の左手に公園、右手に祠のある十字路がある。そこから右に曲がって三軒目が松岡渓蟬郎邸である。

【裏面】 贈還暦記念　　昭和三十八年四月建立　　浮羽町俳人有志

【その他】 浮羽古文化財保存会誌「宇枳波（うきは）」第五号《浮羽の文学碑》（執筆者・石井近義）の、この句について触れた部分を転載させていただく。

この句は『俳句三代集』に入集したもので、数ある渓蟬郎の名作中の代表作というべきである。『俳句三代集』は昭和十四年改造社が、明治大正昭和三代にわたる有名無名俳人の句を網羅して、十巻にまとめた大部の句集である。一般人からは十五句ずつを募集して、二人以上の選者の選に入ったものを採録した。高浜虚子を顧問として、青木月斗、阿波野青畝、飯田蛇笏、臼田亜浪、大谷句仏、富安風生、原石鼎、松根東洋城、水原秋桜子、渡辺水巴の十人が選に当たった。旧浮羽郡内でこれに入集した俳人は、佐藤肝峯、宮原紫川郎、原三猿郎（一五四頁）、石井不息、松岡渓蟬郎、彌吉聖夫、古賀好晴、江藤竹秋、中嶋紫舟（二七三頁）の九人である。

この書物は第十巻が自由律の部である。伝統俳句の部では、第九巻に採録された作者の略歴と季題の索引が収録されている。この句は第四巻の「麦刈」の項（三九頁）に、次の表記で収録されている。

麥こぎ機赤き入日に麥を噴く

「麦扱機」は夏の季語である。刈り取った麦を麦扱機で扱いで穂を落とすのである。

碑は全高〇・八五メートル、幅〇・四五メートルの安山岩自然石。

他に、松岡渓蟬郎の句碑がうきは市にもう一基ある。地域別一覧を参照されたい。

⑫ 大鶴登羅王

明治三十六年（一九〇三）－昭和六十二年（一九八七）。現・うきは市吉井町生まれ。本名寅夫。俳句を始めたのは昭和七年で、俳誌「黄櫨」（吉井）に入会して宮原紫川郎の手ほどきを受け、同八年からは河野静雲に師事した。ところが、「黄櫨」内に新興俳句派が台頭したので紫川郎を中心に「ホトトギス」の伝統を守るべく松岡渓蟬郎（二六四頁）や原三猿子（一五五頁）と共に「黄櫨」と袂を分かち、同十年に俳誌「やまたろ」を創刊し、発行人となった。その前、同七年からは町会議員や町長（昭和二十六年四月から一期）を務めた。同四十四年に

「ホトトギス」同人に推された。金婚記念の夫婦句集『鴛鴦』（昭和49）がある。

写真111

徒渉り中洲にのべし花筵　　登羅王

【所在地】うきは市吉井町吉井　祇園神社

菊竹六皷記念館の東にお宮（素盞嗚神社とも）がある。碑は境内に入ってすぐ右手にある。

【裏面】昭和四十九年四月一日　耳納ホトトギス会建之　施工　田主丸町　秦政美

【その他】句集『鴛鴦』（私家版）春の部所収。句碑は、耳納ホトトギス会会長である登羅王・くに女夫妻の金婚を記念して建立されたもの。読み仮名を付けると、「徒渉り中洲にのべし花筵」である。「西日本新聞」（昭和57・4・28）の「いしぶみ散歩」（執筆者・那須博）に分かりやすい解説がしてあるので転載させていただく。

徒渉り、ここでは川の中を歩いて渡ることを言う。花筵、中州の砂や土が見えないくらいに咲きそろった草花のさまか、あるいは降り散った花びらが中州を埋め尽くしているさまか。おそらく前者で、中州一面に咲きそろった草花にひかれて、つい川の中へ入ってしまったことよ。花ござのことではないと鑑賞した。

碑は全高二・一五メートル、幅〇・九メートル。

大鶴登羅王の句碑（併刻碑を含む）を他に四基（うきは市）確認した。地域別一覧を参照されたい。

⑬　一田牛畝

明治四十年（一九〇七）－昭和六十一年（一九八六）。糟屋郡志免町生まれ。本名善寿（旧姓名は牛房壽）。久留米の無量寺で出家得度し、僧籍に入る。昭和二年、正定寺（福岡市博多区）の一田賢翁師へ師僧を換える。

同八年、正定寺住職となる。同十六年、応召して旧満州（現・中国吉林省）に従軍。任地で輓馬隊（馬による輸送が任務）に配属された。同二十年、浄土宗福岡教区長就任。同二十九年、福岡刑務所教戒師となる。同五十七年に浄土宗鎮西総本山善導寺（久留米市）の六十三世法主を拝命し、翌年には大僧正となる。俳句は昭和十年頃、知恩院の布教師野島宣道（無量子）の勧めにより作り始め、河野静雲に師事。終戦後は「ホトトギス」や「冬野」に投句。同二十四年からは江口竹亭の秋爽会に入会、また高浜年尾指導の四季会でも学ぶ。同三十六年には「ホトトギス」同人に推された。同五十二年、福岡市文学賞受賞。句集に『草紅葉』（昭和20）、『花瓜』（昭和61）がある。また、編著に『句心佛心――十人の死刑囚』（昭和52）がある。

裏羽織してどんたくの三昧達者　　牛畝

写真112

【所在地】福岡市博多区中呉服町一〇－一四　正定寺

西鉄バス「蓮池」停留所の東方に、御笠川に架かる東大橋がある。その二つ下流の石堂大橋の西南詰めに正定寺はある。碑は山門を入ってすぐ左手の枝折戸の向こうに慰霊碑（後述）と並んである。

【裏面】昭和五十五年五月

博多松ばやし恵比須流の当番の傘鉾に句と絵をよせて戴いたのを記念してこの碑を建立す

当番　上金屋町　横町　下金屋町

【その他】今日の「博多どんたく」は五月の三日四日に行われ、連休と相まって日本一の観客動員数を誇っているが、そのルーツは室町期の「松ばやし」の「通りもん」（町を練り歩く祭）だと言われている。その行列を象徴するものの一つが傘鉾で、花で飾った大きな傘の下に、ぐるりと布が巻いてある。その布に正定寺住職で俳人の牛畝が句と絵を描いた。そこで恵比須流の当番である「上金屋町・横町・下金屋町」がお礼に句碑を建立したのである。牛畝は二年後には大本山法主になる人物であるが、庶民的であったエピソードとして受け取れる。どんたく行列の中に、羽織を裏返しに着て、三味線を達者に弾く旦那風の男を詠んだ句であろう。在家佛教協会発行の雑誌「在家佛教」平成三年（一九九一）五月号所載の「福岡の寺 5」（執筆者・那須博）には、次のような解説がある。

裏羽織とは、どんたくの神事・伝統の松ばやし通りもん儀礼が終って、くつろいだ衣裳に着替えるのももどかしく、羽織を裏返して着用しにぎやかな音曲集団あるいは個人へ変化して町へ繰り出すこと。

碑は全高一・五二メートル、幅〇・五メートル。

この句碑と並んで「満徳會 慰霊碑」があり、的野冷壷人の「姫菖蒲など呼び兵は花が好き」と一田牛畝の「なかながと四温の日浴び輓馬（ばんば）隊」が刻まれている。昭和十六年七月に召集された満徳六七六六部隊の編成三十周年を記念して、昭和四十六年八月に建立された慰霊碑である。冷壷人と牛畝は、同小隊同班の戦友である。編著者の基準では、建立の趣旨が慰霊碑であるものは句碑としては扱っていないが、紹介だけしておく。

他に、一田牛畝の句碑を二基（飯塚市、久留米市）確認している。また、編著者未見の句碑が二基（福岡市博多区、糸島郡二丈町）あるようである。地域別一覧を参照されたい。

⑭ 奥園克己（かつみ）

明治四十一年（一九〇八）－平成七年（一九九五）。朝鮮（現・韓国）京畿道水原生まれ。本名も克己（「克巳」ではない。自筆署名も「克己」）。昭和十七年（一九四二）に、福岡市の小学校訓導から麻生塾（昭和十四年、麻生太賀吉創立の中堅炭鉱技術者養成校。昭和二十三年より麻生塾工業高等学校と改称。全寮制。昭和五十七年廃校）教頭として赴任。同十九年、二代目塾長に就任。戦後、生徒の自由な文芸活動で俳句熱が高揚し、渡辺満峰（二一五頁）の添削を受けるようになる。発展して、月一回、河野静雲指導の麻生塾俳句会が昭和二十七年に発足。克己もその句会で研鑽。静雲、満峰の他に、高浜虚子をはじめ、中央の俳人の指導を受けた。克己は、「ホトトギス」、「玉藻」、「かつらぎ」、「冬野」、「高牟禮」、「遠山」、「黄鐘」などの結社と直接かかわりをもっていた。特に「かつらぎ」（主宰・阿波野青畝）では、九州同人会の世話役をしていた。また、句集『天地皆春（みなはる）』（平成3）は玉藻社俳句叢書Ｖとして出版された。昭和四十六年、俳人協会会員となる。昭和五十五年、「ホトトギス」同人となる。

凜然として寒中の梅匂ふ　　克己

写真113

【所在地】飯塚市柏（かや）の森七　麻生塾跡

国道二〇一号線の近畿大学九州工学部の一つ西側のバス停「麻生塾」で下車すると、スポーツガーデン麻生塾がある。ボウリング場の東側を南へ行くと、突き当たりに「麻生塾発祥の地」碑がある。その碑の横にこの句碑はある。

【裏面】平成六年十月六日　麻生塾卒業生有志一同

【その他】克己三回忌追善の建立である。「凜然（りんぜん）と」は、国語辞典には「寒さが厳（きび）しく身に染（し）みる様子」とある。

歴史と自然をまもる会発行の「ふるさとの自然と歴史」二七六号（平成11・9・20）所載「いしぶみ訪問」（執筆者・那須博）によると、この句は昭和五十四年一月二十六日の吟。子供の一人にハガキに書いて贈ったもので、「生誕四十三歳の春を祝し健祥を祈る」と添え書きがされているという（近親者編の奥園克己・操子追悼集『真直な道』に掲載されているとのこと）。碑は全高二メートル、幅〇・七メートル。

他に奥園克己句碑（操子夫人の句との併刻碑を含む）が飯塚市内に二基ある。地域別一覧参照。

⑮ 小坂蛍泉（けいせん）

明治四十二年（一九〇九）－平成十二年（二〇〇〇）。長崎県生まれ。本名平三郎。長崎大学、ついで九州大学の産婦人科教室に入局。昭和二十年（一九四五）、九大外来産婦人科医長を辞任し、田川の三井山野病院産婦人科部長に赴任。翌年には三井鉱山田川鉱業所病院産婦人科部長に転じた。同病院を同二十五年に辞め、田川市で開業。同五十一年に緑内障の手術を受け、その後は福岡市に転居。俳句は、長崎大学産婦人科教室時代に、下村ひろし（水原秋桜子門）の手ほどきを受けて始めた。九大に移ってからは河野静雲に師事。開業医となった頃からは野見山朱鳥に師事し、本格的な俳句活動を始めた。また、高浜虚子に送稿して教えを受け、以後、高浜年尾、稲畑汀子にも指導を受けた。昭和五十七年に日本伝統俳句協会評議員になる。また、同三十八年には「ホトトギス」同人に推された。「万燈」や「菜殻火」の同人でもある。同四十六年、俳人協会会員。田川文化連盟会長、田川市教育委員会委員長、人権擁護委員長を務め、教育文化賞を受賞している。句集に『医ごころ』（昭和32）、『沖を見る』（平成7）がある。

白もまた燃ゆる色なりつゝじ園　　蛍泉

写真114

【所在地】 飯塚市片島一丁目　勝盛公園

西鉄バスセンターから西へ二五〇メートルほど歩くと、信号標識「明治町入口」の交差点がある。更に八〇メートルほど西へ進んで右折。一五〇メートルほどで公園入口に着く。旧名称は杼山（ろざん）公園。池の西岸に三基の碑がある。中央がこの句碑で、左は近江砂人川柳碑（四〇六頁）、右は大庭星樹句碑である。

【裏面】昭和五十四年四月二十二日　飯塚文化連合会建之

【その他】句集『沖を見る』（天満書房刊）所収。碑の周辺にもつつじの植え込みが多い。深紅のつつじも鮮やかだが、白もまた炎のように咲き溢れている情景に目を奪われるのである。

碑は高さ一・九七メートル、幅〇・五メートル。

小坂蛍泉の句碑（併刻碑を含む）は、他に県内に三基（田川市、田川郡香春町、同添田町）ある。地域別一覧を参照されたい。

⑯　丸橋静子

明治四十三年（一九一〇）―昭和四十年（一九六五）。滋賀県生まれ。京都の高等女学校を卒業後、丸橋周蔵と結婚。植田浜子を介して杉田久女の門下生となる。昭和四年頃から句作を始め、同六年頃から「ホトトギス」に投句し、高浜虚子の指導を受ける。その後、「玉藻」に投句し、星野立子に師事する。太平洋戦争中、小倉ホトトギス会の世話を引き受ける。現在の北九州ホトトギス会の前身である。戦後の昭和二十一年には高浜虚子、高浜年尾、星野立子を、また翌年には星野立子を小倉に迎える。同二十三年、小倉玉藻会をつくり、多くの俳人の指導にあたる。「玉藻」同人。そして、同三十四年には「ホトトギス」同人に推される。三十余年にわたる俳句への精進のかたわら、小倉で教育委員や人権擁護委員、福岡地方裁判所小倉支部調停委員、小倉母の会会長など社会的にも活躍した。句集に『（丸橋静子）作品集』（昭和41）、『あじさい』（昭和43）がある。

月仰ぐ一途に生きし来し方よ　　静子

写真115

【所在地】北九州市小倉北区城内二―二　八坂神社
八坂神社は小倉城の北側にある。北門から入ると正面の突き当たりに、城の濠を背にして碑はある。
【裏面】昭和四十年三月吉日　　丸橋静子先生句碑　　小倉玉藻句会建之
【その他】碑は、建立時は台石の上に据えられていたが、平成十三年（二〇〇一）に確認したときは、台石は無く、本体基部が直接埋められていた。その寸法は、高さ一・二五メートル、幅一・五メートル。
編著者は未確認であるが、丸橋静子の句碑は県内にもう一基（小倉南区）あるようである。地域別一覧参照。

⑰　中嶋紫舟（ししゅう）

大正三年（一九一四）―平成十五（二〇〇三）。浮羽郡千年村（現・うきは市吉井町）生まれ。旧姓森光、本名貞次。大分県職員として日田市に勤めた。昭和十六年（一九四一）、御幸村（現・うきは市浮羽町）朝田の中嶋貞子の婿養子となる。同十七年、福岡県林務課勤務となる。俳句との出会いは小学校時代に溯る（さかのぼる）。千年小学校五年のとき、休んだ担任教師の補欠に、校長の宮原紫川郎（俳人）が来て、修身の時間だったが俳句の話をした。その話に強い印象を受けた。そこで二十歳から紫川郎について俳句の手ほどきを受けた。最初は「やまたろ」や河野静雲主宰の「木犀」に投句。これがきっかけとなり、静雲の指導を仰ぐことになり、著しい進境を示した。地元の俳句愛好家の指導に熱心で、浮羽町老人大学俳句教室、杷木町俳句会、千足句会、善導寺巨楠句会などを指導した。浮羽町連合文化会の事務局長も担当した。平成十四年九月三日の「西日本新聞」読者文芸欄に、「きりしま句会」中嶋紫舟選の秀句が紹介されていたが、後に御家族からお聞きしたところによると、その頃は入院中であったそうである。

草青く祭の道の灯りけり　紫舟

写真116

【所在地】 うきは市浮羽町朝田七九二　中嶋邸

西隈上で県道五二号線（八女・香春線）が国道二一〇号線から分かれる地点に「東隈ノ上(1)」という標識の信号があり、更にすぐ東に「東隈ノ上(2)」という信号がある。そこから更に一〇〇メートルほど日田方面へ進むと、飯田鉄工農業機械株式会社がある。その手前から右折して四〇〇メートルほど直進すると、道路の右手に田圃を挟んで檜皮（ひわだ）ぶきの家が見える。そこが中嶋邸である。その庭には、南から河野静雲句碑、わずか離れて小原菁々子句碑、中嶋紫舟句碑の三基が並んでいる。

【裏面】 昭和十四年改造社版俳句三代集入選句

平成十一年文化の日　中嶋紫舟

【その他】 改造社版『俳句三代集』については、松岡渓蟬郎の項（二六五頁）で触れているので参照されたい。それにしても『俳句三代集』第九巻の「作者一覧」に、中嶋紫舟の名が出ていないのでとまどったが、中嶋家に養子に入る前、二十五歳の時の入選であるから旧姓の森光紫舟で収録されていた。

「祭」は夏の季語である。

碑は高さ一・九五メートル、幅〇・五五メートル。

3　中間的境域

山下一海は、その著『俳句の歴史』（朝日新聞社刊）一八〇頁で、「近代俳句史を大きく眺めると、」「片や虚子の『ホトトギス』に、片や碧梧桐以来の新傾向俳句に対して、その中間ともいうべき第三の境域を確保しているように見える」俳人として、松根東洋城・青木月斗・臼田亜浪の三人を挙げている。ここでは、この三人および金尾梅の門の系譜を見ていきたい。

(1)　松根東洋城とその流れ

①　松根東洋城

明治十一年（一八七八）―昭和三十九年（一九六四）。東京生まれ。本名豊次郎。裁判官であった父に従い、伊予に赴く。明治三十八年、京大法科を出て宮内省に入る。一高時代に夏目漱石に師事し、「ホトトギス」に入る。同四十一年、「国民新聞」の「国民俳壇」選者を虚子より継承。河東碧梧桐の新傾向運動に対抗。大正四年（一九一五）、「渋柿」を創刊し主宰する。同五年、東洋城に無断で「国民俳壇」選者が虚子に戻ったことにより、「ホトトギス」と絶縁。句風は「ホトトギス」への対抗意識から、芭蕉俳諧の理念を追求することを旨とし、俳句の道は人間修業に通ずるという主張に立ち、大衆との一体感による心境俳句を提唱。連句興行も行った。昭和二十七年、「渋柿」主宰の座を引退し、野村喜舟（二七七頁）に譲る。個人句集は主義として出さなかった。没後、『東洋城全句集』（全三巻。昭和41―42）が出た。

我が祖先は奥の最上や天の川　　東洋城

写真117

【所在地】柳川市西魚屋町五〇　報恩寺

伝習館高校の西側を南北に貫通する県道七六六号線（橋本・辻町線）と、県立柳川病院南側を東西に貫通する県道七〇二号線（柳川・城島線）が交差する「鍛冶屋町」交差点の北東側が西魚屋町。報恩寺西口は県道七六六号線沿いにある。西口から、六角形をした句碑が左前方に見える。

【裏面】東洋城先生ハ出羽ノ國主最上氏ノ支族ニシテ松根備前守光広公ノ子孫ナリ

昭和四十九年一月吉日　報恩二十一世　賢夫建立

【その他】松根東洋城の句碑が報恩寺に建立されている因縁について、報恩寺の三池賢一住職が俳句雑誌「ばあこうど」（根っ子の会発行）第二号（平成14・2・22）に「或る句碑とその周辺」という文章を発表している。事情がよく分かるので、長くなるが一部分を転載させていただく。

最上（もがみ）藩祖最上義光（よしあき）は関ヶ原の合戦後、徳川氏に依って現在の山形県の略全域及び秋田県の一部に及ぶ五十数万石の地を安堵され、奥羽の雄藩藩主として近世を迎えた。然るに、藩内家臣団は中世的な性格を維持したままであり、有力小領主の連合体的性質が強く、同族抗争の連続であった。義光が慶長十九年（一六一四年）一月に没すると、これを嗣いだ次男駿河守家親の統制力は弱く、一族間闘争が跡を絶たなかった。家親が急死する〔注――元和三年（一六一七）三月〕に及び、その子源五郎義俊擁立派と義光の四男山野辺右衛門太夫義忠派の対立で、家中二分して抗争し、騒乱状態を呈するに至った。

松根光広は最上一門（父は義光の弟）として、当時庄内の松根城一万三千石の領主であったが、元和八年（西暦一六二二年）五月、家親の急死を不審として申立て、義忠派を糾弾して幕府に提訴に及んだ。しかし、審理結果は、事実関係を証明出来ず、光広の虚偽の讒言となり、光広は筑後柳川藩立花宗茂預けとなった。時に三十四歳であった。〔略〕

松根備前守光広は、海谷庄右衛門他六名を供として、同年配流地筑後柳川へ旅立つこととなった。その居城であった松根城（現在の山形県東田川郡櫛引町大字松根）から遠く九州に移り住むこととなる。爾来、寛文十二年（西暦一六七二年）九月六日、八十五歳で死去するまで、五十余年を異境に暮らしたが、柳川藩では客分として待遇し、流罪人の扱いはせず、その子孫は家臣に取り立てられている。即ち、長男は柳川藩士となり、次男は伊予宇和島の伊達支藩に仕えて家老となり、三男は仙台伊達本藩に仕官している。四男も次男を頼って宇和島伊達藩士となった如くである。〔略〕

さて、松根東洋城は光広の次男で宇和島伊達藩家老職となった守宜の子孫である。昭和四年（西暦一九二九）、奥の細道探訪のついでに、我が先祖の地（松根・白岩）を訪ねている。その折に詠んだ句の一つが冒頭の「天の川」の一句である。

句碑の後方にまとめられた墓石の中に、「松根院殿山休道高大居士」と刻まれているのが松根備前守光広の墓である。

碑は全高一・三二メートル、幅一・一五メートル。

② 野村喜舟

明治十九年（一八八六）―昭和五十八年（一九八三）。金沢生まれ。本名喜久二。幼児期、両親とともに東京に出た。十三歳の時から小石川砲兵工廠に勤務。昭和八年、小倉の陸軍造兵廠に転勤し、終戦まで勤めた。戦後も小倉に留まったが、北九州俳壇とのかかわりは少なかった。俳句は明治末期、「国民新聞」の「国民俳壇」（松根東洋城選）に投句し、東洋城の俳句会にも出席した。大正四年（一九一五）、東洋城が「渋柿」を創刊すると、同人・選者として参加。同七年から東京大学医学部の「木の芽句会」の指導にあたったが、同句会には水原秋桜子や高野素十がいた。昭和二十七年からは同誌の主宰を継承。連句研究会の重鎮でもあった。俳人協会顧問。句集に『小石川』（昭和27）、『紫川』（昭和43）、『喜舟千句集』（昭和50）、『野村喜舟集』（昭和60）がある。

> 鶯や紫川にひゝ〔ゞ〕く声　　八十八才　喜舟

写真118

【所在地】 北九州市小倉北区篠崎一―七―一　篠崎八幡神社

北九州都市高速道路四号線の紫川出入口の南側で、最近の地図によると林間公園の南端になるようである。七十数段の石段を上り、随神門をくぐると、社殿に向かって左手に碑はある。

【裏面】 野村喜舟先生米壽記念　渋柿同人建之　昭和四十八年五月十三日

【その他】『喜舟千句集』所収。昭和四十八年（一九七三）作。紫川は直方市東方の福智山を源流とし、全長一九・八キロ。句碑のある篠崎八幡神社のすぐ東から小倉城の東へ流れ、響灘に注いでいる。

今村元市氏は、「西日本文化」二七九号（平成4・3）所載の「ミステリーから俳句まで」の中で、野村喜舟の句について次のように論評している。

> 喜舟の句は、一見平凡そのものである、その中から俳諧独特の軽みというか、面白みがあって、味わいの深いものがある、平凡に見えて、内実は、非凡そのものである。

また、本田幸信氏は『北九州近代俳人評伝』（私家版）で、「鶯の鳴き声を、川の名に通わせて清冽さを詠い込んだところが凡でない」と述べている。

喜舟の句碑が篠崎八幡神社に建立されたのは、喜舟の散歩のコースになっていたからであろう。喜舟は五十八歳の定年退職後、嘱託として小倉工廠に残っていたが、妻が他界した後は、長女うらが勤めに出ている昼間は、一人のことが多かったという。そういう時間の散歩について、本田幸信氏は「野村喜舟の句業と生涯（1）」（「西日本文化」二五九号所載）で次のように述べている。

原町の自宅を出て紫川の貴船橋のほとりに出、篠崎八幡神社に詣で、さらに紫川を上流にさかのぼり、桜橋付近まで歩き、帰りは疲れて北方から電車で戻ってくるということが多かった。

碑は高さ二・一メートル、幅一・四メートルの自然石である。

③　**勝本静波**

松根東洋城の門下に久保田万太郎がおり、その門人安住敦の教えを受けた勝本静波の句碑があるので採り上げる。久保田万太郎と安住敦の碑はないが、勝本静波の師系を理解するために、経歴が略述されている岩波新書『折々のうた　総索引』から引用させていただく（（　）内は編著者による注）。

久保田万太郎（一八八九（明治二二）－一九六三（昭和三八））　小説家、劇作家、俳人。東京、浅草生れの浅草育ち。「三田文学」出身。下町情緒、古風な義理人情を描く。小説『春泥』『花冷え』、戯曲『大寺学校』など。自選句集『草の丈』『流寓抄』他。

安住敦（一九〇七（明治四〇）－八八（昭和六三））　俳人。東京生れ。逓信省に入り、句作を富安風生に師事。戦後、久保田万太郎を擁して「春燈」創刊、万太郎没後同誌主宰。句集に『貧しき饗宴』『古暦』『暦日抄』『午前午後』などがある。

勝本静波　明治三十六年（一九〇三）－平成八年（一九九六）。熊本県生まれ。本名百位。昭和五年（一九三〇）

より「天の川」に投句。同十二年に日立若松金属社内に俳句会を創立。また、若松市内や飯塚市で句会を興し、その指導に当たる。同十六年、「天の川」が口語俳句に向かったので退会。同二十一年、日立若松社内で初代文芸部長に推され、文芸誌「天彦」を編集。田川、築上、三井三郡の僧職による宗門句会発行「烏樟」の選者後藤是山の後を継ぎ、同二十二年から指導に当たる。同三十七年に日立金属を定年退職。同三十八年、久留米に移住。青木月斗系の「同人」に投句を始め、菅裸馬（すがらば）に師事。同四十一年に「同人」の新選者に推された。裸馬没後は、「いつ、どこで、なにを」俳句に飽き足らず、久保田万太郎系の「春燈」に投句し、安住敦に学ぶ。同四十二年、福岡地区の指導員に推された。同五十一年、俳人協会会員となる。句集に『曲片（かねかた）』（昭和33）、『羅漢基地』（山田古城と共著。昭和44）、『泣羅漢（なきらかん）』（昭和51）、『山査子（さんざし）』（昭和58）、『雉子車』（昭和62）がある。

藪に鳴るは水縄しぐれか泣羅漢　　静波

写真119

【所在地】 久留米市山本町豊田　永勝寺

県道一五一号線（浮羽・草野・久留米線）の柳坂バス停から南の兜山の方へ八〇〇メートルほど登ると、寺に至る。

【副碑】 勝本静波師句碑

昭和五十四年錦秋建立　　門下有志一同　　六代寺沢大成

【その他】 句集『泣羅漢』（私家版）所収。作句年は特定できないが、『泣羅漢』には、昭和四十二年から同五十一年までの句が収録されている。

句の読みは「藪（やぶ）に鳴（な）るは水縄（みのう）しぐれか泣羅漢（なきらかん）」である。永勝寺は五百羅漢で有名な寺である。笑顔や泣き顔、怒った顔などさまざまな面相の像があり、像の中に死別した肉親の姿を見られるという信仰がある。作者はこの寺で二千五百句の羅漢の句を詠んでいる。

第五句集『雉子車』（私家版）の巻末に静波旧門の大山井風が「勝本静波と私」という文を寄せている。その中で「水縄」について、次のように述べている。

句にいう「水縄しぐれ」の水縄山系は現在耳納連山と呼ばれている。永勝寺はその中の一つ兜山の中腹にある。耳納という文字が気に入らなかった静波は郷土史などの文献を漁った末旧称の水縄を当てたと聞いている。幾百年永勝寺に座りつづけてきた羅漢たちの耳に棲みついている時雨の音を聞いた作者は耳納では不満、羅漢との思いを通い合わせることばとしてもあからさま過ぎると考えたに違いない。個有名詞は時に季題に劣らぬエネルギーを持っていることに心をとめ、その字面にも配慮した静波の周到さでもある。

碑は高さ一・一メートル、幅一・五メートル。碑石は紫雲石で、施工は門人で造園家の井上正人。除幕式は昭和五十四年十月十四日に行われた。

久留米市内にもう一基、勝本静波句碑がある。地域別一覧を参照されたい。

(2) 青木月斗とその門人

① 青木月斗

明治十二年（一八七九）―昭和二十四年（一九四九）。大阪生まれ。本名新護。父の没後、家業（薬種商）を継ぐ。母の影響で、少年期から俳句に接していた。明治三十年、「国民新聞」へ投句して虚子選に初入選した。同三十八年頃までは月兎の号を使った。同三十二年には新聞「日本」に入選して正岡子規に認められた。同年、関西における新派俳句誌の嚆矢たる「車百合」を発行した。妹の茂枝は河東碧梧桐の妻であり、実子御矢子を河東家の養子とした縁もあり、一時期、新傾向俳句運動に参加したが、大正四年（一九一五）に「ホトトギス」の課題選者となり、虚子に従った。同五年、俳誌「カラタチ」を創刊し、指導者としての地位を確立したが長続きしなかった。同九年には俳誌「同人」を大阪で創刊。戦後は発行所を東京に移した。作品中心主義で議論を好まず、自然のうちに自己の心を没入させ、みずから見、みずから感じたところを詠おうとした。虚子に雁行するような行き方であった。没後、『月斗翁句抄』（昭和25）が出版された。

彦山
三千の坊の跡なる植田哉　　月斗

写真120

【所在地】 田川郡添田町英彦山　花見ケ岩公園

国道五〇〇号線と県道四一八号線（英彦山・香春線）が交差する地点に、広い別所駐車場がある。その西南隅から露岩地帯に出られるようになっている。露岩の上に句碑は建てられている。

【裏面】 同人社主催　昭和十二年六月念書　英彦山九州俳句大会

月斗先生吟詠句　昭和卅九年（１９６４）十一月吉日建碑

発起者　筑豊同人俳句会代表　阿部王樹　協賛者　英彦山区々長　野北繁雄
後援者　東京同人社主幹　菅　裸馬　々　英彦山観光協会長　早川章彦
々　大阪うぐいす社主幹　湯室月村　々　田川市商工会議所会頭　中村宇一郎
協賛者　英彦山神社宮司　高千穂有英　世話人　中村宗一、米田可風、清輔芽柳
々　添田町長　中富鐵之助

【左面】伊田大橋　松田博　刻

【その他】英彦山は修験道の山で、最盛期には僧坊三千八百が、参道両側に階段状に連なっていたという。その坊の跡は水田になっているとも言われている。田植が済んだ田圃を植田（うえだ）という。句碑のある花見ケ岩からは参道を挟んだ英彦山の町並みが見下ろせるのである。

高さ一・七メートルの露岩上に、高さ二・〇五メートル、幅一・二メートルの句碑が建てられている。

青木月斗の句碑を県内でもう一基（鞍手郡小竹町）確認した。他に、編著者未確認の句碑が、直方市にもあるようである。地域別一覧を参照されたい。

②　田中紫江（しこう）

明治十七年（一八八四）－昭和三十一年（一九五六）。東京生まれ。本名一麿（かずまろ）。明治二十五年に、官界にいた父の転任で東京より現在のうきは市吉井町に転住。同三十八年に上京し、北原白秋、若山牧水、有本芳水等と交流。短歌を作った時期もあるが、次第に俳句にかかわるようになる。同四十一年七月に、福岡日日新聞社（西日本新聞社の前身）に入社。昭和二年に地方部長、同十五年に編集局長となる。「福岡日日新聞」と「九州日報」の合併（昭和17）後も編集局長を務める。終戦後、「西日本新聞」に俳壇が再興され、退職するまで選を担当。新聞関係以外の俳歴では、大正五年（一九一六）頃から俳句に精進し、同九年には青木月斗の俳誌「同人」創刊に協力。二年後には同誌の選者に推される。同十二年には清原枴童とともに俳誌「霰刀（さんとう）」を創刊（二年で廃刊）。枴童と別れて、「同人」系の人々と俳誌「寒燈」を出す。昭和二十二年からは「木賊（とくさ）」を発行して後輩の指導に努めた。古希記念の処女句集『菊』（昭和29）がある。俳人角菁果（すみせいか）は実弟である。

直ぐそこに谷の暗がり十三夜　　紫江

写真121

【所在地】福岡市城南区東油山　正覚寺油山観音

東油山四丁目の博多工業高校西側の道路を進むと、正覚寺山門に至る。石畳を登ると、新羅(しらぎ)式石門がある。碑は石門と、右手の寺務所の間にある池のほとりに、植栽に埋もれるようにしてある。

【その他】句集『菊』（坂牧紫果編、田中紫江古稀祝賀委員会刊）所収。昭和二十五年作。

『菊』一五三頁に、「十三夜、砂兎、貝刀、紫果、青児各妻子を供して油山にのぼり、月を賞で山上の坊に一泊して帰る、予も招かれて興を共にす。（五句）」という詞書があり、「山坊の暗きともりや後の月」、「直ぐそこに谷の暗がり十三夜」、「冷え冷えと杉の影ふみ後の月」、「山水の聞ゆるばかり十三夜」、「露寒や山の筧(かけひ)に口そそぐ」の五句が配列されている。

「後(のち)の月」は陰暦九月「十三夜」の月のことで、ともに晩秋の季語である。

③　斎藤滴萃(てきすい)

明治十八年（一八八五）–昭和四十九年（一九七四）。福岡生まれ。明治二十九年から福岡で印刷所に勤務（大正七年から自営）。同三十九年、二十一歳で伊形青楓（福岡・九州日報記者）に指導を受けて俳句を始めた。青楓の退社で、後任として着任した矢田挿雲(そううん)（正岡子規門）が、明治四十一年に福岡で出していた俳誌「かゞり火」に投句。次いで挿雲が大正八年（一九一九）に創刊した「俳句と批評」に参加。同九年、青木月斗の「同人」に投句を始めた。同十二年、横浜に居を移し印刷所勤務を始める（昭和四年から同十九年まで自営）。昭和二十一年、戦争で休刊していた「同人」が復刊し、滴萃は編集担当者となる。同二十三年に帰省し、福岡市を中心とする「同人」派の指導にあたる。同四十二年、俳人協会会員となる。同四十五年、福岡俳人協会初代会長となった。句集に『飛雨』、『麦門冬』、『露舐』があり、遺句集『短夜』（昭和51）が出版された。

うつり逝く博多の古色鐘霞む　　滴萃

写真122

【所在地】 福岡市博多区御供所町七－一　幻住庵

聖福寺裏手のひっそりとした道筋に幻住庵はある。

【その他】『俳文学大辞典』は、この句を滴萃の代表句として挙げている。

この碑については、在家佛教協会発行の「在家佛教」平成三年（一九九一）九月号所載の「福岡の寺　9　幻住庵」（執筆者・那須博）に詳しく紹介されている。関係部分を転載させていただく。

香積堂〔注――こう書かれた扁額が掲げられている庫裡〕を南から東へ回ると北東に広がる庭に出る。東には黒田長政の子息「見桃院殿春峰道林居士」（一六二五年没）と見桃院殿の母堂「長徳院殿本然艱廓大姉」（一六二九年没）の墓塔が見えている。ここから更に北へ巡る森の中に次の句碑がある。

うつり逝く博多の古色鐘霞む　　滴萃

〔略〕句碑は昭和三十六年、滴萃喜寿記念として昭和二十三年に福岡同人俳句会を興して亡くなるまで主宰した田中丸芝鳴（一九〇五－一九八六）の発願によって建立された。碑の裏には田中丸、宮生、城野、安河内、飯尾の五氏の姓が見える。

〔注――田中丸芝鳴は旧福岡玉屋の社長、会長、相談役を務めた人で、句碑が福岡市博多区の櫛田神社にある〕

④　阿部王樹（おうじゅ）

明治二十一年（一八八八）－昭和四十九年（一九七四）。植木村（現・直方市植木）生まれ。本名基吉。東筑中学校在学中に図画教師森三美（青木繁・坂本繁二郎の恩師）に認められ、東京美術学校洋画科入学を志望して、明治四十年に上京し、坂本繁二郎のアトリエを日曜日ごとに訪問していたが、家業（薬種老舗（しにせ）・阿部東岡堂）を継ぐために三カ月で帰省。長崎医専薬学科在学中から、田中田士英（でんしえい）の指導を受けて句作に励む。田士英のもとを訪れた河東碧梧桐に出会い、入門して新傾向俳句を学んだ。その後、青木月斗の長崎来遊を機に月斗に師事し、俳誌「同人」創刊と同時に参加し、九州「同人」派の中核となった。句作の上では碧梧桐を離れたが、同じ薬屋で商取引もあった碧梧桐との交流は続けた（東岡堂薬局の看板は碧梧桐の揮毫）。六十余年間、筑豊俳壇の中核として後輩の指導にあたった。俳画もよくした。俳画俳句集に『水門の芥』（昭和35）がある。また、『湖白庵諸九尼全集』（昭和61）を共編している。没後に、夫婦句集『水門楼』（昭和55刊。『阿部王樹句集』と『阿部幸子句集』の二冊組み）が出版された。

> 乳瘤垂る丶いちよう大樹や初明り　　八十三叟　王樹

写真123

【所在地】　直方市植木　花の木井堰脇

犬鳴川と並行している県道九八号線は、ＪＲ筑豊本線を越えてすぐの信号標識「植木」の交差点で川から逸れるが、替わって県道二七号線（直方・芦屋線）が川沿いを走る。「植木」の交差点から七五〇メートルほど北上すると、道路の右手に銀杏の大樹がある。その樹下に碑はある。

【裏面】　阿部王樹翁　名基吉

明治廿一年戊子（一八八八年）三月、筑前植木に生る。

先祖代々薬業を営み、東岡堂薬舗を継ぐ。少年時より俳句を好み、河東碧梧桐に師事し、後青木月斗の門に入り、同人派選者として専ら後輩の指導に当る。尚俳画を能くし、其名聲晴々たり。晩年、庵を結び水門楼と称す。
茲に郷土有志相謀りて句碑を建立。文化の発展に盡されたる功績を顕彰する。　阿部十往選書

昭和四十五年（一九七〇年）庚戌春吉日

〔注――句読点は編著者で補った〕

【副碑】〔表面〕ちこぶたる、いちょう大じゅやはつあかり　八十三翁　王樹

〔裏面〕祝王樹先生句碑建立　田川市石工師　松田博

【その他】『阿部王樹句集』（筑豊同人句会刊）の「銀杏大樹」（明治43～大正15）所収。西日本新聞（平成11・8・28）に「直方市植木の大イチョウ」を紹介した記事が載っている。長くなるが転載したい。

直方市植木の犬鳴川の堤防に、ひときわ高くイチョウの木が立つ。天に向かって青々と葉が茂っている。江戸時代初期に築かれた近くの堰の名にちなみ、「花の木堰の大イチョウ」と呼ばれる。高さは約三十メートル、根回りは約十八メートルもある。樹齢は千年といわれる。

植木地区は、犬鳴川と遠賀川の合流点にあり、江戸期から明治期まで川の港として栄えたが、この大イチョウは、木造船「五平太船」に石炭を満載し、意気込んで川を下った船頭たちの目印だった。〔略〕

植木地区のシンボルとして住民に親しまれる、この大イチョウも、伐採の危機にひんしたことがある。一九五三年六月、大イチョウの下流の中之江堤防が大雨で決壊し、「堤防に張り巡らされた巨木の根が腐ればまた決壊につながる」と声があがったのだ。

しかし、地域の人たちは見捨てなかった。大イチョウのすぐそばで約二百年続く薬局の五代目主人だった阿部王樹さん＝七四年、八十七歳で死去＝が保護運動の中心となり、治水優先の伐採論をくつがえした。〔略〕六〇年八月には県の天然記念物に指定され、今に至っている。

大イチョウの幹には乳瘤（ちこぶ）というこぶがあちこちに下がっていた。歳月がうかがえる。巨木の下の「猿田彦大神」の石碑の横に、句碑があった。「乳瘤垂るる銀杏大樹や初明かり」とある。俳人としても活躍した故王樹さんが、愛する巨木に寄せた俳句だ。〔略〕

碑は全高一・五四メートル、幅一・八メートル。

他に阿部王樹句碑を三基（いずれも直方市）確認している。また、編著者未見の句碑も六基（北九州市八幡西区、直方市、鞍手郡小竹町、田川郡添田町二基）あるようである。地域別一覧を参照されたい。

⑤　有馬籌子（かずこ）

明治四十三年（一九一〇）―。三重県生まれ。昭和七年（一九三二）から高浜虚子に師事。一時中断したが、同三十年に山口青邨（せいそん）主宰の「夏草」に入会。同三十四年、同人となる。同三十八年、青木月斗創刊で菅裸馬（すがらば）が主宰を継承していた「同人」の編集を担当。同四十四年からは、同誌の雑詠選者となり、次いで同六十一年からは主宰となった。平成二年（一九九〇）、俳人協会名誉会員となる。句集に『冬牡丹』（昭和54）、『日日は旅』（平成9）、『ひとりの鍵』（平成10）がある。

梅千本開かんとして力満つ　　籌子

写真124

【所在地】　久留米市京町　梅林寺

筑後川に架かる長門石（ながといし）橋の東詰の北側に、梅の名所である梅林寺外苑がある。碑は茶店の北側にある。

【裏面】　有馬籌子先生の句碑

有馬家のご一族有馬丈二氏（俳号石丈）夫人有馬籌子先生は、一子朗人・博子ご夫妻と共に俳人家族である。有馬籌子先生は広く俳句界に貢献をされ、俳誌「同人」主宰として私共にご懇篤なご指導を賜り、まことに感謝に堪えない。

よって先生のご高恩に報ゆるため、ここに句碑を建立す。

平成五年五月　「同人」有志一同　峰尾北兎謹書

【その他】裏面に記されているように、有馬籌子は元東京大学学長・元文部大臣有馬朗人の母である。裏面を書いた峰尾北兎は「同人」の編集者。

碑は全高一・九メートル、幅二・一五メートル。

(3) 臼田亜浪（あろう）

明治十二年（一八七九）―昭和二十六年（一九五一）。長野県生まれ。本名卯一郎。明治三十九年、電報通信社に入り、「横浜貿易新聞」を経て「やまと新聞」編集長となり、大正五年（一九一六）まで在職した。俳句は、小学校卒業後、家業に従事していた頃、小諸の中村嵐松子に手ほどきを受け、月並俳句に親しむ。上京後は日本派の俳句に関心を寄せたが、繁忙な記者生活の余技であった。大正三年、三十六歳のときに虚子と出会い、俳句に本格的に取り組むようになり「ホトトギス」に投句。伝統尊重の立場を明確にした。大須賀乙字（おつじ）の「俳壇復活論」に感動し、同志的結合を見た。同四年には乙字および風見明成の援助を得て俳誌「石楠」（せきなん）（後に「しゃくなげ」と読みを変更）を創刊し、発展を見た。しかし、やがて内部対立が生じ、乙字一門や明成と決別。その後は「石楠」は亜浪の主宰誌として、多くの俊英を育んだ。しかし、病気や戦局の激化で一時休刊したが、昭和二十一年には「石楠」を復刊。亜浪は、虚子派と碧梧桐派の両者を止揚して、有季定型の新傾向俳句を創り出そうとする立場を明らかにした俳人である。

葉櫻に筑紫の山の風もなや　亞浪

写真125

【所在地】北九州市戸畑区夜宮一丁目　夜宮公園

天籟寺小学校北側から公園に入るとすぐに菖蒲池がある。池の南側の道路を、遠巻きにして爪先上がりに上って行くと、木立を背にして句碑がある。

【裏面】昭和四年初夏

臼田亞浪先生を此地に迎ふ　即□當時の作を刻して記念とす

北九州　石楠同□

【その他】北九州都市協会発行の雑誌「ひろば北九州」通巻七六号（一九九一年三号）に「一歩出づれば旅人——臼田亜浪と夜宮公園句碑」（執筆者・本田幸信）が掲載されている。この句碑についての数少ない資料であるから、長文だが転載させていただく。

生涯旅を愛してやまなかった臼田亜浪が九州の地をはじめて踏んだのは、昭和四年五月、五十歳の時であった。全国俳誌「石楠」の主宰者として、「ホトトギス」に反旗をひるがえし、次第に全国に勢力圏を広げつつあったときである。

大正中期ころより北九州に根づいてきた「石楠」の勢力はかなり大きな規模となっていた。亜浪の九州入りもこのような情勢の中で、北九州石楠会の招請により実現したものである。〔略〕

亜浪はさっそく八幡荒生田遊園〔注——現在の北九州市八幡東区荒生田町〕に吟行し、その感慨をしみじみとうたいこんだ。その時の印象を世話人の一人だった八幡の樋口静湖は次のように述べている。

「園内の葉桜の中から四国（ママ）の山々を望まれたとき先生の詩魂を強くゆり動かしたのがこの一句

葉桜に筑紫の山の凮もなや　　亜浪

であった」

この句一読して眼にうかぶのは、はじめて南国九州を訪れ、葉桜越しに見る街の灯の美しさ、筑紫の国のもつ旅情、そして旅の軽い疲れの中でのやすらぎ――そして亜浪自身が来し方を振りかえりつつ、またこれからの人生の旅路を思う重く深い感慨が「凮もなや」に込められている。〔略〕

亜浪九州来訪の記念として句碑を建立しようという話が持ち上がったのが昭和十年三月であった。北九州石楠会の有志によるものであった。六月九日午後一時三十分、荒生田遊園で行われた除幕式に体調を崩して出席出来なかった亜浪は次のような一文を巻紙にしたためて送ってきた。

惟（おも）ふ　昭和四年の五月十二日はじめて西陲（せいすい）の土を踏んで八幡に到り、荒生田遊園に歩みを進めた時、坂上の桜並木を縫ひつつ奏々たる青葉に心を休めて、信に生きる同友の至情に思ひをはすると共に、唇頭を衝いたその一句がこの

葉桜に筑紫の山の凮もなや　　亜浪

であった。眼をとぢて当時を回想すれば、その爽かな情景が浮かび上り、その温かな感懐が甦ってくる。〔略〕亜浪の句碑は九州にこの一基しかない。この句碑は当時荒生田遊園に建てられたが、終戦直後、荒生田遊園の解体と区画整理により石楠俳人で元戸畑市議の安田沐雨（本名吉三郎）邸に移された。沐雨逝去後、子息で同じ石楠系俳人だった安田杜峰の発意と旧石楠会の人たちの協力により北九州市へ移管の交渉が成立し、現在の戸畑区夜宮公園高台に移設された。〔略〕

この説明を読めば、碑の裏面にある「此地」が夜宮公園ではなく、荒生田遊園であると理解できる。そして、

昭和五十三年刊『郷土の文学 北九州編』（福岡県高等学校国漢部会刊）に、その所在地が戸畑区中原東一丁目十番の安田昌史氏宅となっていることも理解できる。

樋口静湖は北九州石楠同人誌「山蛙」（後に「桜丘」）の編集・発行人で、この句碑建立の代表世話人であった。静湖の文が引用されているが、「四国の山々」とあるのは「四囲の山々」の誤植と考えられる。

裏面末尾を編著者は「石楠同□」と記録しているが「石楠同好会」と考えられる（小原菁々子の西日本新聞連載「句碑歳時記」は昭和五十七年六月二十日にこの碑を採り上げ、建立団体を「石楠俳句同好会」としているのが根拠である）。

「葉桜」は初夏の季語。「凪もなや」の「や」は、感動・詠嘆の意を表す間投助詞であろう。

碑石は福岡県産出の野北石で、全高二メートル、幅〇・七メートルである。

(4) 金尾梅の門の門人

① 堀内羊城

堀内羊城の師系は、正岡子規→河東碧梧桐→大須賀乙字→伊東月草→金尾梅の門という流れである。この流れには、対立と分裂が渦巻いている。

村山古郷著『昭和俳壇史』（角川書店）の「29 乙字門流の分裂」に詳述されているので参照されたい。

堀内羊城の師金尾梅の門の碑は、福岡県内にはないが、岩波書店刊『折々のうた 総索引』を参考にしてその略歴を紹介しておく。

金尾梅の門　明治三十三年（一九〇〇）－昭和五十五年（一九八〇）。富山県生まれ。売薬行商人。富山薬学専

門学校（現・富山大学）庶務課勤務を経て上京、出版社勤務。「古志」（後、「季節」と改称）主宰。句集に『古志の歌』『鳶』『鷗』などがある。

堀内羊城　明治四十年（一九〇七）－平成十一年（一九九九）。宮崎県生まれ。本名堀之内勝治（かつはる）。昭和四年より句作を始めた。戦前は「早春」「東風」等に拠る。戦後は「自鳴鐘」「舵輪」「胴」「三十人」等の同人を経て、昭和二十八年に金尾梅の門主宰の「季節」に加入し、同三十年に同人となる。同三十七年に俳誌「橋」を創刊し、主宰となる。同四十一年に俳人協会会員となる。同五十二年頃、若松俳句協会副会長や北九州俳人協会理事を務めた。俳人火野葦平の顕彰に取り組み、昭和六十一年に「火野葦平を偲ぶ俳句大会」を創設。これを契機に、『九州・沖縄・ふるさと大歳時記』（角川書店、平成3）の「冬・行事」の項に、「葦平忌」が季語として、はじめて収録された。俳句会は平成十二年現在、第十五回を迎え、記念誌が発刊された。羊城は昭和三十六年、若松市文化協会・若松俳句協会より功労賞を受賞。句集に『妻子周辺』（昭和32）、『縮遠鏡（とおめがね）』（昭和42）、『鞭』（昭和52）がある。

芙美子の碑露けし旅の手提置く　羊城

写真126

【所在地】中間市垣生（はぶ）　中間市郷土資料館

ＪＲ筑豊本線の筑前垣生駅のすぐ南側を県道九八号線（中間・宮田線）が東西に通っている。駅前の踏切を東へ越えると南側に郷土資料館がある。資料館への取り付け道路の両側には多くの文学碑が並んでいる（「文学のこみち」と命名されている）。この句碑は通路の左側にある。

【その他】句集『鞭』（政経論談刊）の中の「縮遠鏡（補遺）」に収録されている。ここに収録されている句は、昭和三十三年から同四十一年までに詠まれたものの補遺である。その期間のいつの作句であるかは特定できなかったが、句集『鞭』所収の井上鷺襲子（「橋」、「季節」同人）の跋「羊城師を語る」に次の一節があるので紹介しておく。

ある時「橋」、「季節」で中間市垣生公園一帯を吟行して林芙美子の放浪記の一節を刻んだ文学碑、中間郷土資料館に炭坑の昔からの資料、その他機具を見学し、同資料館備え付けの俳句帳に皆の句を書きとめた。俳句帳には、これまで千句を超える句が寄せられていた。その中の羊城師の一句「芙美子の碑露けし旅の手提置く」が中間郷土資料館長、工藤久氏の目に止まり、石探しから建立まで工藤館長が全部自分の費用で立派な句碑が建立されるに至った。そして上原朝城氏〔本書二三五頁〕を実行委員長に、私が事務局長として、句碑除幕式、俳句大会の計画案を作成、中間市長、教育委員長、その他来賓の多数を得て参加者七十名の豪華な祭りを終えた。

現在、中間郷土資料館には林芙美子の碑は二基ある。昭和四十六年建立の『放浪記』の一節を刻んだものと、平成三年に建立された「花のいのちはみじかくて……」の碑である。羊城が詠んだのは前者である。

この碑の裏面には何も刻まれていないが、羊城門でアシスタント役であった久下聖子氏手持ちの羊城自筆経歴書には「昭和五十年六月、筑前垣生駅前林芙美子碑に隣接して句碑建立。建立者工藤久氏」と書かれていることを教えていただいた。編著者の新聞の切り抜き（「朝日新聞」夕刊、昭和50・5・10）の「会と催し」紹介欄には、除幕式は「18日午前11時から中間市の中間市郷土資料館入り口で。引き続き午後1時から同市の社会福祉センターで、記念俳句大会がある」と記されている。

碑は全高一・三メートル、幅一・一メートル。

もう一基、羊城句碑が同所にある。地域別一覧を参照されたい。

4　反「ホトトギス」の動き

《1》新傾向俳句の系譜

大須賀乙字（おおすがおつじ）は明治十四年（一八八一）に福島県で生まれた俳人である。仙台一中在学中に句作を始め、第二高等学校に入ってから熱を加え、奥羽百文会に加入して、河東碧梧桐選の「日本俳句」に投句した。後、上京して碧門黄金時代に活躍。明治四十一年に「俳句界の新傾向」を「アカネ」に発表し、新傾向俳句の口火を切った。「ただ情景を直接描写するのではなく、季題に別の事物を取り合わせ、季題の力によって間接的にさまざまな感想を呼び起こそうとする」「隠的暗示の法」が、俳句界に新しく出てきた（山下一海著、朝日新聞社刊『俳句の歴史』一四七頁より）。やがて無季、自由律に走る井泉水や碧梧桐と決別し、伝統尊重、古典復古の論陣を張った。

乙字の句碑は福岡県にはないが、その師系に連なる俳人の碑を見ていこう。

(1)　吉田冬葉とその門人

①　吉田冬葉（とうよう）

明治二十五年（一八九二）―昭和三十一年（一九五六）。岐阜県生まれ。本名辰男。俳句は明治四十二年、十七

歳から始め、翌年上京して大須賀乙字に入門。臼田亜浪の「石楠（せきなん）」創刊に乙字とともに参加したが亜浪門下と対立、乙字脱退の一因となる。以後、「懸葵（かけあおい）」・「俳星」・「汐木」・「中心」など乙字系俳誌に拠るが、大正十四年（一九二五）八月に、それらを統合して「獺祭（だっさい）」を創刊し、主宰となる。その後も、没するまで乙字門俳人として活躍した。芭蕉を慕い、昭和九年夏（四十二歳）、「奥の細道」の旅を徒歩で試みたことがある。句集に『冬葉第一句集』、『故郷』、『望郷』がある。

> 蜩や雲を降りぬく杉の雨　冬葉
> 釁す秋日にたりて培えり　鼎子

写真127

【所在地】 飯塚市宮町二―三　納祖八幡宮

地理案内は河野静雲句碑（一七九頁）参照。お宮の東側の道路には、境内に上る三つの石段がある。左端の、「天満宮」という額を掲げた鳥居を潜って石段を上ると、途中の右側に碑がある。

【裏面】 昭和四十一年十月十六日　　金本冬雲建之

宮司　青柳俊二　　施工　千代田景石

【その他】 師弟句碑である。田中鼎子（ていし）については二九九頁で採り上げる。草書体で書かれている句の読み取りも含めて、飯塚の俳人帆足亀孫子に次のように御教示いただいた。

冬葉の句の「蜩」は「ひぐらし」と読む。「かなかな蟬」である。杉山に垂れ込めた雲を貫くように降りしきる雨――。折から聞こえる蜩の声――。この現在眼前にある情景を、降りしきる雨と蜩の声との二者衝撃によって生ずる現在感覚（季感、臨場感、刹那感など）として把握し、叙述した句である。

鼎子の句の「釁す」は「みそなはす（みそなわす）」と読み、「御覧になる」の意。季語の「秋日」を「秋のお日様」と擬人化して捉えると、次のように解釈できる。

秋のお日様が（作者を）ご覧になっている……、そのお日様のやさしい日射し（まなざし）に心ゆくまで満足して（作者は）草木の根に土をかけ養っている（作者自身の心を培っている）。

作者が自然の恩恵に浸り、感謝しながらいきいきとした晩年（秋日の象徴）の生活を送っておられる。感受性と知性を読みとれる句である。

建立者金本冬雲は後述する田中鼎子の門下で、「獺祭」同人。獺祭飯塚支部の指導者であった田中鼎子と、その師吉田冬葉の業績を称え、記念するための建立である。

碑石は緑泥片岩で、全高二・一八メートル、幅一・三メートル。


冬葉の句を刻んだ碑が飯塚市にもう一基ある。地域別一覧を参照されたい。

② 細木芒角星（ぼうかくせい）

明治三十年（一八九七）―昭和五十四年（一九七九）。島根県生まれ。本名角造。最初、大須賀乙字に師事して「石楠」に作品を出し、大谷句仏の「懸葵」を経て大正十四年（一九二五）に吉田冬葉の「獺祭」同人となる。冬葉没後、夫人の吉田ひで女が主宰を継承したが、昭和三十五年から芒角星が継承した。妻さか女との共著の句集『此土』（昭和44）、『安良岐』（昭和49）がある。

月は一つわがゆく旅も一人なり　　芒角星

写真128

【所在地】 飯塚市西町四―一二一　金本邸

西鉄バスセンターから国道二〇〇号線バイパスの方へ向かうと、「明治町入口」信号がある。その少し西の左手に労働金庫飯塚支店がある。その四軒西に、元文化センターの取り付け道路と西南方向に行く細い道が分かれている。細い道を入って行くと、右手に月極駐車場がある。その一画に金本邸はある。

【裏面】昭和五十四年十月五日　冬恵会建之

【その他】作者が亡くなった八カ月後に、この碑は建立されているが、作者の絶筆を刻んだものだと聞いている。建立した冬恵会は、金本冬雲の門人の会である。

碑は高さ〇・八メートル、幅一・一七メートル。

芒角星句碑がもう一基、飯塚市にある。地域別一覧を参照されたい。

③　桜木俊晃

明治二十七年（一八九四）―平成二年（一九九〇）。愛知県生まれ。本名俊晃。吉田冬葉に師事した。吉田冬葉、吉田ひで女、細木芒角星と継承された「獺祭」主宰を、昭和五十四年（一九七九）に芒角星の死によって継承した。妻登代子との共著の句集『歳月』（昭和42）、『金婚』（昭和49）がある。

> 邪馬台はいづこ筑紫の秋深し　俊晃
> 火の国のこころ火と燃ゆ秋ざくら　登代子

写真129

【所在地】飯塚市宮町二―三　納祖八幡宮

地理案内は河野静雲句碑（一七九頁）参照。碑は拝殿に向かって左手にある。

【裏面】昭和五十二年十一月五日　金本冬雲建之
宮司　青柳嘉剛　石工　曾我鐵夫

【その他】この句碑の除幕を報じる新聞（新開名失念）の記事を転記しよう。

俳句誌『獺祭』顧問、桜木俊晃さん（八三）、登代子さん（七三）の「夫婦句碑」が、地元の同誌同人、金本冬雲さんの肝いりで、飯塚市宮町の納祖八幡境内に建ち、五日〔注──昭和五十二年十一月〕午前、除幕式があった。

飯塚市内には、高浜虚子・星野立子の「親子句碑」が旌忠（せいちゅう）公園〔注──現在は移転。本書一三九頁〕、吉田冬葉・田中鼎子の「師弟句碑」が納祖八幡にある〔本書二九六頁〕。「夫婦句碑もぜひ、と考えていた」と金本さん。昨年、同誌の西日本俳句大会を飯塚市で開いたとき、桜木さん夫妻を招いたのを縁に、句碑建立を思いたったという。〔略〕句碑には、昨年の俳句大会でよんだ次の二句が彫られている。〔俳句は省略〕

帆足亀孫子は「ふるさとの句碑を訪ねて　第十回」（月刊「嘉麻の里」一三七号、平成8・10）で、次のように鑑賞している。

句意は筑紫（九州）の秋を訪ねて来た作者俊晃氏が、古代の謎の国、邪馬台国へのロマンチックな問い掛けに対し、夫人が九州の南国的旅情にかき立てられた情熱を、コスモスの火のようなくれないの花の叙情に応答の心を託したかたち、いわゆる相聞（そうもん）の心を感じさせる対句（ついく）のように想える。

碑は高さ一・六五メートル、幅〇・六五メートル。

④　田中鼎子（ていし）

明治三十七年（一九〇四）－昭和四十五年（一九七〇）。若松市（現・北九州市若松区）生まれ。本名敬助。飯塚の幸袋工作所に勤務し、営業次長を最後に退職した。昭和六年頃、杉野暁雨に師事して「ホトトギス」に入る。

それより高浜虚子、次いで昭和九年に吉田冬葉の「獺祭」に拠り、同人となる。一時期、杉山龍王子と共宰で句誌「新樹」を発行した。句集『空』には昭和三十五年より「獺祭」主宰を継承した細木芒角星が序文を書いている。

身に入むや山河闢きし石の斧戈　　鼎子

写真130

【所在地】 飯塚市立岩　立岩遺跡

立岩小学校プールの西側にあたる。

【裏面】 昭和五十年十月十二日　飯塚文化連合会建之

【その他】 読み仮名を付けると、「身に入むや山河闢きし石の斧戈」である。帆足亀孫子に教えていただいたが、「身に入む」は晩秋の季語。秋の冷たさが身に沁むような空気の中で、山河を開拓し生活を営んできた古代の人人の遺物を見ていると、歴史の重みで身が引き締まるようだ、という意。なお、亀孫子執筆の「ふるさとの句碑を訪ねて　第三回」（月刊「嘉麻の里」一三〇号、平成8・3）には、「昭和八年に発見されたこの遺跡は、その後昭和三八年、四〇年の発掘調査で、前漢鏡一〇面を始め貴重な文化財が出土し、中国古代の文献『魏志倭人伝』記述中の不弥国に比定されるに及んでいる」と紹介されている。

碑は高さ一・五八メートル、幅〇・四七メートル。

田中鼎子と、師の吉田冬葉の句の併刻碑を二九六頁に記述しているので、参照されたい。

《2》自由律俳句の系譜

前項で採り上げた新傾向俳句一派の内部に、定型に対する批判的な姿勢が強められて自由律俳句が生まれたが、その魁として大正四年（一九一五）創刊の「海紅」（主宰・河東碧梧桐、編集・中塚一碧楼）を挙げることが出来る。

碧梧桐は虚子とともに正岡子規門の双璧で、子規の俳句革新に加わり頭角をあらわした。子規没後、新聞「日本」掲載の俳句欄選者を継承して俳壇の主流となったが、「ホトトギス」を継承した虚子と次第に対立するようになった。その後、虚子は小説に傾斜し、碧梧桐は新傾向俳句を推進するようになる。両者の対立が決定的となったのは、虚子が俳壇に復帰してからである。一碧楼は岡山出身で、早稲田大学商科中退。碧梧桐を奉じて口語自由律俳句運動を推進し、大正十二年からは「海紅」の主宰となった。

碧梧桐および一碧楼の句碑は福岡県にはないので、大正二年に袂を分かつまでは碧梧桐と自由律俳句を追求した荻原井泉水の系譜を見ていきたい。

(1) 荻原井泉水とその門人

① 荻原井泉水

明治十七年（一八八四）－昭和五十一年（一九七六）。東京生まれ。本名藤吉。中学時代に作句を始め、尾崎紅葉選の「読売新聞」俳句欄などに投稿。明治二十八年に紅葉系の「秋声会」にも関係した。高校在学中に一高俳句会を興す。また、友人に啓発されて正岡子規の日本派の句風に傾倒。子規没直後の子規庵句会にも友人にともなわれて出席。やがて河東碧梧桐の新傾向俳句運動に共鳴して参加。同四十四年には碧梧桐一門の機関誌「層雲」を創刊。大正期に入ると、季題は無用だとして、印象的象徴をめざす自由律俳句を標榜。句に光と力の必要性を説き、新傾向俳句のなかで最も先鋭的な運動を展開。そのため見解の異なる碧梧桐との間に論争がおき、大正二年（一九一三）に碧梧桐派と別れる。その後は、井泉水中心の俳句革新の道を進み、尾崎放哉や種田山頭火（三〇四頁）らの逸材を育てた。昭和三十年に昭和女子大の教授となる。学究としての活動も旺盛。代表句集として『原泉』（昭和35）、『長流』（昭和39）、『大江』（昭和46）がある。昭和四十年、日本芸術院会員となる。

くすの木千年さらに今年の若葉なり　　井泉水　時年八十二

写真131

【所在地】 太宰府市宰府四―七―一　太宰府天満宮

碑は本殿の後方右手にある。

【裏面】 明治九十九年五月　　有志建之

【その他】 五〇センチの土台の上に据わる高さ二・三メートル、幅一・四メートルの筑紫耶馬渓産の玄武岩（重さ一〇トン）に、豪快な筆跡（井泉水の自筆）で句が刻まれている。国の天然記念物にも指定されている樹齢千年を超す大樟を詠んだ句にふさわしい姿である。

「西日本新聞」夕刊の「石の声」（昭和44・5・30）に、「この句碑は地元の俳人、高橋白露、白藤簡子（本書三一八頁）、ほか有志によって、昭和四十二年五月五日に建てられた」と紹介されている。裏面にある「明治九十九年」は、明治の四十四年プラス大正の十四年プラス昭和の四十一年で九十九年になる、と考えていた。ところが、いつが明治百年に当たるかというのには諸説があるらしい。毎日新聞社刊の『明治百年 福岡県の歩み』の「まえがき」に、次のような記述があるのが目にとまった。

明治百年はいつだということにも、四十二年だ、いや四十三年だと議論は分かれた。結局「明治」と改元された日を陽暦になおして昭和四十三年十月二十三日が満百年になる――と政府が見解を統一して決着がついた。

それによると、建立は昭和四十二年ということになる。

この句は句集『大江（たいこう）』（彌生書房、昭和46）の昭和四十二年の項に収録されている。「太宰府天満宮の神域に句碑として立つ除幕式　六句」という詞書があり、五月五日と注記されている。句は「樟の木千年さらにことしの若葉なり」で、碑とは表記が異なっている。

句の鑑賞として、前記「石の声」は次のように述べている。

句は「千年の樹齢をもつくすの木が、ことしもさらにみずみずしい若葉を茂らせている」というものでくすの木の生命力に対する驚きが印象深く歌いあげられており、とくに「さらに今年の若葉なり」は新鮮である。

井泉水は「俳句における印象が大きな自然、自己全体を思わせるものでなければいけない」と言ったことがある。その俳句は宗教的、人格主義的で、その影響の中から尾崎放哉、種田山頭火など、おのれを捨てて俳句に人生をかけた人たちを生んだ。そして、千年のくすの木の若葉に目をとめたこの句にも、井泉水のそういう傾向はうかがえるのである。

井泉水の句碑は九州ではここだけにしかないそうだが、太宰府天満宮に建てられていることについて、「石の声」は次のように解説している。

『層雲』は福岡、佐賀、長崎、熊本に優秀な同人を有し、井泉水はたびたび九州を訪れた。太宰府へもそのつど足を運んでいるが、それは天神様を信仰した父の影響で、ここに句碑が建ったのはその因縁によるものである。

太宰府市刊『わがまち散策――太宰府への招待』第二巻で「荻原井泉水句碑」を担当した森弘子氏は、次のように書いている。

荻原井泉水が、太宰府を訪れたのは井泉水八十二歳の時、クス若葉の美しい季節だった。

そのゴツゴツとした幹には、間違いなく千年という齢を刻んでいながら、巡り来る季節ごとにまばゆいほどの若葉を萌えさせるという生命の神秘は、年老いた井泉水にとって、どんなにか感動的なことであったろうか。句の「さらに」という語に、強くその想いが込められている。

署名の下は最初、「筆八十二」と読んだ。しかし、どう見ても竹冠が上がり過ぎていて二字と判断するのが妥当であるようにも考えられる。瓜生敏一（三二〇頁）は「九州ゆかりの近代俳人たち 9」（「西日本文化」一四二号所収）で「時年八十二」と読み取っている。今はそれに倣っておきたい。

② **種田山頭火**

明治十五年（一八八二）―昭和十五年（一九四〇）。山口県生まれ。本名正一。十歳のときに母が自殺。中学卒業後、上京。二十二歳のとき、没落した家産を立て直すため帰郷したが、父への不信感が強い。明治四十二年、父の勧めで結婚。翌年、長男が生まれた頃から酒に溺れる。大正五年（一九一六）に家は破産、父は行方不明。妻子を連れて熊本市に移住。同八年、単身で上京。翌年、離婚。関東大震災に遭い、熊本へ。同十三年には、酒に溺れ路面電車を停める。前後不覚の山頭火は報恩寺にかつぎ込まれた。これを機縁に翌年、報恩寺で出家。熊本県鹿本郡植木町味取の観音堂堂守となる。翌年（同十五年）観音堂を去り、行乞（托鉢）の日々を過ごす。その間、山口県小郡町に其中庵、ついで同県の湯田温泉に風来居を結び、最期の安住地として松山に一草庵を結ぶ。そこで没。俳句は明治末年から有季定型句を作りはじめ、大正二年から「層雲」に拠り、荻原井泉水に師事。

句作を一時中断した時期があるが、味取観音堂の堂守になってから再開。句集は第一句集『鉢の子』から第七句集『鴉』まであり、それを集成した『草木塔（そうもくとう）』がある。

県内に山頭火の碑は四十一基（編著者未確認の四基、他の俳人の句との併刻碑六基を含む）あるようである。紙幅に限りがあるので、四基についてのみ採り上げ、他は地域別一覧に掲載した。

山頭火の日記類を引用する場合、編著者の判断で、読み易いように読点を句点に変えたり、促音を小文字に変えたりしていることを了承されたい。

a　隣船寺の碑

松はみな枝垂れて南無観世音　　山頭火

写真132

【所在地】 宗像市神湊（こうのみなと）一一八三　隣船寺

旧宗像郡玄海町である。国道四九五号線の信号標識「神湊」交差点より北西方向へ入る。寺は、魚屋旅館の前から左へ入った所にある。碑は山門を入った左手にある。この碑の左側に、山頭火と親交のあった田代宗俊和尚の漢詩碑がある。その他、本堂右手には「層雲」同人飯尾青城子の句碑墓がある。また、山門の外には中野二雞（当地出身。松野自得門）句碑もある。

【裏面】 宝永二乙酉年　□□□□□□　二月二十日　永島廣太郎　同福松

〔注――中央の六字は剝脱。後述するが、裏面の文言は本碑とは無関係〕

【その他】 春陽堂版『山頭火全集』第三巻所載の日記「行乞記」（一）は昭和六年二月五日で終わっていて、〔この間、空白十五ページ。ノートの最終ページに、左の句が記されている」という注記がある。この年は山頭火四十九歳で、熊本市春竹琴平町の仮寓「三八九居」でガリ版雑誌発刊に心を砕いていた時期である。前記の注の後に五句が列記されている。まず「味取在住時代　三句」（句は省略）があり、「追加一句」として「松はみな枝たれて南無観世音（味取観音堂の耕畝として）」とあり、最後に「行乞途上」の一句がある（句は省略）。

〔注――「耕畝」は、出家後の法名〕

山頭火が味取観音堂にいたのは、大正十四年三月五日から翌年の四月九日までである。その頃のことを想起して書き留めたものであろう。山頭火は計画性のない人間のように見られている面もあるが、俳句については、長期にわたって推敲するような粘っこい一面もある。五、六年も前のことに思いを致して句を詠み、更に九年後には仮名書きしていた語を漢字に直し、長い前書も付けて決定稿とし、一代句集『草木塔』（昭和15）の冒頭に、次のように収録しているのである。

　大正十四年二月、いよいよ出家得度して肥後の片田舎なる味取観音堂守となったが、それはまことに山林独住の、しづかといへばしづかな、さびしいと思へばさびしい生活であった。

　　松はみな枝垂れて南無観世音

村上護は新潮社刊『山頭火と歩く』八四頁で、この句を次のように鑑賞している。

　もともと寺院とは関係がなく、なるべくしてなった僧侶ではない。それだけに周囲のものみなめずらしく、風景も俗世にあって見たときとは様相も一変して迫ってくる。自分が観音経を読誦すれば、松はみな枝垂れて合掌しているかのようだ。これは単なる比喩ではない。草木国土悉皆成仏、一木一草に至るまで全てが仏になることが出来るというのは、仏教の根本的考えである。そして彼の句作態度は「自己を自然の一部として観ると共に自然を自己のひろがりとして観る」という仏教的省察に基づいていた。

そしてまた前山光則は海鳥社刊『山頭火を読む』（九頁）で、この句が『草木塔』の冒頭に置かれていることの意義について次のように分析している。

この句には、実をいうと詞書がついている。〔詞書は前出につき省略〕

句の完成度に比べたら、この詞書は甘い。しかし、山頭火は自選句集『草木塔』の巻頭にまずこの詞書と「松はみな……」の句を置いた。自身の生活の区切り目というだけでなく、作風確立を証（あかし）する句、と自解してみせたようなものだ。

作者の生前に建てられた唯一の碑ということからも、山頭火句碑の冒頭に採り上げるにふさわしい碑である。

昭和五十年夏、編著者はこの碑について隣船寺に手紙で教えを乞い、田代太治住職（山頭火が安らぎを求めて度々訪れた宗俊和尚の後住）にいろいろと教えていただいた。

まず建立年であるが、多くの文献が昭和八年秋としているのに対して、田代住職のお手紙には「昭和九年三月」とあった。そう言えば、春陽堂の山頭火文庫別巻『山頭火アルバム』一四四頁に、この碑は「昭和八年秋に田代宗俊和尚が発起したもの」と書かれている（執筆者・村上護）から、編著者は、昭和八年秋に計画されて翌九年三月に除幕したということはないのだろうかと考えた。そこで、山頭火の日記をチェックしたが、いずれとも決するに足る記述は見当たらなかった。ところが、編著者の推測を裏付けるような記述が山頭火の宗俊和尚宛書簡の中にあった（春陽堂版『山頭火全集』第十一巻一八六頁、二〇四頁）。

昭和八年十月十五日　山口県小郡町より田代英叟へ

承知いたしました。二三日内に送りますが、まづいことも承知しておいて下さい。〔略〕

〔注——宗俊和尚からの揮毫依頼に対する返事ではないだろうか〕

昭和九年三月十日　山口県小郡町より田代英叟へ

おたよりとお写真といただきました。句碑もうれしいが、禅師様のお姿に有難涙をこぼしました。南無……〔略〕

〔注――出来上がった句碑の前で撮った宗俊和尚の写真を送ってもらって、感激しているのではないだろうか。山頭火研究会刊『山頭火 漂泊の跡を歩く』五九頁に載っている写真には、古松を背にして句碑の横に屈んでいる宗俊和尚が写っているが、これが山頭火に送られた写真ではないかなどと推測している〕

田代太治住職からの編著者宛書簡にもどって、その一節を紹介しよう。

昭和九年頃、当寺では旧墓地の改葬が行われ、古い石碑がゴロゴロと寝かされていました。宗俊和尚が山頭火に「あんたの句を彫るから何か書きなさい」と言うと、山頭火は「隣船寺での句ではないが、この寺の潜竜松にふさわしいから……」という軽い座興で、古い墓石を使って建てたというのが、最初の句碑の由来です。従って文字は山頭火の自筆。裏面の諸文字は、石塔の名残で、山頭火句碑とは一切無関係です。石工は当地の石工ですが、大山澄太さんは「よく山頭火の筆跡を出している」と褒めていました。

碑の右側上部に円相を描き、その中に「潜竜松」と書いてあるのは、句碑のすぐ後方の老松の名だということに気づいた(編著者が最初に訪れた昭和五十年には老松があった)が、今は松は無くなっている。

碑は全高一・六メートル、幅〇・三メートル。

b　河内貯水池の碑

水を前に墓一つ　　山頭火

写真133

【所在地】 北九州市八幡東区河内二丁目　河内貯水池畔　観音堂前

田代行き西鉄バス「河内小学校前」停留所の少し南で道路が分岐しているが、池に沿った道を行く。バス停から徒歩で三分ほどの左側に、観音堂(帆柱四国第三十番札所)がある。境内にはこの碑の他に清原枴童句碑がある（一五二頁）。

【裏面】為山頭火老兄菩提

　　願主　友人小城満睦　　白雲会同人　他有志一同

【その他】春陽堂版『山頭火全集』第二巻五〇頁（昭和六年の日記以外の、書簡等に書かれている句）に「水を前にして墓一つ」という表現で収録されているが、第三巻の昭和五年十一月二十五日の日記には句碑と同じく「前に」と書かれている。地元俳人との交流も描かれているので、少し長くなるがこの日の日記を紹介しよう。

　ほがらかな晴れ。俊和尚〔注――前項の隣船寺田代宗俊住職〕と同行して警察署へ行く。朝酒はうまかったが、それよりも人の情がうれしかった。道場で小城氏〔注――小城満睦(みつよし)で、本碑の建立者〕に紹介される。氏も何処となく古武士の風格を具へてゐる。あの年配で剣道六段の教士であるとは珍らしい。外柔内剛、春のやさしさと秋のおごそかとを持つ人格者である。予期しなかった面接のよろこびをよろこばずにはゐられなかった。稽古の済むのを待って、四人――小城氏と俊和尚と星城子君〔注――飯尾氏。八幡在住の句友で、山頭火は前日から飯尾宅泊〕とそして私と――うち連れて中学校の裏へまはり、そこの草をしいて坐る。と、俊和尚の袖から般若湯(はんにやとう)の一本が出る。殆んど私一人で飲みほした（自分ながらよく飲むのに感心した）。ここからは小城さんと別れた。三人で山路を登る。途中、柚子を貰ったり、苺を摘んだり、笑ったり、ひやかしたり、句作したりしながら、まるで春のやうな散歩をつゞ(ママ)る。そしてまた飲んだ。気分がよいので、景色がよいので――河内水源地は国家の経営〔注――八幡製鉄所の工業用水池。昭和九年までは官営〕だけに、近代風景として印象深く受け入れた（この紀行も別に、秋ところどころの一節として書く）。帰途、小城さんの雲関亭に寄って夕飯を饗ばれる。暮れてから四有三〔注――桜井氏。八幡製鉄所職員〕居の句会へ出る。〔略〕十二時近く散会。それからまた例の四人でおでんやの床几に腰かけて、別れの盃をかはす。みんな気持よく酔って、俊和尚は小城さんといっしょに、私は星城子さんといっしょに東と西へ。――私はずいぶん酔っぱらってゐたが、それでも、俊和尚と強い握手をして、さらに小城さんの手も握ったことを覚えてゐる。

この後、碑の句を含む十四句が列記されている。

山頭火研究会刊『山頭火句碑集』第一集四四頁のこの碑の紹介（執筆者・小城満睦）によると、建立は昭和五十三年四月二十九日。山頭火の自筆を水成岩に刻んだということである。

なお山頭火句碑の右隣にある古い墓石が、山頭火が詠んだ墓だという。その事について、本田幸信氏が天籟俳句会発行の句誌「天籟通信」一七三号（昭和54・7）の「北九州風土記(2)」で、次のように書いている。

この時〔注――山頭火等が河内貯水池付近を散策した時〕やぶの中にこけ蒸した墓がひとつひっそりとあった。墓石には「昭和三〔ママ〕丙戌天　敬山可慎首座　六月十五日」と刻まれていた。約二百年前の「敬山可慎」という禅僧の墓らしいということでくわしいことはわかっていない。山頭火はこの墓を見て自分の境涯によく似たこの禅僧のことに深く感動し「水を前に墓一つ」の句を残した。小城さんは、この句を作った山頭火の心情がたまらなく好きだという。小城さんは、この禅僧の墓に並べて山頭火の句碑を建てた。

〔注――昭和三年の干支（えと）は「戊辰（つちのえたつ）」である。「約二百年前の『敬山可慎』という禅僧」という表現、「丙戌（ひのえいぬ）」という干支から判断すると「昭」は「明」のミスプリントであろう。明和（めいわ）三年は一七六六年である〕

句碑は全高一・三メートル、幅一・二五メートル。

c　八女公園の碑

うしろ姿のしぐれてゆくか　　山頭火

写真134

【所在地】八女市本町(もとまち)　八女公園
八女市の中心地にあり、東側には市町村会館、南側には市立図書館、西側には警察署がある。
【裏面】うしろ姿のしぐれてゆくか
種田山頭火（たねださんとうか）一八八二―一九四〇
俳人　山口県防府市に出生　本名正一　荻原井泉水に師事
自由律俳誌『層雲』選者　出家して放浪行脚のなかで句作
昭和六年（一九三一）十二月二十五日福島町（現八女市）でこの句を得たといわれている
碑文字は日記『行乞記』原文の句筆跡を拡大して模刻した
平成十二年五月三日　八女文化連盟
【副碑】山頭火句碑
【その他】この句について春陽堂版『山頭火全集』で調べると、まず昭和六年十二月三十一日の日記（第三巻二二七頁所載）の末尾に数日分の句をまとめて書いてある中に、「自嘲」の前書付きで出ている。続いて昭和七年の句誌「層雲」誌上に発表された（「自嘲」の前書。『山頭火全集』第一巻二四七頁所載）。そして昭和十五年に刊行された一代句集『草木塔』に収録されたのである（『山頭火全集』第一巻一八頁所載）。その際も「自嘲」の前書は付いているが、その前に「昭和六年、熊本に落ちつくべく努めたけれど、どうしても落ちつけなかつた。またもや旅から旅へ旅しつづけるばかりである」という詞書が新たに付け加えられた。句のほうも「姿」を平仮名に変えるという推敲がなされている（碑は裏面に説明があるように、日記の筆跡を刻んだものだから「姿」は漢字で書かれている）。
川名大(はじめ)は、この句を次のように鑑賞している（ちくま学芸文庫『現代俳句 上』一九八頁）。
この句は、初冬の冷たい時雨に濡れながら旅を続けるうらぶれた後ろ姿を見つめているもう一人の自分を語り手として設定したところに独特の二重の構造がある。もう一人の自分の眼で捉えられたうらぶれた後ろ姿は、煩悩を払拭できないで、矛盾を抱え込んで生きている自分であり、「自嘲」とはその自分の姿に向けられた言葉である。時雨に濡れながら、うらぶれた托鉢姿の人物が杖をつきながらとぼとぼと歩み去り、やがて時雨の奥へと後ろ姿を没してゆくのである。

また村上護は、明治書院の『研究資料現代日本文学⑥俳句』で、次のように書いている。

山頭火の心境を行乞記からさぐってみると、昭和六年十二月二十七日は雨降りで、雨に濡れながら太宰府天満宮に参拝した。その翌日の日記に〈この矛盾をどうしよう、どうしようもないといってはもう生きてゐられなくなった。この旅で、私は心身共に一切を清算しなければならない。そして老慈師の垂誨のやうに、正直と横着とが自由自在に使へるやうにならなければならない〉と書き、そんな心境から逆説的な句が生まれた。それにしても、自分のうしろ姿は見えないはずだが、それを見ているもう一人の自分がいる。その矛盾はとりもなおさず自身の内部にわだかまっている矛盾とも直結しているのだが、それを長い伝統の中でかもし出された〈しぐれ〉の情趣でとらえたところに、山頭火独自の風貌が表現されている。

この句を詠んだ場所は太宰府だとする説や二日市説、飯塚説があった。これに対して、八女市在住の画家杉山洋氏が、八女で詠んだという新説を立証された。

それを報じた「読売新聞」（平成12・4・15）の記事を抜粋して、八女説を紹介しよう。

「定本山頭火全集」（春陽堂書店）によると、「うしろ姿――」は、熊本から福岡県に入った際の一句「ここからは筑紫路の枯草山」と、「大樟（おおくす）も私も犬もしぐれつ、」など太宰府で詠んだ三句の間に記されている。太宰府説は同じ時雨を詠んだ句であることが根拠になっている、という。

杉山さんは、松山市の子規記念博物館に所蔵されている行乞記の原本を調べた。その結果、「うしろ姿の――」の句に続き、改行して「□」の印があった。この印に続く「水の音もなつかしく里へ出る」「宿が見つからない夕百舌鳥ないた」の二句は、いずれも縦線で消した跡があり、全集には掲載されていない。

一方、日記の天気は、▽二十四日「晴」(県境から八女市まで)▽二十五日「曇、雨」(同市から久留米市まで)▽二十六日「晴」(久留米市から筑紫野市二日市まで)▽二十七日「晴、午後雨」(太宰府参拝)▽三十一日「快晴」(飯塚市)。

杉山さんは、①二日市、飯塚両説では、天気と句の内容が矛盾する②太宰府説では計六句詠んだことになるが、「うしろ姿の――」と次の二句の間に、日時や場面転換と思われる「□」印がある③太宰府で三句詠んだことを意味するとみられる「太宰府三句」の記述がある――などと指摘。「八女で『うしろ姿の――』を詠み、その後、晴天の二日市で(全集には未掲載の)二句、太宰府で三句作ったと考えるのが自然」と結論づけている。

山頭火をテーマにした著作の多い作家村上護さんの話「私は太宰府説だったが、杉山さんの指摘通りで、八女説は他説を打ち消す根拠も十分ある。山頭火研究が一歩進んだ」

八女説肯定のコメントを寄せた村上氏は、平成十二年(二〇〇〇)九月に二玄社から刊行された『山頭火、飄飄』五九頁で、「これまで太宰府あたりで詠まれた句といわれていたが、昭和六年十二月二十五日、福岡県福島(現・八女市)での作。これは地元在住の画家である杉山洋氏が山頭火の自筆ノートから考証し誤りを指摘している」と、新説を紹介している。

昭和六年十二月二十五日の日記に「昨夜は雪だった。山の雪がきらきら光って旅人を寂しがらせる。思ひだしたやうに霙が降る。気はすゝまないけれど十一時から一時まで行乞。それから、泥濘の中を久留米へ」と書かれていることも、八女説の傍証となっている。

杉山氏の考証の資料である山頭火自筆『行乞記』の、該当部分の写真が春陽堂版『山頭火全集』第二巻グラビヤページや春陽堂の山頭火文庫別巻『山頭火アルバム』一三一頁に出ていることを付記しておく。

碑は高さ二・一七メートル、幅〇・四七メートル。

d　誤刻の碑

文献によっては山頭火句碑として紹介している碑が、筑後市にある。編著者はこれを否定しているので、その根拠を述べておく。

> 雲の如く行き
> 風〔ママ〕の如く歩み
> 水〔ママ〕の如く去る
> 山頭火
>
> 昭和六十二年九月吉日
> 寄贈　久留米市　坂井藤雄　広川町　中野守隆

筑後市尾島、船小屋温泉樋口軒駐車場入口右手にある一メートル足らずの碑である。

この碑の大きな瑕疵（かし）は、原作と違う文言になっていることである。原形は、昭和八年五月十三日から十九日までの「行乞記」（山口県小郡町の其中庵を出発し、同県の室積方面を行乞し帰庵。山頭火五十一歳の日記）の冒頭に出ている（春陽堂版『山頭火全集』第五巻六四頁所載）。

□春風の鉢の子一つ
山頭火

□秋風の鉄鉢を持つ

雲の如く行き
水の如く歩み
風の如く去る

一切空

この後から五月十三日の記事が始まる。最初の二句は確かに山頭火作の句であるが、その後の三行は、一行余白によって、句とは区別されていると思う。山頭火研究会刊『山頭火句碑集』第二集には、句碑として収録されているが、句碑に入れるべきではないと編著者は考えている。つまり、この日記全体の序のような詞句と取るべきではないだろうか。「一切空」は、雲も水も風も、一切が流動的で「空（くう）」であるという意味だと考えた。

春陽堂版『山頭火全集』の俳句の中には、この三行は見当たらない。「雲の如く行き　水の如く歩み　風の如く去る」というのは山頭火が若い頃から想っている生き方である。山頭火二十九歳のときの文章に、これとよく似た表現がある。明治四十四年十二月の回覧雑誌「炉開」に載せたエッセイである（新潮日本文学アルバム『種田山頭火』二二頁所載）。

僕に不治の宿痾（しゅくあ）あり。烟霞癖也。人はよく感冒にかゝる。その如く僕は世界を――少くとも日本を飛び歩きたし。風の吹く如く、水の流るゝ如く、雲のゆく如く飛び歩きたし。

この碑の除幕式案内状を後日入手したが、碑文は原作通りに正しく紹介されている。刻字段階で「水」と「風」とが入れ代わったのであろう。

俳句ではないとしても、山頭火の思念をよく表している詞句であるから、珍重さるべきものだと考える。それにしても、原作の「水」と「風」の位置が入れ代わったままでは、山頭火の作には入れ難いのである。今日の石匠の技術では修正は容易であるから、原作どおりに正されることを期待したい。

③ 木村緑平（りょくへい）

明治二十一年（一八八八）－昭和四十三年（一九六八）。三潴郡浜武村（現・柳川市南浜武）生まれ。本名好栄（よしまさ）。三井三池鉱業所病院（大牟田）の医師となる。一時期、郷里で開業したことはあるが、昭和十七年に山門郡城内村坂本小路（現・柳川市坂本町一－二）に住むまで、筑豊地区の炭鉱病院で医療活動に励む。中学時代に新聞「万朝報（よろずちょうほう）」に俳句などを投稿していたが、本格的に文学に接したのは、長崎医専時代に書店で俳誌「層雲」を知ってからである。以後、荻原井泉水に師事。大正八年（一九一九）頃から山頭火との交流が始まる。山頭火は、膨大な量の日記を一冊書き終わる度に緑平に預けている。昭和三十八年、「層雲」文化賞受賞。『枇杷の実』（昭和1）から『小さい命』（昭和39）まで、十二の句集がある。三千句を超す雀の句があり、「雀の緑平さん」と呼ばれたし、親しみをこめて「ロッペー」とも呼ばれていた。没後、遺句集『雀の生涯』（大山澄太編、昭和43）が編まれたし、瓜生敏一著『妙好俳人緑平さん』（春陽堂、昭和48）や仲江健治著『山頭火と心友緑平』（仲江健治、平成10）等も出版されている。

雀生れてゐる花の下をはく　　緑平

写真135

【所在地】 柳川市坂本町　柳城公園

日吉神社の境内で、長谷健文学碑（五五九頁）から見て右前方に碑はある。

【裏面】 草の花ほんに月がよか　　緑平

【台石】 1968・10・22　　有志建之

〔注――横書き。一九六八年は昭和四十三年〕

【その他】 原達郎著『柳川文学散歩案内』（「白秋・アンデルセンハウス」設立準備室刊）に次の記述がある。

木村緑平の死に接して、四国の句友の大山澄太さんは句集の発刊と句碑の建立を決意する。〔略〕「層雲」の仲間に呼びかけて、緑平最後の句集『雀の生涯』を死の半年後に出版する。

続いて句碑は、昭和四十五年（一九七〇）（ママ）の十月二十二日、緑平の誕生日に、住まいの百五十メートルほど西側にある柳城児童公園に建立された。高さ二メートル余、石は四国伊予の青石で、四国の西条市を流れてる加茂川の上流から運んだもので、薄緑の水成岩。雨に濡れるとその緑が美しさを増し、緑平の名にふさわしい石である。

表の句は句集『すずめ』（真岡鉱業所ボタ山句会刊、昭和25）中の「糸田の雀」所収。瓜生敏一著『妙好俳人緑平さん』（春陽堂書店刊）一〇三頁によると、昭和五年春の作だという。裏面の句は、同書一四五頁によると、緑平が山頭火の其中庵（ごちゅうあん）（山口県小郡町）を昭和八年七月八日に訪問したときの句。もともと山頭火はこらえ性がない人だが、七月五日および七日に、来庵を待ち当夜の月の具合を念じる手紙を緑平に出している。待ちに待った再会で、二人は月を愛で茶碗酒に酔った。そういう折の句である。ともに緑平の自筆が刻まれている。このとき詠んだ句のいくつかは、句集『平調の秋』（昭和11）に収録されているが、この句は入っていないようである。

先に引用した『柳川文学散歩案内』によると、句碑の除幕式の日は碑前に山頭火の遺鉢が置かれて、酒がなみなみと供えられたという。緑平および山頭火の師で「層雲」主宰の荻原井泉水や、友人の大山澄太などが参列して式は行われた。

平成十年には木村緑平顕彰会が設立された。句碑の前では、誕生日の十月二十二日に木村緑平顕彰会の主催で句碑祭が開かれている。碑は全高二・四メートル、幅一・五メートル。

他に、木村緑平と種田山頭火の句を併刻、あるいは表裏に刻んだ碑が五基（すべて田川郡糸田町）と、緑平単独の句碑が二基（田川郡香春町、柳川市）ある。地域別一覧を参照されたい。

④ 白藤箇子

> 人間雲になりたいときの白い雲空を行く　箇子
>
> 井泉水書

写真136

【所在地】 うきは市浮羽町流川四七八　大生寺（だいしょうじ）

佐野とき江歌碑（一〇七頁）のある本仏寺の東方約五〇〇メートルの地点にある。麓の道路から八〇〇メートルほど、富有柿（ふゆがき）の畠を縫って車一台がやっと通れる程度の細道を上って行くと、寺の駐車場がある。碑は山門を入った参道脇にある。ＪＲ久大線「うきは駅」から南へ徒歩で約三十分。

【裏面】 箇子仏讃

君の句にある空と木にある柿　　於大生寺　井泉水

箇子　白藤誠三　明治二十一年　大阪上本町に生まる。壮年東南アジアを行旅。大正九年博多にて証券を業とす。昭和卅九年業界を引退後俳句の道を楽しむ。四十二年一二月二九日没

昭和四十三年十月　　飛梅の会同人建之

【その他】「西日本新聞」（昭和60・3・21）の「いしぶみ散歩」（執筆者・那須博）にこの句碑が採り上げられているので、転載させていただく。

白藤箇子（誠三・一八八八―一九六七）は大阪出身。大正九年、福岡市において白藤証券株式会社（現在

日の出証券）を創立した。尾崎放哉、種田山頭火の異色作家が出た句誌「層雲」の主宰荻原井泉水とは友人であった関係もあって、同誌同人として作品を出した。合同句集『花大根』ほかを刊行する。句碑は一周忌にあたる昭和四十三年、井泉水の筆墨を得て菩提寺の大生寺境内に有志により建立。

自由律の面白さもさることながら、荻原井泉水の、度肝を抜くような揮毫が魅力的である。建立後三十三年経った平成十三年（二〇〇一）に、久しぶりに訪れたところ、風化や地衣類の付着で文字はほとんど読めないようになっていた。幸いに建立当時に撮影していたので、写真欄にはそれを掲載しておく。

瓜生敏一執筆「九州ゆかりの近代俳人たち　9　荻原井泉水」（「西日本文化」一四二号所載）には、井泉水と箇子の交流に若干触れられている。箇子は雑餉隈に居住（対杉荘）していたが、井泉水は九州を訪れるとよく対杉荘を訪れ、泊まっていたようである。箇子の死の翌年三月には、大生寺の墓に詣で、同年十月二十日にも一周忌法要と句碑除幕式に大生寺を訪れている。次の一節も紹介しておく。

昭和三年（一九二八）以来、『層雲』を通じて井泉水と親交があったが、句は作らなかった。証券業界の第一線を引退してから句作に励んだ。自分の俳句は一生に一句あればいいと、その一句を得るために努力した。そして、ついにその一句を得た。句碑に刻まれたのは

人間雲になりたいときの白い雲空を行く

の一句であった。

碑は全高一・九五メートル、幅一・五メートルである。

(2) 風間直得の門人

風間直得は明治三十年（一八九七）に東京で生まれた。俳人で洋画家。俳句を河東碧梧桐に学び、大正十四年（一九二五）三月、碧梧桐らと俳誌「三昧」を創刊し、七・七調の俳詩を主張した。そして、俳詩の連想と速度感を強調するため、ルビの多用を提唱した。碧梧桐引退後、昭和七年（一九三二）八月、「三昧」を「紀元」と改題し主宰した。ルビの技法は次第に行き詰まり、「紀元」は昭和十二年頃終刊。彼は俳壇から去った。没年未詳。県内に彼の碑はないが、その門人の句碑を採り上げる。

① 瓜生敏一

雲は流れるまゝに流れ天下の無名氏　　敏一

写真137

【所在地】 田川郡赤村油須原　平成筑豊鉄道油須原駅前

【裏面】 瓜生敏一略歴

明治四四年二月二〇日、田川郡赤村上赤地蔵ノ木に恒五郎・トシの三男として誕生。赤尋常小学校、県立田川中学校に学ぶ。昭和一〇年、早稲田大学文学部国文科を卒業後、中国に渡り、放送業務に就く。昭和二一年、北京より妻子と赤村に引き揚げる。昭和二二年より昭和四九年まで母校田川高等学校国語科教師として勤務。句作の傍ら近代の自由律俳句史及び郷土史の研究を晩年まで継続した。平成六年八月三日、愛知県稲沢市にて歿する。

享年八三歳。

主要著書

「妙好俳人緑平さん」（昭和四八年）、句集「稚心」（昭和四九年）、「荻原井泉水研究」（昭和五七年）、「田川の文学とその人びと」（昭和五七年）、「中塚一碧楼――俳句と恋に賭けた前半生」（昭和六一年）、「思い出す人びと」（昭和六二年）、句集「暦日」（平成元年）

共著

「英彦山」（昭和三三年）、「津野」（昭和四二年）、「筑豊石炭鉱業史年表」（昭和四八年）、「田川市史上巻」（昭和四九年）、「田川医師会史」（昭和六三年）

平成十一年七月吉日　田川高等学校　高三回　文芸部有志建之

【その他】裏面に書かれていないことを角川書店刊『俳文学大辞典』および句集『稚心（おさなごころ）』（私家版）で補おう。

早稲田在学中に河東碧梧桐句集『八年間』を読み自由律にひかれ、昭和七年に碧梧桐を訪ねて教えを乞うた。同年七月、「三昧」は「紀元」と改題されたが、これに加わった。しかし門人の離反で廃刊された。門人らは「白塔」を創刊した。敏一は早稲田を卒業していたこともあって帰郷した。小学校の代用教員をしていたころ、木村緑平と知り合った。やがて、ルビ句を捨て「白塔」とも絶縁した。大連民政署に採用されたのは昭和十二年であるが、与えられた仕事は税務関係で、なじめずに退職。同十四年に中国に渡り、北京中央広播電台（放送局）に就職し、同十八年には青島（チンタオ）放送局に転勤した。そこでは自由律俳人との出会いもあった。新傾向・自由律俳句の文献的、書誌的研究者としても知られる。碑の句は昭和四十六年の作で、句集『稚心』所収。

碑は全高一・六二メートル、幅一・四メートル。

《3》新興俳句とその発展

新興俳句運動について、川名大(はじめ)は『現代俳句 上』(ちくま学芸文庫) 二二四頁で、次のように述べている。

昭和初期、高浜虚子は「ホトトギス」の指導理念として、「客観写生」による「花鳥諷詠」俳句を唱えた。主観や抒情を重視する水原秋桜子(しゅうおうし)は虚子と対立、昭和六年「ホトトギス」を離脱して「馬酔木(あしび)」に拠った。この俳壇史的に有名な事件を契機にして、反「ホトトギス」、反伝統を旗印に、客観写生や花鳥諷詠圏からはみだした新しい表現と領域を目ざす俳句運動が勃興した。これが新興俳句運動である。しかし、昭和十五年(一九四〇)、十六年の二度にわたる弾圧(一七〇頁参照)によって、終息させられた。俳句を近代詩の水準に引き上げたこの運動の精神は、戦後も引き継がれた。

(1)「天の川」の流れ

① 吉岡禅寺洞(ぜんじどう)

明治二十二年(一八八九)–昭和三十六年(一九六一)。福岡市東区箱崎生まれ。本名善次郎。十三歳で俳句を知る。明治三十八年、「ホトトギス」十一月号で高浜虚子選に初入選。大正六年(一九一七)、虚子の初九州入りを迎え、都府楼に遊ぶ。同七年、俳誌「天の川」創刊。同十四年、「九大俳句会」発足。同俳句会で新興俳句運動を推進し、横山白虹(はっこう)(三三四頁)等の新鋭を輩出。昭和四年、「ホトトギス」の新同人制が発表され、二十九名の同人に入る。同六年、「ホトトギス」の雑詠予選を委嘱される。翌年から、「ホトトギス」の雑詠欄への投句を絶つ。同十年、無季俳句を提唱。多行形式の句も発表。同十一年に、「ホトトギス」同人を除名される。同三十三年に、福岡市で口語俳句協会を結成し、会長に推される。句集に『銀漢』（昭和7）、『禅寺洞句集』（昭和10）、『新墾（にいはり）』（昭和22）がある。没後に『定本 吉岡禅寺洞句集』（昭和42）が刊行された。

a　今泉公園の碑

こがねむし
が眠っている
雲たちは
パントマイム

禅寺洞

写真138

【所在地】 福岡市中央区今泉一―八　今泉公園

警固（けご）神社南西隅の信号（警固神社前）で国体道路を南側に渡り、そのまま一五〇メートルほど直進する（一方通行で車は入れない）と、道路の右側が今泉公園である。碑は公園内の南の方にある。

【裏面】 口語俳句協会会長、「天の川」主宰吉岡禅寺洞先生は、全生涯を捧げて俳句革新の道を貫かれた。そのたくましく美しい詩魂を、永遠に記念してこれを建てる。

1961・3・17没

設計・彫塑　安永良徳

〔注――裏面は横書きで、ブロンズの陽刻である〕

【その他】『定本 吉岡禅寺洞句集』（定本吉岡禅寺洞句集刊行会）所収。昭和三十二年の作。多行形式も試みた作者の句であるから、碑面のとおりの行分けで記録したが、前記句集には、一字分の余白をとりながらではあるが、一行に収められ「こがねむしが　ねむっている　雲たちはパントマイム」の表記で収録されている。なお、この句集を読んでいて、昭和二十五年作の次の二句に注目した。

こがねむし　ひるのきんいろ　ふかいねむり

白い雲のひかり　こがねむしよ　おきろよ

そして、禅寺洞は俳誌「天の川」の昭和三十三年八月号に「白い雲の……」を採り上げ、「これは、こがねむしによびかけた私の孤独の詩のこゝろであり、ほゝえみのつもりである」（吉岡禅寺洞文集刊行会刊『吉岡禅寺洞文集』の随想「天気図」17に再録）と書いている。「こがねむしの眠り」や「雲」は、禅寺洞の詩心をかき立てる素材であったようである。

「設計・彫塑」を担当した安永良徳は、日展審査員、評議員、参与を務めた彫刻家。

この句碑の建立日は裏面にも刻まれていない。『定本　吉岡禅寺洞句集』所載年譜の「附記」に、句碑の一覧がある。それによると、記念碑建設会の建立で昭和三十七年三月十一日に除幕。一周忌記念の建立のようである。

禅寺洞の句碑が今泉公園に建てられた理由は、その公園が禅寺洞の居宅（銀漢亭）に近かったからであろう。銀漢亭は福岡市今泉町九十四番地である。現在の住居番号ではどこにあたるかという点については、編著者は、西日本文化協会発行「西日本文化」一三七号所載の瓜生敏一執筆「九州ゆかりの近代俳人たち(5)　吉岡禅寺洞」や、中島昂著『白虹俳句史』（創元社刊）四六頁所収の「『銀漢亭』とその跡」という文章、矢野祥水遺稿集『藍の里』所収の「銀漢亭訪問」という文章を参考にして詮索していた。そんな折、矢野祥水（三三一頁）の子息清徳氏（禅寺洞研究家）から、禅寺洞の長女古城澄子氏（鳥取県在住）を紹介していただき、古城氏からは弟（禅寺洞次男の故正雄氏）の嫁吉岡公子氏（静岡県在住）を紹介していただいた。お二人からの手紙文によると、戦災後に敷地の南側を日本ナザレン教団福岡教会（現在の住居番号では福岡市中央区今泉一―二〇―一〇）に売却し、その北側に銀漢亭が建てられていたそうである。そこが禅寺洞終焉の家である。現在はシティパーク今泉という駐車場になっている。碑のある今泉公園からは北西の方向二〇〇メートルの地点である。

碑は全高二・二九メートル、幅一・三五メートル。碑の表には、円形の肖像と色紙型の句が、共にブロンズ製で御影石にはめ込まれている（句は、文字の部分が浮き出ている陽刻）。

b　一光寺の碑

冬木の
木ずれの音
誰れもきて
いない　　禅寺洞

この句は、禅寺洞終焉の五日前に門人、片山花御史の
もとめに応じたもので、高弟、永海兼人、勝屋ひろを、
の三人により碑句として選ばれたものである。
昭和五十三年十二月六日　　一光寺住職　田中文雄建之

写真139

【所在地】 福岡市東区箱崎三―二八―四〇　一光寺
西鉄バス「九大前」停留所から北へ一〇〇メートル足らず行くと、一光寺に着く。山門を入ると右側に句碑がある。一光寺は吉岡家の菩提寺である。
【その他】 句の下部に「終焉の五日前に門人、片山花御史（本書三二九頁）のもとめに応じたもの」とあるが、そのとき詠んだというのではなく、「もとめに応じて揮毫した」と取るべきである。一光寺の田中文雄住職の著『信機抄』（一光寺刊）の「吉岡禅寺洞を語る」には、「終えんの五日ほど前に見舞いに行った片山花御史にかたみにと下された『冬木の木ずれの音　誰もきてゐない』の色紙」と書かれている。
句集『新墾』には、昭和二十一年作として収録され、『定本 吉岡禅寺洞句集』には昭和二十二年作で「狭庭」

という題の中の三句目である。表記は、「冬木の　木ずれのおと　たれもきていない」となっている。片山花御史は自著『禅寺洞研究』（梓書院刊）の「新しい影像」の中で、この句について、「この作者の好んでつかう冬木の姿、更にそれを通して迫る寂寥感。ここにもまた、なにげなく表現された中に、きびしい現実と、ひしひしと迫る空白感とが強く心をうつ作品になった例を見ることができる」と解説している。この「寂寥感」や「空白感」は、この作品が終戦後の耐乏生活の中で詠まれたことと無関係ではあるまい。片山花御史の同著の「戦後の禅寺洞」という文章を読むと、その「寂寥感」や「空白感」が惻々と伝わってくる。

悪夢のような終戦の放送を、疎開先の福岡県糸島郡桜井村相園の農家の一室で、禅寺洞は聞いた。昭和二〇年四月から此処に疎開し、夫人と老母と三人で暮らしていた。相園に移って二カ月目の六月の福岡空襲で「銀漢亭」も焼失し、どうしようもない日々を送っていたのであるが、重ねて終戦という圧力が加わってきたのであった。〔略〕

鈴虫松虫　こんやも状袋を張っておこう

戦中戦後を通じて、物資不足には馴れていたが、国民は耐乏生活に甘んじていた。いろいろな紙で作られた封筒が届いたのも、この頃であった。包み紙あり、原稿用紙の裏があり、全くこの句の通りだった。静かな農村の虫の鳴き澄んだ秋の夜長を、暗い電灯の下で状袋張りをする禅寺洞の姿を思うのだった。

冬木の木ずれのおと　誰もきていない

昭和二一年秋、同じ村の中であるが借家を変えて、桜井神社下の藁屋根の家に引越した。元の家に比べて、ここは間借りでなく一軒屋なので、すべて自由であった。家を出るとすぐ神社の境内に続く道であり、人っこ一人も見ない日が多く、枯木を鳴らす風の音だけが、わびしい景色をゆり動かすばかりである。

〔注——疎開先の福岡県糸島郡桜井村は、現在の糸島郡志摩町桜井。焼失した銀漢亭の裏の住居に復帰したのは昭和二十四年一月八日。銀漢亭の再建は翌年六月末〕

碑は全高一・一メートル、幅〇・四四メートル。

c　**野北の碑**

馬を
よんでみた
大声に
こだまが
なかった

禅寺洞

写真140

【所在地】 糸島郡志摩町野北

県道五四号線（福岡・志摩・前原線）と県道八五号線（福岡・志摩線）が合流する地点に「野北」バス停がある。そこから車道を北上して彦山の西側に出ると、昭和五十八年頃はまだ運行していたリフトの支脚残骸が、山頂に向かって一直線に遺っているのが目にはいる。辺りは身の丈を超す篠竹状の植物に覆われていて、碑らしきものは発見できない。現地で碑を確認した人の話によると、碑はリフト山麓駅西方一五メートル程の地点の、道路下に建っていたということである。

【その他】『定本　吉岡禅寺洞句集』（定本吉岡禅寺洞句集刊行会）所収。昭和二十三年の作。『句集』には「福岡県野北牧場　二句」の題詞があり、次の表記で収録されている。

馬をよんでみた大声に　こだまがなかった
牧の馬にあわないで　ばったの日がかたむく

疎開先の、糸島郡志摩町の桜井神社石段横の家にいた時期の作である。桜井神社は牧場のある彦山の東方三キロの地点にあるが、六十歳の禅寺洞は、福岡藩馬の生産牧場として有名だった野北牧場を訪れたことはあったであろう。戦争中は軍馬の生産地として活用されたが、戦争も終わって牧場に馬の姿は無かったと思われる。

以下、この句碑に関する情報等を列挙しよう。

昭和五十六年（一九八一）二月十八日　禅寺洞門の北垣一柿から、編著者の照会に対して、「昨年、建設場所より持ち去られた由きいております。この句碑は昭和三十六年十月十四日に除幕されたもので、志摩町観光協会によって建てられたものです。同牧場一帯が他の目的で開発されることになった旨を新聞でみました。おそらくその為の移転とおもわれます」。「句碑の字は禅寺洞という署名だけが自筆で、句は自筆ではありません」という回答をいただいた。句碑の写真一葉（昭和四十八年四月二十八日撮影）が同封されていた。写真140参照。

同五十六年二月二十八日　志摩町教育委員会宛てに句碑の移転について照会していたが、次の回答を得た。「牧場一帯の開発の事務所に問い合わせましたところ、現在移転はしていないそうです。しかし本年十月以降になると、句碑一帯も工事にはいり移動させるかもしれない、とのことでした」。

同五十八年五月十五日　那須博氏が現地で句碑を確認し、七月五日の「西日本新聞」〝いしぶみ散歩〟で紹介。

同六十年一月三十一日　矢野清徳、小山坦道、浦川一郎、川久保貞一の四氏が現地で確認。この日撮影した写真六葉を、後日、矢野氏にいただいた。探索の参考になるので、句碑の裏面であるが、周囲の風景も写っている写真を掲載しているので参照されたい（写真141）。なお、このときの句碑探訪記を浦川氏が俳誌「銀河系」第九号（昭和六十年五月刊）に「玄海の馬の句碑」の題で書いているが、「笹と茨が頑として守っていて人をよせつけない」状況で、やっと句碑にたどり着いたそうである。

平成七年（一九九五）十一月十一日　編著者の最初の現地訪問。リフトは取り外され、支脚の残骸だけが遺っていた。山麓駅跡を中心に歩きまわったが、建立地の見当がついていないので徒労に終わった。
同八年四月八日　教念寺の小山坦道住職から、現地を再訪したが発見できなかったとの回答。
同八年五月七日　片山花御史から、編著者からの照会に対して回答があった。浦川一郎氏にも尋ねたが不明とのことであった。桜井神社宮司が知っているかもしれない、とのこと。
同八年五月　桜井神社の外山穣也宮司からも、現地に行ったが発見できなかったとの回答。
同九年四月七日　編著者二度目の現地探索。矢野清徳氏提供の写真で地形を確認しながら捜したが、またも身の丈を超す竹に阻まれ断念せざるをえなかった。

この句碑に関する情報を切望する次第である。

編著者が福岡県内で確認した吉岡禅寺洞句碑は、他に二基あるが、これは地域別一覧を参照されたい（遠賀郡遠賀町、福岡市東区）。

②　片山花御史（かぎょし）

明治四十年（一九〇七）―。姫路生まれ。本名武司（たけし）。明治四十三年に直方に移住。次いで戸畑に移住。戸畑商工専修学校（現・戸畑工業高校）在学中から俳句を知り、青木月斗の「同人」をはじめ、飯塚の「炭都」、後藤寺の「黒土」、福岡の「天の川」などに投句。昭和三年（一九二八）、帝国人造絹糸の広島工場に就職。その年、高浜虚子を迎えてのホトトギス句会に参加。同五年に戸畑鋳物（日立金属の前身）に入社。同十八年、「天の川」終刊。同十九年、現・遠賀町に疎開移住。同二十二年七月、「天の川」復刊第一号を出す。同三十四年、禅寺洞系の俳誌「舵輪（だりん）」（主宰・木下友敬（ゆうけい））八十二号より、編集を依頼される。同四十年、日立製作所を退職。同四十四年、「銀河系」創刊。同四十三年からは遠賀町社会福祉協議会の役職を務める。その他、遠賀町文化財保護委

員、遠賀町郷土文化研究会会長就任。現代俳句協会会員。口語俳句協会会員。句集に『白い葦』（昭和60）、『河口湖』（昭和62）、『黒燿石』（平成3）、『花季』（平成9）等がある。

> 河口湖に日が泛き　葭の神話が生きる　　昭和乙丑年　木守住人　花御史

写真142

【所在地】遠賀郡遠賀町木守　木守公民館

県道五五号線（宮田・遠賀線）が西川を渡る西川大橋の、三〇〇メートルほど上流の西岸、お宮の境内に公民館がある。碑は公民館玄関に向かって左前方の、植込みを背にして建てられている。

【その他】句集『河口湖』（銀河系社刊）中の「河口湖のほとり」に収録されている。「遠賀川河口湖　二十一句」の中の第十句である。花御史の随想集『遠賀野散歩』（銀河系社刊）に「河口湖」という文章がある。この句の背景が分かるので転載させていただく。

　　まぼろしの木舟あやつる縄文の人
　乾く沼弥生の人は泥にまみれ
　万葉の日方吹きつぐ葭に波

河口堰工事のはじまる前に、長い土手を歩きながら、やがて水に浸ってしまうだろう、この景色を眺めながら、思い切り推理をすすめて見た。現在洪水敷になっているところで、広渡（ひろわたり）や島津など田圃があり、稲が作られていた。その周辺には人の住いも有った。縄文弥生と続く古い時代から、人々は泥にまみれて働いた。この磧（かわら）には昔の人の喜怒哀楽が滲（にじ）んでいた。そんな感情が句になったのである。

　河口湖に日が泛き葭の神話が生きる
　田の神を祭る黒穂の葭を挿し

日乞いする農奴の足うら白くして

「泛」は漢和辞典で調べると、訓は「うかぶ」か「ひろく」か「あまねく」であるが、前後のつながりを考えると「日があまねき」と読むのが妥当ではないだろうか。「陽光があふれて」の意であろう。

碑面に「昭和乙丑」と刻まれているが、昭和六十年に当たる。作者への照会に対しては「昭和六十三年十一月十七日　地元有志の建立」という回答であった。花御史主宰の俳誌「銀河系」第三二号（平成元年八月刊）掲載の「河口湖めぐり」（執筆者・片山花御史）を読むと、平成元年五月二十八日に本碑を見に行くくだりがあり、「新しく出来た花御史の碑」と表現されている。昭和六十年建立なら、「新しく出来た」とは言い難いと思われる。作者の回答どおりであろう。「昭和乙丑」は作句の年と考えられる。

碑は全高一・七九メートル、幅〇・三二メートル。

花御史句碑がもう一基、遠賀郡遠賀町にある。地域別一覧を参照されたい。

③　矢野祥水

明治四十二年（一九〇九）―昭和五十九年（一九八四）。両親の移住先のアメリカ生まれ。本名庄助。生後三カ月で母と共に現・三井郡大刀洗町三川に帰国。博多印刷合名会社に入社。昭和四十五年に大阪印刷インキ製造株式会社を定年退職するまで、主として印刷関係の仕事に従事。住まいは、福岡市、筑紫野市、大阪市、和歌山県九度山、鎌倉と転居。大正十四年（一九二五）に俳誌「天の川」を知り、投句。昭和二年、初めて福岡の禅寺洞居での句会に出席。同五年に博多印刷に就職してからは福岡に住み、「天の川」の編集を手伝う。同六年の日本新名勝俳句の「唐津松浦潟」の部で銀牌賞受賞、「英彦山」の部で入選。片山花御史著『続禅寺洞研究』（梓書院刊）によると、同十五年の再組織後の新同人名簿に入っている。戦後は宗教活動や事業に意を注いで、「天の川」

と疎遠になる。「形象」（禅寺洞系の俳誌で主宰は前原東作）の昭和四十二年三月号に、依頼を受けて祥水は「天の川終刊号」を執筆。遺稿集『藍の里』（矢野清徳刊。平成2）がある。

写真143

山門を船の入り来る出水かな　　友光嶮涼
名月の芋煮る母はまだ跣足　　矢野祥水
早苗振となりしばかりに除隊かな　　友光苔夕

【所在地】 三井郡大刀洗町三川　蓮休寺

県道一四号線（鳥栖・朝倉線）沿いの大堰小学校の一・五キロ東にお寺はある。碑は山門を入って右手にある。

【裏面】 平成七年秋建之　　発起人　蓮休寺第十五世釋憲照　　矢野清徳

太宰府天満宮　御田水月書

【その他】 昭和三年十月七日、福岡県第一公会堂に高浜虚子を迎えて第二回関西俳句大会が催された。当時はまだ「ホトトギス」系であった「天の川」は当番役で準備に大童であった。祥水も先輩のお供をして虚子の宿舎になる橋口町の旅館「栄屋」に下見に行ったりしている。大会当日の兼題は「月」であったが、祥水の句は三句とも虚子選に入った。投句者五百名中、三句とも入選したのは祥水だけであったため、羨望の的となった。その三句は次のとおりである。

名月の芋（いも）煮る母はまだ跣足（はだし）
蔀（しとみ）より月のさしきぬ籠堂（こもりどう）
月の宮子供相撲に賑（にぎは）へる

碑に刻まれている句について、句碑建立記念誌『しのび草』（矢野清徳編）に平城直之氏（大刀洗町町史編纂委員）は次のように述べている。

　野良仕事においまくられて働きつづけ、夕刻帰れば「あ、今夜は芋名月」と三五の名月に供える芋を真先に煮る母、足を洗う暇もなくまだ跣足のままである。農家の主婦の忙しさ、しかしその労苦にもめげないたくましい心と体、そして明月に感謝し愛でてお供えを用意する心の床しさ、そんなものが昔の農家の母親にはあったのだという事を私はこの句から見出す事が出来るような気持ちがいたします。

それにしても、これらの句は満十八歳のときの作である。晩年には

　国東へ降りるもう来ている黄砂（大分空港・昭和五十九年）

のような、「禅寺洞の流れ」にふさわしい句を遺している。

『しのび草』には、この句碑の名称が「蓮休寺句会同人句碑」となっている。「蓮休寺句会」という確たる句会があったかどうかは詳らかではないが、遺稿集『藍の里』一九六頁の、祥水の「銀漢亭訪問」という随想には、十八歳の祥水を中心とする郷党の俳句会らしきものが登場している。祥水が毎日のように行く蓮休寺の青年住職嶮凉、その弟の苔夕や、その他の誰彼となく俳句を作らせたという。句会のメンバーは五、六人は下らず、選評、添削ももっぱら祥水がやっていたという。

祥水の句作の原点たる蓮休寺に、仲間の句を併刻して句碑を建てたいと、帰省の度に祥水は言っていたという。五男の矢野清徳と蓮休寺がその遺志を実現した碑である。

嶮凉と苔夕の紹介および句について、『しのび草』を参考にして述べよう。

友光嶮凉は明治三十九年に生まれた。本名憲了。第十四世蓮休寺住職。昭和五十年、入寂。満六十八歳。

「山門を船の入り来る出水かな」――「出水」とは、河川の氾濫を言う秋の季語である。筑後川が増水すると床島用水が溢れて、村中が冠水することもしばしばであった。そうなると舟を使っての往来となる。蓮休寺の山門

を静かに舟が入って来る。穀物の被害や減水後の後始末で住民は苦しむことになるが、一幅の絵として情景を眺めるゆとりもあったのかもしれない。

友光苔夕は明治四十一年生まれ。本名曠馨(はるか)。憲了の弟で、矢野祥水の親友。県の土木課職員。昭和十一年没。享年二十八歳。

「早苗振となりしばかりに除隊かな」――「早苗振(さなぶり)」は「早苗饗」とも書き、夏の季語。田植の終わった後に、手伝いの人をよんで御馳走をふるまうのを言う。

『しのび草』に平城直之氏は農村生活の一端という視点で、この句について次のように述べている。

農村の田植は大変でした。しるしかった。濡れた着物を小屋に干してはいたが梅雨の頃とて乾く筈はなし、翌朝、まだじめじめとして乾ききれない着物に袖を通し、みの笠つけて働いた田植、大勢の人の手助けもうけやっと早苗振りになるとホッと一息、というのが農家の有様。そこにこれも又軍隊で鍛われ、しごかれた兵役からやっと解放されて除隊。帰って見れば丁度早苗振、田植の多忙からの解放、兵役からの免除、この二つが重なって一安堵というやすらぎが伝わって来るようです。

揮毫者の御田義清(号・水月)は、太宰府天満宮の権宮司であった人。祥水の古くからの知人。この書が絶筆だという。碑は高さ一・〇五メートル、幅〇・七メートルの緑泥片岩。

(2) 「自鳴鐘(じめいしょう)」の流れ

① 横山白虹(はっこう)

明治三十二年(一八九九)－昭和五十八年(一九八三)。東京生まれ。本名健夫(たけお)。医師。昭和三十年から小倉市議会議員や議長を務め、同三十八年の北九州市誕生に貢献。同四十年に政界から引退。大正四年（一九一五）に「現代詩歌」に参加。同七年には一高詩会を設立。同十一年に、九大第一外科の俳句会に強引に誘われ、俳句と出会う。同十三年には九大俳句会を設立し、吉岡禅寺洞の指導を受ける。翌年より、「天の川」に投句。昭和二年には「天の川」の編集長、同四年には課題選者となる。同十二年、俳誌「自鳴鐘（とけい）」を創刊（昭和十四年から休刊）。この頃、定型破壊の禅寺洞から離れる。同二十三年には、「自鳴鐘（じめいしょう）」を復刊。同二十六年、「天狼」同人となる。北九州文化連盟会長、北九州俳句協会会長、現代俳句協会会長（六選）などを歴任。また、教育文化功労者として福岡県よりの表彰、北九州市民栄誉功労賞受賞。句集に『海堡（かいほう）』（昭和13）、『空港』（昭和49）、『旅程』（昭和55）がある。没後に『横山白虹全句集』（昭和60）が刊行された。

a　山口誓子との友情句碑

雪霏々と舷梯のぼる眸ぬれたり　　白虹
七月の青嶺まぢかく溶鑛爐　　誓子

写真144

【所在地】北九州市八幡東区中央三丁目　高炉台公園
八幡東区役所の北東三〇〇メートル程の地点にある高台の公園である。高炉塔（モニュメント）西方の台地に碑はある。
【裏面】昭和四十八年七月二十九日　　自鳴鐘同人会
【その他】白虹の句は、第一句集『海堡』所収。初出は昭和十二年一月の「自鳴鐘（とけい）」創刊号で、「出航」という題の連作五句中の第三句である。『海堡』は、沖積舎刊『横山白虹全句集』に収録されている。

山口誓子はその著『俳句鑑賞入門』（創元社刊）で白虹の句を採り上げ、次のように鑑賞している。

雪が霏々と降っている。「霏々」という語を辞典は「雪の甚しく降る貌」と説明するけれど、詩語として味わう場合は、雪がちらちら白くいそがしく降るさまを思い描く。「舷梯のぼる眸ぬれたり」の「舷梯」は船腹におろしてある階梯である。「舷梯のぼる眸」は他人の目か、自分の目か。どちらともとれるが、私はこの句を見た当初から他人の目だと思った。そう思いこんだが最後、それを訂正するのは容易なことではない。

霏々たる雪は舷梯をのぼって来るひとの目に降りかかり、その目をうるませた。情緒派のこの作者のこの句は、きわめて情緒的である。ことに「目」を「目」と書かず「眸」と書いてあるためにいっそう情緒的である。「眸」は竹久夢二の描く女の「眸」である。私は、最初にそう解したように、いまもそう解している。それだから、作者は船の上にいて、舷梯をのぼって来るひとを見、そのひとの目を見ているのだ。

舷梯をのぼるのは自分で、霏々たる雪に自分の目が濡れるのだと解しても構わないようなものの「眸」は作者が見据えた「眸」と思われてならぬから、私はあくまで舷梯をのぼる他人の目を想像するのだ。

〔注——誓子は「眸」を「メ」と読んでいるが、白虹夫人で「自鳴鐘」現主宰横山房子は、「読む人によって『メ』『ヒトミ』『マミ』と分かれる」と、その著『えにし　俳句侶行』（角川書店刊）二四九頁で述べている〕

また、この句を収録する句集『海堡』の序文で山口誓子は、次のように述べている。

僕はこの作家の

雪霏々と舷梯のぼる眸ぬれたり

を近年に於ける傑作の一つに数へてゐる。この作品には白虹君の志向してゐる詩性が、瑞々しく、しかも的確に描かれてゐるからである。

白虹作品は溶けてしまはないで、結晶をはっきり保ってゐる雪片である。

白虹と誓子の出会いについては、昭和俳句文学アルバム『横山白虹の世界』（梅里書房刊）の宮本由太加執筆「横山白虹論」で触れられているので、その冒頭の部分を、少し長くなるが転載させていただく。

　昭和二年夏、白虹と山口誓子との歴史的出会いが実現する。前年東大を卒業、住友合資の人事部労働課に就職した誓子は、六月に九州出張を命ぜられた機に、吉岡禅寺洞を訪れ、白虹と三人で水郷日田に遊んだ。句会で誓子選四席に入った白虹の句「遊船に峡の樹々の葉ひるがへり」を、自分なら「遊船に葉をひるがへす峡の樹々」と調子を強くする、との誓子の選評に、白虹は深く感得するところがあった。

　翌日は博多の紀の国屋という水炊屋で誓子歓迎句会が催された。二人が一緒に風呂に入った時、突然誓子から、君はランニングをやっていたろうと言われて、白虹はその炯眼に驚く。誓子は白虹が浴槽をまたぐ脚にハードリングの型を看破したのである。

　その浴槽の中で誓子から「七月の青嶺まぢかく溶鉱炉」と「索道や石炭こぼす麻畑」の二句を示され、白虹は瞠目し、感動する。たまたま門司の句会で自作の「木蓮を仰ぐ眼鏡に軒雫」について、「眼鏡や鉄道、飛行機なんて言葉は俳句で使える雅語ではない」と、叱責されたばかりである。誓子は「一緒に真剣に俳句をつくらないか」と白虹を誘い、白虹は眼が覚めた思いで、新しい俳句に取り組みはじめた。

白虹は、「私の俳句への道はいはば誓子によって開眼させられた……」（中島昂著『白虹俳句史』創元社刊、二八四頁）と述べている。二人の友情は白虹が先に他界するまで続いた。白虹の訃に接し、誓子は「寒天に君が残せし飛行雲」と詠んだ。本碑は友情句碑と呼ばれている。

碑は全高三・七メートル、幅二・八メートル。『白虹俳句史』四五二頁によると、碑本体の石は大分県日田郡大山村産で重量七トン。台石は大分県日田郡五馬村産で重量八トンという。

山口誓子の句については後述する（三四二頁）。

b　音瀧観音の碑

瀧あびし貌人間の眼をひらく　　白虹

写真145

【所在地】 北九州市八幡西区畑　畑観音釈王寺

都市高速道路四号線の馬場山ランプから国道二〇〇号線を一・二キロほど北上すると、「香月東口」で県道六一号線（小倉・中間線）と交差する。そこから県道を東へ進む。途中、畑貯水池に出るが更に東進すると、「香月東口」から三・六キロの地点にバス停「畑観音」がある。そこから谷沿いに十五分ほど登ると寺に着く。

〔注――この観音は「音瀧観音」とも呼ばれている〕

【裏面】 昭和卅九年四月五日　中川憲男　平田紅溪　建立

【その他】 第二句集『空港』（牧羊社刊）所収。初出は「自鳴鐘」の昭和二十三年九月号である。句集では「あびし」が「浴びし」と表記されている。「貌」は「かお」と読む。

中島昂著『白虹俳句史』二九一頁によると、「自鳴鐘」香月支部の平田紅溪が、昭和二十三年八月八日に白虹を招いて音瀧観音で第一回のそうめん流し句会を催したが、その句会での作品である。その記録中に、当日同行した若松の杜河東の「白虹のデフォルマション」という文章の抜粋も載せられている。この句を理解する助けになるので引用したいが、横山房子編著『横山白虹の世界』（梅里書房刊）八九頁にその一部が要約で掲載されているので、これを転載させていただく。

滝を浴びる祈禱師と女の祈りと呪文が混り合い、二人共犬神憑きの状態であった。終ると女は放心状態で、髪を振りかぶったまま滝から離れ、髪を両手で後ろへかき上げると、それまで頭髪のしたで白眼につり上っていた筈の眼は、不思議な平静さで最初の姿に立返っていた。

「白虹は、この句について『人間が何か思いつめている姿と、その場面が済んで元に戻った転換の姿が大きな衝撃、印象だった』と述べている」と、『横山白虹の世界』には添えてある。

建立者として名が刻まれている二人は、実の兄弟である。平田紅溪は白虹との師弟句碑がある（北九州市八幡西区）。兄は「十六年間先生と親戚同様御交誼願っている」（『白虹俳句史』四〇一頁）そうで、「先生には事ある毎にご迷惑ばかりかけているし、御恩がえしの意味で是非二人で畑の観音さんに句碑を建てよう、俳句を通じて文化運動にもなるし、私達の郷里畑の観光宣伝にもなる事だから」と、兄弟の相談がまとまったのだという。

碑は一・七メートルの岩上に据えられており、本体は「畑貯水池の上、尺岳の渓谷にあった自然石」で、高さ一・四メートル、幅一メートル、重さ一トン半位。

福岡県内で八基の白虹句碑を確認したが、二基についてのみ採り上げた。残りの六基（北九州市門司区、同市小倉北区二基、同市八幡西区、福津市、古賀市）については、地域別一覧を参照されたい。

② 穴井 太

昭和元年（一九二六）―平成九年（一九九七）。大分県生まれ。戸畑に一家転住。戸畑工業学校卒業後、神戸製鋼長府工場に入社。昭和二十一年、数人で詩誌「詩座」を創刊。同二十三年、大分県の飯田（はんだ）高原に転居し、炭焼きに従事。翌年発足した飯田中学校の教師となる。この年、詩誌「揺籃」（後、「新地帯」と改題）に参加。同二十四年に上京したが病を得て、二年後に帰省。同二十九年、また中学校の教師となる。同年、横山白虹の主宰する「自鳴鐘」に入会。同三十一年に、「未来派」を創刊（同四十二年終刊）。同三十三年、戸畑俳句協会が結成され、幹事長となる。同三十五年、「自鳴鐘」の同人となる。同三十七年、現代俳句協会会員となる。同三十八年に同人誌「海程」に同人参加。同四十一年から天籟句会の研究誌「天籟通信」を発行。第四回海程賞、北九州市民文化賞、第二十回現代俳句協会賞を受賞。同六十年、中学校教員退職。句集に『土語』(昭和46)、『ゆうひ領』(昭和49)、『原郷樹林』(平成3)等がある。

夕空の雲のお化けへはないちもんめ　太

写真146

【所在地】北九州市戸畑区天籟寺一―六　夜宮公園西側
夜宮公園のある夜宮一丁目と、西側の天籟寺一丁目の境界をなす道路沿いに碑はある。天籟寺側には道路に沿って緑地帯が設けられているが、平べったい碑が、低く刈り込まれたツツジの植栽に埋もれるようにしてある。穴井の自宅から二〇〇メートルの位置。

【裏面】平成十一年十二月吉日　天籟俳句会建之

【副碑】穴井太句碑
天籟通信代表
穴井太年譜　一九二六年　大分県玖珠郡で生る　一九七一年　北九州市民文化賞受賞
一九七四年　現代俳句協会賞受賞　一九九七年　北九州市戸畑区で没す

【その他】句集『土語』所収のこの句は、昭和四十三年に第四回海程賞を受賞した一連の作品中の一つである。受賞の感想を穴井は、「海程」四十三号で次のように述べているという(牧羊社刊句集『ゆうひ領』所収、城門次人の解説「穴井美学の裏と表」より転載)。
わたくしの志向は、民話的な精神と手法を得たいという念いに駆られている。「楢山うば捨て」譚の壮絶さとやさしさ。夕鶴の優美な世界の痛恨など。老若男女がつどう居間の平安のなかで、かくも強烈なリアリティをしみこませる民話と、つねに反権力的なモチーフをもって語られる民話的なものに、わたくしは憧憬をもつ。

穴井自身は、俳句エッセイ集『吉良常の孤独』（葦書房刊）の「私の俳句作法」で、「俳句のおもしろさの一つに『飛躍』がある」として、例句に金子兜太の「霧の村石を投うらば父母ちらん」や赤尾兜子の「昼暗い村の小魚を魚食う」と併せて、自らのこの句を挙げている。

これらの記述によって、この句の世界が伺えるようである。この句に触れたコメントを二編紹介しよう。

一つは、「西日本新聞」（平成13・3・29）のコラム「雪月花」（執筆者・「自鳴鐘」編集人寺井谷子）の解説である。

「夕空の雲のおばけ」と聞いて、ある人は夏の夕暮れを思うであろう。「はないちもんめ」の子供達の歌声に、春の夕暮れを思う人もあろう。ここで詠まれているのは、ひたすらな懐かしさとでも言うべきもの。

もう一つは、椎窓猛著『去年しくろく』（梓書院刊）所収の「夕空の碑」である。

はないちもんめ……は、子供の古い素朴な遊戯である。そこにはおどけたようで、なにやらものがなしさもふくむ野趣がある。それを夕空の雲へしかけた穴井さんの心底、エスプリがうかがわれ、妙味のわびを私は感受する。〔略〕穴井さん独自のメルヘン乃至民話領が幻燈のようになつかしく心象に写しだされてくる。

碑は高さ〇・七メートル、幅一メートル。除幕式は、平成十一年十二月十九日に行われた。

「天籟通信」四二三号（二〇〇〇年四月号）の「穴井太句碑建立余滴」（執筆者・本田幸信）によると、石材は南アフリカ共和国原産のラステンバーグ・ブラック（御影石）で、重量約五トン。門司港に荷揚げされた立方体の原石を、八幡の誠和石材工業所が自然石風の外観に手作業で加工されたという。

編著者未確認の句碑が、北九州市戸畑区にもう一基あるようである。地域別一覧を参照されたい。

(3)「天狼（てんろう）」の流れ

① 山口誓子（せいし）

明治三十四年（一九〇一）－平成六年（一九九四）。京都生まれ。本名新比古（ちかひこ）。小学生時代に樺太（からふと）（サハリン）に転住。中学時代に京都帰住。大正十五年（一九二六）に大阪住友合資会社に就職したが、病気のため昭和十七年（一九四二）に退職。本格的に俳句に取り組むようになったのは、高校時代に京大三高俳句会に加入してからで、大学では東大俳句会に所属して高浜虚子の指導を受けた。住友を退職後は、句作に精進。昭和の初期には四Sの一人として脚光を浴びた。そのころから、都会の人工的素材を句材とし、無機質で虚無的な内面を描くようになった。そして、昭和十年からは、「馬酔木（あしび）」を通して新興俳句運動に参加したが、有季定型を守った。昭和二十三年、「天狼」を創刊。同二十八年頃からは健康も回復し、精力的に活躍。同六十二年、日本芸術院賞受賞。文化功労者。平成三年頃から体力の衰えを自覚し、同五年に「天狼」を終刊。句集は『凍港（とうこう）』（昭和7）から『紅白』（平成3）まで、二十句集を出版。

雪霏々と舷梯のぼる眸ぬれたり　白虹

七月の青嶺まぢかく溶鑛爐　誓子

写真144

【所在地】 北九州市八幡東区中央三丁目　高炉台公園

地理案内は、横山白虹の「山口誓子との友情句碑」（三三五頁）参照。

【裏面】昭和四十八年七月二十九日　自鳴鐘同人会

【その他】横山白虹の句、および白虹と誓子の出会いについては、一三三五―七頁を参照されたい。

碑に刻まれている誓子の句は昭和二年の作で、「ホトトギス」雑詠欄に掲載された。そして、昭和七年刊の句集『凍港』（素人社刊）所収。『誓子自選句集』（昭和36）にも収録されている。

轟良子著、西日本新聞社刊『ふくおか文学散歩』（一〇八頁）は次のように述べている。

京都生まれの俳人山口誓子が詠んだのは一九二七（昭和二）年七月、若松でのこと。若松句会で誓子に出会った白虹は強い衝撃を受ける。

若松からは林立する溶鉱炉と、その背景にそびえる帆柱連山が見える。しかし、今は「一九〇一」と操業年を刻んだ高炉が一基残るだけだ。七色の煙を出していた工場群も移転や公害規制で変貌した。もはや句の世界でしか往時をしのぶものはないほどだ。

學燈社刊『日本名句集成』の〔句意・鑑賞〕（担当者・鷹羽狩行）も紹介しておく。

住友本社労働課に勤務の誓子は九州出張で八幡製鉄を見学、炉の口から真紅の鉄が流れ出るのを見た。機械文明を象徴する製鉄所の溶鉱炉と、「七月の青嶺（あおね）」という瑞々しい自然との対比は従来の自然諷詠にはなかった手法であり、このような異質のものの結合は、映画のモンタージュの俳句化として〝二物衝撃〟と呼ばれた。誓子俳句の斬新さは旧派の人々に大きな衝撃を与えたが、若い俳人の新鮮な感動を呼び起こした。「七月」と「青嶺」はともに夏の季語であるが、敢えて「七月の青嶺」とすることで、強烈な日光と深い緑が鮮明となり、自然の力を強く印象づけるものとなっている。

〔注――青嶺は皿倉山である〕

碑は全高三・七メートル、幅二・八メートル。中島昂著『白虹俳句史』（創元社刊）四五二頁によると、碑本体の石は大分県日田郡大山村産で重量七トン。台石は大分県日田郡五馬村産で重量八トンという。

② 橋本多佳子

明治三十二年（一八九九）－昭和三十八年（一九六三）。東京生まれ。旧姓山谷。本名多満。十八歳で橋本豊次郎と結婚。夫は、小倉に洋風三階建ての住まい（櫓山荘）を新築。大正十一年（一九二二）、高浜虚子を迎えての俳句会が櫓山荘で開催され、初めて俳句会に接した。虚子は多佳子に杉田久女を紹介。そして夫は久女に、多佳子への俳句の手ほどきを依頼。久女の勧めで、「ホトトギス」、「破魔弓」、「天の川」に投句。昭和四年、大阪に転居。その年、大阪での「ホトトギス」四百号記念俳句大会に出席し、久女の紹介で山口誓子に会う。本格的に誓子に師事したのは同十年一月からで、四月には師に従って「ホトトギス」を離脱し、「馬酔木」の同人となる。同十二年、夫死去。同十九年、奈良へ疎開。同二十一年、西東三鬼、平畑静塔らと鍛練句会を始める。同二十三年、「天狼」創刊に同人として参加。同時創刊の「七曜」の指導を担当（同二十五年からは主宰）。同三十四年、奈良文化賞受賞。同三十六年、「天狼スバル賞」受賞。『海燕』から『命終』まで五句集がある。

谺して山時鳥ほしいまゝ　久女

櫓山荘跡

乳母車夏の怒濤によこむきに　多佳子

写真147

【所在地】 北九州市小倉北区中井浜四　櫓山荘跡

番所跡緑地保全地区で、旧藩時代の見張所があった高台（櫓山）である。小倉北区の北西端で、国道一九九号線（その上を北九州都市高速2号線）とJR鹿児島本線に挟まれた地点に、離れた所からもこんもりと繋った高台が見える。高台の北側から西へと巻いて南端に行く。中井北公園入口から入って平坦地を北へすすむと、東屋を前にして句碑がある。

【裏面】櫓山荘は、大正九年（一九二〇年）、この地に橋本豊次郎、多佳子夫妻の新居として建築された。

詩人の野口雨情、作曲家の中山晋平、童謡作家の久留島武彦、俳人の高浜虚子ら著名人が訪れ、地元の文化人と交流し、北九州を代表する文化サロンとしての役割を果たした。

豊次郎は、童話作家の阿南哲朗らとともに児童文化の振興に努め、櫓山荘で林間学校を開くなど北九州の児童文化の礎を築いた。また、多佳子は、ここ櫓山荘での句会で高浜虚子と杉田久女に出会い、俳句の道に入った。

櫓山荘ゆかりの久女と多佳子は、近代女性俳句の源流と評される偉業を成し遂げ、俳句史に不滅の地位を確立した。

ここに、これらの足跡を記念し、顕彰する碑を建立する。

平成十五年十月　　櫓山荘と久女　多佳子の碑を建設する会

谺して山時鳥ほしいまゝ　　久女

乳母車夏の怒涛によこむきに　　多佳子

二つの句は　短冊自筆、碑銘「櫓山荘跡」は吉田成堂書

【左面】設計　大久保裕文　　施工　株式会社　穴井組

【その他】久女と多佳子の句が併刻されているのは、多佳子の住まいである櫓山荘で、久女が多佳子に俳句の手ほどきをしたという師弟関係による。ただし、久女の句は一九一頁で詳述したように、英彦山での作である。いわば久女の代表作が刻まれているのである。多佳子の句は、昭和二十六年刊行の第三句集『紅絲』所収（「童女抄」二十五句の冒頭）の句である（『紅絲』は立風書房刊『橋本多佳子全集』第一巻に収録）。初出は「天狼」の

昭和二十三年八月号。多佳子が櫓山荘を手放した昭和十四年よりも十年ほど後の作品だから、これも代表作としての選句なのであろう。

上野さち子著『女性俳句の世界』（岩波新書）にこの句が採り上げられているが、多佳子の弟子堀内薫の鑑賞文（乳母車に乗っているのは、長女淳子の子とする説。句集では三句後の句に「父逝きし洋子よ博よ」の詞書があるのが根拠）と、四女美代子の注記（乳母車に乗っているのは、三女啓子の子とする説。美代子も啓子とともに現場にいたという）をそれぞれ紹介した上で、「問題は、作者がこの風景をどう捉えたか、どう作品化したかにある」として、自らの解釈を示している。抜粋して紹介しよう。

「乳母車」と、それに真向かうように（車体は海岸線に平行に置かれている）しぶきを上げる夏怒濤が描かれるが、句の焦点はあくまで乳母車にあり、話に夢中になって念頭から去っていた乳母車の存在は、夏の怒濤を背景としたとき、日常性を離れた新鮮なものとして眼に映ったのではないだろうか。幼いものの命を載せる華奢な乳母車の存在。白い波頭をあげて迫る夏の海、作者は誓子に指導された二物衝撃の方法によって、しかもあくまで即物具象の方法によって、一瞬の感動を表現した。多少の危機感は孕むとしても、この句に見られるのは、乳母車のなかにあるみどりごの命の讃歌であろう。〔略〕

「童女抄」全二十五句中には、「父逝きし洋子よ博よ」といった詞書の句も交じりはするが、それをすべての句に及ぼす必要はなく、また童女すべてを孫と限定して読む必要もない。童女即祖母、童女即多佳子の世界を見ればよい。

句誌「天籟通信」四六六号（平成十五年十二月号）によると、「櫓山荘と久女　多佳子の碑を建設する会」会長は本田幸信氏。除幕式は平成十五年（二〇〇三）十月十八日に、多佳子四女の橋本美代子さん（七十七歳。奈良市在住。俳誌「七曜」主宰）を招いて行われた。

碑は全高一・六六メートル、幅一・九メートル。

《4》人間探求派の系譜――伝統・新興両派の止揚

川名大著『現代俳句 下』（ちくま学芸文庫）一一一頁の記述を転載させていただく。

「人間探求派」という名称は、「俳句研究」昭和十四年八月号の座談会「新しい俳句の課題」（出席者は石田波郷・加藤楸邨・中村草田男・篠原梵、司会山本健吉）から出たものである。山本の「貴方がたの試みは結局人間の探究といふことになりますね。」という発言を受けて、楸邨が「〔略〕四人共通の傾向をいへば『俳句に於ける人間の探究』といふことになりませうか。」と答えたことに因る。この初出の表記によれば「人間探究派」とすべきところだが、その後「人間探求派」という表記が普及した。

〔略〕一般には草田男・楸邨・波郷の三人を言う。草田男は虚子門、楸邨と波郷は秋桜子門。自然諷詠、あるいは季題とその周辺を詠むことを中心とした「ホトトギス」派に対して、人間や社会を表現対象の中心に据えたという点では「人間探求派」と新興俳句との問題意識は共通していた。つまり、新興俳句もまた「人間探求派」だったのである。しかし、この「人間探求派」という求心的なネーミングは、新興俳句の遠心的、社会的傾向に対して、彼ら三人に共通した求心的、人生的、感懐的傾向を的確に言いとめたものだった。

角川書店刊『俳文学大辞典』の「人間探求派」の項（執筆者・矢島房利）に、次の一節がある。

俳句の伝統的固有性を尊重しつつ人間の回復を意図したその志向は、「伝統・新興両派を止揚した第三の立場」〈『昭和俳句史』〉であったと健吉は説く。

この説明により、この項の副題を「伝統・新興両派の止揚」とした次第である。

(1) 加藤楸邨の流れ

福岡県内に楸邨の句碑はないが、その略歴を、川名大著『現代俳句 下』から転載する。

明治三八（一九〇五）～平成五（一九九三）年。東京生れ。（出生届は山梨県大月市）本名健雄。東京文理大学国文科卒。水原秋桜子に師事、「馬酔木」に参加。昭和一四年、第一句集『寒雷』を刊行、内面凝視の作風は中村草田男・石田波郷とともに「人間探求派」と呼ばれた。翌年「寒雷」を創刊主宰。戦中は芭蕉研究に没頭。戦後は真実感合の俳句観に立脚、諧謔味のある幅広い作風を確立。句集『野哭』『まぼろしの鹿』『吹越』など。

① 森　澄雄

大正八年（一九一九）―。兵庫県生まれ。本名澄夫。五歳のとき長崎移住。長崎高商在学中は俳句同好会「緑風会」に加入。学外では下村ひろし指導の「馬酔木」句会にも出席。その縁で加藤楸邨の指導を受けた。九州帝国大学時代は、法文俳句会をつくり本格的に俳句に打ち込む。「寒雷」が創刊されると投句し、楸邨に師事。昭和十七年、陸軍に入隊。同十九年、北ボルネオでオーストラリア軍と戦闘。同二十年、敗戦となり捕虜収容所に入る。翌年、長崎に復員。同二十二年、佐賀県立鳥栖高等女学校に就職。上京し、都立第十高等女学校に就職（昭和五十二年まで社会科教諭）。同二十五年、「寒雷」同人となり、同三十一年七月から「寒雷」の編集を担当（昭和四十六年八月号まで）。翌年、前編集長の青池秀二と俳誌「雪嶺」を創刊（十八号で終刊）。同四十四年、第一回「寒雷」暖響賞受賞。同四十五年、俳誌「杉」を創刊、主宰。日本芸術院会員。句集に『鯉素』（昭和52。

第二十九回読売文学賞受賞）、『游方（ゆほう）』（昭和55。第二十一回蛇笏賞受賞）、『天日（てんじつ）』（平成13）等がある。

もよほして鳴く老鶯や新茶くむ　　澄雄

写真148

【所在地】 八女郡黒木町笠原　お茶の里記念館
大藤のある素盞鳴（すさのお）神社の西側から分岐する県道七九七号線（後川内・黒木線）を、笠原川に沿って八キロほど進むと、道路左手上方に奇岩が眼に入る。その下に霊巌寺がある。お茶の里記念館は寺の下にある。碑は記念館の東庭にある。

【裏面】 平成十二年四月二十九日建立　森澄雄句碑建設委員会

【その他】 「西日本新聞」（平成12・5・9）は、この句碑の除幕を次のように報じている。

森さんは一九九二年、主宰誌「杉」の句会が黒木町で開かれた際に同公園を訪れ、句碑に刻まれた句を詠んでいる。この句を後世に伝えようと昨年九月、黒木文化連盟が建設委員会を発足させ、公園内の町有地を借りて句碑を建立した。除幕式には森さんや横溝弥太郎町長ら約百五十人が出席した。

〔注――一九九二年は平成四年である。句碑の所在地を「公園」としているが、句碑のあるお茶の里記念館を中心に、この周辺をお茶の里公園というのであろう〕

この記事によると、平成四年の作ということであるが、平成十三年刊の句集『天日』（朝日新聞社刊）の平成十二年の項に、「霊巌寺に句碑が立ち、その除幕式に列席」という題詞を付けて収録されている。

黒木町の俳人吉泉守峰の指導を得て、この句を次のように鑑賞した。

「もよほす」（発音は「モヨオス」）には「うながす」の他に「その気持ちを起こす」という意味がある。「老（ろう）鶯（おう）」とは夏鶯（六月）。「新茶」も初夏（五月）のものである。「や」という切れ字があるから老鶯が主、新茶が脇となっている。夏の鶯が鳴く気になって流暢な囀を聞かせてくれる。折しも新茶の季節である。新茶を味わうことをうながすかのように。
碑は全高二・四五メートル、幅一・六メートル。作者の自筆である。

森澄雄句碑がもう一基、八女郡黒木町にある。地域別一覧を参照されたい。

② 大塚石刀

明治四十一年（一九〇八）―平成十一年（一九九九）。久留米市生まれ。本名正利。国鉄職員養成校に学ぶ。病を得て帰省。俳句は上司に勧められて、二十代で始めた。昭和三十五年（一九六〇）頃から飯塚市に住む。岸秋渓子（一六〇頁。雲母九州地区連絡協議会会長。昭和五十三年没）年譜の昭和五十年および翌年の項に、大塚石刀等と吟行に出掛けたという記述があるので、当時は「雲母」に投句していたと考えられる。同五十三年に「杉」（主宰・森澄雄）の同人となる。同五十六年に杉賞受賞。句集に、『四人囃』、『咲耶』（昭和56）、『真析』（昭和59）、森澄雄命名の『飛行』（昭和63）、『摩訶』（平成4）、『遮那』（平成8）がある。

月を待つこゝろにわたる指月橋　　石刀

写真149

【所在地】飯塚市片島一―五　大塚邸
勝盛公園の池を周回する道路の、東側の丘も公園である。その丘の北側を東へ入って三軒目、左の崖の上が大塚邸である。石段を上がった玄関前に小さな句碑がある。

【裏面】昭和四十八年六月　　石刀刻

【その他】句集『咲耶』(卯辰山文庫刊)の、「大正十三年〜昭和二十六年」の項所収の句である。

帆足亀孫子執筆「ふるさとの句碑を訪ねて 十八」(「月刊 嘉麻の里」平成九年六月号所載)に、次のような解説がある。

句碑の前に立つと左手に勝盛池の対岸枦山公園に架け渡された朱塗の指月橋を俯瞰できる。碑面の句は、この指月橋を見ながら、月の出を待つ作者の心が動いて、その橋を渡るという情趣豊かな想いが描かれている。

〔注――以前は池の東を勝盛公園、西を枦山公園と称していた。現在は両公園の総称として「勝盛公園」が使われているが、「枦山公園」の通称も使われることもあると、執筆者より教示をいただいた〕

裏面にあるように、作者自刻の碑である。まず、小さい石に試刻をしてから取り掛かったようである。この句碑の台上に、「観世音寺さる一握の芹を手に　石刀」と自分で刻んだ高さ二一センチ、幅二〇センチのミニチュアが置かれている。遺品の中にあったものだそうである。これは大きい石に彫って句碑にしてはいないという。こういうことを趣味として取り組んでいたのであろう。

碑は全高〇・五四メートル、幅〇・五五メートル。

(2) 石田波郷の門人

石田波郷の句碑は福岡県内にはないが、その略歴を、川名大著『現代俳句 下』(ちくま学芸文庫)から転載する。

大正二(一九一三)〜昭和四四(一九六九)年。愛媛県松山市生れ。本名哲大。明治大学文芸科中退。昭

和五年、師の五十崎古郷と「馬酔木」に入会、水原秋桜子に師事。同八年「馬酔木」同人。同一二年「鶴」を創刊主宰。時代と人間を見つめた作風は「人間探究派」と呼ばれた。戦中は韻文精神を説き、古典の格調を志す。戦後は療養生活を送り、句集『惜命』は療養俳句の絶唱。句集『鶴の眼』『風切』『雨覆』『春嵐』『酒中花』。

① 石橋秀野

明治四十二年（一九〇九）―昭和二十二年（一九四七）。奈良県山辺郡（現・天理市）生まれ。旧姓藪。昭和四年、石橋貞吉（慶応義塾大学学生。後の山本健吉）と結婚。マルキシズムに傾倒する夫とともに、解放運動犠牲者救援会の活動に参加。同六年、夫は大学を卒業したが病弱で定職が無かった。秀野は俳人籾山梓月経営の書店に勤務。その頃、梓月の弟上川井梨葉の主宰誌「愛吟」の俳句会に夫婦で参加。同十三年、横光利一を中心とする文壇人の俳句会「十日会」で本格的に作句に取り組む。そこで「鶴」主宰の石田波郷と出会い、同十五年に同人となる。敗戦直前から、夫の新聞社勤務に従って鳥取・島根・京都と転地。その間も作句熱は旺盛であった。同二十一年、過労のため入院。その後、肺結核が進む。同二十二年七月、京都の国立宇多野療養所に入所したが、九月に他界。一周忌法要の席で、第一回川端茅舎賞受賞が報告された。没後、『句文集 櫻濃く』（昭和24）、『定本 石橋秀野句文集』（平成12）が出版されている。八女市では、「石橋秀野記念八女全国俳句大会」が毎年開催されている。

こぶし咲く昨日の今日となりしかな　健吉
蟬時雨児は擔送車に追ひつけず　秀野

写真150

【所在地】 八女市本町（もとまち）一八四　堺屋

灯籠人形（国指定重要無形民俗文化財）で有名な福島八幡宮から西に延びている道路と、図書館の東側の道路の交差点（信号標識「京町」）から西へ三軒目、道路の左側が堺屋（旧木下家住宅。明治時代の造り酒屋）である。中庭に山本健吉と石橋秀野の句を併刻した碑がある。

【裏面】

蟬（蝉）時雨児は擔（担）送車に追（い）ひつけず

石橋秀野（山本健吉の妻）一九〇九～一九四七

俳人　文化学院にて与謝野晶子・高浜虚子に学ぶ　鶴同人　第一回川端茅舎賞受賞

天理市出身　八女市に眠る

〔注――「八女市に眠る」とあるが、秀野の遺骨は、昭和五十八年、八女市本町無量寿院の「石橋氏累代之墓」に納骨されている。山本健吉関係は「文人俳句」の項で述べる（三八一頁）〕

【側面】 平成十一年五月七日　山本健吉石橋秀野句碑建設委員会

【その他】 昭和二十四年、創元社刊『句文集　櫻濃く』所収。同書は、平成十二年（二〇〇〇）刊『定本　石橋秀野句文集』に再録されている。

秀野の句には、「七月廿一日入院」という前書が付いている。死の約二カ月前のことである。

上野さち子は岩波新書『女性俳句の世界』で、この句について次のように解説している。

昭和二十二年作。句集末尾に置かれる。この句の自筆は、句文集の扉に、秀野の写真と並んで掲載されている。「宇多野療養所に入院の時胸に浮んだものを句帖の無雑作に開いた頁に書付けたもので、青鉛筆のなぐり書きである」という健吉のあと書きで、やわらかい筆線が色鉛筆であることを知る。自筆は「児」の文字だが、活字では「子」と改められる。一点一劃、斜めに走るような字体。スピードはありながら書き手の神経が文字の端々まで行き届き、躍動感あふれる文字。

置いて行く子に最後まで心を残した母としての絶唱である。蟬時雨の季語の働きについては今更いうまでもあるまい。秀野の死は九月二十六日。上掲句からそれまでの約二ケ月間、いく度か心中湧きあがる声はあったろうが、句帖をもつことを医師から禁じられ、「蟬時雨」の句が事実上の絶筆となった。句帖に書かれていた絶筆が、碑面には復刻されている。

同じく上野さち子は、『日本名句集成』（學燈社刊）のこの句の項の後半に次のように書いている。

> 蟬時雨は実景でもあったろうが、中七以下の内容と照応して動かない。彼女の胸中を流れたであろう万斛の涙と、蟬時雨のひたすらな鳴きざま。秀野の若い命と、地上での生の短い蟬と。作者は切字を多く用い、古典的な句形を守ったが、この句も端正な姿を留める。

母親を追う子の姿は、母を追った子供である石橋安見（昭和十七年生まれ）が編んだ年譜（『定本 石橋秀野句文集』所載）に引用されている父山本健吉筆「虚構の衰退」（「現代俳句」昭和二十三年一月号所収）の一節が具体的である。

> 入院の日、僕たち親子三人はハイヤーで療養所に着き、僕が受付で手続きをすませてゐる間に、看護婦たちはすばやく彼女を担送車〔注――ストレッチャー〕に乗せて、長い廊下を病室へと運び去りました。そばに父親の姿も見えず、母親も何処かへ運び去られてしまふのに青くなった六つの安見子が、必死になって担送車のあとを追ひかけました。担送車の上から母親はしきりにオイデオイデをします。あとで病室で彼女は僕にこのことを言ひ出し「私のやうな者も親だと思へばこそ追ひかけてくる」と涙ぐみました。

山本健吉・石橋秀野夫妻の句碑が八女市に建てられたのは、健吉の父石橋忍月（七頁、三六一頁）が八女郡黒木町出身で、忍月の養父は一時期、この句碑のある堺屋の三軒西の向かい側に住んでいたし、一年足らずで転居した後も八女市内に住み、当地で他界した（三六三頁参照）縁によるもので、忍月・健吉・秀野の菩提寺である無量寿院は、堺屋から二五〇メートルほど西方にある。

碑は高さ一・一メートルの白い御影石が二体連結されている。横幅は、右の石（健吉の句）が〇・九七メートル、左の石（秀野の句）が〇・九メートルである。秀野の方の石が二一センチ後方に下げて建てられている。

句碑の南側に、土蔵を利用した山本健吉・石橋秀野資料館がある。

三　文人俳句

川名大著『現代俳句　下』（ちくま学芸文庫）に「文人俳句の流れ」という項目があり、冒頭に次のように説明されている。

「文人俳句」とは、一般に俳句を専門としない文筆家の俳句をいうが、そこには俳句を余技、趣味というニュアンスが伴いがちである。しかし、森鷗外や夏目漱石など明治期の文人たちは小説の他に、漢詩、短歌、俳句などのジャンルに自由に携わっていた。他のジャンルにかかわることが、必ずしも余技であったわけではない。大正、昭和、平成においても、俳句を作っている小説家や詩人は多い。その中には余技として作っている文筆家もいれば、俳句形式を重要な自己表現の一つとしている文筆家もいる。〔略〕「文人俳句の流れ」という表題を付けたが、文人俳句には特定の系譜があるわけではない。

この分類に学んで、本書でも文筆家の句碑をここに収録した。配列は出生順とした。

森　鷗外

作者の紹介は散文碑の項（五〇五頁）でおこなうので、ここでは俳句に関することに若干触れておきたい。
文久二年（一八六二）－大正十一年（一九二二）。島根県生まれ。医学徒としてドイツに留学、帰国後文壇に次次に新風をまき起こし、浪漫的主知的傾向を推進して文学界の指導者となった。

角川書店刊『俳文学大辞典』には、「俳句は三四、五歳ごろから親しみ、日本派の流れを汲む」とある。『鷗外・小倉時代入門』（北九州森鷗外記念会刊）の「森鷗外の小倉時代の俳句」（執筆者・石崎徳太郎）によると、鷗外の句の「初出は明治二十六年八月療病志第四十四号所載の七句及び柵草紙（しがらみそうし）二十六年八月第四十七号の五句」であるという。鷗外は三十一歳である。生涯に作った句は、石崎氏の調査では二百八十九句である。どういう師について俳句を学んだかなどは、調べが及ばなかったが、倉橋羊村著『人間虚子』（新潮社刊）一〇〇頁に「正月〔注――明治二十九年〕を迎えたばかりの子規庵初句会には、漱石、鷗外、村上霽月（せいげつ）と共に虚子も出席した」という記述があるのが目に留まった。子規庵句会には時々顔を出していたのであろう。

鷗外は、明治三十二年六月十九日に、近衛師団軍医部長から小倉の第十二師団軍医部長として赴任し、同三十五年三月二十六日に小倉を発ち、第一師団軍医部長として東京へ帰任している。『小倉日記』の記述は明治三十二年六月十六日から同三十五年三月二十八日までである。

その間の作句は、『森鷗外　小倉日記』（北九州森鷗外記念会刊）によると六十二句である。その中の三句が碑に刻まれているが、二碑について紹介しよう。

a　香春町の碑

雨に啼く鳥は何鳥若葉蔭　　森鷗外

写真151

【所在地】田川郡香春（かわら）町高野九八七―一　香春町役場裏手

国道二〇一号線沿いに香春町役場はある。碑は、役場裏手の職員駐車場入口近くにある。

【裏面】明治三十四年（一九〇一）七月四日　香春町にて詠む　「小倉日記」より

一九九五年十月建立　香春町、香春町教育委員会

【案内板】森鷗外「小倉日記」抄　本名　林太郎（一八六二〜一九二二）

小倉の聯隊に軍医として勤務していた鷗外は、明治三十四年（一九〇一）七月に軍事演習で香春に入る。

（七月）四日。雨。午前七時行橋を発し、午に近づきて七曲嶺を踰ゆ。隧道あり。

雨に啼く鳥は何鳥若葉蔭

香春杜氏の家に午餐す。某氏題する所の梵文の匾額あり。糒村西方の高地に至りて演習す。夜金田停車場辺の旅店青柳に舎る。

八日。雨。後藤寺を発し、伊田村北方の高地に至りて演習す。香春の醸酒家松嶋氏に舎る。主人二女をして来り待〔ママ〕せしむ。長を閑と曰ひ、幼を静と曰ふ。並に容姿閑雅なり。

九日。陰。香春南方の高地宮尾に至りて演習す。金返嶺を踰えて小倉に帰る。（以下略）

香春町　香春町教育委員会

〔注――『小倉日記』の漢字は、旧字体が使われているが、案内板では新字体に替えられている。振り仮名は、編著者で追加したものもある〕

【その他】北九州森鷗外記念会発行の『森鷗外　小倉日記』には、小林安司氏による語注が収録されている。さらに『門司新報』の鷗外関係記事（抄）」も付されている。これらを参考にして、注を施したい。

ここに記されている演習は、第十二師団衛生隊の演習で、鷗外は演習総裁官に就任。参加するのは各部隊の軍医・看護手・担架卒などであるが、「戦況に擬する必要上より、北方歩兵第四十七連隊より一箇大隊」が参加するという大掛かりなもので、事前に一週間は学科術の復習、次の一週間が野外演習となっている。

明治三十四年七月三日に小倉を発ち、途中で演習をして、その日は行橋泊。その翌日の四日の記述から案内板に書かれている。ただし、五日から七日までの記述は案内板には省略されている。

小林氏の語注から抄出しよう。

四日　○七曲嶺　仲哀峠。　○隧道　旧仲哀トンネル。　○糒村　香春の西。

八日　○伊田村　後藤寺の東。今は田川市。　○松嶋氏　松嶋浪平。　○「待せしむ」（ママ）は「侍（はべら）せしむ」の誤写か〔この項は編著者注〕。　○閑・静　娘の静と妻の妹のカメノという。

九日　○「陰」は「曇」の意〔この項は編著者注〕。

仲哀トンネルを越えて香春に入ったが、鷗外は馬の背に揺られての行軍であった。その途中で詠んだと思われる俳句について、瓜生敏一著『田川の文学とその人びと』（瓜生敏一先生著作集刊行委員会）の二〇九頁に次のような解説がある。

この一句は、あたりは雨のため墨絵のようにけぶっている、そのけぶった中からチッチッと鳥のなくのがきこえる、一体何という鳥だろうか、そう思って声のする方をながめると、あざやかな若葉のみどりがしたたるばかりである、というような意味であろう。ぼうぼうとけぶる雨の中を鳥の声をききながら行軍をしている様子が想像される句である。もし郷土で、鷗外の田川来訪を記念することでもあったら、私は、鷗外のこの句を書いた句碑を仲哀隧道にでもたててもらいたいという気がしている。

建立の場所について、香春町郷土史会編「かわら」第四十三号（平成八年二月刊）所載の「森鷗外句碑・伊能忠敬止宿之地碑建立について」（執筆者・高山昌之）に次の記述がある。

設置場所については、句を詠んだと思われる七曲がり峠付近も検討してみたが、小倉日記の内容も勘案し宿泊地に近く、多くの人が出入りする中央公民館前に決定した。

〔注――建立場所が「中央公民館前」となっているが、公民館あるいは句碑の移設があったのだろうか〕

御影石の碑は全高一・八四メートル、幅一・二五メートル。除幕式は平成七年（一九九五）十一月四日に香春町の文化祭に併せて行われた。なお、揮毫者は地元の書家で、鷗外の書ではない。

b　六角柱文学碑の一面

明治三十四年九月四日
夕　常盤橋上所見　稲妻を遮る雲のいろの濃き
夜　雷雨
鷗外森林太郎
「小倉日記」より

写真152・196

【所在地】 北九州市小倉北区城内一―一　鷗外橋西詰

紫川の鷗外橋（車の通行不可）を西に渡って直ぐの広場に、碑が建てられている（少し離れて「ひまわりショップ」がある。南々西方向には市庁舎がある）。

【その他】 この碑は、明治時代の広告塔を模した六角柱（全高二・五メートル）で、各面に縦一三五センチ、横四九センチの黒御影石と赤御影石が交互にはめこまれ、文章が刻まれている。ここに採り上げたのは碑の南東面で、「小倉日記」中の俳句である。黒御影石に活字体で刻まれ、署名部分だけが鷗外の自筆である。この碑の俳句以外のことについては、散文碑の項で詳述する（五〇六頁）。

さて、刻まれている文面について考察しよう。

京町一丁目と室町二丁目を結ぶ「常盤橋」は、欄干に擬宝珠のある木の橋として復元されている。この句を詠んだ頃の鷗外の住まいは現・京町二丁目である。そこから城内の師団司令部への通勤は、馬に乗って常盤橋を渡ったそうである（鷗外橋よりも下流）。ある階級以上の将校は、馬に乗ることが義務づけられていたようで、鷗外は二頭の馬を飼っていたという（北九州森鷗外記念会刊『森鷗外と北九州』二六〇頁）。帰宅途中の橋上で馬の手綱を取りながら、句を詠んだのであろう。

この句について石橋徳太郎氏は北九州森鷗外記念会刊『森鷗外・小倉時代入門』所収の「森鷗外の小倉時代の俳句」で、「先生の句の中で理に落ちず子規の寫生論を地で行った様に私には思われます」と評価している。なお、この句は小倉での最後の句であることを付記しておく。

ここでは触れなかった鷗外句碑が、北九州市小倉北区にもう一基ある。地域別一覧を参照されたい。

石橋忍月（にんげつ）

石橋忍月については、歌碑の項の紹介文（七頁）を参照されたい。

花掃けば花より抜けて蝶飛べり　　忍月

写真153

【所在地】 八女市本町（もとまち）二－二〇二　今村邸

八女市中心部の、市町村会館と八女公園の間の道を南下すると、「新町」という信号のある交差点に至る。更に南へ進んでいくと、「宮ノ郷」というバス停および宮ノ郷橋がある。その橋を南に渡って直ぐ、左折して川沿いの道を行くと、二軒目が今村保商店である。句碑は川に面して建てられている。八女農業高校の運動場の南西隅に接する位置である。

【裏面】 石橋忍月（いしばしにんげつ　一八六五－一九二六）

黒木町の出身で八女市に眠る　本名友吉　明治草創期の文芸評論家　作家　判事　弁護士　長崎市・県会議員

明治四十年ごろ養父養元（眼科医）のために診療所兼邸宅を此処に建てた　訪れた三男貞吉（山本健吉）らは前の花宗川で水泳を楽しんだという

平成十三年四月吉日建碑　　八女・本町筋を愛する会

【その他】 石橋忍月が大学を卒業した後の、養父養元と忍月との居住地を、八木書店刊『石橋忍月全集』補巻の「年譜」で整理すると次のようになっている。

明治二十四年（一八九一）七月　忍月、帝国大学法科大学卒。内務省勤務。（東京在住）

同二十六年十一月　忍月、北国新聞編輯顧問に就任。（金沢在住）

同二十九年一月　養元一家、金沢へ。三月末に八女郡福島町（現・八女市）大字本町二三五番地から忍月宅に転籍。四月一日に石橋眼療院開業。

同三十年十一月　忍月、東京銀座の元田肇法律事務所に弁護士として勤務。（東京在住。翌年、事務所開設）

同三十二年四月　忍月、長崎地方裁判所判事となり、着任。（長崎在住）

同四十年七月　養元、金沢を引き上げ、郷里の福島町に転住（仮住まい）。

同四十一年三月　養元、八女郡福島町大字本町一九四番地に転籍（借家）。同地に眼科療院開業。（この家は現在も遺っていて、「石橋養元旧居」の標示がある）

同年十一月　養元の名義で八女郡福島町大字本町二番地ノ二〇一を取得。

同四十四年七月　養元、同所に転籍。（「年譜」に「忍月が診療所兼住宅を新築した三宅郷（みやんごう）の地」と注記されている。この家は、外部は改造されているが、「八女を記録する会」の杉山洋氏によると、

内部は昔の面影を残しているということである。この句碑のある場所である）

同四十五年三月二十一日　養元、同所で死去（満六十七歳）。

大正十五年（一九二六）二月一日　忍月、長崎で死去（満六十歳）。

さて、碑面の句は昭和十五年（一九四〇）に完結した『俳句三代集』（山本三生他編、改造社）の第二巻に出ていることを杉山洋氏から教えていただいた。同集は九巻と別巻（自由律俳句集）から成っている。九巻に「作者略歴」があるが、何巻の何頁にその作者の句が出ているかは示されていない。季語別の索引はあるので、この碑の句は「花」の頁を紐解いて確認できた（第二巻三一〇頁）が、はたして忍月の句が他にも収録されているかどうかは、全巻の全頁を捲って調べる以外、方法がない。忍月の句が同集に三十句収録されているということを、山本健吉が『昭和俳句回想』（富士見書房刊）で述べている（四九頁）。

忍月がいつ頃から俳句を作るようになったのかは詳らかでないが、『全集』の「年譜」で俳句のことが最初に記されているのは、明治三十三年二月である。長崎に移ってからは、俳句に関する記述が多くなる。

角川書店刊『俳文学大辞典』の「石橋忍月」の項に、「晩年に『あざみ会』を興し、月並（つきなみ）俳句を排す。句は蕪村調」と紹介されている。

総合句誌「俳句」の平成十二年（二〇〇〇）十月号の特集「近代俳句の師系」では、忍月は「紫吟社（むらさきぎんしゃ）」系に位置付けられている。紫吟社は明治二十三年に結成されたが、呼びかけ人が尾崎紅葉であるだけに、メンバーには文人が多かった。文人の余技という面もあったが、俳句の鍛練が文章を練る際に有効であると考えられたようである。

碑に刻まれている句は平明である。庭に花が散っているので掃いていたところ、花びらと思った一片（ひとひら）が舞い上がった。蝶だったのである。予想もしなかった自然の細やかな演出に驚いたのである。

活字体で刻まれ、署名部分のみ自筆である。杉山洋氏の御教示によると、石橋静枝氏（山本健吉夫人）より八女市に寄贈された短冊の署名部分を拡大模刻したものである。

除幕式は平成十三年四月二日に行われた。碑は全高一・四五メートル、幅〇・六三メートル。

夏目漱石

慶応三年（一八六七）—大正五年（一九一六）。江戸生まれ。本名金之助。帝国大学文科大学英文学科大学院在籍のかたわら東京高等師範学校教授になったが、明治二十八年（一八九五）四月に突如として辞職し、愛媛県尋常中学校（松山中学）に赴任。翌年四月には松山を去り、熊本の第五高等学校講師として赴任（七月、教授に昇任）。同三十三年、イギリス留学。同三十六年一月に帰国。五高を退職し、東京帝国大学および第一高等学校の講師となる。旧大学予備門本科時代の同級生で、漱石が影響を受けた正岡子規は留学中に他界していたが、後継者高浜虚子の勧めで俳句雑誌「ホトトギス」に『吾輩は猫である』その他の小説を発表。同四十年に教職を去り、朝日新聞社に入社して作家となった。漱石が俳句を作りはじめたのは子規と知り合ってからであるが、松山時代に病気の子規を同宿させた明治二十八年八月からは、子規に直接指導を受けた。熊本の五高に移ると紫溟吟社（しめいぎんしゃ）を創り、五高の学生だった寺田寅彦（俳号・寅日子）らを育てた。没後、『漱石俳句集』が出版された。

①　博多旅行

明治二十九年の九月初め、六月に結婚した妻の鏡子を同伴して約一週間、福岡在住の鏡子の叔父中根与吉を訪問した旅である。漱石二十九歳、鏡子十九歳のときである。

この旅行で詠んだ句は、九月二十五日付の「子規へ送りたる句稿　その十七」（岩波書店昭和四十二年版『漱石全集』第十二巻五八三―五頁）に収録されている。全部で十句で、四句が碑になっている。その中の一基についてのみ記述する。他の三基については、地域別一覧を参照されたい（太宰府市、筑紫野市二基）。

a　船小屋温泉の碑

ひや、、と雲が来るなり温泉の二階　　漱石

写真154

【所在地】　筑後市尾島　船小屋　鉱泉場北側

国道二〇九号線の船小屋大橋北詰の東方に、グランドホテル樋口軒と凌雲閣がある。その先の「いづみや酒店」の手前に句碑がある。大橋より二〇〇メートルほどの位置である。すぐ側に船小屋鉱泉場がある。

【左面】　ひやひやと雲が来るなり温泉の二階　　夏目漱石

明治二十九年九月二十五日付「正岡子規へ送りたる句稿　その十七」

書　嘉数君代　　建立　平成二年五月　　建立者　船小屋行政区

【その他】　句稿には「船後屋温泉」という前書が付いているが、船小屋温泉と表記するのが正しい。

碑表面と左面で句の表記が異なっているが、岩波書店昭和四十二年版『漱石全集』第十二巻によると、漱石の句稿は「ひや〳〵と雲が来る〵温泉の二階」となっている。「〵」は漢字ではなく国字で、「也」の草書体で「仮名書きに用いる」と『大漢語林』（大修館書店刊）に説明されている。現代では使われることは皆無であるから か、岩波の『漱石全集』一九九六年版では「也」と印刷されている。「ひやひや」が秋を示しているが、歳時記には「ひややか」で入っている。「温泉」は「ゆ」と読む。なお、『漱石全集』昭和四十二年版には、この句の下に〔承露盤〕と書かれている。永田書房刊『夏目漱石句集』（永田龍太郎編）二九〇頁によると、「承露盤（しょうろばん）」とは

「子規が諸方から送ってきた句稿や、運座の時の句、及び十句集などの句から秀句と認めたものをノートに書きとめ、必要に応じてその中から、『海南新聞』や『日本新聞』の自分が主宰する俳壇にそれを掲載させていた。そのノートが即ち『承露盤』である」ということである。

漱石の句をめぐる三人の弟子（寺田寅彦・松根豊次郎・小宮豊隆）の合評で構成されている『漱石俳句研究』（岩波書店刊）の二八〇―一頁に、この句の合評が掲載されている。その大部分を転載させていただく（編著者で、旧漢字は新漢字に、促音・拗音は小文字に替えた）。なお、三人の俳号は寺田寅彦が「寅日子」、松根豊次郎が「東洋城」、小宮豊隆が「蓬里雨」である。

蓬里雨　〔前略〕ひやひやといふ言葉がいかにも空気を肌に感じさせる様な所を持ってゐて、非常に印象が鮮かである。僕の好きな句である。

寅日子　雲が実際二階へは入って来るのでせうか。

蓬里雨　いや雲がは入って来るのではなくて、二階の向うの方を往来してゐるのでせう。雨上りかなんかで霧が始終往来してゐる様な所だと思ひます。

東洋城　実際山の深い処で雲がやって来たようなのではないかね、赤城山へ行ってゐた時よくそれに似寄りの光景を見た。

蓬里雨　僕は、雲が部屋の中へは入ってくると迄は言はない方がよくはないかと思ふ。

寅日子　兎に角は入ってくるような心持だけはなければ、ひやひやとといふ感じが薄い。或は少くも来さうな感じはしたのでせうね。

蓬里雨　僕は此間箱根の底倉へ行って蔦屋に泊った。恰度雨の日ですぐ目の前の向うの山を見てゐると、霧とも雲ともつかないものが頻に動いてゐる。僕は今それを連想する。僕には二階へは入ってくるとなると、もう夫（それ）は雲らしくないものに考へられる。僕はこれを雲と眺めてゐたい。

寅日子　要するに雲の去来するのを視て居た時に肌にしめっぽい空気を感じたのをかう表現したものと思はれる。雲と観て居る自分とは略同じ高さにあるやうに感ぜられる。

東洋城　ひやひやといふと雲が自分の所へやってくるやうにも思ふな。そしてその方が面白いと思ふ。

蓬里雨　僕はさうとも思はない。目の前を去来すれば夫で充分ぢゃないかな。

なお、この句は改造社版『現代日本文学全集』第三十八篇（昭和4）の夏目漱石三十句に選ばれていることを付け加えておく。

碑は全高さ一・八四メートル、幅〇・七四メートルの御影石である。

② 久留米旅行

博多旅行の翌年、明治三十年三月末に、学校の春期休暇を利用して漱石は久留米に出かけている。久留米は漱石が何かと頼りにしている菅虎雄（当時は、五高の同僚）の郷里であるから、帰郷している親友を訪問したのであろう。四月十八日付正岡子規宛て書簡で漱石は「今春期休に久留米に至り高良山に登り夫より山越を致し発心と申す処の桜を見物致候（以下略）」と書いている。高良山は久留米市東部の標高三一二・三メートルの、歴史の古い山で、中腹には高良大社が祀られている。漱石は足をのばして尾根道を耳納山、さらに発心山まで東進し、その北麓の発心公園（久留米市草野町）に下って桜見物をしたのである。このコースの大部分は現在舗装されて車で通れるようになっている（耳納スカイライン）が、久留米市商工部観光振興課では、この約一四キロを「漱石の道」と名付けて整備し、漱石の句碑五基を建立している。句碑建立地でその句が詠まれたかどうかは、漱石が細かに記録しているわけではないから分からないが、句の情景にふさわしい場所を選んで建立されている。

漱石の「正岡子規へ送りたる句稿　その二十四」（明治三十年四月十八日）の中には、久留米旅行関係句が十句入っている（岩波書店昭和四十二年版『漱石全集』第十二巻六〇五頁）。十句中の五句が、六基の碑に刻まれているが、ここには二基を採り上げる。他は、地域別一覧を参照されたい（朝倉郡朝倉町、久留米市三基）。

b　森林つつじ公園東方〇・八キロの碑

> 筑後路や丸い山吹く春の風　　漱石

写真155

【所在地】久留米市山本町豊田　森林つつじ公園の東方約〇・八キロ地点

久留米市高良内町の温石（おんじゃく）湯から上ってきた道路が、耳納スカイラインと合流する地点に建てられている。高良大社石段下より二・一キロの地点。

【裏面】高良山一句

　筑後路や丸い山吹く春の風　　漱石

　施主　久留米市　　制作　熊井和彦　　書　寿蓮

【その他】この句は、子規の「承露盤」（三六五頁参照）に入っている。

平成八年（一九九六）一月三十日の「西日本新聞」に建立を報じる記事が載った。その一節を紹介しよう。

「漱石の道」整備事業の一環で、漱石の句碑は五つ目。御影石を使った記念碑は、イタリア・ミラノを拠点に活動する彫刻家・熊井和彦氏に制作を依頼。漱石が自分の文学理論を分かりやすく説明するために、図形やニューギニヤ原住民が描いた装飾文様を使ったことを参考に、丸、三角、四角を組み合わせて作られている。

表面には「筑後路や丸い山吹く春の風」の句が彫られ、中央部の二つの丸い穴からは遠眼鏡（とおめがね）のように筑後の山並みや平野がのぞける。〔略〕同市は平成五年度から耳納連山の自然歩道に同様の句碑四つを建てておりり、今回の句碑で事業は終了。

久留米市観光振興課に照会したところ、除幕式はしなかったが竣工は平成八年一月二十日頃ということであった。高さ二メートル、幅〇・九メートルの三角柱と、高さ一・八七メートル、幅〇・七メートルの三角柱を、鋭角部分が接するように組み合わせ、中央上部に遠眼鏡のような穴が開けられている。

c　発心城址西の碑

濃かに弥生の雲の流れけり　　漱石

写真156

【所在地】 久留米市草野町　発心城址西方

耳納スカイラインを、高良大社石段下から一〇キロほど東進した地点である。途中、七キロのあたりに迷いやすい三差路がある。右側は駐車場があり、上陽町へ下るコースである。左は草野・発心公園へ下るコース。句碑へは「発心城址3・5K　グライダー山2・5K」の標示に従って、中央のコースを三キロほど進むと道路の左側に碑がある。三差路より先は道幅が狭くなり不安になるが、五〇〇メートルほど進んだ地点にパラボラアンテナの基地があればコースは適正である。

【裏面】 施主　久留米市　　制作　毛利陽出春　　書　森史陽

【その他】 上五は「こまやかに」と読む。「弥生（やよい）」は陰暦三月。春の季語である。

小室善弘著『漱石俳句評釈』（明治書院刊）に次の鑑賞文がある。

春の雲のたたずまいを平明に叙しただけの単純な句であるが、ここに流れている情緒は、なかなかにこまやかである。「雨に雲に桜濡れたり山の陰」「山高し動（やや）ともすれば春曇る」などが同じ旅で詠まれていることからも知られるように、これは、三、四月の花時に活発な移動性高気圧の影響によって起こる天候のひとこまを叙したものであろう。この頃は俗に「春に三日の晴なし」という言葉もあって、天気の変化も頻繁で、雲の動きも目につく。その雲の動きを「濃かに」といい、「流れけり」と叙したところ、雲のみならず、作り手の情緒もまた、静かに流れていると言うべきだろう。「弥生の雲の」という中七の優雅な言葉選びが、一句全体の情緒をいっそう優美に印象させる。

この句は、子規の「承露盤」（三六五頁参照）に入っている。また、改造社版『現代日本文学全集』第三十八篇（昭和4）の夏目漱石三十句に選ばれていることも付け加えておく。

碑は平成七年六月建立。制作の毛利氏は地元の彫刻家。揮毫者は当時、県立太宰府高校教諭。石材は黒御影石。碑は全高一・四二メートル、幅二・八八メートル。

③ 耶馬渓旅行

漱石が、学生時代から憧れていた耶馬渓に向けて出発したのは明治三十二年のことであった。日程やコースをうかがわせるものは「正岡子規へ送りたる句稿 その三十二」だけであるから、研究者が推測することになるが、原武哲（さとる）著『夏目漱石と菅虎雄』（教育出版センター刊）二〇三－一七頁を参考にして、行程をたどってみよう。

明治三十二年一月一日、三十二歳の漱石は屠蘇を祝った後、五高の同僚奥太一郎教授と池田（現在の上熊本）駅から九州鉄道（現在のJR鹿児島本線）を北上し、小倉で下車。一泊。翌二日、豊州鉄道（現在のJR日豊本線）で宇佐（現在の柳ケ浦）駅に行き、四キロほど田舎道を歩いて宇佐八幡宮に参拝。その日は、駅館（やっかん）川を挟んで四キロほど西の四日市で宿泊。翌三日、羅漢寺に参詣し城井峠を越えて口ノ林（大分県下毛（しもげ）郡耶馬渓（やばけい）町平田）の旅宿で旅商人との相部屋の一夜を過ごしている。翌四日は本耶馬渓を歩いて雪の守実（もりざね）に泊。五日、雪の大石峠を越えたが、峠を越えるときに漱石が馬に蹴られるというハプニングがあった。その夜は日田に泊まる（荒正人は集英社刊『漱石研究年表』で、この日の宿泊地を吉井としている）。そして一月六日、一行二人は舟で筑後川を下り（現在はダムがあるので舟では下れないが、流域に住んでいた編著者の高校時代には、材木を筏（いかだ）に組んでのんびりと下って行く情景がよく見られた。右岸の朝倉郡杷木町志波と左岸の吉井側を行き来する渡し舟もあったから、そのあたりで舟から上がったか）、福岡県浮羽郡（現・うきは市）の吉井に着いて宿泊（荒正人は、この日久留米泊か熊本帰着としているが、吉井から、日田よりも耶馬渓寄りの大将陣山・戸山麓を経て久留米へ、というコースの誤認がある）。

この旅で作った句は全部で六十六句（福岡県内での句は十一句）である。「正岡子規へ送りたる句稿 その三十二」が岩波書店昭和四十二年版『漱石全集』第十二巻六二八―三四頁に収録されている。県内所在の句碑に刻まれているのは、その中の三句である。ここでは二基を紹介しよう。他の一基は北九州市小倉北区にある。

d　吉井の碑

> 吉井に泊まりて
> なつかしむ衾に聞くや馬の鈴　　漱石

写真157

【所在地】うきは市吉井町吉井　中央公民館前庭

筑後川と国道二一〇号線を結ぶ県道五一一号線（吉井・恵蘇宿線）沿いに中央公民館はある。県道を挟んで東側は文化会館である。この県道が、この旅行の六十三句目（新道は一直線の寒さかな）に詠まれている「新道」である。

【裏面】平成七年三月吉日建立　　ふる里創生一環事業

夏目漱石　明治三十二年正月三日（ママ）来泊　吉井町　吉井俳句会

【その他】前書きも碑に刻まれている。『漱石全集』に「泊りて」と表記されている部分が、「泊まりて」となっている。それ以上に問題なのは、裏面の「明治三十二年正月三日来泊」という日付である。この旅の行程からすると三日は耶馬渓の口ノ林宿泊で、吉井泊は六日と考えられるが、それを「三日」とする典拠は何であろうか。前にも書いたように、日程は漱石の句稿をもとにした研究者の推測によるが、宿泊に関することを、推測を抜きにして句稿に明記されていることだけ拾うと、次のとおりである（括弧内は、前書きからの抄出）。

一月一日（家を出づ）　二日（宇佐に入る）

？日（口の林といふ處に泊りて）　？日（守實に泊りて）　？日（吉井に泊りて）

一日の宿泊地は明記されていない。研究者の推測には博多説と小倉説がある。小倉で詠んだ句「うつくしき蜑（あま）の頭や春の鯛」（小倉北区の松柏園ホテルに句碑あり）は、朝の情景と思われるから、小倉泊ととるのが自然であろう。宇佐での句に「蕭條たる古驛に入るや春の夕」とあるから、そこで一泊したと考えられる。口の林は旅商人相手の宿で泊まる。そして守実では民家に泊まっている。そこでの句の前書きに「家に婦人なし。之を問へば、先（さき）つ頃身まかりて、翌は三十五日なりといふ。（以下略）」（句読点、読み仮名は編著者で付けた）。この点についての小野茂樹氏の考証が、原武哲著『夏目漱石と菅虎雄』二一〇頁に紹介されている。それを読むと、漱石たちがお世話になったのは河野謙吾という人の家で、その奥さんであるスミさんは明治三十一年十二月三日に他界している。その日から計算すると、三十五日は翌年一月五日である。その前日の一月四日が、漱石らの守実泊の日であることは確定的である。吉井泊はそれ以後ということになるから、碑裏面に刻まれている一月三日吉井泊ということはありえないのである。

原武哲説は、五日に日田に泊まり、六日が吉井泊、七日久留米泊（強行軍で、六日に熊本帰着ということも列車時刻表の上では不可能ではない）である（『夏目漱石と菅虎雄』一〇三―一七頁）。

同書には、吉井で「漱石らの泊ったのは、『長崎屋』であったと思われる。山道からやっと抜けて平坦な筑後平野に入り、後二日で熊本に帰れる安堵感で枕についた漱石の耳には、街道を通り過ぎる荷駄馬の足音と共になつかしい鈴の音が聞こえてくる」という解説がある。季語は「衾（ふすま）」で冬の句。「衾」は布団のことである。原武氏によると、「長崎屋」があった場所は吉井の天神町である。碑のある中央公民館から三五〇メートルほど南へ行くと国道二一〇号線に出る。右折して四〇メートルほど行った辺りである。

この句碑は平成六年十二月二十四日に竣工したが、除幕式は「ふる里創生事業」で建立された矢野柱山（ちゅうざん）句碑（拙編著『福岡県の文学碑　古典編』三九七頁）および稲畑汀子句碑と合同で、平成七年五月十日に汀子句碑の前で行われた。

吉井町やまたろ句会の山口桃舎会長の御教示によると、揮毫者は吉井町郷土史会会員で俳人の今村武志氏。石材は花崗岩。昔は古墳に使用されていたもので、下部八分くらいに淡い朱色が見えるということである。この石は、以前から現在の場所にあったものだそうである。高さ一・三メートル、幅一・六メートル。

e　追分の碑

追分とかいふ処にて車夫共の親方
乗って行かん喃といふがあまり可笑しかりければ
親方と呼びかけられし毛布哉
夏目漱石

写真158

【所在地】　久留米市山川町追分（おいわけ）

国道二一〇号線の信号機標識「追分」の交差点から南に入り、ＪＲ久大本線の踏切を渡って行くと、富安酒造があり、県道一五一号線（浮羽・草野・久留米線）に出る。左折して三〇メートルほど東進すると遊園地があり、碑がある。

【裏面】建立　平成四年十二月吉日
山川校区観光開発委員会　　山川校区民有志一同　　久留米市
揮毫　森史陽書

【副碑】漱石と山川
追分とかいふ処にて車夫共の親方乗つて行かん喃（のう）といふがあまり可笑しかりければ
親方と呼びかけられし毛布（けっと）哉（かな）

明治三十二年一月七日（土）、後にわが国を代表する作家となつた夏目漱石は、豊前耶馬渓への旅からの帰り道、吉井を経てここ山川町追分を通りかかつた。「追分」は山川町の字名として今日も残つている。当時、人力車の車夫達が駐車場のような小屋で客待ちをしていたところを立て場といつた。ここから西二軒目の角の家の土間がかつての立て場であつた。漱石は、車夫から「親方、車に乗つていかんのう」と呼び掛けられて、この俳句を作つた。

「親方」とは、車夫が通り掛かりの旅客に「旦那」と呼び掛けた言葉である。これは後に『坊つちゃん』で利用された。『ケットを被つて、鎌倉の大仏を見物した時は車屋から親方と呼ばれた。』（夏目漱石『坊つちゃん』三）

漱石が車屋から「親方」と呼ばれたのは、実は鎌倉の大仏ではなく、久留米の追分で体験したことであつた。「毛布」（ケット）は冬期防寒用として人力車の膝掛けにまとつていたものという説、赤や青の毛布を頭から被つて吹雪の中を歩いてきたとの説とがある。

山川校区観光開発委員会は、文豪夏目漱石がわが町山川を詠つた貴重な来歴を後世に伝えるべく、校区住民の皆さんの浄財を募り、久留米市観光スポット事業補助金と合わせて、ここに句碑を建立するに至つた。

山川校区観光開発委員会　久留米市

【その他】 耶馬渓旅行の句六十六句は、他の九句と合わせて「つまらぬ句ばかりだが、紀行文の代わりとしてご覧ください。自然味あふれる片田舎の情景で御病気の大兄をいくらかでも慰めることが出来るならと、お送りします」という趣旨の手紙を添えて、正岡子規に送られている。

副碑は活字体の説明文と、漱石の写真（喪章を着け、右手をこめかみに当てている）を陶板に焼き付けたものである。原武哲著『喪章を着けた千円札の漱石』（笠間書院刊）によると、この写真は大正元年（一九一二）九月十九日に、東京市京橋区日吉町の小川写真館で、館主の一真によって撮影された四枚の内の一枚で、他の一枚が千円札の肖像として使われたそうである（この札の肖像も、平成十六年十一月からは野口英世に替わった）。喪章は明治天皇の喪に服しているため、というのが定説になっているが、「その日は奇しくも親友正岡子規歿後満一〇年の祥月命日であった」（同書一三頁）という。

碑は全高一・七メートル、幅一メートルである。

巌谷小波（いわやさざなみ）

明治三年（一八七〇）—昭和八年（一九三三）。東京生まれ。本名季雄（すえお）。明治二十年に硯友社（けんゆうしゃ）に入る。博文館の『少年文学叢書』第一編に『こがね丸』（明治二十四年刊）を出し、その反響で児童文学に専心。同二十五年には京都日出新聞社の編集長に、次いで同二十八年創刊の「少年世界」の主筆になる。後半生は社会的にも広く活躍し、国定教科書の編纂委員、文部省の文芸委員、国語調査会委員などを務めた。俳句は、少年期に家の書生から手ほどきを受けたが、明治二十三年に尾崎紅葉を中心に始めた俳句会（紫吟社）で、文章習練の一環として取り組む。また、角田竹冷の主唱で同二十八年に結成された秋声会に参加。これとは別に、自宅で俳句会「木曜会」を開いているし、ベルリン滞在中（明治三十三年九月から三十五年十一月まで）は「白人社」を結成するなど積極的であった。帰国後は星野麦人が主幹の俳誌「木太刀」に執筆。小波も校注に係わった出版物として大鳳閣書房刊の『俳文学大系』全十二巻（昭和4－5）がある。伝記に巖谷大四著『波の跫音——巖谷小波伝』（文藝春秋）がある。

竹の春すゝ〔ゞ〕め千代経るお宿かな　小波

写真159

【所在地】 久留米市田主丸町田主丸六〇五　まるか旅館

国道二一〇号線の信号機標識「栄町三丁目」の交差点から、県道三三号線（甘木・田主丸線）を一〇〇メートルほど北上すると県道を雲雀川が横切っている。川向こうの右手は竹下胃腸科である。川の手前の道路を東へ進むと三軒目が「まるか旅館」で、碑は玄関の右側にある。

【その他】 この句碑を詳しく紹介した文献は、石井近義執筆の浮羽古文化財保存会誌「宇枳波」第五号〈浮羽の文学碑〉である（ただし、「千代経る」を「千代よぶ」と誤って記録）。長くなるが、一部分を転載させていただく。

帰朝して〔注——明治三十五年〕〔略〕お伽口演の全国行脚をしたりした。当郡〔注——当時・浮羽郡〕でも学童に自作の童話を語った。その後昭和六年復た全国各地を廻って書画をかいた。田主丸、吉井、千足にもかなり長く足を留め、色紙、短尺、半截、額などを書きまくった。軽妙洒脱の筆致で、童話を題材にしたものを得意とした。例えば舌切雀、花咲爺、カチカチ山、桃太郎等々を描き、自作の俳句で賛をした。滞在期間が長かっただけに、当地方にもかなりの作品が残っている。千足で歓迎会を催した時ひそかに述懐した所によると、小波は当時非常に気の毒な境遇にあった。それは出版社との関係で負債に苦しめられ、潤筆料〔注──揮毫料〕でなしくずしに債務を果たすという約定の下に、揮毫行脚をしていたものである。随従者すなわち債権者で、書画を書くことは決して快適の楽しみでなく、債務履行のための強制労働であった。宿泊料、交通費、雑費等の外は、悉く搾取される鵜の鳥のようなあわれな立場にあった。

田主丸滞在中、この旅館に約一箇月いた。碑面の句はその間の作で、半截の書をそのまま刻んだものである。〔略〕

小波の句は概して洒脱で、童話作家らしいユーモアもあり、時には教訓めいたものもまじっている。この句にしても才気にまかせて舌切雀の童話に仮託し、竹、雀、千代、お宿などの縁語を巧みに織りこんで、この旅館の繁栄を祝福したものである。

いささか老婆心にわたるが、竹の春竹の秋という季語は余り使われないから、少し説明を加えないと思い誤まれることがないとも限らない。春の字のついた方が実は秋の竹のことで、秋の字がつくと逆に春の竹のことになる。すなわち竹が春になって地下に竹の子を育てるために、葉が黄ばんだり落ちたりして、衰えを見せる頃を竹の秋といい、若竹が成長をとげ、充実して青々と美しく見える秋の頃を竹の春という。

この碑の建設は昭和三十七年の暮れである。

「西日本新聞」夕刊の連載「石の声」の昭和四十四年五月十五日はこの句碑が採り上げられているが、それによると、建立者は「まるか旅館」の主人鹿毛一人氏だという。

碑は高さ二・二メートル、幅〇・五メートルの緑泥片岩自然石。

小宮豊隆（とよたか）

明治十七年（一八八四）―昭和四十一年（一九六六）。福岡県京都（みやこ）郡犀川（さいがわ）村（現・犀川町）生まれ。明治四十二年に慶応義塾大学でドイツ語の非常勤講師となる。かたわら、「朝日文芸欄」（主宰・漱石）の仕事を手伝う（漱石には従兄の紹介で東京帝大入学時の保証人になってもらった）。大正六年（一九一七）からは『漱石全集』の編集に専念。同十年には、幸田露伴らの「芭蕉研究会」に参加。同十一年からは法政大学や東北帝国大学で教鞭をとる。同十二年、渡欧。翌年、帰国すると東北帝大ドイツ文学の初代教授に就任。昭和二十一年の定年退職後は、東京音楽学校校長や学習院大学教授を務める。同二十九年には著書『夏目漱石』で芸術院賞を受賞。漱石の小説『三四郎』の主人公のモデルだと言われている。俳句は、豊津中学に進んだ頃から親しんでいたようである。『京築文化考　2』（海鳥社刊）所収の「三四郎の森」（執筆者・松本法子）には、「昭和の初め『雲母』支社の陽炎会が仙台にあったが、小宮豊隆を会長とする句会として活発な活動をした」という記述もある。没後『蓬里雨（ほうりう）句集』（昭和47）が刊行された。

> 小宮豊隆文学碑
>
> 劒木亨弘書
>
> 女手に育ちて星を祭りけり
>
> 蓬里雨

写真160

【所在地】京都郡豊津町豊津九七三　豊津高等学校

国道四九六号線を挟んで西に豊津町役場、東に豊津高校がある。碑は構内東部の開校百周年記念図書館（育徳館）東側の「三四郎の森」にある。

【裏面】小宮豊隆先生は犀川町久富に生まれ、明治三十五年本校卒業後、東京第一高等学校を経て東京帝国大学文科大学に主として独乙文学を学びたるも、其研究は北欧、フランス、古代ギリシヤ文学にも及んだ。又、文豪夏目漱石の愛弟子として文芸界に活躍し、「三四郎」「こころ」のモデルと称せられる。海軍大学教授、法政大学教授を歴任の後、ドイツ文学研究の為め海外に留学。帰朝後、東北帝国大学文学部教授として多くの人材を育成した。東京音楽学校現芸術大学校長、学習院大学文学部長兼短期大学々長、日本学士院会員。傍ら俳文学会々長として学界のみならず、演劇其他に指導的役割を果した。殊に名著「夏目漱石」は日本芸術院賞を受賞した。更に国立劇場設立準備協議会々長として、日本最初の国立劇場開設を実現させるなど、我国の芸術発展のため功績を残した逸材である。猶、先生は本校校歌の作詞者である。

日本学士院会員　勝本正晃書

〔注――編著者で、漢字を旧字体から新字体に変更したり、句読点を若干補ったりした〕

【案内板】『三四郎の森』の由来

小宮豊隆文学碑を中心とする『三四郎の森』は同窓生の基金により、昭和六十年五月に完成した。明治三十五年に本校を卒業した小宮豊隆は一高から東大に進んだが、ロンドンで夏目漱石と同じ下宿に住んでいた従兄大塚武夫（明治十九年豊津中学校卒）の紹介で漱石に会い、大学在学中の保証人になってもらった。それ以来、豊隆は漱石に深く傾倒し、漱石の門下生となったのである。文学碑に彫られた〝女手に育ちて星を祭りけり〟の句は漱石に激賞されたという。

漱石の小説『三四郎』の主人公たる東大生小川三四郎の故郷が〝福岡県京都郡〟であることや、小説中に〝豊津〟が二、三度出てくることから三四郎のモデルは小宮豊隆であると言われている。三四郎は東大構内の〝池〟の端でヒロインの美禰子に出合う。三四郎の青春を写した池がのちに三四郎の池と呼ばれるようになった。

同窓会が文学碑を建てるに当って、碑を囲む庭園を『三四郎の森』と名づけた理由は、東京に三四郎の池があるなら豊津に三四郎の森を作り、豊隆の後輩達の逍遙の場にして情操教育の一助にして欲しいという願いをこめたからである。

【その他】 巨石の中央部分に俳句が刻まれ、左寄りに豊隆の肖像レリーフ（制作者は建立当時の豊津高校美術科の作田操教諭）がはめこまれている。句の後の草書体の署名は、編著者には読めなかった。豊津高校書道科の棚田規生氏や豊隆の菩提寺峯高寺（豊津町）村上達亮住職に、豊隆の俳号「蓬里雨（ほうりう）」であることを教えていただいた。

作者紹介のところでも引用した「三四郎の森」に、次の一節がある。

この句は明治三十八年の作で『蓬里雨句集』の「注」によると「漱石先生に激賞される」とのこと。明治三十九年の漱石が豊隆にあてた手紙に「君は女の手に生長したから、そんな心細い事ばかり云ふ」という一節があるが、豊隆も、小説『三四郎』の主人公三四郎も早く父に死なれて女手で育てられている。この句は『三四郎』にも通じ、豊隆の青年期の作だから、故郷を偲ぶ句であろうし、漱石のお墨付きもとりつけたことで、「三四郎の森」にぴったりの句だ。

年譜によると、明治二十四年、七歳のときに祖父が他界し、同二十七年、十歳のときに父と死別し、祖母と母との女手で育てられている。父や祖父を慕う気持ちを持ち続けたのであろう。「こほろぎの父となきまたぢぢとなき」という句もあり、峯高寺の豊隆の墓石裏面に刻まれているという。

なお、「女手に……」の句を詠んだ明治三十八年は豊隆二十一歳、高校卒業の年である。

参考までに、漱石の豊隆宛て書簡（明治三十九年十二月二十二日付。岩波書店平成八年版『漱石全集』第二十二巻六四七頁所載）に、関連した記述があるので紹介しよう。満二十二歳の豊隆が、漱石に「私のお父さんと思ってよいか」という趣旨の手紙を出したのに対する返書である。

僕をおとつさんにするのはい丶が、そんな大きなむす子があると思ふと落ち付いて騒げない。〔略〕君は女の手に生長したからそんな心細い事ばかり云ふ。

碑の冒頭に「小宮豊隆文学碑　劒木亭弘書」とあるが、末尾の「蓬里雨」の崩し方が、豊隆自筆短冊の署名の崩し方と同じであるから、句と署名は豊隆の自筆だろうと判断していた。折しも、前二カ所に引用した「三四郎の森」の中に、「昨年〔注——昭和五十九年〕十二月にこの句に決め、ことし二月中旬、この句の直筆の短冊が見つかった」と書かれているのに気がついた。しかし、その色紙を拡大して刻字したとは書かれていないので、確たる証拠が欲しくて、豊津高校に照会した。国語科の山野学氏より、小宮豊隆生誕百年記念誌『三四郎の森』の、碑の写真と説明が掲載されている部分のコピーを送っていただいた。それを見ると編著者の推測は誤ってはいなかった。つまり、題字の揮毫が劒木亭弘氏（豊津中学卒業生。参議院議員。佐藤内閣時の文部大臣）で、句と署名は小宮の自筆である。

裏面の文を書いた勝本正晃氏は、小宮と同時期に東北大学に在籍していた法学者である。

除幕式は昭和六十年五月四日に行われた。小宮の生誕百周年記念ならびに豊津高校創立百十五周年記念事業である。

句碑の本体は高さ一・八メートル、幅四メートルの巨大な内垣石である。

山本健吉

明治四十年（一九〇七）―昭和六十三年（一九八八）。長崎市生まれ。本名石橋貞吉。父は石橋忍月（七頁、三六一頁）。大学在学中に藪秀野（三五二頁）と結婚。この前後は左翼的な活動に参加していたが心身の疲労激しく、昭和七年に組織より離脱。翌年、改造社入社。同九年、改造社の「俳句研究」の編集に従事。同十四年、伊藤信吉らと文芸雑誌「批評」を創刊。同十八年、改造社を退社。同二十年四月、島根県に疎開。島根新聞社に勤務。同二十二年九月、妻病没。同年十一月、現代俳句協会が発足、会員となる。同二十三年、角川書店編集長となる。同二十四年、宍倉静枝と再婚。三月、石橋秀野の句文集『桜濃く』を編集刊行。五月、戸川秋骨賞受賞。以後、同五十六年の野間文芸賞受賞まで多くの文学賞を受賞。同二十七年、日本文芸家協会理事に就任（後に理事長、会長を歴任）。同四十二年、明治大学教授となる（同五十三年、定年退職）。日本芸術院会員。角川文化振興財団理事長。文化勲章受章。『山本健吉全集』全十六巻、別一巻がある。

> こぶし咲く昨日の今日となりしかな　健吉
> 蟬時雨児は擔送車に追ひつけず　秀野

写真150

【所在地】八女市本町一八四　堺屋
場所の案内は、石橋秀野の項（三五三頁）参照。

【裏面】こぶし咲く昨日の今日となりしかな
山本健吉（石橋貞吉）　一九〇七～一九八八
文芸評論家　慶応義塾大学卒　芸術院会員　日本文芸家協会会長　文化勲章受章
長崎市出身　八女市に眠る
〔注――石橋秀野の部分は三五三頁に記述済〕

【裏側面】平成十一年五月七日　山本健吉石橋秀野句碑建設委員会

【その他】山本健吉と石橋秀野の夫婦句碑である。句碑の項は系譜別に記述しているので、それぞれの場所に配置した。秀野の句については三五三頁を参照されたい。

健吉には、俳句に関する評論や鑑賞文は数多くあるが、自らの俳句をまとめたものや俳句歴にふれたものは管見によると見当たらない。

この句碑の除幕を報じた「朝日新聞」（平成11・5・8）によると、「ともに、亡くなる二カ月前の絶句で、代表作でもある。秀野の句は直筆、健吉の句は原稿などから一字一字を市文化財専門委員会会長の杉山洋さんが選び出した」という。

この句が作られたときのエピソードが、健吉・秀野の長女山本安見著『走馬燈　父山本健吉の思い出』（富士見書房刊）の「はじめに」に書かれているので、転載しよう。

三月〔注――昭和六十三年〕の初め頃、夢の中で人の葬式に行って、その人を偲んで句会をすることになり、庭のこぶしが美しかったので、

こぶし咲く昨日の今日となりしかな

と詠んだそうです。夢からさめても俳句を憶えているところに私は感心しましたが、思えば辞世の句を夢の中で作ってしまったのかも知れません。

山本健吉・石橋秀野夫妻の句碑が八女市に建てられたのは、健吉の父石橋忍月が八女郡黒木町出身で、忍月・健吉・秀野の菩提寺である無量寿院（八女市古松町）は、堺屋から二五〇メートルほど西方にある、という縁によるのである。

碑は高さ一・一メートルの桜御影石が二体連結されている。横幅は、右の石（健吉の句）が〇・九七メートル、左の石（秀野の句）が〇・九メートルである。秀野の方の石が二一センチ後方に下げて建てられている。句が刻まれた黒御影石がはめ込まれている。建設費は全国から募られたが、健吉がかわいがった歌手のさだまさしからの献金もあったというが、さだは健吉に「夢しだれ」という歌を送っているそうで、健吉の命日である平成十一

年（一九九九）五月七日の除幕式に、その曲が流された（「朝日新聞」）という。
句碑の南側には、山本健吉・石橋秀野資料館が開設されている。

村上元三（げんぞう）

明治四十三年（一九一〇）―。朝鮮半島の元山生まれ。逓信省勤務の父の転勤に従って、十回ほど小学校を転校。昭和九年（一九三四）、応募した小説が「サンデー毎日大衆文芸」の選外佳作となり、掲載された。浅草の剣劇俳優梅沢昇の脚本を書くうち、梅沢の紹介で劇作家・小説家長谷川伸（しん）を知り、「劇作研究会」に参加した。そして、生涯、師父と仰いだ。同十五年、『上総（かずさ）風土記』で直木賞受賞。第二次大戦中は、海軍報道班員として南方戦域に従軍。戦後、「朝日新聞」夕刊連載の『佐々木小次郎』により、大衆文壇の流行作家になった。巌流島で宮本武蔵と対決して敗れる佐々木小次郎を、これまでのイメージとは違う人間くさい近代的な青年美剣士として描き、その後の小次郎像を定着させた。以後、『加賀騒動』、『源義経』、『水戸黄門』、『大久保彦左衛門』、『田沼意次（おきつぐ）』などの大作を発表し続けた。その他、中短編、随筆、演劇台本など多彩な分野で活躍した。

小次郎の眉涼しけれつばくらめ
一九五一年四月十三日　　村上元三

写真161

【所在地】 北九州市小倉北区赤坂四丁目　手向山（たむけやま）公園
小倉北区と門司区の境界に公園はある。国道三号線の「手向山」バス停（「公園入口」信号）より、徒歩で約十分。丘の上に碑はある。

【裏面】設計　谷口吉郎　　施工　清永建設株式會社　　石工　熊取谷石材工業會社

【その他】この碑は「村上元三句碑」というより「佐々木小次郎の碑」と称するのが正しいようである（作者が小倉に取材に来たとき、朝日新聞西部本社の原田磯夫との雑談の中から「小次郎の思い出になるものを小倉の地に残したい」と言った作者の言葉が、建立のきっかけになったという）。

この碑の設計者谷口吉郎（よしろう）は、元東京工業大学教授で日本芸術院会員。造形的にも優れた文学碑を数多く手掛けている。福岡県内には火野葦平文学碑（若松区、四三九頁）、森鷗外文学碑（小倉北区、五〇六頁）、北原白秋水影の碑（柳川市、四七頁）などがある。谷口吉郎編『記念碑散歩』（文藝春秋刊）によると、この碑は「佐々木小次郎の碑」として「建碑一覧」に挙げられ、氏の四番目の作である。

白御影石製の四枚折り屏風型で、端正な活字体で三行に分けた句や作者名が刻まれている。そして碑の前には円形のテーブル状の石が置かれている。そして、その上にはブロンズ製の「浜ぐるま」（キク科の多年草。「猫の舌」の別名）が置かれるのが本来の姿だという。

そのことも含めて、村上元三著『随筆・佐々木小次郎』（朝日新聞社刊）の「小次郎碑のこと」（昭和二十七年四月執筆）には、この碑についてのいろんな情報が詰まっている。それを整理しよう。

○設計者谷口吉郎から作者村上元三は「その碑に、小次郎の象徴にする花を一つ、ブロンズで作って置きたい。〔略〕いま書いている小次郎の中に、その花を出しては頂けまいか」と言われた。「わたしも賛成をして、最後の船島の場面に花を採り入れることにした」。

○村上は植物のことにうといので、朝日新聞社から「慶大の植物学者に依頼して、九州の海岸に咲いている花のことを、いろいろ調べてもらった」。そして、村上の注文の範囲で七種類の花に絞られた。花の写真や彩色した標本図を参考にして、「その中から、北九州の海岸に、春から夏にかけて花を咲かせる浜ぐるまというのを、わたしは選んだ」。

○この花は「海岸の風あたりの強いところに咲くため、根と茎が長く張っている。花は黄色で、素朴な、詩を感じさせる花の姿であった」。そこで、「武蔵と小次郎の試合を、その浜ぐるまの咲き乱れている場所にして、小次郎が浜ぐるまの咲いている中に倒れる、という描写をした」。

○「中央に、小次郎の出身地が越前国というのにちなんで、越前の花崗石で丸い碑を作り、これを小次郎の墓とする。その下に深く穴を掘り、石で畳んで、その中にわたしの書いた『佐々木小次郎』上中下三巻を納める。碑のうしろに、やはり花崗石で、四枚折の屛風に型どったものを置き、敷地全体には、まんの死とゆかりのある那智の、那智黒という小さな黒い石を敷きつめる、という設計であった」。

○句は色紙によく書いていたものだが、「眉涼しかれ、と初めは書いていたのだが、途中から、眉涼しけれ、に自分で変えた。文法上からいうと、涼しけれ、というのは間違いで、涼しかれ、のほうが正しい、という説も聞いたので、わたしも気にして、十数年来の俳句の師である『ゆく春』の主宰者、室積徂春（むろづみそしゅん）先生に伺ってみると、涼しけれのほうがよい、との事であった。小次郎の眉が涼しくあれよ、というのではなく、小次郎の眉が涼しいではないか、たとえば、つばくらめが飛び交うさまに似て、という意味の句であり、その中に、つばめの飛ぶような俊敏さが眉のあたりにある、というわたしの積りなので、それからあとは眉涼しけれで押し通すことにした」。

○作者の自筆を彫り込んだらと、設計者に言われたが、字は下手だから勘弁してもらった。「石面に字を刻むのでは日本一、という人を谷口博士から頼んでもらって、刻みつける」ことになった。「浜ぐるまの彫刻は、谷口博士から中村直人氏に依頼して頂くことになり、このほうも美事に出来上がり、除幕式の日、谷口博士が現地まで持参して下さることになった」。

○「ブロンズの浜ぐるまの花は、金具で丸い碑石の上に取りつける、ということなので」盗難の心配があった。

思案の結果、「ふだんは代りの石膏を置く」ことにし、「本物のブロンズは、小次郎祭の五日間以外は、小倉市長室の、浜田良裕氏の金庫の中に納められることになった」。「その後、代りの浜ぐるまの花を、やはり中村直人氏に石膏で製作してもらうことになっているが、手違いがあって依頼が実現していず、まだ石膏の浜ぐるまは出来ていない」。

ブロンズの浜ぐるまのことは初耳であった。今日の「武蔵・小次郎まつり」の時には飾られているのであろうか。『随筆・佐々木小次郎』には、冒頭のグラビア頁に、浜ぐるまを飾った碑の写真が載っていることを付言しておく。

轟良子著『北九州文学散歩』(西日本新聞社刊)一一八—一二一頁に次の一節がある。

小説『佐々木小次郎』の作者・村上は、作品の主人公のために碑を作り小倉市に寄贈した。小次郎は武蔵と決闘をして巌流島で敗死したが、その墓さえどこにあるか分からない。そんな小次郎に愛着を持った村上は小倉に碑を建てたのである。〔略〕

小次郎は、江戸時代、白髪を肩まで垂らした赤面の敵役として講談本では描かれていた。それが村上元三によってさっそうとした美剣士に生まれ変わった。

佐々木小次郎なる人物が実在したかどうかについては異論があるようである。まして、句に詠まれているような「眉(まゆ)涼し」き美剣士像は、あくまでも作者の創造の産物である。

句に「つばくらめ」が詠み込まれているのは、小次郎が案出したつばめ返しの剣法が読者に鮮やかな印象をもたらしているからである。

小次郎の碑の右の方には、宮本武蔵の巨碑(承応三年〈一六五四〉に武蔵の養子・伊織が建立)がある。この丘の展望台からはるか右手に、両剣豪の決闘地船島(下関市)が見下ろせる。小次郎の号をとった「巌流島」と言う方が通りがよい。

この句碑が建立された一九五一年は昭和二十六年である。『佐々木小次郎』が「朝日新聞」夕刊に連載されたのは、昭和二十四年十二月一日から翌年の十二月三十一日までである。この完結を待って、四月十三日という小次郎、武蔵の巌流島決闘の日（慶長十七年〈一六一二〉四月十三日という設定）にちなんで除幕された。

除幕式には、碑を旧小倉市に寄贈した村上元三も設計者谷口吉郎も出席した。村上は小倉の人たちに、小次郎に変わらぬ愛情を注いでやってほしいと除幕式で述べた。それに応えて、小倉では毎年、四月十三日に近い日曜日に「武蔵・小次郎まつり」が開かれている（『北九州文学散歩』より）という。

碑は高さ一・〇三メートル、幅二・二五メートル。

檀（だん）一雄

檀一雄の紹介は、詩碑の項（四六三頁）を参照されたい。ここでは、副碑に略歴が刻まれているので、特段には記述しない。

モガリ笛いく夜もがらせ花ニ逢はん　　檀一雄

写真162

【所在地】 福岡市西区能古（のこ）　松尾　思索の森入口

能古島の北端に「のこのしまアイランドパーク」がある。そこから南へ自然探勝路を歩くと、途中で「思索の森」へ行く分岐点がある。分岐点から海側の道を一〇〇メートルほど行くと、海を背にして碑が建てられている。

【副碑】 檀一雄君能古島文學碑銘

檀一雄君は本縣柳川沖端の出身なり。東京帝國大學在學中、「此家の性格」を發表、天才は早く文壇を風靡せり。昭和十二年應召。十五年解除の後は、大陸を流浪し、時に軍に從って奥地に入る。戦後上京して、名作「リツ子・その愛」「リツ子・その死」に始まる文業を奔放に展開し、更に文藝の新風を拓く。世界の各地に遊び、檀流クッキングを創始せり。昭和五十一年一月二日病歿、行年六十五歳。その前年、「火宅の人」を完成し、「檀一雄詩集」を上梓す。墓は柳川福嚴寺にあり。故人生前、當地の風光と人情の美を愛し、終の棲家とす、亡き後の魂はこの地に歸るべしと云へり。茲にその絶筆を石に彫り込め、故人追慕の思ひを留む。

昭和五十二年五月二十二日　友人一同

〔注――除幕式記念パンフレットによると、副碑撰文の起草は保田与重郎（やすだよじゅうろう）である〕

【説明碑】 碑文について

碑文は檀一雄が死の五日前に書いた絶筆です。

もがり笛とは、冬の激しい風がひゅうひゅうと音をたてる形容のことばです。

【その他】 季語としての「もがり笛」について、大隈秀夫著『モガリ笛いく夜』（初心の会刊）一四頁に次のような解説がある。

「モガリ笛」の「モガリ」には、「虎落」「茂加離」「模雁」などの漢字が当てられる。俳句の冬の季語で、もがりは竹を荒く組んだ垣根や紺屋で紺かきなどの干し場に作った設備を指す。〔略〕「もがり笛」は真冬の冷たい風が電線やさおに当たって鳴る音を表現する語である。音の強弱、高低が笛の音ににているところからの発想といわれる。

この句を絶筆として収録する句集『モガリ笛』（皆美社刊）の巻末には、檀一雄に兄事した福岡出身の作家真鍋呉夫（くれお）の『『モガリ笛』前後』という文章が付されている。「私がはじめて『モガリ笛』の色紙に接したのは、檀さん終焉五日前の昭和五十年十二月二十八日午後、北川晃二と前後して九大付属病院東病棟九階の病室に招じ入れられた時のことである」という書き出しである。ヨソ子夫人の介添で手渡された色紙を見たときのことが書かれている。その部分を引用させていただく。

「字も……表現も……これでいいのかどうか……よく分りませんから……直してください」

そう言われて見直してみると、なるほど、虎落という字を思いだせなかったのか、最初の三字だけが片仮名で書いてある。続けてその下に中の七字、行をあらためて下(しも)の五字が、画仙紙の色紙の右寄りほぼ半面に二行に書きわけられ、左がわの余白の上の方に蛾眉(がび)のような弧線がはしっている。おそらく、その弧線は、檀さんが署名をしようとして力つきたときに筆さきが紙面をかすめた跡であろう。

文章の構成では、引用した部分よりも前の方になるが、この色紙を書いたときの檀の様子を夫人から真鍋は、聞いている。その部分も引用しよう。

終焉五日前の昼近く、ベッドに磔(はりつけ)にされたまま、その句を画仙紙の色紙に書こうとして、最初の一枚は書きそんじ、二枚目にやっと句だけは書きおうせたものの、さて、これから署名というところで、

「キッカー(苦しい)……」

と、嘆息しながら筆を投じたという。

絶筆の色紙を写真で見ると、確かに「蛾眉のような弧線」があり署名は書かれていない。その色紙を黒御影石に写した碑文には、弧線は刻まれていず署名が入れられている。編著者がこの碑を見学に行った昭和五十三年(一九七八)八月の頃には、碑の前の茂みの中に木の立て札があり、末尾に「なお、この句は永眠される五日前、色紙に書かれた絶筆でありますが、檀一雄の署名はありませんでした。檀一雄文学碑建立委員会」と書かれていた。平成七年(一九九五)十月に再訪した時には立て札は無くなっていて、前に示した石の説明碑に替えられていた。

真鍋は先に引用した文章の後半で、この句を鑑賞している。その一節を引用しておく。

この句の「モガリ笛」は、その瞬間も惨烈な病苦と闘っている檀さんの呻吟そのものであると同時に、かつて茂吉が「あはれ一つの息をいきずく」と歌った、その命の息づかいでもあるだろう。また、檀さんの能古島の草庵――月壺洞をかすめて吹きすぎていく寒風の悲痛な響きでもあるだろう。〔略〕この句は一見、自分がもう一度満開の花に逢うためには、いったいもう幾夜、こんな息苦しい思いをしなければならぬのだろうか……と詠嘆しているようにみえるが、実はそれだけではない。むしろ、たとえどんなに息苦しくとも、この命の笛を吹き鳴らし続けて、もう一度花ひらく春に逢いたいものだ……というのである。

「能古島の頂き近くに高さ七―八メートルに及ぶという八重桜の老木がある」という。

檀さんの脳裡にはその一瞬、今年〔注――昭和五十年〕の春の終りに高田茂広氏の案内でヨソ子夫人や折から来訪中であった北川晃二夫妻と一緒に見に行ったという、その八重桜のややさかりをすぎた全容が忽然と浮かんできたのではあるまいか。

案内をした高田氏は「彼は『福岡高校時代の同窓会をこの花の下でしたい』と言われました。絶句は桜と友人に会いたい気持ちを詠んだものだと思っています」と語っているという（轟良子著、西日本新聞社刊『ふくおか文学散歩』一六四頁）。

真鍋呉夫は自著『露のきらめき』（KSS出版刊）所収の「能古島鎮魂記」で、碑除幕式のことにも触れて、次のように書いている。

檀さんの昇天から約一年半後にあたる昭和五十二（一九七七）年五月二十二日、博多湾に浮かぶ能古島（福岡市西区）で豪宕な文学碑の除幕式が行なわれた。

定刻の十時三十分、朝来の濛雨の合間に二人のお孫さんが幕を引くと、幅三メートル強、高さも一メートル半以上はあろうと思われる安山岩の竿石が魁偉な全貌を現わした。むせかえるような若葉の海のまっただ中に、天から降ってきた巨大な隕石がころがっているという感じである。

その巨大な竿石にはめこまれた黒花崗岩（みかげ）に、

モガリ笛いく夜もがらせ花ニ逢はん　檀一雄

西日本新聞社刊『西日本　文学碑の旅』に北川晃二は、碑の概要を次のように述べている。

碑は長男太郎氏夫人晴子さん〔注――彫刻家〕の設計、施工者はアイランド・パーク社長久保田耕作。幅五・五メートル、奥行き二・五メートルの台石の上に、能古現地産自然石に碑文を彫ったスウェーデン産黒御影をはめこんだ、りっぱなものである。

昭和四十九年夏から檀が住んだのは、能古島の南東部の白鬚（しらひげ）神社の後背部にあたる。碑はなぜ住まいの近くではなく、直線距離で一・八キロほど隔たっている思索の森入口に建てられたのだろうか。除幕式記念パンフレットに掲載されている、檀太郎氏の「お礼のことば」を読んで納得がいった。昭和五十年十月の半ば頃、小康状態が続いて主治医から仮退院してもいいという話が出てからの父と子の話のやりとりである。

私に「タロー、能古の島をひとまわりした事がありますか？　玄海島〔ママ〕が見えて、糸島の小田に夕陽が沈む時、とてもきれいですよ」と懐かしむように呟（つぶ）やき、そして又「あんな素敵な場所に、俺の歌碑を建ててみたい」と、気弱く云っていた。

糸島半島の小田の浜は、『リツ子・その愛』、『リツ子・その死』の舞台となった所である。太郎は一雄とリツ子の長男で、二歳のとき、親子三人で昭和二十年十月頃に小田に引っ越している。リツ子は腸結核で、翌年四月に小田で他界した。碑は、その小田の夕陽が望める場所でなければならないのである。

碑の前では五月の第三日曜日に、檀一雄を偲ぶ「花逢忌」が催されている。「花逢忌」の読みについては、「西日本新聞」（昭和56・5・16）や「グラフふくおか」（四八五号。平成9・5）所載「ふくおか浪漫」に「かおうき」と振り仮名が付けられていて、編著者もそのように認識していたところ、季刊午前同人会発行の「季刊午前」第八号（平成6・10・30）所載の六百田（ろっぴゃくだ）幸夫執筆「春風接人　北川晃二さんを偲ぶ」の中（六四頁）に、

「(檀一雄の)文学碑行事を『花逢忌(くわほうき)』と命名したのは織坂(おさか)幸治だった」という記述があるのに気づいた。六百田幸夫は、全文を歴史的仮名遣いで執筆している。したがって「くゎほうき」の発音は「カホウキ」である。現在どう発音されているのか、碑前での「花逢忌」に参加していないので分からないが、命名の経緯から言えば「かほうき」なのであろう。

山本健吉編著『鑑賞俳句歳時記』(文藝春秋刊)に、「虎落笛」の例句に、この句が採り上げられていることを付言しておく。

碑は全高一・七メートル、幅三・五メートル。

III

川柳碑

はじめに

川柳の歴史は複雑である。碑の紹介に紙面を多く取りたいので、その歴史については略述するに留めたい。明治書院刊『近代日本文学史――文学教育へのアプローチ――』、小学館の『大日本百科事典（ジャポニカ）』、角川書店刊『俳文学大辞典』を参考にした。

元禄時代末期から、一つの句（例えば「心もとなし心もとなし」のような七七）に、数人が思い思いに句（例えば「垣の穴娘の親がぬけてみる」のような五七五）を付け、点者（選者）が付け具合の優劣を判定する「前句付」が流行した。やがて初代柄井川柳（本名・八右衛門。一七一八―九〇）という人が主催する万句合興行が人気を博した。それと同時に、選者柄井川柳の号を取って「川柳」という名称が生じた。

ついで明和二年（一七六五）に、万句合の中から付句（五七五）単独で意味の分かるものを集めて『誹風柳多留』が出版され、百六十七編まで続いて、川柳流行の中心となった。

以上は「古川柳」と呼ばれているが、近代になると「新川柳」として定着を見、「新」が外れて一般に「川柳」と呼ばれるようになった。

十七音の定型詩という点では俳句と同じであるが、川柳は季語や切れ字を要せず、世相・人事・世情を軽妙に詠むところに特色がある。川柳作家岸本吟一は、「西日本新聞」夕刊（平成15・5・21）のインタビューで、「定型に合えばどれでも川柳といえるものではない。狂句とか、冗句と称してほしいものがある」と言い、「詩性、ポエジー、そのあるなしがボーダーラインだと思う」と述べている。

以下、八基の川柳碑を見ていくが、配列は作者の生年順とした。

西原柳雨（りゅうう）

慶応元年（一八六五）―昭和五年（一九三〇）。久留米生まれ。本名一之助。田主丸中学（県立久留米中学の分校。明治十七年廃校）に助教諭として奉職。明治十八年（一八八五）五月、検定試験で中学・師範学校の動物、植物科の免状取得。その後、福岡中学を始め全国各地で中学校教員を歴任。この間、同二十七年には郷里の中学明善校で勤務。最後は、大正十一年（一九二二）に創立したばかりの南筑中学校（久留米市）に赴任。教師生活は四十三年に及んだ。幼少の頃から文学的な才能に恵まれ、特に狂詩・狂句で奇想天外の発想により人の意表をついた。明治の末期頃から「柳雨」と号して古川柳の研究を始め、生涯続けた。大正十二年七月に南筑中学校を退職すると上京し、三大古川柳研究家の一人岡田朝太郎（三面子）の葉山別荘に寄寓して川柳研究に没頭した。そして、岡田との共著『誹風柳多留講義（はいふうやなぎだるこうぎ）』によって、川柳界で注目されるようになった。同十四年二月より、「福岡日日新聞」（「西日本新聞」の前身）柳壇の選者となる。川柳研究の著作は、『川柳難句類解』（大正2）から『川柳風俗志』（昭和4）まで九冊を超える。

覆水を盆へ小さな手で返し　　柳雨

写真163

【所在地】 久留米市日吉町　三本松公園

西鉄久留米駅とJR久留米駅を結ぶ幹線道路の本町交差点から北へ、一〇〇メートルほど行くと右手に公園がある。碑は公園の南端にある。

【副碑】古川柳研究家　西原柳雨之碑

【本碑裏面】西原柳雨（一八六五～一九三〇）は、久留米荘島町に生まれ、四十年余の教壇生活の後、三大古川柳研究第一人者として「誹諷柳多留」解釈校訂などの著書は十数冊に及んだ。特に坪内逍遙の序文による「川柳江戸歌舞伎」と「川柳吉原志」は、日本の文化・風俗を説いた労作として世に残されている。

また、新聞柳壇の選者として、九州柳界の振興に尽くした。数多い偉業の足跡を永劫に伝えるため、ここに江湖の浄財により顕彰の川柳句碑を建立する。

平成十三年七月二十二日　西原柳雨句碑建立委員会

揮毫　諸石祥雲　彫刻　津留誠一

〔注――「三大古川柳研究家」とは篠原正一著『久留米人物誌』（菊竹金文堂刊）三九〇頁によると、岡田三面子・西原柳雨・宮武外骨である〕

【その他】人を介して西原柳雨句碑建立委員会の堤日出緒会長から、碑句選定の理由を伝え聞くことが出来た。

「覆水盆に返らず」および「子は鎹（かすがい）」という語句を下敷きにした句である。一度別れた夫婦が、取り返しのつかない筈のその仲を、幼い子供によって取り戻し、もとの鞘におさまったという意で、現代の殺伐（さつばつ）とした親子関係や家族について考えさせられる句、現代に通じる佳句として選句した。

井上束（柳雨の甥）著『西原柳雨小伝』（私家版）中の「英語の先生もした一之助」の項の末尾に、この句は出ている。ただし、「英語の先生……」の内容とこの句は関係ない。

除幕式で配布された建立委員会作製パンフレットに掲載されている「彫刻に当たって」（津留誠一）を転載しよう。

作品の外側全体に「手のひら」をイメージした形をつくり、その手のひらが、心＝太陽をつつみこむようにしている姿を表現しました。

両手で大切なもの「心」をつつみ、たなごころであたためているところに、太陽の光がさしこむフォルムを制作しました。
碑は全高二・六メートル、幅〇・八メートルで、御影石製。

上野十七八（さかり）

明治三十三年（一九〇〇）－昭和五十三年（一九七八）。八幡生まれ。大正三年（一九一四）に八幡製鉄所入社。文芸に興味を覚え、同十一年頃から、製鉄所の社内新聞「くろがね時報」川柳欄に盛んに投句した。選者野田素人の勧めにより、昭和二年に窪田而笑子（じしょうし）（読売川柳研究会選者）の個人雑誌「媛柳（ひめやなぎ）」に加入し、大いに句才を発揮した。而笑子の死去（昭和三年）の後は、川柳くろがね吟社創立に奔走し、これを実現させた。昭和四年二月に月刊誌「川柳くろがね」を創刊した。創刊時の主宰は清水長州坊であったが、後に十七八が引き継いだ。同十五年九月号で廃刊していたが、同二十八年に復刊した。九州で最も歴史の古い川柳団体である。また、一方では岸本水府の「番傘」の同人で、小倉番傘「むらさき」の課題吟選者を務めた。同三十年に製鉄所を定年退職。記念句集『あゆみ』（昭和30）がある。同三十八年に北九州川柳作家連盟が結成され、初代会長に推された。毎年五月下旬に、上野十七八句碑まつりが行われている。

夜の眺め昼のなかめ（が）も大八幡　　十七八

写真164

【所在地】北九州市八幡東区中央三丁目　高炉台公園

地理案内は、横山白虹と山口誓子の友情句碑（三三五頁）参照。高炉塔モニュメントの東側に芝生張りの広場がある。この広場の北端に左から岩下俊作文学碑（五三三頁）、上野十七八川柳碑、石橋陸朗川柳碑（四〇九頁）と並んでいる。碑の後方に、八幡東体育館が見下ろせる位置である。

【裏面】 昭和三十七年六月吉日建之

川柳くろがね吟社　並に全国有志

【副碑】 上野十七八句碑について

北九州川柳育ての親として敬慕されている上野十七八氏は、八幡に生まれ八幡に育ち、若くして柳道に志し、その健吟振りは、全国を通じて追随する人をおかず。川柳くろがね吟社を主宰する傍ら、各地の選者として活躍、後進の指導に当る。茲に有志集いて句碑を建立し、永くその徳を讃えんとす。

〔注――句読点を編著者で補った〕

【その他】 句に詠まれているのは、八幡製鉄所の溶鉱炉数基が盛んに活動していた時期の、いわゆる昼も夜も七色の煙が立ちのぼる様子である。当時は七色の煙は繁栄の象徴とされたが、今は公害問題が重視されるようになって煙はめっきり減ったし、八幡製鉄と富士製鉄の合併で新日鉄と社名も変わり、銑鉄生産の主力が八幡から戸畑に移ったことなどもあって、八幡の空は様変わりしているようである。

碑は全高一・九メートル、幅一・三メートル。

安武仙涙

よき日本祈る潮井の砂を汲み　　仙涙

写真165

【所在地】 福岡市東区箱崎二—一九　筥崎浜宮西側

国道三号線東側に筥崎宮の大鳥居がある。その鳥居と筥崎浜宮の間に碑はある。

【裏面】 安武仙涙（英次郎）

明治三十七年博多ニ生ル、昭和二年川柳入門、終戦マデ満州柳壇ニテ活躍、同二十二年箱崎ニ居ヲ定メ筥松川柳会ヲ創立、ソノ主宰トナル、同三十九年句集「汐井てぼ」ヲ刊行、同四十七年福岡市文学賞ヲ受賞、大阪番傘川柳本社同人、福岡番傘川柳会会長、我等有志、氏ノ喜寿ヲ記念シ、コノ碑ヲ建立ス。

昭和五十六年四月　　福岡川柳作家協会　　福岡番傘川柳会

【その他】 句に「潮井の砂」とある。これについて説明しておく。各地にある潔(きよ)めの風習であるが、博多では、春秋の社日(しゃにち)（春分、秋分に最も近い戊(つちのえ)の日）に筥崎宮から一直線に海岸に向かった潮井浜から、清められた真砂(まさご)を「てぼ（小型の籠）」に戴いて持ち帰り、各家の戸口に備え、出入りの際に体に振って清める。テレビで映されるのは、櫛田神社の祇園山笠の一つの行事で、七月九日夕方に、当番町が箱崎浜にお潮井取りに行く場面である。

碑は全高一・六五メートル、幅一・一五メートル。

安武九馬（きゅうま）

明治三十九年（一九〇六）―平成五（一九九三）。博多生まれ。本名孝一。昭和三年（一九二八）四月に、井上剣花坊選の「九州日報柳壇」に初めて投稿作が掲載された。同七年から「番傘」に投句を続け、同十年には同人に推挙された。同二十九年に番傘川柳本社の九州総局長となる。「朝日新聞」その他で、川柳の選を数多く担当。師系は岸本水府である。句集は出さぬ主義であったが、全九州番傘川柳大会が閉幕する第二十回福岡大会を記念した安武九馬句抄『まほら』（昭和59）を出版した。

まほろは（ば）の鐘天平の雲をよび　九馬

写真166

【所在地】 太宰府市観世音寺五―六　観世音寺天智院

観世音寺の正面参道を進む。道路左側の最初の建物が天智院である。前庭の奥まった所に碑はある。

【裏面】 昭和四十四年九月十五日　番傘川柳本社有志　各地川柳作家有志

【副碑】 まほろばの鐘天平の雲をよび

安武九馬句碑抄　明治三十九年博多に生る　番傘川柳本社九州総局長として斯界の発展に尽す

ここに我ら相はかりその句魂を讃えこれを彫りて碑とする

昭和四十四年九月十五日　番傘川柳本社有志　各地川柳作家有志

【その他】「まほろば」は「まほらま」とも言う。「すぐれたよい所」という意味。観世音寺の国宝の鐘の音を称えた句である。嫋々（じょうじょう）と響く鐘の余韻を聴きながら、作者は鐘が鋳造（ちゅうぞう）された白鳳期（はくほう）（七世紀後半—八世紀初め。天平時代は含まれる）に想いを馳（は）せているのであろう。九馬句碑祭りが九月に「まほろば忌」として行われているという。

碑は全高一・九五メートル、幅〇・五五メートル。

安武九馬川柳碑がもう一基、糸島郡二丈町にある。地域別一覧を参照されたい。

堤　八郎

明治四十一年（一九〇八）—平成十二年（二〇〇〇）。八女郡長峰村（現・八女市）生まれ。昭和三年（一九二八）、現役志願兵として久留米師団に入隊。同十一年、東京陸軍士官学校卒業。同三十三年、学校法人久留米工業学園発足の企画に参画。同四十三年、同学園創設。同四十五年、同学園常務理事。久留米建設機械専門学校初代校長（昭和三十九年八月—同五十八年四月）。地域の各種団体役員に就任。昭和十年頃、俳句を始める。同十二年、出征しその陣中にて川柳に転向。同二十七年頃から句会や新聞に投句。同三十三年、吟社に所属し、数年後「川柳筑水会」を発足させた。また、同四十年には久留米市民川柳会を結成、会長となる。月刊会誌「川柳孔雀」を発刊。日本川柳協会常任理事。川柳句集は『八郎三百一句集』（昭和38）、『紫雲台』（昭和45）他がある。

> 筑水を生む外輪のし、おどし　　八郎

写真167

【所在地】八女郡広川町新代一四二八―二二　久留米工業技術専門学校

国道三号線の久留米市と広川町の境界から九〇〇メートルほど南下すると、「建設学校前」というバス停がある。学校はその左手の高台上にあり、碑は玄関前に建てられている。

【右面】久留米建設機械専門学校　昭和三十四年六月創設記念碑

碑句　学園理事　学校長　堤八郎作

発起人　久留米工業学園理事長　大山勘治

他理事一同　学校教頭・小林忠利　他教職員一同

協賛者　久留米市長・近見敏之殿　ＢＳ初代社長・石橋正二郎殿

㈱小松製作所社長・河合良一殿　久留米大学理事長殿　久留米教育クラブ会長殿

久留米連合文化会殿　久留米市民川柳会殿　久留米謡曲文化連盟殿

久留米ロータリークラブ殿　九州ライディングパーク殿　八女郡広川町殿

父兄後援会卒業生在校生殿

昭和四十九年九月二十一日建之

〔注――「久留米建設機械専門学校」は、昭和五十九年四月に「久留米工業技術専門学校」と改称された〕

【その他】句は句集『紫雲台』（私家版）の「菊人形」所収。「筑水」は筑後川。筑後川の源は、熊本県阿蘇郡小国町の阿蘇外輪山にある。水源近くのチョロチョロと流れる水を利用して、農作物を食べに来るイノシシ等を追い払う「ししおどし」が仕掛けられている。「ししおどし」は「添水」とも言い、孟宗竹の一方を斜めに切って水が溜まるようにし、溜まると重みで支点の反対側が上がる。すると水が流れ出て軽くなるので反対側はストンと下がり、石などを打って音を出す仕掛けで、現代では日本庭園で見かける。もともとは、この音響で鳥獣を追い払うために設置されたのである。竹から流れ出た水が、やがては大河となるという壮大な自然を詠んだ句である。

竿石は高さ三・三メートル、幅一・五メートル。

近江砂人（おうみさじん）

明治四十一年（一九〇八）―昭和五十四年（一九七九）。大阪生まれ。本名夷佐一（えびすさいち）。岸本水府（すいふ）（「番傘」初代の編集発行人）夫人の実弟。市岡商業卒業後、福助足袋（たび）、祭原商店で宣伝広告業務に携わった後、独立して栄行社を創業。戦前戦後を通じ、雑誌広告代理店の経営で成功し、出版界でも著名。大正十四年（一九二五）、水府選の「大阪パック」柳壇入選を契機に「番傘」へ投句。昭和三年、「番傘」同人となり、水府を助けて「番傘」の運営・編集にも当たり、若くして有名柳人となる。戦後も「番傘」の再建に協力。幹事長の後、水府没（昭和四十年）後は主幹に就任。同五十年、大阪市より文化功労者として市民表彰を受けた。句集に『近江砂人川柳集』（昭和54）がある。十一月上旬に勝盛公園（飯塚）で、句碑祭りが行われている。

> 地球儀に愛する国はただひとつ　　砂人

写真168

【所在地】飯塚市片島一丁目　勝盛公園

地理案内は小坂蛍泉句碑（二七一頁）参照。赤い指月橋の西側の、岡の斜面に北から大庭星樹句碑、小坂蛍泉句碑、近江砂人川柳碑の三碑が建てられている。

【裏面】飯塚文化連合会建立　　飯塚番傘川柳会

【副碑】地球儀に愛する国はただひとつ

近江砂人句碑抄　明治四十一年大阪に生る　〝番傘〟の基礎を築き川柳発展のため終生心を尽す

この碑は縁故深き飯塚の地を撰らび全国同好者の篤志に依り建立されたものである

昭和五十五年九月十四日　番傘川柳九州総局長　安武九馬　番傘川柳本社主幹　岸本吟一

【その他】日本川柳ペンクラブ編『現代川柳ハンドブック』（雄山閣出版刊）一三二頁によると、昭和二十九年の作で、『近江砂人川柳集』所収。「二カ月間の欧米旅行から帰った作者が、日本がやはりいいなァとよく洩らした想いのこもった句」ということである。

碑は全高一・九五メートル、幅一・二三メートル。

藤田きよし

明治四十一年（一九〇八）―平成七（一九九五）。本名潔。昭和十年（一九三五）、番傘系の越智伽藍の指導を受け、釜山にて龍頭吟社（のち釜山川柳会に改組）に参加。常任幹事を務めた。同二十三年、太宰府川柳吟社を創立。同二十七年、福岡川柳倶楽部同人。同二十八年、番傘川柳社同人（同三十年、退会）。同三十五年、福岡川柳倶楽部会長に就任。福岡川柳作家協会副会長。句集に『風雪』（昭和47）、『花は白』（昭和58）、『ふり向けば』（平成4）がある。歌集に『さすかた』、『思い川』がある。短歌部門で福岡市文学賞を受賞している。

興亡を語れ礎石のきりぎりす　きよし

写真169

【所在地】 太宰府市宰府四―七―一　太宰府天満宮

菖蒲池を巡る小道の西端にある。この碑の後方に芭蕉夢塚がある。

【裏面】 藤田潔還暦記念

明治百年秋　福岡川柳倶楽部建之

【その他】 裏面に「明治百年秋」とある。昭和四十三年十一月の建立である。

この句は第一句集『風雪』（私家版）の第5章「京土産」の冒頭に収録されている。

西日本新聞社刊『福岡県百科事典』によると、建立した福岡川柳倶楽部は、昭和二十二年五月に松崎笑三朗（しょうざぶろう）によって福岡市で創立された。会誌は「川柳どんたく」で、藤田きよしが会長であった。太宰府天満宮発行の「とびうめ」第三四号（昭和52・9・25）所載「神苑文学散歩（8）」（執筆者・杉谷祥子）が、この碑を採り上げている。それを参考にして句を見ていこう。

「太宰府在住の川柳作家」の「自筆」の碑である。「礎石」は「都府楼址の、永い月日の風雪に晒（さら）された礎石」。「きりぎりす」は「こおろぎの古名。この句の場合、その雰囲気から、こおろぎの鳴き声の方がよりふさわしい」。「『興亡』の語を、歴史上の大きな事象として、受けとめても、或いは、個々の心の内の挫折感や、栄光の想いとして受けとめても、その句を読む人の胸に、深い実感となって浸（し）みてくる句である」

福岡川柳倶楽部では、太宰府天満宮で川柳大会を開催しているが、これに合わせて、春・秋二回、この碑の前で句碑まつりも行われているそうである。

碑は全高二・二メートル、幅〇・七メートル。

石橋陸朗

明治四十四年（一九一一）－昭和五十六年（一九八一）。柳川生まれ。昭和十年に八幡製鉄所に就職。川柳は、就職した年に職場の上司（川柳作家）に勧められて始め、八幡製鉄所時報「くろがね」川柳欄に投句するようになった。同十一年、川柳くろがね吟社の同人となる。翌年には、神戸・ふあすと川柳会同人となる。戦争中は軍隊にとられて中断していたが、終戦で帰還してからは川柳くろがね吟社に復帰。職場に復帰すると、職場の川柳グループ「川柳ひばしら」を結成。同二十八年、川柳誌「くろがね」の復刊に尽力した。その後は、八幡製鉄時報「くろがね」や同労組機関紙「熱風」の川柳選者を務めた。また、「川柳くろがね吟社」主宰となり、北九州川柳界の指導者として活躍した。昭和四十年に製鉄所を定年退職。退職記念に句集『杖』を刊行。『続・杖』も出した。

巣立つ子の夢へ八幡の空は炎え　　陸朗

写真170

【所在地】 北九州市八幡東区中央三丁目　高炉台公園

地理案内は横山白虹と山口誓子の友情句碑（三三五頁）参照。先輩である上野十七八碑（高炉塔モニュメントの東側、芝生の広場）の右側に、この碑はある。

【裏面】 川柳くろがね吟社並びに全国川柳同好有志

昭和五十年五月吉日建之

【副碑】 石橋陸朗句碑について

氏は明治四十四年柳川に生まる。若くして柳道に志し、円満なる人柄は家庭吟を主とされ、川柳くろがねを主宰する傍ら、広く後輩の指導に専念さる。ここに有志相集い、九州川柳発祥の地八幡に句碑を建立し、永久にその徳を讃えんとす。

【その他】 子供たちを詠んだ句が多いというから、碑に刻まれているのもわが子であろう。上野十七八の句（四〇〇頁）と同様に、鉄鋼産業華やかな頃の八幡の空を、製鉄所勤務一筋で来た男の眼でとらえている。碑は全高一・七メートル、幅一・八メートル。

Ⅳ 詩碑

はじめに

學燈社の雑誌「國文學」昭和五十七年（一九八二）四月臨時増刊号「現代詩の一一〇人を読む」所載の「現代詩の風景」（執筆者・吉田精一）冒頭に、近代詩から現代詩への流れの特徴を端的に述べた部分がある。その一節を転載させていただく。

詩史の上では、昭和初期までの詩を近代詩として、昭和三年（一九二八）九月の「詩と詩論」創刊以後の詩を現代詩と名づけるのが一般のようである。近代詩にあっては、抒情上の節奏が重んぜられ、五・七、七・五、五・五・五、七・六、十・十等の韻律上は苦心が払われたが、現代詩にあっては、抒情詩を排して、一つの新しいイメージを造り上げ、そのイメージの世界を感覚すれば、それで詩の面白さは足りるとする。いわば耳に訴えるリズムから、視覚的な興味への移り行きが目立つのである。

こういうことも念頭に置きながら、十七人の詩碑を見ていく。配列は生年順とした。

宮崎湖処子(こしょし)

> 帰省
>
> このうるはしき天地(あめつち)に、
> 父よ安かれ母も待て、
> 學びの業(わざ)の成る時に、
> 錦かざりて歸るまで。
>
> 湖處子

写真171

【所在地】 甘木市三奈木　札の辻公民館前

国道三八六号線の「十文字」交差点より北へ、県道五〇九号線(塔ノ瀬・十文字・小郡線)を一・七キロほど進むと県道八〇号線(甘木・朝倉・田主丸線)が左へ分岐している。その分岐点より一〇〇メートルほど県道八〇号線を行くと、右手に札の辻公民館があり、碑が前庭にある。

【裏面】 詩人湖處子、宮崎八百吉(やおきち)は元治(げんじ)元年(一八六四年)九月二十日この三奈木に生れ、大正十一年(一九二二年)八月九日東京に歿した。青年期よりキリスト教を信仰し、英文学研究、新体詩、評論、小説の作家として明治文壇に活躍、殊に明治二十三年(一八九〇年)発表の「帰省(きせい)」は忽(たちま)ち新しき世の若き心に詩の灯を傳えて広く愛読され、三奈木を永遠のふるさとと化すると共に近代文学の進展に寄与することもまた著しかった。時の蛩音(あしおと)が遠ざかるにつれ、まことの愛は故郷の人々の胸にいよいよ切実に蘇(よみが)える。名著「帰省」才一章中にはじめて挿入され、明治二十六年刊行の「湖處子詩集」巻頭を飾った新体詩「出郷関曲」末節を選んで明治の活字体をそのまゝに刻んだこの「帰省」の碑は湖處子の文学業績をたゝえ、その熱き郷土愛を永劫に傳えんとする人々の、感謝の記念に他ならない

湖處子の霊よ、このまことを受けよ。　撰文　後学　野田宇太郎

昭和四十一年十一月朔日　これを建つ　緒方無元

〔注――新旧の漢字が混在している。振り仮名は編著者で付けた〕

【その他】 裏面の作者紹介について、民友社思想文学叢書第五巻『民友社文学集（一）』（三一書房刊）所収の「宮崎湖処子年譜」（吉田正信編）を参考にして、若干の補足をしたい。

明治五年に加藤（旧姓岡野）孚（まこと）の寺子屋に入る。同七年開設の三奈木小学校に入学。同十年に小学校を卒業すると、地元の漢学塾である丁丑（ていちゅう）義塾に入塾。同十一年四月、開設されたばかりの県立福岡中学校に進み、同十四年に卒業。その後は約二年間、小学校の代用教員をして学資を得、同十七年五月に上京。七月には東京専門学校（現・早稲田大学）政治科入学。同二十年、同校卒業。卒業間際にはスキャンダルがもとで周囲から孤立したこともあり、キリスト教の洗礼を受けた。同二十三年、徳富蘇峰（そほう）の民友社に入り「国民之友」や「国民新聞」に執筆。同三十一年、民友社を去った後は黒田藩藩主黒田家の家令となり、『黒田家史』の編纂を担当。同三十四年からは牧師として宗教生活に入った。小説に『帰省』（明治23）、『空屋（くうおく）』（明治24）、『白雲（はくうん）』（明治24）、『自然児』（明治28）などがある。詩集には『湖処子詩集』（明治26）、『抒情詩』（共著。明治30）がある。

さて、碑に刻まれている詩の初出は、裏面にもあるとおり小説『帰省』である。

その内容を、明治書院刊『日本現代文学大事典 作品編』で紹介しよう。

志を立てて都に上り、学問にいそしむ主人公が父を亡くし、その一周忌に帰省した時のことを書いた作品で、実際より多少の潤色はあることと推測できる。東京から故郷に帰り、故郷における十八日間の行動や思索を

記し、故郷を離れるまでの経過を、「帰思」「帰郷」「吾郷」「吾家」「郷党」「恋人」「山中」「追懐」「離別」という小見出しをつけて、要約している。各章の冒頭には陶淵明（とうえんめい）や自作の漢詩が置かれ、第一、八、九章には自作の詩、第五章にはトーマス＝ムーア原作の訳詩が挿入され、明らかにアーヴィングの『スケッチ・ブック』に学んだものと思われる。

〔注――湖処子の父仁平の死は明治二十一年。湖処子の帰郷は、父の一周忌法要があった同二十二年八月〕

西日本新聞社刊『西日本 文学碑の旅』でこの碑を担当した野田宇太郎は、文学史における『帰省』の位置付けを次のように記している（同書七四頁）。

特に中国の田園詩人陶淵明や自然を愛した英国詩人や自作の詩を文中に挿入した前例のない新形式の『帰省』は、自然と郷土愛の流露した抒情的散文として次代の詩人や作家はもちろん、ようやく新文学にめざめた多くの読者に愛読され、明治初期のベストセラーになった。

小説『帰省』第一章「帰思」には、冒頭に陶淵明の漢詩、途中に自作の詩二編が挿入されている。碑に刻まれているのは、自作の二つ目の詩で、九節からなる詩の最後の一節である。なお、碑の裏面に書かれているように、この九節からなる詩は、後に『湖処子詩集』巻頭に若干の推敲を経て、「出郷関曲」と題して収録されたのである。なお、碑に刻まれている第九節は推敲後も表現に変更は見られない。七五調の新体詩である。

〔注――『帰省』は筑摩書房の明治文學全集36『民友社文學集』で、『湖處子詩集』は同全集60『明治詩人集（一）』で確認した〕

「錦（にしき）かざりて歸る」（「故郷に錦を飾る」と言えば、成功や出世をして故郷に帰ること）という思いは、今日では若い人の感覚には受け入れられないようになった。湖処子自身、ベストセラー作家になったが故郷には帰らず、東京に住んだことを彼の問題点だとする論者もいたようである。

建碑に至る経過は、野田宇太郎（建立の推進者）が『西日本 文学碑の旅』で詳述しているので参照されたい。

文一総合出版の『野田宇太郎　文学散歩』第二十四巻二九六頁によると、除幕式は昭和四十二年（一九六七）五月五日に行われたそうである。

碑は全高二・四五メートル、幅二・一八メートル。竿石の正面中央に、縦横とも八〇センチの黒御影石の石板がはめこまれ、それに「歸省」と右から左へ（初版本の表紙の文字を）大書し、その下に詩が原本の活字を拡大して縦書きに刻まれている。

前述のように、本碑の詩は『帰省』第一章「帰思」に挿入されている自作の詩の第九節であるが、第七節を刻んだ碑が、同じ三奈木の小学校に建立されている。巻末の地域別一覧を参照されたい。

北原白秋

北原白秋の紹介は歌碑の項でしているので、四三頁を参照されたい。

a 「帰去来」の碑

歸去來　　　白秋

山門は我が産土、
雲騰る南風のまほら、

写真172

飛ばまし、今一度。

筑紫よ、かく呼ばへば
戀ほしよ潮の落差、
火照沁む夕日の潟。

盲ふるに、早やもこの眼、
見ざらむ、また葦かび、
籠飼や水かげろふ。

歸らなむ、いざ、鵲
かの空や櫨のたむろ、
待つらむぞ今一度。

故郷やそのかの子ら、
皆老いて遠きに、
何ぞ寄る童ごころ。

【所在地】 柳川市矢留本町(やどみほんまち)　白秋詩碑苑
沖端(おきのはた)の北原白秋生家の東側の道を南に進むと、ＪＡ沖端支所がある。その先から左折すると大神宮境内に出る。

拝殿前を矢留小学校の方へ行くと、その西側が公園になっている。カラタチの垣根の中に碑はある。公園入口には、小学校を背にして白秋の「水の構図」碑（五一三頁）があるし、大神宮境内には白秋の歌碑もある。矢留小学校は白秋の母校である。

【副碑】 北原白秋詩碑

〔裏面〕北原白秋詩碑建設委員會

昭和二十三年十一月二日建之　右　石工　□□□□

【案内板解説文】 山門（やまと）は自分の生まれ故郷である。雲は湧き騰（あが）り南風（はえ）は常に吹き通う明るい土地柄である。かつて自分は飛行機で訪問したことがあったが、ああもう一度、あの空を飛びたいものだ。

筑紫よ、国の名を呼び掛けると、もうそれだけで、落差はげしい潟海が思い出のなかに見えてくる。夕日の反射を受けて光っているあの海が恋しくてならぬ。

だが、今の自分の両眼は早や盲（めし）いて、二度とそれらをうつつに見ることはできないであろう。あの水辺の葦（あし）の芽だちも、籠飼（ろうげ）も、水かげろうも……

それにしても帰ろう。鵲（かささぎ）よ、さあ、お前と一緒に帰ろう。あの空、あの群立つ櫨（はぜ）の木が今一度、待っているであろうよ。

ああ、故郷。昔馴染（なじみ）の誰彼もみな年老いてしまったし、それに海山を遠くへだてて年ごろ疎遠になっているというのに、どうしてこうも子供のように頑是（がんぜ）なく、故郷に心ひかれる自分なのであろう。（解説――藪田義雄氏）

【その他】 読み方の難しい詩である。もう一度、仮名付きで原文を示すので、音読してその響きをも味わっていただきたい。古文体であるから、本来なら振り仮名は歴史的仮名遣いで付けるべきだが、正しく読んでいただきたいので、あえて現代仮名遣いで付けた（／印は改行を示す）。

帰去来（ききょらい）

山門は我が産土、／雲騰る南風のまほら、／飛ばまし、今一度。
筑紫よ、かく呼ばへば／恋ほしよ潮の落差、／火照沁む夕日の潟。
盲ふるに、早やもこの眼、／見ざらむ、また葦かび、／籠飼や水かげろふ。
帰らなむ、いざ、鵲／かの空や櫨のたむろ、／待つらむぞ今一度。
故郷やそのかの子ら、／皆老いて遠きに、／何ぞ寄る童ごころ。

この詩の調べについて鈴木享氏は、尚学図書の「国語展望」第五十九号（昭和56・11・5）所載の「近代詩鑑賞〈4〉」で、次のように述べている。

この詩は、むろん倭建の命の望郷歌「大和は　国の真秀ろば　畳なづく　青垣　山籠れる　大和しうるはし」「はしけやし　我家の方よ　雲居立ち来も」（『古事記』）にも、負うている。特に、詩の基調をなす、蒼古調とも称すべき四・六の音数律は、「大和は……」の歌に先導されたものであるにちがいない。そして、「まほら」（すぐれた所）、「恋ほし」、「葦かび」（葦の芽）、「たむろ」（群れ）などの上代語の使用が、その蒼古調の効果を一段と高めているわけであろう。

意味の分かりにくい語句についても、解説をしておく（参考・杉森女子高の『郷土の文学』）。
帰去来＝中国東晋末の詩人陶淵明が、上官に諂うことを拒否して辞職して故郷へ帰るときに作った「帰去来の辞」で有名な詞句。漢文の訓読みでは「かえりなん、いざ」と読んでいる。「帰りなむ」は「帰ろう」という強い意志を表す言い方である。ところが詩では「帰らなむ」となっている。この訳は「帰ってきてほしい」となり、他に対する願望の表現である。この詩の場合、自分の意志の表現でないとおかしい。つまり、文法的には誤った言い方になっている。先に引用した鈴木享氏の「近代詩鑑賞」では、この点を指摘した上で、「望郷の強い気息を伝えようとして、あえて『帰らなむ』としたと思われるふしもあり、誤用と断定することにはためらいを覚える」と述べている。


山門＝山門郡。この詩が作られた昭和十六年（一九四一）頃は、沖端村も柳河町も山門郡であった。

産土＝出生地。　筑紫＝九州。　潮の落差＝有明海は潮の干満の差が大きいことで有名。

籠飼＝水に浸して魚を捕る籠。

水かげろう＝白秋の造語。日の光が水面に反射して白壁などに揺れ動く様を言う。

櫨のたむろ＝ハゼの木の林。


さて、この詩は昭和十六年二月の作で、雑誌「婦人公論」の同年四月号に掲載されたのが初出である（岩波書店刊『白秋全集』第五巻六四〇頁所収）。題の後に、「飛行して郷土を訪問せるはすでに十二年の昔となりぬ」という詞が添えられている。昭和十六年の十二年前といえば昭和四年であるが、「飛行して郷土を訪問」した昭和三年七月のことを白秋は回想しつつ、この詩を作ったのである。この「芸術飛行」のことは、歌碑の項で述べているので四八—五〇頁を参照されたい。

昭和十四年十月に、日本文化中央連盟から依頼されていた紀元二千六百年（注——昭和十五年）記念交声曲「海道東征」詩篇が完成した（『白秋全集』第五巻「新頌（しんしょう）」所収）。作曲者は信時潔（のぶときよし）。この作品は福岡日日新聞社（現・西日本新聞社）の文化賞に選定され、同十六年二月に福岡で受賞式が行われることになった。受賞式後の故郷訪問計画で胸が一杯の白秋は、一気にこの「帰去来」と「思慕」と題する回想の短歌十一首を書き上げた。

この十一首中九首は、「帰去来」と重なった表現が使われていることが、田島清司著『北原白秋　文学逍遥』（近代文藝社刊）二四－八頁で検証されている。

「帰去来」は、前述のように「婦人公論」に発表された後、白秋自らが「はしがき」を書きながら出版は没後になった水郷柳河写真集『水の構図』の序詩として収録された。詩としては絶筆である。短歌「思慕」の初出は、白秋主宰の短歌雑誌「多磨（たま）」の昭和十六年三月号。その後、白秋没後に刊行された歌集『牡丹（ぼたん）の木（ぼく）』「黒檜（くろひ）」以後』に収録されている（『白秋全集』第十二巻所収）。

この詩碑は、昭和二十三年十一月二日の白秋七回忌に建立されたが、さかのぼると、昭和五年頃、伝習館の同窓生川野三郎の思い立ちで詩碑建立が計画されたが、白秋が断り実現しなかったようである（岩波書店刊『白秋全集』第十五巻挿入の「月報3」所載の与田準一執筆「『白秋』——私的な覚え書き」）。また、昭和十七年に白秋が他界した直後にも、地元有志の間で白秋記念碑建立が発起されたが、戦争の激化で沙汰止みとなったようである。北原白秋生家保存会刊『白秋と柳川』所収の木俣修「白秋詩碑ノート——『帰去来』私註」や田島清司著『北原白秋　文学逍遥』によると、戦後、地元で詩碑建立の声があがり、長谷健がその意を伝えるために、昭和二十一年秋に北原家を訪問した、とある。木俣修、藪田義雄と長谷の間で、柳川に建てる以上、一番立派なものにしなければならないこと、全国的に募金を呼びかけて浄財を募ること等が話しあわれた。そして、翌年六月七日に北原邸で「白秋先生詩碑建設委員会発会式」が行われた。集まったのは、長谷健、火野葦平、劉寒吉、与田準一、大内規夫、木俣修、藪田義雄であった。

碑に刻む詩として、「かきつばた」、「からたちの花」、「鵲」、「からまつ」等の意見も出されたが、結局「帰去来」に落ち着いた。

碑は、八〇センチの台石の上に、高さ一・八メートル、幅二・六メートルの自然石が据えられている。この石は、長崎県北高来郡小長井町の畑地から掘り出され、小長井、沖端両地元の人々の協力で運ばれた帆崎石である（長谷健顕彰会刊『芥川賞受賞作家 長谷健』による）。詩が刻まれている部分は縦八〇センチ、横一五〇センチである。白秋の本の装丁を多く手掛けた国画会の画家恩地孝四郎（昭和三年の「芸術飛行」のために白秋が帰省したとき同行している）の設計で、碑文も恩地の筆になる明朝活字体である（白秋の署名は自筆）。

詩碑に発起人の名等、白秋以外の名が刻まれていないのは、建設委員長長谷健の強い意志によるものだそうである。

「海道東征」を作曲した信時潔は、後にこの「帰去来」にも曲をつけているという。毎年一月二十五日の白秋生誕祭や十一月二日の命日には、詩碑前で合唱されているそうである。

b 「立秋」の碑

立秋　　北原白秋

柳河のたったひとつの公園に秋が來た
古い懐月樓の三階へきりきりと繰り上ぐる
氷水の硝子杯　薄茶に雪にしらたま
紅い雪洞も消えさうに　　後学　劉寒吉かく

写真173

【所在地】 柳川市三橋町高畑　松月川下り乗船場入口

国道二〇八号線の「下百町」交差点より西へ一〇〇メートルほど行くと、右手に三柱神社入口がある。朱塗りの太鼓橋を渡ると、左側に三階建ての松月（旧料亭）がある。碑はその前にある。

【基部はめこみの説明文】立秋詩碑

「立秋」は北原白秋先生の詩集「思ひ出」に収められている。この詩にあらわれる懐月楼というのは明治二十九年に建造された大きな遊女屋であった。かって脂粉の香を漂わせた懐月楼の跡こそ現在の松月であり、「立秋」の中にうたわれているノスカイ屋の面影をとどめるのは、この三階建ての家である。すなわち、白秋先生の偉大な詩業を讃えて、ながく柳川の地にのこすべき貴重な文学遺蹟というべきである。

昭和四十七稔立秋日　原田種夫識　劉寒吉書

【裏面】昭和四十七年立秋日　中島健介建之

〔注――除幕式は昭和四十七年七月十四日に行われた〕

【その他】「説明文」に書かれているように、この詩は詩集『思ひ出』(明治44)に収録されている。ただし、碑には「立秋」の第一連だけが、原作の行分けや句読点を無視して刻まれている。

実は、碑が建てられている場所に、「立秋」の詩碑が昭和四十一年に同じ建立者(「松月」三代目経営者)によって建てられていた(台座に、原田種夫による「懐月楼の址」という文が、ペンキで書かれていた。文字が読みづらくなったので再建された)。この旧碑には、「立秋」が第四連まで省略なしで刻まれていた。「立秋」は岩波書店刊『白秋全集』第二巻「柳河風俗詩」に収録されているので、参照されたい。

碑に刻まれている第一連中の語句について、若干解説を付けておこう。

まず、「柳川」でなく「柳河」と書かれているのは、昭和二十七年四月の市制施行で柳川市が誕生したが、その二年前までは柳河町であったからである。

「柳河のたつたひとつの公園」は、今は高畑公園と呼ばれている。

「懐月楼」について、角田嘉久著『柳川と筑後路』(ちくご民芸店刊)三九頁に解説があるので転載させていただく。

川下りの乗船場の横に、三階建ての料亭旅館・松月がある。ここが白秋の詩に書かれているNOSKAI屋（柳川ことば・遊女屋）懐月楼の跡である。のすかい屋の「す」というのは、穴の意味で、次の「かい」は買うことである。

のすかい屋には、のすかい女が客を待っていた。遠い他国の女もいたが、顔見知りの少女が姿を変えて、厚化粧に身をやつしていることも少なくなかったという。

懐月楼は棟木札によると、明治二十九年（一八九六）十二月吉日との覚書きがあるので、日清戦争の直後に建てられたものであろう。しかし、永続きしないで廃業した。明治四十年（一九〇七）夏、与謝野寛、北原白秋、木下杢太郎、吉井勇、平野万里の五人が、九州の文学旅行で柳川を訪れた。そのもようは紀行文「五足の靴」の二十三章「柳河」に述べられているが、懐月楼は次のように描かれている。筆者は木下杢太郎である。

……橋の詰に大きな三階建の家がある。近年まで遊女屋であったが（略）流行らなく成り、他に引越して了った後は構造が遊女屋式だけに借る人が無いので、持主も次第に頽廃して行くに任せて置く。その一部を此夏借受けて氷店を開いた者がある。二階と三階との川に臨んで柳河の旧城を見渡す方に計り紅提灯が少し点いて居る。客は一人も無い様子、森として音もせぬ中に紅提灯が揺いで居るのが寂しい。

「筆者は木下杢太郎」とあるが、埋もれていた「五足の靴」を発掘し、編集・校訂をして復刻版を出した野田宇太郎は、与謝野寛が筆者だろうと推測している。もうしばらく『柳川と筑後路』からの引用を続ける。

この「立秋」の詩にうたわれている懐月楼は代がわりして現在の「松月」となったのだが、その三層楼はこんにちでも明治のころの風情をはっきりと、とどめている。

昭和十六年三月に柳川で北原白秋の主宰する歌誌「多磨」の全国大会が二日間にわたって催された。第一日の三月二十一日の短歌大会は公会堂でひらかれたが、翌二十二日の懇親会の会場となったのは、じつに、なつかしい懐月楼時代の夢を漂わせる松月の大広間であった。すでに晩年を迎えていた白秋は遠い日を想い、懐旧の情に胸をつまらせたことであろう。それは「白秋さんな、泣いてよろこびよんなはったばんも」と、いまも土地の古老が語り草としているほどである。

懐月楼から料亭松月（三代目当主中島健介氏の祖父が明治四十一年に購入）へと替わり、戦後は火野葦平、劉寒吉、野田宇太郎、原田種夫、滝口康彦、風木雲太郎、宮崎康平らの文人たちが出入りして、「九州文学」の「もう一つの例会場」とも言われていたが、その松月も平成七年（一九九五）元日に廃業。所蔵している文人たちの色紙やゆかりの品を展示する「松月文人館」（入場無料）として平成十一年三月六日に再出発をした。

碑は全高一・八メートル、幅〇・六五メートル。

原田種夫（たねお）

人間　原田種夫

ひとを　にくむなかれ
にくむこころは　はりねずみ
サボテンのとげの　いたさである
ゆるしてやれ　いたわってやれ
ひとのにくたいの一部には
どうしても消えぬ臭い所がある

写真174

それがにんげんが神でない印だ
ゆるしてやれ　いたわってやれ。
平成元年七月書　八十八翁

【所在地】 福岡市博多区中洲四―六　那珂川畔

天神方面から東に歩いて行き、那珂川に架かる西大橋を渡る。渡りきった右手に碑がある。

【副碑】 思い出の記　原田種夫

ここに、昭和九年四月、白亜二階建て総ガラス張りの茶房「ブラジレイロ」が開店した。階下中央に広い噴水があり、マーブルまがいの円卓と、真紅レザー張りの椅子が程よく並んでいた。ここで博多人は珈琲の旨さを知った。わたしも連日通ったが、いつしか店は、若き我ら文学仲間の憩いの場となった。

ここで、昭和十六年三月十五日夕べ、間に合うよう西下された北原白秋先生御一家を迎えて、わたしの処女小説集「風塵」の出版記念会が開かれた。先生は、わたしと妻を、にこやかに祝福して下さった。

その翌々日、十七日、「海道東征」（交声詩曲）によって「福岡日々新聞文化賞」（現在の西日本文化賞）を受賞。式後、柳川で海道東征記念多磨柳川大会、のち日向、豊後各地を巡歴された。哀しい哉これが、先生最後の九州入りとなった。

わたし達の第二期「九州文学」は、ここに文学仲間が会合し文学を論じ合った、その熱っぽい文学的雰囲気の中から派生したものだ。昭和十三年六月、福岡日々新聞社（西日本新聞社の前身）の学芸部長　黒田静男氏は硝煙の匂い漂う時代を踏まえ、わたしと、山田牙城の「九州芸術」秋山六郎兵衛、林逸馬らの「九州文学」矢野朗らの「文学会議」火野葦平、岩下俊作、劉寒吉らの「とらんしっと」四誌の大同団結を実に熱心に提唱された。迂〔ママ〕余曲折を経て大同団結成り、同年九月、第二期「九州文学」が出た。以来、戦時中は強権の弾圧に屈せず、苦難の道を辿り、いちおう九州の文学の拠点、文学道場の役割を果たしたとして昭和五十八年極月休刊号を出して四十五年の歴史を閉じた。わたしは、ブラジレイロを、第二期「九州文学」の原郷(ルーツ)と考える。店は、昭和十九年に強制疎開になった。

〔注――「強制疎開」とは、戦時中に空襲による延焼被害を少なくするため、密集している建造物を強制的に倒壊して分散させることを言う。副碑右面には横書きで「原田種夫文学碑実行委員会」と刻まれている〕

【裏面】〔副碑と同文の「思い出の記」が、行分けや句読点も違わぬように刻まれている。厳密にチェックすると、「開店」や「疎開」などの「門構え」が裏面では崩し字になっているが、副碑では楷書で刻まれているという違いがあるだけである〕

【右面】進藤一馬　永倉三郎　福田利光　　世話人・山口真志郎

【「人」字形石造物右基部】昭和五十九年十一月

【案内板説明文】文士・原田種夫の栞(しおり)

明治三十四年三月十六日、福岡市春吉四番丁（現・中央区春吉）に生まれた原田種夫は、ほぼ昭和全期にわたり、「九州文学」の発展にその生涯を捧げた。

北原白秋に師事し、頭角を現わすようになると、火野葦平、劉寒吉、岩下俊作らとともに、文学活動を通じて今日の「九州文学」の土台を築く。

博多の街を愛し、那珂川畔を愛した氏は、他の作家たちが次々に上京する中、ひとり福岡にとどまり中央の文壇、あるいは地方の文士たちと、常に交流をはかるまとめ役として奔走した。氏が九州文壇の黒子と呼ばれる由縁である。芥川賞、直木賞にも何度となく候補に上った。代表作に「風塵」（芥川賞候補作）「闘銭記」（第一回九州文学賞受賞）「家系」（直木賞候補作）「南蛮絵師」（直木賞候補作）「竹槍騒動異聞」（直木賞候補作）などがある。「ペンの悦び」（西日本新聞社）「さすらいの歌」（新潮社）「あすの日はあすの悦び」（財界九州社）「原田種夫全集」他、著作集、全集も数多い。また文士と一少女の心の交流を描いた「原種桜は咲いたまま」（財界九州社）は多くの人の感動を呼んだ。

永年にわたる優れた文学活動と、後進の指導および地方文化育成に尽くした功績に対して、昭和四十六年には文化功労者賞が、同四十八年には勲五等雙光旭日章、西日本文化賞が、さらに同六十二年にはＳＧＩ（創価学会インタナショナル）平和文化賞などが授与された。福岡文化連盟理事長の要職を最後まで務め、平成元年八月十五日、八十八歳で天寿をまっとうした。

原田種夫文学碑実行委員会

【その他】碑に刻まれている詩「人間」は、『原田種夫全詩集』（原田種夫全詩集刊行会刊）Ｉ「幼童頌歌」所収で、全文平仮名書きである。原詩と表記面で差異があるし、原詩の第八行を省いて刻まれているという大きな差異もある。歴史と自然を守る会発行の「ふるさとの自然と歴史」第二六四号（平成９・９・20）所載「いしぶみ訪問 56」（執筆者・那須博）に次の記述がある。

このたびの碑面は亡くなられる前に病床で染筆されたものであろう。

この「人間」が発表されたのは昭和十八年『九州文学』七月号であった。〔略〕碑に刻まれた「人間」では、「かみでない　にんげんを　にくむな」の行が省かれ、更に、サボテン、消えぬ、臭い所、印だ、一部、が平仮名から片仮名、漢字に書き替えられている。病床の詩人の私たちへの親切だったのではないだろうか。

ところで、「裏面」と「副碑」とが同文ということについて、編著者は次のように理解している。

実は同じデザインの「文士・原田種夫文学碑」が同じ場所に、昭和五十九年（一九八四）十一月十五日に建立され、その裏面に、現在の碑の裏面と同文の「思い出の記」が刻まれていた。編著者は、新旧二碑とも裏面を写真撮影しているが、改行や字体や句読点、字の略し方にいたるまで同一である。つまり現碑の表をリニューアル（旧碑の碑文は後述）するに際して、裏面はそのままに残されたものと思われる（当時、副碑はなかった）。では、なぜリニューアルに際して、裏面と同文の「思い出の記」を副碑として別の石に刻んで本碑の前に設置する必要があったのだろうか。本碑には本体を跨ぐように「人」という文字のように組み合わされた石材がある（写真参照。轟良子著『ふくおか文学散歩』一七一頁には「ペン先を形どった石碑」と形容されている）。これが碑本体の裏面中央部を斜めに隠しているため、裏面の文章をじっくり読むのは難しい。したがって、碑表面を削って別の詩を刻むに当たって、「思い出の記」は副碑として前方に出すことになったのではないだろうか。だからといって、裏面を削ってしまう必要もないだろうということで残された、と推測している。

【右面】および【「人」字形石造物右基部】二カ所の刻字は、いずれも昭和五十九年十一月十五日に除幕された旧碑に刻まれていたものである。発起人の進藤一馬は福岡市長、永倉三郎は九州電力会長、福田利光は西日本新聞社社長。世話人・山口真志郎は財界九州社主幹（いずれも当時）。旧碑を全面的に撤去して新たに建てたのではないから、これらの記述がそのまま残されたものと考えられる。

旧碑に刻まれていた原田の作品を紹介しておこう。「ふるさとの自然と歴史」第二五一号（平成7・7・20）所載「いしぶみ訪問 43」（執筆者・那須博）によると、原田自身は「詩ではなく、詞（ことば）だ」と言っていたそうである。この碑の建立予告記事を載せた「西日本新聞」（昭和59・9・29）によると、出典は随筆「ペンの悦び」だそうである。

原田種夫文学碑

あすの日に　あすの悦びあり
あす書くもの　胸にみなぎる
もの書きは　幸いなるかな
あすの日は　あすの悦び
永倉三郎書

リニューアルされた碑の除幕式は、平成九年（一九九七）三月四日に行われた。それを報じた「西日本新聞」（平成9・3・5）を転載しよう。

原田さんの文学碑は生前の八四（昭和五十九）年に、同じ場所に建立されていたが、すでに十年を経過、「あらためて原田さんを顕彰しよう」と、文学碑実行委員会（福田利光委員長）などが地元財界に呼びかけ、リニューアルすることになった。

川に沿った遊歩道から高さ四八センチの石組みがされ、その上に高さ〇・九三メートル、幅一・二一メートルの黒御影石の本体が据えられている。

原田種夫の詩を刻んだ碑がもう一基あるが、「春吉戦没者遺族会」建立の「平和」の碑である。本書では、慰霊碑の類は文学碑の範疇に入れていないので、その存在だけを示しておく。所在地は福岡市中央区春吉一丁目の春吉公園（春吉小学校西側）で、刻まれているのは「平和への祈り」と題する一編。建立日は昭和三十七年五月である。

林芙美子

明治三十六年（一九〇三）—昭和二十六年（一九五一）。現・北九州市門司区生まれ。本名フミコ。大正十三年（一九二四）に尾道から単身上京し、いろんな職を転々としながら、詩や童話を書いた。昭和五年刊行の『放浪記』がベストセラーとなり、続く『風琴と魚の町』（昭和6）や『清貧の書』（昭和6）などで作家としての地位を確立した。戦後も『浮雲』（昭和26）他多数の作品を発表し、常に女流作家の第一線で活躍した。『晩菊』（昭和23）で日本女流文学者賞受賞。詩集に『蒼馬（あおうま）を見たり』（昭和4）、『面影』（昭和8）がある。『林芙美子全詩集』（昭和41）も出版されている。

林芙美子
生誕地記念文学碑

掌草紙

林芙美子

いづくにか
吾古里はなきものか
葡萄の棚下に
よりそひて
よりそひて
一房の甘き実を食み
言葉少なの心安けさ
梢の風と共に
よし朽ち葉とならうとも
哀傷の楽を聴きて
いづくにか
吾古里を探しみむ

写真175

【所在地】 北九州市門司区羽山二一一二一　小森江公園西側

旧・門司商業高校と市立軽費老人ホームやはず荘に挟まれた地点である。

【裏面】 林芙美子は明治三十六年新緑のころ、旧・門司市大字小森江五五五番地（現・北九州市門司区小森江二丁目二ノ二）のブリキ屋板東忠嗣（通称安吉）の二階で生まれた。

林芙美子には乳姉妹のように親交のあった私の母井上佳子（旧姓・横内）という生涯の友がいた。二人は、芙美子が六歳、佳子が五歳のとき、石炭の町若松で知り合った。

この二人の父親は愛媛県周桑（しゅうそう）郡吉岡村（現・東予（とうよ）市）出身の幼馴染（おさななじみ）である。明治三十九年春さき、単身で下関市豊前（ぶぜん）田の軍人屋に出かけた佳子の父・横内種助はそこに四歳になったばかりの芙美子を見た。そして、当の芙美子の実父・宮田麻太郎から聞いた。

「この子（芙美子）は門司・小森江のブリキ屋の二階で母親キクが階段から転落して産気づき生まれた」と。

——井上隆晴著「二人の生涯」より——

右の如き井上貞邦（筆名隆晴）氏の考証に基いて　ここ小森江の一角にこの碑を建立する

昭和四十九年十二月一日　　北九州市門司文化団体連合会

〔注——振り仮名は編著者で付けた〕

【案内板説明文】 林芙美子生誕地記念文学碑

林芙美子（一九〇三～一九五一）は、昭和初期から戦後にかけて活躍した日本を代表する女性作家の一人で、『放浪記』『晩菊』『浮雲』などの作品で知られています。

芙美子の出生地は、従来『放浪記』の記述などから下関市であるといわれていましたが、芙美子と親交のあった井上貞邦（さだくに）（一九一一～一九九六、隆晴（たかはる）は筆名、医師、北九州市門司区の生まれ）の研究により門司区出生説が発表され、現在では定説になっています。

この文学碑は、昭和四九年に建てられました。芙美子の出生地は、ここから西に約四〇〇メートル離れた北九州市門司区小森江二丁目二番一号の神戸製鋼所プール付近（旧門司市大字小森江五五五番地）です。

碑の詩「掌草紙（たなごころそうし）」は、昭和八年に出版された第二詩集『面影』の「こひうた」に収められています。碑の題字は井上貞邦です。

芙美子の命日に当たる六月二八日に近い日曜日には、この碑前で林芙美子忌が、また、誕生日の五月五日には、門司区の芙美子ゆかりの地で生誕祭が、それぞれ行われています。

なお、北九州市はＪＲ門司港駅前の「重要文化財　旧門司三井倶楽部」内に芙美子の資料を展示するとともに、和布刈（めかり）公園の国際海運会館内に「林芙美子資料室」を設置しています。

北九州市教育委員会

〔注――門司区出生説が「現在では定説になっています」とあるが、後述する『林芙美子全集』（文泉堂、昭和52）の年譜に採用されているし、昭和五十二年、毎日新聞社発行の「昭和文学作家史」で和田芳恵が新説を支持し、吉田精一監修の『昭和文学全集』（小学館、昭和63）第八巻の林芙美子年譜は門司出生説提唱者の井上隆晴が担当している。国際海運会館内の「林芙美子資料室」には、平成八年（一九九六）に死去した井上隆晴から寄託された芙美子の遺品などが展示されている〕

【その他】「西日本新聞」夕刊（昭和53・7・26）に井上隆晴（本名・貞邦）氏へのインタビュー記事が掲載されている。転載しよう。

昨年出版された『林芙美子全集』（全十六巻、文泉堂）の年譜、明治三十六年の項に、芙美子は『門司市小森江五五五番地ブリキ屋板東忠嗣の二軒棟割長屋の二階で生まれた』と記されている。

それまで、下関市生まれといわれていた芙美子の生地をさぐり出し、全集にも公認させたのが旧門司一丁目、井上外科の井上隆晴（本名・貞邦）院長だ。井上さんが『フーちゃん（芙美子）は門司生まれ』と母方の祖父・横内種助さんから聞いたのは昭和四年、中学生のときだから、四十年がかりの執念である。

『芙美子の父、宮田麻太郎は愛媛県の男だが、鹿児島・古里温泉で十四歳も年上の林キクと一緒になり、門司に来て芙美子を生ませている。麻太郎は下関、若松と移ったが、物品販売に成功して手を広げた。故郷の愛媛から友人の横内種助を呼んで一緒に商売をした。種助の娘が佳子で私の養母です。佳子は芙美子の一つ年上で仲がよく、後年もずっとつき合っています』

碑は全高二・五メートル、幅二メートル。

林芙美子の詩を刻んだ碑が、中間市や直方市にもある。地域別一覧参照。

与田準一（よだじゅんいち）

明治三十八年（一九〇五）—平成九年（一九九七）。山門郡瀬高町生まれ。旧姓浅山。生まれた翌年、親戚与田家の家督を相続。検定試験に合格して小学校の教員となる。雑誌「赤い鳥」に童謡を投稿し、主宰者鈴木三重吉（みえきち）や選者北原白秋に認められた。大正十五年（一九二六）、健康を害して教職を退く。昭和三年（一九二八）、白秋を頼って上京。「赤い鳥」の編集を手伝い、その休刊後は巽聖歌（たつみせいか）らと同人誌「乳樹（チチノキ）」を発刊して詩作に励んだ。同五年、赤い鳥社に入社。同八年の『旗・蜂・雲』出版を始めとして次々に童謡集や少年詩集を出し、童謡詩壇の第一線で活躍した。童話の面でも同十年の『猿と蟹（かに）の工場』以下、多くの作品がある。同四十二年刊の『与田準一全集』（全六巻）は、サンケイ児童出版文化賞の大賞受賞。戦争末期は瀬高町に疎開。同三十七年、日本児童文学者協会会長に就任。

與田準一

山上水遠の
なかにあって
白雲霊夢を
おもう

花影月露の
なかにきこえる
乳父慈悲の
こえ

写真176

【所在地】山門郡瀬高町本吉（もとよし）　清水寺（きよみず）三重塔前広場

三重塔（県指定建造物）の前に乳父（ちちぶ）観音を祀るお堂があり、その北側に碑はある。

【副碑】〔表面〕児童文学者　與田準一詩碑

〔左面〕與田準一氏は、明治三十八年、瀬高町に生れ、昭和三年上京北原白秋に師事し、のち童謡童話作家として、純真にして、心あたたまる作品を発表、日本文化協会の第一回児童文学賞をはじめ、数々の輝かしい賞を受けられた。また、日本児童文学者協会の運動に参加、会長をつとめられるなど、巾広い文学活動を続けられている。

茲に、当協会十周年に当り、氏の香り高い業績を讃え、これを建設する。

〔裏面〕昭和五十七年十一月三日　　瀬高文化協会　　会長　壇スガ
〔右面〕設計・施工　松尾石材　　福岡県山門郡瀬高町大江一二九三　　電話（〇九四四六）二一―二八五六

【その他】 この碑の除幕式前日の「西日本新聞」夕刊（昭和57・11・2）によると、「刻まれた詩は、この碑のために与田氏が作った」ものだという。

杉森女子高校国語科の自主教材『郷土の文学』の「与田準一」の項末尾に、この碑文用揮毫が示されている。そして解説として、次のように書かれている。

「山上水遠」は東山とそこから展望される矢部川、有明海。「白雲霊夢」は清水寺と乳父観音の由来を表象した。「花影月露」は春と秋を象徴するものとして、第一連の空間に対比して時間を表わす。「乳父」は観音と両親の重映。

『郷土の文学』三訂版（昭和61）の「あとがきにかえて」に、与田準一は「さいわい東京で今なお活躍している作家とあって、直接その助言を受けながら、とりくみをすすめることができました」と書かれている。

「山上水遠」の部分に「東山」とあるが、これは山の固有名詞ではないと思われる。作者の生家があった瀬高駅前からは、清水山は東方に当たる。「霊夢」について、「乳父観音の由来を表象した」と書かれているが、碑の裏手にある乳父観音祠堂の傍らの、瀬高町商工観光課が設置している案内板に、「本吉山清水寺の開祖伝教大師（最澄）の弟子、円仁（慈覚大師）は、唐より帰朝の途次、霊夢により、師僧伝教大師の足跡をたずね、世の子供達が健全に育つようにとの願いをこめて、観音様を彫刻し、嘉祥元年（八四八）堂宇を建立し供養せられたと伝えられる」とあるのを読むと、納得がいく。

碑は全高二・〇五メートル、幅一・八メートル。自然石の中央部に長方形の黒御影石が塡め込まれ、それに自筆の碑文が刻まれている。

火野葦平

明治三十九年（一九〇六）－昭和三十五年（一九六〇）。戸籍上の生年は明治四十年。遠賀郡若松町（現・北九州市若松区）生まれ。本名玉井勝則。昭和三年、福岡歩兵第二十四連隊に幹部候補生として入営。除隊後、若松港沖仲仕労働組合を結成し、書記長に就任。同九年、詩誌「とらんしつと」（小倉）や「文学会議」（久留米）に参加。同十二年に応召し、杭州湾上陸作戦に従軍。入営直前に書き上げて「文学会議」に発表した『糞尿譚』が、同十三年二月に芥川賞を受賞。これを機に中支派遣軍報道部に転属となり、発表した兵隊三部作で同十五年、朝日文化賞と福岡日日新聞（現・西日本新聞）文学賞を受賞。同二十三年、戦犯作家としての責任を問われて公職追放（同二十五年解除）。同二十四年に東京に活動の拠点「鈍魚庵」を設置し、若松との間を往来。創作意欲は旺盛で、『花と龍』や『革命前後』（昭和34。没後、芸術院賞受賞）などの長編を残したが、同三十五年、自宅（河伯洞）で死去。十三回忌（昭和四十七年）に、自殺であったことが遺族から公表された。

火野葦平論としては、(1)敗戦をどうまたいだのか、(2)なぜ自殺をしたのか、という大きなテーマが論じられている。本書の性格上詳述できないが、(1)の問題を検証した文献で、編著者の目に触れたものを紹介しておく。

『火野葦平論』田中艸太郎著、五月書房（昭和46）

『昭和史を歩く――福岡県を舞台に』山本巌著、文献出版（昭和62）

『火野葦平論「海外進出文学」論・第1部』池田浩士著、インパクト出版会（平成12）

(2)については、火野と親交があり、自死前夜に火野宅で歓談した山田輝彦が、自殺の原因を四つ（①健康の問題、②経済的な問題、③文学上の行き詰まり、④戦争責任）に整理しているのを紹介するに留めたい。詳しくは北九州都市協会発行の「ひろば北九州」第七一号（平成2・4）所載の鶴島正男との対談「火野葦平没後三〇年『人と文学』を語る」を参照されたい。

a　高塔山の碑

泥によごれし背嚢に
さす一輪の菊の香や
火野葦平

写真177

【所在地】 北九州市若松区修多羅　高塔山万葉植物園下

高塔山山頂の売店と、高塔山公園（河童封じの地蔵尊や展望台がある）の間の下り坂を進む。途中から石段を下る。万葉植物園を右に見ながら直進すると前方が開け、碑がある。売店より約五分。

【裏面】 生涯を文学に徹して庶民の心を綴った火野葦平はこの町若松に生れた。「糞尿譚」をもってあらわれた葦平はさらに「麦と兵隊」において文学不動の精神を確立しそれは「革命前後」に至るまで終生かわることがなかった。

時に硝煙の荒野に身をさらし時に世界の風物に夢をえがき時に市井の人情に思いを沈め文学とふるさとと友人と河童とラッパ節とを信じ愛した葦平は永遠に讃えられるであろう。

火野葦平は昭和三十五年一月二十四日高塔山に斑雪の光る未明山手通河伯洞の書斎で逝った。享年五十三であった。

昭和三十五年八月一日　劉寒吉

【左面】設計　谷口吉郎　　石工　熊取谷石材　　施工　有馬慎一郎

【その他】碑文にある「背嚢」とは、軍人が物を入れて背負う革またはズック製の四角な鞄で、いわば軍人を象徴する不風流なものであるが、それに一輪の菊の花が挿されているという風流な世界が構成されているのである。昭和十三年発表の『土と兵隊』の（弟へ。十一月九日〔注――昭和十二年〕。楓涇鎮にて）の条に、「六日　午後四時整列。出発。行軍」で始まる一節がある。その中に、「背嚢には菊の花などを挿して、もののふの嗜みなどと洒落たが、我々は古武士のごとく爾く強勇無双ではなかった。我々は間もなくこの花のある背嚢のために苦しめられ始めたのである」と書かれている。碑に刻まれた詩も、『土と兵隊』と同時期の作と考えてよいだろう。

碑の正面には、色紙に書かれていた四行の短詩の前二行が、拡大して刻まれている。削除された後半の二行は

異国の道をゆく兵の
眼にしむ空の青の色

である。この碑銘の選定は、設計者谷口吉郎と野田宇太郎、劉寒吉が相談して決めたそうである（谷口吉郎編、文藝春秋刊『記念碑散歩』九四頁）。

この選定に、葦平の三男玉井史太郎（現・河伯洞管理人）が、『河伯洞余滴』（学習研究社刊）第五章で、次のように異を唱えている。

兵隊作家、戦争作者などというレッテルに苦しみ抜き、戦後も歯を食いしばるようにして生きてきた葦平の、その屍を鞭打つ如き碑文の選定を、いったい誰がしたのかと泣きたい思いであった。しかも四行詩の前二行だけというのも、さらに疑問を抱かせる。四行詩は四行をもって完結するのであって、その前二行だけを抽出するというのは、七五調の四行詩であって見ればなおさら無格好な、おさまりのつかない詩句となってしまっていることは一目瞭然ではないか。その意味するところも、前二行を受けて続く二行には、赤紙一枚で遠い異国の戦場に投げ込まれた兵隊たちが、遠く故郷に続く空に郷愁をはせる想いが語られていて、ま

さにそこにこそ詩情を、この詩の意図を持たせているのではなかったであろうか。もし、この詩文を碑文にするというのなら、四行詩を全部、碑文として刻むのでなければおかしいのではないかと不満は大きかった。同書には、火野葦平文学碑建設期成会の名誉会長丹羽文雄が、除幕式での挨拶で、「この四行があったら葦平も喜んだろう」と不満を表明したことも、紹介されている。

碑文選定に関することは、同書の第四章にも触れられている。劉寒吉から事前に「碑文となるようなものをなにか集めておいてくれ」と依頼があり、「父が好んで書いていた」、「足は地に／心には歌と翼を／ペンには色と肉を」（四四四頁参照）を用意していた。ところがある日、劉寒吉が来て一枚の色紙を示し、「この前二行を碑文として期成会で決定した」と告げられた。「足は地に……」を示したが、「もうこれに決まったから」と一蹴された……というような経緯があったそうである。

これに対して劉寒吉は、その著『わが一期一会（上）』（創思社出版刊）の「麦と兵隊の歌」の項に、次のように述べている。

たしかに『麦と兵隊』は戦記文学である。そうにちがいないが、かれはこの作品の中で、戦争の惨酷さを訴えこそすれ、無慚、惨忍を賛美したり賞讃したりなどは、いっさいしていない。

それよりも、日本兵とゴチャゴチャになって進んで行く中国兵の中に、友人の画家に似た顔を発見して懐かしがったり、中国兵の斬首の光景に眼をそむけたりする柔軟な知性をひらめかしている。

まさに奇妙な戦記である。それだからこそ、文学碑に、「泥によごれし背嚢に　挿す一輪の菊の香や」と彫られているのである。戦場にあって、梅の花や菊の香に心を傾ける詩情を尊いと思うのである。

鎧のエビラ〔注――矢を入れて背に負う武具〕に梅の小枝を挿して戦場に向かった若武者の詩情を解しない者が、この小詩を紹介するときに、「異国の道をゆく兵の　眼に沁む空の青の色」とつづけて、物知り顔をしたがるのは困ったことだ。あの詩は小さく二行で切れているから、いいのである。

劉寒吉は谷口吉郎編『記念碑散歩』所収「心あたたかい石の肖像画」の中でも、次のように述べている。

かれは兵隊作家とか戦争文学者とかいわれることをきらったが、その名声を一挙に高めたのが『麦と兵隊』であることに違いはない。しかしかれは愛情あふれる筆致で「悲しき兵隊」を書いたが、ついに栄光にかがやく将軍にはペンを染めなかった。河童を主人公とする散文詩風な作品や市井人の話を綴ったかれが庶民作家と称されたのも、多分に、兵隊しか書かなかった精神が基底になっているのではないだろうか。

戦場というあらあらしい情況の中に一輪の野の花を愛したこの短詩の風韻こそは、火野葦平の文学精神をあますところなく伝えていると思われ、私の所蔵する色紙の中からこの詩を選んだ野田宇太郎の詩眼に敬意を表するしだいである。

二行だけで良しとする柿添元の意見も紹介しよう。「西日本新聞」夕刊（昭和55・3・5）に執筆した「葦平の碑を福岡城趾に」の一節である。

恐らく、中国大陸侵攻を直接的に想起させるところから、あとの二行は刻まれなかったのであろう。

この碑文はまことによく選ばれている。葦平は根っからの庶民的ヒューマニストであったから、兵隊の側からしか戦記を書かなかった。兵隊は軍隊の中の庶民であり、泥によごれた背嚢は、庶民の苦労を象徴的に表現しており、その背嚢にさされた一輪の菊は、労苦の中にもやさしさを失わない庶民の美しさを表現して余すところがない。

高塔山の山頂には、葦平の作品（『石と釘』）にも出てくる河童地蔵堂がある。この山頂からの北九州展望を、葦平は東洋のナポリと自慢した。そして山麓（若松区白山一－一六－一八）には葦平終焉の旧居「河伯洞」（北九州市指定文化財《史跡》）もあり、葦平ゆかりの地である。

『記念碑散歩』には、碑の体裁などについて、次のように記されている。

早速、私は設計を進めたが、故人の大らかな風格のある作風と、こまやかな詩情を碑に表現したいと考えた。そのため碑の大きさは横二メートル、高さ一メートル、厚さ七十五センチの堂々たる姿とする。石材は黒ミカゲで福島県産の浮金石。肌を本磨きとして、漆黒の正面に〔略〕色紙にしたためられていた四行の短詩〔略〕の最初の二行を刻むことになった。筆跡は自筆を拡大する。碑を訪れる人はその文字を眺め、戦地の広い荒野を行軍する兵隊作家の孤独な姿と心境に思いをはせることと思う。

黒ミカゲの色彩を鮮明にするため、台石にはスエーデン産の赤ミカゲを用いた。その下部に、北木産の白ミカゲを短冊型に切った石を敷き並べて、安定感を強固にする。さらに地面には幅九メートル、奥行き六メートルの範囲に伊豫石の砂利を敷きこんで清浄感を添える。〔略〕

工事は地元の日本建設株式会社によって始められた。

碑の傍らの北九州市教育委員会が設置している案内板に、「碑の下には選集全八巻、芸術院賞を受けた『革命前後』の原稿、万年筆、へその緒などが埋められています」と書かれている。

毎年一月二十四日の直前の日曜日には、碑前で「葦平忌」が行われている。

碑の実測は、全高一・七一メートル、幅一・九七メートル。

火野の戦場での作を刻んだ碑がもう一基ある（昭和四十三年五月建立）。場所は次に述べる詩碑と同じ甲宗八幡神社である。ただし、「小倉歩兵第百十四聯隊第七中隊慰霊碑」で、戦友の火野葦平の詩が刻まれている。本書では、建碑趣旨が慰霊碑の場合、詩碑の範疇に入れていない。参考碑として、その「杭州西湖の思ひ出に」と題する詩のみ紹介しておく。

西湖の水の青くして／紅木蓮の花咲けば／たづぬる春の身に近く／兵隊なればたのしかる　　葦平

b　甲宗（こうそう）八幡神社の碑

足は地に
心には歌と翼を
ペンには色と肉を
　　　あしへい

写真178

【所在地】北九州市門司区旧門司一―七―一八　甲宗八幡神社
　JR門司港駅から和布刈（めかり）公園へ行く県道二六一号線（門司・東本町線）の右手に大きな鳥居があり、高い石段の上にお宮がある。碑は拝殿に向かって右手にある。
【裏面】火野葦平は明治三十九年十二月三日北九州市若松に生まれた　早稲田大学に学び　昭和十三年糞尿譚で芥川賞　続く中国戦線の作　麦と兵隊　土と兵隊　花と兵隊で朝日文化賞ならびに福岡日々新聞文化賞を獲得　一躍日本の代表的作家となった　以後その筆力は衰えを知らず　絶筆革命前後は芸術院賞に輝き　また　九州文学同人として終生郷土文化の育成向上に努めた
昭和三十五年一月二十四日歿　墓は若松の安養寺にあるが　彼の文学は高度の庶民性とヒューマニズムに貫かれ　河童を愛したロマン精神に満ちていて　普く愛されたその人格と共に不滅の光彩を放っている
門司は大作花と竜ゆかりの地であり　彼を戦場へ送った港町である　ここに彼が自ら選んだ自筆の碑文を石に刻み　その二十三回忌と母校創立百年の年を記念してこれを建立する
　昭和五十七年八月一日　　　早稲田大学校友会福岡県支部
〔注――当時の早稲田大学校友会福岡県支部支部長は福岡市長進藤一馬〕

【その他】この碑の建立計画に触れ、募金先も記した「西日本新聞」夕刊（昭和57・4・7）に次の記述があった。

葦平は死の直前、ごく一部の人に「自分が亡くなって、もし文学碑を建てるようなことがあれば、これを碑文にしてほしい」と、もらしていたという。

このことが分かったのは、福岡市西区拾六丁在住の詩人・柿添元さん（六四）が、五十三年三月、校友会福岡県支部の会報「福岡早稲田」に福岡早稲田人物列伝を書くため、資料を収集したとき。

葦平の三男玉井史太郎は、その著『河伯洞余滴』（学習研究社刊）一二三頁に、次のように書いている。

その頃〔注――高塔山に文学碑を建設する準備が進んでいた頃〕、父が好んで書いていたものに

足は地に／心には歌と翼を／ペンには色と肉を

というのがあり、その当時、「小説新潮」の扉に連載されていた「作家の言葉」というのにもそれを書き、「詩」という大判の火野葦平詩集〔注――地文苑社。昭和34〕を出版したその最初のページに、例の林忠彦の撮した、ペンを手に、その手を口元に添え横目に思索している葦平の写真とともに、その文字が記されている。

日記風のメモにもその言葉はしばしば現われて、父葦平が、もし自分の文学碑が建立されるならばこれ以外にはないと思っていたに違いないのである。

「日記風のメモ」のことについては、葦平の弟である玉井政雄著『兄・火野葦平私記』（島津書房刊）二五六頁に、次の記述がある。

兄に「随感録」という書き物がある。私がそれを史太郎（兄の三男）さんに見せてもらったのは、三、四年前のことだろうか。兄の文章を書写したもので、原稿用紙で九十枚ほどである。表紙に「随感録」と記されており、本文のはじまる前に、

○足は地に
心には歌と翼を
ペンには色と肉を

と、書いてある。兄はこの言葉を愛していたようだが、兄の生涯はまさしく、地上につなぎとめられた足と、そこから飛び立とうとする歌と翼との激しい戦いだったことだろう。〔略〕

文章は昭和二十二年九月二十九日からはじまる。

そういう経緯を知っている史太郎氏は、劉寒吉から高塔山の文学碑の碑文として適当なものを集めておくように依頼されたとき、この詩を準備していたのである。しかし、これが選ばれなかったことは四四一頁に紹介したとおりである。

『河伯洞余滴』一二八頁の記述も、転載させていただく。

若松で父葦平の秘書役をしていた詩人の小田雅彦も同じ思いで、彼の執念は、後に、門司の甲宗八幡宮の境内に、父葦平の戦友でもあった宮司の大神文和氏の好意も受けて「足は地に　心には歌と翼を　ペンには色と肉を」と記した文学碑を建立することとなったのである。これには早稲田大学福岡県OBメンバーの協力があった。

父葦平の残したかった碑文は、父がこよなく愛した若松の地ではなく、関門海峡を見わたす門司にその実現を見ることとなったのであった。

柿添元は、「葦平の碑を福岡城趾に」という文章を「西日本新聞」夕刊（昭和55・3・5）に書いているが、その中で、この詩について次のように解説している。

これは葦平の人間としての生き方、文学者としてのあり方への希求である。堅実なリアリストとして生き、かつ観察し、大いなる想像力と調べとを繰り展げ、豊かな色彩と肉付けとを自らに要求する。そのような意志と願望を表現した自作銘である。高塔山の碑文と違った味の、自戒他戒の碑文たり得て妙であると思う。碑は全高一・八五メートル。本体は黒御影石。

c　田主丸の碑

つらなれる
耳納のみねや
せせらぎの
筑後の河や
よしきりの
なくねするどし
すなどりの
かはふねうかびいで
こひやふな
なまずかまつか
なつのそら
ひかりあかるく
うをのうろくず
きらきらきらきら
ひかりまぶしや
あしへい

写真179

【所在地】 久留米市田主丸町菅原　片ノ瀬　月光菩薩（がっこうぼさつ）像台座

県道七四三号線（中尾・大刀洗線）の筑後川橋南詰から、川沿いの県道八一号線（久留米・浮羽線）を東進すると、三〇〇メートルほどの地点に石の祠と石仏立像がある。石仏は月光菩薩で、その台座前面に碑文が塡（は）め込まれている。

【その他】「西日本新聞」夕刊（昭和56・9・17）に「ふくおか探検」《耳納のさと 30》というコラムが掲載されている。この月光菩薩の縁起がまとめてあるので、少し長くなるが転載させていただく。

福岡県浮羽郡田主丸町片ノ瀬温泉そばの筑後川堤防わきにある月光菩薩は水難よけ、五穀豊じょうから家内安全まで、御利益(ごりやく)があるとの評判だ。周囲はいつもきれいに掃き清められ、お参りもけっこう多い。

この菩薩、実は古いものではない。管理している近くの片ノ瀬郵便局長浦橋信行さん(六五)に聞くと「いやあ、ありゃあ小説が縁で、亡くなったおやじさん(義父)が建てたとです」と苦笑しながら頭をかいた。

浦橋さんの奥さん(故人)の父親高山重城(しげき)さんはかつてのカッパ族の代表で、昭和二十九年、飲み友達の火野葦平さんがこの人をモデルに小説を書いた。タイトルは『月光菩薩』。

――女道楽で知られる柴山のだんな(高山さん)は原鶴温泉の旅館に勤める美人のおツネさんといい仲になった。そのうちおツネさんが妊娠、あわてただんなは別れ話を持ち出した。それから数日後の昭和二十八年六月末、すさまじい豪雨で筑後川がはんらん。片ノ瀬にあるだんなの家も床上浸水した。天井裏に逃げただんなはその夜、一階の自分の寝室に全裸になったおツネさんの遺体が流れ着いているのを見つけ、ゾー。原鶴温泉も水につかり、おツネさんは濁流にのまれたらしい。女房に気付かれたら大変。ところが、遺体は何回押しやってもまた戻って来る。観念しただんなは水が引いたあと遺体を火葬し、堤防わきに月光菩薩を建てて供養。これに懲りただんなは女道楽から足を洗い、その菩薩はその後、水難よけの仏様として人々の信仰を集めた――というのが小説のあらすじ。

もちろんこの話は全くのフィクション。だが、小説が発表されると高山さんの所に「月光菩薩はどこにあるとですな」という問い合わせが殺到、見物人も詰めかけた。困った高山さんは三十一年、知り合いの石工に頼んで実際に菩薩像を建てた。

火野さんも高山さんも亡くなり、いきさつを知る人はだんだん少なくなった。ところが、いつのころからか、種々の御利益があるといううわさが立ち、小説の〝予言〟通り、続々と参拝者が訪れるように。

菩薩のこのモテモテぶりに〝仕掛け人〟の二人は地下でどんな顔をしていることだろうか。

〔注――浮羽郡田主丸町は、平成十七年二月五日に合併し、久留米市となった〕

火野葦平のこの小説は、『月光菩薩』（小壷天出版。昭和36）に収録されている。表題作「月光菩薩」の初出は、「別冊小説新潮」の昭和三十二年七月号である。

葦平の友人劉寒吉は、創思社出版刊『わが一期一会（下）』の「筑後河童の首領、高山重城さん」の中で、菩薩像が先で小説が後で書かれたように記している。その一節を引用する。

筑後川が、昭和二十八年に氾濫をおこして、女の水死体が上流の原鶴温泉から流れてきたことがある。折から夜で、青い月光にてらされて女の顔は凄惨というよりもむしろなまめいていて美しく神々しくみえたということである。高山さんは翌朝、近くの石屋にでかけて、昨夜の月光に浮んだ女の顔を図にかいて仏の姿の頭部にのせた一体の仏像を依頼した。

〈月光菩薩〉と名づけられたその女体の仏像は、今も筑後川べりに立っている。この話は後に火野葦平が『月光菩薩』という小説に書いて有名になった。

「西日本新聞」夕刊（平成14・12・8）の「ちくご探偵団」は、月光菩薩を採り上げ、町役場や菩薩像を彫った石工の秦政美さん（七一）に取材しているが、いずれも小説が先の立場でコメントしている。編著者は、地元のカッパ族準会員石井近義氏（故人）に、小説が先で菩薩像建立が後であることを聞いている。劉寒吉の思い違いであろう。

詩の出典は分からない。おそらく田主丸での酒席で、興にのって揮毫したものと思われる。

『月光菩薩』には、田主丸に取材した五つの短編と大川市を背景とした一つの短編が収録されている。田主丸に取材したものには、「鯉捕り勇しゃん」（田代勇）を主人公とした「鯉」と、「あぶらまのまあしゃん」（木下政吉）を主人公とした「鯉」の二作が含まれている。前者の「鯉」の中に、主人公が戦争から帰って来て、以前は趣味であったが今は生活費を稼ぐために六年ぶりに川に潜って「鯉捕り」をする場面がある。

　昔ながらの筑後川の流れ、青々とした淀み、淵、瀬、川底の砂のいろ、石垣、岩、網代、杭、そして魚たち、なにひとつ変つているものはない。川にいる魚はいうまでもなく鯉だけではありません。鮒、鮠、鰻、鯰、すつぽん、かまつか、鮎、いろいろな魚がいる。私が川にもぐると、それらの魚たちが上からさしこんで来る太陽の光線に鱗や腹を光らせながら、泳ぎまわる。

この場面の情趣は、碑に刻まれた詩の情趣と共通している。田主丸町誌第一巻『川の記憶』の第九章「河童を見、恐れ、愛し、生きる人々」によると、「あぶらまのまあしやん」を描いた「鯉」は昭和十六年の作で、「鯉捕り勇しやん」を描いた「鯉」は昭和二十七年の作だという。いずれもモデルは上村政雄（通称「鯉捕りまあしゃん」）である。したがって、碑に刻まれた詩が作られたのもその頃であろう。

　碑面（縦二八・五センチ、横六二センチ）の筆跡は自筆のようである。なお、紙幅にゆとりが無いので、詩は上下二段組みで記録した。

今村恒夫

手

俺達の手を見てくれ給え
ごつごつで無細工で荒れ頽れて生活の如に殺風景だが
矍鑠とした姿を見てくれ給え
頑健なシャベルだ

写真180

伝統の因習の殻を踏み摧き
時代の扉を打ち開く巨大な手だ
、、、、、、、

一九二九年作「手」より

【所在地】 嘉穂郡碓井町上臼井一七四八番地北隣
県道四一三号線（千手・稲築線）のバス停「門前」と「笹原」のほぼ中間に位置している。「門前」バス停から四五〇メートルほど南下すると、道路右側に「ニシオ工販」の大きな建物（屋根がブルー）がある。その手前から右に入る。まもなくT字路にぶつかるので右折。三軒目の家の先にカイズカイブキに囲まれた一画がある。碑はその中にある。

【裏面】 今村恒夫略歴
今村恒夫は一九〇八年（明治四一年） 福岡県嘉穂郡千手村大字才田字江星の炭坑労仂者の長男として生れた
本名久雄　小学校尋常科高等科を通じて成績優秀　卆業後炭坑の給仕となるが　すでに文学にめざめ　同人誌にも参加した
兄弟多く貧しかったが向学心に燃え　十六才で単身上京　書生をしながら「専門学校入学資格検定試験」をパス　日本大学法学部専門部の夜学生となる
書生をやめ　沖仲仕などの労仂をするうちプロレタリア文学に強くひかれ　一九二九年（昭和四年） 日大を中退し「文芸戦線」に参加　労働者をうたった作品を盛んに発表　一九三〇年（昭和五年） 一二月　今野大力らと共に日本プロレタリア作家同盟加入
一九三一年（昭和六年） 一一月　日本共産青年同盟加盟　作家同盟東京支部書記局員となる

一九三二年〔昭和七年〕三月　文化運動に対する弾圧の最中に小林多喜二らの推せんにより　十月日本共産党に入党　非常な危険をともなうソビエト渡航の任務を勇んでひきうけたが　果せず帰京　まもなく「赤旗」配布責任者となる
一九三三年〔昭和八年〕二月　特高におそわれ　単身小林を救わんとして共に逮捕される
一九三四年〔昭和九年〕　獄中にて肺結核発病　腎臓結核などを併発
一九三五年〔昭和十年〕五月　病状悪化のため重体となり　執行停止で出所　その思想を理由として　充分な入院加療をこばまれ　病院を転転とする
一九三六年〔昭和十一年〕四月　資金及ばず帰郷　信念をまげず　再起を期し　炭坑調査とロシア語独習を続けるが一九三六年〔昭和十一年〕十二月九日夕　千手村の実家にて死去　二十八歳

〔注——編著者で、西暦年には和暦年を添えた〕

【副碑1】 今村恒夫文学碑

【副碑2】 今村恒夫文学碑建設発起人会（五十音順）

岩谷正夫（日本民主青年同盟福岡県委員長）　浦田宜昭（日本民主青年同盟中央委員長）
大村進次郎（日本共産党福岡県委員長）　手塚英孝（作家）
宮本顕治（日本共産党幹部会委員長）
筑豊地区協力会（五十音順）
今定　正（直方市議会議員）　金光　禎（嘉穂町長）　角銅立身（弁護士）
坂田九十九（碓井町長）　永吉国雄（碓井町前議会議長）　原田成人（嘉穂町助役）
松岡十郎（山田市長）　一九七六年四月建之

〔注——建立年の「一九七六年」は、昭和五十一年〕

【その他】 新日本出版社刊『今野大力・今村恒夫詩集』によると、「手」という詩は四十六行からなる長編である。碑文末尾の、、、、、、が、以下省略の印であろう。冒頭の六行が刻まれている。詩集の「手」と碑の「手」を比較すると、異同が二カ所ある。二行目の「荒れ頽れて」、五行目の「伝統の因習の」が、詩集ではそれぞれ「荒れて頽れて」、「伝統と因習の」である。なお、振り仮名は原作どおり碑にも打たれている。

この詩集には、「詩人今村恒夫の生涯」（執筆者・滝いく子）という文章が収録されている。その中に、次の一節があるので転載させていただく。

一九二九年〔注──昭和四年〕八月号の『文芸戦線』に書いた「手」という作品はなかなか好評だった。当時、九州大学で経済学を教えながら盛んに評論活動をしていた石浜知行という人が、『中央公論』十月号に「日本プロレタリア作家論」を書き、プロレタリア文学が一大勢力となったことを大きく評価しながら、詩壇にもプロレタリア詩が提唱されているとして、注目すべき詩人のなかに、『文芸戦線』では、今村恒夫を挙げて激励している。

碑の裏面に「略歴」が刻まれているので、作者紹介は割愛したが、『今野大力・今村恒夫詩集』の記述によって、若干の補足をしたい。

◇生年月日は、一九〇八年〔明治四一年〕一月十五日で、逮捕されたのは一九三三年〔昭和八年〕二月二十日である（「年譜」より）。

〔注──明治書院刊『現代日本文学大事典』の「小林多喜二」の項には、「赤坂区福吉町付近で街頭連絡中を、今村恒夫とともに築地署の特高課員に逮捕され」と書かれている〕

◇今村は一九三四年〔昭和九年〕に獄中で結核を病み、病状が悪化して重体となる。翌年、執行停止となり、身元引き受け人があり次第、出所ということになった。今村が友人たちによって支えられたことが、「詩人今村恒夫の生涯」（執筆者・滝いく子）に次のように書かれている。

壺井繁治、中野重治、原泉子、窪川いね子〔注――窪川鶴次郎と離婚してからは佐多稲子〕、壺井栄らの友人たちが、かれのために「今村恒夫を援助する会」を組織して「思想犯」で、金のない今村を受け入れてくれる病院を足を棒にして探しまわり、やっと見つけた目白の聖母病院に運びこむことにした。〔略〕起きあがることもできない重症の今村は、豊多磨刑務所の鉄の扉を出たところで、外に残っていたわずかの仲間にひき渡された。当時、『朝日新聞』に連載小説を書いて、文壇的には有名な存在になっていた細田民樹が身元引受け人になった。〔略〕

自分たちも食うや食わずの貧乏な援助する会は、入院費を値切ったり、カンパ活動をしたり、『救援ニュース』を出したりして、何とかその日その日をしのごうと苦心惨たんであった。『文学評論』一九三五年〔昭和十年〕七月号には、中野重治の名で次のような訴えが出された〔訴えは省略〕。

◇同詩集の「解説」（執筆者・津田孝）に次の記述がある。

プロレタリア文化運動に対する一九三二年〔昭和七年〕春の弾圧のあとは、地下活動と投獄と闘病生活のため、一編の作品も発表していない。作品の発表できた期間は、『文芸戦線』一九二九年〔昭和四年〕五月号に最初の作品を発表して以後、一九三二年〔昭和七年〕のはじめまで、三年たらずにすぎない。

作品数は、これまで集めることができたかぎりでは、わずか十一編である。〔略〕その大部分が労農芸術家連盟時代の作品である。〔略〕

「手」は、労芸時代の今村恒夫のもっとも結晶度の高い作品ということができるだろう。労働者の手が、リズム感にあふれたイメージで、躍動的にとらえられる。「頑健なシャベル」にたとえられ、「伝統と因習の殻を踏み擢き／時代の扉を打ち開く巨大な手」「時代の尖端に飛躍する手」とうたわれる「俺達の手」は、まるでそれ自体が遺志をそなえた生きものであるかのように、「戦闘の意欲に燃え」、あるいは「じっと息をひそめ」る。

四十年前の記事であるが、福岡民報社の新聞「福岡民報」（1964・12・9）所載「筑豊が生んだ革命詩人今村恒夫」によると、「毎年十二月、今村恒夫ゆかりの人びとや日本共産党関係の人びとによる墓前祭が行なわれています」ということである。

志摩海夫（しまうみお）

明治四十一年（一九〇八）－平成五年（一九九三）。朝倉郡杷木（はき）町生まれ。本名市川二獅雄（にしお）。小倉工業学校機械科卒業後、八幡製鉄所に入所。昭和十六年（一九四一）より「九州文学」同人。同二十年十一月、岩下俊作、辻旗治（星野順一）と三人で、「浪漫」を創刊。同二十三年に「詩話会」を創設し、詩誌「座標」第一号を同二十五年三月に発行した。この他、所属した詩文誌は「八幡船」、「海船」、「日本詩壇」などである。同三十八年、八幡製鉄所退職。福岡県詩人会会員。北九州詩人協会会長。北九州文化懇話会会員、未来樹詩の会主宰（創刊は昭和四十九年）。昭和三十七年、福岡県勤労者知事賞受賞。同四十五年より「西日本文化」誌の編集委員を務めた。同五十二年には、永年にわたる詩業と地域文化への貢献により、福岡県詩人会の先達詩人顕彰を受けた。詩集に『失楽の門』（昭和16）、『日本群鴉』（昭和42）、小説に『鉄の人』（昭和19）、散文集に『光陰』（昭和60）、『歳月』（昭和63）がある。

ふるさとの山は蒼かり
ふるさとの海は青かり
響灘あをし

写真181

昭和丙辰文化の日　志摩槩夫

【所在地】北九州市八幡東区勝山一丁目　大蔵小学校前

県道六二号線（北九州・小竹線）を大蔵二丁目交差点より南に折れて、七〇〇メートルほど南進すると大蔵小学校がある。正門前の、板櫃川河畔の「仲よしふれあいひろば」に碑はある。

【裏面】この町大蔵と皿倉の山をこよなく愛した未来樹主宰北九州詩人協会会長　志摩海夫の文学碑をここに建立する

平成六年十一月　　志摩海夫文学碑建立発起人会

【その他】作者は大蔵小学校のある勝山一丁目の隣町羽衣町に住んでいた。碑には碑文の下に、皿倉山のスケッチが線刻されている（写真参照）。

末尾の「昭和丙辰（ひのえたつ）文化の日」は昭和五十一年十一月三日で、これは揮毫をした日であろう。北九州都市協会「ひろば北九州」第一四八号（平成10・10・1）所載「懐かしい出会いに」（執筆者・倉光信子）に、碑の基になった色紙の写真が掲載されているが、それにこの日付が入っている。

署名は、普通は「海夫」と書いているようだが、この色紙には「槩」の字が使われている。諸橋轍次著、大修館書店刊『大漢和辞典』巻六で調べると、「槩」は中国の『玉篇』（字書）や『集韻』（音韻書）に出ているそうで、いずれも「海に同じ」ということが書いてある。

坂村真民（しんみん）

明治四十二年（一九〇九）―。熊本県の現・荒尾市生まれ。本名昂（たかし）。神宮皇学館を出て教職に就く。昭和四年（一九二九）、短歌誌「蒼穹（そうきゅう）」に入社し、岡野直七郎に師事。同九年、旧朝鮮に渡り教鞭をとる。二回の召集で軍隊生活も経験。敗戦により、研究資料など一切を残して帰途につく。翌年、愛媛県で教職に就く。同二十五年、個人詩誌「ペルソナ」を創刊。翌年から臨済宗大乗寺の河野宗寛老師に参禅。同二十九年から度々、原爆の詩が放送される。同三十七年、個人詩誌「詩国」創刊（「ペルソナ」を改題）。同四十三年から、仏教に関する放送や講演や出版が多くなる。同四十九年、教職を退く。同年、愛媛新聞賞（文化部門）受賞。同五十五年、第四回正力松太郎賞受賞。平成三年（一九九一）、仏教伝道文化賞受賞。昭和四十二年から、愛媛県伊予郡砥部町に住む。終始、「詩壇」とは無縁の道を歩く。『赤い種』（昭和31）などの詩集の他に、『自選 坂村真民詩集』（昭和42）、『詩集 念ずれば花ひらく』（選集。昭和54）や『坂村真民全詩集』（全七巻。昭和60－平成13）がある。

念ずれば花ひらく　　眞民

写真182

【所在地】 小郡市横隈一七二九　如意輪寺（にょいりんじ）
西鉄天神大牟田線の「三沢（みつさわ）」駅から東へ七〇〇メートルほど行く。途中で大きな通りを横切り三国（みくに）郵便局に出て、左折して進むと三五〇メートルで寺に至る。石段を登った正面に碑がある。

【裏面】 平成五年四月吉日

【その他】「念ずれば花ひらく」という題の詩の冒頭である。詩集『赤い種』に収録されている（大東出版社刊『自選　坂村真民詩集』八五頁に再録）。省略せず、全体を紹介しよう（／は改行を示す）。

念ずれば花ひらく

念ずれば／花ひらく

苦しいとき／母がいつも口にしていた／このことばを／
わたしもいつのころからか／となえるようになつた／
そうしてそのたび／わたしの花がふしぎと／ひとつひとつ／ひらいていつた

この「念ずれば花ひらく」というフレーズは人口に膾炙（かいしゃ）して、各地に碑が建てられるようになった。大東出版社刊『坂村真民全詩集』所収の「年譜」で拾うと、昭和六十年までに四十基も建てられている。本碑は、傍らの案内板によると、「平成五年四月二十四日　二百七拾番碑」である。「朝日新聞」夕刊（平成12・7・10）の坂村真民紹介記事によると、「国内や海外の五百カ所以上で石碑に刻まれるまでになっている」という。そして、「念ずる」ということについて、次のように作者は語っている。

僕の小さいときからの苦労の体験が「念」には込められている。そうした体験がないとわからないだろうな。僕は「断定の想念」だといっている。平和でありますように、病気が治りますように、という祈りではだめです。必ず平和になる、必ず病気は治る、というように、必ず、という祈りをする。これが「断定の想念」です。

碑は高さ一・五五メートル、幅〇・四メートル。

如意輪寺にはもう一基、坂村真民の詩の一節を刻んだ碑がある。詩集『赤い種』所収「めぐりあい」の第六連（最終連）「めぐりあいの／ふしぎに／てをあわせよう」が刻まれている。

野田宇太郎

水鳥

野田宇太郎

みづうみ
たったひとつのやさしい部分
みづうみ
聲のない微笑の輪
はねをつけてとび立つ
ひそやかな愛

それを撃つな

写真183

【所在地】小郡市松崎桜馬場　松崎保育園東側

甘木鉄道「松崎」駅の南三五〇メートルの地点に、福岡県立三井高校がある。その一〇〇メートルほど東に、碑を中心に、石組みと水とタイルの壁で構成された小公園風の空間がある。

【裏面】昭和六十一年七月二十日　野田宇太郎顕彰会建之

【案内板】〔注――陶板に染め付け、詩碑を囲む側壁に塡め込まれている。あまりに長いので、抜粋して示した〕

野田宇太郎年譜抄

明治四十二年（一九〇九）十月二十八日、福岡県三井郡立石村大字松崎九百二十一番地に、父野田清太郎、母タキの長男として生れた。旧街道に面した松崎下町である。

大正五年（一九一六）七歳。四月、立石尋常小学校に入学、翌六年五月、八歳で母タキと死別した。十年、この桜馬場に新築された家に移った。現・松崎保育園の場所にあたる。

大正十一年（一九二二）十三歳。三月、小学校を卒業、四月、甘木の県立朝倉中学校に入学。

昭和二年（一九二七）一月、父清太郎が死去した。翌三年、朝倉中学を卒業、謄写版の同人誌「田舎」を発刊し、島崎藤村へ手紙をだした。

昭和四年（一九二九）二十歳。第一早稲田高等学院英文科に入学したが、心悸亢進症に倒れて学業を断念、帰郷して療養生活に入った。

昭和六年（一九三一）二十二歳。久留米へ出て同人誌「街路樹」に加ったが、まもなく上京。翌七年、再び久留米に帰り、新聞記者をしつつ「街路樹」を中心に詩作に没頭した。

昭和八年（一九三三）二十四歳。三月、処女詩集『北の部屋』を刊行、詩誌「椎の木」で同年刊行の詩集ベストファイブに推された。九年十月、綜合雑誌「行動」の懸賞詩に「蝶を追ふ」が入選し、代表詩誌「詩法」に参加した。〔略〕十年（一九三五）一月、詩集『音楽』、十二月『菫歌』を刊行、十一年、詩誌「糧」を創刊、のち

「抒情詩」と改題した。

昭和十五年（一九四〇）三十一歳。上京して小山書店に入社、出版編集者として「新風土」を編集、下村湖人の『次郎物語』を出版し世に出した。

昭和十七年（一九四二）三十三歳。詩集『旅愁』を刊行。初版から三版まで一万一千部を売りつくした。

昭和十九年（一九四四）三十五歳。〔略〕第一書房を経て河出書房に入社。〔略〕「文藝」の責任編集者となった。〔略〕

昭和二十一年（一九四六）三十七歳。「文藝」にひきつづき東京出版より「藝林閒歩」を創刊。〔略〕七月、詩集『すみれうた』、八月『感情』を刊行。

昭和二十三年（一九四八）三十九歳。十月、出版社を辞め、詩作と近代文学研究の著述生活に入る。〔略〕木下杢太郎の全集、鷗外選集の編纂にたずさわり、二十四年七月、『パンの會』を刊行した。

昭和二十六年（一九五一）四十二歳。六月より「日本読書新聞」に「新東京文学散歩」を連載、「文学散歩」の語を創案した。〔略〕以後、二十八年の『九州文学散歩』にはじまる一連の「文学散歩」は、『ヨーロッパ文学散歩』を含め、数万キロに及ぶ実地踏査の旅となり、近代文学研究の新分野を拓く畢生の大作となった。〔略〕二十九年（一九五四）四十五歳。四月、成城大学の講師となり四十八年まで近代文学を講じた。この間〔略〕藤村記念堂、鷗外記念館、白秋生家復元、明治村の建設、各地の歴史的自然の保存、文学碑の建立などに情熱を傾け、発起推進した。

昭和五十年（一九七五）六十六歳。二月、随筆集『母の手鞠』を刊行。ふるさと松崎にたいする愛着は終生変わらなかった。十二月『日本耽美派文学の誕生』を刊行し、五十一年芸術選奨文部大臣賞を受賞。五十二年三月、明治村賞を受賞。十一月、紫綬褒章を受章。五十七年『定本 野田宇太郎全詩集』を刊行。十一月、久留米市文化章を受章。〔略〕

昭和五十九年（一九八四）七十四歳。七月二十日、〔略〕心筋梗塞のため〔略〕死去。法名　文学院散歩居士

〔編著者による補足〕

昭和四十一年に『野田宇太郎全詩集・夜の蜩』刊行。没後の昭和六十年六月二十八日に、野田宇太郎顕彰会が発足。平成元年（一九八九）、生誕八十年を記念して、第一回生誕祭が詩碑前にて行われ、以後、毎年、誕生日に近い十月下旬の日曜日に開催されている。昭和六十二年には、遺言により小郡市に寄贈された蔵書・資料をもとに、「野田宇太郎文学資料館」がオープンした。同年、小郡市名誉市民に推された。

平成十四年十二月三十一日に、野田宇太郎文学資料館十五周年記念誌『背に廻った未来』が、同資料館より発刊された。

【その他】「水鳥」は、昭和十七年刊行の詩集『旅愁』（大澤築地書店刊）所載。

詩碑の建立が始まったことを報じた「西日本新聞」（昭和61・5・10）には、次のように紹介されている。

野田宇太郎顕彰会が久留米市の詩人、丸山豊氏（七一）に依頼、選んでもらった。〔略〕丸山氏は「ヒューマニストだった野田さんの精神が凝縮された力作。小郡にはシラサギ（市の鳥）やカモの水鳥が多いこともあり、これを勧めました」と語る。

丸山自身は、昭和六十一年四月二十二日付け安西均（四六九頁）への通信（昭和六十年九月から翌年六月まで、丸山・安西・谷川雁の三人の間で交わされたリレー通信の第五信。「野田宇太郎文学資料館ブックレット5」に収録）で、次のように述べている。

最後の二行の「ひそやかな愛、それを撃つな」の、しずかな、しかしきっぱりした一声に、宇太郎さんのヒューマニストとしての屹立をみることができます。詩碑は筑後平野の心のとりでとなります。均さんも雁さんも、帰省の折りにはぜひ足をはこんでください。

「西日本新聞」（昭和61・5・10）の記事を続けて引用しよう。

設計によると、敷地六八・七平方メートルの〝詩碑園〟は庭園風の造り。ほぼ中央に白亜のみかげ石製の詩碑（幅一・六メートル、高さ一・五メートル、厚さ〇・四メートル）を建て、陶板の塀で囲う。詩碑の後ろに循環式の湧水井戸を掘り、みかげ石の石畳に水を流す。野田氏が愛した梅の木を植え、風雅なたたずまいに。市民の〝オアシス〟ともなりそう。九州芸工大の由良滋教授が設計した。碑文は活字体で、作者名のみ自筆である。

檀一雄

明治四十五年（一九一二）―昭和五十一年（一九七六）。山梨県生まれ。本籍地は、柳川の沖端。旧制福岡高校時代には、校友会雑誌の懸賞募集に応募した小説および詩が、それぞれに一等当選。東京大学時代に、佐藤春夫の門弟となる。昭和十年、「日本浪漫派」創刊に参加。そこに発表した「夕張胡亭塾景観」が、同十一年、芥川賞候補になる。同十二年、創作集『花筐』出版後、応召。同十四年、詩集『虚空象嵌』刊行。同十五年、召集解除。再召集を恐れて中国大陸を遍歴。その間、同十七年に高橋律子と結婚。その後律子は腸結核を病み、同二十一年没。その年七月頃から山門郡東村山村女山（現・瀬高町小田）の善光寺に仮寓。同二十二年、福岡へ、翌年には東京へと転居。『リツ子・その愛』『リツ子・その死』も刊行され、文壇に復帰。同二十六年、直木賞受賞。無頼派と称されたが、その奔放な生活ぶりは、代表作『火宅の人』に結晶。これは没後、読売文学賞や日本文学大賞を受賞。同四十九年七月から、能古島で暮らした（現在、内部は非公開）。

墓碑銘

檀 一雄

石ノ上ニ 雪ヲ
雪ノ上ニ 月ヲ
ヤガテ 我ガ
殊モ無キ
静寂ノ中ノ
憩ヒ 哉

写真184

【所在地】 柳川市奥州町（おうしゅう）三二一―一 福厳寺（ふくごんじ）

柳川市中心部の辻町交差点より南へ。伝習館高校、柳川市役所、城内小学校と通過し、本町交差点を越えると一〇〇メートルほどで福厳寺に至る。檀家の墓域にある。因に、近くに芥川賞受賞作家長谷健（五五九頁）が眠る墓もある。

【台座】 檀家之墓

〔注――草野心平の揮毫〕

【その他】 あくまでも「檀家之墓」であって、純粋な詩碑とは言い難いが、生前に檀一雄自らが揮毫し、これを刻むように遺言していたということでもあるから、ここで採り上げておく。

この墓について書かれているものを読むと、詩を含めて草野心平の揮毫としたものが多い。詩が檀一雄の自筆であることは、同じ詩の、檀一雄自筆の別の色紙（後述）と比較しても疑う余地はない。また、木俣修編『文士の筆跡3　詩人篇』（二玄社刊）で草野心平の筆跡を調べたが、「雪」という字は似ているが、全体の印象は明らかに異なる。詩の題が「墓碑銘」で、草野心平揮毫の「檀家之墓」も墓碑銘であるから混同されるのだろう。檀一雄に兄事した真鍋呉夫（くれお）が、沖積舎刊『檀一雄全集』の月報8「檀一雄――人と作品」の末尾に「草野心平の揮毫により『檀家の墓』と彫られた本墓」、「本墓の上石（うわいし）には一雄がかって夢の中で作ったという自筆の詩『墓碑銘』が彫りこまれている」と、区別して書いている。

さて、この詩は小説『火宅の人』の「風の奈落」に出ている。この部分の初出は昭和三十七年三月号の「新潮」である。『檀一雄全集』第六巻には次のように出ていて、碑に刻まれているのとは若干、表現も表記も異なっている。

石ノ上ニ雪ヲ／雪ノ上ニ月ヲ／ワガ　コトモナキ／シジマノ中ノ憩イ哉

雲峰堂発行の「能古島通信」第三集（檀一雄追悼号）には、この詩の自筆色紙が掲載されている。これは碑に近いが一部分表記が異なっている。

石ノ上ニ　雪ヲ／雪ノ上ニ　月ヲ／ヤガテ／我ガ　コトモ無キ／静寂ノ中ノ憩ヒ哉

「西日本新聞」（平成13・1・19）所載のコラム「雪月花」で詩人の山本哲也がこの詩を採り上げているが、「新潮」掲載時は「行間に一行分のアキがとられていた」という。檀一雄作品集『逢う、花に。』（長野秀樹編著、花書院刊）には各行の間に一行分ずつ余白を取った形で、この「墓碑銘」は収録されている。これが初出の形であろう。

「風の奈落」では、「私と矢島恵子のかくれ家」で、恵子が劇団の稽古に出掛けた後の空虚な部屋で、夢うつつの中で己の墓石を見て、「私は咄嗟に起き上がって、その夢中吟をこっそりとノートの中に書きつける」。それがこの「墓碑銘」なのである。

山本哲也は「雪月花」を、次のように結んでいる。

健康への不安。ソビエト、ヨーロッパなどへの旅。七四年七月の博多湾の能古島への移住。それらを思い合わせると「ワガ　コトモナキ」日々は、作家檀一雄に夢見られたものにすぎなかった。

一雄の最初の妻リツ子が亡くなったときに、福厳寺の檀家になったという。墓地の通路から石段を数段上がった檀家墓域に、赤御影石を文学碑風にデザイン（設計者は長男太郎の妻である晴子）された高さ一・〇八メートルの墓碑が建てられている。詩が刻まれている上石（縦六〇センチ、横七九・四センチ）と台座部分に分かれている。建立は、昭和五十二年五月であった（「西日本新聞」平成14・3・15）。

檀一雄の詩を刻んだ碑が、もう一基、柳川市にある。地域別一覧を参照されたい。

丸山　豊

大正四年（一九一五）－平成元年（一九八九）。八女郡広川町新代生まれ。父の医院開業を機に久留米に転住。昭和四年（一九二九）、詩誌「詩と詩論」を愛読。同五年、野田宇太郎（四五九頁）を知る。翌年、詩誌「椎の木」の同人となる。同九年、野田、保野衛らと「ボアイエルのクラブ」を結成。その後、野田と二人で詩誌「驕児」を創刊。また、矢野朗らと文芸誌「文学会議」を創刊し、保野衛らの詩誌「糧」に参加。同十五年一月、久留米陸軍病院附見習士官として入隊。翌年末、南方戦線に向かう。同二十一年六月に復員。同年八月、久留米市に丸山病院を開業。翌年、詩誌「母音」を創刊。優れた詩人や作家が育ち、「筑後抒情派」と呼ばれた。「筑後川」（昭和43）等の合唱組曲でも高い評価を受けた。同四十四年、「西日本新聞」紙上に戦争体験を綴った「月白の道」を連載。久留米市文化賞（昭和48）、西日本文化賞（昭和49）を受賞。平成元年、日本現代詩人会の先達詩人顕彰を受ける。『定本　丸山豊全詩集』、『定本　丸山豊全散文集』がある。平成四年から、「丸山豊記念現代詩賞」が設けられた。

新春

その一撃！
斧はくいこむ　年はおわる
杣人よ斧をすてよ
杉はたおれる　年はあらたまる
最後のいたましい叫びが
山から山へこだまする
春の日ざしに嶺の切株
南をむいてはふくらみ
北をむいてはちぢかんで
切株の紅をふくんだ年輪よ
そこに不屈の眼をおけば
山は高いし　野ははろばろ
そこに不屈の眼をすえて……

写真185

【所在地】　久留米市合川町　久留米百年公園

リサーチセンタービルの西側に広場があり、その北西端は芝生に覆われて小高くなっている（緑地広場）。その北寄りの、筑後川を見下ろす位置に碑はある。

【裏面】 丸山豊は大正四年三月三十日　福岡県八女郡広川町に生まれ　久留米の地にその生涯をすごし　平成元年八月七日に没した。

昭和十六年より太平洋戦争に軍医として従軍し、雲南　北ビルマを転戦した。この体験がのちに随筆「月白の道」となった。
昭和二十二年　詩誌「母音」を創刊。
詩集に「玻璃の乳房」「よびな」「白鳥」「未来」「孔雀の寺」「地下水」「草刈」「愛についてのデッサン」「水上歩」「球根」「微安心」がある。
また　合唱組曲「筑後川」「海上の道」「大阿蘇」などを作詞した。
日本現代詩人会は　その詩業に対して先達詩人の顕彰を行った。

丸山豊は　医師であった。
　　詩人であった。
　　父であった。

この詩碑は人々の思いを集めて建立した。
　平成三年十一月二十五日　　丸山豊詩碑建設実行委員会

【その他】 この詩は、昭和三十二年刊の詩集『草刈』所収（創言社刊『定本　丸山豊全詩集』に再録）。碑文は作者の自筆。福岡県詩人会によって、丸山豊の詩五百編の中から選ばれた。
三行目の「杣人(そまびと)」とは、樵(きこり)のこと。
鑑賞の手掛かりが欲しいと思い、詩人の渡辺斉(せい)氏（詩誌「アルメ」同人、元「母音」会員）に教示を願った。次のとおりである。

杣人が一撃で杉を倒すように、ゆく年を葬る。紅を散らす切株の年輪の一つ一つには数え切れぬ辛苦がつまっているが、そこに「不屈の眼をすえて」見れば、もっと大きな世界があるではないか。そういう気持ちで自分の年輪を一つふやすのだ、という決意が述べられている。「不屈の眼」がこの作品のキーワードになっている。

碑の本体は、高さ一・七五メートル、幅二・六八メートル、重さ約一〇トンの愛媛県産白御影石。制作者は地元の彫刻家毛利陽出春(もうりひではる)氏。

安西均(あんざいひとし)

大正七年（一九一八）―平成六年（一九九四）。筑紫郡筑紫村大字筑紫（現・筑紫野市筑紫）生まれ。本姓安西(やすにし)。同村の先輩岡部隆助(りゅうすけ)の影響で詩作を始め、その紹介で野田宇太郎や丸山豊に会う。昭和十四年（一九三九）、「九州文学」や野田が中心の「抒情詩」の同人となる。同十五年、小山(おやま)書店に勤務。同十六年、詩誌「山河」の同人となる。また、堀辰雄、三好達治等の第二次「四季」にも詩を発表。昭和十八年、朝日新聞社入社。福岡の西部本社で編集に従事。同二十五年、東京本社学芸部記者に転じる。この年、「隊商(きゃらばん)」、「道程」、「凝視」などの同人誌に参加。同三十一年から、「詩学」、「地球」、「山の樹」に作品を発表。同三十四年春、新聞社を退社。日本現代詩人会の理事長や会長を務めた。同五十年に、日本文芸家協会入会。詩集に『暗喩（あんゆ）の夏』（昭和58。現代詩花椿賞受賞）、『チェーホフの猟銃』（昭和63。現代詩人賞受賞）等がある。『安西均全詩集』（平成9）も出版されている。遺族から寄贈された遺品が、「ふるさと館ちくしの」（筑紫野市二日市南）の常設コーナーに展示されている。

〔注――生年について、『安西均全詩集』所載の深澤忠孝編「安西均年譜」に「従来、一九一九年（大八）とされてきたが、それは誤り」と注記されている〕

天拝古松

筑紫の／天拝山の／いただきに／
巨いなる鳥の／飛びたちかぬる／すがたして／千とせ経し／
松の見えしが／今は在らぬを／いぶかしみ／問へども／ふるさとびとら／興なげにいふ／
いづれの年の／夏なりけむ／台風に斃れきと
おもうらく〔ママ〕／ふるさとに／よるべなき／精霊のごとく／かなしびの／嵐にまぎれ／
そは　いづかたとなく／天翔けたる〔ママ〕にあらずや／
日ならずして／ふるさとびとら／松の骸を見つけ／笑いさざめき〔ママ〕つつ／木挽きしけむが／
飛び去りしものの／こころは知らざり〔ママ〕
あはれ／目に追へど／かの老いて巨いなるも〔ママ〕／ふるさとの空に無く／

写真186

冬ざれの／白縫筑紫

安西　均

【所在地】筑紫野市二日市南一－九－二　筑紫野市民図書館
中央公民館の隣に図書館はある。碑は図書館の前庭にある。

【裏面】平成六年十一月吉日建立
権藤貞子（公貞）書　矢ヶ部清隆　石工

【副碑】作者の安西均は大正七年筑紫野市筑紫に生まれた。朝日新聞記者を勤めるかたわら詩作を続け、後に「母音」や「歴程」などの同人として本格的な活動にはいった。

代表作「暗喩の夏」（花椿賞）、「チェーホフの猟銃」（現代詩人賞）のほか、古典をモチィーフにした作品も多い。

「天拝古松」は、かつて博多湾からもみえたという天拝山頂の松に題材をとったもので、作者のかぎりなく深い郷愁をうかがうことができる。

昭和五六～七年にかけて日本現代詩人会会長をつとめ詩壇の指導的立場にあったが平成六年、病のために死去した。


【その他】余白の行も含めると三十九行の長い詩である。紙幅にゆとりがないので、／の記号で改行を示した。

初出は第三詩集『葉の桜』（昭和36）で、「あとがきに代えて」としてこの詩は収録されている。そして、第四詩集『夜の驟雨（しゅうう）』（思潮社刊、昭和39）に再録されている。そのことに関して、再録詩集末尾の「note」に作者は次のように記している。

この詩集の大部分の作品は、第三詩集『葉の桜』以後に書いた中から自選したものである。ただ「天拝古松」は、第三詩集で「あとがきに代えて」として収めておいたものを、再録した。つまり形のうえでは、前詩集のあとがきが終ったところから、こんどの詩集をはじめたかったわけだが、はたして内容もそれにふさわしいものになつたかどうか。

上記の詩集は、『安西均全詩集』（花神社刊）に収録されていることを付言しておく。

『夜の驟雨』所載の「天拝古松」と、碑に刻まれたものとを照合して異同について述べよう。

◇詩集には、次の二語に振り仮名が付けられているが、碑には振り仮名は付けられていない。

天拝山（てんぱいざん）　骸（むくろ）

◇碑の詩には、句読点が全然打たれていないが、詩集には次の四カ所に句点が打たれている（何行目かを数える場合、余白の行も一行として数える。振り仮名は編著者の判断で付けた）。

十六行末「台風に斃（たお）れきと。」　二十五行末「……あらずや。」

三十二行末「……知らざりき。」　三十九行末「白縫筑紫（しらぬひちくし）。」

◇原作は文語調の言葉遣いで、歴史的仮名遣いで書かれているが、碑では現代仮名遣いになっているのが二字。脱字が三カ所ある。

十八行目　碑「おもうらく」　詩集「おもふらく」

二十五行目　碑「天翔（あまが）けたるに……」　詩集「天翔（あまがけ）りたるに……」

二十九行目　碑「笑いさざめきつつ」　詩集「笑ひさざめきつつ」

三十二行目　碑「……知らざり」　詩集「……知らざりき。」

三十六行目　碑「……巨いなるも」　詩集「……巨いなるもの」

語句の解説を若干しておきたい。

四行目と三十六行目の「巨いなる」の読みは「おおいなる」（歴史的仮名遣いは「おほいなる」）

十八行目「おもふらく」は、「思うこと」の意。

三十行目「木挽き」の読みは「こびき」。

三十八行目「冬ざれ」は「草木も枯れて物寂しい冬」の意。

三十九行目「白縫」は「筑紫」に掛かる枕詞。

この詩に詠まれた松は、『筑紫野市史 年表』によると、昭和五年七月十七日の台風で倒れた。今は、大きな切り株だけが天拝山頂の社（やしろ）前の石段の、向かって右側に残っている。

『安西均全詩集』所載の深澤忠孝編「安西均年譜」に、この碑建立の経緯が次のように記述されている。

一九九三年（平五）九月十七日　順天堂病院に入院、「軽い脳梗塞」とされたが、実は大腸癌で、すでに肺、脳にまで転移していた。（また検査中、S字結腸が発見され、これは十月二十二日に手術）。

九月末　筑紫野市が詩碑建立の許諾と協力を要請する。使者の他、市長自身も来院。

また、安西均が詩学社発行の詩誌「詩学」通巻五二三号（平成6・2・1）の「詩壇手帳」（第三五〇回）に、「詩碑のこと」という文章を書いているので、途中からであるが転載しよう。

嵯峨さんに対して、恥ずかしいことが起こった。

実は事もあろうに、私の郷里の自治体が、私の詩碑を作らせてほしいと申出てきた。〔略〕遠縁の者が一番使者みたいな役目で、わざわざ上京し、入院の見舞いもすませて帰った。

ついで市長さんがいらっしゃったが、こういうふうに〈三顧の礼〉を頂くと、何だか頑固に「俺は生きてる間は詩碑なんぞ建てるもんか」という初志も、ぐにゃぐにゃになった感じだ。
○
居丈高（いたけだか）な詩碑などは、どうぞご免被りたい。できることなら子供たちの目線の高さに合った、案内板の代りになるような感じのつましい碑が好ましい。彫り込まれる詩「天拝古松」の天拝山はふるさとの小さな山で、小学生の頃遠足に行ったりした。そんな山にふさわしいささやかなものに。

〔注――「嵯峨さん」とは、「詩学」編集者の嵯峨信之氏。嵯峨氏は、「生前に自分の詩碑を建てて得々としている者には、『詩学』を贈呈しない」という考えを持っており、自分も同感していたということが、引用を省略した部分に書かれている〕

安西は病床にいたのだから、市としては、許諾は得ても揮毫までは依頼しかねたのであろう。「子供たちの目線の高さ」の碑という希望はかなえられたが、先述のとおり原作と食い違う表現表記となったのは残念である。碑は全高一・一五メートル、幅一・八メートルである。

北川晃二（こうじ）

大正九年（一九二〇）―平成六年（一九九四）。田川郡添田町生まれ。本名晃二（てるじ）。北京の日本大使館勤務。北支那派遣軍に入隊。昭和二十一年（一九四六）、真鍋呉夫と文芸誌「午前」を創刊。小説「逃亡」を発表。第一回九州小説賞受賞。同二十六年、夕刊フクニチ新聞社入社。同年、第二次「午前」創刊。小説「奔流」を発表。翌年、「奔流」が芥川賞候補となる。同三十年、第三次「午前」創刊。詩「天体望遠鏡」を発表。以後、創作や詩を発表するとともに、新聞紙上に多くの連載読物を執筆。同四十八年、評伝『青木繁　その愛と彷徨』や『黙してゆかむ　広田弘毅の生涯』などを刊行。同五十一年から五十六年まで、夕刊フクニチ新聞社代表取締役を務めた。同五十九年、文芸誌「西域」を創刊。小説「その日もまた」を発表。同六十一年、株式会社守谷組社長に就任（後、会長）。平成元年、福岡市文化賞受賞。同三年、文芸誌「季刊午前」創刊。彼をしのんで毎年「南風忌」が、誕生月の六月に催されている。七回忌には詩集『蒼天』が編まれている。

蒼天に漂う白い雲よ
消えることない
この愛と生のすがたを
時の帷のなかに刻みたまえ
——北川晃二詩「蒼天」から

写真187

【所在地】 太宰府市大佐野野口八〇七－一二八 太宰府メモリアルパーク

県道三一号線（福岡・筑紫野線）の大佐野交差点より西へ折れ、福岡農業高校前を通過して進むと、信号機標識「大佐野台団地前」という交差点がある。そこから南へ一・五キロほど山中へ入ると公園墓地に着く。碑は北川家墓域（一四区一二番一二号）の墓前にある。

【左面】 二〇〇〇年二月二七日

北川晃二氏七回忌 記念碑建立委員会建之

彫刻作品 中西秀明

【その他】 北川晃二氏七回忌墓前祭実行委員会が出した詩集『蒼天』によると、詩「蒼天」の初出は、季刊午前同人会発行の「季刊午前」第二号（平成三年九月）だという。そこで同誌を繙（ひもと）いて、所収の「蒼天」（以下、原作と表記する）と碑に刻まれている「蒼天」（以下、碑詩と表記する）を照合してみた。

原作は三連十七行（余白の二行を含む）の詩で、その最後の連が碑詩として採られている。参考までに原作を示しておく（改行は／で示した。振り仮名は編著者で付けた）。

九州山脈の山ひだを縫って／その頂きに立ったとき／深い　コバルトの空が急に展けた／
天はどこまでも青く／真昼の太陽が　折重なる山々に清潔な光りを注いだ

ここに　人間の汚辱はなく／ここに　人間の妄執はなく／燃える太陽が／
太古の自然　太古の生命を甦らせ／虚空と虚無の皮膜のうえに／人間の存在を鮮やかに描いている

蒼天に漂う白い雲よ／消えることのない　この愛と生のすがたを／時の帷のなかに刻みたまえ

この第三連を碑詩と比べると、二点の異同があり気になるところである。
①原作の二行目が、碑詩では二つの行に分けられている。
②原作二行目の「消えることのない」が、碑詩では「消えることない」となっている。
「西日本新聞」（平成12・9・29）のコラム「雪月花」で、詩人の山本哲也は、この詩の第三連を掲出し、次のように解説している。

九州山脈の山ひだをぬって頂きに立つと、急に展けてくるコバルトの天。こういうイメージで詩ははじまる。作者の関心の対象はひたすら空に向けられている。山の風景ではない。現実の生活でもない。「虚空と虚無」の天、そこに「人間」というものが鮮烈にみえてくる。こう読むと、一編は叙景詩というより、作家北川晃二の述志の詩である。白い雲よ、と文学を志す者に呼びかけているのだ。

碑は、四六センチ四方の金属板の中央に、直径三六センチの円の窪みがあり、その中に直径三〇センチの、表面に加工が施された金属製円板（中央部は直径一〇センチの穴）が入っている。この四角形の金属板は、奥の方が高さ三五センチ、手前の高さは二〇センチと、傾斜している。この彫刻の前に、縦三五センチ、横四五センチの金属板が水平に設置されていて、これに碑文が活字体で書かれている（どういう技法か門外漢には分からない）。

この彫刻について、七回忌に刊行された詩集『蒼天』の「追記」に、次のように記されている。

故人が青春期を過ごした中国ゆかりの玉璧（ぎょくへき）をイメージして設計された。古来、璧すなわち玉は、故人の心思をつかさどる魂の蘇生を祈って枕頭に懸けられたという。さらに中央の円が天を、周囲の方形が大地を映す。〔略〕碑の胎内には、故人が作品「逃亡」によって受賞した第一回九州小説賞（一九四七年「九州文学」主催、当時二十七歳）で得た記念の万年筆が納められている。

椎窓（しいまど）　猛（たけし）

昭和四年（一九二九）―。八女郡矢部村生まれ。福岡第一師範学校本科卒業。主として八女郡内の小学校で勤務。退職後は、矢部村の教育長に就任。昭和四十六年、文芸誌「村」を創刊。夕刊フクニチ文化賞受賞（昭和45）。日本文芸家協会会員。福岡県詩人会会員。「九州文学」同人（編集委員）。詩誌「木守」「泥質」同人。句誌「天籟通信」会員。平成十六年（二〇〇四）五月に、教育長を退任。詩集に『しゃくなげのむら』（昭和40）、『風の棘』（昭和48）、『山峡に生きる椎の葉のような哀歌』（昭和57）、『杣の火唄』（平成5）、『山峡木契録』（平成10）がある。また、画文集『去年（こぞ）しくろく詩句録』（平成13）も出している。その他、童話集、小説集、句集、エッセイ集など著書多数。

回帰

椎窓　猛

十字のかたちで
十薬の清楚な花びらが
愁いのいばらをといていくように

温かい手
無量の愛
よみがえるいのち
やすらぎにみちた脈拍への回帰

やさしく
八女とよぶ
光の風致につつまれて

長岡文雄書

写真188

【所在地】 八女市高塚五四〇—二　公立八女総合病院

八女の中心地で、西鉄バスや堀川バスの発着所がある十字路（信号標識「土橋」）から一・五キロほど南進すると、右側に公立病院がある。碑は玄関前のロータリーにある。

【裏面1】〝回帰〟碑

二一世紀の新たな未来を指向し、八女広域圏医療の中核としての使命、その機能の充実を根幹に、平成二年（一九九〇）改築に着工、平成六年（一九九四）竣工、落成記念の讃歌を、矢部山峡の詩人椎窓猛（日本文芸家協会会員）、書を立花光友の地に生いたち、現在古都奈良に住いの書家長岡文雄（文鳳会、同人）、モニュメント作成は水郷日田の彫刻家渡辺隆美（大分行動作家協会、会員）が、詩「回帰」の主題に基づき、生命の快癒を希望し、ここに愛をこめて、交叉する医療の人間群像をシンボル化して建立した。

平成六年新秋、さわやかに風立つ九月の日に

公立八女総合病院組合　組合長　末安良行

公立八女総合病院　院長　下川　泰

【裏面2】寄贈者名　株式会社村田相互設計事務所　戸田・鴻池・大坪特定建設工事共同企業体

九電工・第一工業建設工事共同企業体　ダイダン株式会社　大橋エアシステム株式会社

【その他】詩に描かれている「十薬（じゅうやく）」とは「ドクダミ」のことである。俳句では夏の季語である。山本健吉編著『鑑賞俳句歳時記』（文藝春秋刊）に、次のように解説されている。

梅雨のころ、陰湿な地に盛んに繁殖し、葉の脇から分枝して、頂きに花弁状の仄（ほの）白い四片の苞（ほう）をもった淡黄色の多数の裸花を穂状に咲かせる。白い十字の苞が美しく、赤味を帯びた濃緑色の葉の上に咲き群らがる。葉茎ともに悪臭がある。

椎窓猛はその著『忘れなば抄』（梓書院刊）の「十薬の花」（初出『文集お便り』平成十年七月）で、「〝どくだみ〟と言えば、みな薬草として熟知している。根も茎も葉も、それぞれに薬効があると伝えられ、したがって『十薬』の名もそれに由来しているようである」と述べている。

碑は全高二・五メートル。詩がきざまれている部分は縦四八センチ、横七七センチ。

椎窓猛詩碑がもう一基、八女郡黒木町にある。地域別一覧を参照されたい。

松永伍一

昭和五年（一九三〇）─。三潴郡大莞村（現・大木町）生まれ。八女高校卒業後、大莞中学校助教諭となる。旧制八女中学時代に、同級生の川崎洋や水尾比呂志らと「詩苑」を出す。新制高校に編入してからは文芸部を創設。同二十五年、第三次「九州文学」同人となる。同年、同人誌「交叉点」創刊。織田隆一編集の「詩人」同人となる。同二十六年には久留米の「方向」に参加。同年、「母音」（第三期）が復刊したので同人となり、編集にも携わる。九州詩人懇話会世話人となる。同三十一年、日本農民文学会会員となる（昭和三十三年、脱退）。同三十二年に中学校を退職して上京。黒田喜夫、谷川雁らと「民族詩人」を創刊。同三十三年、「現代詩の会」会員となる。同三十五年、新日本文学会会員となる（昭和三十九年に離脱）。同三十六年頃から、農村各地の調査に精力的に取り組む。多くの詩集を出す。選集『松永伍一詩集』（昭和58）もある。その他、『日本農民詩史』（全三巻五分冊。毎日出版文化賞特別賞受賞）、『松永伍一著作集』（全六巻）等、著書多数。

和らぎの里
松永伍一
生きて愛し
生かされて感謝し

写真189

歓びの泉が
いのちの花を咲かせる
時はゆったりと流れ
美しい実を
結んでいく
こうして和らぎの里に
日々新たな光が
降りそゝぐ

【所在地】　筑後市野町六八〇－一　筑後市総合福祉センター

国道二〇九号線沿いの筑後警察署から七〇〇メートルほど南下すると、信号機標識「福祉センター前」交差点がある。そこから右折して、西へ二〇〇メートルの地点に福祉センターがある。碑は玄関前にある。

【裏面】　この総合福祉センターは和らぎと、ふれ合いの中から生きる喜びを見出す場所として建設されました。ここを拠点に善意と支え合いの輪が日々拡がっていくことを願うものであります。

昭和六十一年四月十七日　筑後市社会福祉協議会

理事　野間口天凱　村田亀遊池　倉富　実　服部常男　渡辺啓之郎　角　勝記　吉田和典

大塚守男　下川清子　庄山保男　佐野久人　事務局長　吉住裕昭

建設業者　鉄建建設株式会社　尋木建設株式会社

【台座】　施工　筑後市大字鶴田　大塚由松

【その他】『松永伍一全景』（大和書房刊）という書物がある。これに収録されている詳細な「松永伍一自筆年譜」

によると、昭和六十二年の項の7に「筑後市福祉センターの前に『和らぎの里』の詩碑が建つ」とあり、執筆（発表）記録の〔詩〕の項に「和らぎの里（筑後市福祉センター）」とある。同書では作品の再録の場合は「再録」と明記されているので、「再録」と書かれていなければ「初出」である。従って「和らぎの里」は、福祉センターの碑のために書かれたものと考えてよいだろう。ただ、碑の裏面に刻まれている日付と、『松永伍一全景』に記録されている日付とが一年ずれていることが、気になる点である。福祉センターの開設は、『筑後市史』第三巻所載の年表によると、昭和六十一年四月二十一日のようである。碑の除幕式が昭和六十二年までずれ込むということがあったのかもしれない。

碑は全高一・五四メートル、幅一・〇三メートル。

みずかみ　かずよ

昭和十年（一九三五）―同六十三年。現在の北九州市八幡東区尾倉生まれ。旧姓浅野。本名多世（かずよ）。兄の経営する尾倉幼稚園に勤務しながら創作を始めた。昭和三十三年、児童文学の同人誌「小さい旗」に参加。同年十一月に、同人の水上平吉（朝日新聞西部本社勤務）と結婚。このころ、月刊誌「新婦人」に投稿した詩「充ちてくるもの」が特選となった。これを転機として詩作に励むようになった。同四十三年、夫の転勤で休刊していた「小さい旗」を復刊（平吉が主宰）。二人三脚で会活動の中心となる。その間、三女一男を出産。日本児童文学者協会等に所属。同五十六年、平吉とともに北九州市民文化賞（文学的領域）受賞。少年詩集に、『こえがする』（昭和58）等があり、詩集には『うまれたよ』（昭和63）等がある。小学校国語教科書に「あかいカーテン」、「ふきのとう」、「金のストロー」、「馬でかければ」、「つきよ」が採用されている。没後、詩業の全てを夫の平吉が『み

ずかみ　かずよ全詩集　いのち』としてまとめた。この詩集は平成八年（一九九六）に第五回丸山豊記念現代詩賞を受賞した。

ふきのとう
みずかみ　かずよ

ゆきが
そこだけ
とけてるの
あったかい
いきが
かかるのね
うれしい
こえが
ひびくのね

写真190

【所在地】北九州市八幡東区尾倉二―一―八　小伊藤山公園

ＪＲの八幡駅から南へ延びる大通りを歩いて約五分ほどで、道の左手にある公園に着く。市民会館や市立八幡図書館のある一画の、道路を挟んだ手前である。碑は公園の北西隅にある。

【裏面】詩碑銘

みずかみ　かずよ（一九三五～八八）は八幡東区尾倉で生まれ、皿倉山を見つめながら詩や童話を書き続けた。

詩は小学校教科書に掲載され全国の児童に朗唱された。一九八一年北九州市民文化賞、九六年『みずかみ かずよ全詩集 いのち』で丸山豊記念現代詩賞を受賞した。自然を愛し、子どもたちとともに詩を楽しんだ故郷の詩人みずかみ かずよの業績を讃え、詩の発展を願う市民の寄金によって詩碑を建設した。

碑面の書は山本飛雲氏が揮毫された。

一九九七年三月　　みずかみ かずよ詩碑建設委員会　代表　岡田武雄

【その他】 この詩は、水上平吉編『みずかみ かずよ全詩集 いのち』（石風社刊）では十四頁に収録されている。同詩集巻末の「初出一覧」によると、児童文学同人誌「小さい旗」の六十三号（一九八二年三月）に発表された作品である。一九八二年は昭和五十七年で、作者四十六歳の作ということになる。その後、少年詩集『こえがする』（昭和58）および詩集『うまれたよ』（昭和63）に収録されている。

碑は全高一・七二メートル、幅一・八メートル。除幕式は三月三十日に行われた。

V

漢詩碑

はじめに

編著者の文学碑採録ノートには、近・現代の漢詩碑の記録はわずかである。漢詩を作る人口の減少もあるだろうし、それを碑に刻もうとする人も減少しており、十七基の採録に止まった。しかも、作者や作品についての資料の少なさ等の事情もあって、五基についてのみ記述する。配列は作者の生年順とする。江戸末期に生まれた人も、明治になって他界した人は近代作家として扱った。

村上仏山（ぶつざん）

> 無題
>
> 落花紛紛雪紛紛　踏レ雪蹴レ花伏兵起　白晝斬取大臣頭
>
> 噫嘻時事可レ知耳　落花紛紛雪紛紛　或恐天下多事兆二於此一
>
> 五十周年記念　平成九年度中京中学校ＰＴＡ役員一同

写真191

平成九年八月吉日

【所在地】　行橋市天生田五四五　行橋市立中京中学校

県道二五〇号線（長尾・稗田・平島線）と県道二五一号線（天生田・吉国線）が交差している地点から、南へ一五〇メートルほど行くと、右手に学校がある。碑は校門を入ってすぐ右側にある。

【村上仏山先生教学碑】　偉人を産んだ郷土は幸せである。子孫は常にその人を仰ぎ、手本として学ぶことが出来るからである。

仏山先生は幼名を健平といい、文化七年〔一八一〇〕十月上稗田に生れ、十五才の春、筑前秋月に遊学し、天保六年〔一八三五〕二十六才の時に、故郷長峡川のほとりに私塾「水哉園」を開いた。

水哉園の名は、もと孔子の言葉で、水の流れのたゆまない姿を学問の勧めに引用せられたのであるという。先生は、生れつき親に孝に、詩に巧みに、神仏をうやまい、自から行いを正されたので、その人徳を慕うて集つた門人は、日本国中から約三千人にも及んだ。

亡くなられたのは明治十二年〔一八七九〕九月、七十才の時である。

稗田の草木は、先生の教えを伝えて、今でもわたしたちに呼びかける。

磨いた玉は　世の宝

孝行な子は　家の吉相

昭和四十三年五月十日　　村上仏山先生教学碑建立委員会

〔注――編著者で、振り仮名を付け西暦年を添えた〕

【同碑裏面】　謹撰文　友石孝之　　謹書　中村天邨

行橋市立中京中学校創立二十周年記念

発起　行橋市立中京中学校　　同中学校父母教師会　　同体育後援会　　同卒業生一同
　　　村上仏山顕彰賛助会　　美夜古文化懇話会　　行橋市長京都郡町長会
後援　行橋市教育委員会

【その他】中京中学校の西方一・六キロの地点に水哉園がある。郷土の偉人として、同校の創立二十周年記念に「村上仏山先生教学碑」を建立し、五十周年記念に仏山漢詩碑をその左側に建立したのである。文学碑を扱う本書の主旨から、漢詩碑を採り上げ、「教学碑」は作者紹介の意味で採録した。

　この漢詩は、仏山の著『佛山堂詩鈔』（三編九巻、京都書林刊）の「三編巻之上　雪」（明治八年刊）に「無題」として収録されている。碑には返り点が刻まれているが、送り仮名は付けられていない。西日本新聞社刊『福岡県百科事典』の「村上仏山」の項にはこの詩が掲げられていて、送り仮名も付けられている。それを参考にして書き下し文を示しておく（読み仮名は現代仮名遣いにした）。

　落花紛紛（ふんぷん）雪紛紛　　雪を踏み花を蹴って伏兵起こる
　白昼斬取（ざんしゅ）す大臣の頭（こうべ）　　噫嘻（ああ）時事知るべきのみ
　落花紛紛雪紛紛　　或（あるい）は恐る天下の多事此（ここ）に兆（ちょう）するを

〔注――「紛紛」は、花などが乱れ散るさま〕

この詩の形式は古体詩であろう。友石孝之著『村上佛山　ある偉人の生涯』（美夜古文化懇話会刊）二〇五頁には「楽府（がふ）」と書かれている。

須佐神社（行橋市）発行の新聞「ぎおんさん」に連載されている「京築の文学63」（執筆者・城戸淳一）の「村上仏山①」（昭和58・6・1）に、次の記述がある。

　最も多くの人に知られている詩は、「無題」とあるが、内容は万延元年（一八六〇）三月三日に桜田門外で井伊直弼（いいなおすけ）が水戸浪士に襲撃された事件を詠（うた）ったものである。そして詩で予言した如く、この事件をさかいにして尊王倒幕運動が激しくなって行った。五十歳のときの作品。

桜田門外の変が背景にあると知ってこの詩を読むと、なるほどと頷ける表現である。因に「桜田門外の変」とは、安政七年（一八六〇）三月三日に、江戸城に登城する大老井伊直弼一行が、雪の桜田門のあたりで待ち受けていた水戸・薩摩の浪士に襲われ、暗殺された事件である（「安政」から「万延」に改元されたのは三月十八日であるが、その年の元日にさかのぼって新しい年号の元年とするという詔勅が昔はあったようで、この事変も万延元年とされている）。将軍継嗣問題や日米修好通商条約問題に対する大老の独裁的権力誇示や弾圧に対する尊攘派の反撃であったのだが、複雑な背景については割愛する。

城戸氏が「五十歳のときの作品」としていることについて検討しよう。仏山は一八一〇年一〇月二五日の生まれ。一八六〇年三月三日の事変は、「早くも月の二十三日頃豊前地方の人達の耳を驚かせた」（友石孝之著『村上佛山』一九四頁）というから、厳密に言えば数え年五十一歳、満四十九歳のときの作ということになる。

碑は全高二・一メートル、幅〇・八メートル。

乃木希典

嘉永二年（一八四九）－大正元年（一九一二）。江戸麻布生まれ。幼名は無人（元服後源三と改名）。少年時代に、武術と同等に礼法漢詩文習得重視の教育を受けた。慶応元年（一八六五）、長州藩校明倫館文学寮に入学。翌二年九月、満十六歳で幕府の長州征伐軍との戦闘に参じた。明治二年（一八六九）、親兵として伏見に入営。同四年、陸軍少佐となる。この年、希典と改名。同八年、熊本鎮台（陸軍の軍団。後、師団に改組）の歩兵第十四聯隊（小倉）聯隊長心得に任官される。翌年、神風連の乱、秋月の乱、萩の乱が相次いで起き、その対応に追われる。同十年、西南戦争勃発。熊本城にかけつける途中、植木で西郷軍と激戦。旗手が戦死して軍旗を奪われたが、不問に付された。同十八年には少将に昇進し、歩兵第十一旅団長として熊本に赴任していたが、翌々年一月、ドイツ留学。日清（にっしん）戦争出陣、中将に昇進。同二十九年十月、台湾総督となる。日露戦争出陣、大将に昇進。戦後は軍事参議官、宮内省御用掛に就任。同四十年には学習院院長を兼任。明治天皇の大喪の礼に合わせて、自刃。

題日本武尊圖　希典
女装誅賊少年身　膽略勇謀力如神
他日伊吹山下恨　護身寶劍属誰人

写真192

【所在地】 柳川市中町　八剣神社

県道二二三号線（久留米・柳川線）の「中町」信号から東へ、柳河小学校の方へ行く途中に神社がある。碑は社殿の南側にある。この碑の奥に、芭蕉桜塚（拙編著『福岡県の文学碑　古典編』二六四頁参照）がある。

【右面】 陸軍大將乃木希典氏は熊本鎮台小倉歩兵第十四聯隊長心得少佐時代、明治九年七月二十八日熊本を發し、夕方柳河に着いて角（隅町）荒木屋に宿泊した。丁度祇園祭で、町切（道巾一ぱいに建てた献燈）に日本武尊が女装して熊襲川上梟（帥）を殺すところの絵を見て詠じた詩である。大將の詩は数百あるが、歴史に取材したものは二篇で、これはその一つで貴重な文献である。乃木希典日誌による　昭和四十六年二月建之

〔注——編著者で句読点を補った。漢字の新旧字体は碑面のとおりである〕

【その他】 和田政雄編『乃木希典日記』（金園社刊）で明治九年七月二十八日（希典は満二十六歳）の項を見ると、次のように書かれている。

車ヲ雇テ夜発、午時三池ニ来リ、長田屋ニ憩フ。本日炎暑殊ニ難レ堪。日夕柳河ニ至リ、角（隅町）荒木屋ニ泊ス。祇園祭ノ前備甚繁華ナリ。街灯ノ絵ニ日本武尊女装シテ川上梟（帥）ヲ誅スルヲ見ル。有レ感。

〔碑に刻まれている漢詩は省略〕

夜蒸熱甚シ。

〔注――旧漢字は通常の字体に改めた〕

「車ヲ雇テ夜発」とある。『乃木希典日記』によると前日は熊本に滞在。車（日本に初めて自動車が導入されたのは明治三十三年だから、ここは人力車であろう）で、夜間に熊本を発ち、午後三池郡に着き、休息後柳川を目指し、夕方到着。夜中に出発して、翌日は久留米、石櫃を経て博多泊。三十日に小倉に帰着している。

柳川の祇園祭の町切に「日本武尊が女装して熊襲川上梟帥を殺すところの絵」が描かれていたという。その画題に若干触れておこう。

日本武尊は『古事記』では「倭建命」と書かれている。景行天皇の皇子の小碓命（別名「倭男具那命」）である。天皇の命で熊襲を征討するときの話であるが、熊襲兄弟の弟が「川上梟帥」と書かれているのは『日本書紀』巻第七である。このとき日本武尊は十六歳という設定になっている。

小学館の「新編　日本古典文学全集　2」の『日本書紀①』の現代語訳を示すので、場面を理解されたい。

時に、熊襲に首長がいた。名は取石鹿文、または川上梟帥〔注――「梟帥」は「勇ましく強い大将」の意〕という。ことごとく親族を集めて、酒宴を開こうとしていた。そこで、日本武尊は髪を解いて童女の姿に変装して、ひそかに川上梟帥の宴会の時をうかがわれた。そうして、剣を御衣の中にひそめて、川上梟帥の酒宴の部屋に入り、女たちの中に紛れ込んでおられた。川上梟帥は、その童女の容姿を賞して、手をとって同席させ、酒杯を上げて飲ませ、戯れ遊んだ。やがて、夜が更けて酒宴の人もまばらになった。そのうえ、川上梟帥は酔いもまわってきた。そこで日本武尊は、御衣の中の剣を取り出して、川上梟帥の胸を刺された。

川上梟帥は絶命する前に、女装している日本武尊に素性を尋ねる。日本武尊は「景行天皇の皇子で日本童男（やまとおぐな）だ」と言う。そこで川上梟帥は、「私は未だかつて人に負けたことはない。皇子に日本武尊という尊号を差し上げます」と言って絶命する、という話である。

さて、この詩（七言絶句）については、中央乃木会編の『乃木将軍詩歌集』（日本工業新聞社刊）に採り上げられているので参考にしたい。

書き下し文を示し、注釈を試みよう。

女装して賊を誅（ちゅう）す少年の身（み）　胆略勇謀（たんりゃくゆうぼう）力神の如し

他日伊吹山下（たじついぶきさんか）の恨（うらみ）　護身の宝剣誰（た）が人に属す

〈注釈〉誅＝武力で罪あるものを撃つ。　胆略＝大胆で策略のあること

第三句＝熊襲平定後、十二年ほど経った頃、今度は東の方で反逆者が出る。今度も日本武尊が平定に出かける。関東地方から東国地方へと平定の旅を続け、近江（おうみ）の伊吹山の荒神（あらぶるかみ）の平定に行った。荒神が化けた白蛇を無視したため、荒神が怒り、激しい雹（ひょう）で日本武尊を責め立てた。日本武尊は体力、気力を消耗し、それが原因で他界した。三十歳であったという。

第四句＝日本武尊は東征に出発して、まず伊勢神宮に加護を祈願し、斎宮（さいぐう）（伊勢神宮に奉仕した未婚の皇女）である叔母の倭姫命（やまとひめのみこと）に会う。そして護身用に草薙剣（くさなぎのつるぎ）を戴く。駿河国（するがのくに）で火攻めに遭ったときは、この剣で危機を脱出できた。ところが、第三句に出ている伊吹山に出かけるときはその剣を身に付けていず、結果的には身を護ることが出来なかった。

碑は高さ二・四二メートル、幅〇・三八メートル。

徳富蘇峰（とくとみそほう）

文久三年（一八六三）－昭和三十二年（一九五七）。熊本県生まれ。本名猪一郎（いいちろう）。明治四年（一八七一）に兼坂止水の家塾に入り、漢学を学ぶ。同八年、熊本洋学校入学。翌年春、キリスト教奉教の誓約（花岡山バンド）に加盟。同年七月に洋学校閉鎖。その後、同志社に入る（同十三年退学）。この頃から新聞記者を志し、政治活動を行う。同十五年、大江義塾を開く。同十九年末に上京。翌年、民友社を興して「国民之友」を発刊。ついで、「国民新聞」、「家庭雑誌」、「英文国民之友」を相次いで創刊。初期は平民主義の傾向にあったが、日清（にっしん）戦争の頃から国家主義的傾向に傾いた。山県有朋（やまがたありとも）、桂（かつら）太郎に接近。同四十四年、貴族員勅選議員となる。桂の死後は政治から身を引き、著述に専念。満州事変からは積極的に軍部に協力し、第二次大戦中は日本文学報国会、大日本言論報国会の会長を務めた。『近世日本国民史』全百巻がある。昭和十八年、文化勲章受章。戦犯として、昭和二十二年二月から翌年四月まで公職から追放された。同二十九年、水俣の名誉市民に推された。

儒門出大器　抜擢躋台司　感激恩遇厚　不顧身安危　一朝罹讒構
呑冤謫西涯　傷時仰蒼碧　愛君向日葵　祠堂遍天下　純忠百世師
昭和二十九歳蘇峯菅原正敬頽齢九十二

写真193

【所在地】 太宰府市宰府四丁目　太宰府天満宮
楼門の右手前に碑はある。

【裏面】〔裏面右手に、刻字の痕跡があるが、判読不能〕

【その他】上村高直著『太宰府いまむかし』（日生印刷刊）を参考にして、この詩の解説をしたい。

〈書き下し文〉

儒門大器を出だし、抜擢されて台司に躋る。
恩遇の厚きに感激して、身の安危を顧みず。
一朝讒構に罹り、冤を呑んで西涯に謫せらる。
傷時蒼碧を仰ぎ、君は向日葵を愛す。
祠堂天下に遍く、純忠百世の師たり。

〈注釈〉儒門＝儒者の家柄。ここでは菅原道真一家をさす。曾祖父、祖父、父、道真と四代にわたり文章博士（大学寮に属し、文章を教授する者）で大学頭となった。

大器＝大人物。ここは菅原道真をさす。

台司＝三公（太政大臣、左大臣、右大臣。道真は右大臣であった）

恩遇の厚き＝宇多上皇、醍醐天皇に厚く用いられたこと。

讒構＝人を非難して無実の罪を作りあげること。左大臣藤原時平は、道真が優遇されるのをねたみ、まだ若かった醍醐天皇に、「道真は娘が嫁いでいる斉世親王（醍醐天皇の弟）を天皇位につけるために謀反を企てている」と告げ口した。

西涯に謫せらる＝太宰府に流されたこと。

傷時＝配流の悲しみ、苦しみに心が痛むとき。

蒼碧＝青空。

向日葵＝ヒマワリ。ヒマワリが太陽の方へ向いて回ることから、人を慕う情を譬える。道真が宇多上皇や醍醐天皇の徳を慕うことの表現。

祠堂＝天満宮の社殿。

〈大意〉菅原家から道真公という大人物が出て、抜擢されて右大臣の位に昇った。これは宇多上皇や醍醐天皇の御厚情によるもので、その御恩に感激して、身命をなげうってお勤めに励んだ。ところが、思いがけず讒言されて、無実の罪で大宰権帥（だざいのごんのそつ）におとされた。その悲しみ苦しみに心が痛むときは、いつも青空を仰ぎ、ヒマワリの花が太陽の方を向いて回るように、宇多上皇や醍醐天皇のお情けを思い出して慕った。今でも天満宮は全国各地にあって拝まれているが、その天皇に対する純粋な誠の心は、いつの世までも手本とすべきである。

碑文末尾の一行にも注目しよう。「蘇峯菅原正敬」と署名しているが、本姓は勿論徳富である。それをなぜ菅原と書いているのかという疑問が当然に起きる。これに関しては『徳富蘇峰（蘇峰自伝）』（「人間の記録 22」、日本図書センター刊）に「予（よ）が家は菅原氏にして、菅公の裔（すえ）と申し伝えているが、それはもとより当てにはならない」と書かれている。「当てにはならない」とは思いながらも言い伝えによって、「菅原」と書くこともあったのであろう。「正敬」は、蘇峰の別名でる。蘇峰のもう一基の漢詩碑（福岡市中央区西公園。地域別一覧参照）も、署名の部分は「蘇峯徳富正敬書」である。

「頽齢（たいれい）」は「老年」の意である。揮毫した昭和二十九年は数え年九十二歳、没する三年前であった。

森弘子著『西高辻信貞　わがいのち火群ともえて』（太宰府天満宮刊）所載の「西高辻信貞略年譜」によると、昭和二十七年五月十七日に「徳富蘇峰参拝」とある。同書一〇八頁には、次の記述がある。なお、西高辻信貞は太宰府天満宮第三十八代宮司（昭和六十二年没）である。

信貞は、その足で熱海の徳富蘇峰を訪ね、一千五十年祭を記念して境内に菅公を顕彰する蘇峰の詩碑を建てたいと申し入れた。自ら菅公の末裔と称する九十歳の蘇峰は大感激し、喜んで引き受けた。二十七年五月、蘇峰は天満宮に参拝し、一千年大祭に奉納した自らの筆蹟や、天満宮文書を見て、楼門前では小学生に天神様の徳を説いた。二十九年十一月二十四日、菅公頌徳碑は楼門右手に完成した。碑は全高三・九五メートル、幅一・七メートル。

松口月城（げつじょう）

明治二十年（一八八七）－昭和五十六年（一九八一）。筑紫郡那珂川町生まれ。本名栄太（えいた）。十四歳で医学に必要な英語を学ぶため、福岡西公園下の塾に通う。その帰途、地行（じぎょう）の辛島並樹（からしまなみき）漢学塾で漢学の基礎を学ぶ。独学で基礎医学を勉強し、満十八歳で医術開業試験に合格し（最若年記録）、公立若松病院に勤務。明治三十九年、十九歳で地元の開業医となる。昭和二十五年、岩戸村（現・筑紫野市）住民の要望をいれて、診療所所長に就任（昭和三十五年退職）。三十五歳頃から漢詩（宮崎来城（らいじょう）、土屋竹雨（ちくう）に師事）、書道、南画を学ぶ。漢詩は生涯で一万数千編を作る。平易な詩句が共感を呼び、昭和三十二年初版の『松口月城吟詠詩集』は二十四版を重ね、吟詠愛好家のバイブル的存在である。西日本新聞社主催の西日本吟詠大会提唱者で、日本吟詠総連盟顧問。吟詠界の育成向上に尽くした功績により、昭和五十三年、第三十七回西日本文化賞を受賞。また同五十六年、台湾との文化交流に対し、台湾政府が文化奨章を贈る。那珂川町は名誉町民の称号を贈る。また、平成六年（一九九四）、那珂川町のミリカローデン那珂川に松口月城記念館が建設された。

英彦山之詩

巨杉老柏吼天風　路入白雲紅葉中

四面峯巒皆跪伏　此山眞是鎭西雄

写真194

【所在地】 田川郡添田町英彦山　豊前坊

地理案内は高千穂峰女句碑（一六五頁）参照。英彦山野営場の一・五キロ先に豊前坊の駐車場がある。高住神社の一の鳥居の横に巨碑がある。高住神社境内には、杉田久女、小坂蛍泉、松養風袋子の三句碑もある。

【副碑】 吟道八洲荘　鷹洲会建立　昭和五十二年秋日

【その他】『松口月城吟詠詩集』（創文社刊）で「英彦山（豊前）」を見ると、次のように書き下し文が書かれている。

巨杉老柏天風に吼ゆ　路は入る白雲紅葉の中
四面の峯巒皆跪伏　此の山真に是れ鎮西の雄

同書には通釈は書かれていない。語釈を示しておく。

峯巒＝（連なっている）山　跪伏＝ひざまずく　鎮西＝九州の古い名称

田川高校文芸部誌「琅玕」第二十七号（昭和54・2・20）所載の共同研究「英彦山の文学碑を訪ねて」によると、碑を建立した吟道八洲荘鷹洲会は、月城の詩吟の門弟芦馬芳美、寅雄兄弟が中心。除幕式には九十一歳の月城も出席し、人の背に負われてではあるが、英彦山に登ったそうである。

碑本体は高さ三・一メートル、幅二・五メートル。

月城の漢詩碑は他に筑紫郡那珂川町で一基、確認している。また、編著者未見の碑が、那珂川町と福岡市早良区にもあるようである。地域別一覧を参照されたい。

郭沫若

戰後頻傳友誼歌　北京聲浪倒銀河　海山雲霧崇朝集　市井霓虹入夜多
懷舊幸堅交似石　逢人但見咲生窩　此來收穫將何似　永不重操室内戈
一九五五年冬訪問日本歸途在福岡作
轉瞬已十八年矣　一九七四年冬　郭沫若

戦後頻りに伝う友誼の歌
北京の声浪は銀河を倒にす
海山の雲霧は崇朝に集まり
市井の霓虹は夜に入りて多し
旧を懐えば堅からんことを幸う交り石の似く
人に逢えば但見る咲いて窩を生ずるを
此来収穫は將た何似
永しえに重ねて室内の戈を操らじ
一九五五年の冬　日本を訪問し帰途福岡に在りて作る
転瞬くまに已に十八年なり

写真195

【所在地】 福岡市東区志賀島　金印公園

県道五四二号線（志賀島循環線）を渡船場から一・八キロほど西行すると、「金印塚」というバス停があり、高台に金印公園がある。金印の印影飾り台がある中段広場の東端に碑がある。

【裏面】 郭沫若先生（一八九二―）は、中国四川省楽山県の出身で、本名を開貞といい、沫若はその号である。

一九一四年、留学生として来日。一九一八年より一九二三年まで九大医学部に学び、若き日を福岡ですごした。その間、金印の出土した志賀島に遊ぶなど、遙かな日中文化交流の歴史に思いをはせている。詩人文学者としての第一歩を踏み出したのも、この時期である。

現在、中日友好協会名誉会長として、その長年にわたる日中友好のための尽力と貢献は多大なものがあり、また中国科学院院長として、すでに多くの学問的業績によって日本の人々にも尊敬されている。

この詩は、一九五五年、中国科学院学術視察団団長として来福の折に作った詩を、十八年後の一九七四年に自書して贈ってきたもので、これを、日中復交三周年の記念としてそのまま石に刻み、永遠の日中友好のいしずえとしたい念願である。

一九七五年九月　　郭沫若先生詩碑建設委員会

この建設委員会は日本中国両民族永遠の友好を念ずる法人一一団体個人七九八名より成り、その誓願連署は　この台石下に永しえに固き礎たらんと深く埋定されているのである。

〔補足〕日中国交樹立は一九七二年（昭和四十七年）九月二十九日で、三周年記念として詩碑が建立され、除幕式が行われたのは一九七五年九月二十九日であった。

作者の略歴が刻まれているが、若干の補足をしたい。

氏名の中国読みはクオ・モールオである。生年月日は、和暦では明治二十五年十一月十六日である。大学に入る前は、神田日本語学校、第一高等学校予科を経て、岡山の第六高等学校に入学している。一九一六年（大正五年）に聖路加病院看護婦佐藤とみ子と恋愛結婚。一九二三年に九大（入学時は九州帝国大学医科分科大学。卒業時は九州帝国大学医学部）を卒業。耳の疾患で医学は断念。そのころから左翼化し、家族を伴って帰国。国民革命軍で活躍。一九二七年に中国共産党入党。同年、蔣介石（しょうかいせき）の反共クーデターにより内戦となった時、朱徳らの南昌蜂起に参加したが敗れて、一九二八年に家族を連れて日本に亡命。一九三七年に蘆溝橋（ろこうきょう）事件がおきると、単身日本を脱出し、上海（しゃんはい）に渡って抗日戦の陣頭に立った。蔣介石から容共分子として政治活動を制約された。

一九四九年に中華人民共和国が成立した後は、副首相、文化教育委員会主任、全国人民代表大会常務委副委員長などを歴任。

詩集に『女神』（一九二一）、『星空』（一九二二）などがある他、歴史劇『屈原』（一九四二）、『則天武后』（一九六〇）などの作品もある。また『郭沫若自伝』全六巻（一九六七）が、平凡社から翻訳されている。

碑建立時は生存中であったが、一九七八年（昭和五十三年）六月十二日に没。満八十五歳の人生であった。

【その他】 碑の正面には、作者自筆の漢文と、活字体振り仮名付きの書き下し文が刻まれている。書き下し文は新旧両字体が混在してるので、碑文どおりに記録した。

詩の内容はそれほど難解ではないが、最後の行だけは解説が必要であろう。

「室内」には「きょうだい」の読み仮名が付けられている。「室」には「家族」の意味があり、転じて「兄弟」ととる。つまり、中国と日本は兄弟だから、二度と戈（武器）をとって争うようなことはするまい、という意味である。

詩碑の除幕式を報じた「朝日新聞」（昭和50・9・26）に、次の記述がある。

一昨年十一月、進藤福岡市長が北京を訪れたとき、郭氏は「昭和三十年に訪日したとき、福岡でつくった詩を市に贈る」と約束した。永遠の友好をうたった自筆の詩が届いたのは昨年末。市内の有志が集まって郭沫若先生詩碑建設委員会〔注——委員長は瓦林潔氏〕を結成、福岡と中国の古い交流を示す金印が出土した金印公園広場に詩碑建立を進めてきた。

碑は全高一・六三メートル、幅二・二七メートルの仙石石。

Ⅵ

散文碑

はじめに

散文碑という名称は、必ずしも一般的ではない。小説や評論の一節が刻まれているものは、散文碑の典型である。その他に作家の顕彰碑・記念碑的なものもあるが、これらは次章の「顕彰碑」に収録した。配列は作家の生年順とした。

森　鷗外（おうがい）

文久二年（一八六二）―大正十一年（一九二二）。島根県津和野生まれ。本名林太郎。軍医として陸軍に入る。明治十七年（一八八四）からドイツ留学（同二十一年帰国）。帰国後は、軍医学校教官として公務に従う一方、文学活動を開始。翻訳新体詩集『於母影（おもかげ）』の発表（明治22）、文芸雑誌「しがらみ草紙」の創刊（明治22）、小説『舞姫』の発表（明治23）、翻訳小説『即興詩人』の発表（明治35）などで、浪漫主義に大きな影響を与えた。一方、軍務では日清戦争出征を挟んで、陸軍軍医学校校長、近衛師団軍医部長兼軍医学校校長を歴任。同三十二年、第十二師団軍医部長として小倉に着任。同三十五年三月に第一師団軍医部長に任ぜられ、帰京。同三十七年勃発の日露戦争に出征。同四十年、陸軍軍医総監、陸軍省医務局長となる。大正五年、退官。その後は、帝室博物館総長兼図書頭（ずしょのかみ）・帝国美術院院長・臨時国語調査会長などを歴任した。文学面では明治二十九年、批評雑誌「めざまし草」を創刊。また、反自然主義の文芸雑誌「昴（スバル）」が同四十二年に創刊されると、鷗外も指導的立場で作品を発表。

我をして九州の富人たらしめば
いかなることをか為すべき
こは屢々わが念頭に起りし問題なり
「我をして九州の富人たらしめば」より

常盤橋の袂に円い柱が立つてゐる
これに廣告を貼り附けるのである
「独身」より

私は豊前の小倉に足かけ四年ゐた
「二人の友」より

明治三十四年九月四日
夕　常盤橋上所見　稲妻を遮る雲のいろの濃き
夜　雷雨
鷗外森林太郎
「小倉日記」より

翌日も雨が降つてゐる

写真196

鍛冶町に借家があるといふのを見に行く
「鶏」より

鷗外森林太郎は明治三十二年六月より三十五年三月まで小倉に住んだ。
いま、生誕百年を迎えるにあたり、鷗外とのゆかり深い紫川のほとりに
小説「独身」に記された往時の広告柱をかたどって記念の碑を建て、
九州の文化の発展に寄与した偉大な精神をしのばんとするものである。
この川もかの山も鷗外の文学とともに永遠の生命に輝くであろう。
昭和三十七年十二月　森鷗外顕彰会　小倉市長　林信雄書

【所在地】 北九州市小倉北区城内一―一　鷗外橋西詰
北九州市市庁舎の北々東方向に鷗外橋はある。橋と「ひまわりショップ」の間に碑はある。
【碑文下部】〔森鷗外顕彰会の文章の下部〕創立十周年を記念して　ＲＫＢ毎日　この碑を贈る
〔「我をして……」の下部〕設計　谷口吉郎　石工　関ヶ原石材　山本石材　施工　有馬慎一郎
【その他】 鷗外が第十二師団軍医部長として小倉に滞在していたのは、明治三十二年六月から三十五年三月までである。その間に書かれたものや小倉を舞台にした作品から、碑文は選ばれている。
碑は六角柱（全高二・五メートル）で、各面縦一三五センチ、横四九センチのパネル型の赤御影石と黒御影石が交互に填め込まれて、碑文が活字体で刻まれている（「鷗外森林太郎」の署名のみ自筆である）。各碑文の方位と御影石の色は、本書記述順に北西（赤）、北東（黒）、東（赤）、南東（黒）、南西（赤）、西（黒）である。
それぞれの出典について調べてみた。また、それぞれの文章に関する論評なども、紹介したい（編著者で引用

文に適宜読み仮名を付け、西暦年を挿入した)。

碑文一番目の「我をして九州の富人(ふうじん)たらしめば」は、明治三十二年九月二十六日の「福岡日日新聞」に掲載されたのが初出である。碑文は、その冒頭の一節である。北九州森鷗外記念会発行の『森鷗外と北九州』の第二章「小倉時代の執筆」の「小倉時代の新聞への寄稿」(執筆者・緒方澄生)の冒頭の一節を、少々長くなるが転載させていただく。

『小倉日記』の明治三十二(一八九九)年九月十一日に、「公退後福岡日日新聞主筆猪俣為治といふもの、其新聞社の小倉特派員麻生作男と偕(とも)に来り訪ふ」という文がある。

この日、師団司令部から鍛冶(かじ)町(現・小倉北区鍛冶町)の住居に戻った森鷗外は、福岡日日新聞主筆猪俣為治と小倉特派員麻生作男の訪問を受け、新聞原稿の執筆を以来(ママ)〔注――「依頼」の誤りか〕された。十六日、『我をして九州の富人たらしめば』と題した原稿を書き上げ、翌日、麻生に渡した。そして、二十六日の福岡日日新聞に、この文章が「森林太郎」の名で発表された。

その書き出しには、鷗外自身が小倉に来て早々の七月に体験した出来事が紹介されている。

七月二日、小倉を出発し、佐賀、福岡などの徴兵検査場や、衛戍(えいじゅ)病院を巡回した鷗外は、九日未明、鞍手郡福丸の徴兵検査場を視察しに行っている。この日、直方で人力車を雇って行こうとしたが、車夫が病気だといって乗せてくれなかった。そこで、茶店の主人が無理矢理連れてきてくれた車夫は何とか二キロあまり走ったが、急に止まって、「ここから数百メートル先に駅があるからそこで車夫を変わってもらいたい」と言った。鷗外が何も答えないでいると、車夫は仕方なしに車をひいて村に入り、そこで車をとめ、たばこを吸い出した。かわってくれる車夫などいなかった。抗議したが、車夫は動かない。そこで鷗外はやむを得ず雨の中を福丸まで歩いて行ったという。

これまで東京の師団軍医部長という高位にあった自分が、地方の一車夫から自尊心を傷つけられた憤りは大きかったであろう。〔略〕

そうはいっても、鷗外は私的な気分を個人的なままにしておかない。鷗外の目は車夫たちの背後に向けられている。車夫たちの態度は九州の鉱業家による富の抑圧のせいだと分析する。石炭産業によって潤った事業家たちが賃金を数倍払って人力車に乗る。そのため、これに慣れた車夫たちが、高い賃金を払わない官吏を低く見ているためだと考える。

そうして、もし自分が富人（資産家）であったらどうするかと考える。自分ならそうはしない。まず、他人に利益をもたらす「利他」の行為として、福利・厚生の事業を行う。また、自分自身に利益をもたらす「自利」の「行為」として、芸術・学問をあげる。これは端のない玉のように、「利他」にもつながるものだとする。こうして、鷗外は個人的な感情を九州の資産家に対する啓蒙的提言に変えて新聞に発表したのである。

野田宇太郎は「西日本新聞」（昭和36・2・18）に執筆した「森鷗外」（「九州の知性⑫」）で、鷗外のこの文章に触発されて、若松の炭鉱主佐藤慶太郎は百万円を寄付し、現在の東京都立美術館が出来たことを紹介した後、次のように述べている。

この一文はとくに若い炭鉱主の間で大きな反響を呼んだ。のちに安川敬一郎が明治専門学校を、伊藤伝右衛門が嘉穂高等女学校を、蔵内次郎作が田川中学や築上中学を造ったのも、そして佐藤慶太郎が多くの公共文化事業に惜しみなく資本を出したのも鷗外の一文にまじめに感動したからにほかならない。

碑文二番目の「独身」は、明治四十三年一月の「昴（スバル）」第二巻第一号が初出である。碑文にある広告を貼る円い柱について鷗外は、「東京に輸入せられないうちに、小倉へ西洋から輸入せられてゐる」「風俗の一つである」と書き、碑文へと続く。碑文の後の一節も書き写しておく（筑摩書房『森鷗外全集』第一巻より）。

赤や青や黄な紙に、大きい文字だの、あらい筆使ひの畫だのを書いて、新らしく開けた店の廣告、それから芝居見せものなどの興行の廣告をするのである。勿論柱は只一本丈であつて、これに張るのと、大門町の石垣に張る位より外に、廣告の必要はない土地なのだから、印刷したものより書いたものの方が多い。畫だつても、巴里の町で見るafficheのやうに気の利いたのはない。併し兎に角廣告柱がある丈はえらい。

〔注――affiche＝（仏）張り札。ポスター（『全集』掲載の注である）〕

『森鷗外・小倉時代入門』（北九州森鷗外記念会刊）七六頁に、『独身』について次のような解説がある。

小倉小説の第二作「獨身」は、鷗外が二度目に住んだ京町の家の出来事で、鷗外は、大野豊という帝国採炭会社の理事長で、四十歳、離婚による独身という人物で書かれている。

雪の夜、大野宅を訪れた友人二人と遅れて加わった寧国寺の坊さんとが世間話、それは大野が独身であることから妻帯をすすめる話であるが、大野にはその日、東京の祖母（実は鷗外の母）から手紙が届いているが、客があったので読まずにいる。客が帰ったあと、手紙を読むと、嫁をすすめる内容である。

「読んでしまった大野は、竹が机の傍へ出して置いた雪洞に火を附けて、それを持って、ランプを吹き消して起った。これから独寝の冷たい床に這入ってどんな夢を見ることやら」と結んでいる。

鷗外の実生活上の体験を題材とした作品である。

〔注――「京町の家」については、「森鴎外京町住居跡碑」がJR小倉駅南口前の回廊から南西に降りる階段側壁を背にしてあり、「京町の家は、この碑の南二十五メートルの場所にあった」と書かれている。「寧国寺の坊さん」とは、鷗外と親交のあった安国寺の玉水俊虠和尚がモデル。安国寺は現在も小倉北区竪町一―二―一三にある。玉水和尚が入山したのは明治三十三年である。「竹」はお手伝いさん〕

碑文三番目の「二人の友」の初出は、大正四年六月号の「アルス」（第一巻第三号）である。『森鷗外・小倉時代入門』七七頁に次のように解説されている。

小倉小説の第三作「二人の友」は、鍛冶町の家に訪れたFさん、京町の家に訪れた安国寺さんという二人の若い友人との交友を描いている。

Fさん（福間博）は鷗外からドイツ語を学ぶために訪れた学究の徒であり、安国寺さん（玉水俊虠（ママ））は、鷗外から哲学の講義を受け、鷗外に唯識論（ゆいしきろん）を講義して親しくなった間柄である。鷗外が明治三十五年（一九〇二）に東京に帰ると、二人も鷗外のあとを追って上京する。その後、鷗外が三十七、八年（一九〇四、五）の日露戦争に従軍するが、帰国すると、安国寺さんは「小倉に近い山の中の寺」の住職になるため帰国していた。Fさんは結婚して第一高等学校の教授をしていて、鷗外と電車の中で会うていどにすぎなかった。それから四、五年経った明治四十五年（一九一二）二月にFさんは死去、大正四年（一九一五）の十月に安国寺さんも病没する。こうして、鷗外は小倉で縁を結んだ若い二人の友人と永久に会えなくなったのである。

〔注――「鍛冶町の家」は現在の小倉北区鍛冶町一―七―二で、「史跡 森鷗外旧居」として保存され、公開されている〕

碑文四番目は「小倉日記」の明治三十四年九月四日の一節である。「稲妻を遮る雲のいろの濃き」という俳句が中心であるから、句碑の項で詳述した。三六〇頁を参照されたい。

碑文五番目の「鶏」の初出は、明治四十二年八月の「昴（スバル）」第一巻第八号である。『森鷗外・小倉時代入門』七四―五頁に次のように解説されている。

いわゆる小倉小説として最初に登場した「鶏」は、鷗外が小倉で初めて住んだ鍛冶町の家での生活が描かれ、鷗外は石田小介少佐参謀の名で書かれている。

石田少佐は小倉赴任にあたって、東京から新たに雇い入れた別当虎吉を伴ってくる。石田少佐は日清戦争のときの部下から雄鶏一羽をもらい、雌鳥一羽を買ってきて飼う。すると虎吉も自分の雌鳥二羽を持ち込んできて一緒に飼い、できた卵はみんな自分のものだという。それに石田少佐の食糧品や炊事道具を勝手に使う。石田少佐が食糧品や道具をみんな虎吉に与えるとこらしめのためいうと、虎吉はその気持ちをつかみかねて、暇を出されたのかと心配するが、石田少佐は「そんなことはいわなかった」と笑っている。

虎吉のほかに、婢の時、春、久たち、南隣りの家のおかみなどが登場する。このおかみは鶏が自分の畠を荒らすので文句をいっているのだが、その純粋な豊前語を「石田は花壇の前に棒のやうに立って、しゃべる女の方へ真向に向いて、黙って聞いている。顔にはをりをり微笑の影が、風の無い日に木葉が揺らぐやうに動く外には、何の表情もない」

〔注――「別当」は、馬の飼育や世話をする人〕

碑文六番目の文章の作者は劉寒吉である。自身の著『わが一期一会（上）』（創思社出版刊）の「紫川河畔の記念碑」の中で、「主面に、林市長（当時）の筆による『ふるさと讃歌』をきざんだ。文章は私である」と書いている。碑が建立された昭和三十七年十二月の二カ月後には旧五市が合併して北九州市が誕生することは決まっていたので、ＲＫＢ毎日放送局からの寄贈の話を受け、小倉市最後の事業として取り組まれたのであった。

この碑の設計者は佐々木小次郎の碑（三八四頁）や火野葦平文学碑（四三九頁）も設計していた谷口吉郎で、「鷗外が小倉市の街に、ドイツの都市によく見かける広告柱が設けられていることを文章の中に書いているので、私はそれを設計のヒントとした」（谷口吉郎著、文藝春秋刊『記念碑散歩』五六頁）ということである。

除幕式は昭和三十七年十二月二十日に、鷗外の次女小堀杏奴（あんぬ）を迎えて行われた。

碑の前で、六月十九日（小倉着任の日）に「森鷗外を偲ぶ会」が開催されている。なお、JR小倉駅南口前の「森鴎（ママ）外京町住居跡碑」の前では、三月二十六日（小倉を去った日）に「森鷗外を偲ぶ春の集い」が開催されているそうである。

鷗外の『小倉日記』にもとづく碑が、直方市、飯塚市、田川郡金田町、田川郡・嘉穂郡の境界の四カ所にある。地域別一覧を参照されたい。

北原白秋

作者紹介は四三頁を参照されたい。

水郷柳河こそは、我が生れの里である。
この水の柳河こそは、我が詩歌の母體である。
この水の構圖、この地相にして、
はじめて我が體は生じ、我が風は成った。
「水の構圖」より　白秋

写真197

【所在地】 柳川市矢留（やどみ）本町　白秋詩碑苑入口

散文碑

地理案内は白秋詩碑（四一八頁）参照。矢留小学校を背にして碑はある。

【台石左面】 平成十年七月　白秋会　柳川市

【その他】 この作品は、昭和十八年（一九四三）一月二十五日にアルス社から出版された水郷柳河写真集『水の構圖』（詩歌・北原白秋、写真・田中善徳）の「はしがき」の冒頭である。日付は昭和十七年十月六日となっている。つまり死の二十七日前で、「病の床にて」として署名している。望郷の想いを深くして「ああ、柳河の雲よ水よ風よ、水くり清兵衛よ、南の魚族よ」と、この文を結んでいる（注――「水くり清兵衛」とは熱帯魚に似た小魚）。初出は、「多磨」昭和十七年十一月号巻頭である。

自分に死が近づいていることを自覚していたためか、「夜ふけ人定まって、遺書にも似たこのはしがきを書く」との詞書（ことばがき）を添えている。

「跋文（ばつ）」も書きかけていたが、末尾には「遺稿未完」と添えられている。そして出版も、没後になったのである。

この文献は、昭和五十五年に北原白秋生家保存会が復原版を刊行していることを付言しておく。

この碑と全く同じ内容の碑が、柳川市三橋町藤吉の三柱神社南入口にある。これは、柳川青年会議所が創立十周年を記念して、昭和四十一年に郷土出身の書家山田菱花の揮毫を得て建立したものである。

詩碑苑入口の本碑は、明朝体（末尾の「白秋」だけは自筆）で刻まれているが、旧字体使用（「水郷」の「郷」だけは省略体）という点や句読点の打ち方などが、三柱神社入口の碑よりも原作に近い。

三柱神社入口は、碑の建立時は山門郡三橋町であるが、外部の人間には柳川と区別がつかない。それなのに同文の碑がなぜ建立されたのか、編著者は疑問を抱き、建立団体の白秋会に照会した。その回答は次のとおりであった。

昭和四十一年に三柱神社欄干橋横に建立された「水の構図」の碑は、当時の周囲の様子が変り人目につかなくなっている状態と、白秋詩碑苑内に建立されている帰去来の詩も、「水の構図」のはしがきに書かれた心境で作詩されたものと思い、詩碑苑を訪れる多くの観光客の目に触れやすい場所である詩碑苑入口に案内板的に設置したものであります。

碑は安山岩で、全高一・七五メートル、幅一メートル。

除幕式は平成十年（一九九八）七月十三日に行われた。

葉山嘉樹（はやまよしき）

馬鹿にはされるが
眞實を語るもの
がもっと多くなるといい。
葉山嘉樹

竜ヶ鼻と原

私の育った村、豊津村は、昔、難行原と呼ばれてゐたらしい。私の村の附近には無暗に「原」のつく地名が多い。「原」をハラと読まないで、ハルと呼ぶ。「狐原」はキツネバルであり、「新田原」はシンデンバルである。

このハルの原は開拓されて桑畑となったり、またその後へ果樹園が作られたり、ま

写真198

たその後へ女学校が建ったりするが、又いつの間にかその多くはハルの原に帰るやうである。

私は幼少の時代を甲塚（かぶと）と呼ぶ字（あざ）で育った。そこには畑の中に凸字形の古墳が沢山あった。秋になると櫨の木が黄葉して甲塚を飾る。

甲塚の北の方、今川の流域の平原の傾斜に墓地があった。この墓地には私の祖先や子供たちも眠ってゐるが、そこにはいい芝生がある。

幼少時代の私は、その芝生から、今川の流れや、それに沿うて田川地方の炭坑地に走ってゐる鉄道、直ぐ足下の空と同じ色を映した池、それから五六里の平野を見はるかして不思議な幻想的な形に横たはる竜ヶ鼻の山容などを、全半日ぼんやりと見とれてゐる事が多かった。

「我が郷土を語る」より

【所在地】 京都（みやこ）郡豊津町国作（こくさく）　八景山自然公園
豊津町の北端で県道五八号線（椎田・勝山線）と国道四九六号線が交差している（信号機標識「八景山」）。その少し西側から北へ傾斜地を登ると、中腹の平地に碑がある。護国神社の西にあたる。同所には鶴田知也文学碑（五二四頁）もある。最寄りのバス停は「長養団地入口」である。

【副碑表面】 解説
明治にはじまる日本の資本主義が、多くの働く国民の犠牲の上に発展し、権力体制を強化するに従い、此れに抵抗し社会の改革を求める運動が広汎に萌え上るのも必然であった。即ち社会主義をめざす運動、なかでも労働者の闘いが高揚した。これに対し、ときの政府と権力機関は、未曾有の弾圧政策を以って臨み、時代閉鎖の状況を経て大正末期いわゆる「冬の時代」へと入っていった。

葉山嘉樹はこのような世相の下で、過酷な労働と死の瀬戸際にある海員労働の中から社会の矛盾を体験し、思想と文学に目覚め、プロレタリア作家として数多くの秀れた作品を生み出した。

それも単なる机上の文学活動にとどまることなく、労働争議の支援、指導にも奔走し、投獄されることも数度に及んだ。

海員生活から一転して厳しい山峡の建設労働に身をおくなど、既成社会の枠におさまることなく彼はプロレタリアとしての一生を貫き通した。

いま資本主義が爛熟を了え、働く者のための新しい社会がさぐられているとき、葉山嘉樹の作品と思想はますます重みを増してきている。

一九七七年十月十八日

葉山嘉樹文学碑建設委員会　元行橋京都地区労議長　塚本領　記

〔注――「一九七七年」は昭和五十二年である〕

【副碑裏面】 年譜

一八九四年〔明治二七年〕三月十二日　福岡県京都郡豊津町に生れる
一九一三年〔大正二年〕三月　福岡県立豊津中学校（現豊津高校）卒業
同年三月　早稲田大学文科に入学　同年カルカッタ航路の貨物船に見習水夫として乗船　大学は十二月に除籍
一九二〇年〔大正九年〕十月　名古屋セメント会社の工務係として就職
一九二二年〔大正一一年〕　愛知時計電機争議にて名古屋刑務所に服役
一九二四年〔大正一三年〕　名古屋共産党事件にて巣鴨刑務所に服役

一九二五年〔大正一四年〕十一月　「淫売婦」が「文芸戦線」に発表され、新進作家として注目を浴び、その後作家活動に入る

一九二六年〔大正一五年〕　西尾菊江と結婚

一九二七年〔昭和二年〕二月　林房雄と共に文芸家協会に入会

一九三一年〔昭和六年〕　同年六月労農芸術家連盟創立に参加

郷土に開設された堺利彦農民学校へ講師として数度帰郷

一九四五年〔昭和二〇年〕十月十八日　敗戦により帰国の途中ハルピンの郊外にて死去（五十一才）

主な著作　淫売婦　海に生くる人々　セメント樽の中の手紙　誰が殺したか？　今日様

山谿に生くる人々　流旅の人々　濁流　子を護る

〔注――西暦年には編著者で和暦年を付けた〕

【その他】　副碑に年譜があるので、作者紹介は省略したが、亡くなったときのことは補足しておきたい。

○敗戦が目前に迫った一九四五年六月、「満州開拓団員」の一員として中国大陸に渡り、アミーバ赤痢に冒され衰弱した。そして、同年十月十八日、引き上げ列車がハルピン南方の徳恵という小さな駅に近づいた時、静かに息を引き取ったのである。（西日本文化協会発行「西日本文化」三一〇号所載、小正路淑泰（こしょうじとしやす）執筆「葉山嘉樹と故郷豊津」より）

○うとうとして、ひんやりした感じで眼を覚ます。〔略〕汽車は停車しており、駅のかたわらのどろ柳の大木に数知れぬカラスが黒々と群がり、ガアガアやかましく鳴いていた。「お父さん。お父さん」と呼んでも返事がない。もう一度「お父さん。お父さん」と呼びながら肩にさわったら、もう冷たくなっていた。〔略〕同じ列車に乗っていたお医者さんが来てくださったが、「脳溢血ですね」と言ったっきり。切れない大きな鋏で髪の毛を少しずつ切り取り、身体にしっかりつける。

汽車がいつ発つかわからないので、団の人や兵隊さんが掘ってくれた穴に埋葬することにする。〔略〕父より先にもう一体赤ちゃんが横たえられていたので一緒に埋葬した。凍りついた土をかけて、土まんぢうにし、近くに生えていた草をそなえる。（芳賀書店刊『プロレタリア文学研究』所載、財部百枝執筆手記「父、葉山嘉樹のこと」。広野八郎著、たいまつ社刊『葉山嘉樹・私史』からの再引用）

碑文後半の「竜ヶ鼻と原」（我が郷土を語る）の出典について、郷土出版社刊『葉山嘉樹短編小説選集』巻末収録の「葉山嘉樹と故郷豊津」（執筆者・小正路淑泰）に、次の記述がある。

この「『竜ヶ鼻』と『原』」という短いエッセイは、豊津在住の児倉勝（ペンネーム輝城）がつけていた古い日記『新文芸日記昭和六年版』（新潮社）に掲載されていたもので、幼年時代を回想した貴重な未発掘作品として文学碑建設委員会（会長・古賀勇一）へ届けられた。児倉は、一九二〇年代に長野県を拠点としたアナキズム系の農民自治会運動を豊津の地で展開、また、創作活動もおこなっていたことから、かつて葉山とも交流があったという。

碑面には、葉山の筆跡を拡大した「馬鹿には……」と「竜ヶ鼻と原」の他に、葉山嘉樹胸像のレリーフ（製作者・佐藤忠良）が填め込まれている。

台石の前には、セメント樽をかたどった石が両脇に据えられている。

碑所在地から葉山の生地甲塚は南方五〇〇－六〇〇メートルの距離である。

碑の本体は、高さ二メートル、幅二・五五メートルの地元産御影石。除幕式は、三十三回忌にあたる昭和五十二年（一九七七）十月十八日に行われた。

橋本英吉

橋本英吉文学碑

働らく人々の幸福をもたらすもの、どんな政党政派、思想であらうとも、働らく人々のためを思ってくれる者の支持者でありたい。

橋本英吉

協同耕作より

写真199

【所在地】 田川市伊田二七三四―一　田川市石炭記念公園

ＪＲ日田彦山線「田川伊田」駅の南西四〇〇メートルの丘陵地に、田川市石炭資料館を中心にした施設がある。資料館前庭に、西から炭坑夫之像、炭坑節之碑、種田山頭火句碑があり、右奥の伊田竪坑櫓前に本碑がある。

【前面下部】 橋本英吉略歴

明治三十一年（一八九八年）十一月一日、福岡県築上郡東吉富村（現吉富町）幸子(こうじ)四六一番地に、父橋本周右衛門と母リンの二男として生まれる。本名亀吉。父の死去により、同三十八年（一九〇五年）同県田川郡伊田村（現田川市）番田(ばんだ)二九四四番地、白石浅太郎（実叔母マサの夫）の養子となる。同年伊田村立伊田尋常小学校に入学、大正二年（一九一三）同校高等科卒業。同年伊田郵便局に勤務、同三年（一九一四年）三井田川鉱業所伊田坑の支柱夫となる。同十一年（一九二二年）上京、日本タイプライターに就職。同十三年（一九二四年）共同印刷に移る。この頃より横光利一に師事する。労働運動を経てプロレタリア文学運動に参加。昭和三年（一九二八年）小説『棺と赤旗』により、炭坑作家として文壇に登場する。昭和十一年（一九三六年）『欅の芽立』により第五回文学界賞を受賞。戦中、戦後は農民小説、歴史小説の分野でも優れた作品を残す。同五十三年（一九七八年）四月二十日、静岡県田方郡大仁町にて歿す。享年七十九歳。

主要作品

「炭坑」「衣食住その他」「欅の芽立」「坑道」「系図」「忠義」「柿の木」「筑豊炭田」「小鳥峠」「富士山頂」「三脚の鼎」「若き坑夫の像」等

黒木庸人記

平成十五年（二〇〇三）八月吉日建之

橋本英吉文学碑建碑会　世話人　佐々木哲哉　舌間信夫

〔注――振り仮名は、編著者で付けた〕

【その他】 碑文と署名は自筆である（碑の上部に横書きの「橋本英吉文学碑」と碑文末尾の「協同耕作より」も活字体ではないが、作者の筆跡ではない）。

碑文末尾に「共同耕作より」と書かれているので、橋本英吉著『衣食住その他』（砂子屋書房刊、昭和14）収録の小説「協同耕作」を読んで、内容を次のように要約した。

主人公嘉平は、箱根山脈西斜面の谷間の一つにある正法寺部落（開墾地）に入植した独身の青年である。彼は麓の村の百姓の次男坊である。組合運動から青年同盟に参加したため検挙され、刑務所に入れられていた。「転向」して出所し、仲たがいしていた兄に詫びて、実家で一年ばかり働いたが、兄から開墾地に畑を分けてもらい、家を建てて先住者十四軒の仲間入りをした。彼は「赤」だったという噂をたてられたので、意図的に自分を殺し、あえて保守的な言動をとっていた。

彼が刑務所暮らしをしていた四年ほどの間に、世間は大きく変化していたが、世の中がどう変わっていても、彼の処世の態度が揺らぐことはなかった。その一つは、「真面目な正しい百姓になる」ということで、もう一つが、この碑に刻まれていることである。

開墾地の地主である正法寺住職は、開墾第二期計画に入札制度を導入し、年貢を高く入札した者から優先的に土地を分与すると提案してきた。小作人を競争させようという腹である。小作人たちは、抜け駆けをする者が出はしないかと疑心暗鬼となっていた。嘉平は、小作人の結束を固めるために共同で水車小屋を建てることを提案し、完成にこぎつけた。小作人たちは共同で何かをすることの大切さを理解した。世話人としての嘉平の存在感が、小作人たちの間で大きくなった。

その頃、二キロほど下った辺りの林で山火事が起きた。地主の正法寺も類焼しかねない状況であった。小作人たちは、地主のやり方に腹を据えかねているため、すぐに消火に飛び出そうとはしなかった。嘉平は、「災厄は紛争を超越したものでなければならない」と考え、こちらが誠意を示すことが和尚の目論みに歯止めをかけることになると主張した。みんなも結局同調して消火に従事し、寺は無事であった。

火事から一週間経って、寺から嘉平に迎えが来た。寺に行くと、和尚は一緒に焼け跡を見て回り、「焼けた二十町歩を共同耕作地として出資する。あがった利益は、自分も入れて等分にしてくれ」という趣旨の提案をしたのである。火事の一件で、皆と協力することの大切さがわかったというのである。嘉平はうれしいと思いながら帰途についた。村人も喜ぶだろうが、和尚の気持ちを本当に理解できるだろうかと疑問を抱いた。そして、次の文でこの小説は終わる。

「本当の協力はこんな他力的なことからは解決の途にでることはできない。人達が本当に疑ったり苦しんだりした後にこそ、達成さるべきものだろうと考えた。」

「西日本新聞」（平成15・8・20）によると、除幕式は平成十五年（二〇〇三）八月十九日に行われ、静岡県から遺族も参列した、という。また、同記事には次のような紹介もなされている。

田川地区の退職高校教諭たちで組織した「橋本英吉文学碑建碑会」（黒木庸人代表）が、田川の炭鉱で働いた経歴を持つ橋本氏の業績を広く紹介しようと、四年前から浄財を募り、文学活動の原点となった立て坑跡が残る同公園に建立した。

また、この記事には「一九三〇年に弾圧を受けて妻の郷里の静岡県大仁町へ転居した」とも書かれている。この部分については、黒木庸人執筆の「橋本英吉管見」（「西日本文化」三九二号。平成15・6・1）から引用させていただく。

橋本への第一回の弾圧は同〔注——昭和〕五年五月であった。容疑は共産党への資金提供と党細胞と云うことで、一ヶ月杉並警察署に留置された。二回目は、作家同盟書記長の立野信之が検挙されたため、その後を受け書記長として、プロレタリア作家同盟第五回大会開催中に築地小劇場で逮捕され、築地警察署から京橋警察署へ廻された。二ヶ月間留置された後、彼は「運動から手を引く」という条件で、起訴猶予となり釈放された。昭和三十年の自筆略年譜には「プロレタリア文学運動からの逃避であるが、弁解を許してもらえば、両親と妻子四人抱えて愈々困難の度を加える闘争生活に耐えられなかったこと、われわれの文学が実際に大衆の生活と結びついていないこと、じっくり落ちついて物を書きたいからであった。」真正直で頑固な性格からして、この挫折の痛みは想像するに余りある。しかし転向後の彼は、妻の郷里である伊豆の田方郡大仁町の農村に腰を落ちつけ、生産の原点に立ち返り、自らが大衆の一人として出発し直そうと決心したのである。

共同印刷の時代に徳永直と知り合ったことが、『新潮日本文学辞典』に出ている。共同印刷の大争議で共に解雇されているから、影響を受けたことは理解できるが、「略歴」に「横光利一に師事する」と刻まれている点については、奇異に感じる人が多いと思われる。横光は、むしろ反プロレタリア文学の立場にいた作家である。二人の接点について、西日本新聞社刊『福岡県百科事典』の「橋本英吉」の項に次のように記されている。

母リンが横光利一の父梅次郎と同じ宇佐出身なので知遇を得、文学的影響を受ける。処女作『炭坑の昼』（一九二六年）は坑夫体験を当時の横光作品に似た文体で描く。

なお、処女作発表に際して、英吉というペンネームを横光が付けたということである。

碑は全高一・九五メートル、幅〇・七九メートル。

鶴田知也

不遜なれば
未来の
悉くを失う　鶴田知也書

写真200

【所在地】 京都郡豊津町国作　八景山自然公園

地理案内は、同所にある葉山嘉樹文学碑（五一五頁）参照。

【副碑表面】 鶴田知也副文学碑の碑文

郷里のあちこちで、せんだんのたわわな実を見かけた。これもまた久しぶりの帰郷で味わった数々のなつかしさ一つだった。

象牙色のやや長め、なつめの実ほどの球形の核果が、ゆったりと伸びた柄に、鈴なりにつり下がっているさまは、見るからに鷹揚で、一種の気品もあり、野にある賢者の面影といったものを感ずる。核果とその色合いがなんとなく中国風だからであろうか。

私にとって、それがなつかしいのは、また別の個人的な理由もあるからである。個人的な理由なので気がひけるが、私にあって、せんだんの実は、鵯（ひよどり）や鶫（つぐみ）と結びついていて、春たけなわの季節をまざまざと思い起こさせるのである。

草木図誌「栴檀」より抜粋

〔注――左下に、作者自筆の栴檀の核果の図が刻まれている〕

【副碑裏面】 年譜

一九〇二年（明治三十五年） 二月十九日福岡県小倉市（現北九州市）に父、高橋虎太郎・母アサの三男として生まる。

一九〇九年（明治四十二年） 豊津村（現豊津町）の鶴田和彦氏の養子となる。

一九二〇年（大正九年） 福岡県立豊津中学校（旧制）を卒業。

一九二七年（昭和二年） 労農芸術家連盟に加入、「文芸戦線」の同人となる。野島勝子（豊津町出身）と結婚。

一九三六年（昭和十一年） 前年発表した「コシャマイン記」で、第三回芥川賞を受賞する。

一九五五年（昭和三十年） 「ハッタラはわが故郷」で小学館第四回児童文学賞を受賞する。

一九六四年（昭和三十九年） 「農業問題研究会議」を結成し、事務局長に就任する。

一九八二年（昭和五十七年） 再開された「堺利彦農民労働学校」の校長に就任する。

一九八八年（昭和六十三年） 四月一日、八六歳にて永眠する。

主な作品
子守娘が紳士を殴った、土塀の中、ペンケル物語、メシュラム記、

トコタンの丘、吹雪の谷、カッコウの歌、山の子組合

〔注――西暦年には編著者で和暦年を付けた〕

【その他】 碑石の左上部に、作者の胸像レリーフが塡め込まれている。碑文の「不遜なれば未来の悉くを失う」は、「傲り高ぶっているので、未来に関するすべてを失う」という意味であろう。

年譜の補足を、行橋市図書館編集の郷土史ガイド『行橋いいとこ、見～つけた!!』（行橋文化振興公社刊）からの引用でおこないたい。

一九〇九（明治四二）年、七歳のときに京都郡豊津町在住の母方の叔父、鶴田和彦氏の養子となり、中学三年の頃に実父の所に出入りしていた作家葉山嘉樹と知り合う。葉山は、その後の知也の文学活動に大きな影響を与えた人物である。

一九二〇（大正九）年、旧制豊津中学校を卒業。その後、東京神学校に入学したが、二年後には信仰に懐疑を抱いて退学。神学校の友人真野万穣の故郷である北海道渡島の八雲に半年間滞在し、大田正治と親交を結び酪農に興味をもった。知也の作品は北海道を題材にしたものが多く、そのほとんどが八雲を舞台としている。知也は、八雲を「魂の故郷」と言う。

この八雲町のビンニラの丘には、豊津町の碑と同文の碑が昭和六十年（一九八五）に建立されているという。

豊津町の碑は、鶴田知也生誕九十周年記念の建立（平成四年）だから、故郷の碑の方が七年遅れたのである。

中学卒業後、神学校に入ったのは、父親が東京高等商業学校在学中に植村正久門下のクリスチャンとなっており、知也が上京する頃、植村は東京神学社神学校の校長をしていたので、その配慮によるのである（「九州文学」第一四号〈平成9・4・1〉所載、安田満執筆「続 私説 九州の文人たち（二）」による）。

副碑は、草木画家としての鶴田の一面を如実に物語るものとなっている。東京書籍選書（昭和54）の『草木図誌』の「せんだん〔栴檀〕」の項と副碑文を照合してみた。おおむね原本どおりに刻まれているが、二カ所だけ

異同があった。「核果とその色合いが、なんとなく中国風だからでもあろうか」の部分の、読点の脱落と、「中国風だからでも」の「も」の脱落である。副碑文は原本の前半分で、省略された部分に「個人的な理由」が、殺生好きであった青年期の「ものうい情緒が、今はこよなくなつかしく、そくそくと胸中によみがえってくる」と、魅力的な文章で語られている。殺生のこともあるので、碑文としては省略せざるをえないだろうが、惜しい気もする。

除幕式は、平成四年（一九九二）九月二十七日に行われた。

林芙美子

作者については、四三一頁を参照されたい。

> 私は古里を持たない
> 旅が古里であった
> 林芙美子　放浪記より

写真201

【所在地】直方市須崎（すさき）町　須崎町公園

ＪＲ直方駅の二〇〇メートル前方左手に公園がある。碑は公園の東端にある。

【裏面】誌

作家林芙美子は、少女時代　直方の大正町の馬屋という木賃宿に滞在し、両親とともに行商生活を送った。

大正四年　芙美子十二歳の夏とされている。そして、その時の思い出を「放浪記」に「私はよく多賀神社へ遊びに行った。そして、馬の銅像に祈願をこめた。いい事がありますように」などと綴り、「このころの思い出は一生忘れることは出来ないのだ」と結んだ。この言葉は芙美子が直方の町での生活にいかに愛着を持っていたかを物語っている。

ここに、芙美子と文学的交流のあった寺尾章氏の発議、直方の文化を愛する人々の協力のもとに、直方市制五十周年記念協賛事業として文学碑を建立するものである。

昭和五十六年秋　　直方文化連合会

【台座裏面】　選文　舌間信夫　　企画設計　原田　巌　　書表　川原勝麿　　書裏　福沢重利

【その他】　新潮文庫『新版　放浪記』（昭和61・3・20刊）の第一部冒頭部分は次のように記述されている。

放浪記以前

私は北九州の或る小学校で、こんな歌を習った事があった。

更(ふ)けゆく秋の夜　旅の空の
侘(わび)しき思いに　一人なやむ
恋いしや古里　なつかし父母

私は宿命的に放浪者である。私は古里を持たない。父は四国の伊予の人間で、太物(ふともの)の行商人であった。母は、九州の桜島の温泉宿の娘である。母は他国者(よそもの)と一緒になったと云うので、鹿児島を追放されて父と落ちつき場所を求めたところは、山口県の下関と云う処であった。私が生れたのはその下関の町である。――故郷に入れられなかった両親を持つ私は、したがって旅が古里であった。

引用文中の傍線部を抜粋して碑に刻んだものであるが、ほるぷ出版の小田切進編『放浪記』（「日本の文学51」）は表現が少し異なっている。後の傍線部も「旅が古里である」となっている。

「放浪記以前」については、福岡県総務部県民情報広報課発行の「グラフふくおか」平成五年（一九九三）四月号所載「うるわしの福岡」に、次のように解説されている。

「放浪記」第一部が「新鋭文学叢書」の一巻として刊行されたのは、一九三〇年（昭和五）であった。前年、雑誌「改造」十月号に載った「九州炭坑街放浪記」は、題を「放浪記以前」に変えて巻頭に置かれた。

以下は、「朝日新聞」（昭和56・8・25）および「西日本新聞」（昭和56・10・5）の記事を整理したものである。

○文学碑建立は、青年時代に林芙美子と交流があった元田川中央高校長で、直方市植木の頓野（とんの）幼稚園長寺尾章さん（七七）の提唱に対し、同市文化連合会（西村富士夫会長）が同調し、直方市制五十周年記念事業として、建設委員会を構成し実現にこぎつけた。

○碑文は、表を川原勝麿・前直方市長（七三）が、裏を前直方市石炭記念館長の福沢重利さん（七一）が揮毫した。設計は同市溝堀の彫刻家原田巌氏。

○除幕式は、直方市制五十周年記念行事週間中の昭和五十六年（一九八一）十月四日に行われた。碑は全高一・六五メートル、幅一・七メートルの内垣石（御影石の一種）。

林芙美子の『放浪記』の一節を刻んだ碑が、中間市にもある。地域別一覧を参照されたい。

劉(りゅう)　寒吉(かんきち)

明治三十九年（一九〇六）―昭和六十一年（一九八六）。小倉魚町生まれ。本名浜田陸一。大正十二年（一九二三）、岩下俊作らと同人誌「公孫樹」を創刊。昭和七年、「とらんしつと」創刊。同十四年、「人間競争」が第十回芥川賞候補となる。以後、「翁」が第十七回芥川賞候補、「十時大尉」が第十八回直木賞候補、「風雪」が第三十三回直木賞候補となる。同十六年、北九州文化連盟常任幹事。同十七年、『山河の賦』で第三回九州文学賞受賞。同二十年七月、陸軍西部軍報道部に召集される。同二十七年、RKBラジオ「くろがね劇場」の放送が始まり、仲間と交代で台本を書く。同三十年、福岡県文化財専門委員就任。同四十六年、柳川市・北原白秋生家保存会理事就任。同年十一月、福岡県百年記念式典で功労者として表彰される。同五十二年、西日本新聞社の第三十六回西日本文化賞受賞。同五十七年、北九州森鷗外記念会会長就任。同六十年、『劉寒吉自選作品集』が刊行されている。没後に『劉寒吉詩集』（昭和63）が刊行された。

吹くは　風ばかり　　　劉　寒吉

写真202

【所在地】 北九州市小倉北区城内四―一　北九州市立中央図書館前庭

図書館正面の石段下から、植栽の刈り込みに沿って右手へ小道を進むと、左上手の目立たぬ位置にこぢんまりとした碑がある。

【基壇右面】 劉寒吉は明治三十九年小倉魚町に生まれ、その町において七十九年の生涯を終えた　若くして火野

葦平　岩下俊作らと文学の途を歩み始め　「九州文学」に拠って文学精神の高揚をめざし　自らは歴史小説に独自の境地を拓いた　かたわら　郷土の歴史と民俗の発掘に愛郷の思いをこめた　その高い志と温かい人柄を敬慕する者たちが相集い　碑を建立した

平成二年十一月三日

【基壇裏面】設計　谷口吉生　　撰文　谷伍平

【その他】「吹くは　風ばかり」という碑文について触れた記述が、星加輝光著『「北九州の文学」私記――火野葦平とその周辺』（梓書院刊）の「劉寒吉論」に出ている。

「九州文学」の再建、九州書房の設立、葦平碑、鷗外碑などの建設、郷土史や文化財保存への寄与など、諸文芸、文化活動を行い、また一方では、雄渾な歴史小説を数多く発表しているこの作家の、胸奥に一筋の流れとして、なにものにも囚われない、漂泊の思いと、自然への回帰志向があることは、永年を費した、「阿蘇外輪山」の発表で明かであると思う。まさに、「桃源」の前半の境地である。

劉寒吉の色紙の一つに、自作の句がある。

すなわち、

吹くは　風ばかり　　寒吉

山頭火流の、粛条（ママ）としたこの作家の心懐の一端が、うかがわれる。

碑文は劉寒吉が色紙に書いている詞句ということだが、平成十三年（二〇〇一）十月に小倉井筒屋で催された「文学碑が語る　北九州市の作家展」の図録によると、「昭和三十年頃火野葦平らと会食の際に劉が執筆したものからとった」と、解説されている。そして、北九州都市協会発行「ひろば北九州」第七五号（平成３・２）所載の「『劉寒吉の碑』建設経過」（執筆者・米津三郎）には、「残念ながらこの句の直筆の色紙が見当たらず、句の書体は設計者に一任、署名は直筆とした」とあるが、結局は書体は明朝活字体となった。設計者は劉寒吉と交流の深かった谷口吉郎（よしろう）（紫川河畔の森鷗外文学碑や高塔山の火野葦平文学碑の設計者）の長男である。同経過報告によると、「碑石の製作は谷口氏の推薦でイサム・ノグチ氏の作品の石造製作をした四国の和泉屋が担当、現地の諸工事は㈱西日本緑化に依頼した」ということである。また、除幕式を予定していた平成二年「十一月三日は文化の日で所用の人も多く、谷口氏との日程調整もあって十一月二十三日に」なったそうである。

碑は全高〇・九五メートル、幅〇・二三メートル。「劉寒吉の碑」建設委員会の発表によると、碑本体はバーリングトンスレート（シルバーグレイ本磨き仕上げ）、基壇は黒御影石（小叩き仕上げ）。

劉寒吉の短歌を刻んだ碑が柳川市にある。地域別一覧を参照されたい。

岩下俊作

明治三十九年（一九〇六）―昭和五十五年（一九八〇）。現・北九州市小倉北区生まれ。本名八田秀吉（はったひできち）。昭和三年、八幡製鉄所に就職（同三十六年退職）。同七年、劉寒吉らと詩誌「とらしつと」を創刊。同十三年、第二期「九州文学」の結成に参加。同年、「富島松五郎伝」が、雑誌「改造」の懸賞応募小説で佳作入選。そして直木賞候補となる（翌年も候補）。以後、「辰次と由松」、「諦めとは言へど」、「西域記」でも直木賞候補となる。「富島松五郎伝」は文学座が初演。以後、「無法松の一生」と改題されて四度も映画化された。同二十年七月、陸軍西部軍報道部に召集される。同年十一月、辻旗治（星野順一）、志摩海夫（四五五頁）と詩誌「浪漫」を創刊。同二十七年、RKBラジオ「くろがね劇場」の放送が始まり仲間と交代で台本を書く。同三十五年、『岩下俊作詩集』刊行。同四十五年、第一回北九州市栄誉功労者として表彰される。同五十年、福岡県詩人会から第三回先達詩人として顕彰される。十七回忌を機に『岩下俊作選集』（全五巻）が刊行された（平成9－10完結）。

岩下俊作

吉岡夫人の手を把んだ松五郎は、直に「奥さん済まん」と叫ぶと身を翻へして飛び出した
――風の様に、下駄を履かずに闇に消えた――。

（無法松の一生）より

写真203

【所在地】北九州市八幡東区中央三丁目　高炉台公園

地理案内は、横山白虹と山口誓子の友情句碑（三三五頁）参照。

【台座裏面】「岩下俊作文学碑」建立にあたって

「無法松の一生」で知られている作家・岩下俊作は八幡製鐵所の従業員であった。毎日、小倉から八幡に通って生活を支えた。中央町界わいで酒も沢山飲んだ。八幡という土地をはずして岩下の生活は考えられない。そうしたことから、岩下俊作が三十五年間勤めた製鐵所を望む高炉台公園に「岩下俊作文学碑」があっても不思議ではない。いや、岩下にとって眼下に広がる八幡製鐵所や洞海湾が見える位置は最もふさわしい。対岸の高塔山山頂には岩下と同じ文学仲間、火野葦平の文学碑がある。洞海湾を隔てて相対峙する文学碑は、北九州の文学の象徴になるに違いない。また、公園を散歩する多くの市民に無法松の一生の舞台小倉と、生活を支えた八幡の関わりで文学者岩下俊作に、より親しんで頂きたい。

平成二年四月八日　創作研究会

略歴

明治三十九年（一九〇六）、北九州市小倉に生まれる。本名、八田秀吉。昭和二年、県立小倉工業学校機械科

を卒業。八幡製鐵所に勤務。昭和十三年、同人雑誌・九州文学に参加、同誌に発表した「富島松五郎伝」で認められる。昭和三十六年八幡製鐵所を退職、明治通信社に在職のまま執筆活動を続け、昭和五十五年一月三十日、七十三才で死去。

昭和二十三年五月、八幡製鐵所創作研究会創設。所内報「くろがね」小説選者。

縄・西域記・青春の流域・焔と氷・明治恋風などの作品がある。なお詩誌・とらんしっと・たむたむを創刊。

発起人（五十音順）

芸能界代表　北大路欣也　田村高廣　三國連太郎　三船敏郎　村田英雄

地域代表　大坪郁夫　甲谷知勝　志摩海夫　谷伍平　水野勲　吉田一芳

実行委員（創作研究会）　王塚跣　隈部発志　榊貞実　早川博　松尾樹明　松村政橙　山下敏克

【その他】出典である「富島松五郎伝」の初出は、昭和十四年十月号の「九州文学」で、同十六年に単行本として出版された。この作品は昭和十八年に『無法松の一生』という題で映画化され大当たりしたが、その人気にあやかるように原作も後に改題されている。

「富島松五郎伝」（無法松の一生）のあらすじを紹介しておこう。

若松警察の剣術師範との喧嘩の一件から「無法松」のあだ名がついた人力車夫の富島松五郎は、小倉では知らぬ者なき名物男である。ある日、子供同士の遊びで怪我をした敏雄（吉岡大尉の子）を松五郎が助けたことから、吉岡一家との厚情が深まった。そんな折、雨中の演習で肺炎を患った大尉は、あっけなくこの世を去ってしまう。遺された夫人吉岡良子と気の弱い敏雄を、松五郎は助け励ます。敏雄が小倉中学から熊本の第五高等学校に進学して淋しくなった良子に、松五郎は親身に仕え続ける。ある年の三月、松五郎は夫人の手をとり、秘めたる思いを告白しかけたが身をひるがえして吉岡家を去り、以後訪れることはなかった。

酒に溺れるようになった彼は、その一年ほど後に四十八歳で他界した。良子と敏雄名義の貯金通帳と、毎年大晦日に良子が松五郎に与えていたお年玉の袋が、封も切らずに残されていた。

この小説の最初の映画化は、昭和十八年で、伊丹万作が脚本を書き、稲垣浩が監督をした。出演は阪東妻三郎（松五郎）、園井恵子（良子）、長門裕之（敏雄）などであった。映画に関して、轟良子著『北九州文学散歩』（西日本新聞社刊）に次の記述がある。

内務省の検閲は松五郎が吉岡夫人を慕う場面を十分間以上もカットした。理由は「市井無頼（しせいぶらい）の徒が、大日本帝国陸軍の将校の未亡人に、恋慕の情を抱くなどとは、もってのほかである」ということだった。

碑文を北九州都市協会刊『岩下俊作選集』第一巻所収の「無法松の一生（富島松五郎伝）」と照合して、碑文冒頭の「吉岡」という文言は原作には無いことに気づいた。小説のなかでは「夫人の手を……」だけで、それが吉岡夫人の手であることは明確である。碑文として、その部分から後を抜き出すに際して、「吉岡」をつけるのがよいという判断がされたものと容易に推測できる。

岩下俊作の流れを汲む創作研究会の会誌「周炎（しゅうえん）」の第五号（平成3・4・1）には、山下敏克氏（碑建立実行委員）による「遥かなる文学碑」が掲載されている。岩下俊作文学碑建立を発想して除幕にこぎつけるまでの、経過や苦労が記録されていて興味深く読ませてもらった。その中に、碑の体裁に関することが次のように記述されている。

占用面積いっぱいにピンコロ（小口切り舗石（ほせき））の白ミカゲを張りつけ、左右両側に天端磨きの六方石を、それぞれ三箇づつ埋込む。

台座には南アフリカ連邦共和国産の、潤いと深みのある黒ミカゲを採用し、寄付者の芳名板を納める空洞を残す。その上にステンレス製の重量感ある銘板を張りつける。

主体部の太鼓は、仕上り径九〇糎の節理のない銘石――桜ミカゲを、中国福建省の山中に求め、直輸入

〔略〕。

毎年四月の第一日曜日に、碑前で俊作忌が行われている。

映画化され、小倉祇園太鼓も有名になっていくと、読者の中には無法松を実在の人物と信じる人も出てくる。そして、無法松の墓探しをし、見つからぬので墓（碑）を建てた人がいる。従来はこの碑が岩下俊作唯一の文学碑とされてきたが、厳密には無法松の供養碑である。

岩田礼著『無法松一代――岩下俊作と祇園太鼓』（あらき書店刊）二五四頁に「〈無法松之碑〉は一色のとっつぁんが、ほとんど独力で建てた」とある。「一色のとっつぁん」とは一色計雄（かずお）で、祇園太鼓の名手。息子と二人で一色鉄工所をやっている人物である。同書二五四頁には、次のように続く。

これを建てる前、とっつぁんは無法松の墓探しをやった。無法松は実在の人物と信じて疑わぬ彼は、墓が小倉のどこかにあると思っていたし、観光客からも墓の場所をたびたび問われていた。それで古船場でいちばん古い車引きの鹿毛子之吉や、むかし太鼓打ちの世話をしていた吉永というばあさんに墓の在所をたずねた。もしあれば、小説とゆかりの安全寺に移せばよい。が、墓はとうとう見つからなかった。しかし、それでがっかりするようなとっつぁんではない。「よし、そんなら墓（碑）を建てちゃれ」

この発想はなかなか秀逸である。「墓」はともかく、無名の小説の主人公を顕彰する碑とは感動的である。

北九州市小倉北区古船場（ふるせんば）町一番二十七号（市営天神島駐車場南側）に、

無法松之碑　　岩下俊作書

と刻まれた自然石の碑（台石も入れると三メートルを超す）がある（写真204）。最初は「一色のとっつぁん」の思いのとおり、安全寺境内（現在の碑所在地より北東に少し入り込んだ地点）に昭和三十一年三月四日に建立されたのである。安全寺の移転（小倉北区山門（さんもん）町へ）により碑は現在地に移設されたのである。ここは、作者岩下俊作が通った小倉市立天神島尋常小学校の跡だそうである。

この碑の右前にある太鼓の形をした副碑には、次のように刻まれている。

古船場三丁目――独身者の松五郎が住んでゐた町で　此の町は俥夫　羅宇の仕替　香具師　土方等の自由労働者達が大勢住んでゐた　そしてこの町には木賃宿が三軒もあって　渡り鳥の様に町から町へ漂泊する猿廻し　オイチニの薬賣り　山伏等がいつも一杯だった　富島松五郎傳より

この碑の前では、三月に「無法松之碑」供養祭が催されているそうである。

火野葦平

作者の紹介は四三八頁を参照されたい。

言葉さかんなればわざはひ多く
眼鋭くして盲目に似たり
敏き耳豈聾者に及ばんや
不如不語不見不聞　葦平

写真205

【所在地】北九州市若松区山手町六―一　安養寺

ＪＲ若松駅から北へ国道一九九号線が走っており、駅から二〇〇メートルの地点に市立若松病院がある。その南側の道路を西に進む。途中で大通りを横切り、更に西進すると一方通行（車は右から左へ）の道路にぶつかる。そこを右折すると日本キリスト教団の教会があるので、教会の先から左折し、細い坂道を上る。ぶつかった石垣の上が安養寺である。左へ巻いて上ると山門がある。碑は庫裏（くり）の方へ進んでいると、左手にある。

【副碑】 昭和四十三年一月建之　　発起人　久末貞雄

【案内板説明文】 火野葦平の没後、菩提寺安養寺の檀家によって建てられたものです。碑面には「言葉さかんなればわざはひ多く　眼鋭くして盲目に似たり　敏（さと）き耳豈聾者（あにろうしゃ）に及ばんや　不如不語不見不聞」との本人直筆の言葉と、自ら描いた三猿風の絵が彫られています。

　葦平が河童を愛したのは、幼いころに父金五郎から聞かされた妖怪変化（ようかいへんげ）の作り話の影響といわれています。生涯に河童の小説四十三編と詩十二編を発表するほか、多数の色紙も書き、河童文学の代表的作家となっています。

〔注——案内板は山門脇にある（設置者・北九州市教育委員会）。この文章には「三禁（さんきん）の碑」と題が付けられている〕

【その他】 盲人や聾者を引き合いに出すのはどうかと思うが、火野葦平時代の感覚では問題にならなかったのであろう。「豈（あに）……に及ばんや」は反語表現で、「どうして……に及ぼうか、いや決して及ばない」の意。また、碑文末尾の漢文「不如不語不見不聞」は、「語らず見ず聞かざるに如（し）かず」と読み、「何も語らない、見ない、聞かないのにこしたことはない」という意味である。大河内昭爾著『日本の格言　ことわざ８００選』（日本文芸社刊）の「見ざる聞かざる言わざる」の項には、「人のわるいところは見ない、人のわる口は聞かない、人のあやまちはいわない、というしめで、三匹の猿がそれぞれ目、耳、口をふさいでいる姿を彫ったものが有名」とある。葦平は、目、耳、口をふさいだ河童を碑文の下部に描いたのである（写真206）。葦平の随筆集『かっぱ十二話』（学風書院刊、昭和30）の第十二話「河童音頭」（七五調四行からなる歌詞で十二番まである）の五番が、似た表現になっていることを付言しておく。

碑は全高二・四メートル、幅〇・八メートルの自然石。石工は井本久蔵氏。

松本清張（せいちょう）

明治四十二年（一九〇九）―平成四年（一九九二）。現・北九州市小倉北区生まれ。本名清張（きよはる）。高等小学校卒業後、電気会社の給仕や印刷所の版下工などをした。その間、八幡製鉄や東洋陶器の文学グループと交流。昭和十四年（一九三九）に朝日新聞九州支社広告部の嘱託となり、雇員、正社員となる。同十八年十月から敗戦まで軍隊生活。同二十年十月に朝鮮より復員。すぐに朝日新聞西部本社に復職。四十歳を過ぎてから本格的に小説を書き始め、同二十五年、「週刊朝日」募集の「百万人の小説」に「西郷札」で応募し、三等入選（翌年、直木賞候補）。同二十七年、「三田文学」に「或る『小倉日記』伝」を発表。これで昭和二十七年度下半期の芥川賞を受賞。同二十八年十一月、朝日新聞東京本社に転勤。同三十一年三月末で同社を退職し、創作に専念。『点と線』（昭和33）などの社会派推理小説は大ベストセラーとなる。吉川英治賞、菊池寛賞、放送文化賞、朝日賞の各賞を受賞。推理作家協会理事長や会長も務めた。文芸春秋刊の『松本清張全集』（全六十六巻）がある。

神官の着ている
白い装束だけが火を受けて、
こよなく清浄に見えた。
この瞬間、時間も、空間も、
古代に帰ったように思われた。

写真207

小説「時間の習俗」より

【所在地】北九州市門司区門司三四九二　和布刈（めかり）神社

北九州の突端、関門橋の下にお宮はある。碑は本殿裏手の奥の方にある。

【裏面】北九州史跡同好会二十周年記念

会長　八幡西区幸神三丁目　加藤芳人

建設委員長　小倉南区津田新町一丁目　増田伸介

賛同者代表　〔五十二名の氏名は省略〕　外二七五名

平成六年十一月吉日

【その他】出典の「時間の習俗」の初出は、日本交通公社の雑誌「旅」の昭和三十六年五月号から翌年十一月号まで連載されたもので、同三十七年十一月に光文社から単行本として刊行された。同三十三年刊の傑作『点と線』の姉妹編ともいってよい作品である。

「時間の習俗」の梗概が、轟良子著『北九州文学散歩』（西日本新聞社刊）に次のとおり紹介されている。

門司で和布刈神事の行われた夜、神奈川県相模湖のほとりで、タクシー業界紙編集発行人の土肥武夫が殺される。警視庁捜査一課の三原紀一警部補らの捜査で、容疑線上に大手タクシー会社専務の峰岡周一が浮かんでくる。だが、峰岡は事件当夜、門司で和布刈神事を見ていたと主張し、それをカメラに収めていた。さらに神事が終わった後、小倉駅近くの大吉旅館に投宿し、旅館で働く女性の写真も撮っていた。

この完全なアリバイを三原警部補と福岡県警の鳥飼刑事が少しずつ崩していく。

三原警部補と鳥飼刑事は、『点と線』でも活躍した名コンビで、その再登場もファンを引き付けた。

作品の冒頭の章は「和布刈神事」で、この神事の場面からこの小説は始まる。和布刈神事については、久保晴句碑（二五六頁）の項を参照されたい。この事件の年の旧暦元旦は二月七日である。午前二時四十三分の干潮時が神事の最高潮である。そのときの情景を描いた部分の一節が、碑文として活字体で刻まれている。

碑本体は花崗岩（かこう）で、全高一・二メートル、幅〇・八二メートル。除幕式は平成六年十一月二十二日に行われた。

田中稲城（とうじょう）

紅い実　　田中稲城

冬の木の実はみんな紅い。南天、梅もどき、万両などの庭の木の実を初め、藪蔭に人眼からかくれたやうに結んでゐる藪柑子、青樹、野茨、それから冬苺や名も知らぬ葛の実など、どれも珠のやうに紅い。

それらの木の実は紅葉が散る頃から色づき、春陽に花々が開き初める頃まで冬の一番厳しい季節を、朝々の烈しい霜や深い雪にもめげず永い間実ってゐる。

それ所か永い風雪に曝されれば曝さるゝ、だけその紅色は益々磨かれた珠のやうに光沢をすらまして来る。それは恰もさうした厳しさこそが、己が生きる世界であることを自覚してゐるかのやうにすら感じられる。

田中稲城の来歴

君が賞でし南天千両やぶこうじ

写真208

木の実色づく頃に□きませり　　勝野ふじ子

田中稲城は明治四十四年（一九一一年）三月五日矢部村善正寺に生まれ、昭和十八年（一九四三年）十二月二十五日、三十二歳を一期に生涯を閉じる。

この短い生涯の間に文学に親しみ昭和十年代の「九州文学」に小説「女人苦」「山郷」などを発表、なかでも「一茎の葦」は文芸推薦有力候補作にあげられ「山郷」は九州文学賞受賞、昭和十八年〔早稲田文学〕に発表の「鏡」が絶筆となる。また随筆も佳品あり、清澄、誠実、内奥に美しい自然、人間への情感、慈悲、仏界へのみずみずしい傾斜を描いた作家として愛惜される。

ここに矢部山峡に生きた田中稲城の精神が永く伝承されることを願い、風雪幾山河の試練に耐えて生きる者への啓示とも読める随筆「紅い実」の一節を刻む。

平成十一年十二月二十三日　文　椎窓猛

【所在地】八女郡矢部（やべ）村北矢部殊正寺　善正寺（ぜんしょうじ）

国道四四二号線で日向神（ひゅうがみ）ダム南側を東進し、矢部小学校前の信号から左へ分かれて、御側（おそば）川沿いに杣（そま）の里渓流公園の方へ進む。信号から六〇〇メートルほど行くと、左手に田二枚を隔てて矢部保育園が見える。その手前から左折、すぐに右折して保育園の北側を三七〇メートルほど進むと寺の下にある駐車場に着く。

【裏面】田中稲城文学碑建立賛助芳名録

（平成十一年十二月二十三日除幕）

〔賛助者九十名の氏名は省略〕

発起人　代表　若杉繁喜　椎窓猛　田中瑞城　設計施工　渡辺隆美

【その他】碑文は六〇センチの台石の上に本を立てて見開きにした形状である（全高一・三三メートル、幅一・四六メートル）。右頁の部分に、昭和十六年（一九四一）に発表した随筆「紅い実」が、左頁の部分に田中稲城の来歴が刻まれている。台石の右前には球形に二匹の蝶がとまっている彫刻があり、左前には植木鉢の彫刻に藪柑子だろうか赤い実をつけた植物が植えられている。稲城の恋人勝野ふじ子のデビュー作「蝶」（「九州文学」昭和十四年七月号掲載。第九回芥川賞選考会で宇野浩二に高く評価された参考候補作）と、稲城の珠玉の随筆「紅い実」をイメージして二つの彫刻が据えられたのであろう。

随筆「紅い実」に次の一節がある。

もう十年近くもなるのだが、私は或る年の一冬を病院の一室で過した事がある。その折に毎日病室を訪れる一人の少年の花屋があつた。〔略〕その花屋がある日一鉢の藪柑子を持つて来た。小さな素焼鉢に植ゑられた藪柑子は五六本の小さな茎を糸で円くくゝり寄せられて、群つた葉の間から沢山の紅い実が珠のやうに覗いてゐた。それは花にみられぬ素朴な美しさであつた。〔略〕山では何時も何気なく見過して来たその小さな紅い木の実が、まるで違つたもの、やうに美しく可憐に見えたのである。私は早速一鉢を求めた。そしてそれを枕辺の机に飾つた。それから私はその故郷の匂ひを漂はせてゐる紅い木の実に、日々の退屈を慰められながら過した。

「来歴」の冒頭に勝野ふじ子の短歌がきざまれているが、□の部分は空白となっている。創言社刊『田中稲城作品集』末尾の「木の実色づく頃に」（執筆者田中瑞城は稲城の弟で、善正寺住職）の中にもこの歌が引用されていて、「逝きませり」であることが分かった。

作者について、『田中稲城作品集』所載の年譜で補足をしよう（勝野ふじ子については彼女の全集や新聞記事を参考にした）。

○久留米の中学明善校から大谷大学へと進学したが、眼病を患い中退。九州大学病院に入院中に結核を発病。自宅で療養。
○昭和七年（一九三二）ころから歌誌「街道」（京都。主宰・万造寺斉（まんぞうじひとし））に参加して歌作を始めた。同十一年、プリント印刷の短歌雑誌「新樹」を創刊（後に「村」と改題し、綜合雑誌として活版印刷）。久留米の詩人丸山豊（四六六頁）も助力。
○同十二年、矢野朗、丸山豊らと同人誌「文学会議」を刊行。「九州文学」同人となり、同十三年から同誌に作品を発表している。
○同十四年十一月頃、「九州文学」誌上で鹿児島の女流作家勝野ふじ子を知り、書簡を交わし合う。交流は深まり、ふじ子は同十七年と翌年、矢部村の稲城宅を訪問。特に同十八年には一週間滞在した。
勝野ふじ子は大正四年（一九一五）生まれ、結核のため稲城の死の三カ月後に二十九歳で他界した。平成五年（一九九三）、三嶽豊・公子編『勝野ふじ子小説全集』（K&Yカンパニー刊）が出版された。また、同十四年には、恋人稲城への手紙の中の「美しく生きる」という言葉を刻んだ勝野ふじ子文学碑が、彼女の故郷である鹿児島県薩摩郡入来（いりき）町に建立された。
○「九州文学」は昭和十九年三月号で追悼の田中稲城特集を組み、矢野朗、山田牙城、池田岬、原田種夫が追悼文を寄せている。昭和四十五年以降、命日の頃に稲城忌が催されている。

三木一雄

三木一雄文学碑

燃える雲の棚引きがゆるやかに西空に漂い、私は、まるでその残光にすいこまれるように
ふらりと立ちあがるとロバにまたがった。
小説「ロバと黄昏」より

写真209

【所在地】 久留米市篠山（ささやま）町　篠山神社

JR久留米駅の北東一キロ強の地点（久留米大学医学部の西側）の篠山城址に神社がある。碑は拝殿に向かって左手にある。

【裏面】 大正元年十二月十日　久留米市篠山町四丁目に出生　　本名　杉和夫

同人誌　文学季節主宰

長編　盆石・夏野・岬の人・炎を見た

短編集　恋・ロバと黄昏

随筆集　郷土をゆく

小説「農婢」・「ロバと黄昏」新潮入選

小説「記憶の果てに」総合入選

九州芸術祭文学賞福岡県地区選考委員　　佐賀県S氏小説賞選考委員

久留米市芸術奨励賞選考委員　　久留米連合文化会理事

昭和五十六年三月　　発起人一同

【その他】 作者について、若干の補足をしておく。

○昭和二年（一九二七）、久留米高等小学校卒業。碑の除幕を報じた「西日本新聞」（昭和56・3・15）の記事に、「小学校卒業後、久留米市内の印刷所に就職。印刷工として働く」とある。また、「三木一雄文学碑建立趣意書」

所載の略歴に、「十七、八歳ごろより文学に志し、昭和十一年〈九州文壇〉に所属、林逸馬、矢野朗らを知る。〈第二次九州文学〉に「紐解前後」その他の作品を発表し、同誌の編集委員となる。引続き丹羽文雄主宰の〈文学者〉に加盟」とある。

○「文学季節」の創刊は、昭和二十六年である。原田種夫著『西日本文壇史』（文画堂刊）二三七頁には、「久留米の三木一雄は、はじめ（二十一年）『九州文学』に入っていたが、その解散後、旧九文同人にげきを飛ばし、牛島春子、丸山豊、杉本寿恵男の他二十人で『文学季節』を創刊した」と書かれている。昭和四十五年、病を得て主宰を退く。

○晩年の十五年ほどは病床にあり、平成七年（一九九五）十一月七日に逝去。満八十二歳の人生であった。住まいは久留米市国分町であった。

作品集『ロバと黄昏』（像の会刊）末尾の「覚書き」によると、この小説は、当初は「あきれた条件」という題で、昭和三十六年九月十四日に書き終わり、そのまま私蔵していたものである。初出時に「ロバと黄昏」と改題し、「九州文学」の昭和三十七年七月号に掲載された。そして同年の「新潮」十二月号に再録されたのである。

この小説の梗概をまとめてみた。

病気で会社を辞めた作家の私に替わって、妻が失業対策の労務に出るようになった。妻は難聴であったので、同僚の古賀という男に助けられることが多かった。時々、妻は古賀を家に連れて来るし、二人で出歩くようにもなった。

私は十三年前から、一匹のロバを飼っていた。ミチという行きずりの女からもらった仔ロバである。その後、一度もミチとは逢っていないが、ロバも大きくなったのでミチに返そうと思い、私はロバに乗って街中へ度々出掛け、数日帰らないこともあった。そんなときは、古賀はわが家に来て密会していたようである。

そのうちに私は病気が悪化して入院したが、どうせ死ぬなら住み慣れたわが家でと覚悟して一週間で退院した。
あるとき、古賀のことが原因で夫婦喧嘩をし、妻は家を出ていった。そして四日が経ち、妻は親しい同僚四人に付き添われて話し合いに来た。妻は家に帰るための条件を出した。同僚たちは妻の言動には否定的だったが、もとの鞘に納めようとした。結局、妻はその夜から家に帰ってきた。
しかし、夫婦の間はますますギクシャクしていった。「私は私なりの夢をたどって、残りすくなくなった生命の火をかきたてずばなるまいと、またしてもロバにうちまたがって、夕ぐれの街へ」ミチを捜しに出掛けるのであった。
碑文は、「ロバと黄昏」の5の後半に出てくる詞句で、どうせ死ぬなら家でと入院を一週間で切り上げて帰宅し、死ぬ前にミチに一目でも逢いたいと、ロバに乗って街中をさすらっているとき目にした情景からの摘出である。碑建立計画を知らされて、作者自身が選んだ一節だと、「西日本新聞」（昭和56・3・15）の除幕式の記事に書いてある。
文学季節社発行の「文学季節」（三〇号。昭和59・9・1）所載「三木一雄の文学」（執筆者・坂井道夫）に、二人の評論家の「ロバと黄昏」評が転載されているので、孫引きになるが紹介しよう。
星加輝光の評（「西日本新聞」昭和37・7・29）
「ロバと黄昏」は作者のもつメルヘン的な資質が私小説にありがちな陰湿な感傷を打破して、まれにみるひとつの達成を示している。もしくは作者なりの私小説を耕しつくした果てに生んだ虚実の境というべきか。
伊藤整の評（「新潮」昭和38・1）
「ロバと黄昏」はまともに書いては出ないような奇妙な効果が漂っていた。現実の骨骼が、非現実なほどゆるめられていて、ゆるめられた物事の進行の中に浮かぶ不安を私は面白いとおもった。（以下略）
碑は全高一・〇七メートル、幅一・一メートルの御影石で、設計は「文学季節」の表紙を描いていた洋画家の柿原聡。

除幕式は、昭和五十六年三月十五日に行われた。作者は闘病中で出席できなかった。

中薗英助

歴史に空白あるべからず

中薗英助

写真210

【所在地】 八女市本町九四　横町町家交流館

市役所の東側を南北に走る県道四号線（玉名・八女線）を、市役所から南へ二五〇メートルほど行くと、高橋歯科医院があり、その南隣が町家交流館（江戸時代の酒屋を改装）である。碑は中庭にある。

【副碑】 中薗英助　文学碑　二〇〇三年三月建立

一九二〇（大正九）年八月二十七日、父源一、母益代の長男として福岡県遠賀郡上津役村に出生。本名中園英樹。二八年、本籍地福岡県八女郡忠見村大字大籠三〇六番地に帰郷。三七年旧制八女中学校卒業後、旧満州を経て北京に遊学。東亜新報社勤務、同人誌「燕京文学」同人。四四年、小説「第一回公演」で北支那文化賞受賞。敗戦により四六年、とせ子夫人とともに日本に帰還。『烙印』（五〇年）で文学の方向を確立。主な著作に、中国体験を作品化した『彷徨のとき』（五七年）、『夜よシンバルをうち鳴らせ』（六七年）、『北京飯店旧館にて』（九二年、読売文学賞）、『北京の貝殻』（九五年）、国際スパイ小説『密書』（六一年）、伝記『鳥居龍蔵伝』（九五年、大佛次郎賞）、伝記小説『艶隠者』（九八年）、評論集『闇のカーニバル』（八〇年、日本推理作家協会賞）、『わが北京留恋の記』（九四年）などがある。

九六年、神奈川文化賞受賞。

碑文の「歴史に空白あるべからず」は、これらの作品世界を貫流する主調低音。「生涯現役」を象徴する遺作『南蛮仏』（二〇〇二年）は、自伝的小説に於て歴史の空白を埋めた名作。二〇〇二年四月九日死去。

【その他】 作者の経歴に関して、若干の補足をしておく。

○『定本 彷徨のとき』（批評社刊）所収「中薗英助 年譜」（以下、「年譜」と省略）によると、「一九三二（昭和七） 十二歳 福岡県立八女中学校（現・八女高校）へ忠見尋常小学校五年から飛び級入学。西洋史教師にして『新青年』作家、渡辺啓助の指導により、文学への興味深まり、生涯にわたり師事」とある。

○「年譜」によると、中学卒業後に「理工科系進学を強いる父と争い」中国に渡ったという。

○西日本新聞社刊『福岡県人名録 1988』によると、本名の英樹の読みは「えいき」。戦後は「世界経済新聞」（現「サンケイ新聞」）の記者をしていた。

○碑のある横町町家交流館で教えていただいたところによると、作者の住んでいた大籠には現在は身寄りもいないので、当所に建立したということである。交流館には、八女と関わりのある作家の資料が展示されている。

岩波書店の雑誌「世界」第七〇二号（平成14・6）に、杉野要吉氏の「中薗文学の原点を追って」と題する中薗英助追悼文が掲載されている。その中に、碑文に関することが書かれているので引用させていただく。

「歴史に空白あるべからず」という歴史観は、まさに敗戦帰国後四一年間ずっとかたくなに自分に課してきた禁を解き、八七年、八八年の二度にわたって北京を訪問した中薗さんが、その地に芽生えつつあった歴史再評価の新しい動きを敏感に察知し、よろこばしきこととして文章（「胡同(フートン)は生きている」『わが北京留恋の記』九四所収）に引いた中の言葉だ〔略〕。

そこで『わが北京留恋の記』（岩波書店刊）を繙くと、六四頁に次のように書かれていた。

一九八七、八八年と二度にわたり、戦後（或いは解放後）初めて北京を再訪しかつ再々訪したとき、あの時代の淪陥区と呼ばれた偽政権地区でもなお真率な文学活動をして抵抗した袁犀、梅娘ら旧知の作家たちの作品が、「歴史に空白あるべからず」として復刻される計画のあることを知って、どんなにか嬉しかったことか。

歴史に空白なかるべしという呼びかけは、侵入者の側に連なっていたわたしがこれから書こうとしている青春小説にとっても、限りない励ましとなってくる。

〔注――「淪陥区」は、同書の別の箇所では「日本軍占領地区」と注記されている。ついでながら「胡同」は「横丁」の意である〕

もう少し具体的に、「歴史に空白あるべからず」の意味が分かるような記述が同書の「プロローグ――中国わが痛みと愛」にあるので、紹介しよう（中薗英助への第四十四回読売文学賞贈呈式での挨拶を引用した部分）。

私の作品に書きこんだ友人の一人に、昭和十八（一九四三）年に〔略〕大東亜文学賞という文学賞をもらった袁犀という作家がおります。

袁犀は戦後の新しい中国でも李克異という筆名で大いに期待された作家でありましたが、大東亜文学賞をもらったために漢奸文士とされ、文革時代の永い迫害がもとで名誉回復の恵みを味わうひまもなく、一九七九年に病死してしまいました。彼が当時書いた受賞作の『貝殻』を含めた作品集も、遺作の出版とともに、昨今ようやく復刻されてきております。

それは、日本軍の中国における占領時代、占領地区だった北京に踏みとどまった作家たちの文学上の業績をも、分けへだてなく再評価されるべきだということ、すなわち歴史に空白あるべからずという時代が、ようやくきたからでありましょう。〔略〕

彼は〔略〕当時敵国人であったはずの私たちの心をゆり動かし、いわゆる大東亜精神によってではなく、ひたすら人間を追求し表現した文学によって、はからずもかの文学賞をもらうことになったのであります。

〔注――「漢奸」とは「中国人で敵に内通する者。裏切り者」の意〕

碑は直径八〇センチの御影石製球体で、斜め上の部分を削ぎ落とした形をしている。碑文は削ぎ落とされた直径六五センチの円形平面に刻まれている。文字は自筆で、「歴」の字は略して「厂」と書かれている。

除幕式は、平成十五年（二〇〇三）五月三十日に遺族らを迎えて行われた。

団伊玖磨（だんいくま）

大正十三年（一九二四）―平成十三年（二〇〇一）。東京生まれ。東京音楽学校（現・東京芸術大学）作曲科卒業。昭和二十三年（一九四八）、ＮＨＫ専属の作曲家となる。反核交響曲『ヒロシマ』（昭和40）などの交響曲の他に、木下順二の戯曲『夕鶴』（昭和27初演）や武田泰淳（たいじゅん）の小説『ひかりごけ』をオペラ化（昭和47初演。芸術選奨、文部大臣賞受賞）。同四十三年に丸山豊（四六六頁）の詞に作曲をした合唱組曲『筑後川』は全国的に愛唱されている。エッセイストとしても定評があり、『パイプのけむり』（昭和40）、『続・パイプのけむり』（昭和42）で読売文学賞（随筆・紀行）受賞。『エスカルゴの歌』（昭和54）、『毒へびは急がない』（昭和55）などの随筆集も有名である。エッセイスト・クラブ賞受賞。日本芸術院賞受賞（昭和41）。日本芸術院会員（昭和48）。ＮＨＫ放送文化賞受賞（平2）。文化功労者（平成11）。命日には、黒木文化連盟主催で、「だご汁忌」が素盞嗚（すさのお）神社境内の碑前で開かれている。

巨大な藤は、それこそ、一年間、ぎりぎり一杯に蓄えたエネルギーを一時に迸らせたかのように、数十米四方に、花又花を溢れさせていた。大きな株から伸びた龍のような太枝は、節くれ立ち、苔を付け、神社の境内一杯の藤棚に花の房を下げる一方、神社と矢部川の間を通っている道路の上に作られた相当な距離の間の鉄骨の棚をも花で覆っていた。それは、まさに、薄紫の饗宴だった。藤棚の下には縁日が出て、子供達が遊び、其處此處に花茣蓙を敷いて酒を酌み交している大人達も居た。

一九六九年「パイプのけむり」より　團伊玖磨

写真211

【所在地】 八女郡黒木町黒木　素盞嗚（すさのお）神社

地理案内は石橋忍月歌碑（七頁）参照。碑は拝殿正面の鳥居左手にある。

【裏面】 この碑文は作曲家團伊玖磨氏がアサヒグラフの連載随筆〃パイプのけむり〃に黒木大藤を全国に紹介していただいたことを記念して建立したものです

平成四年三月吉日　黒木町観光協会　黒木ライオンズクラブ

【その他】「アサヒグラフ」連載の「パイプのけむり」は、昭和三十九年六月から平成十二年十月まで一八四二回続いた。昭和四十年十月に朝日新聞社から単行本第一作が刊行され、以下『続・パイプのけむり』、『続々・パイプのけむり』、『又・パイプのけむり』、『又々・パイプのけむり』……と続編が刊行され、第二十七巻（平成十三年一月一日刊の『さよなら・パイプのけむり』）で終わっている。

この碑文は、第五作『又々・パイプのけむり』（朝日新聞社刊、昭和45）所収で、題は「八十八夜」。「アサヒグラフ」には、昭和四十四年五月二十三日号と三十日号の二号に分割して掲載されたようである。原誌を確認していないが、碑文は「八十八夜」の前半部にあるので五月二十三日号だったのではないだろうか。この「八十八夜」を読むと、作者の黒木町訪問は、このときが最初ではなかったようである。若干引用しよう。

筑紫平野の東、八女の黒木町に、樹齢七百年を越える大藤がある事を知ったのは二年前の事だった。その年の夏、南九州を旅していた僕は、旅の終りに、車を飛ばして黒木の町に、昔、陸軍軍楽隊員だった頃の上官、吉村誠班長を訪ねて行った。あの大戦争が終る頃、吉村伍長は軍楽隊全員の食事を預かる炊事班長、僕は上等兵で鼓手であった。戦争は終り、吉村さんは黒木に帰ると、炊事班長であった知識を生かして食料品の商売を始め、今では、黒木有数の食料品店主である。その時、吉村さんの案内で黒木町附近を見物して歩いた際、黒木の町外れの祇園神社の境内に、二た抱えもある大藤の株が、延々数十米の枝を四方の棚に拡げているのを見て、この巨大な藤が何萬もの花の房を下げる頃、再び黒木を訪ねる事を吉村さんと約したのである。

翌年は多忙で、一年持ち越しての黒木町訪問だったのである。

碑文には振り仮名は付けられていないが、原作には「迸(ほとばし)らせて」、「花茣蓙(ござ)」、「酌(く)み交して」の三語がルビ付きである。なお、碑文は作者の自筆と思われる。

碑は全高二・一三メートル、幅一・二二メートル。除幕式は、平成四年四月三十日に、団夫妻を迎えて行われた。

VII

顕彰碑

はじめに

ここで採り上げる碑の総称については、「顕彰碑」でよいのか「記念碑」がよいのか迷ったが、いずれの名称であっても、その意味に大差はないと考え、便宜上「顕彰碑」とした。

「五足の靴」ゆかりの碑

明治四十年夏、東京新詩社の與謝野寛、北原白秋、木下杢太郎、吉井勇、平野萬里は、白秋の故郷柳河を旅の拠点として九州の南蛮文化探訪を行なひ紀行文「五足の靴」によって日本耽美派文学興隆の端緒を作った。

その帰途、八月二十一日茜色に染まる夕焼けの水郷柳河を逍遙して、高畑公園三柱神社太鼓橋際の風変りな氷屋懐月楼の三階に旅情を慰めたことは「五足の靴」第二十三章「柳河」に詳しい。

白秋もこの懐月楼を「立秋」の詩にして、抒情小曲集『思ひ出』に収めたが、当時の懐月楼こそ現在の松月に他ならぬ。水光の町柳河を最初に近代文学史に刻んだ「五足の靴」と松月とのゆかりを記念してここに碑を建て、永く語り継がんとするものである。

野田宇太郎

写真212

【所在地】 柳川市三橋町高畑（たかはたけ）　旧料亭「松月」

地理案内は、北原白秋「立秋」詩碑（四二三頁）参照。碑は屋敷北側の門内にある。

【右副碑】〔正面〕五足の靴ゆかりの碑

〔左面〕撰文　野田宇太郎　　題簽　劉寒吉

〔右面〕昭和五十二年七月　　中島健介建之

〔裏面〕立秋の松月楼に遠き日の五足の靴の夢を辿りぬ　　劉寒吉

【左副碑】 白秋ゆかりの懐月楼趾

【その他】 撰文を書いた野田宇太郎は、この碑を「文学史のための文学碑」だと規定している。それは「『五人づれ』の匿名で東京二六新聞に発表されたのが、そのまま時代の塵に埋もれて忘れ去られていたのを、昭和二十二年にわたしがようやく発掘して近代文学史に位置づけたという因縁があった」（「西日本新聞」夕刊、昭和52・8・8）という意味での規定である。

「五足の靴」の旅については、吉井勇歌碑の項でも述べているので六六－八頁を参照されたい。また料亭「松月」については、北原白秋「立秋」詩碑の項でも述べているので四二四－六頁を参照されたい。

ここでは、野田宇太郎編『五足の靴』（柳川版、ちくご民芸店刊、昭和53）から、（二十三）「柳河」の一節を抜粋しよう（明治四十年八月十六日、三池炭坑を見学して柳川へ。白秋宅に二泊。十八日に白秋以外は帰途に就く）。

柳河は水の国だ、町の中も横も裏も四方に幅四五間の川が流れて居る。夫（それ）に真菰が青々と伸びて居る、台湾藻の花が薄紫に咲く、紅白の蓮も咲く、河骨（かうほね）も咲く、その中を船が通る、四手網（よつであみ）の大きなのが所々に入れられる、颯と夕立が過ぎた後などは恰（まる）で画のやうだ。〔略〕

余等は美くしい夕焼の光の中に此川端を逍遙して、とある横町に曲り、名物の鰻屋で一酌した。帰途旧藩

主立花伯の祖先を祀つた立花神社の裏門を入つて表門に抜けると太鼓橋が架してある。橋の下は又例の川の一つだ。〔略〕

〔注――同書巻末の「『五足の靴』について」で執筆者の野田宇太郎は、「この章の筆者がKかMであることはその内容からわかるが、わたくしの推定ではK生（与謝野寛）が強いやうに思はれる」と書いている〕

碑文は活字体で、署名の「野田宇太郎」だけが自筆である。

碑は全高一・五四メートル、幅一・四五メートル。除幕式は、昭和五十二年（一九七七）七月二十日に行われた。建立者中島健介氏は、「松月」の三代目主人である（平成六年末の廃業後は、その建物を利用して開設した松月文人館の館長）。

長谷健（はせけん）文学碑

長谷健文学碑

写真213

【所在地】 柳川市坂本町　柳城公園

市民会館西側を南北に走る県道七六六号線（橋本・辻町線）から、日吉神社拝殿に向かって参道を進むと、左手奥にクリーク（掘割）を背にして碑がある。木村緑平句碑と河野静雲句碑の中間に位置している。

【右面】 火野葦平書

【裏面】 長谷健は明治三十七年十月十七日、柳川市東宮永に生れた。福岡師範学校を卒業後、郷里の城内小学校に奉職し、数年にして東京に転任したが、昭和十四年、小説「あさくさの子供」が芥川賞を受けるに及んで文学の道に専念するに至った。代表作品に北原白秋に取材した三部作「からたちの花」「邪宗門」があるが、その続篇「帰去来」を執筆中、昭和三十二年十二月二十一日、奇禍に遭って東京に歿した。生涯、文学と友人と豆腐と故郷とを深く愛した純真誠実の作家であった。

昭和三十三年十一月二十一日　　長谷健文学碑建設委員会

【案内板説明文】長谷健は、明治三十七年柳川市下宮永町（しもみやなが）に生まれ、昭和五年上京。小学校の教員をしながら創作活動を続け、昭和十四年小説「あさくさの子供」で第九回芥川賞を受賞しました。文学碑は豆腐好きの故人をしのんで、工芸家豊田勝秋（とよたかつあき）氏の設計により四角な豆腐型の碑が昭和三十三年建立されました。碑面の題字は火野（ひの）葦平（あしへい）の書で、碑裏面の撰文（せんぶん）は劉寒吉（りゅうかんきち）によるものです。

【その他】作者の経歴について、若干の補足をしておきたい（典拠を示していない事項は、長谷健の甥の堤輝男著、文芸社刊『文学と教育のかけ橋　芥川賞作家・長谷健の文学と生涯』所載年譜による）。

○最初の上京は昭和四年（一九二九）で、神田区芳林小学校に勤務。同七年に浅草小学校に転勤。その年の五月に前任校同僚の藤田藤江と結婚。藤田姓となる。それまでの本名は長谷正俊。長谷健はペンネームである。浅草小学校での生徒とのかかわりが、代表作『あさくさの子供』に結実した。

○矢野朗、原田種夫、山田牙城等が、福岡中洲で芥川賞受賞の祝宴をしたとき、長谷は「九州文学」の同人となった（劉寒吉著、創思社出版刊『わが一期一会（上）』一二三頁による）。

○同十九年、柳川の実家（柳川市下宮永町一一七―一）に疎開。以後五年間、郷里で生活（国民学校に勤務）。角田嘉久著『柳川と筑後路』（ちくご民芸店刊）九三頁によると、「二十年（一九四五）に火野葦平、岩下俊作、劉寒吉、原田種夫らと一緒に西部軍報道部に徴用されて、宣伝班となった」という。その期間は報道部発足の七月七日から八月十七日の解散式までであった。

○同二十一年、柳川文化クラブ（柳川文化連盟の前身）を発会、会長に就任。翌年、北原白秋詩碑建設委員会が発足し、委員長として建設事業に没頭（同二十三年除幕）。
○同二十四年、再び上京。火野葦平の「鈍魚庵（どんこあん）」に同居。日本ペンクラブ、日本文芸家協会などの要職に就く。
○西日本新聞社刊『西日本 文学碑の旅』（この碑の担当は中村光至）に、次の記述がある。

三十二年の師走も押しつまった二十一日、高田馬場近くで交通事故に遭って急逝したが、ラジオのニュースを聞いても、私にはにわかに信じられなかった。用心深く、交差点などで、なにも急ぐことはないよと押しとどめるのは、いつも長谷の方だった。その当人が、忘年会の帰宅時間がおそくなって、京王電車の終電に間に合わぬと道路の中央にとび出し、反対側から来たタクシーにはねられたのだから。〔略〕

文学碑の型は豆腐型。生前、豆腐を好んだことからとされるが、実体は肥満体で糖尿の気があったことから、やむなく豆腐で栄養を摂っていたからだ。

○豆腐を好んで食べたことについては、『文学と教育のかけ橋』一八六頁に、「師範学校時代に肋膜を患ったこともあり、健康を回復させるための一つの健康食として愛用したようです」とある。なお、同書同頁に、東京作家クラブ建立の「とうふ塚」（火野葦平撰並書の長谷健追悼碑）の写真が掲載されている（所在地は示されていない）。
○「グラフふくおか」五一〇号（平成13・4・1）の「ふくおか浪漫」で長谷健のことが採り上げられ、前記堤輝男氏の談話が織り込まれているが、戒名のことを次のように語っている。

叔父はお酒と豆腐が好きで、酔うと「ここ、どこ?」。人に会うと「やあ、しばらく」というのが口癖でした。そこで火野さんが叔父をしのんで「豆腐院此処何処白貘居士（ここどこしらばくこじ）」という戒名を付けてくださったんです。

○原田種夫著『実説火野葦平・九州文学とその周辺』（大樹書房刊）二一七頁を読むと、「長谷未亡人から、三十五日も近いのに、まだ戒名もないというたよりがきたので、火野が位牌を買って戒名をつけた」ということである。更に、「のちにほんとの戒名がついたから、長谷は、二つの戒名を持ったことになる」と書かれている。
○今日では、柳川の川下りは有名であるが、長谷は「川をきれいにしないと白秋先生が泣いている」と訴えていたが、彼の小説『からたちの花』が映画化され、昭和二十九年に柳川でロケがあり、川下りも撮影され全国に知られるようになった。それがきっかけで観光会社も乗り出した。
碑は全高一・二七メートル、幅一・三六メートルの黒御影石である。

建設途中で計画変更があり、現在の姿になったようである。そのことについて、原達郎著『柳川文学散歩案内』（「白秋・アンデルセンハウス」設立準備室刊）六一頁に次の記述がある。

当初の計画では、長谷の大好物であった豆腐の形の台座の上に自然石の石碑を乗せることになっていた。しかし、完成間際に石碑にヒビが入るというアクシデントに見舞われた。そこで急遽計画を変更して、豆腐型の台座を立てて碑とすることにし、縦書きの火野の碑文を一字ごとに切り離して横に並べた。

同書より先に刊行された同じ著者の『九州文学散歩　柳川』（財界九州社刊）の「幻の火野葦平描く『長谷健文学碑』」には、「後を頼まれた久留米の工芸家・豊田勝秋は、台座に予定されていた豆腐の形を立てて、そのまま詩碑のデザインとしたのであろう」とある。

碑前では、毎年十二月の第一日曜日に「豆腐忌」の集いが開かれている（主催・柳川文化協会）。

平成二年（一九九〇）に、実家（現在は堤輝男邸）の敷地南側に長谷健文学資料室が開設された（見学は事前申込が必要）。また、平成十年から長谷健顕彰会が長谷健賞を創設し、現在は文化庁の後援を得て全国の小・中・高校生・一般を対象に作文や日記など散文を募集し、表彰している（生活つづり方運動に参加していた長谷の遺志を継承）。

おわりに

平成十一年（一九九九）に、『福岡県の文学碑 古典編』を出版し、第三回日本自費出版文化賞の努力賞を受賞できたのは、僥倖（ぎょうこう）であった。その後、続編にあたる『福岡県の文学碑 近・現代編』の執筆にとりかかった。そして、同十五年十一月に脱稿したが、本文が一〇七一頁という膨大な分量となった。そこで、八カ月かけて削除に削除を重ね、更に三カ月かけて内容の再点検と地域別一覧づくりにとりくみ、同十六年十一月に出版社に原稿を渡すことができた。

古典編とは比較にならない数の碑があるため、その存在を知りながら確認に行けなかった碑が多数あったし、初稿には収録しながら割愛せざるをえなかった碑もかなり出たことが、残念でならない。そこで、巻末の地域別一覧には、割愛した碑は勿論、未見碑も情報源を添えて収録し、一覧としての充実を図った。

原稿は、ワープロに打ち込み、フロッピーに保存してきたが、頼みのワープロが故障してしまった。幸いに、最終点検前の原稿をプリントアウトしていたので、作業にそれほど支障はなかった。

取材は昭和三十三年（一九五八）からおこなってきたので、最初のころ見た碑の記録は、四十六年も昔のものである。所在地周辺の風景を思い出せない碑もあったし、地名変更というケースもあり、住宅地図を頻繁に活用させていただいた。頭が痛いのは、碑の移転である。その情報を把握できていないため、旧所在地のまま収録している碑もあるのではないかと懸念している。

最近は、全国規模で文学碑を網羅した文献やインターネットも利用できるようになったが、碑の裏面に詩歌が刻まれているものや慰霊碑などは文学碑の範疇に入れていない編著者と、文学碑の概念が異なる場合、無条件にこれらを援用できないという難しさもある。とは言うものの、個人の情報収集力には限界があり、同好の研究者との情報交換は不可欠である。多くの方に情報提供や助言をいただいた。本文中に、その都度お名前を記した。引用文献も、著者名（執筆者名）や出版社名をその都度記した。併せて謝意を表する次第である。なお、参考文献を巻末にまとめることはしなかった。

出版にあたっては、『古典編』同様、海鳥社の皆さんのお世話になることにした。お礼を申し上げ、筆を擱く。

平成十六年十一月

大石 實

福岡県の文学碑集計

		歌碑	句碑	川柳碑	詩碑	漢詩碑	散文碑	顕彰碑	歌詞碑	計
近・現代編	本文に記述	43	117	8	20	5	14	3		210
	一覧にのみ掲載	83	404	6	14	12	9	2	19	549
	編著者未確認	58	160	6	3	3		4	2	236
近・現代編 合計		184	681	20	37	20	23	9	21	995
古典編 合計		203	94			21	4	25		347
総合計		387	775	20	37	41	27	34	21	1342

（注）・短歌と俳句など異ジャンルの作品を併刻した碑は一方にだけカウントした。
・古典編は、本文記述の碑、出版後に確認した碑、編著者未見の碑を含む。

近・現代編　地域別一覧

凡　例

1　各区・市・郡内の碑の配列は、原則として所在地名の五十音順とした。ただし、「平成の大合併」による市・郡では、原則どおりになっていない場合がある。
2　碑文には、濁点が打たれていない場合があるが、一覧には補って表示した。
3　碑文に刻まれている読み仮名は省略した。
4　碑文の最初や最後に刻まれている作者名、詞書などは省略した。ただし、詩や漢詩の題は掲載した。
5　碑文に誤りがある場合も、そのとおりに記録した。
6　詩などの改行は／で示した。一行余白は、／／で示した。
7　建立年は碑に刻まれている年月を示し、日は省略した。碑には刻まれていないが除幕式の日付が分かる場合は、それを記した。なお、建立年は和暦による表記に統一した。その際、「明治」は「明」、「大正」は「大」、「昭和」は「昭」、「平成」は「平」の略称を用いた。
8　現地で確認したが本文に掲載できなかった碑は、「頁」欄を空欄とした。
9　編著者未見の碑も、情報源を示して掲載した。情報源が幾つかあって、それぞれを参考にしている場合、より具体的に記述されている資料一点を、情報源として示した。なお、未見の碑は「頁」欄に「未」と記入した。
10　参考にした度数が多く、しかも各地域にわたっている情報源は、略称を用いた。正式の呼称は次のとおりである。
「いしぶみ散歩」（年月日）→「西日本新聞」（掲載年月日）連載「いしぶみ散歩」（執筆者・那須博）
『ふくおか文学散歩』→轟良子著『ふくおか文学散歩』（西日本新聞社、平成13年刊）

一覧

目次

【北九州市門司区】

碑主	所在地	碑文	建立年月	頁
林田 弘	風師二丁目 慈雲寺〔情報源〕「いしぶみ散歩」（昭和59・1・20）	遠山の雪は融けずも我等征く	昭57	未
老川 潮	旧門司一－七－一八 甲宗八幡神社	すべられて冬に入りゆく山の木々太初のごとき日は天つたふ	昭60・5	
川江直種	旧門司一－七－一八 甲宗八幡神社	豊国の門司の関やの岩清水くみて昔を知る人もがな	昭46・8	
火野葦平	旧門司一－七－一八 甲宗八幡神社	足は地に／心には歌と翼を／ペンには色と肉を	昭57・8	444
槇 有恒	小森江 風師山岩頭	この頂に立つ幸福の輝きは／これをとらふる術を知りし／山人たちの力によるものなり	昭32・10	
吉井 勇	小森江 風師山岩頭	風師山のぼりて空を仰ぐとき雲と遊ばむこころ起りぬ	昭57・3	
河野静雲	庄司町一四－三三 貴船神社	竹爆く音の吉左右飾り焚く	昭33・1	
小橋鷹人	白野江 部崎灯台下〔情報源〕『ふくおか文学散歩』五〇頁	清虚らにいま太陽とはるの潮	昭45・10	未
小山吉之進	大里戸ノ上四－四－二 戸上神社〔情報源〕『ふくおか文学散歩』四七頁	若みどり色もかわらぬ女夫松		未
坂村真村	大里戸ノ上四－四－二 戸上神社〔情報源〕『ふくおか文学散歩』二一〇頁	念ずれば花ひらく		未

清沢鳴亭	田野浦昭和町　清沢邸 〔情報源〕児玉一夫著『北九州市内文学碑散歩』（北九州文学碑研究会刊）三頁	摘むでなく庭の土筆の呆けたる		未
横山白虹	西海岸一丁目　JR門司港駅前	和布刈る神の五百段ぬれてくらし	平1・8	
阿南哲朗	畑二―二五　玉泉寺	企救の高浜根上り松よ／馬もおかごもゆるりとな／海辺眺めてゆるりとな 「小笠原音頭」	昭46・11	
岸秋渓子	畑二―二五　玉泉寺	こぶし咲く文珠菩薩の手の中に	昭55・春	
川端京子	羽山二―一二　小森江配水池	陽の中の茶の花月日惜しみけり	昭45・12	162
林芙美子	羽山二―一二　小森江公園西側	掌草紙 いづくにか／吾古里はなきものか／／葡萄の棚下に／よりそひて／／よりそひて／一房の甘き実を食み／言葉少なの心安けさ／／梢の凮と共に／よし朽ち葉とならうとも／／哀傷の楽を聴きて／いづくにか／吾古里を探しみむ	昭49・12	432
寺岡光雄	羽山二―一二　羽山神社 〔情報源〕児玉一夫著『北九州市内文学碑散歩』（北九州文学碑研究会刊）七頁	集い来る羽山の氏子秋祭り	昭45	未
久保　晴	門司　和布刈神社	和布刈火や轉た傾く峡の海	昭25・7	256
高浜虚子	門司　和布刈神社	夏潮の今退く平家亡ぶ時も	昭31・6	
松本清張	門司　和布刈神社	神官の着ている／白い装束だけが火を受けて、／こよなく清浄に見えた。／この瞬間、時間も、空間も、／古代に帰ったように思われた。 小説「時間の習俗」より	平6・11	539
中村汀女	門司　国民宿舎めかり山荘北方	延着といへ春暁の関門に	昭53・11	222

宮 柊二	門司 和布刈公園 古城山	波の間に降り込む雪の色呑みて玄海の灘今宵荒れたり まどろめば胸どに熱く迫り来て面影二つ父母よさらば	昭55・10	104
高浜虚子	元清滝 風師山登山道	風師山梅ありといふ登らばや	昭60・4	
池田ふみ於	元清滝六－六 石鎚神社 〔情報源〕俳誌「冬野」（昭和63・8）	立春の法螺吹き鳴らし護摩を焚く		未
林田探花	元清滝六－六 石鎚神社 〔情報源〕俳誌「冬野」（昭和63・8）	渓ふかく開けしこゝに花明り	昭63・5	未

【北九州市小倉北区】

村上元三	赤坂四丁目 手向山公園	小次郎の眉涼しけれつばくらめ	昭26・4	384
乃木希典	片野新町三丁目 陸上自衛隊城野支処 〔情報源〕児玉一夫著『北九州市内文学碑散歩』（北九州文学碑研究会刊）一四頁	現世を神去りまし大君の御あとしたひて我はゆくなり	昭40・4	未
河野静雲	上到津 到津の森公園（冒険広場西側）	発心は悲し勇ましほとゝぎす	昭32・3	
種田山頭火	上到津 到津の森公園（観覧車の下）	人影ちらほらとあたゝかく獅子も虎もねむつてゐる	平7・5	
夏目漱石	上富野四－一－二五 松柏園ホテル	うつくしき蛋の頭や春の鯛	平11・1	
森 鷗外	上富野四－一－二五 松柏園ホテル	満潮に踊の足をあらひけり	平11・6	
杉田久女	堺町一－七 堺町公園	花衣ぬぐや纏はるひもいろいろ	昭59・11	196
野村喜舟	篠崎一－七－一 篠崎八幡神社	鶯や紫川にひゞく声	昭48・5	278

森　鷗外	城内一―一　鷗外橋西詰	我をして九州の富人たらしめば／いかなることをか為すべき／こは屢々わが念頭に起りし問題なり　「我をして九州の富人たらしめば」より 常盤橋の袂に円い柱が立つてゐる／これに廣告を貼り附けるのである　「独身」より 私は豊前の小倉に足かけ四年ゐた　「二人の友」より 明治三十四年九月四日 夕　常盤橋上所見　稲妻を遮る雲のいろの濃き 夜　雷雨　「小倉日記」より 翌日も雨が降つてゐる／鍛冶町に借家があるといふのを見に行く　「鶏」より	昭37・12	506，360
仰木　実	城内二―二　八坂神社	風おちてゆふぐもなびく街の空しづかに城はそびえたちたり	昭41・11	94
川江直種	城内二―二　八坂神社 〔情報源〕『ふくおか文学散歩』二三二頁	神をあふぎ君と国とにつくすこそ大和心の要なりけり	昭9・10	未
丸橋静子	城内二―二　八坂神社	月仰ぐ一途に生きし来し方よ	昭40・3	273
横山白虹	城内二　小倉城白洲灯台横	霧青し双手を人に差しのばす	平7・11	
劉　寒吉	城内四　北九州市立中央図書館前庭	吹くは　風ばかり	平2・11	530
広吉撲堂	須賀町一二―二四　須賀神社 〔情報源〕「いしぶみ散歩」（昭和57・5・15）	小賀玉の新樹しずけく神おはす	昭53・10	未

明治天皇	須賀町二二ー二四　須賀神社 〔情報源〕『ふくおか文学散歩』二二〇頁	曇りなき人のこゝろをちはやぶるかみはさやかに照しみるらむ	大14・9	未
昭憲皇太后	須賀町二二ー二四　須賀神社 〔情報源〕『ふくおか文学散歩』二二〇頁	君がためまことをつくすまめ人はかみもうれしと助けますらむ	大14・9	未
文藻庵春芳	竪町一ー二一ー一三　安国寺	変る代の風にしだるゝ柳かな		129
松間輔紀	竪町一丁目　心光寺	天渡る征矢かなしかりしら玉のわらべがもとは離かり通さね	昭39・8	
杉田久女 橋本多佳子	中井浜四　櫓山荘跡	谺して山時鳥ほしいまゝ 乳母車夏の怒濤によこむきに	平15・10	344
岩下俊作	古船場町一ー二七　天神島駐車場南側	無法松之碑	昭31・3	536
河野静雲	古船場町二ー二五　欣浄寺	おいはれの兜観音蟬すゞし	昭44・10	
種田山頭火	都二ー三ー二〇　谷口邸 〔情報源〕『山頭火句碑集　第一集』（山頭火研究会刊）	捨てきれない荷物のおもさまへうしろ	昭59・5	未
杉田久女	妙見町一ー三〇　円通寺	三山の高嶺づたひや紅葉狩	昭54・11	
杉田久女	妙見町一ー三〇　円通寺	無憂華の樹かげはいづこ佛生會	平1・21	199
横山白虹	妙見町一七ー一　妙見神社	夕桜折らんと白きのど見する	昭41・4	

【北九州市小倉南区】

明治天皇	安部山　安部山公園 〔情報源〕「いしぶみ散歩」（昭和57・11・23）注――碑文は万葉仮名。	わが国は神のすゑなり神祭る昔の手ぶり忘るなよゆめ	大13	未
河野静雲	上曾根五－七－二七　本願寺 〔情報源〕「日本の文学碑」（松木貞雄ホームページ）	麦秋の故郷に帰る遺骨の子	昭54	未
河野静雲	上曾根五－八－一六　宗像神社 〔情報源〕『ふくおか文学散歩』二二三頁	里に古る良寛さまの手まり唄	平13・2	未
丸橋静子	蒲生二－八－六　大興善寺 〔情報源〕「いしぶみ散歩」（昭和59・2・17）	梅さむし人散らばりて又よりて		未
三浦敦彦	志井一九三七　常磐高校 〔情報源〕俳誌「天籟通信」（平成9・9）	DNAらせん階段銀河まで		未
山地曙子	志井　北九州霊園うめ駐車場 〔情報源〕「いしぶみ散歩」（平成10・4・6）	清閑の一日を得たる花の蔭	昭55	未
河野静雲	新道寺　平尾台自然観察センター	たもとほる千振ひきの嫉ひとり	昭49・9	
栗原一登	平尾台一丁目　平尾台自然の郷	姫百合の　朱き　山端に／うずくまり　肩寄せ合いて／何を聴く　石の羊よ／草の根の　悲しき歌か／地の底の　化石の声か／しらじらと　群れて　動かず／／流れ行く　霧の濡れ野を／音も無く　何処へ向う／カルストの　羊の群れよ／波白き　周防の彼方か／遙かなる　天の雲野か／永久の　歩みも　重く 合唱組曲『北九州』より　石の羊　平尾台断章	昭53・11	

出口夢詩朗	平尾台一丁目　平尾台自然の郷野草園 〔情報源〕「北九州市の文化財を守る会会報」（昭和59・3）	ふるさとをおもうまごころ此処に止め		未
高浜年尾	平尾台一丁目　平尾台自然の郷野草園 〔情報源〕俳誌「夏萩」（昭和57・3）	野遊の心足らへり雲とあり	昭49・11	未

【北九州市戸畑区】

若山牧水	浅生二―二―一　戸畑図書館横	新墾のこの坂道のすそとほし友のすがたの其処ゆ登り来	昭36・3	59
大野伴睦	川代二丁目　大橋公園	渡り初め若戸大橋爽かに	昭37・9	
穴井　太	小芝一―八―二〇　飛幡中学校 〔情報源〕俳誌「天籟通信」（平成9・1）	ゆうやけこやけだれもかゝらぬ草の罠	昭60・11	未
毛利雨一楼	高峰三丁目　高峰霊園一区納骨堂東側 〔情報源〕「いしぶみ散歩」（昭和59・4・25）。注――歌だけを刻む碑墓。	書をよみて年月ひさしたのしみてなほよみつづけ老いやいたらむ		未
穴井　太	天籟寺一―六　夜宮公園西側	夕空の雲のお化けへはないちもんめ	平11・12	340
若山牧水	南鳥旗町五―五	われ三たび此処に来りつ家のあるじ寂び定まりて静かなるかも	昭36・2	
臼田亜浪	夜宮一丁目　夜宮公園	葉桜に筑紫の山の風もなや	昭10・6	290

【北九州市若松区】

久保田せきの	小竹二二二七　花房小学校 〔情報源〕「いしぶみ散歩」（昭和58・7・8）	むつみあい励みあいつ、終戦後社会学級こゝに修めし	昭46	未
河野静雲	修多羅三－四－二　高野山東南院	うおんうおんと晝のつりがね彼岸寺	昭32・3	
上原朝城	修多羅　高塔山万葉植物園	夕鵙をとゞめんと立つ一樹あり	昭41・9	236
火野葦平	修多羅　高塔山万葉植物園下	泥によごれし背嚢に／さす一輪の菊の香や	昭35・8	439
園山フナ女	浜町一－二－三七　若松恵比須神社 〔情報源〕「いしぶみ散歩」（昭和59・8・30）	あめつちに威徳輝く若松の恵比須の宮を仰ぐかしこさ	昭34	未
久保田瑞一 久保田せきの	二島五－七－二　二島公民館 〔情報源〕「いしぶみ散歩」（昭和57・12・2）	沖つ風ふき荒れぬらし水茎のをかの大江に鷗むれよる いけを埋めやぶ伐り拓き二島の公民館はみごと成りたり	昭40	未
火野葦平	山手町六－一　安養寺	言葉さかんなればわざはひ多く／眼鋭くして盲目に似たり／敏き耳豈聾者に及ばんや／不如不語不見不聞	昭43・1	537

【北九州市八幡東区】

山鹿桃郊	枝光四－三－二　山鹿邸	かはほりや炉の彩煙の高にごり	昭37・7	
山鹿桃郊	枝光四－三－二　山鹿邸 〔情報源〕児玉一夫著『北九州市内文学碑散歩』（北九州文学碑研究会刊）二三頁	糸刎ねし床の立琴菊日和	昭30	未
河野静雲	大蔵一－五－一六　大徳寺	うとうとと彼岸の法話ありがたや	昭49・6	

河野静雲	大蔵三―二―一　西峰園	恵まれし命いたはり日向ぼこ	昭38・12	
種田山頭火	大蔵三―二―一　西峰園	お産かるかつたよかつた青木の実	昭54・春	
みずかみかずよ	尾倉二―八　小伊藤山公園	ふきのとう ゆきが／そこだけ／とけてるの／／あったかい／いきが／かかるのね／／うれしい／こえが／ひびくのね	平9・3	483
金子展也	尾倉　皿倉山　国見展望台北側 〔情報源〕児玉一夫著『北九州市内文学碑散歩』（北九州文学碑研究会刊）三一頁	故郷の山は恋しえ皿倉の松を望みて育ちたる者	昭61・4	未
北原白秋	尾倉　皿倉山	たかる人波さすがよ八幡／山は帆ばしら海は北／舟も入海洞の海／こゝの御空で立つ煙ぢゃえ／えゝま立つ煙ぢゃえ 「鉄の都」	昭49・10	
野口雨情	尾倉　皿倉山	くきの海辺の　船もよい／船も帆がなきゃ　行かれない／お供についた　くまわにが／山で帆柱　きりました／その時きった　帆柱は／帆柱山の　杉でした 「帆柱山の歌」	昭48・1	
志摩海夫	勝山一丁目　大蔵小学校前	ふるさとの山は蒼かり／ふるさとの海は青かり／響灘あをし	平6・11	455
清原枴童	河内二丁目　河内貯水池畔	心太山の緑にすゝりけり	昭24・5	152
種田山頭火	河内二丁目　河内貯水池畔　観音堂前	水を前に墓一つ	昭53・4	308
皆吉爽雨	祇園原町六―二一　龍潜寺	花の香につゞく水の香菖蒲見る	昭49・6	230
吉田一穂	祇園原町六―二一　龍潜寺	祭壇のうしろに飛燕山開き	昭63・9	
沖重豊美	山王一―一七―三　沖重医院	風まどい夏色の影夢二あと	平8・11	

竹久夢二	諏訪一―一　諏訪一丁目公園	宵待草のやるせなさ	昭53・11	
河野静雲	高見五―一―三二　阿弥陀院	囀の拙けれどもひたすらに	昭30・5	
桜井莞山	高見五―一―三二　阿弥陀院	今刈りし草捲き揚ぐる天狗風	昭30	
桜井莞山	高見五―一―三二　阿弥陀院	鋳かけ鍋音のさまざま霰ふる		
山鹿桃郊	高見五―一―三二　阿弥陀院	むらがれる玉繭雲や月今宵	昭36・6	184
石橋陸朗	中央三丁目　高炉台公園	巣立つ子の夢へ八幡の空は炎え	昭50・5	409
岩下俊作	中央三丁目　高炉台公園	吉岡夫人の手を把んだ松五郎は、直に「奥さん済まん」と叫ぶと身を翻へして飛び出した――風の様に、下駄を履かずに闇に消えた――。「無法松の一生」より	平2・4	533
上野十七八	中央三丁目　高炉台公園	夜の眺め昼のながめも大八幡	昭37・6	400
北原白秋	中央三丁目　高炉台公園	山へ山へと／八幡はのぼる／はがねつむように／家がたつ「八幡小唄」	昭36・11	
横山白虹 山口誓子	中央三丁目　高炉台公園	雪霏々と舷梯のぼる眸ぬれたり 七月の青嶺まぢかく溶鑛爐	昭48・7	342, 335
持松洞涯	中央三―九―二　中央中学校プール横	秋高し五彩のけむりきほひ立ち	昭41・11	
種田山頭火	羽衣町二二―一〇　ひらしま酒店	訪ねて逢へて赤ん坊生れてゐた	平7・9	
若山牧水	東鉄町五―五　芳賀邸	荒生田のさくらのもみぢひとよさの時雨にぬれてちりいそぐかも	平12・11	57

【北九州市八幡西区】

山鹿桃郊	浅川台三丁目　江副邸	まなかひの霧が岳澄み石榴垂れ	昭48・1	
河野静雲 山鹿桃郊	穴生二－五－一　弘善寺 〔情報源〕児玉一夫著『北九州市内文学碑散歩』（北九州文学碑研究会刊）三三頁	慈雨涼し賽者も閻魔大王も 田を褒めて閻魔詣での三五人	昭49・8	未
中原海豹	医生ケ丘一番　産業医科大学 〔情報源〕『ふくおか文学散歩』二二八頁	薔薇王国紫陽花共和国に雨	昭61・1	未
土井鳴泉	永犬丸一丁目　土井邸 〔情報源〕「いしぶみ散歩」（昭和59・4・19）	八十にしてさくらんぼ庭に植ゑ	昭51	未
河野静雲	永犬丸四－九－一四　善光寺 〔情報源〕俳誌「冬野」（昭和48・1）	あとやさき百寿も露のいのち哉	昭47・9	未
土井水明	永犬丸四－九－一四　善光寺 〔情報源〕『ふくおか文学散歩』二二七頁	妻の座に語る妻なく十三夜	昭43・8	未
向野楠葉	岡田町一－四六　岡田神社	遠賀野の枯色いそぐ蘆を刈る	昭59・9	234
河野静雲	岸の浦一－一三－五一　檣山荘 〔情報源〕河野静雲句集『閻魔以後』三六〇頁	芝うらら皿倉指呼に帆柱も	昭37・4	未
種田山頭火	北鷹見町六番　江島邸 〔情報源〕『ふくおか文学散歩』二二八頁	山ふところの水かれて白い花		未

下村非文	吉祥寺町一三－一一　吉祥寺 〔情報源〕「いしぶみ散歩」（昭和60・2・26）	新涼を歩く双手に何もなく	昭59	未
横山白虹 平田紅溪	吉祥寺町一三－一一　吉祥寺	藤棚の下の浄土のこみあへり ふるさとや藤咲く頃を曲馬団（チヤリネ）来る	昭48・4	
藤津保親	楠北三丁目　梅崎八幡宮 〔情報源〕『ふくおか文学散歩』一二八頁	光栄の昔を語る梅の里		未
藤津保親	楠橋　筑豊電鉄楠橋駅前 〔情報源〕「いしぶみ散歩」（昭和59・8・29）	いにしへの郷のいはれの楠橋を中睦まじく渡る村人		未
藤津保親	楠橋上方一－四－一　広幡八幡宮 〔情報源〕「いしぶみ散歩」（昭和59・8・29）	産婦人なやむ患者に仁術を我身忘れて済うとうとさ	昭8	未
中村重義	河桃町七　中村邸 〔情報源〕『ふくおか文学散歩』一二六頁	蝶になり蜻蛉になりて遊びゐる幼きものの声やはらかし	平13・4	未
中村みや子 中村重義	河桃町七　中村邸 〔情報源〕『ふくおか文学散歩』一二六頁	母の日の花束しばらくは母でいる 兄妹にいくさの記憶麦こがし	平13・4	未
岩尾金尊	木屋瀬　須賀神社	流れ来る唄はじろさよ盆の月	昭59・7	
阿部王樹	笹田　笹田焼喜三郎窯 〔情報源〕「いしぶみ散歩」（昭和59・6・8）	春宵の腰陶搦におもむろに	昭43	未

横山白虹	畑　畑観音釈王寺	瀧あびし貌人間の眼をひらく	昭39・4	338
有田和世	畑　香月老人ホーム 〔情報源〕『ふくおか文学散歩』二二八頁	世の中に想ひあれども子を恋ふる思ひにまさる思ひなきかな		未
田代俊夫	山寺町　一宮神社 〔情報源〕児玉一夫著『北九州市内文学碑散歩』（北九州文学碑研究会刊）三一頁	后神功上陸りし地とふ宮は春鬱払ふまでをがたま香る	平6・11	未

【中間市】

是永鳩城	中尾一－四－三　物社宮大明神 〔木葉俳句会句碑1、三十名の句は省略。作者名のみ記す。岡部蒼雨、島津貞子、松井倭枝、松井清為、浜島昭代、属ハルノ、佐野吉子、木下文子、北村直樹、三角百合子、原田七重、羽根田キヌ、西鳥羽香菜、長尾澄子、柴田玉枝、後藤速子、貴島はるか、香月道子、加来笑子、伊藤道行、岩崎湖雪、宮崎トシ子、筒井トヨノ、末次君枝、金田トミ子、井上武夫、坂口美恵子、大野蔦子、岡田節次、阿部静子〕	掃初や翁の句碑の周りより	昭59・4	
石橋哲夫	中尾一－四－三　物社宮大明神 〔木葉俳句会句碑2、七名の句は省略。作者名のみ記す。安倍砂子、田代国之、藤よしか、古郡文子、松原藤雄、宮原綾子、森本愛子〕	春眠や鐘の余韻にまどろみつ	平2・7	
是永鳩城	中間唐戸　是永邸 〔情報源〕「いしぶみ散歩」（昭和59・3・6）	川筋にいつか住み古り蜆汁	昭58	未
岡部麦山子	垣生　中間市郷土資料館	古墳の中のことを見て風花に	昭51・3	
神尾季羊	垣生　中間市郷土資料館	古墳枯れ雉子に流る、上古の血	昭52・11	

木曽悠雲	垣生　中間市郷土資料館 〔注——編著者の記録不備のため、『中間市史』上巻六四〇頁による〕	「堀川節」 むかし　黒田の長政公は／洪水続く遠賀の里の／水を治めた偉い方／／唐戸水門流して下る／北東三里の大用水路／掘った奉行は大膳さん／／どんと掘れ掘れもう一かつぎ／おっと　たまげた　この黒い石／飯も炊けるぞ茶も沸くぞ／／五平太舟だよ　石炭つんで／棹で流して洞海湾へ／帰えりゃ岸から引かれ舟／／向う鉢巻きりりと締めて／義理と人情の川筋そだち／恋にゃ未練の棹をさす／／しだれ柳の堀川ぞいに／咲いた絵日傘　乙女の花よ／川の魚も顔を出す	昭63・11	
木曽寿一	垣生　中間市郷土資料館 〔情報源〕『ふくおか文学散歩』一三〇頁	雨の日も風の日もふる里の昔を求めて自転車をこぐ		未
木曽寿一	垣生　中間市郷土資料館 〔情報源〕『ふくおか文学散歩』一三〇頁	ふる里の史蹟かぐわし資料館君が情熱四方にひびけり		未
木村ゆきを	垣生　中間市郷土資料館	秋がはっきりはれてゐる／帆をおろす五平太舟	昭52	
郷田　豊	垣生　中間市郷土資料館	おおい／遠賀の葦しげる土手よ／芙美子が押した荷車の轍はどれかよ／五平太舟のふな歌はいずこよ／うた詠みて山頭火の托鉢を続ける姿はどこかよ／おおい／葦しげる土手よ／夕日に映える／ボタ山は風化する	平3・5	
郷田　豊	垣生　中間市郷土資料館	風そよぐすゝき／夕日の遠賀野よ／うしろ姿のしぐれてゆくか／山頭火のいそぐ／糸田への道	平3・5	
白土きよし	垣生　中間市郷土資料館	炭坑節唄へば泣きたし年の暮れ	昭56・8	

種田山頭火	垣生　中間市郷土資料館	うしろ姿のしぐれてゆくか	昭49・11	
種田山頭火	垣生　中間市郷土資料館	生死の中の雪ふりしきる	昭56・10	
種田山頭火	垣生　中間市郷土資料館	右近の橘の実のしぐるゝや大樟も私も犬もしぐれつゝ	昭60・1	
種田山頭火	垣生　中間市郷土資料館	焼き捨てゝ日記の灰のこれだけか	昭62・7	
種田山頭火	垣生　中間市郷土資料館	音はしぐれか	平1・3	
種田山頭火	垣生　中間市郷土資料館	うどん供へて母よわたくしもいただきまする	平1・3	
西野理郎	垣生　中間市郷土資料館	白波を立てて来るなり秋の人	平7・6	
西野理郎	垣生　中間市郷土資料館 〔情報源〕『ふくおか文学散歩』二三〇頁	これからは妻居ぬ寒き灯に暮らす		未
波多江敦子	垣生　中間市郷土資料館	冬の鳥もとのところに来てしまふ	平7・6	
波多江敦子	垣生　中間市郷土資料館 〔情報源〕『ふくおか文学散歩』二三〇頁	ふり返りふりかへりゆく雁一羽		未
林芙美子	垣生　中間市郷土資料館	放浪記 私達三人は直方を引きあげて折尾行きの汽車に乗った。毎日あの道を歩いたのだ。汽車が遠賀川の鉄橋を越すと、堤にそった白い路が暮れそめていて私の眼に悲しくうつるのであった。白帆が一ツ川上へ登っている。なつかしい景色である。汽車の中では金鎖や指輪や風船、絵本などを売る商人が長いことしゃべくっていた。父は赤い硝子玉のはいった指輪を私に買ってくれたりした。	昭46・3	
林芙美子	垣生　中間市郷土資料館	花のいのちはみじかくて／苦しきことのみ多かりき	平3・3	

一覧

堀内羊城	垣生　中間市郷土資料館	芙美子の碑露けし旅の手提置く	昭50・5	293
堀内羊城	垣生　中間市郷土資料館	風なきに窓うって落つ白椿	平6・4	
吉田一穂	垣生　中間市郷土資料館	老いてなお集へば兵士終戦忌	昭56・7	
若山牧水	垣生　中間市郷土資料館	幾山河こえさりゆかば寂しさのはてなむ国ぞけふも旅ゆく	平1・3	

【遠賀郡】

多賀谷久子	芦屋町幸町　芦屋保育園 〔情報源〕藤本春秋子著『芦屋の墓誌と碑誌　上巻』（浜木綿発行所刊）五六頁	蝶々蝶々菜の花にとまれとうたう少女らの蝶に戯むる	昭52	未
小野蕪子	芦屋町船頭町一二－四八　岡湊神社	浪音より松籟高き二月かな	昭10・8	170
野見山朱鳥	芦屋町山鹿　魚見山公園	鵜の湾を八重の冬波うちしらめ	昭45・8	
藤本春秋子	芦屋町山鹿　魚見山公園 〔情報源〕藤本春秋子著『芦屋の墓誌と碑誌　上巻』（浜木綿発行所刊）一〇八頁	月の夜の稲架けあます古墳の前	昭53・4	未
石井翠女	芦屋町山鹿　大願寺 〔情報源〕藤本春秋子著『芦屋の墓誌と碑誌　上巻』（浜木綿発行所刊）八八頁	月生る、繊きひかりの春北風	昭34・7	未
秋山光清	芦屋町山鹿　城山公園 〔情報源〕藤本春秋子著『芦屋の墓誌と碑誌　上巻』（浜木綿発行所刊）七五頁	雲の上に今ぞかがやく西の海の山鹿の城の弓張りの月	昭37・3	未

是永塢城	岡垣町内浦 成田山不動尊（水子地蔵）	俳画集供へて修忌秋の雨	昭55・10	
〔木綿間俳句会句碑、十五名の句は省略。作者名のみ記す。岩藤綾子、占部幸子、川原未津子、正野与志尾、長畑伽寿子、南里ふじ、西岡杜希子、早川紫芳、広渡渓泉、久留美智子、松尾常代、三浦千歳、宮内芳子、門司三千代、吉田フミ〕				
種田山頭火	岡垣町内浦 成田山不動尊（水子地蔵）	鉄鉢の中へも霰	昭59・9	
山鹿桃郊	岡垣町内浦 成田山不動尊（水子地蔵）	初不動護摩の火ばしら灼焉と	昭46・10	
岸秋渓子	岡垣町高倉　龍昌寺	僧遷化山河露けきま丶遺る	昭41	
岸秋渓子	岡垣町高倉　龍昌寺〔情報源〕龍昌寺住職談	露寒の星の一つを野に送る	平2	未
野見山朱鳥	岡垣町高倉　龍昌寺	雪ふると百済こひしき観世音	昭51・2	
山鹿楓城	岡垣町吉木　熊野神社	世にひびく時雨の音よ記念塚	明26頃	
伊藤倭文	岡垣町吉木　吉木小学校〔情報源〕「いしぶみ散歩」（昭和58・5・24）	学ぶ子よよそにみなしそ雪霜をしのげる梅のあかき心を	昭50	未
作者不詳	遠賀町浅木　浅木小学校〔情報源〕片山花御史著『続遠賀野散歩』（銀河系社刊）四一頁	いたずらを幾多のこせり浅木校つぶさにおもふ古き師と友		未
竹森啓祐	遠賀町鬼津　島門小学校〔情報源〕片山花御史著『続遠賀野散歩』（銀河系社刊）一一頁	永遠に咲くや心の花さくら匂ふ島門の学びやのには		未

片山花御史	遠賀町木守　木守公民館	河口湖に日が泛き　葭の神話が生きる	昭63・11	330
片山花御史	遠賀町木守江の上	十三佛　この秋空をさゝえて立つ	昭49・9	
吉岡禅寺洞	遠賀町虫生津　高田神社	野の果に　貝塚はあり　虫生津春日	昭43・4	
竹森啓祐	遠賀町若松　住吉神社 〔情報源〕遠賀町刊『遠賀町誌』九六五頁	学びやのゆききに仰ぐ鳥見山ぬかづきまつる住吉の宮	昭46・11	未
竹森青風	遠賀町若松　小野邸（栄宗寺東側） 〔情報源〕片山花御史著『続遠賀野散歩』（銀河系社刊）八頁	揺ぎなきつつじの庭の巌かな	昭55・春	未
種田山頭火	水巻町古賀塔ノ元 〔情報源〕『ふくおか文学散歩』一三〇頁	何を求める風の中ゆく		未
炭坑節	水巻町頃末北一丁目　水巻町役場 〔情報源〕『ふくおか文学散歩』一三〇頁	筑豊地下資源連　採掘隆昌一百年 余韻猶留炭坑節　小碑刻句欲長伝　松口月城 月が出た出た月が出た／高松炭坑の上に出た／あんまり煙突が高いので／さぞやお月さんけむたかろ	昭60・11	未
副田す、む	水巻町吉田東四 羅漢仏（貴船神社横）	たれやしる昔とはばやらかん藤	昭9・4	

【行橋市】

竹下しづの女	天生田五四五　中京中学校	ちひさなる花雄々しけれ矢筈草	平3・6	176

村上仏山	天生田五四五　中京中学校	無題 落花紛紛雪紛紛　踏雪蹴花伏兵起　白昼斬取大臣頭 噫嘻時事可知耳　落花紛紛雪紛紛　或恐天下多事兆於此	平9・8	487
城戸直之	稲童浜　稲童古宮跡 〔情報源〕山内公二・他著『京築の文学碑』（美夜古郷土史学校刊）五二頁	あとたれて幾世経ぬらむ古宮のしるしの松も 神さびにけり	大15・4	未
仙路軒竹村	大橋二―一　大橋神社	光陰の矢に栖はなし桐一葉	昭50・夏	130
春山道人	津積御所ケ谷　景行神社参道 〔情報源〕山内公二・他著『京築の文学碑』（美夜古郷土史学校刊）四九頁	幾千年皇城の趾はとしふるもむかしのま丶の御所の神山	昭26・秋	未
竹下しづの女	中川二七〇　八社神社北側	緑蔭や矢を獲ては鳴る白き的	昭54・11	172

【京都郡】

桑野長峡	苅田町新津　高城山霊園桑野家墓域 〔情報源〕山内公二・他著『京築の文学碑』（美夜古郷土史学校刊）二一頁	レモンの酢滴らし秋刀魚をかなします	昭58	未
名嶋法俊	苅田町新津　清林寺（新津大池西側） 〔情報源〕山内公二・他著『京築の文学碑』（美夜古郷土史学校刊）二二頁	梺末まで聞きわたれと入相の鐘に力をこめてならしぬ	昭49	未
今井嘉三	苅田町京町二丁目　今井邸 〔情報源〕山内公二・他著『京築の文学碑』（美夜古郷土史学校刊）一九頁	青空をな丶めにおりて鵲は凍りたる田の雪をつ丶けり	昭45	未

広瀬豊寿	苅田町神田町一丁目二九番 木実原神社　苅田唱歌碑 〔情報源〕山内公二・他著『京築の文学碑』（美夜古郷土史学校刊）九頁	苅田の浜の朝風に	昭48	未
望東庵石上	苅田町神田町一丁目　早田邸 〔情報源〕山内公二・他著『京築の文学碑』（美夜古郷土史学校刊）一二頁	夢にあひゆめにわかる、親のかほ	昭48	未
山鹿桃郊	苅田町馬場　鎌倉堂清経塚 〔情報源〕山内公二・他著『京築の文学碑』（美夜古郷土史学校刊）一八頁	寂墳に導師の紫衣の秋涼し	昭49・3	未
河野静雲	苅田町提　老鶯山荘（友田邸） 〔情報源〕山内公二・他著『京築の文学碑』（美夜古郷土史学校刊）一三頁	鶯や湖をいだける小松山	昭55・10	未
高浜虚子	苅田町提　老鶯山荘（友田邸） 〔情報源〕「いしぶみ散歩」（昭和60・2・23）	露の幹静に蟬のあるき居り	昭59	未
高浜年尾	苅田町提　老鶯山荘（友田邸） 〔情報源〕「いしぶみ散歩」（昭和60・2・23）	仙道や匂へば仰ぎ栗の花	昭59	未
友田泰之	苅田町提　老鶯山荘（友田邸） 〔情報源〕山内公二・他著『京築の文学碑』（美夜古郷土史学校刊）一六頁	蠍田野に小鳥来る日の清経忌	昭55・10	未
山鹿桃郊	苅田町提　老鶯山荘（友田邸） 〔情報源〕山内公二・他著『京築の文学碑』（美夜古郷土史学校刊）一五頁	石に刃を研いで涼しく磯料理	昭55・10	未
宮川愚峰	犀川町本庄　宮川邸 〔情報源〕「いしぶみ散歩」（昭和60・3・12）	月いでて庭の大樹が膝に乗る	昭50	未

小宮豊隆	豊津町豊津九七三　豊津高等学校	女手に育ちて星を祭りけり	昭60・5	378
堺　利彦	豊津町豊津　堺利彦顕彰記念館隣	母と共に花しほらしの薬草の千振つみし故郷の野よ	昭35・11	9
和田九万里 山枡大次郎	豊津町豊津　豊津中学校正門前	菜の花の中のすまひとなりにけり 折りたくも錦桜の眺めかな	昭4	
末松宵花	豊津町国作　八景山　護国神社旧参道	鴨一羽ゐて長養の月冷ゆる	昭44・6	
森　緑青 井上朴童 宮本正女	豊津町国作　八景山　護国神社旧参道	豆の花離農の蒲団巻きしむる 河鹿笛吹き吹き岩を変へにけり 牡丹に嫁ぐときめし薄化粧	昭44・5	
鶴田知也	豊津町国作　八景山自然公園	不遜なれば／未来の／悉くを失う	平4・9	524
葉山嘉樹	豊津町国作　八景山自然公園	馬鹿にはされるが／眞実を語るもの／がもっと多くなるといい。	昭52・10	515
大堀たかを 大堀よし江	豊津町国作　老人憩いの家	思ひなし山も寝釈迦や月あげて 星飛ぶや占ふこゝろすでになし	昭50・10	
藤本霊松	豊津町国分　国分寺 〔情報源〕山内公二・他著『京築の文学碑』（美夜古郷土史学校刊）七二頁	大塔の復元なりぬ雲の峰	昭40	未
末松宵花	豊津町田中　大原邸 〔情報源〕「いしぶみ散歩」（昭和59・2・22）	菊冷の机磨きて父母へ文	昭44	未

一覧

【豊前市】

九條武子	岸井三三四　徳善寺	遇ひがたきこの法の会を山吹の花とばかりになすなみな人	昭36・春	
安仲光男	久路土七一一　安仲邸 〔情報源〕安仲年枝氏書簡	ふくろふはうらの山にて鳴きゐたりほってんとろっと ほってんとろっと	平12・4	未
島田芳文	久路土九六三　島田邸	丘を越へて行かうよ／真澄の空は朗らかに晴れて／たのしいこゝろ／鳴るは胸の血潮よ／たゝへよわがはるを／いざ行け遙か希望の／丘を越へて 「丘を越へて」	昭6・10	
有野正博	才尾　夕田池畔	みづうみにむかひて蠟の灯をひとつ揚げにき住みて 半世紀経ぬ	平9・6	108
宮川愚峰	松江　浄円寺 〔情報源〕山内公二・他著『京築の文学碑』（美夜古郷土史学校刊）九八頁	月いでて庭の大樹が膝に乗る		未
渡辺種梅	松江　浄円寺 〔情報源〕山内公二・他著『京築の文学碑』（美夜古郷土史学校刊）九九頁	この浦もさびしくなりぬ我友の影はうつらず波静かなり	昭34	未
下村非文	千束　千束八幡神社 〔情報源〕山内公二・他著『京築の文学碑』（美夜古郷土史学校刊）一一〇頁	ふる里の古みちたのし初詣	昭56・3	未
丸山敏雄	天和丸山　合八幡神社 〔情報源〕「いしぶみ散歩」（平成16・2・16）	人のいふ言の葉毎にしたしけれ昔ながらの くになまりかも	昭46	未

小笠原秀実	狭間　千手観音	求菩提山杳かに見えて浄仏の誓をやどす山波のすそ	昭37・2	
岡本大無	狭間　吉田邸 〔情報源〕山内公二・他著『京築の文学碑』（美夜古郷土史学校刊）一一六頁	径つきて君が家あり枯芭蕉	昭45	未
万造寺斉	狭間　吉田邸 〔情報源〕山内公二・他著『京築の文学碑』（美夜古郷土史学校刊）一一八頁	ひと冬を咲きてこぼれて紅椿いや咲きにほふうゝら春日に	昭53	未
高畑晴耕	狭間　高畑邸 〔情報源〕山内公二・他著『京築の文学碑』（美夜古郷土史学校刊）一一三頁	第十世晴耕宗匠記念碑	昭44・10	未
小川素光	畑　畑冷泉 〔情報源〕『ふくおか文学散歩』一三四頁	冷泉を浴びる神彼岸花		未
小川素光	吉木　夕照山境内（千東中学南側） 〔情報源〕山内公二・他著『京築の文学碑』（美夜古郷土史学校刊）一〇八頁	紺一色に乾くふるさと彼岸花	昭45・4	未
小川素光	吉木　夕照山境内（千東中学南側） 〔情報源〕「いしぶみ散歩」（昭和59・11・7）	神楽億年森にあつまるものみな百姓	昭59・7	未
小川独笑	吉木　夕照山境内（千東中学南側） 〔情報源〕山内公二・他著『京築の文学碑』（美夜古郷土史学校刊）一〇七頁	一心になり得て称ふ人あらば吾れなきあとの友し松山	昭12	未
繁永白扇	六郎　繁永邸 〔情報源〕山内公二・他著『京築の文学碑』（美夜古郷土史学校刊）一二〇頁	孤月庵第九世　繁永白扇宗匠碑	昭31	未

【築上郡】

池田富三	椎田町高塚　綱敷天満宮	ふるさとの海鳴りきけば永かりし流離の思ひ よみがへりくる	昭50・6	102
門田加代 村上ナツ子	椎田町高塚　綱敷天満宮	参道はこぼるるばかり溢出ず綱敷天神鈴しきり鳴る 御手水の龍の口より流れ出る水は冷たく心洗わる	平8	
辻奥　茂	椎田町高塚　綱敷天満宮	天心に月のぼりたるとき浜の宮樹々のそよぎの ひたとしづけし	昭62・10	
中野雨情	椎田町高塚　綱敷天満宮	墳墓の地カナダときめて宣誓紙に署名する わが手ふるへたり 幼き日明けくれ遊び育ちし地いかで忘れよう浜宮の恩	平2・2	
鞘野玉刀 鞘野つゆ	椎田町高塚　鞘野邸 〔情報源〕『ふくおか文学散歩』一三六頁	玉霰おりおり金魚鰭をふる 蝶よ来て泣く娘の髪のリボンたれ	昭55	未
広崎雪山	新吉富村八ツ並　広崎邸 〔情報源〕山内公二・他著『京築の文学碑』（美夜古郷土史学校刊）一三二頁	第八世孤月庵雪山翁碑	昭4・3	未
中畑清流	築城町寒田　中畑邸 〔情報源〕山内公二・他著『京築の文学碑』（美夜古郷土史学校刊）八〇頁	水清く薫風うまい城井の里	昭55・3	未
佐々木丈石	築城町本庄　天徳寺 〔情報源〕「いしぶみ散歩」（平成17・4・18）	草笛や城址にのこる悲話いくつ	平16	未

和才恵信	吉富町幸子　和才邸 〔情報源〕山内公二・他著『京築の文学碑』（美夜古郷土史学校刊）一二〇頁	孤月庵樹徳碑	昭40	未

【直方市】

青木月斗	植木　東岡堂薬局 〔情報源〕白土きよし著『筑豊路　句碑探歩』（小竹中央公民館刊）	遠山近水の霞が人を作りけり	昭23	未
阿部王樹	植木三三〇七　植木小学校	汗々々貴き汗をしぼるべし	昭45・5	
阿部王樹	植木二六一－二　植木中学校	池二つあふる、智恵の春の水	昭27	
阿部王樹	植木　花の木井堰脇	乳瘤垂る、いちよう大樹や初明り	昭45・春	286
阿部王樹	上頓野　竜王ケ丘公園 〔情報源〕舌間信夫著『直方碑ものがたり』（直方市刊）七六頁	川筋を一望にして天地澄む	昭31	未
河野静雲	感田　浅川邸 〔情報源〕『直方市史』下巻九七五頁	囀の拙けれどもひたすらに	昭42	未
林芙美子	須崎町　須崎町公園	私は古里を持たない／旅が古里であった　放浪記より	昭56・秋	527
阿部王樹	殿町　多賀町児童公園	炭坑王がいさおしとはに陽炎す	昭34	
森　鷗外	殿町　多賀町児童公園	鷗外　森林太郎は第十二師団軍医部長として小倉に居住する間　明治三十三年十月　演習のため直方を訪れ貝島邸に宿泊した　主人太助翁に会い「五十歳許の偉丈夫なり」との印象並びに翁所蔵の画幅について日記に書き留めた	平10・3	

河野静雲	頓野中原　小春荘（安武邸） 〔情報源〕舌間信夫著『直方碑ものがたり』（直方市刊）七五頁	願はくは小春のやうな句とこころ	昭41	未
釈　迢空	直方　多賀神社	多賀の宮みこしすぎゆくおひかぜにわれはかしこまる 神わたりたまふ	昭49・10	69
野見山朱鳥	直方　多賀公園	火を投げし如くに雲や朴の花	昭47・4	244
舌間信夫	山部　JR直方駅前	風のささやきに／振り向くと／ふるさとの／山があった 川があった　街があった／見えていなかったものが／少 しずつ見えてきた	平9・秋	
林芙美子	山部五四〇　西徳寺	梟と真珠と木賃宿 定った故郷をもたない　私は／きまったふる里の家をも たない私は／木賃宿を一生の　古巣としている／雑草の やうな　群達の中に／私は一本の草に　育まれて来た	平5・5	
二蕉庵直峰	山部五六七　随専寺	行ほどに月雪花の道ふかし	昭36・10	127

【鞍手郡】

岸秋渓子	小竹町勝野三七六八　福永邸	虫しぐれ誰か燈をつぐ観世音	昭51・3	
岸秋渓子	小竹町勝野三七六八　福永邸	老梅や佳き言葉のみ子に遺し	昭52・1	
青木月斗	小竹町勝野　貴船神社	日滋々と笋竹に伸びむとす	昭56・11	
水田流川	小竹町勝野　貴船神社	焔あげて神の座ゆるる大焚火	昭51・11	
加来瘦石	小竹町勝野　加来医院 〔情報源〕「いしぶみ散歩」（昭和59・6・19）	調剤を待って居る子や手毬唄	昭35	未

白土きよし	小竹町勝野　信覚寺	炎天に滾る念仏浄土かな	昭54・8	
阿部王樹	小竹町勝野　枯芦庵（谷口邸） 〔情報源〕「いしぶみ散歩」（昭和59・6・16）	鴫の声厓より辷り落ち来り	昭56	未
河野静雲	小竹町勝野　枯芦庵（谷口邸） 〔情報源〕「いしぶみ散歩」（昭和59・6・16）	あとやさき百寿も露のいのちかな	昭59・5	未
谷口対厓	小竹町勝野　枯芦庵（谷口邸） 〔情報源〕「いしぶみ散歩」（昭和59・6・15）	朝の茶に相手ほしさよ笹子鳴く	昭54	未
白土きよし	小竹町勝野井田　亀山神社 〔情報源〕「いしぶみ散歩」（昭和57・6・23）	藤さいて匂ひまみれの道祖神	昭51・8	未
高倉貞女	小竹町勝野井田　亀山神社 〔情報源〕「いしぶみ散歩」（昭和57・6・23）	夏帯をしめて茶室の人となる	昭54	未
山城寒旦	小竹町勝野井田　亀山神社 〔情報源〕「いしぶみ散歩」（昭和58・6・18）	大学の庇が高し雀の子	昭58・春	未
山本　詞	小竹町新多本町　新多ロータリー	硬山の投影長きこの地帯を遂に故里として棲みつきぬ	昭60・3	118
広門さんご	宮田町磯光　天照宮山神社鳥居横 〔情報源〕「いしぶみ散歩」（昭和59・6・6）	牡丹咲く王者の品といふことを	昭43	未
岸秋渓子	宮田町宮田四八四五　極楽寺	生きて来し月日四温の石ひとつ	昭51・3	
岸秋渓子	宮田町宮田四八四五　極楽寺	春落葉長き祈りを地に遺し	昭52・3	
阿波野青畝	宮田町宮田如来田　瑞石寺	塗畦を参道にして瑞石寺	昭60・10	

渋田蓉雨	宮田町龍徳　普賢院 〔情報源〕「いしぶみ散歩」（昭和59・7・7）	選炭機きりの底ひにひびきゐて暈かぶりたる十六夜の月	昭51	未
江口竹亭	若宮町湯原六二　東禅寺	一輪の禅の心に冬さうび	昭56・5	
岸　信宏	若宮町湯原　脇田温泉　楠水閣	犬鳴の谷のせゝらぎ音たかく楠のおほ木のしげる湯の宿	昭39・5	

【飯塚市】

金本冬雲	相田四四三　宝幢寺	手のとゞきそうな三日月螢飛ぶ	昭52・10	
神山耕石	飯塚八－一八　東町公民館	草紅葉日裏となりし荘の庭	昭45・2	
田中斐川	伊岐須　安楽寺	晩鐘を野分の中に撞いてをり	昭51・4	
田中都藻子		昨日の落葉今日の落葉と色重ね		
井上剣花坊	潤野　宝満宮	人を皆人と思ふて腹が立ち	昭59・9	
井上信子	潤野　宝満宮	どう坐り直してみても己が姿	昭53・8	
南川　泉	潤野　宝満宮	まんまるく唄い納めてどじょう汁	昭59・9	
大庭星樹	片島一丁目　勝盛公園	福寿草憶良のやうに子を思ふ	平14・5	
近江砂人	片島一丁目　勝盛公園	地球儀に愛する国はただひとつ	昭55・9	406
小坂蛍泉	片島一丁目　勝盛公園	白もまた燃ゆる色なりつゝじ園	昭54・4	271
大塚石刀	片島一－五　大塚邸	月を待つこゝろにわたる指月橋	昭48・6	350
河野静雲	柏の森九五九－一　飯塚市歴史資料館	露の音遠き弥生の種々に	昭43・10	180
奥園克己	柏の森七　麻生塾跡	凜然として寒中の梅匂ふ	平6・10	270

高浜虚子 星野立子	幸袋七九－一　北代邸	新涼の仏に灯し奉る 惜春や父の故郷に似しときけば	昭33・7	139
河野静雲	下三緒一九八－二　光正寺 〔情報源〕俳誌「冬野」七七四号（平成3・5）	あとやさき百寿も露のいのち哉	平3・5	未
大鶴直道	下三緒一九八－二　光正寺裏山 〔情報源〕俳誌「冬野」七七四号（平成3・5）	菊活けてより静雲忌満峰忌	平3・2	未
奥園克己	目尾下薙野　小竹四国霊場	暖かや慈眼愛語といふことを	昭59・5	
田中斐川	大日寺　ドライブイン八木山展望台	名月や普天の下の盆地の灯	昭38・10	
田中鼎子	立岩　立岩遺跡	身に入むや山河闘きし石の斧戈	昭50・10	300
野見山朱鳥	立岩　飯塚市立立岩遺跡収蔵庫横	生涯は一度落花はしきりなり	昭49・2	246
市橋山斗	立岩一三八〇　熊野神社	一と時雨松の緑を極めたり	昭63・5	
田中斐川	立岩一三八〇　熊野神社	御屋根のかつを木にある初明り	昭34・5	
田中斐川	立岩一三八〇　熊野神社	社務所にも祭壇があり煤払ふ	昭37・2	
〔新飯塚むつみ俳句会句碑、十一名の句は省略。作者名のみ記す。花村秋芳、築地紅子、千代田景石、山口みなと、加藤　霞、徳永満女、松村紗哉子、中野孤城、樺島恵美子、花村信子、尾形貞子〕				
金本冬雲	中八五一　清汲院 〔情報源〕月刊「嘉麻の里」一四四号（平成9・5）所収、帆足亀孫子執筆「ふるさとの句碑を訪ねて」	藤房の虻を翔たせて風過ぎぬ	昭55・10	未
大脇月甫	鯰田　旌忠公園	冬ながく穢る、こと無し丘木々の真すぐなるは一木もなく	昭56・4	95

河野静雲	西徳前一―二　丸大紙店	囀の拙けれどもひたすらに	昭46・4	
牧瀬修造	西徳前六―四四　正遠寺 〔情報源〕歌誌「あら草」二一三号（平成13・3・1）	やはらかにそまりて浮ける今朝の雲眼に近しとも 遠しともおもふ	平12・12	未
金本冬雲	西町四―二二　金本邸	蟬取りの今日は家来を連れて来し	昭50・1	
金本冬雲	西町四―二二　金本邸	蕾まだ何の色とも花菖蒲	昭53・6	
金本冬雲	西町四―二二　金本邸 〔嘉飯山地区老人大学文芸部修了記念句碑、十九名の句は省略。作者名のみ記す。菅沢シズヱ、鮫島達二、大村利亀、井手口登、田中　清、菊地ミキ、三島哲子、富岡ハル、松岡サツキ、山下　豊、佐藤茂一郎、藤原フサ、鶴原　勇、今福茂夫、宇津江信一、寺井庄太郎、田中芳雄、上野トミ子、青山正人〕	われなりに生きて仰ぐや盆の月	昭49	
河野静雲	西町四―二二　金本邸	仏壇にちゝはゝ在す冬ごもり	昭50・12	
細木芒角星	西町四―二二　金本邸	月は一つわがゆく旅も一人なり	昭54・10	297
吉田冬葉	西町四―二二　金本邸	雷鳥の巣にぬくみある夕立哉	昭52・2	
河野静雲	花瀬　大上邸 〔情報源〕月刊「嘉麻の里」一三八号（平成8・11）所収、帆足亀孫子執筆「ふるさとの句碑を訪ねて」	秋訪へば炑のこゝろに観世音	昭59・5	未
河野静雲	東徳前一八　老松神社	陰陽の宮居めでたき百千鳥	昭48・5	
田中斐川 渡辺満峰 草野駝王	東徳前一八　老松神社	忘らるゝ身を早梅に訪はれけり 蜻蛉の衝突せざること不思議 見れば照り見れば昃りて十三夜	昭56・5	

森　鷗外	本町九－一七　井筒屋前	明治三十四年七月、小倉第十二師団軍医部長として、衛生隊演習のため飯塚逗留を記念して建立する。／／ 五日。雨。……夕に飯塚呉服店島田氏の裏座敷に舎る。夜楠瀬少將、諸演習員、嘉穂郡長、飯塚警部長及飯塚町長を招きて立食を饗す。 六日。雨。飯塚に淹留す。…… 七日。日曜日陰。飯塚を發し、上三緒に至りて演習す。 …… 「小倉日記」より	平9・10	
一田牛畝	本町一五－七　真福寺	耳に手をあて鉦叩たのしめる	昭50・9	
丸林好翠	本町一九－一五　太養院	蘖や俳句に風雨五十年	昭28・7	
河野静雲	宮町二－三　納祖八幡宮	管鮑や花の盃とり交はし	昭42・4	179
桜木俊晃 桜木登代子	宮町二－三　納祖八幡宮	邪馬台はいづこ筑紫の秋深し 火の国のこころ火と燃ゆ秋ざくら	昭52・11	298
高浜虚子	宮町二－三　納祖八幡宮	春深く稿を起さん心あり	昭33・9	
高浜年尾	宮町二－三　納祖八幡宮	土器に浸みゆく神酒や初詣	昭32・5	
田中斐川	宮町二－三　納祖八幡宮	人の行く侭に行きけり恵方道	昭32・5	249
星野立子	宮町二－三　納祖八幡宮	古さとに似し山河かな遍路くる	昭33・9	237
細木芒角星	宮町二－三　納祖八幡宮	この土や桜咲く国わが住む国	昭42・5	
吉田冬葉 田中鼎子	宮町二－三　納祖八幡宮	蜩や雲を降りぬく杉の雨 爨す秋日にたりて培えり	昭41・10	296
谷本てる女	宮町二－八三　観音寺	石仏は修業大師よ寒雀	昭38・12	

一覧

河野静雲	芳雄町三－八三　麻生医療福祉専門学校	捨焚火寒山拾得来て育だて	昭38・11	
渡辺満峰	芳雄町三－八三　麻生医療福祉専門学校	芽吹かざる樹をとみかうみ訝しむ	昭48・4	215
奥園克己	吉原町　片島緑道公園（北詰）	若竹の節々にある力かな	昭60・3	
奥園操子		みだれ咲くことこそよけれ秋ざくら		
大谷句仏	蓮台寺一二一八　光妙寺	勿体なや祖師は紙衣の九十年		

【嘉穂郡】

草野駝王	稲築町岩崎　稲築公園	春燈の今暗きとは思はずや	昭35・8	217
藤井仙魚	稲築町岩崎　稲築公園	手花火に通りかゝりの子もまじり	平1・8	
金丸与志郎	稲築町鴨生五九八　鴨生憶良苑	生きものの地にひそみゆくころなれば山かぎりなく透明なりき	昭47・8	97
金丸与志郎	稲築町鴨生五九八　鴨生憶良苑	奈良に向く憶良の歌碑はどっしりと山に叶へる丈建ちにけり	平9・5	
岸秋渓子	稲築町山野　須賀神社の丘	一佛のまろび給へる雪の上	昭53・1	160
伊藤渓堂	碓井町上臼井　永泉寺 〔情報源〕「いしぶみ散歩」（昭和57・9・10）	倖せと母に告げたし月仰ぐ	昭52・4	未

今村恒夫	碓井町上臼井一七四八番地北隣	手 俺達の手を見てくれ給え／ごつごつで無細工で荒れ頽れて生活の如に殺風景だが／矍鑠とした姿を見てくれ給え／頑健なシャベルだ／伝統の因習の殻を踏み摧き／時代の扉を打ち開く巨大な手だ／、、、、、	昭51・4	450
森　鷗外	頴田町鹿毛馬　鹿毛馬峠 （田川郡金田町神崎との境界）	明治三十二年七月、小倉第十二師団軍医部長として赴任中の森林太郎（鷗外）が軍の演習の為、小倉－香春－金田駅を経て当地を通過しました。 鷗外小倉日記より 五日、雨、金田を發し、人見、神崎を經て鹿毛ノ馬に致り演習す。 神崎の西に峻坂あり。駄馬数頭躓き倒る。	平5・1	
岸秋渓子	頴田町西佐与　泉福寺	満天の藤の真下に歩み入る	昭54・春	
河野静雲	嘉穂町大隈町一〇一九　福円寺 〔情報源〕「いしぶみ散歩」（昭和58・12・20）	清閑や落葉を掃ける僧一人	昭54・7	未
梶原正利	嘉穂町大隈　梶原邸 〔情報源〕月刊「嘉麻の里」一五三号（平成10・2）所収、帆足亀孫子執筆「ふるさとの句碑を訪ねて」	秋晴や杉山の杉天を指す	平8・2	未
岸秋渓子	嘉穂町中益　滝の観音 〔情報源〕月刊「嘉麻の里」一四九号（平成9・10）所収、帆足亀孫子執筆「ふるさとの句碑を訪ねて」	観世音しぐる、瀧となり給ふ	平1・春	未

千代田景石 大庭星樹	筑穂町長尾　老人福祉センター筑寿苑	嘶きは馬の絶唱秋晴るゝ、 ふるさとに踏切二つ春の星	昭59・11	未
	〔筑穂句会十周年記念句碑、二十八名の句は省略。作者名のみ記す。渕上秋峰、高橋桂石、柚木冠石、森楠翁、山下破声、大隈柊城、窪山冬青、白岡泥石、横尾芳仙、大隈梅子、森房子、今村千代乃、大熊真一、藤井芳美、立石刈刀、立石由里女、青木アキノ、林千代、山本澄子、三村福市、瓜生妙、佐藤フミ、芳野利秋、斎藤美代子、石川すみ子、入江正代、芳野モト子、吉村嘉恵子〕 〔情報源〕月刊「嘉麻の里」一五二号（平成10・1）所収、帆足亀孫子執筆「ふるさとの句碑を訪ねて」			
河野静雲	筑穂町馬敷　西光寺	とのさまの紅葉寺とてむかしより	昭48・10	

【山田市】

河野静雲 小原菁々子	上山田五〇二一－六　ふれあいハウス	その色に和敬清寂石蕗咲けり 歳月のうつろひ塢珂の天高し	平6・10	
黒木乙夢	上山田五〇二一－六　ふれあいハウス	恵まれし四恩の月日牡丹咲く	平7・4	
河野静雲	下山田　梅林公園（安国寺隣）	秋訪へば秋のこころに観世音	平9・4	未
	〔注─「山田句会三日会」会員三十七名の句は省略〕 〔情報源〕俳誌「冬野」（平成12・8）所収、赤坂邦子執筆「句碑のある町」			
山部巨童	下山田山下　稲荷山公園	戻り来し母の膝下や山桜	昭46・10	未
	〔情報源〕月刊「嘉麻の里」一四九号（平成9・10）所収、帆足亀孫子執筆「ふるさとの句碑を訪ねて」			

【田川市】

和田九万里	伊田二三六二—一三　東鷹高等学校 〔注——編著者は田川市番田町の田川東高校で確認していたが、轟良子著『ふくおか文学散歩』によって、現在の所在地を記述した〕	何まくともなくすく畠や春寒き	昭10	
橋本英吉	伊田　田川市石炭記念公園	働らく人々の幸福をもたらすもの、どんな政党政派、／思想であらうとも、働らく人々のためを思ってくれる／者の支持者でありたい。　協同耕作より	平15・8	520
種田山頭火	伊田　田川市石炭記念公園	廃坑若葉してゐるはアカシヤ	平8・11	
炭坑節	伊田　田川市石炭記念公園	香春岳から見おろせば／伊田の立坑が真正面／十二時さがりのさまちゃんが／ケージにもたれて思案顔／サノヨイヨイ／月が出た出た月が出た／三井炭坑の上に出た／あんまり煙突が高いので／さぞやお月さん　けむたかろ／サノヨイヨイ	昭42・4	
梅田晴義	位登　梅田邸 〔情報源〕『ふくおか文学散歩』二三八頁	佛典をひもとく縁に春日濃し	昭43・7	未
大谷千草	魚町　大谷邸 〔情報源〕『ふくおか文学散歩』二三八頁	露草や抱きしめたる菩薩心		未
明治天皇	魚町　風治八幡宮 〔情報源〕「いしぶみ散歩」（昭和57・11・3）	わが国は神のすゑなり神祭る昔の手ぶり忘るなよゆめ	昭39	未
亀田かんじ	魚町　風治八幡宮 〔情報源〕「いしぶみ散歩」（平成12・5・1）	越天楽鳴れる茅の輪をくぐりけり	昭51	未

作者	所在地・情報源	作品	年月	備考
高倉麦秋	川宮　親教寺 〔情報源〕『ふくおか文学散歩』一三八頁	落慶の御堂明りや初茜	平3・1	未
高野野火	川宮　高住公民館 〔情報源〕『ふくおか文学散歩』一三八頁	夕鶴に静かに迫る野の寡黙	平3・10	未
北島泰宣	白鳥町　成道寺公園	空の青さに吸われてゆきし雲ひとつこゝの木原に風鳴れるとき	昭45・9	
河野静雲	白鳥町　成道寺公園	初空や男ぶりなる香春岳	昭42・10	
坂上村童	白鳥町　成道寺公園	鷹舞へり神の如くに大空に	昭44・3	
中島哀浪	白鳥町　成道寺公園	香春岳空にまろらに見てあればひぐれの霧の沈みつゝあり	昭35・3	42
芦馬鷹洲	夏吉　糸飛公民館 〔情報源〕『ふくおか文学散歩』一三七頁	丘陵鳥語散天香　御祓清流鯉影涼 鶴我遺風甦此地　糸飛殿閣放春陽	平4・3	未
小坂蛍泉 小坂みき子	番田町三　小坂産婦人科クリニック	医のわざに停年はなし菊白し 立てかけし松葉箒の露けしや	昭46・5	
渡辺暁雲	番田町　渡辺邸 〔情報源〕『ふくおか文学散歩』一三八頁	香春岳唯一燈の灯涼し	平7・6	未
渡辺暁雲	番田町　徳成寺 〔情報源〕『ふくおか文学散歩』一三八頁	蓮如忌や心に点る御文章	平5・3	未

明治天皇	丸山町　丸山公園十二祖神社 〔情報源〕「いしぶみ散歩」（平成8・3・18）	目に見えぬ神の心に通ふこそ人の心の真なりけり	昭42	未

【田川郡】

瓜生敏一	赤村油須原　平成筑豊鉄道油須原駅前	雲は流れるまゝに流れ天下の無名氏	平11・7	320
秋城庵都川	赤村下赤五八七　俵秀郎邸	美しき夜の明ぶりや草の露	明29・8	124
江口竹亭	赤池町上野　青柳不老園 〔情報源〕俳誌「万燈」（昭和56・7）	窯入れの陶積まれゆく初音かな		未
緒方句狂	赤池町上野　興国寺	行く我を囚へ落葉は馳け巡る	昭26・11	264
池田紫酔	赤池町上野　福智神社	月の磴のぼる案内の影法師	昭50・11	
渡　栄之助	赤池町上野　福智下宮神社 〔情報源〕「いしぶみ散歩」（昭和57・3・20）	君まして神まして民長閑なり	大15	未
木村緑平 種田山頭火	糸田町上糸田　糸田小学校正門西側	かくれん坊の雀の尻が草から出てゐる ふりかえるボタ山ボタン雪ふりしきる	平10	
木村緑平 種田山頭火	糸田町中糸田三一〇九　伯林寺	雀生まれてゐる花の下を掃く 逢ひたいボタ山が見えだした	昭52・11	
木村緑平 種田山頭火	糸田町楠ケ迫　糸田町役場前方	子雀の甘えてゐる聲のしてゐる朝月 ボタ山ならんでゐる陽がぬくい	平7・8	

高橋しげを	糸田町中塚　観世苑 〔情報源〕俳誌「夏萩」六八号（昭和57・1）	坑底を去年となりゆく水流れ	昭56・12	未
木村緑平 種田山頭火	糸田町宮床　山ノ神集会所西側	雨ふる子のそばに親の雀がきてゐる 枝をさしのべてゐる冬木	平10・10	
木村緑平 種田山頭火	糸田町宮床　貴船神社東方	聴診器耳からはづし風の音きいてゐる 逢うて別れてさくらのつぼみ	平10・10	
藤浦文子	糸田町　藤浦邸 〔情報源〕『ふくおか文学散歩』二四一頁	蛍火に柿の葉濡れてをりにけり	平8・10	未
正岡子規	大任町柿原　木村邸	水音のまくらに落つる寒さ哉	昭42・7	
金本三郎	大任町柿原　木村邸	余生なほつとめん心冬うら、	昭42・12	
後藤是山	大任町大行事成光　柔軟寺 〔情報源〕「田川の文学碑探訪」（福岡県高教組田川支部平成七年度教研レポート）	悪人の末座をけがし蚊遣香	昭46	未
森　鷗外	金田町金田　平成筑豊電鉄金田駅	明治時代第十二師団（小倉）軍医部長として赴任中の森林太郎が軍の演習の為香春を経て当地に来て宿泊した所です 鷗外の小倉日記より 明治三十四年七月四日、雨……夜金田停車場の旅店青柳に舎る 鷗外全集第三十五巻	平4・3	
種田山頭火	金田町金田　室見橋手前	ラヂオでつながって故郷の唄	平6・12	

森　鷗外	金田町神崎　鹿毛馬峠（嘉穂郡頴田町鹿毛馬との境界）	〔嘉穂郡頴田町にも当碑を記述。碑文はそれを参照されたい〕	平5・1	
種田山頭火	香春町香春二一　高座石寺	そこもこゝも岩の上には仏さま	平8・9	
小坂蛍泉	香春町香春五六　神宮院	二の岳のかぶさる坊の虫時雨	昭48・11	
杉田久女	香春町香春五六　神宮院	梅林のそぞろ歩きや筧きく 探梅や暮れて嶮しき香春嶽	平9・4	
森　鷗外	香春町高野　香春町役場裏手	雨に啼く鳥は何鳥若葉蔭	平7・10	357
種田山頭火	香春町高野　山頭火遊歩道	香春をまともに乞ひ歩く	平8・10	
種田山頭火	香春町高野　山頭火遊歩道	香春見あげては虱とつてゐる	平6・10	
種田山頭火	香春町高野　山頭火遊歩道	谺谺するほがらか	平8・10	
種田山頭火	香春町高野　山頭火遊歩道	鳴きかわしては寄りそう家鴨	平10・10	
種田山頭火	香春町高野　山頭火遊歩道	みすぼらしい影とおもふに木の葉ふる	平9・5	
種田山頭火	香春町高野　山頭火遊歩道	ふりかへれば香春があつた		
種田山頭火	香春町高野　山頭火遊歩道	香春晴れざまへ鳥がとぶ	平10・10	
木村緑平	香春町高野　山頭火遊歩道	香春へ日が出る雀の子がみんな東に向く	平9・10	
清水夏子	香春町高野　清水邸 〔情報源〕『ふくおか文学散歩』一三九頁	田を這いてとかげの如く五十年		未
萩本梅丘	香春町中津原一六七〇　開田邸	帰る家は夕日の岡や薬ほり	昭45・5	125

田中常憲	香春町中津原　田川高等学校	水平線にやをら突起をつくりつ、富士より高くなれよとぞおもふ	昭36・5	
田中常憲	香春町中津原　田川高等学校 〔情報源〕『ふくおか文学散歩』二四〇頁	目をあげて人間の子よ空に聴け雲雀の歌の高き調べを	昭63・6	未
園田彦馬	香春町一本松　園田邸 〔情報源〕田川高校文芸部誌「琅玕」二八号（昭和55・2・20）	あゝ一本松 平和な夜明け一本松／大阪山は朝ぼらけ／遠くにかすむ英彦山／炭坑に工場に田や畑に／笑顔かわして人は行く／／明治も末の一本松／荒野にはえる櫨もみじ／きりてはひらく父や母／わら家のランプの下にねて／明日の栄を夢に見る／／共栄かざす一本松／ひたいに汗して働いて／夜はつどいて和やかに／共存の道を語りあう／ああ進みゆく我部落		未
西村山扇	香春町魚町通り　西村邸 〔情報源〕田川高校文芸部誌「琅玕」二八号（昭和55・2・20）	一の岳二の岳楠の若葉かな	昭46・10	未
西村貞子	香春町魚町通り　西村邸 〔情報源〕「田川の文学碑探訪」（福岡県高教組田川支部平成七年度教研レポート）	たびにありてふと淋しさのせまりくるさわさわさわと鶴の渡れば	昭61	未
宮城光子	添田町庄　深正寺 〔情報源〕田川高校文芸部誌「琅玕」二八号（昭和55・2・20）	彦の嶺に登ると行きし吾子達の帰る頃かも雨になりにし	昭42・9	未
宮城律子	添田町庄　菅原神社 〔情報源〕「田川の文学碑探訪」（福岡県高教組田川支部平成七年度教研レポート）	打合はぬ雲の往き来や桐の花	大11	未

青木月斗	添田町英彦山　花見ケ岩公園	三千の坊の跡なる植田哉	昭39・11	282
高浜年尾	添田町英彦山　英彦山神宮参道	石垣はみな坊址や蔦紅葉	昭32・4	
杉田久女	添田町英彦山　英彦山神宮奉幣殿下	谺して山ほと、ぎすほしいま、	昭40・4	191
阪　正臣	添田町英彦山　英彦山神社奉幣殿上手	於保幾美乃美以都おも保ゆ遊幾天理天阿麻曾楚利多都比古乃可微や萬 〔注――大君の御稜威思ほゆ雪照りて天そそり立つ日子の神山〕	昭4・11	
児玉南草	添田町英彦山鷹巣原　英彦山野営場	音のして次の音待つ冬の山	平1・10	
高千穂峰女	添田町英彦山鷹巣原　英彦山野営場	鳥翔つや孤もおぼろなる嶺の涯	昭41・2	165
種田山頭火	添田町英彦山鷹巣原　英彦山野営場	すべってころんで山がひつそり	平12・4	
松口月城	添田町英彦山　豊前坊高住神社下	英彦山之詩 巨杉老柏吼天風　路入白雲紅葉中 四面峯巒皆跪伏　此山眞是鎮西雄	昭52・秋	497
小坂蛍泉	添田町英彦山　豊前坊　高住神社	霧冷はしのび寄るもの豊前坊	昭63・9	
杉田久女	添田町英彦山　豊前坊　高住神社	橡の実のつぶて颪や豊前坊	昭44・9	
松養風袋子	添田町英彦山　豊前坊　高住神社	橡の実の落ちつくしたる静かさに	平1・9	
大場　聖	添田町英彦山　英彦山大権現	風花は散りて流水に従う／流水は山野を潤し大海に帰る	平4・11	
高千穂峰女	添田町英彦山　英彦山大権現	権現のえにしにつどふ岩もみぢ	昭56・11	
阿部王樹	添田町　宮崎邸 〔情報源〕筑豊同人句会刊『阿部王樹句集』グラビア頁	鶯は真珠の粒を含む也		未

一覧

阿部王樹	添田町　清輔邸 〔情報源〕筑豊同人句会刊『阿部王樹句集』グラビア頁	草の庭に落ちてとばせる螢哉		未
松林翠風	添田町　岩石城入口 〔情報源〕『ふくおか文学散歩』一四一頁	岩石城懐古 現し世は幻に似て　行雲の如く去り　流水は滔々として 興亡の夢を追う　古城独り何を語るや　天を仰ぎて あゝ、岩石城永久に強者が夢のあと	平6・10	未
鎌谷重弘	添田町　岩石城登り坂 〔情報源〕『ふくおか文学散歩』一四一頁	とび入りも酔ふて花見の輪が太る	平10・春	未
大谷句仏 種田山頭火	方城町伊方三九五四　正蓮寺	落花ながむる子は佛 春風の扉ひらけば南無阿彌陀佛	平4・2	
白石天留翁	方城町弁城　定禅寺	日に酔ひし如き蝶来る籾蓆	昭52・4	
石野孤峰	方城町弁城野地　高倉邸 〔情報源〕「いしぶみ散歩」（昭和58・5・14）	新緑の山門くぐる札打女	昭52	未
草野駝王	方城町弁城野地　高倉邸 〔情報源〕「いしぶみ散歩」（昭和58・5・14）	実もほろろ露もほろろのむかご垣		未
松岡渓蟬郎	方城町弁城野地　高倉邸 〔情報源〕「いしぶみ散歩」（昭和58・5・14）	黄落のまっただ中に我立てり		未

明治天皇	方城町弁城　方城町役場下 〔情報源〕「田川の文学碑探訪」（福岡県高教組田川支部平成七年度教研レポート）	名とともに語りつたえよくにのため命をすてし 人のいさをを	昭15	未
西山ひさし	方城町　山の神公園 〔情報源〕俳誌「夏萩」九一号（昭和58・12）	山の神在りたる跡や石蕗一輪	昭58・10	未
日永田桜ん坊	方城町　山の神公園 〔情報源〕「田川の文学碑探訪」（福岡県高教組田川支部平成七年度教研レポート）	蟬捕りの来て蟬よりも騒がしく	昭60・7	未

【福岡市東区】

阿波野青畝	香椎四－一六　香椎宮	爽かに宿禰掬みけむ不老水	平2・4	213
小原菁々子	香椎四－一六　香椎宮	綾杉のこぼす神威の露涼し	平3・10	
手島一路	香椎　婦人補導院 〔情報源〕歌誌「ゆり」（昭和55・4・1）	あかねさす山にたゆたう鐘の音におさなくなりて 母しのびおり	昭35	未
永田蘇水	西戸崎二丁目　永田邸 〔情報源〕雑誌「ふるさとの自然と歴史」（平成10・7）所載「いしぶみ訪問」（執筆者・那須博）	玄界は一枚に凪ぎ雲の峰	平5・7	未
久保田十水	塩浜一丁目　久保田邸 〔情報源〕雑誌「ふるさとの自然と歴史」（平成10・7）所載「いしぶみ訪問」（執筆者・那須博）	巖あひに生かしゐる火やさゞえ採る	昭53	未

一覧

郭沫若	志賀島　金印公園	戦後頻傳友誼歌　北京聲浪倒銀河　海山雲霧崇朝集 市井霓虹入夜多　懐舊幸堅交似石　逢人但見咲生窩 此來收穫將何似　永不重操室内戈	昭50・9	499
河野静雲	箱崎一－二二－一　筥崎宮	鯖雲や大神風のこと語る	昭38・5	
永井建子	箱崎一－二二－一　筥崎宮	元寇 四百余州を挙る　十万余騎の敵／国難ここに見る　弘安 四年夏の頃／なんぞ怖れん我に　鎌倉男子あり／正義武 断の名　一喝して世に示す／多々良浜辺の戎夷　そは何 蒙古勢／傲慢無礼もの　倶に天を戴かず／いでや進みて 忠義に　鍛えし我が腕／ここぞ国のため　日本刀を試し 見ん／こころ筑紫の海に　波押し分けて行く／ますら 猛夫の身　仇を討ち帰らずば／死して護国の鬼と　誓い し箱崎の／神ぞ知ろし召す　大和魂いさぎよし／天は 怒りて海は　逆巻く大浪に／国に仇をなす　十余万の 蒙古勢は／底の藻屑と消えて　残るは唯三人／いつしか 雲はれて　玄海灘月清し 〔永井建子作曲の楽譜は省略〕	昭56・3	
琵琶歌	箱崎一－二二－一　筥崎宮	神風 かゝりし程に七月晦の夜半より／一天俄に掻き曇り／ 神風どっと吹き起る	平2	
安武仙涙	箱崎二－一九　筥崎浜宮西側	よき日本祈る潮井の砂を汲み	昭56・4	402
吉岡禅寺洞	箱崎三－二八－四〇　一光寺	冬木の／木ずれの音／誰れもきて／いない	昭53・12	325

吉岡禅寺洞	箱崎三－二八－四〇　一光寺	俳聖吉岡禅寺洞の「母を葬る」の句 母という名に　生きてきた　遺骨のかるさを抱く 錦でつつまれた母の遺骨　銀杏はまだ枯れている 幼ない日あそんだ　銀杏の下に立つ　母の遺骨と 〔説明文は省略〕 俳聖吉岡禅寺洞の自選句について まっしろき　蝶　ひとつゐて「時」をはむ 昭和12・6・10「時の記念日」より 土古く渡来の鶴をあるかしむ 昭和16・1・30「阿久根の鶴」より ここにきて　彼岸の入日　額にうける 昭和28・3・21　天草栖本円性寺にての句 〔説明文は省略〕	平10・9	
小原菁々子	原田二一一九－二　小原邸 〔情報源〕小原菁々子遺文集『花鳥佛心』（西日本新聞社刊）一一四頁	大前のしろがねの雪跪く	昭42・10	未
久保猪之吉	馬出三丁目　九州大学医学部	霧ふかき南独逸の朝の窓おぼろにうつれ故郷の山	昭35・5	14
長塚　節	馬出三丁目　九州大学医学部	しろがねのはり打つごときさりぎりす幾夜はへなば すゞしかるらむ	昭33・2	22
矢野平吉	馬出三丁目　九州大学医学部	掻きくべし昔をしのぶ落葉哉	明23	
河野静雲	馬出四－一　称名寺	己が打ってきく喚鐘や松の花	昭38・4	
昭和天皇	三苫二一－三〇－一　和白青松園 〔情報源〕宮澤康造・本城靖共編『全国文学碑総覧』（日外アソシエーツ刊）九二一頁	よるべなき幼児どももうれしげにあそぶ声きこゆ 松の木のまに	昭26・11	未

河野静雲	和白丘一－一〇－四八　円相寺	願はくは小春のやうな句とこゝろ	昭41・11	

【福岡市博多区】

小島隆保	堅粕一－二九－一　福岡高等学校 〔情報源〕俳誌「玄界」三一一号（平成8・7）	夜学の灯仰ぐ眉目に大志あり	平5・11	未
古賀青霜子	堅粕五丁目　古賀邸 〔情報源〕「いしぶみ散歩」（昭和58・1・20）	初夢の覚めて不随でありしこと	昭55	未
鹿児島寿蔵	上川端町一－四一　櫛田神社	荒縄を下げてゐさらひ露はなる山笠びとの瑞々しさよ	昭56・6	91
高浜年尾	上川端町一－四一　櫛田神社	飾山笠見る約束に集ひけり	昭44・3	
田中丸芝鳴	上川端町一－四一　櫛田神社	舁き山笠の棒に喰ひ入る命綱	昭60・6	
今長谷蘭山	御供所町七－一　幻住庵	地にかへる日々の落葉をあかず掃く	昭49・12	159
斎藤滴萃	御供所町七－一　幻住庵	うつり逝く博多の古色鐘霞む	昭36	285
河野静雲	下呉服町八－三五　国松石材店	大濤や薄暑の色にひるがへる	昭48・10	
河野静雲	竹丘町二丁目　神代邸 〔情報源〕俳誌「冬野」（昭和51・6）八六頁	人和して家の富めるはすずしかり	昭51・3	未
野田楽太	千代三－一六　松源寺	凧見ゆる二階にけふも働けり		
桑原廉靖	那珂一－四四　那珂八幡宮	武者絵馬に少年の日の名はありて兵には召され発ちてゆきたり	平6・11	110

本田閑秀	中呉服町九番　妙典寺	ブタガヤは暑し数珠売りまつわりて 涼しさや金剛宝座目のあたり 象の背に印度アグラの野路涼し	昭50・4	
一田牛畝	中呉服町一〇－一四　正定寺	裏羽織してどんたくの三味達者	昭55・5	268
一田牛畝	中呉服町一〇－一四　正定寺 〔情報源〕俳誌「冬野」（平成13・9）	陛下よりお言葉うけし菊の宴	昭51	未
吉井　勇	中洲三－一－一八　川丈旅館	旅籠屋の名を川丈といひしことふとおもひ出て むかし恋しむ	昭41・7	66
原田種夫	中洲四－六　那珂川畔	人間 ひとを　にくむなかれ／にくむこころは　はりねずみ／ サボテンのとげの　いたさである／ゆるしてやれ　いた わってやれ／ひとのにくたいの一部には／どうしても消 えぬ臭い所がある／それがにんげんが神でない印だ／ゆ るしてやれ　いたわってやれ。	平9・3	426
手島一路	博多駅前二丁目　藤田公園	滅ぶもの生まる、もの、証とも淡々として 行く雲ひとつ	昭43・11	74
龍興秋外	麦野四－九－一五　龍興邸 〔情報源〕「いしぶみ散歩」（昭和58・3・30）	鶯の機嫌天下の険が晴れ	昭42	未
茅嶋笑象	諸岡五丁目　茅嶋邸 〔情報源〕「いしぶみ散歩」（昭和58・4・21）	芸道に定年はなしぼたん刷毛	昭42	未

【福岡市中央区】

吉岡禅寺洞	今泉一－八　今泉公園	こがねむし／が眠っている／雲たちは／パントマイム	昭37・3	323
倉田百三	今川二－三－二三　金龍寺	このころのわれのこころのさやけさやくるあさあさを　たゞにむかふる	昭45・8	72
坂本見山	大濠一丁目　坂本邸　〔情報源〕俳誌「冬野」（昭和63・8）一二九頁	軽鳧の子の羽なきつばさ羽搏ける		未
進藤一馬	警固三－一－三　菅原神社	世を思い燃えつくさんと我がいのちたぎりし若き日　夢のごとしも	昭61・6	
中牟田喜一郎	警固三－一－三　菅原神社	古しへのゆかりの里に咲く花の色香は永久に　変らざりけり	昭62・9	
福山喜徳	警固三－一－三　菅原神社	どの雲も薄き茜をかむりつついづべに向かふ　寒き夕べを	昭61・4	113
深野幸代		いたはられいよいよ淋しこの日日に天にひろがる　辛夷の白は		
安部三昧堂	城内　国立福岡中央病院附属看護学校　〔注――同校は移転しているが、句碑の現況は未確認〕	戴帽の白衣さわやか映し見る	昭57・3	
富安風生	大名二－五－一　福岡貯金事務センター	この道をこゝにふみそめ草の花	昭56・7	
河野静雲	谷一－一　片岡邸	柊の花のかをりにこゝろいま	昭31・10	
小原菁々子	天神一－一五－四　水鏡神社	未知の日々委ね詣づる初天神	平6・11	

種田山頭火	長浜一－一　ＫＢＣ前	砂にあしあとのどこまでつゞく	平2	
徳富蘇峰	西公園　中央展望台荒津亭前	人傑地霊古筑前　覇家台接水城邊 淡翁佳句吾能誦　伏敵門頭波拍天	昭16・春	
清原枴童	渡辺通五－七－二六　専立寺	蛙田も夕づき臼の音もやみ	昭47・5	

【福岡市南区】

花田比露思	鶴田二－一四－三二　田鍋邸	この庭や南公園のいただきを遠くながめて月夜のよけむ	昭42・春	
土居善胤 進藤香瑞麻	桧原一丁目蓮根池畔 〔情報源〕「西日本新聞」（平成9・2・24）	花あわれせめてはあと二旬ついの開花をゆるし給え 桜花惜しむ大和心のうるわしやとわに匂わん花の心は	平6・10	未
藤崎美枝子	平和一丁目　旧・藤崎邸 〔情報源〕俳誌「冬野」（平成10・2）	父在さば訊きたき一事書を曝す	平9・11	未
手島一路	平和四丁目　平尾霊園十七区二－一六 手島家墓域	流れゆくさ霧の中の一本杉自讃して立つや洞となるまで	昭54	
竹下しづの女	平和四丁目　平尾霊園十九区 八－一四二　竹下家墓域	子といくは亡き夫といく月ま澄	平3・4	
渡辺満峰	三宅一丁目　渡辺邸 〔情報源〕渡辺満峰遺句集『蜻蛉集』（かつらぎ発行所刊）序文	蜻蛉の衝突せざること不思議	昭45	未

手島一路	老司　福岡少年院 〔情報源〕歌誌「ゆり」三八八号（昭和55・4）	若きらがこころを清めてかえる日を待つ母もきけ いま鳴る鐘を	昭36	未
河野静雲	老司　中村病院東門横地蔵堂 〔情報源〕「いしぶみ散歩」（昭和59・3・27）	山の手のさくらの家と界隈に	昭45・4	未
夏樹静子	若久団地　若久団地集会所前	なんきんはぜの／葉音がきこえる。／目をあげれば／脊振の峰。／私の心がいつも／帰っていくのは、／そこにあった／こよなくも　やさしい／きらきらした　日々——。	昭58・10	

【福岡市城南区】

左田野凍雲	片江一六三九－三　左田野邸 〔情報源〕俳誌「冬野」（昭和48・4）	油山霞む姿も庭のうち	昭48・3	未
魚住非左子 魚住幸子	茶山五丁目　魚住邸 〔情報源〕「いしぶみ散歩」（昭和59・8・3）	かくれ栖む軒にかばかり柿つるす みぎれいに老いたき心髪洗ふ	昭53	未
手島一路	七隈二－一二〇－八　手島邸 〔情報源〕「いしぶみ散歩」（昭和59・2・3）	大空の呼吸はふかししたたかに桐の葉うちて 雨はおさまる	昭32	未
田中紫江	東油山　正覚寺油山観音（池畔）	直ぐそこに谷の暗がり十三夜		284

速水真珠洞	南片江四－四一　旧日本文学碑公園 〔注——日本文学碑公園には、全国の有名な文学碑の拓本による模刻の碑が多数あったが、閉鎖されて荒廃している。この碑は地元の川柳作家の、オリジナルの碑である〕	ゆるされた水が水車の下で澄み	昭33・8	
昭和天皇	南片江四丁目　天福禅寺北側斜面 〔注——編著者は昭和四十六年に確認したが、その後日本文学碑公園が閉鎖された。平成十二年に再訪したが、荒廃していて発見できなかった〕	さ夜ふけてまちの灯火みわたせば色とりどりの光はなてり	昭35・9	

【福岡市早良区】

松口月城	有田二丁目　松口邸 〔情報源〕「いしぶみ散歩」（昭和56・11・6）	亀游池畔閑徴瑞　鶴舞雲辺遙有声	昭35	未
木実小羊	飯場　木実邸 〔情報源〕「いしぶみ散歩」（昭和58・6・10）	うらゝかや親にめぐまれ子にまもられ	昭52	未
木実凪磯	飯場　木実邸 〔情報源〕「いしぶみ散歩」（昭和58・6・10）	春の雪悠々峰に遊びけり	昭41	未
土居一亭	重留　土居邸 〔情報源〕「いしぶみ散歩」（昭和58・4・7）	老いてなおこゝろに花の種を蒔く	昭53	未
小原菁々子	高取一－二六－五五　紅葉八幡宮	神風の海守る宮居破魔矢うく	平14・9	
鮫島春潮子	野芥二　徳栄寺 〔情報源〕俳誌「冬野」（平成13・3）	鐘撞きに出る御僧や朝桜	平6・4	未

楢崎六花	野芥二 徳栄寺 〔情報源〕雑誌「ふるさとの自然と歴史」（平成12・5）所載「いしぶみ訪問」（執筆者・那須博）	仏心に近づく磴の若楓	平12・5	未

【福岡市西区】

阿波野青畝	愛宕二―七―一 愛宕神社	梅天と長汀とありうまし国	昭48・5	212
渡辺満峰	愛宕二―七―一 愛宕神社	鰯雲海見えねども海の空	昭49・11	
高浜虚子	愛宕三―一―六 とり市	網の目の消ゆる思ひの白魚哉	昭35・3	
河野静雲	飯氏 久保邸 〔情報源〕「いしぶみ散歩」（昭和58・5・13）	花の雲一塊とべる峰の嶮	昭48	未
河野静雲	今津 元寇防塁 〔情報源〕「いしぶみ散歩」（昭和60・1・12）	濤音の太古の響神の春	昭49・11	未
昇地三郎	能古 いろり村 〔情報源〕昇地三郎著『小さきは小さきまゝに』（梓書院刊）	小さきは小さきまゝに折れたるは折れたるまゝに コスモスの花咲く	平10・10	未
昇地三郎	能古 いろり村 〔情報源〕昇地三郎著『小さきは小さきまゝに』（梓書院刊）	コスモスの花咲かせけり暁の露	平10・10	未
進藤一馬	能古 〔情報源〕雑誌「ふるさとの自然と歴史」（平成6・7）所載「いしぶみ訪問」（執筆者・那須博）	春霞玄界志賀や能古の海	平2・11	未

多々羅義雄	能古　永福寺	産砂は伊筑紫くに能古ケ島夕陽の灘をば何と拝まむ	昭44・12	
檀　一雄	能古 松尾　思索の森入口	モガリ笛いく夜もがらせ花ニ逢はん	昭52・5	388
河野静雲	東松原二丁目　浜地邸 〔情報源〕「いしぶみ散歩」（昭和58・4・28）	輝きて咫尺にかすむ牡丹かな	昭46	未
進藤一馬	女原　宮崎安貞書斎横 〔情報源〕雑誌「ふるさとの自然と歴史」（平成12・7）所載「いしぶみ訪問」（執筆者・那須博）	葉ざくらに碑は悠然と除幕かな	平2・5	未
三苫とも子	姪浜三―五　住吉神社 〔情報源〕「いしぶみ散歩」（昭和58・8・17）	たらちねの遺志はつぎしも国のため銅馬は行きて 玉と砕けぬ	昭25	未

【宗像市】

飯尾青城子	神湊一一八三　隣船寺	月を雲いそぐ木の実ならこぼれる	昭30	
田代宗俊	神湊一一八三　隣船寺	其中一人守清貧　無辺風光蔵家珍　随縁安住山頭火 飄乎深艸終入真	昭61・3	
種田山頭火	神湊一一八三　隣船寺	松はみな枝垂れて南無観世音	昭9・3	305
中野二雞	神湊一一八三　隣船寺	故里は母のふところ夕千鳥	昭61・2	
種田山頭火	神湊一二二〇　魚屋旅館	晴れるほどにくもるほどに波のたわむれ	平1・2	
三笠宮 崇仁親王	田島　宗像大社神宝館	沖の島森のしげみの岩かげに千歳ふりにし 神祭りのあと	昭50・10	

山本陽子	田島　宗像大社神宝館	玄海のはたてに初日燦とありいざ生きゆかむ　みなもろ共に	平7・11	
武田佑吉	大島　宗像大社中津宮　天の川畔 〔情報源〕「西日本新聞」夕刊（昭和53・9・27）	いかなればとだえそめけり天の川あふせに渡す　かささぎの橋		未

【福津市】

森繁久彌	渡　旧玄界彫刻の岬・恋の浦	悠々たるかな　岬の春秋／縹渺たるかな　玄界の返照／太古　卑弥呼の扁舟／何れの處にか寄す／嗚呼／古を偲ぶ紺碧の入江／恋の浦の伝説／いまなお／遊子の胸に哀し	昭59・4	
横山白虹	渡　北九州津屋崎病院	万緑や白衣白球いまも眼に	昭48・6	

【古賀市】

横山白虹	薬王寺　鬼王荘	影踏みの子が地に置きし蛍籠	昭57・11	

【糟屋郡】

河野静雲	宇美町宇美一－一－一　宇美八幡宮	滾々と神泉今に神ながら	昭46・11	
小原菁々子	宇美町宇美一－一－一　宇美八幡宮	青東風や神の里祝ぐ宇美神楽	昭54・5	188
原田伊兵衛	宇美町宇美一－一－一　宇美八幡宮 〔情報源〕「いしぶみ散歩」（昭和59・3・16）	宇美の里八幡の神のみこころをわくや衣掛の森のまし水	昭17	未

河野静雲	宇美町宇美三―九―一　宇美小学校	恵まれし良き師良き友卒業す	昭41・3	
河野静雲	宇美町宇美二四〇〇　福岡刑務所	ふるさとへ更衣して身もこゝろ	昭47・12	
小原菁々子	宇美町宇美二四〇〇　福岡刑務所 〔情報源〕俳誌「冬野」（昭和51・2）	朝鵙や宿直明けの椅子正す	昭50・12	未
樋口淳雄 山田岩雄	宇美町宇美二四〇〇　福岡刑務所 〔情報源〕「いしぶみ散歩」（昭和58・6・16） 〔注――昭和47年から同53年までの五人の所長の句を刻む「五典獄句碑」。他の久保満、青木茂、古田稔の句は紹介されていない〕	蜩の鳴きて山獄茜染む 年経れば花の名所か山の獄	昭55	未
河野静雲	粕屋町江辻四二六　田代道正邸	福藁や杖つき立てる寿老人	昭41・6	
河野静雲	粕屋町江辻四二六―四　田代勇邸	花の雲一塊とべる峰の嶮	昭41・6	
河野静雲	粕屋町江辻五五三―六　山野邸	血のちかき心ふれあひ墓まゐり	昭41・8	
村瀬明春	篠栗町金出　観音公園	竹伐れば竹山秋の風通す	昭41・6	
城谷文城	篠栗町篠栗一〇三五　南蔵院	秋遍路立ち上りつゝひとりごと	昭40・10	232
井尾望東	篠栗町篠栗三〇九一　明石寺	宿坊の植ゑそびれたるなすび苗	平9・12	221
江口竹亭	篠栗町篠栗三〇九一　明石寺	篠栗は花の霊場へんろゆく	昭48・3	219

手島一路 長光良祐 山村義人 神園当八 平岡新生	篠栗町津波黒　太宰府安楽寺篠栗霊園	悠遠の時のなかなるひとつ星光のこして雲にかくる、 ち、は、の恋し慕わし罪の身を許せゆるせと壁にものいう 白菊の花びらかぞえて想念はいつかあの日の二人におよぶ 爪たて、母母母と書いてみきひとやに母を恋いてやまねば 木の葉ちる頃に召さる、この身かとせめては芽ぶく春を待たしめ	昭32・秋	76
安河内麻吉	篠栗町若杉四　金剛頂院下	ふるさとの御山にうゑし杉の枝おもひも深き緑ふくとや	大13	
松本茂雄	志免町浦園　志免福祉公園 〔情報源〕松本茂雄歌集『未踏の壁』（阿由美短歌会刊）	天地の恵みに生きてこゝに佇つ澄み渡る空三山の峰	昭52・11	未
守屋　東	志免町志免　志免郵便局西　岩崎神社 〔情報源〕「いしぶみ散歩」（平成16・8・16）	村人の真心こめてみ社とみそぎのみいけ捧げまつらむ	昭41	未
近藤悠々子	新宮町上府　大分寺 〔情報源〕「いしぶみ散歩」（昭和56・8・12）	父の骨に母が形見の櫛そえてはふりまつらん花清き寺 すさびたる世にしあれども上の府の和尚は玉を抱きておはす	昭40	未
酒井鯛波	新宮町新宮一三一　鯛飽楽 〔情報源〕「西鉄ニュース」一六四号（昭和48・1・1）	大漁や浜に投げたる桜鯛	昭24・6	未

河野静雲	久山町山田二一〇　山田小学校	恵まれし良き師良き友卒業す	昭44・3	

【前原市】

加幡　保	井原　加幡邸 〔情報源〕「いしぶみ散歩」（昭和57・12・8）	孟宗の一本伐れば一本の蒼空があり冬至まじかく	昭56	未
三苫寸陽	井原　三苫邸 〔情報源〕「いしぶみ散歩」（昭和58・4・30）	霧島や家の内まで照りはえて	昭18	未
三苫寸陽	井原　三苫邸 〔情報源〕「いしぶみ散歩」（昭和58・4・30）	森を出し月は牡丹のものなりし	昭39	未
松月庵胡柳	大門　衣笠邸 〔情報源〕「いしぶみ散歩」（昭和57・11・19）	真理はまげられずつむじを曲げ	昭39	未
米谷秋一 水崎弘子 波多江貴美子	高祖　日向峠　桜の里公園	伊都の国は卑弥呼のきみの昔より栄えし国ぞ誇りもつ国 桜咲く日向峠のこの道を邪馬台国の民もゆきしか 大木となりて平和の色に咲け幼桜も育ちゆく児も	平1・3	
平山久子 川上清子 安永義定	高祖　日向峠　桜の里公園	神話秘む伊都のまほろば夕桜 里富士の端麗花の隙間より 国古く伊都の平らを可也山かすむ	平1・3	
水崎杉陽	高祖　妙立寺 〔情報源〕俳誌「冬野」（平成13・8）九七頁	春蟬や御頬杖の観世音	昭54・2	未

笠　陽堂	高祖　金龍寺 〔情報源〕「いしぶみ散歩」（昭和56・12・26）	落慶の梵鐘除夜に高鳴れり	昭53	未
福沢静風	多久　福沢邸 〔情報源〕「いしぶみ散歩」（昭和58・8・6）	原爆忌我が青春は兵として	昭38	未
渋谷翠山童	筒井町　渋谷邸 〔情報源〕「いしぶみ散歩」（昭和57・11・11）	落し水鳴るよ千早は歌碑の四方	昭45	未
渋谷翠山童	西堂　笠邸 〔情報源〕「いしぶみ散歩」（昭和56・12・8）	百舌鳥き、と暁の旗雲古城の碑	昭39	未
河野静雲	三雲　平山邸 〔情報源〕「いしぶみ散歩」（昭和57・11・18）	花石蕗や弥生古墳のありしあと	昭46・3	未
水崎杉陽	三雲　水崎邸 〔情報源〕「いしぶみ散歩」（昭和57・12・4）	雪舟と二人の刻のかえり花	昭37	未

【糸島郡】

渋谷哲介 渋谷幸江	志摩町岐志　渋谷邸 〔情報源〕「いしぶみ散歩」（昭和57・12・3）	寒糀枇杷の花にも似てこぼれ 天地につゞく孤独や寒卵	昭44	未
高浜年尾	志摩町芥屋　国民宿舎「芥屋」跡の前	沖へ出てしばらく会ひし秋時雨	昭44・11	
浜地其行	志摩町小富士　小富士梅林	梅林を透し見下ろす海の紺	昭59・3	

古田　稔	志摩町小富士二四六九　浄金寺 〔情報源〕俳誌「冬野」（平成12・4）一〇七頁	梅林をそびらに香る谷戸の寺	平12・2	未
吉岡禅寺洞	志摩町野北　彦山西麓 〔情報源〕「いしぶみ散歩」（昭58・7・5）	馬をよんでみた大声に　こだまがなかった	昭36・10	未, 327
長田陽子	二丈町上深江　聖種寺西方十五分 〔情報源〕「いしぶみ散歩」（昭和59・2・18）	山寂莫ただ白梅の香りけり		未
渋谷翠山人	二丈町波呂　龍国寺 〔情報源〕「いしぶみ散歩」（昭和57・5・8）	天かかる藤に雲征き滝しづか	昭44	未
三苫安養寺	二丈町波呂　龍国寺 〔情報源〕「いしぶみ散歩」（昭和57・11・20）	こけ踏むをゆるさぬおきて露光る		未
一田牛畝	二丈町深江一二七四　正覚寺（池畔） 〔情報源〕俳誌「冬野」（平成11・10）一一六頁	これよりは灌仏の日が南丈忌	平8・夏	未
吉原正俊	二丈町福井　大法寺	大法禅寺の老銀杏／朝日の影のゆらぐ時／残んの夢に見渡さる／大門の崎の白浪や 「吉井浜思ひ出の歌」	昭45・10	
古賀勘右衛門	二丈町吉井四一四八－一　愛仙寺 〔情報源〕「いしぶみ散歩」（平成11・6・7）	闇の道こゝも仏の御掌の上	昭58・3	未
安武九馬	二丈町吉井四一四八－一　愛仙寺	黒田節こがねの水のあるかぎり	平2・4	

【大野城市】

河野静雲	牛頸　篠原邸 〔情報源〕「いしぶみ散歩」（昭和58・5・31）	裏山にあした夕のほととぎす	昭34	未
吉松軍蔵	牛頸　福岡中央霊園　吉松家墓域 〔注――三番まで刻む。楽譜は省略。題は「パゴダの月」〕 〔情報源〕「いしぶみ散歩」（昭和59・12・5）	ふるさと遠く　幾山河／南シャン州　月清く／ああ戦線の　夜は更けて／パゴダの鈴の　音さびし		未

【太宰府市】

香山英樹	石坂二―一三　石穴神社	お火焚を囲みて一重二重の輪	昭56	
小原菁々子	内山　竈門神社 〔注――奉納　寶満宮　琵琶歌「竈門山」。作曲は中村旭園〕	千早振る／竈門の山は筑紫路を／統ぶる霊峰雲曳きて／太宰府守護の大神ぞ／遠つ世天智天皇は／日の本守る都とし／或は寇を防がんと／筑紫に水城築きまし／宰府の宮を祀らしめ／大宮人を下らして／遠の朝廷を開きます（以下省略）	平1・7	
西高辻信任	内山　竈門神社	峯あらし吹きて御山のうす紅葉竈門のやまの秋の朝あけ	昭46・8	
北川晃二	大佐野　野口 太宰府メモリアルパーク	蒼天 蒼天に漂う白い雲よ／消えることない／この愛と生のすがたを／時の帷のなかに刻みたまえ	平12・2	475
高浜虚子	観世音寺二―一―一　民芸家楽東側	天の川の下に天智天皇と臣虚子と	昭28・11	136

河野静雲	観世音寺三―一一―一　学業院中学校	うまれあふおほいなる世や月観つゝ	昭46・10	
稲畑汀子	観世音寺四―三―一　仏心寺	あたゝかき旅の出逢ひとなりしこと	昭57・11	
木下三丘子	観世音寺四―三―一　仏心寺	対岸の瀧水ひける筧哉	昭34・5	252
河野静雲	観世音寺四―三―一　仏心寺	スーツーとめぐみの味や林檎汁 尚生きるよろこび胸に林檎□汁 寒に堪え老妻が手摺の林檎汁	昭53・1	181
河野静雲	観世音寺四―三―一　仏心寺	あかつきの清気真白の酔芙蓉	昭53・1	
高木晴子	観世音寺四―三―一　仏心寺	刻惜み刻山裾の椎拾ふ	昭58・1	239
高浜虚子	観世音寺四―三―一　仏心寺	帯塚は刻山裾に明易き	昭36・3	145
高浜年尾	観世音寺四―三―一　仏心寺	冬耕の水城といへる野を急ぐ	昭47・11	
星野立子	観世音寺四―三―一　仏心寺	虚子堂と名づけしことよ萩芒	昭47・11	
宮川有水	観世音寺四―一六　武藤氏墓前	頌武藤少弐經資公 藎臣少弐武門芳　元冦貽謀功烈長　石壘軍興圖警固 兵牙戎闘宰攻防　機籌名將計贏凱　手戰宗親拚命僵 神佑併書裨史闕　誄文顯祖拜餘光	平3・5	
河野静雲	観世音寺五―六　観世音寺	秋訪へば炑のこゝろに観世音	昭45・12	
長塚　節	観世音寺五―六　観世音寺天智院	手を當てゝ鐘はたふとき冷たさに爪叩き聴く そのかそけきを	昭34・5	27
清原枴童	観世音寺五―六　観世音寺天智院	露のみち観世音寺の鐘きこゆ	昭32・9	
安武九馬	観世音寺五―六　観世音寺天智院	まほろばの鐘天平の雲をよび	昭44・9	403

山崎　斌	観世音寺五―六　観世音寺天智院	筑紫なる遠の御門の趾どころかんぜおん寺の鐘けさを鳴る	昭49・春	
夏目漱石	宰府二丁目　西鉄太宰府駅前	反橋の小さく見ゆる芙蓉かな 〔併刻の大伴坂上郎女、菅原道真、仙厓の作は拙編著『福岡県の文学碑　古典編』参照〕		
富安風生	宰府四丁目　太宰府天満宮北神苑	紅梅に彳ちて美し人の老	昭54・11	167
吉井　勇	宰府四丁目　太宰府天満宮北神苑	太宰府のお石の茶屋に餅くへば旅の愁ひもいつか忘れむ	昭42・秋	
秋山明子	宰府四丁目 太宰府天満宮トンネル入口	祈りにも似て春光を纒ひ臥す	昭53・10	
荻原井泉水	宰府四丁目　太宰府天満宮本殿裏右手	くすの木千年さらに今年の若葉なり	昭42・5	302
徳富蘇峰	宰府四丁目　太宰府天満宮参道	儒門出大器　抜擢躋台司　感激恩遇厚　不顧身安危 一朝罹讒構　呑冤謫西涯　傷時仰蒼碧　愛君向日葵 祠堂遍天下　純忠百世師	昭29・11	494
古賀井卿	宰府四丁目 太宰府天満宮宝物殿南通路	天神の弥栄祈るともがらとかたらい捧ぐ神宝の太刀	昭44・9	
飯田郁子	宰府四丁目　太宰府天満宮回廊東側	飛梅や筑紫の春の初たよりみやこの母に文まゐらせむ	昭9・1	
河野静雲	宰府四丁目　太宰府天満宮回廊東側	魁けて雪の飛梅初明り	昭42・3	
柴田八重子	宰府四丁目　太宰府天満宮中島神社	われもまた紅葉に染みし茶屋の客	昭34・3	
高浜年尾	宰府四丁目　太宰府天満宮菖蒲池中	紫は水に映らず花菖蒲	昭52・2	227
田口白汀	宰府四丁目　太宰府天満宮菖蒲池畔	ひと時の茜といへど雲を焼く大き自然や限りなき空や	昭51・3	
藤田きよし	宰府四丁目　太宰府天満宮菖蒲池畔	興亡を語れ礎石のきりぎりす	昭43・11	407

外園威雨	宰府四丁目　太宰府天満宮菖蒲池東畔	神の塵みな美しき初箒	平6・1	
行叟永繞	宰府四丁目　太宰府天満宮東神苑〔現在、所在不明〕	青幣におもひつるしの早荷哉	明34・2	
飯田郁子	宰府四丁目　太宰府天満宮境内裏手	紅梅は姉君なれや姫小松	昭9・1	
西高辻信稚	宰府四丁目　太宰府天満宮邂逅の苑	飛梅の香をなつかしみ立ちよりてむかししのべば 花のさゆらぐ	昭32・10	
西高辻信貞	宰府四丁目　太宰府天満宮邂逅の苑	生命の滾り 樟の木の光の中で私は佇んでいた／深く淡い光の中で／この樟の木は／深く長い命を燃焼させている／幾千年のこの樟の木は／多くの歴史をつぶやきながら／自らの歴史の痛みや苦しみを／歴史の地表にこたえていた／九州の太宰府の樟の木に／人は佇んでいた／それでも耐えてこの天神の森に生きる／大きな夢の中で／樟はアジアの木である	平8・2	
小鳥居寛二郎	宰府四丁目　太宰府天満宮邂逅の苑	心をも手をもつくして仕へなむまことの道をただ一筋に	平8・2	
手島一路	朱雀六－一八　榎寺神社	白蓮の清純こゝに極まりてきわまるものは かなしかりけり	昭49・5	

【筑紫野市】

夏目漱石	古賀八－二　天理教天拝分教会	見上げたる尾の上に秋の松高し 温泉の町や踊ると見えてさんざめく	平11・11	

安西 均	原田二五五〇 筑紫神社	遙かな古代／筑前・筑後を合せて「筑紫の国」と名づけ／九州を「筑紫の島」とさえ称した／ああ かくも大いなる筑紫／ここはその発祥地であり中心地である／／この筑紫のまほらばに鎮まる産土の神は／われわれの遠い祖先の喜びであり／現代のわれわれの誇りであり／われわれの子孫が受けつぐべき聖域である	平2・3	
安西 均	二日市南一－九－二 筑紫野市民図書館	天拝古松 筑紫の／天拝山の／いただきに／巨いなる鳥の／飛びたちかぬる／すがたして／千とせ経し／松の見えしが／今は在らぬを／いぶかしみ／問へども／ふるさとびとら／興なげにいふ／いづれの年の／夏なりけむ／台風に斃れきと／／おもうらく／ふるさとに／よるべなき／精霊のごとく／かなしびの／嵐にまぎれ／そは いづかたとなく／天翔けたるにあらずや／日ならずして／ふるさとびとら／松の骸を見つけ／笑いさざめきつつ／木挽きしけむが／飛び去りしものの／こころは知らざり／／あはれ／目に追へど／かの老いて巨いなるも／ふるさとの空に無く／冬ざれの／白縫筑紫	平6・11	470
野口雨情	二日市 JR二日市駅前	山ぢゃ天拝月見の名所／梅ぢゃ太宰府天満宮／／梅と桜は一時に咲かぬ／うすらおぼろの夜がつゞく／／今日は武蔵の温泉泊り／旅の労れを湯で治す 「筑紫小唄」	昭63・12	
田口白汀	武蔵六二一 武蔵寺	千年の樹齢を保ちいや増しに秀出る是れの椿を仰ぐ	昭55・1	
藤瀬冠邨	武蔵六二一 武蔵寺	名刹護靈佛一千三百年紫藤 花尚發翠壁瀑長　懸磬韻交松韻香 烟和潤湮喜我歸　依久殘生半是禪	昭24・5	

松尾光淑	武蔵　天拝山登山道	此山に登りし君がいにしへを思へば悲し見れば尊し	平4・3	16
八島　詮	武蔵　天拝広場	清らけき身をば証さむ菅公の祈りはろけし天拝の山	平8・10	
福田正夫	武蔵　池上池堤防下	招く湯煙　宰府の梅に／観世音寺の　鐘のこえ／月は天拝山　紅葉は竈門山／むさし温泉　うたどころ／湯町湯上りや　パンポコポ 「武蔵温泉湯町音頭」	平14	
近藤思川	山家	宿場あと古街道筋菜の花やかすむ大根地よき歌どころ	昭40・11	
江頭慶典	湯町一－一二－一　大観荘駐車場前	しろがねに羽光りつつ秋蜻蛉水城を越ゆる風に吹かれて	昭60・12	115
高浜虚子	湯町二－二－一　玉泉館	更衣したる筑紫の旅の宿	昭35・5	
高浜年尾 稲畑汀子	湯町二－二－一　玉泉館	温泉の宿の朝日の軒の照紅葉 梅の宿偲ぶ心のある限り	昭60・7	
夏目漱石	湯町二－四－一二　御前湯	温泉のまちや踊ると見えてさんざめく	昭62	

【筑紫郡】

松口月城	那珂川町　南畑ダム	あたらしき世の水の下しづかにて住みてゐし土 道十里の土 渓流一変大湖成　湖上風光自静明 誰識家山沈水底　郷愁入夢里人情	昭40・12	
松口月城	那珂川町　新耶馬渓橋畔 （南畑ダム下）	丹崖翠壁山殊秀　飛瀑深渊水自流 両岸時聞野猿叫　釣垂峡畔画中秋	昭35	未

〔情報源〕西日本新聞社刊『福岡県　文化百選』（8　作品と風土）一二六頁

【甘木市】

作者未詳	甘木七七二　安長寺	八千代とせや柳にながき命寺はこぶあゆみはかざしなるらん		
緒方無元	甘木七七二　安長寺	銀杏ちる屋根さながらに花御堂	昭49・1	262
緒方無元	甘木九八二　緒方邸	水打って来る約束の人を待つ	昭40・11	
緒方無元	甘木九八二　緒方邸	端居して妻の帰りを待つとなく	昭55・3	
緒方時子		衣更え主の留守を司る		
河野静雲	甘木九八二　緒方邸	市なかにこの幽居あり雪の下	昭45・1	
緒方無元	甘木一七〇八　妙照寺	庫裡を出て帰りは寒し十三夜	昭56・10	
緒方時子		寒行の布施は母への手向とも		
大坪草二郎	上秋月　八幡神社入口	ふるさとにこのあささめぬとのもにはうまにものいふち、のこゑすも	昭58・4	
緒方倉太郎	佐田　仏谷　緒方山荘	世の塵を洗ひ清めて仏谷余生たのしむ我は極楽	昭33・11	
緒方無元	佐田　仏谷　緒方山荘	瀧の風をりをり蝶の現る、	昭33・7	
河野静雲	佐田　仏谷　緒方山荘	観瀑の僧膝抱ける巌の上	昭33・7	
深川正一郎	佐田　仏谷　緒方山荘	伐木のよき香に立ちてほと、ぎす	昭44・5	
花田比露思	下渕七三七　安川公民館	流れ去り流れ来りて絶ゆるなししかも清らの夜須川の水	昭50・1	
高浜虚子	下秋月二〇九　西念寺	春山の最も高きところ古所	昭44・9	
緒方無元	千手　夫婦石　荒川遊園地	鶺鴒に岩こす波の激しかり	昭33・6	

熊本晴穂	十文字二七〇一　熊本邸	春の月出でしばかりの高さ哉	昭35・8	
河野静雲	野鳥　秋月城址	ほとゝぎす故き心をさそひ啼く	昭33・10	
高浜虚子	野鳥　秋月城址	濃紅葉に涙せき来る如何にせん	昭33・4	142
花田比露思	野鳥　秋月城址	由緒ある城の黒門古りたれやいらかに生ふる夏草の揺れ	昭58・10	
松田常憲	野鳥　秋月城址	ありし日に父がひきつる大ゆみのむらさきの房は色あせにけり	昭23・4	86
緒方無元	野鳥　秋月郷土館	曝書番して旧臣の二三人	昭40・11	
緒方無元	野鳥　潭空庵	口笛をふく山の娘に河鹿なく	昭40	
花田比露思	野鳥　古処山九合目	ひとの世の栄枯盛衰を見放けつゝ古處の峯はやおのれ寂けし	昭32・11	31
上野嘉太櫨	水町一〇七　上野邸	蠟さらし今したけなは竹の秋	昭49・11	254
上野嘉太櫨	水町一〇七　上野邸	甘木雨秋月雪と覚えたり	昭49・11	
高浜虚子	水町一〇七　上野邸	初時雨ありたりとかや庭の面	昭31・11	
高浜年尾	水町一〇七　上野邸	筑紫野は稲刈櫨の薄紅葉	昭50・3	
高浜虚子	菩提寺　甘木公園	風薫るあまぎいちびと集ひ来て	昭33・4	
高浜年尾	菩提寺　甘木公園	甘木なる虚子にゆかりの藤咲けり	昭44・9	

宮崎湖処子	菩提寺　甘木公園 〔注——美智子皇太子妃〈当時〉作曲の子守歌「おもひ子」の楽譜も刻まれているが、省略〕	いづれの星かわが庭に　落ちてわ子とはなりにけむ／汝が愛らしき面には　天つひかりの輝やけり／いかなる書のかけりとも　徴ありともわかねども／汝が顔ばかりいつ見ても　いつまで見ても飽たらず／世のうさゆえに昼となく　夜となくくもる我が胸も／ひかる汝が目に見られては　はれて嬉しくなりぬなり 「おもひ子」	昭45・1	
河野静雲	三奈木四二四二　品照寺	しみじみと人のまことの花の春	昭42・3	
宮崎湖処子	三奈木四五六四　三奈木小学校	帰省 遙に村を過ぐれども、／わが父母はまだ去らじ。／見ゆる形は消ゆれども、／親は立つらむ猶ほしばし。	平5・3	
宮崎湖処子	三奈木　札の辻公民館前	歸省 このうるはしき天地に、／父よ安かれ母も待て、／學びの業の成る時に、／錦かざりて歸るまで。	昭41・11	414
河野静雲	屋永三一四七　金川小学校	菊花の日更に四恩に合掌す	昭41・11	
高浜虚子	山見　山の口七〇五　秋月竹地蔵尊	はなやぎて月の面にかゝる雲	平11・1	
高浜年尾	山見　山の口七〇五　秋月竹地蔵尊	祖父越えて来しかの山も炭焼くか	平11・1	

【朝倉郡】

河野静雲	朝倉町古毛　下古毛　田中邸	曙のほのかなる香にふじの花	昭36・8	
河野静雲	朝倉町須川　橘広庭宮跡	遠つ世のこと橘の花の香に	昭36・5	
河野静雲	朝倉町須川　橘広庭宮跡	春蟬のじいわじいわと雲居より	昭44・3	

江口富士子	朝倉町菱野　三連水車東方	三連の水車回りて筑後野の田毎に満つる水かがやけり	平6・11	
河野静雲	朝倉町比良松四〇一　円誠寺	さずかりし露の身憂きもよろこびも	昭41・7	
河野静雲	朝倉町宮野八七　南淋寺	ほと、ぎす薬師瑠璃光壺を手に	昭44・5	
河野静雲	朝倉町宮野一九一一　浄福寺	仮の世にけふも滞在昼寝さめ	昭38・6	
河野静雲	朝倉町宮野二〇三〇　比良松中学校	庭すゞし人のまことの帚あと	昭37・8	
夏目漱石	朝倉町山田　大分自動車道下り線 山田サービスエリア	菜の花の遙かに黄なり筑後川	平2・3	
清原枴童	朝倉町山田　恵蘇八幡宮	紅葉川筱を連ねたるこゝら哉	昭33・5	
河野静雲	朝倉町山田　恵蘇八幡宮	遠き世のことを暮春の瀬の音に	昭40・3	
手島一路	朝倉町山田　恵蘇八幡宮	この流れいく日を経なば海原にそゝがむ想い はろけくなりぬ	昭62・11	
野鶴楳堂	杷木町池田　杷木神社	百年の明治に生れ喜寿の春	昭52・5	
的野冷壷人	杷木町池田　杷木神社	日迎の里を挙げての午祭	平7・11	
内藤春甫	杷木町池田　旧・内藤酒造	くぐり鵜の頭うちふる火の粉かな	昭30・9	
草葉一竿	杷木町池田　草葉邸 〔情報源〕『ふくおか文学散歩』二七〇頁	五線譜を叩くが如し秋桜	平8・8	未
梶原楠陰	杷木町大山　大山祇神社 〔情報源〕俳誌「冬野」（平成13・3）一七四頁	銀漢や棚田を落つる水の音	昭63・12	未
高浜虚子	杷木町久喜宮　原鶴温泉　小野屋	蛍とぶ筑後河畔のよき宿に	昭43・6	

小野房子	杷木町志波　宝満宮	花楓日の行く所はなやかに	昭38・7	209
川端茅舎	杷木町志波　宝満宮	筑紫野の菜穀の聖火見に来たり	昭14・6	202
原三猿子	杷木町志波宮舟　梶原邸西側	鵜遣の心通へる綱捌き	平4・10	
岩橋一枝	杷木町穂坂　岩橋邸 〔情報源〕『ふくおか文学散歩』二七〇頁	かいつぶり筑紫次郎をわがものに	平1・10	未
小川萍々子	杷木町穂坂　阿蘇神社 〔情報源〕『ふくおか文学散歩』二七〇頁	先導の獅子にも春泥飛ぶ神幸	平4・11	未
伊藤白蝶	杷木町星丸一〇七　伊藤邸	蓮の露こぼれて水に還りけり	平4・4	211
伊藤万翠	杷木町星丸一〇七　伊藤邸	奥山に杉の鉾立ち静もりて霧は去来す渓間の朝を	昭48・11	
小野房子	杷木町星丸一〇七　伊藤邸	白きすみれほろりとしたる目に清し	昭58・6	
本松酒江	杷木町星丸　本松邸 〔情報源〕『ふくおか文学散歩』二六九頁	ほととぎす妻もめざめてゐる気配	昭53・6	未
小川萍々子	杷木町松末　小川邸 〔情報源〕『ふくおか文学散歩』二六九頁	風花は目の前に生れ消ゆるもの	昭56・12	未
今上天皇	筑前町三箇山　夜須高原記念の森	夜須高原に苗植ゑにけり人々の訪ひて楽しむ 森とならまし	平5・3	
河野静雲	筑前町東小田　東小田小学校	天高し師弟のこゝろかくみのり	昭41・10	

松田水石	筑前町松延六五〇　安野焼窯元	美しきものに月夜の鰯雲	昭48・10	
江口竹亭	筑前町松延六五〇　安野焼窯元	雨すこしこぼせし雲や十三夜	昭48・10	
河野静雲	筑前町松延六五〇　安野焼窯元	小春日やからうす茶屋の臼の音	昭48・10	
小原菁々子	筑前町松延六五〇　安野焼窯元	焼きあげし油滴天目窯小春	昭48・10	
緒方無元	筑前町松延六五〇　安野焼窯元	あひふれて飛べる蝶々や花葵	昭48・10	
河野静雲	筑前町松延六五〇　安野焼窯元	万葉の雲雀を今に安野窯	昭44・3	
鶴我青樹	筑前町松延六五〇　安野焼窯元	立春大吉俳諧窯に火を入る、	昭58・10	
河野静雲	筑前町松延六五一　鶴我邸	人和して家の富めるはすゞしかり	昭41・12	
佐藤独去来	筑前町松延六五一　鶴我邸	古里といへど父母なし星月夜	昭40頃	
鶴我青樹	筑前町松延六五一　鶴我邸	宮様を迎ふ窯元風薫る	昭60・11	
三原武子	筑前町松延六五一　鶴我邸	蓮如忌の散華の一つ吾が膝に		
前田淡々子	筑前町弥永　前田邸 〔情報源〕三輪町教育委員会刊『三輪町碑誌』	神体山のすその我田の稲架をとく	昭52・11	未
河野静雲	筑前町新町四〇〇　三輪小学校	元日や良き子をもてる母の幸	昭40・11	

【小郡市】

林　一路	大板井四四四―一三　林邸	反省 生活は泥濘に似て／学問は風船の如し／心に灯を／外は木枯／／やがて来る雪／待たざる死／朝を吸い／昼を食べ／夜を吐き／そして　今／真に母を恋う	昭41・9	

一覧

田中ハル	祇園一—二—二四　田中邸	除夜の鐘煩悩断てとなりわたる	昭60・3	
徳永寒灯	松崎一一一—一　霊鷲寺	童女来て暮春の鐘を撞きにけり	昭53・5	
森永杉洞	松崎一一一—一　霊鷲寺	この門を入れば涼風おのづから	昭46・4	258
森永杉洞	松崎一一一—一　霊鷲寺中庭	石楠花の紅天日によみがえり	昭46・4	
野田宇太郎	松崎　桜馬場　松崎保育園東側	水鳥 みづうみ／たったひとつのやさしい部分／みづうみ／聲のない微笑の輪／はねをつけてとび立つ／ひそやかな愛／／それを撃つな	昭61・7	459
野田宇太郎	三沢三八八三　小野邸	ふるさとに野のありてこそみのりたる三沢葡萄のこの甘き味	平4・6	101
坂村真民	横隈一七二九　如意輪寺	念ずれば花ひらく	平5・4	457
坂村真民	横隈一七二九　如意輪寺	めぐりあいの／ふしぎに／てをあわせよう	平13・4	

【三井郡】

稲畑汀子	大刀洗町今四九一　聖母園	教會の雙塔麥に立ち上る	平8・11	229
原三猿子	大刀洗町今四九一　聖母園	慶びを一つ心に天高し	平8・11	
友光嶮涼	大刀洗町三川　蓮休寺	山門を船の入り来る出水かな	平7・秋	332
矢野祥水	大刀洗町三川　蓮休寺	名月の芋煮る母はまだ跣足	平7・秋	332
友光苔夕	大刀洗町三川　蓮休寺	早苗振となりしばかりに除隊かな	平7・秋	332

【久留米市】

丸山　豊	合川町　久留米百年公園	新春 その一撃！／斧はくいこむ　年はおわる／杣人よ斧をすてよ／杉はたおれる　年はあらたまる／最後のいたましい叫びが／山から山へこだまする／春の日ざしに嶺の切株／南をむいてはふくらみ／北をむいてはちぢかんで／切株の紅をふくんだ年輪よ／そこに不屈の眼をおけば／山は高いし　野ははろばろ／そこに不屈の眼をすえて ……	平3・11	467
田中彦影	旭町　久留米大学医学部図書館前	三里なほ五里なほ櫨の紅葉かな	昭35・10	
根城昼夜	旭町　久留米大学医学部図書館右前方	春愁の時はながる、ちくごかわ	昭55・12	
登倉　登	旭町　久留米大学医学部　筑水会館	たまゆらに我が眼とらへしトリコモナス微塵の蔭に 行方知らずも	昭45・4	90
勝本静波	江戸屋敷一―三―五五　井上邸	なに恋ふて火を噴く山ぞほと、ぎす	昭55・6	
有馬籌子	京町　梅林寺外苑	梅千本開かんとして力満つ	平5・5	288
倉田　厚	京町　梅林寺外苑	菜がらやくけむり流れて筑紫路は雨の日多く 夏ふかみゆく	昭47・11	
長井伯樹	京町　梅林寺外苑	夕野火に染まり流る、筑後川	昭49・11	257
河野静雲	草野町草野　発心公園	月はねて発心山の夕ざくら	昭29・11	
武田範之	草野町草野　発心公園	沆瀣経成乗鹿帰　山雲海月影依稀 仙州他日如相憶　雪白保寧層翠微	昭29・10	
夏目漱石	草野町草野　発心公園	松をもて囲ひし谷の桜かな	平6・3	

藤瀬冠邨	草野町草野　発心公園	草家城址在雲間　訪古人従市背攀 仰見春天不時雪　桜花白了発心山	昭29・10	
宮崎来城	草野町草野　発心公園	欲向春風話夙因　発心山上酔芳辰 斑痕満袂去年酒　又作白桜花下人	昭29・10	
夏目漱石	草野町草野　発心城址西方	濃かに弥生の雲の流れけり	平7・6	369
江上縄山	草野町草野　専念寺	晋山に集ふ法脉菊日和	昭43・3	
古賀輝子	草野町草野　小山田　古賀邸	けふひとひこゝろにかゝることもなしはゝのかたへに 子ら草とれば	昭50・10	
中村　弘	国分町日隈山　熊野神社北　旧中村邸 〔情報源〕「いしぶみ散歩」（昭和59・11・27）	老の身に嬉しきものは教え子が昔忘れぬ情なりけり	昭59	未
青木　繁	篠山町　篠山城跡	わがくには筑紫の国や白日別母いますくに櫨多き国	昭43・7	
赤星　端	篠山町　篠山城跡	起伏なき廣野をわけて筑後川抒情ゆたかに城址をめぐる	昭43・1	82
三木一雄	篠山町　篠山城跡	燃える雲の棚引きがゆるやかに西空に漂い、私は、まるでその残光にすいこまれるようにふらりと立ちあがるとロバにまたがった。 小説「ロバと黄昏」より	昭56・3	544
宮崎来城	篠山町　篠山城跡	浮生水逝我当死　一事関心時俗非 寄語文章同調友　扶持大雅莫相違	昭14・7	
古沢葦風	諏訪野町一八〇一－二　古沢邸	乗りて来し馬を放ちて草刈女	昭34・夏	
安元河南明	諏訪野町一七五二－一　安元邸	今更に括らず掃かず萩に住む	昭32・10	
高浜虚子	瀬下町二六五　水天宮	汝もこの神の氏子や小春凪	昭35・秋	
一田牛畝	善導寺町飯田五五〇　善導寺	粛々と花の参道法主以下	昭58・3	

河野静雲	善導寺町飯田五五〇　善導寺	楠若葉聖開山は筑紫人	昭47・6	
加藤其峰	大善寺町宮本　玉垂神社	なやらいの渦まく裸うず巻く炬	昭49・12	250
加藤其峰	大善寺町夜明　かとう小児科医院	書見や、倦みて夜寒の時計みる	昭53・3	
千頭房子	津福今町四〇〇―六　千頭邸	お飾りの橙はわが庭のもの	昭40頃	
三原草雨	西町五五七―三　三原邸	糟糠の妻は句がたき冬籠り	昭41頃	
井上　満	野中町三〇　正源寺	みめうるはしく　あらずとも／なれかしこくは　ならずとも／せめて吾が子よ　幸せに／伸びよと親は　祈るなり	昭44・7	
西原柳雨	日吉町　三本松公園	覆水を盆へ小さな手で返し	平13・7	398
邑楽慎一	日吉町　日本福音ルーテル久留米教会 〔情報源〕「いしぶみ散歩」（昭和59・1・27）	管制のカンテラ暗くバナナ売る	昭39	未
秋山明子	日吉町　日吉神社	黄落の遠も近きもとゞまらず	昭50・11	
兼行桂子	御井町五三四　安養寺 〔情報源〕「いしぶみ散歩」（昭和59・3・31）	空の蒼　野仏思惟を積む幾春秋	昭57	未
豊福みつる	御井町六二〇―一　豊福邸	神迎さんざしの実の緋にともり	昭49・11	
古沢葦風 高田桜亭	御井町　高良下宮神社 （御井校区公民館側）	神還ります日の近き斎庭掃く 夏山や呼びたる声の返し来ず	昭43・5	
〔隠れ句碑。十五名の句は省略。作者名のみ記す。春声、木南、青鳥、富美子、ときえ、喜作、翠邦、康之、天津翁、ゆき子、雅邦、いえ子、和生、フサヱ、碧水〕				

中村田人	御井町　高良山登山車道 「高樹神社」バス停手前	墳山のその奥やまのほととぎす	平13・10	
阪　正臣	御井町　高良山旧登山道	ちはやぶるかうらの山のかうごいしかけじくづれじ 御代にならひて	昭4・2	3
林　青鳥	御井町　高良山中腹宮地嶽神社下	蔦紅葉貼り絵なしたる神籠石	平7・6	
〔りんどう句碑。八名の句は省略。作者名のみ記す。直子、一枝、暁雲、芳子、江菱、しづえ、みどり、フサエ〕				
秋山明子	御井町 高良山登山車道（第六カーブ付近）	秋の日や風の行方を見つゝ臥す	昭53・10	
河野静雲	御井町　高良山車道	霊峰の淑気かしこし神杉も	昭41・7	
夏目漱石	御井町　高良山東側 飛雲台	菜の花の遙かに黄なり筑後川	平5年度	
河野静雲	宮ノ陣町大杜　円通寺	風よけて泊つる一舟月の下	昭44・9	
高田桜亭	宮ノ陣町大杜　円通寺	筑後川の大月夜啼く千鳥かな	昭46・7	
吉富無韻	宮ノ陣町大杜　円通寺	石蕗咲いて我が行蔵に悔あらず	昭53・10	260
夏目漱石	山川町追分	親方と呼びかけられし毛布哉	平4・12	373
田中彦影 青木　繁	山本町豊田　櫨並木	三里なほ五里なほ櫨の紅葉かな わがくには筑紫の国や白日別母います国櫨多き国	昭47・9	
勝本静波	山本町豊田　永勝寺	藪に鳴るは水縄しぐれか泣羅漢	昭54・10	280
夏目漱石	山本町豊田 森林つつじ公園の〇・六キロ東方	人に逢わず雨ふる山の花盛	平6年度	

夏目漱石	山本町豊田 森林つつじ公園の〇・八キロ東方	筑後路や丸い山吹く春の風	平8・1	368
河野静雲	田主丸町殖木 諏訪神社	木犀や苗の殖木は富める里	昭46・12	
野田大塊	田主丸町殖木 殖木バス停側	真心の碑表に匂ふさくら哉	大14・4	
火野葦平	田主丸町菅原 片ノ瀬 月光菩薩像台座	つらなれる／耳納のみねや／せせらぎの／筑後の河や／よしきりの／なくねするどし／すなどりの／かはふねうかびいで／こひやふな／なまずかまつか／なつのそら／ひかりあかるく／うをのうろくず／きらきらきらきら／ひかりまぶしや	昭31	447
大谷句仏	田主丸町菅原一四一五 伯東寺	念仏して火桶に落す涙かな	昭61・11	
河野静雲	田主丸町菅原一四一五 伯東寺	御霊さそふ秋あかつきの星きよく	昭53・5	
巌谷小波	田主丸町田主丸六〇五 まるか旅館	竹の春すゞめ千代経るお宿かな	昭37・暮	376
河野静雲	田主丸町田主丸 あけぼのや菓子店	いさぎよし集雷庵の花八ツ手	昭37・3	
大谷句仏	田主丸町地徳一八五九 雲遊寺	名物の柿喰ひに行くか羨まし	昭14・10	150
河野静雲	田主丸町豊城一五九五 行徳写真館	苔筵五彩に金の福寿草	昭48・1	
河野静雲	田主丸町益生田 田主丸中央病院	菜穀火の紅の火鏡月すめり	昭39・5	
河野静雲	田主丸町森部 平原公園	花の雲一塊とべる峰の嶮	昭32・7	

【うきは市】

河野静雲	浮羽町朝田五八九－一 浮羽町立体育館	子と遊び夫と語り妻の春	昭45・9	

松岡渓蟬郎	浮羽町朝田七八〇　松岡邸	麦扱機赤き入日に麦を噴く	昭38・4	265
河野静雲	浮羽町朝田七九二　中嶋邸	霧嶋の青空かけて燃ゆる家	昭44・4	
小原菁々子	浮羽町朝田七九二　中嶋邸	御文章誦し蓮如忌の一道士	平11・11	
中嶋紫舟	浮羽町朝田七九二　中嶋邸	草青く祭の道の灯りけり	平11・11	274
石野孤峰	浮羽町朝田一三二三　西光寺	新建の木の香を添へて屠蘇を酌む	昭32・1	
河野静雲	浮羽町朝田一三二三　西光寺	秋訪へば炑のこゝろに観世音	昭40・3	
松岡渓蟬郎	浮羽町朝田一三二三　西光寺	銀杏散り日々好日のこの庭に	昭48	
佐藤孝三郎	浮羽町小塩　真美野神社	帰り来て千年川べに吾たてばまねくが如し錦屛の峰	昭33・4	
佐藤　束	浮羽町小塩 尻深・中崎両バス停の中間	蛍飛ぶ父祖の守りたる水車跡	昭46・4	
大谷句仏	浮羽町高見九〇八　光福寺	信心の外に世はなきすゞしさよ	昭16・春	
佐藤屛峰	浮羽町高見九〇八　光福寺	信力にながらへる身の長閑さよ	昭16・春	
河野静雲	浮羽町流川　浮羽稲荷神社	初午や世話人の来て打つ太鼓	昭43・9	
大鶴登羅王 大鶴くに女	浮羽町流川　浮羽稲荷神社	旺んなる花の吹雪に面あげ 一鳥の囀りすめり朝桜	昭55・4	
倉田　厚	浮羽町流川三〇三－一　勝楽寺	法供養土地供養して亡き人の霊安かれと祈る妻かな	昭36・秋	
白藤簡子	浮羽町流川四七八　大生寺	人間雲になりたいときの白い雲空を行く	昭43・10	318
河野静雲	浮羽町流川一二九二　本仏寺	御会式の御難絵灯籠仰ぎ見る	昭39・10	

佐野とき江	浮羽町流川一二九二　本仏寺	寂光に佇ちて掬へばせゝらぎはかなしく澄みて 心うるほす	昭26・4	
佐野とき江	浮羽町流川一二九二　本仏寺	しづかなる池に映りてたえまなき雲あり人生の 流離にも似る	昭40頃	107
高木石哉 高木三冬月	浮羽町東隈上四一四　西蓮寺	一輪の牡丹惜みて瓶にさす 除夜の鐘深雪明りにつき了へし	昭56・4	
高木三冬月	浮羽町東隈上四一四　西蓮寺	笹舟にまひまひ道をひらきけり	平7・4	
佐藤孝三郎	浮羽町東隈上五五九―一　光教寺	黒衣によろひして君が守りつる大み法ときはかきはに いよゝさかえむ	昭38・夏	
諌山竹馬	浮羽町古川　筑後川温泉駐車場	正直の頭に宿る貧乏神	昭44・10	
筑紫草外	浮羽町古川　筑後川温泉　つるき荘	三月の大川見れば稚鮎も上りて居らん川千鳥啼く	昭53・5	
河北柳東	浮羽町山北一　賀茂神社	秋日村居 村居酌醸俗塵空　漫擬林間暖酒翁 斜陽楓翻尤耐賞　天高九十九峯秋	平3・2	
鳥野幸次	浮羽町山北一　賀茂神社	賀茂の宮いがきの水のすゑとほくさとはさかえむ 神のちはひに	平2・10	
佐藤孝三郎	浮羽町山北一　賀茂神社	うるはしきこの山水をさながらに吾神垣と 住ますかみかも	平2・10	
倉富勇三郎	浮羽町山北一　賀茂神社	山郷 皇祖社　川水又澄清　諸将幾申禱　親王曾致誠 昭昭神徳耀　赫赫武威明　欽仰宸猷大　夙宣掩八紘	昭15・11	
原三猿子	浮羽町山北一九四一　清水寺	名水を頒つ生活や豊の秋	平1・8	156

大鶴登羅王	吉井町祇園後町　大鶴邸	雛灯り故き心に居てひとり	昭54・1	
石井告天子	吉井町清瀬　石井邸	緑蔭に蝶の道あり揚羽また	昭51・5	
大鶴登羅王	吉井町桜井　長野水神社	鵜篝にいま遊船の襖して	昭54・3	
高浜年尾	吉井町桜井　長野水神社	草紅葉五庄屋の徳こゝに残る	昭38・4	
宮原紫川郎	吉井町桜井　長野水神社	露汲める金の杯水仙花	昭32・11	
高浜年尾	吉井町富永　百年公園	九十九峰雨上りつゝ夏に入る	昭41・9	225
原三猿子	吉井町富永　百年公園	夕飯に居眠りの子や遠蛙	昭43・2	
原三猿郎	吉井町富永　百年公園	古里や朱欒の花にほとゝぎす	昭21・6	154
原三猿子	吉井町福永一六六―二　喜筌園	邸一歩千の牡丹の千の香に	平5・4	
豊田　実	吉井町吉井一二二七　豊田小児科医院	A Self-Portrait Born in a land　Where Fuji towers,　On Avon's banks I've gathered flowers. 富士ヶ嶺のそびゆる国に生ひたちてアボンの園の 花をつみにき	昭60・11	63
夏目漱石	吉井町吉井　中央公民館前庭	なつかしむ衾に聞くや馬の鈴	平7・3	371
大鶴登羅王	吉井町吉井　祇園神社	徒渉り中洲にのべし花筵	昭49・4	267
石井告天子	吉井町吉井 吉井小東南側　ふれあい広場	日が射せばすぐ蜂が来る枇杷の花	平16・9	
稲畑汀子	吉井町吉井　吉井小学校南側	芽柳の記憶の町となりにけり	平7・3	
黒田　充	吉井町吉井　吉井小学校南側	校庭の声弾み来る花の門	平16・5	

高浜年尾	吉井町若宮三九四　清光寺	秋風や竹林一幹より動く	昭55・8	224
清原枴童	吉井町若宮　鏡田屋敷	初蝶に容づくりし菫かな	昭33・5	
河野静雲	吉井町若宮　若宮八幡宮	菜の花や恵蘇の瀬なりの遠ひゞき	昭32・9	
小原菁々子	吉井町若宮　若宮八幡宮	古墳の絵貫く月日地虫出づ	昭48・3	187
高浜虚子	吉井町若宮　若宮八幡宮	粧へる筑紫野を見に杖曳かん	昭49・8	
大鶴登羅王	吉井町若宮　戦没者慰霊塔入口	ゆさぶれば降る榧の実のとめどなく	昭43・3	
黒田充女		菊日和今日このごろを倖せと		
立石柳蛙		声曳いて鵯鳴きうつる神の森		
中島紫舟		梅園のひと日はじまる茶屋火鉢		
原三猿子		木々静か木の実降る音しげければ		
矢野丁字		水底も春うごかむとするけはい		
〔明治百年やまたろ弐百号記念句碑。全六十六句中、六句を抜粋。他は作者名のみ記す。秋吉積水、今村静思路、井浦時代、安永よし子、梅野思章、上田行正、上野しげの、内山二桜、江藤冷秋、岡田案山子、大石千春、大鶴くに女、大鶴月秋、川藤真志子、行徳平八、栗木橘、工藤ふかし、熊谷鉄舟、熊谷紅葉、小寺鶴城子、古賀白堂、古賀篁邨、古賀美登士、古賀鳥雲、古賀孝女、佐々木栄女、佐藤春女、関つやか、田籠静子、田代冬木、田辺進、高野雲峰、田村翠車、田村まさか、手島萌雪、とりこえ蔦越、中村秋骨、中川つね女、中川保乃、濡石すな女、秦芳草、波多野雨京、林鴛鴦子、原田ふじ子、橋詰夫美子、橋詰睦子、広田とし子、樋口絹枝、平位宵月、東山紫路、松木しづ女、松永金時、松田葉舟、三浦鬼灯、三笠正美、本松酒江、盛川夏緒、弥吉暁雨、山口桃舍、吉田松堂〕				

【八女市】

堤　八郎	岩崎五七〇　浄光寺 〔情報源〕久留米連合文化会機関紙「連文会報」三四号（昭和61・3）	慈悲心鳥声する父祖の村づくり	昭61・2	未
坂本繁二郎	緒玉三四一－一 坂本繁二郎アトリエ跡地	風となり雨となるともわれはたゞ此姿まゝに歩む一筋	平16・3	
椎窓　猛	高塚五四〇－二　公立八女総合病院	回帰 十字のかたちで／十薬の清楚な花びらが／愁いのいばらをといていくように／／温かい手／無量の愛／よみがえるいのち／やすらぎにみちた脈拍への回帰／／やさしく／八女とよぶ／光の風致につつまれて	平6・9	478
松鵜竹代	宮野　生目八幡宮横	ふるさとの清きながれや初日の出	昭54	
馬場埋木	本町四三　平田稲荷社	野を焼いて土手にのぼれば筑後川	昭24・11	
花園主人 隈本ちどり	本町　西紺屋町　画廊と民芸店「花園」	二十年点せしネオン遂にけすやむ老い妻をいたはらむため 酔客を門に送れば夜の風ひえびえとわが仮面をなぶる	昭54・2	
種田山頭火	本町　八女公園	うしろ姿のしぐれてゆくか	平12・5	310
中薗英助	本町九四　横町町家交流館	歴史に空白あるべからず	平15・3	548
山本健吉 石橋秀野	本町一八四　堺屋	こぶし咲く昨日の今日となりしかな 蟬時雨児は擔送車に追ひつけず	平11・5	382, 352
野見山朱鳥	本町西古松二八三－一　無量寿院	愁絶の眼をみひらける大暑かな	平13・7	

石橋忍月	本町二－二〇二　今村邸	花掃けば花より抜けて蝶飛べり	平13・4	361
青木　繁	室岡　岡山公園展望台	わがくにはつくしのくにやしらひわけは、いますくにはじおほきくに	平14・11	34
平井　保	室岡　岡山公園展望台東斜面	冬を越え来たれるもの、明るさに翔びたちて行く野の鳥の群	平6・4	

【八女郡】

堤　八郎	広川町新代　久留米工業技術専門学校	筑水を生む外輪のし、おどし	昭49・9	404
加野靖典	広川町日吉　広川町産業展示会館	いろ古りし藍こそ深く床しけれ洗いざらしの久留米絣は	平2・11	
境　栄	星野村池ノ山　麻生池東北端 〔情報源〕「いしぶみ散歩」（昭和58・12・15）	餌をやればたちまち鯉のものすごし姿あらわにしぶきを散らす	昭56	未
山口浦山	星野村浦　旧山口医院 〔情報源〕「いしぶみ散歩」（昭和58・11・22）	柿もぐや山の医師は住み古りて	昭29	未
菊池　剣	黒木町今九三〇－二　築山公園入口	冬山にさへぎられたる朝日影いま街並の一角にさす	昭43・11	80
黒田寛次郎	黒木町大渕　旧大渕小学校跡地 〔情報源〕「西日本新聞」（平成15・2・25）	揺なき国の姿を日向神の巌の麓に仰ぎ見るかな	平15・2	未
森　澄雄	黒木町笠原　お茶の里記念館	もよほして鳴く老鶯や新茶くむ	平12・4	349
柳原白蓮	黒木町北木屋　陣の内公園	ひとをのみし渕かやこ、は上﨟の都恋しとなきにけむかも	平16・2	

石橋忍月	黒木町黒木　素盞嗚神社	八雲たつ神のみむろも浮ぶかとみゆるばかりに 匂ふ藤なみ	平13・4	7
団伊玖磨	黒木町黒木　素盞嗚神社	巨大な藤は、それこそ、一年間、ぎりぎり一杯に蓄えたエネルギーを一時に迸らせたかのように、数十米四方に、花又花を溢れさせていた。大きな株から伸びた龍のような太枝は、節くれ立ち、苔を付け、神社の境内一杯の藤棚に花の房を下げる一方、神社と矢部川の間を通っている道路の上に作られた相当な距離の間の鉄骨の棚をも花で覆っていた。それは、まさに、薄紫の饗宴だった。藤棚の下には縁日が出て、子供達が遊び、其處此處に花茣蓙を敷いて酒を酌み交している大人達も居た。 「パイプのけむり」より	平4・3	552
森　澄雄	黒木町黒木　素盞嗚神社	素戔嗚に大藤匂ふ夕べかな	平13・4	
石橋忍月	黒木町本分 豊岡コミュニティセンター	木の芽つむ乙女の歌も聞こゆなり卯の花白き豊岡の里	平12・3	
中島竹堂	黒木町本分　行信寺	落慶や仏のすがた麗らかに	昭48・7	
椎窓　猛	黒木町湯辺田二七〇　回寿苑	回寿苑 あかるくめぐる／陽をあびて／いのちやすらぐ／ゆべたのほとり／回寿の苑に／風のほほえみ／花のうてなに回帰のリズム／いまたっぷり花をふくんだ／再生の譜がとどく	平11・4	

田中稲城	矢部村北矢部殊正寺　善正寺	紅い実 冬の木の実はみんな紅い。南天、梅もどき、万両などの庭の木の実を初め、藪蔭に人眼からかくれたやうに結んでゐる藪柑子、青樹、野茨、それから冬苺や名も知らぬ葛の実など、どれも珠のやうに紅い。 それらの木の実は紅葉が散る頃から色づき、春陽に花が開き初める頃まで冬の一番厳しい季節を、朝々の烈しい霜や深い雪にもめげず永い間実ってゐる。 それ所か永い風雪に曝されれば曝さる、だけその紅色は益々磨かれた珠のやうに光沢をすらまして来る。それは恰もさうした厳しさこそが、己が生きる世界であることを自覚してゐるかのやうにすら感じられる。	平11・12	541
栗原一登	矢部村北矢部本川内　杣の里渓流公園	霞しく　杉山高く／くに境　三國は見えず／谷の瀬に生まれし水は／岩走り　矢部よ山峡／この水の　明日は何処ぞ 組曲　筑後風土記「矢部川」より「この水の」	平1・9	
小島直記	矢部村北矢部本川内　杣の里渓流公園	文字で心を洗い／心の鑿で顔を彫る	平10・11	

【三潴郡】

蒲池　繁 蒲池　操	大木町大薮　円照寺 〔情報源〕「いしぶみ散歩」（昭和56・11・13）	ひともとの草の庵に火ともゆる心たゆとう われならなくに やりとなき心はかなし九頭竜の水満々とながれてやまず	昭40	未

松永定一	大木町大薮　松永邸 〔情報源〕松永伍一著『生きること書くこと』（佼成出版社刊）三七頁	湿り田の乾かぬものを播き急ぐこのころ雨の多くなりたり	昭45・春	未
平木谷水	大木町八町牟田　木佐木小学校 〔情報源〕俳誌「万燈」（平成9・12）七頁	見なれたる山も畏し初日の出	平9・9	未

【筑後市】

青木　繁	一条一三七三　筑後工芸館	今日あすとただかりそめの草枕旅に三とせをかさねけるかな	昭56・秋	
種田山頭火	一条一三七三　筑後工芸館	春風の鉢の子一つ	昭62・10	
種田山頭火	一条一三七三　筑後工芸館	さうろうとしてけふもくれたか	昭63・10	
尾上柴舟	尾島　船小屋　水天宮境内	ゆをいで、ひらくゆかたのえりもとにほたるふきいる、くすのゆふかぜ	昭15・10	20
種田山頭火	尾島　船小屋　樋口軒駐車場入口	雲の如く行き　風の如く歩み　水の如く去る	昭62・9	314
夏目漱石	尾島　船小屋　鉱泉場北側	ひや、、と雲が来るなり温泉の二階	平2・5	365
境　栄	尾島　船小屋　若宮神社	いまはなきながき板橋なつかしき岸よりながむる向ふの森を	昭51・2	
松永伍一	野町　筑後市総合福祉センター	和らぎの里 生きて愛し／生かされて感謝し／歓びの泉が／いのちの花を咲かせる／時はゆったりと流れ／美しい実を／結んでいく／こうして和らぎの里に／日々新たな光が／降りそそぐ	昭61・4	480

種田山頭火	羽犬塚上町 社日神社（上町バス停横）	お経あげてお米もろうて百舌鳴いて	平1・2	
鹿野北嶺	水田　水田天満宮	鶲来て三寒に入る雲迅し	昭57・3	
酒井黙禅	水田　水田天満宮	古里の土暖く稲の花	昭34・10	157
木下正美	溝口一一五〇　光讃寺	尊攘と自由民権にその一生燃えもえて維新の 獄舎に果てぬ	昭60・5	
猪口時雨女	溝口一一九七　猪口邸	ほつりほつり湯町ともりぬ月見草		
猪口和堂	溝口一三四二　福王寺	秋の風聽は枯る、もの、音	昭33・秋	
〔風花句碑。十一名の句は省略。作者名のみ記す。矢加部裕、原　三七、角　楠華、吉永三樹、水町斗南、久我幸男、平田法泉、猪口時雨女、村越麗陽、角　一浪、元田泊山〕				
種田山頭火	山ノ井 二本松橋脇（筑後警察署裏手）	うら、かな今日の米だけはある	昭63・9	
種田山頭火	山ノ井　藤島橋北詰	さうろうとしてけふもくれたか	平5・10	

【大川市】

酒井黙禅	榎津　城町　酒井邸	春の日や父祖の世語る従兄弟どち	昭41・6	
酒井黙禅	榎津　東町　小野邸	百年の槇の梢の烏瓜	昭39・秋	
若山牧水	小保一〇二三　志岐邸	大川にわれは来にけりおほかはの流るるごとく 酒わける里に	昭39・9	53
河野静雲	坂井一一二　慈恩寺	秋訪へば炑のこ、ろに観世音	昭45・秋	

古賀政男	酒見　大川公園	まぼろしの／影を慕いて雨に日に／月にやるせぬ我が想い／つゝめば燃ゆる胸の火に／身は焦がれつゝ忍び泣く 「影を慕いて」〔古賀政男作曲の楽譜は省略〕	昭43・10	
酒井黙禅	酒見　大川公園	葦切や我に大川堤有り	昭32・夏	
稲畑汀子	向島　若津公園	待つといふこと鰆網を流しては	昭59・4	
若山牧水	向島　筑後川昇開橋展望公園	筑後川河口ひろみ大汐の干潟はるけき春の夕ぐれ	平9・12	

【柳川市】

平池南桑	旭町四八　浄華寺	追慕安東省菴先生 国家の鴻博省菴の名　数百年前柳里の生れ 天性の学才稀世の徳　郷民追慕す敬師の情	昭58・10	
酒井黙禅	旭町六九　本吉屋本店	都より翁来召せし鰻哉	昭31・8	
北原白秋	稲荷町　水天宮通り	町祠石の恵美須の鯛の朱の早や褪せはてて夏西日なり	昭60・1	
北原白秋	稲荷町　二丁堰側	潮の瀬の落差はげしき干潟には櫓も梶も絶えて 船の西日に	昭60・1	
木下三丘子	奥州町三二―一　福厳寺	春水や代りて漕ぐも又童	昭47・3	
檀　一雄	奥州町三二―一　福厳寺	墓碑銘 石ノ上ニ　雪ヲ／雪ノ上ニ　月ヲ／ヤガテ　我ガ／殊モ 無キ／静寂ノ中ノ／憩ヒ　哉	昭52・5	464

小野可生	蒲生　下田町　池末邸	ひとときを静に雛に座りけり	昭39・11	
渋田卜洞庵		窓の下おしろひ眠りをりにけり		
田中草夢		月影や今宵はたしか十三夜		
池末臼笙子		蘭植女や背振颪に尻高く		
木村緑平	坂本町一－二　木村邸	柿の葉の落つるのも山頭火の命日らしか	昭63・10	
木村緑平	坂本町　柳城公園	雀生れてゐる花の下をはく	昭43・10	316
河野静雲	坂本町　柳城公園	葭切やむかしながらの総鎮守	昭32・6	
長谷　健	坂本町　柳城公園	長谷健文学碑	昭33・11	559
劉　寒吉	坂本町　柳城公園	筑後路の旅を思へば水の里や柳河うなぎのことに恋ひしき	昭42・7	
北原白秋	坂本町　弥兵衛門橋側	水のべは柳しだるる橋いくつ舟くぐらせて涼しもよ子ら	昭60・1	
立花文子	新外町「御花」外苑	月見船待つ間は水の三叉路に	平2・10	
北原白秋	新外町一番地「殿の倉」倉下	我つひに還り來にけり倉下や揺るる水照の影はありつつ	昭51・5	47
北原白秋	新外町　遊歩道	待ちぼうけ、待ちぼうけ。／ある日、せっせと、野良かせぎ、／そこへ兎が飛んで出て、／ころり、ころげた／木のねっこ。	平7・5	
檀　一雄	新外町　遊歩道	有明潟睦五郎の哥 ムツゴロ、ムツゴロ、なんじ／佳き人の潟の畔の／道をよぎる音、聴き／たるべし。かそけく、／寂しく、その果てしなき／想ひの消ゆる音	昭62・9	
高浜虚子	新町　柳川城堀水門畔	広ごれる春曙の水輪哉	昭30・8	

北原白秋	新町　真勝寺	真勝寺けふの彼岸の夕たけて種市了へぬ春の種市	昭60・1	
北原白秋	新町　掘割の中	ついかがむ乙の女童影揺れてまだ寝起きらし 朝の汲水場に	昭60・1	51
北原白秋	隅町　鋤崎土居	色にして老木の柳うちしだる我が柳河の水の豊けさ	昭60・1	
渋田卜洞庵	高島 井手　渋田邸 〔情報源〕俳誌「高牟禮」（昭和54・7）一三頁	お針子にいつもの鳰の来て遊ぶ	昭54・6	未
河野静雲	田脇九八九－一　福法寺	沢庵をさかなに月の僧主従		
河野静雲	田脇九八九－一　福法寺	水洟や引導の香語あともどり	昭40	
松尾竹後	田脇九八九－一　福法寺	裏藪に百舌鳥とまらせて寺静か	昭41・7	
松尾竹後	田脇九八九－一　福法寺　昭代保育園 〔情報源〕杉森女子高国語科刊『郷土の文学』四訂版　一六三頁	児らはみな家にある日の寒の雷	昭57・10	未
乃木希典	中町　八剣神社	題日本武尊圖 女装誅賊少年身　膽略勇謀力如神 他日伊吹山下恨　護身寶劍属誰人	昭46・2	491
河野静雲	西魚屋町五〇　報恩寺	のうぜんのしんと咲き垂れ安居寺	昭37・7	
松根東洋城	西魚屋町五〇　報恩寺	我が祖先は奥の最上や天の川	昭49・1	276
甲木青茅	東蒲池一四七二－一　崇久寺	鑑盛忌即ち菊の盛り哉	昭48・4	
北原白秋	袋町　遊歩道	水の街棹さし来れば夕雲や鳰の浮巣のささ啼きの声	昭60・1	
宮　柊二	袋町　遊歩道	往還に白き埃の立ちながれあな恋ほしかも白秋先生	昭60・1	

北原白秋	矢留本町　白秋詩碑苑	歸去來 山門は我が産土、／雲騰る南風のまほら、／飛ばまし、今一度。／／筑紫よ、かく呼ばへば／戀ほしよ潮の落差、／火照沁む夕日の潟。／／盲ふるに、早やもこの眼、／見ざらむ、また葦かび、／籠飼や水かげろふ。／／歸らなむ、いざ、鵲／かの空や櫨のたむろ、／待つらむぞ今一度。／／故郷やそのかの子ら、／皆老いて遠きに、／何ぞ寄る童ごころ。	昭23・11	417
北原白秋	矢留本町　白秋詩碑苑入口	水郷柳河こそは、我が生れの里である。／この水の柳河こそは、我が詩歌の母體である。／この水の構圖、この地相にして、／はじめて我が體は生じ、我が風は成った。 「水の構圖」より	平10・7	513
北原白秋	矢留本町　矢留大神宮	見ずならむ一度見むと産土の宮の春日を恋ふらく我は	昭60・1	
北原白秋	三橋町下百町　西鉄柳川駅	からたちの花 からたちの花が咲いたよ／白い白い花が咲いたよ／／からたちのとげはいたいよ／青い青い針のとげだよ／／からたちは畑の垣根よ／いつもいつもとほる道だよ／／からたちの秋はみのるよ／まろいまろい金のたまだよ／／からたちのそばで泣いたよ／みんなみんなやさしかったよ／／からたちの花が咲いたよ／白い白い花が咲いたよ	昭55・10	
北原白秋	三橋町高畑　三柱神社参道入口	太鼓橋欄干橋をわたるとき幼子我は足あげ勢ひし	昭60・1	
北原白秋	三橋町高畑　松月川下り乗船場入口	立秋 柳河のたったひとつの公園に／秋が来た／古い懐月樓の三階へ／きりきりと繰り上ぐる氷水の硝子杯／薄茶に雪にしらたま／紅い雪洞も消えさうに	昭47・8	423

木俣　修	三橋町高畑三三〇　松月文人館	白秋とともに泊りし松月の思ひ出も遠くなりにけるかも	昭50・10頃	99
「五足の靴」	三橋町高畑　旧料亭「松月」	明治四十年夏、東京新詩社の與謝野寛、北原白秋、木下杢太郎、吉井勇、平野萬里は、白秋の故郷柳河を旅の拠点として九州の南蛮文化探訪を行なひ紀行文「五足の靴」によって日本耽美派文学興隆の端緒を作った。 その帰途、八月二十一日茜色に染まる夕焼けの水郷柳河を逍遙して、高畑公園三柱神社太鼓橋際の風変りな氷屋懐月楼の三階に旅情を慰めたことは「五足の靴」第二十三章「柳河」に詳しい。 白秋もこの懐月楼を「立秋」の詩にして、抒情小曲集『思ひ出』に収めたが、当時の懐月楼こそ現在の松月に他ならぬ。水光の町柳河を最初に近代文学史に刻んだ「五足の靴」と松月とのゆかりを記念してここに碑を建て、永く語り継がんとするものである。	昭52・7	557
北原白秋	三橋町高畑　三柱神社	三柱宮水照繁なる石段に瑪瑙の小蟹ささと音あり	昭60・1	
北原白秋	三橋町高畑　三柱神社	殿の紋祇園守を水草の何の花かとわれら夢みき	昭60・1	
河野静雲	三橋町垂見一二九三　吉田邸	木犀に一睡ほりす枕かな	昭49・6	
吉田芋村	三橋町垂見一二九三　吉田邸	花蜜柑匂ふ夕べをくつろげり	昭47・10	
北原白秋	三橋町藤吉立花通り　三柱神社入口	水郷柳川こそは／我が生れの里である／この水の柳川こそは／我が詩歌の母体である／この水の構図／この地相にして／はじめて我が体は生じ／我が風は成った	昭41・11	
鶴　御巣	三橋町柳河六九七－三　転入寺	杉の月奉幣殿にさしわたり	昭45・2	
石田　昌	大和町鷹ノ尾　鷹尾神社	つくしめがゑみの眉山高木山高峰霞めり春立らしも	昭35・8	

石田　昌	大和町鷹ノ尾　鷹尾神社	たらしひめ神の命のいはくらは山門あがたの鎮なりけり	明38・9	

【山門郡】

河野静雲	瀬高町太神井手ノ上　重富邸	臘梅のこゝろの奥に匂ひけり	昭36	
河野静雲	瀬高町太神井手ノ上　重富邸	初雪や千両ひそと紅かざし	昭49・3	
重富匆子	瀬高町太神井手ノ上　重富邸	雲仙も多良嶽も見え庭涼し	昭36・7	
檀　一雄	瀬高町小田　善光寺	昭和二十一年　リツ子　その愛　その死　執筆の地	昭56・5	
河野静雲	瀬高町上庄　久富邸	雫する泰山木の高きより	昭32・春	
久富白兆	瀬高町上庄　久富邸	むらさきの雲間を分けて来る光ひろがりてゆく 庭の萌黄に	昭34・8	
河野静雲	瀬高町上庄一〇五　正覚寺	あとやさき百寿も露のいのちかな	昭46・4	
松尾竹後	瀬高町上庄一五一　来迎寺	秋高しと思へる今が過ぎてゆく	昭42・12	
久富白桃花	瀬高町上庄六三一　上庄八坂神社	月かゝる黄昏ながき花の上	昭42・4	
河野静雲	瀬高町坂田五四　南庄分観音堂	秋訪へば炑のこゝろに観世音	昭45・10	
吉広方庭 角　弘年	瀬高町坂田五四　南庄分観音堂	初夢や傘さし給ふ観世音 邪馬台の霊場四万六千日	昭51・8	
小柳禎山	瀬高町下庄恵比須町　小柳医院	夕立のやむをも待たず往診す	昭47・3	
益子射雲	瀬高町下庄上町　山下邸	山茶花にね覚めよき日や空晴れて	昭46・10	
佐野山杖	瀬高町下庄田代　光源寺	真昼の法座極楽浄土かな	昭48・3	

台山雪汀	瀬高町下庄田代　光源寺	炭売や身はしら雪に濡ながら	昭34頃	
台山雪汀	瀬高町下庄田代　亀崎邸	こぼるゝは降るよりすゞし竹の雨	昭46頃	
松尾竹後	瀬高町広瀬四九八　建仁寺	雨月一夜をいかに寝し音ぞ山小鳥	昭45・4	
久富白桃花	瀬高町本吉　駐在所	山近くなりし水音柿赤し	昭44・8	
松瀬青々	瀬高町本吉　清水寺本坊　子授観音前	般若読む日暮に花を踏み帰る	昭40・4	133
北原白秋	瀬高町本吉　清水寺本坊前庭	ちゝこいしはゝこいしてふ子のきじは赤とあをもて 染められにけり	昭33・3	44
松尾竹後	瀬高町本吉　清水寺本坊前庭	しづかにも月の僧坊さまたぐる	昭46・7	
松尾竹後	瀬高町本吉　清水寺本坊庭園奥	秋風は姿を雲に吹きにけり	昭33・9	134
高浜年尾	瀬高町本吉　清水寺（仁王門上手）	観音に詣るこゝろに梅雨晴れて	昭55・8	
与田準一	瀬高町本吉　清水寺三重塔前広場	山上水遠の／なかにあって／白雲霊夢を／おもう／／ 花影月露の／なかにきこえる／乳父慈悲の／こえ	昭57・11	436
北原白秋	瀬高町本吉 清水寺　茶店「竹屋」西側	山門はもうまし邪馬台、いにしへの／卑弥乎が国　水清 く、野の広らを、／稲豊に酒を醸して、菜は多に／油し ぼりて、幸ふや潟の貢と、／珍の貝・ま珠・照る鰭。／ 見さくるや童が眉に、霞引く／女山・清水。朝光よ雲居 立ち立ち、／夕光よ潮満ち満つ。／げにここは邪馬台の 国、不知火や／筑紫潟、我が郷は善しや。 反歌 雲騰り潮明るき海のきはうまし邪馬台ぞ我の母国	昭60・1	

【三池郡】

内山田高穂	高田町岩津　内山田邸	日々愛で、今地に返す福寿草	昭50・9	
河野静雲	高田町江浦二三〇－一　光万寺	元朝の一灯四恩に合掌す		
河野静雲	高田町江浦二三〇－一　光万寺	来しかたや梅の有明月に佇ち	昭39・4	
河野静雲	高田町江浦二三〇－一　光万寺	独酌む老師はさびし冬夜宴	昭39	
河野静雲	高田町江浦二三〇－一　光万寺	行雁や思を逝きし妻と子に	昭41・7	
河野静雲	高田町江浦二三〇－一　光万寺	沈丁や小庭控えて住持の間	昭41	
河野静雲	高田町江浦二三〇－一　光万寺	月の縁感傷もなくぢゞとばゞ	昭41	
河野静雲	高田町江浦二三〇－一　光万寺	御院家にちよとものいひに彼岸婆々		
河野静雲	高田町江浦二三〇－一　光万寺	蓮如忌やお子沢山と聞くにつけ		
河野静雲	高田町江浦町　淀姫神社	かさゝぎの巣あり目出度御神木	昭48・5	
水原治雄	高田町海津一六二〇－一　水原邸	雷遠く去りたる庭に月ありぬ		
水原治雄	高田町海津一六二〇－一　水原邸	夏燕めぐりて去らぬ流し釣		
水原治雄	高田町海津一六二〇－一　水原邸	芽菖蒲の伸びの早さや雨四五日		
水原治雄	高田町海津一六二〇－一　水原邸	掃きやめて遠鶯に耳澄ます		
〔注――「毎日新聞」の「俳壇」に投稿し、水原秋桜子の選を受けた句を自刻。邸内に三十一基あったのを、編著者は昭和五十二年に確認。他の二十七基は省略。「いしぶみ散歩」（昭和57・10・20）によると、水原治雄・幸子夫妻および四姉妹の句を刻んだ碑が、昭和五十三年に建立されたそうである〕				

一覧

河野静雲 高田英穂	高田町濃施六一五　高田邸	炎天や路傍に石のかしこまる 新涼の髪を短く製図工	昭42・12	

【大牟田市】

岸秋渓子	甘木一一五八　甘木山学園	こぶしの芽こぞり米寿を讃へあふ	昭51・6	
岩本宗二郎	甘木　甘木公園	波形をきざめる干潟夕映えてみちしほの泡 めぐりはじめぬ	昭43・10	84
泉　刺花	今山二五三八　普光寺	不知火といひ否といひまたしぐれ	昭42・秋	
白仁秋津	岩本一〇〇二　白仁邸	上床の山の秋風すゝきだにそむくと見えて 身のさむきかな	昭44・12	17
森　土秋	倉永八七二　法雲寺 〔情報源〕「いしぶみ散歩」（昭和58・7・20）	暑に堪えし父の心を心とす	昭57	未
荒木　栄	歴木　米の山病院職員駐車場	おれたちは栄ある／三池炭鉱労働者／弾圧を恐れぬ不敵 の心／真実の敵うちくだく／勇気にみちた闘いで／平和 の砦かためよう／かためよう 「地底のうた」最終楽章より	昭60・10	
森　土秋	白銀　上野邸 〔情報源〕「いしぶみ散歩」（昭和57・9・11）	白銀の川に畔りし月の庵	昭49	未
野見山朱鳥	橘一〇四四　国立療養所大牟田病院	蝌蚪に打つ小石天変地異となる	平2・3	240
川上朴史	宮原町一－一九一　駛馬天満宮	相つどふ花は万朶と云へずとも	平8・3	

猿渡青雨	宮原町一―一九一　駛馬天満宮	あり余る筑後の日ざし麦は穂に	平11・5	
河野静雲	龍湖瀬町六三―二六　順照寺	春うら、永久のやすらぎ得し人ら	昭46・4	

大石　實（おおいし・みのる）　昭和９（1934）年，久留米市に生まれる（旧姓・秋山）．福岡学芸大学卒業．昭和32（1957）年，福岡県立朝羽高校（母校）をふり出しに，三井高校，朝羽高校，久留米高校，八女農業高校，小郡高校で勤務（国語担当）．平成７（1995）年３月，定年退職．その後３年間，久留米信愛女学院高校非常勤講師．著書に，『鉄塔 ── 高校生への手紙』，『福岡県の文学碑・古典編』（いずれも海鳥社）がある．福岡県小郡市在住．

福岡県の文学碑　近・現代編

■

2005年９月16日　第１刷発行

■

編著者　大石　實

発行者　西　俊明

発行所　有限会社海鳥社

〒810-0074 福岡市中央区大手門３丁目６番13号

電話092(771)0132　FAX092(771)2546

http://www.kaichosha-f.co.jp

印刷　有限会社九州コンピュータ印刷

製本　日宝綜合製本株式会社

ISBN 4-87415-539-1

［定価は表紙カバーに表示］